—— 中国古典四大名著 · 有声

水 浒 传

下

［明］施耐庵　罗贯中　著

扫码听音频

时代文艺出版社
SHIDAI WENYI CHUBANSHE

第五十六回

吴用使时迁盗甲　汤隆赚徐宁上山

话说当时汤隆对众头领说道:"小可是祖代打造军器为生。先父因此艺上,遭际(遭遇)老种经略相公,得做延安知寨。先朝曾用这连环甲马取胜。欲破阵时,须用钩镰枪可破。汤隆祖传已有画样在此,若要打造,便可下手。汤隆虽是会打,却不会使。若要会使的人,只除非是我那个姑舅哥哥。会使这钩镰枪法,只有他一个教头,他家祖传习学,不教外人。或是马上,或是步行,都有法则,端的使动,神出鬼没!"说言未了,林冲问道:"莫不是现做金枪班教师(教头)徐宁?"汤隆应道:"正是此人。"林冲道:"你不说起,我也忘了。这徐宁的金枪法、钩镰枪法,端的是天下独步。在京师时,多与我相会,较量武艺,彼此相敬相爱。只是如何能够得他上山来?"汤隆道:"徐宁先祖留下一件宝贝,世上无对,乃是镇家之宝。汤隆比时(当时),曾随先父知寨往东京视探姑姑时,多曾见来。是一副雁翎砌就圈金甲。这一副甲,披在身上,又轻又稳,刀剑箭矢,急不能透,人都唤做赛唐猊(唐夷。古代传说中的猛兽,皮坚厚,可制甲。后因借以称良甲。猊,ní)。多有贵公子要求一见,造次(轻率、随便)不肯与人看。这副甲,是他的性命。有一个皮匣子盛着,直挂在卧房中梁上。若是先对付得他这副甲来时,不由他不到这里。"吴用道:"若是如此,何难之有?放着有高手弟兄在此,今次却用着鼓上蚤时迁去走一遭。"时迁随即应道:"只怕无此一物在彼,若端的有时,好歹定要取了来。"汤隆道:"你若盗得甲来,我便包办赚他上山。"

宋江问道:"你如何去赚他上山?"汤隆去宋江耳边低低说了数句,宋江笑道:"此计大妙!"吴学究道:"再用得三个人,同上东京走一遭。一个到京收买烟火、药料,并炮内用的药材;两个去取凌统领家老小。"彭玘见了,便起身禀道:"若得一人到颖州取得小弟家眷上山,实拜成全之德。"宋江便道:"团练放心。便请二位修书,小可自教人去。"便唤杨林,可将金银书信,带领伴当,前往颖州取彭玘将军老小。薛永扮作使枪棒卖药的,往东京取凌统领老小。李云扮作客商,同往东京收买烟火、药料等物。乐和随汤隆同行,又挈薛永往来作伴。一面先送时迁下山去了。

次后,且叫汤隆打起一把钩镰枪做样,却教雷横提调_(管领,调度)监督,原来雷横祖上也是打铁出身。再说汤隆打起钩镰枪样子,教山寨里打军器的照着样子打造,自有雷横提调监督,不在话下。

大寨做个送路筵席,当下杨林、薛永、李云、乐和、汤隆辞别下山去了。次日又送戴宗下山,往来探听事情。这段话一时难尽。

这里且说时迁离了梁山泊,身边藏了暗器,诸般行头_(泛指服装、行装),在路迤逦来到东京,投个客店安下了。次日趱进城来,寻问金枪班教师徐宁家,有人指点道:"入得班门里,靠东第五家黑角子门便是。"时迁转入班门里,先看了前门;次后趱来,相了后门,见是一带高墙,墙里望见两间小巧楼屋,侧首却是一根戗柱_(从旁支撑房屋的木柱。戗,qiàng)。时迁看了一回,又去街坊问道:"徐教师在家里么?"人应道:"敢_(应该)在内里_(官中)随直未归。"时迁又问道:"不知几时归?"人应道:"直到晚方归来,五更便去内里随班。"时迁叫了相扰,且回客店里来,取了行头,藏在身边,分付店小二道:"我今夜多敢是不归,照管房中则个。"小二道:"但放心自去,并不差池。"

时迁再入到城里,买了些晚饭吃了,却趱到金枪班徐宁家,左右看时,没一个好安身去处。看看天色黑了,时迁搋入_(趁人不备进入。搋,chēn)班门_(值守的门)里面。是夜,寒冬天色,却无月光。时迁看见土地庙后一株大柏树,便把两只腿夹定,一节节爬将上去树头顶,骑马儿

(又开腿)坐在枝柯上。悄悄望时,只见徐宁归来,望家里去了。又见班里两个人提着灯笼出来关门,把一把锁锁了,各自归家去了。

早听得谯楼(城门上的瞭望楼。谯,qiáo)禁鼓(设置在官城谯楼上报时的鼓),却转初更。云寒星斗无光,露散霜花渐白。时迁见班甲静悄悄地,却从树上溜将下来,趸到徐宁后门边,从墙上下来,不费半点气力,爬将过去,看里面时,却是个小小院子。时迁伏在厨房外张时,见厨房下灯明,两个娅嬛兀自收拾未了。时迁却从饯柱上盘到膊风板(又名"搏风板",即屋翼)边,伏做一块儿,张那楼上时,见那金枪手徐宁和娘子对坐炉边向火,怀里抱着一个六七岁孩儿。时迁看那卧房里时,见梁上果然有个大皮匣拴在上面。房门口挂着一副弓箭,一口腰刀。衣架上挂着各色衣服。徐宁口里叫道:"梅香,你来与我折了衣服。"下面一个娅嬛上来,就侧首春台(饭桌)上先折了一领紫绣圆领,又折一领官绿衬里袄子,并下面五色花绣踢串,一个护项彩色锦帕,一条红绿结子,并手帕一包。另用一个小黄帕儿,包着一条双獭(tǎ)尾荔枝金带,也放在包袱内,把来安在烘笼上。——时迁多看在眼里。

约至二更以后,徐宁收拾上床,娘子问道:"明日随直也不?"徐宁道:"明日正是天子驾幸龙符宫,须用早起五更去伺候。"娘子听了,便分付梅香道:"官人明日要起五更,出去随班。你们四更起来烧汤,安排点心。"时迁自忖道:"眼见得梁上那个皮匣子,便是盛甲在里面。我若趁半夜下手便好。倘若闹将起来,明日出不得城,却不误了大事?且捱到五更里下手不迟。"

听得徐宁夫妻两口儿上床睡了,两个娅嬛在房门外打铺。房里桌上,却点着碗灯。那五个人都睡着了。两个梅香一日伏侍到晚,精神困倦,亦皆睡了。时迁溜下来,去身边取个芦管儿,就窗櫺(窗户上雕有花纹的格子。櫺,líng)眼里只一吹,把那碗灯早吹灭了。看看伏到四更左侧,徐宁起来,便唤娅嬛起来烧汤。那两个使女,从睡梦里起来,看房里没了灯,叫道:"阿呀,今夜却没了灯!"徐宁道:"你不去后面讨灯,等几时!"那个梅香开楼门,下胡梯(扶梯,楼梯)响。时迁听得，却从柱上只一溜，来到后门边黑影里伏了。听得娅嬛正开后门出来，便去开墙门，时迁却潜入厨房里，贴身在厨桌下。梅香讨了灯火入来看时，又去关门，却来灶前烧火。这个女使也起来生炭火上楼去。多时汤滚，捧面汤上去，徐宁洗漱了，叫烫些热酒上来。娅嬛安排肉食炊饼上去，徐宁吃罢，叫把饭与外面当直的吃。时迁听得徐宁下来，叫伴当吃了饭，背着包袱，拿了金枪出门。两个梅香点着灯，送徐宁出去。时迁却从厨桌下出来，便上楼去，从楄子边直趸到梁上，却把身躯伏了。两个娅嬛，又关闭了门户，吹灭了灯火，上楼来脱了衣裳，倒头便睡。

时迁听那两个梅香睡着了，在梁上把那芦管儿指灯一吹，那灯又早灭了。时迁却从梁上轻轻解了皮匣，正要下来，徐宁的娘子觉来，听得响，叫梅香道："梁上甚么响？"时迁做老鼠叫。娅嬛道："娘子不听得是老鼠叫？因厮打，这般响。"时迁就便学老鼠厮打，溜将下来。悄悄地开了楼门，款款地背着皮匣，下得胡梯，从里面直开到外门，来到班门口。已自有那随班的人出门，四更便开了锁。时迁得了皮匣，从人队里趁闹出去了，一口气奔出城外，到客店门前。此时天色未晓，敲开店门，去房里取出行李，拴束做一担儿挑了；计算还了房钱，出离店肆，投东便走。

行到四十里外，方才去食店里打火（旅途中休息做饭）做些饭吃，只见一个人也撞将入来。时迁看时，不是别人，却是神行太保戴宗。见时迁已得了物，两个暗暗说了几句话，戴宗道："我先将甲投山寨去，你与汤隆慢慢地来。"时迁打开皮匣，取出那副雁翎锁子甲来，做一包袱包了。戴宗拴在身上，出了店门，作起神行法，自投梁山泊去了。

时迁却把空皮匣子明明的拴在担子上，吃了饭食，还了打火钱，挑上担儿，出店门便走。到二十里路上，撞见汤隆，两个便入酒店里商量。汤隆道："你只依我从这条路去，但过路上酒店、饭店、客店，门上若见有白粉圈儿，你便可就在那店里买酒买肉吃，客店之中就便安歇,特地把这皮匣子放在他眼睛头,离此间一程外等我。”时迁依计去了。汤隆慢慢地吃了一回酒,却投东京城里来。

且说徐宁家里,天明两个娅嬛起来,只见楼门也开了,下面中门大门都不关,慌忙家里看时,一应物件都有,两个娅嬛上楼来,对娘子说道:“不知怎的门户都开了,却不曾失了物件。”娘子便道:“五更里听得梁上响,你说是老鼠厮打,你且看那皮匣子没甚么事?”两个娅嬛看了,只叫得苦:“皮匣子不知那里去了!”那娘子听了,慌忙起来道:“快央人去龙符宫里报与官人知道,教他早来跟寻(跟踪寻找)!”娅嬛急急寻人去龙符宫报徐宁,连央了三四替人,都回来说道:“金枪班直随驾内苑去了,外面都是亲军护御守把,谁人能够入去?直须等他自归。”徐宁妻子并两个娅嬛如热鏊子(烙饼的器具。鏊,ào)上蚂蚁,走投无路,不茶不饭,慌做一团。

徐宁直到黄昏时候方才卸了衣袍服色,着当直的背了,将着金枪,径回家来。到得班门口,邻舍说道:“娘子在家失盗,等候得观察,不见回来。”徐宁吃了一惊,慌忙走到家里,两个娅嬛迎门道:“官人五更出去,却被贼人闪将入来,单单只把梁上那个皮匣子盗将去了。”徐宁听罢,只叫那连声的苦,从丹田(脐下三寸处)底下直滚出口角(嘴边)来。娘子道:“这贼正不知几时闪在屋里?”徐宁道:“别的都不打紧,这副雁翎甲乃是祖宗留传四代之宝,不曾有失。花儿王太尉曾还我三万贯钱,我不曾舍得卖与他。恐怕久后军前阵后要用,生怕有些差池,因此拴在梁上。多少人要看我的,只推没了,今次声张起来,枉惹他人耻笑,今却失去,如之奈何!”徐宁一夜睡不着,思量道:“不知是甚么人盗了去? ——也是曾知我这副甲的人。”娘子想道:“敢是夜来灭了灯时,那贼已躲在家里了。必然是有人爱你的,将钱问你买不得,因此使这个高手贼来盗了去。你可央人慢慢缉访出来,别作商议,且不要打草惊蛇。”徐宁听了,到天明起来,坐在家中纳闷。好似:

蜀王春恨(蜀王即杜宇。传说死后化为杜鹃,常于春耕时节啼鸣),宋玉秋悲(宋玉《九辩》首句为"悲哉秋之为气也",故常以宋玉为悲秋悯志的代表)。吕虔(吕虔有佩刀,工相之,以为必登三公,可服此刀,吕虔遂以之赠王祥)遗腰下之刀,雷焕(雷焕曾掘狱基,得干将、莫邪双剑)失狱中之剑。珠亡照乘(照乘珠。光亮能照明车辆的宝珠),璧碎连城(战国时,赵惠文王得和氏璧,秦昭王愿以十五城易璧)。王恺(晋人。曾用珊瑚树与石崇斗富)之珊瑚已毁,无可赔偿;裴航之玉杵(裴航以玉杵臼为聘礼,娶云英仙去)未逢,难谐欢好。正是凤落荒坡凋锦羽,龙居浅水失明珠。

这日徐宁正在家中纳闷,早饭时分,只听得有人扣门。当直的出去问了名姓,入去报道:"有个延安府汤知寨儿子汤隆,特来拜望。"徐宁听罢,教请进客位里相见。汤隆见了徐宁,纳头拜下,说道:"哥哥一向安乐?"徐宁答道:"闻知舅舅归天去了,一者官身羁绊,二乃路途遥远,不能前来吊问。并不知兄弟信息,一向正在何处?今次自何而来?"汤隆道:"言之不尽,自从父亲亡故之后,时乖运蹇(命运坎坷。蹇,jiǎn),一向流落江湖。今从山东径来京师,探望兄长。"徐宁道:"兄弟少坐。"便叫安排酒食相待。汤隆去包袱内取出两锭蒜条金,重二十两,送与徐宁,说道:"先父临终之日,留下这些东西,教寄与哥哥做遗念(以死者遗物留作纪念)。为因无心腹之人,不曾捎来。今次兄弟特地到京师纳还哥哥。"徐宁道:"感承舅舅如此挂念,我又不曾有半分孝顺处,怎地报答!"汤隆道:"哥哥休恁地说。先父在日之时,常是想念哥哥这一身武艺。只恨山遥水远,不能够相见一面,因此留这些物与哥哥做遗念。"徐宁谢了汤隆,交收过了,且安排酒来管待。

汤隆和徐宁饮酒中间,徐宁只是眉头不展,面带忧容。汤隆起身道:"哥哥如何尊颜有些不喜?心中必有忧疑不决之事。"徐宁叹口气道:"兄弟不知,一言难尽,夜来家间被盗。"汤隆道:"不知失去了何物?"徐宁道:"单单只盗去了先祖留下那副雁翎锁子甲,又唤做赛唐猊。昨夜失了这件东西,以此心下不乐。"汤隆道:"哥哥那副甲,兄弟也曾见来,端的无比,先父常常称赞不尽。却是放在何处被盗了去？"徐宁道："我有一个皮匣子盛着，拴缚在卧房中梁上，正不知贼人甚么时候入来盗了去。"汤隆问道："却是甚等样皮匣子盛着？"徐宁道："是个红羊皮匣子盛着，里面又用香绵裹住。"汤隆假意失惊道："红羊皮匣子？不是上面有白线刺着绿云头如意，中间有狮子滚绣球的？"徐宁道："兄弟，你那里见来？"汤隆道："小弟夜来离城四十里，在一个村店里沽些酒吃，见个鲜眼睛黑瘦汉子，担儿上挑着。我见了，心中也自暗忖道：'这个皮匣子，却是盛甚么东西的？'临出门时，我问道：'你这皮匣子作何用？'那汉子应道：'原是盛甲的，如今胡乱放些衣服。'必是这个人了。我见那厮却似闪朒(扭伤筋络或肌肉。朒，nǜ)了腿的，一步步挑着走。何不我们追赶他去？"徐宁道："若是赶得着时，却不是天赐其便！"汤隆道："既是如此，不要耽搁，便赶去罢。"

徐宁听了，急急换上麻鞋，带了腰刀，提条朴刀，便和汤隆两个出了东郭门，拽开脚步，迤逦赶来。前面见壁上有白圈酒店里，汤隆道："我们且吃碗酒了赶，就这里问一声。"汤隆入得门坐下，便问道："主人家，借问一问，曾有个鲜眼黑瘦汉子，挑个红羊皮匣子过去么？"店主人道："昨夜晚是有这般一个人挑着个红羊皮匣子过去了。一似腿上吃跌了的，一步一撷(一瘸一拐)走。"汤隆道："哥哥，你听却如何？"徐宁听了，做声不得。

两个连忙还了酒钱，出门便去。前面又见一个客店，壁上有那白圈，汤隆立住了脚，说道："哥哥，兄弟走不动了，和哥哥且就这客店里歇了。明日早去赶。"徐宁道："我却是官身，倘或点名不到，官司(官府)必然见责，如之奈何？"汤隆道："这个不用兄长忧心，嫂嫂必自推个事故。"当晚又在客店里问时，店小二答道："昨夜有一个鲜眼黑瘦汉子，在我店里歇了一夜，直睡到今日小日中，方才去了。口里只问山东路程。"汤隆道："恁地可以赶了。明日起个四更，定是赶着，拿住那厮，便有下落。"当夜两个歇了，次日起个四更，离了客店，又迤逦赶来。汤隆但见壁上有白粉圈儿，便做买酒买食吃了问路，处处皆说得一般。徐宁心中急切要那副甲，只顾跟随着汤隆赶了去。

看看天色又晚了，望见前面一所古庙，庙前树下，时迁放着担儿，在那里坐地。汤隆看见，叫道："好了！前面树下那个，不是哥哥盛甲的匣子？"徐宁见了，抢向前来一把揪住时迁，喝道："你这厮好大胆！如何盗了我这副甲来！"时迁道："住，住！不要叫！是我盗了你这副甲来，你如今却是要怎地？"徐宁喝道："畜生无礼！倒问我要怎的！"时迁道："你且看匣子里有甲也无？"汤隆便把匣子打开看时，里面却是空的。徐宁道："你这厮把我这副甲那里去了！"时迁道："你听我说，小人姓张，排行第一，泰安州人氏，本州有个财主，要结识老种经略相公，知道你家有这副雁翎锁子甲，不肯货卖(出售)。特地使我同一个李三两人来你家偷盗，许俺们一万贯。不想我在你家柱子上跌下来，闪胸了腿，因此走不动。先教李三把甲拿了去，只留得空匣在此。你若要奈何(谓采取手段、办法整治对方)我时，便到官司，只是拚着命，就打死我也不招，休想我指出别人来。若还肯饶我官司时，我和你去讨这副甲来还你。"

徐宁踌躇了半响，决断不下。汤隆便道："哥哥，不怕他飞了去！只和他去讨甲！若无甲时，须有本处官司告理(告状，请求处理)。"徐宁道："兄弟也说的是。"三个厮赶着，又投客店里来息了。徐宁、汤隆监住时迁一处宿歇。原来时迁故把些绢帛扎缚了腿，只做闪胸了腿。徐宁见他又走不动，因此十分中只有五分防他。三个又歇了一夜，次日早起来再行。时迁一路买酒买肉陪告(赔着小心诉说)，又行了一日。

次日，徐宁在路上心焦起来，不知毕竟有甲也无。正走之间，只见路旁边三四个头口(指骡马驴牛之类大牲畜)，拽出一辆空车子，背后一个人驾车，旁边一个客人，看着汤隆，纳头便拜。汤隆问道："兄弟因何到此？"那人答道："郑州做了买卖，要回泰安州去。"汤隆道："最好。我三个要搭车子，也要到泰安州去走一遭。"那人道："莫说三个上车,再多些也不计较。"汤隆大喜,叫与徐宁相见。徐宁问道:"此人是谁?"汤隆答道:"我去年在泰安州烧香,结识得这个兄弟,姓李,名荣,是个有义气的人。"徐宁道:"既然如此,这张一又走不动,都上车子坐地(坐着,坐)。"只叫车客驾车子行。四个人坐在车子上,徐宁问道:"张一,你且说与我那个财主姓名。"时迁吃逼(被迫)不过,三回五次推托,只得胡乱说道:"他是有名的郭大官人。"徐宁却问李荣道:"你那泰安州曾有个郭大官人么?"李荣答道:"我那本州郭大官人是个上户财主,专好结识官宦来往,门下养着多少闲人。"徐宁听罢,心中想道:"既有主坐(犹主犯),必不碍事。"又见李荣一路上说些枪棒,唱几个曲儿,不觉的又过了一日。

话休絮繁。看看到梁山泊只有两程多路,只见李荣叫车客(指驾车的人)把葫芦去沽些酒来,买些肉来,就车子上吃三杯。李荣把出一个瓢来,先倾一瓢,来劝徐宁,徐宁一饮而尽。李荣再叫倾酒,车客假做手脱,把这一葫芦酒,都倾翻在地下。李荣喝骂车客再去沽些。只见徐宁口角流涎,扑地倒在车子上了。李荣是谁?却是铁叫子乐和。三个从车上跳将下来,赶着车子,直送到旱地忽律朱贵酒店里。众人就把徐宁扛扶下船,都到金沙滩上岸。

宋江已有人报知,和众头领下山接着。徐宁此时麻药已醒,众人又用解药解了。徐宁开眼见了众人,吃了一惊,便问汤隆道:"兄弟,你如何赚我到这里?"汤隆道:"哥哥听我说,小弟今次(这回,这番)闻知宋公明招接四方豪杰,因此上在武冈镇拜黑旋风李逵做哥哥,投托大寨入伙。今被呼延灼用连环甲马冲阵,无计可破,是小弟献此钩镰枪法;只除是哥哥会使。由此定这条计:使时迁先来盗了你的甲,却教小弟赚哥哥上路,后使乐和假做李荣,过山时,下了蒙汗药,请哥哥上山来坐把交椅。"徐宁道:"却是兄弟送了(断送,葬送)我也!"宋江执杯向前陪告道:"现今宋江暂居水泊,专待朝廷招安,尽忠竭力报国,非敢贪财好杀,行不仁不义之事。万望观察怜此真情,一同替天行道。"林冲也来把盏陪话道:"小弟亦到此间,多说兄长清德,休要推却。"徐宁道:"汤隆兄弟,你却赚我到此,家中妻子必被官司擒捉,如之奈何!"宋江道:"这个不妨。观察放心,只在小可身上,早晚便取宝眷到此完聚。"晁盖、吴用、公孙胜都来与徐宁陪话,安排筵席作庆。

一面选拣精壮小喽罗,学使钩镰枪法,一面使戴宗和汤隆星夜往东京,搬取徐宁老小。旬日之间,杨林自颍州取到彭玘老小,薛永自东京取到凌振老小,李云收买到五车烟火、药料回寨。更过数日,戴宗、汤隆取到徐宁老小上山。

徐宁见了妻子到来,吃了一惊,问是如何便到得这里。妻子答道:"自你转背(离开),官司点名不到,我使了些金银首饰,只推道患病在床,因此不来叫唤。忽见汤叔叔赍着雁翎甲来说道:'甲便夺得来了。哥哥只是于路染病,将次(将要)死在客店里,叫嫂嫂和孩儿便来看视。'把我赚上车子,我又不知路径,迤逦来到这里。"徐宁道:"兄弟,好却好了。只可惜将我这副甲陷在家里了。"汤隆笑道:"好教哥哥欢喜,打发嫂嫂上车之后,我便复翻身去赚了这甲,诱了这两个娅嬛,收拾了家中应有细软,做一担儿挑在这里。"徐宁道:"怎地时,我们不能够回东京去了。"汤隆道:"我又教哥哥再知一件事,来在半路上,撞见一伙客人,我把哥哥的雁翎甲穿了,搽画了脸,说哥哥名姓,劫了那伙客人的财物。这早晚(时候)东京已自遍行文书,捉拿哥哥。"徐宁道:"兄弟,你也害得我不浅!"晁盖、宋江都来陪话道:"若不是如此,观察如何肯在这里住?"随即拨定房屋,与徐宁安顿老小。众头领且商议破连环马军之法。

此时雷横监造钩镰枪已都完备,宋江、吴用等启请徐宁,教众军健学使钩镰枪法。徐宁道:"小弟今当尽情剖露(谓充分表露),训练众军头目,拣选身材长壮之士。"众头领都在聚义厅上看徐宁选军,说那个钩镰枪法。有分教,三千甲马登时破,一个英雄指日降。毕竟金枪徐宁怎的敷演(表演、示范)钩镰枪法,且听下回分解。

第五十七回

徐宁教使钩镰枪　宋江大破连环马

　　话说晁盖、宋江、吴用、公孙胜与众头领,就聚义厅上启请(请求)徐宁教使钩镰枪法。众人看徐宁时,果是一表好人物,六尺五六长身体,团团的一个白脸,三牙(三绺)细黑髭髯,十分腰围膀阔。曾有一篇《西江月》单道徐宁模样:

> 臂健开弓有准,身轻上马如飞。弯弯两道卧蚕眉,凤翥(像凤凰一样飞翔。翥,zhù)鸾翔子弟。　　战铠细穿柳叶,乌巾斜带花枝。常随宝驾侍丹墀,枪手徐宁无对。

　　当下徐宁选军已罢,便下聚义厅来,拿起一把钩镰枪自使一回。众人见了喝采。徐宁便教众军道:"但凡马上使这般军器,就腰胯里做步上来,上中七路,三钩四拨,一挪一分,共使九个变法。若是步行使这钩镰枪,亦最得用。先使八步四拨,荡开门户(即架势);十二步一变,十六步大转身,分钩镰挪缴;二十四步挪上攒下,钩东拨西;三十六步浑身盖护,夺硬斗强。此是钩镰枪正法。有诗诀为证:

> 四拨三钩通七路,共分九变合神机。
> 二十四步挪前后,一十六翻大转围。

　　徐宁将正法一路路敷演(表演),教众头领看。众军汉见了徐宁使钩镰枪,都喜欢。就当日为始,将选拣精锐壮健之人,晓夜(昼夜)习学。又教步军藏林伏草,钩蹄拽腿下面三路暗法。不到半月之间,教成山寨五七百人,宋江并众头领看了大喜,准备破敌。

　　却说呼延灼自从折了彭玘、凌振,每日只把马军来水边搦战(挑战。搦，nuò)。山寨中只教水军头领牢守各处滩头，水底钉了暗桩。呼延灼虽是在山西山北两路出哨(巡逻放哨)，决不能够到山寨边。梁山泊却叫凌振制造了诸般火炮，克日定时，下山对敌。学使钩镰枪军士，已都学成。宋江道："不才浅见，未知合众位心意否？"吴用道："愿闻其略。"宋江道："明日并不用一骑马军，众头领都是步战。孙吴(春秋时著名军事家孙武、吴起)兵法，却利于山林沮泽(水草丛生的沼泽地带)。今将步军下山，分作十队诱敌。但见军马冲掩将来，都望芦苇荆棘林中乱走。却先把钩镰枪军士埋伏在彼，每十个会使钩镰枪的，间着十个挠钩手，但见马到，一搅钩翻，便把挠钩搭将入去捉了。平川窄路，也如此埋伏。此法如何？"吴学究道："正应如此藏兵捉将。"徐宁道："钩镰枪并挠钩，正是此法。"

宋江当日分拨十队步军人马：刘唐、杜迁引一队；穆弘、穆春引一队；杨雄、陶宗旺引一队；朱仝、邓飞引一队；解珍、解宝引一队；邹渊、邹润引一队；一丈青、王矮虎引一队；薛永、马麟引一队；燕顺、郑天寿引一队；杨林、李云引一队。这十队步军，先行下山诱引敌军。再差李俊、张横、张顺、三阮、童威、童猛、孟康九个水军头领，乘驾战船接应。再叫花荣、秦明、李应、柴进、孙立、欧鹏六个头领，乘马引军，只在山边搦战。凌振、杜兴专放号炮(军中用来传达信息的火炮)。却叫徐宁、汤隆总行招引使钩镰枪军士。中军宋江、吴用、公孙胜、戴宗、吕方、郭盛总制军马，指挥号令。其余头领俱各守寨。

宋江分拨已定，是夜三更，先载使钩镰枪军士过渡，四面去分头埋伏已定。四更却渡十队步军过去。凌振、杜兴载过风火炮，架上高阜(高的土山)去处，竖起炮架，搁上火炮。徐宁、汤隆各执号带渡水。平明时分，宋江守中军人马，隔水擂鼓呐喊摇旗。呼延灼正在中军帐内，听得探子报知，传令便差先锋韩滔先来出哨。随即锁上连环甲马，呼延灼全身披挂，骑了踢雪乌骓马，仗着双鞭，大驱车马，杀奔梁山泊来。隔水望见宋江引着许多人马，呼延灼教摆开马军。先锋韩滔来与呼延灼商议道："正南上一队步军，不知多少的？"呼延灼道:"休问他多少,只顾把连环马冲将去!"韩滔引着五百马军,飞哨(哨,古代军队编制单位,以百人为一哨)出去。又见东南上一队军兵起来,却欲分兵去哨,只见西南上又有起一队旗号,招飐(飘动,摇曳。飐,zhǎn)呐喊。韩滔再引军回来,对呼延灼道:"南边二队贼兵,都是梁山泊旗号。"呼延灼道:"这厮许多时不出来厮杀,必有计策。"说犹未了,只听得北边一声炮响。呼延灼骂道:"这炮必是凌振从贼,教他施放。"众人平南(正南)一望,只见北边又拥起三队旗号,呼延灼对韩滔道:"此必是贼人奸计。我和你把人马分为两路,我去杀北边人马,你去杀南边人马。"正欲分兵之际,只见西边又是四队人马起来,呼延灼心慌。又听的正北上连珠炮响,一带直接到土坡上。那一个母炮周回(四周)接着四十九个子炮,名为"子母炮",响处风威大作。呼延灼军兵,不战自乱,急和韩滔各引马步军兵四下冲突。这十队步军,东赶东走,西赶西走,呼延灼看了大怒,引兵望北冲将来。宋江军兵尽投芦苇中乱走,呼延灼大驱连环马,卷地而来。那甲马一齐跑发,收勒不住,尽望败苇折芦之中,枯草荒林之内跑了去。只听里面胡哨响处,钩镰枪一齐举手,先钩倒两边马脚,中间的甲马,便自咆哮起来。那挠钩手军士一齐搭住,芦苇中只顾缚人。呼延灼见中了钩镰枪法,便勒马回南边去赶韩滔。背后风火炮当头打将下来,这边那边,漫山遍野,都是步军追赶着。韩滔、呼延灼部领的连环甲马,乱滚滚都撷入(跌入)荒草芦苇之中,尽被捉了。

二人情知中了计策,纵马去四面跟寻马军,夺路(争夺道路)奔走时,更兼那几条路上,麻林(成片长着的麻。常用以形容刀、枪之类密集众多)般摆着梁山泊旗号,不敢投那几条路走,一直便望西北上来。行不到五六里路,早拥出一队强人,当先两个好汉拦路,一个是没遮拦穆弘,一个是小遮拦穆春,拈两条朴刀大喝道:"败将休走!"呼延灼忿怒,舞起双鞭,纵马直取穆弘、穆春。略斗四五合,穆春便走。呼延灼只怕中了计,不来追赶,望正北大路而走。山坡下又转出一队强人,当先两个好汉拦路,一个是两头蛇解珍,一个是双尾蝎解宝,各挺钢叉,直奔前来。呼延灼舞起双鞭,来战两个。斗不到五七合,解珍、解宝拔步(快速举步)便走。呼延灼赶不过半里多路,两边钻出二十四把钩镰枪,着地卷将来。呼延灼无心恋战,拨转马头望东北上大路便走,又撞着王矮虎、一丈青夫妻二人,截住去路。呼延灼见路径不平,四下兼有荆棘遮拦,拍马舞鞭,杀开条路,直冲过去。王矮虎、一丈青赶了一直(一程)赶不上,呼延灼自投东北上去了,杀的大败亏输,雨零星乱。有诗为证:

十路军兵振地来,乌骓踢雪望风回。

连环尽被钩镰破,剩得双鞭出九垓①。

话分两头。且说宋江鸣金收军回山,各请功赏。三千连环甲马,有停半(五百。停,成数,一停犹一成)被钩镰枪拨倒,伤损了马蹄,剥去皮甲,把来做菜马食;二停(两千)多好马,牵上山去喂养,作坐马。带甲军士,都被生擒上山。五千步军,被三面围得紧急,有望中军躲的,都被钩镰枪拖翻捉了;望水边逃命的,尽被水军头领围裹上船去,拽过滩头,拘捉上山。先前被拿去的马匹并捉去军士,尽行复夺回寨。把呼延灼寨栅尽数拆来,水边泊内,搭盖小寨,再造两处做眼酒店房屋等项,仍前着孙新、顾大嫂、石勇、时迁两处开店。刘唐、杜迁拿得韩滔,把来绑缚,解到山寨。宋江见了,亲解其缚,请上厅来,以礼陪话,相待筵宴,令彭玘、凌振说他入伙。韩滔也是七十二煞之数,自然意气相投,就梁山泊做了头领。宋江便教修书,使人往陈州搬取韩滔老小,来山寨中完聚。宋江喜得破了连环马,又得了许多军马、衣甲、盔刀,每日做筵席庆喜。仍旧调拨各路守把,提防官兵,不在话下。

却说呼延灼折了许多官军人马,不敢回京,独自一个骑着那匹踢雪乌骓马,把衣甲拴在马上,于路逃难,却无盘缠;解下束腰金带,卖来盘缠。在路寻思道:"不想今日闪得我如此,却是去投谁好?"

---

① 九垓(gāi):本意是九层,借指天,此指层层截杀。

猛然想起:"青州慕容知府旧与我有一面相识,何不去那里投奔他,却打(疏通)慕容贵妃的关节(指暗中勾通官吏的事),那时再引军来报仇未迟。"

　　在路行了二日,当晚又饥又渴。见路旁一个村酒店,呼延灼下马,把马拴在门前树上。入来店内,把鞭子放在桌上,坐下了,叫酒保取酒肉来吃。酒保道:"小人这里只卖酒。要肉时,村里却才杀羊,若要,小人去回买。"呼延灼把腰里料袋解下来,取出些金带倒换的碎银两,把与酒保道:"你可回一脚(把有四条腿的动物分作四份,每份叫一脚)羊肉与我煮了,就对付(安排,准备)草料,喂养我这匹马。今夜只就你这里宿一宵,明日自投青州府里去。"酒保道:"官人,此间宿不妨,只是没好床帐。"呼延灼道:"我是出军的人,但有歇处便罢。"酒保拿了银子,自去买羊肉。呼延灼把马背上捎的衣甲取将下来,松了肚带,坐在门前,等了半响,只见酒保提一脚羊肉归来。呼延灼便叫煮了,回三斤面来打饼,打两角酒来。酒保一面煮肉打饼,一面烧脚汤,与呼延灼洗了脚,便把马牵放屋后小屋下。酒保一面切草煮料,呼延灼先讨热酒吃了一回。少刻肉熟,呼延灼叫酒保,也与他些酒肉吃了,分付道:"我是朝廷军官,为因收捕梁山泊失利,待往青州投慕容知府,你好生与我喂养这匹马。——是今上(皇上)御赐的,名为踢雪乌骓马。明日我重重赏你。"酒保道:"感承相公。却有一件事教相公得知,离此间不远,有座山,唤做桃花山。山上有一伙强人,为头的是打虎将李忠,第二个是小霸王周通,聚集着五七百小喽啰,打家劫舍,时常来搅恼村坊。官司累次着仰捕盗官军来,收捕他不得,相公夜间须用小心醒睡(犹警醒)。"呼延灼说道:"我有万夫不当之勇,便道那厮们全伙都来,也待怎生!只与我好生喂养这匹马。"吃了一回酒肉饼子,酒保就店里打了一铺,安排呼延灼睡了。

　　一者呼延灼连日心闷,二乃又多了几杯酒,就和衣而卧。一觉直睡到三更方醒,只听得屋后酒保在那里叫屈起来。呼延灼听得,连忙跳将起来,提了双鞭,走去屋后问道:"你如何叫屈?"酒保道:

"小人起来上草,只见篱笆推翻,被人将相公的马偷将去了。远远地望见三四里火把尚明,一定是那里去了。"呼延灼道:"那里正是何处?"酒保道:"眼见得那条路上,正是桃花山小喽罗偷得去了。"呼延灼吃了一惊,便叫酒保引路,就田塍(田埂。塍,chéng)上赶了二三里。火把看看不见,正不知投那里去了。呼延灼说道:"若无了御赐的马,却怎的是好!"酒保道:"相公明日须去州里告了,差官军来剿捕,方才能勾这匹马。"呼延灼闷闷不已,坐到天明,叫酒保挑了衣甲,径投青州。来到城里时,天色已晚了,且在客店里歇了一夜。

次日天晓,径到府堂阶下参拜了慕容知府。知府大惊,问道:"闻知将军收捕梁山泊草寇,如何却到此间?"呼延灼只得把上项诉说了一遍。慕容知府听了道:"虽是将军折了许多人马,此非慢功(骄傲,怠慢)之罪,中了贼人奸计,亦无奈何。下官所辖地面,多被草寇侵害。将军到此,可先扫清桃花山,夺取那匹御赐的马。却连那二龙山、白虎山两处强人,一发剿捕了时,下官自当一力保奏,再教将军引兵复仇如何?"呼延灼再拜道:"深谢恩相主监(明鉴,判断)。若蒙如此,誓当效死报德!"慕容知府教请呼延灼去客房里暂歇,一面更衣宿食。那挑甲酒保,自叫他回去了。

一住三日,呼延灼急欲要这匹御赐马,又来禀复知府,便教点军。慕容知府便点马步军二千,借与呼延灼,又与了一匹青鬃(zōng)马。呼延灼谢了恩相,披挂上马,带领军兵前来夺马,径往桃花山进发。

且说桃花山上打虎将李忠与小霸王周通自得了这匹踢雪乌骓马,每日在山上庆喜饮酒。当日有伏路小喽罗报道:"青州军马来也!"小霸王周通起身道:"哥哥守寨,兄弟去退官军。"便点起一百小喽罗,绰枪上马,下山来迎敌官军。

却说呼延灼引起二千兵马来到山前,摆开阵势,呼延灼当先出马,厉声高叫:"强贼早来受缚!"小霸王周通将小喽罗一字摆开,便挺枪出马。怎生打扮?

身着团花①宫锦袄,手持走水绿沉②枪。

声雄面阔须如戟③,尽道周通赛霸王。

呼延灼见了周通,便纵马向前来战。周通也跃马来迎。二马相交,斗不到六七合,周通气力不加,拨转马头,往山上便走。呼延灼赶了一直,怕有计策,急下山来,扎住寨栅,等候再战。

却说周通回寨,见了李忠,诉说:"呼延灼武艺高强,遮拦(抵挡)不住,只得且退上山。倘或他赶到寨前来,如之奈何!"李忠道:"我闻二龙山宝珠寺花和尚鲁智深在彼,多有人伴,更兼有个甚么青面兽杨志,又新有个行者武松,都有万夫不当之勇。不如写一封书,使小喽罗去那里求救。若解得危难,拣得投托(投靠)他大寨,月终纳他些进奉(指进献的财物)也好。"周通道:"小弟也多知他那里豪杰,只恐那和尚记当初之事,不肯来救。"李忠笑道:"他那时又打了你,又得了我们许多金银酒器,如何倒有见怪之心? 他是个直性的好人,使人到彼,必然亲引军来救应。"周通道:"哥哥也说得是。"就写了一封书,差两个了事的小喽罗,从后山路将下去,取路投二龙山来。行了两日,早到山下,那里小喽罗问了备细来情。

且说宝珠寺里大殿上坐着三个头领:为首是花和尚鲁智深,第二是青面兽杨志,第三是行者二郎武松。前面山门下坐着四个小头领:一个是金眼彪施恩,原是孟州牢城施管营的儿子,为因武松杀了张都监一家人口,官司着落(责成)他家追捉凶身,以此连夜挈家逃走在江湖上。后来父母俱亡,打听得武松在二龙山,连夜投奔入伙。一个是操刀鬼曹正,原是同鲁智深、杨志收夺宝珠寺,杀了邓龙,后来入伙。一个是菜园子张青,一个是母夜叉孙二娘。这是夫妻两个,原是孟州道十字坡卖人肉馒头的。因鲁智深、武松连连寄书招他,亦来投奔入伙。曹正听得说桃花山有书,先来问了详细,直去殿上,禀复三个大头领知道。智深便道:"洒家当初离五台山时,到一

①团花:四周呈放射状或旋转式的图形装饰纹样。　②绿沉:浓绿色。　③须如戟:胡子浓密硬直,犹如兵器。

个桃花村投宿,好生打了那周通撮鸟(骂人的话)一顿。李忠那厮,却来认得洒家,却请去上山吃了一日酒,结识洒家为兄,留俺做个寨主。俺见这厮们悭吝(吝啬),被俺卷了若干金银酒器撇开(撇开)他。如今来求救,且看他说甚么。放那小喽罗上关来。"

曹正去不多时,把那小喽罗引到殿下,唱了喏,说道:"青州慕容知府近日收得个征进梁山泊失利的双鞭呼延灼。如今慕容知府先教扫荡俺这里桃花山、二龙山、白虎山几座山寨,却借军与他收捕梁山泊复仇。俺的头领今欲启请大头领将军下山相救,明朝无事了时,情愿来纳进奉。"杨志道:"俺们各守山寨,保护山头,本不去救应的是。洒家一者怕坏了江湖上豪杰;二者恐那厮得了桃花山,便小觑了洒家这里。可留下张青、孙二娘、施恩、曹正看守寨栅,俺三个亲自走一遭。"随即点起五百小喽罗,六十余骑军马,各带了衣甲军器,径往桃花山来。

却说李忠知二龙山消息,自引了三百小喽罗下山策应。呼延灼闻知,急领所部军马,拦路列阵,舞鞭出马,来与李忠相持。怎见李忠模样?

头尖骨脸似蛇形,枪棒林中独擅名。

打虎将军心胆大,李忠祖是霸陵①生。

原来李忠祖贯濠(háo)州定远人氏,家中祖传靠使枪棒为生。人见他身材壮健,因此呼他做打虎将。当时下山来与呼延灼交战,李忠如何敌得呼延灼过,斗了十合之上,见不是头(形势不好),拨开军器便走。呼延灼见他本事低微,纵马赶上山来。小霸王周通正在半山里看见,便飞下鹅卵石来,呼延灼慌忙回马下山来。只见官军迤头(形容连续不断)呐喊,呼延灼便问道:"为何呐喊?"后军答道:"远望见一彪(一队)军马飞奔而来。"呼延灼听了,便来后军队里看时,见尘头起处,当头一个胖大和尚,骑一匹白马,那人是谁?正是:

---

① 霸陵:汉文帝陵寝,汉飞将军李广曾在那里经过。此句是说李忠是李广的后人。

　　自从落发寓禅林，万里曾将壮士寻。臂负千斤扛鼎(举鼎。扛，gāng)力，天生一片杀人心。欺佛祖，喝(hè)观音，戒刀禅杖冷森森。不看经卷花和尚，酒肉沙门(僧人)鲁智深。

　　鲁智深在马上大喝道："那个是梁山泊杀败的撮鸟，敢来俺这里唬吓人！"呼延灼道："先杀你这个秃驴，豁(排遣，发泄)我心中怒气！"鲁智深轮动铁禅杖，呼延灼舞起双鞭，二马相交(相接，交战)，两边呐喊。斗四五十合，不分胜败。呼延灼暗暗喝采道："这个和尚，倒恁地了得！"两边鸣金，各自收军暂歇。

　　呼延灼少停，再纵马出阵，大叫："贼和尚再出来，与你定个输赢，见个胜败！"鲁智深却待正要出马，侧首(旁边)恼犯了这个英雄，叫道："大哥少歇，看洒家去捉这厮！"那人舞刀出马。来战呼延灼的是谁？正是：

　　曾向京师为制使，花石纲累受艰难。虹霓气(作乱之气)逼牛斗(斗、牛二星宿)寒。刀能安宇宙，弓可定尘寰(人间)。虎体狼腰猿臂健，跨龙驹稳坐雕鞍。英雄声价(名誉身价)满梁山。人称青面兽，杨志是军班。

　　当下杨志出马，来与呼延灼交锋。两个斗到四十余合，不分胜败。呼延灼见杨志手段高强，寻思道："怎的那里走出这两个来？好生了得！不是绿林中手段！"杨志也见呼延灼武艺高强，卖个破绽，拨回马，跑回本阵。呼延灼也勒转马头，不来追赶。两边各自收军。鲁智深便和杨志商议道："俺们初到此处，不宜逼近下寨。且退二十里，明日却再来厮杀。"带领小喽罗，自过附近山冈下寨去了。

　　却说呼延灼在帐中纳闷，心内想道："指望到此势如劈竹，便拿了这伙草寇，怎知却又逢着这般对手！我直如此命薄！"正没摆布处，只见慕容知府使人来唤道："叫将军且领兵回来，保守城中。今有白虎山强人孔明、孔亮，引人马来青州借粮，怕府库有失，特令来请将军回城守备。"呼延灼听了，就这机会，带领军马连夜回青州去了。

次日,鲁智深与杨志、武松又引了小喽罗摇旗呐喊,直到山下来看时,一个军马也无了,倒吃了一惊。山上李忠、周通引人下来,拜请三位头领上到山寨里,杀牛宰马,筵席相待,一面使人下山,探听前路消息。

且说呼延灼引军回到城下,却见了一彪军马,正来到城边。为头的乃是白虎山下孔太公的儿子毛头星孔明、独火星孔亮。两个因和本乡一个财主争竞,把他一门良贱尽都杀了,聚集起五七百人,占住白虎山,打家劫舍。因为青州城里有他的叔叔孔宾,被慕容知府捉下,监在牢里,孔明、孔亮特地点起山寨小喽罗来打青州,要救叔叔孔宾;正迎着呼延灼军马,两边拥着,厮住厮杀,呼延灼便出马到阵前。慕容知府在城楼上观看,见孔明当先,挺枪出马,直取呼延灼。两马相交,斗到二十余合,呼延灼要在知府跟前显本事,又值孔明武艺不精,只办得架隔遮拦,斗到间深里,被呼延灼就马上把孔明活捉了去,孔亮只得引了小喽罗便走。慕容知府在敌楼上指着,叫呼延灼引军去赶,官兵一掩,活捉得百十余人。孔亮大败,四散奔走,至晚寻个古庙安歇。

却说呼延灼活捉得孔明,解入城中,来见慕容知府。知府大喜,叫把孔明大枷钉下牢里,和孔宾一处监收。一面赏劳三军,一面管待呼延灼,备问桃花山消息。呼延灼道:"本待是'瓮中捉鳖,手到拿来',无端又被一伙强人前来救应。数内一个和尚,一个青脸大汉,二次交锋,各无胜败。这两个武艺不比寻常,不是绿林中手段,因此未曾拿得。"慕容知府道:"这个和尚,便是延安府老种经略帐前军官提辖鲁达,今次落发为僧,唤做花和尚鲁智深。这一个青脸大汉,亦是东京殿帅府制使官,唤做青面兽杨志。再有一个行者,唤做武松,原是景阳冈打虎的武都头。这三个占住二龙山,打家劫舍,累次拒敌官军,杀了三五个捕盗官,直至如今,未曾捉得。"呼延灼道:"我见这厮们武艺精熟,原来却是杨制使和鲁提辖,名不虚传!恩相放心,呼延灼已见他们本事了。只在早晚,一个个活捉了解官。"知府大喜,设筵管待已了,且请客房内歇,不在话下。

却说孔亮引了败残人马,正行之间,猛可里树林中撞出一彪军马,当先一筹(一条)好汉,怎生打扮?有《西江月》为证:

直裰(指僧袍。裰,duō)冷披黑雾,戒箍光射秋霜。额前剪发拂眉长,脑后护头齐项。　　顶骨数珠灿白,杂绒绦结微黄。钢刀两口逬寒光,行者武松形象。

孔亮见了是武松,慌忙滚鞍下马,便拜道:"壮士无恙?"武松连忙答应,扶起问道:"闻知足下弟兄们占住白虎山聚义,几次要来拜望,一者不得下山,二乃路途不顺,以此难得相见。今日何事到此?"孔亮把救叔叔孔宾陷兄之事,告诉了一遍。武松道:"足下休慌。我有六七个弟兄,现在二龙山聚义。今为桃花山李忠、周通被青州官军攻击得紧,来我山寨求救。鲁、杨二头领引了孩儿们先来与呼延灼交战。两个厮并了一日,呼延灼夜间去了。山寨中留我弟兄三人筵宴,把这匹御赐马送与我们。今我部领头队人马回山,他二位随后便到。我叫他去打青州,救你叔兄如何?"

孔亮拜谢武松。等了半晌,只见鲁智深、杨志两个并马都到。武松引孔亮拜见二位,备说:"那时我与宋江在他庄上相会,多有相扰。今日俺们可以义气为重,聚集三山人马,攻打青州,杀了慕容知府,擒获呼延灼,各取府库钱粮,以供山寨之用,如何?"鲁智深道:"洒家也是这般思想。便使人去桃花山报知,叫李忠、周通引孩儿们来,俺三处一同去打青州。"

杨志便道:"青州城池坚固,人马强壮,又有呼延灼那厮英勇。不是俺自灭威风,若要攻打青州时,只除非依我一言,指日可得。"武松道:"哥哥,愿闻其略。"那杨志言无数句,话不一席,有分教,青州百姓,家家瓦裂烟飞;水浒英雄,个个磨拳擦掌。毕竟杨志对武松说出怎地打青州,且听下回分解。

第五十八回

三山聚义打青州　　众虎同心归水泊

当有武松引孔亮拜告(拜访、请求)鲁智深、杨志，求救哥哥孔明，并叔叔孔宾。鲁智深便要聚集三山人马，前去攻打。杨志道："若要打青州，须用大队军马，方可打得。俺知梁山泊宋公明大名，江湖上都唤他做及时雨宋江，更兼呼延灼是他那里仇人。俺们弟兄和孔家弟兄的人马都并做一处，洒家这里再等桃花山人马齐备，一面且去攻打青州。孔亮兄弟你可亲身星夜去梁山泊，请下宋公明来，并力攻城，此为上计。亦且宋三郎与你至厚，你们弟兄心下如何？"鲁智深道："正是如此。我只见今日也有人说宋三郎好，明日也有人说宋三郎好，可惜洒家不曾相会。众人说他的名字，聒得洒家耳朵也聋了，想必其人是个真男子，以致天下闻名。前番和花知寨在清风山时，洒家有心要去和他厮会，及至洒家去时，又听得说道去了，以此无缘不得相见。罢了！孔亮兄弟，你要救你哥哥时，快亲自去那里告请他们。洒家等先在这里和那撮鸟们厮杀。"孔亮交付小喽罗与了鲁智深，只带一个伴当，扮做客商，星夜投梁山泊来。

且说鲁智深、杨志、武松三人，去山寨里唤将施恩、曹正，再带一二百人下山来相助。桃花山李忠、周通得了消息，便带本山人马尽数起点，只留三五十个小喽罗看守寨栅，其余都带下山来，青州城下聚集，一同攻打城池，不在话下。

却说孔亮自离了青州，迤逦来到梁山泊边催命判官李立酒店里，买酒吃问路。李立见他两个来得面生，便请坐地，问道："客人从那里来？"孔亮道："从青州来。"李立问道："客人要去梁山泊寻谁？"孔亮答道："有个相识在山上，特来寻他。"李立道："山上寨中，都是大王住处，你如何去得？"孔亮道："便是要寻宋大王。"李立道："既是来寻宋头领，我这里有分例。"便叫火家快去安排分例酒来相待。孔亮道："素不相识，如何见款？"李立道："客官不知，但是来寻山寨头领，必然是社火（犹同伙）中人故旧交友，岂敢有失祇应（恭敬地伺候，照应）？便当去报。"孔亮道："小人便是白虎山前庄户孔亮的便是。"李立道："曾听得宋公明哥哥说大名来，今日且喜上山。"二人饮罢分例酒，随即开窗，就水亭上放了一枝响箭。见对港芦苇深处，早有小喽罗棹过船来。到水亭下，李立便请孔亮下了船，一同摇到金沙滩上岸，却上关来。孔亮看见三关雄壮，枪刀剑戟如林，心下想道："听得说梁山泊兴旺，不想做下这等大事业！"已有小喽罗先去报知，宋江慌忙下来迎接。

　　孔亮见了，连忙下拜。宋江问道："贤弟缘何到此？"孔亮拜罢，放声大哭。宋江道："贤弟心中有何危厄不决之难，但请尽说不妨。便当不避水火，力为救解，与汝相助。贤弟且请起来。"孔亮道："自从师父离别之后，老父亡化，哥哥孔明与本乡上户争些闲气起来，杀了他一家老小，官司来捕捉得紧，因此反上白虎山，聚得五七百人，打家劫舍。青州城里，却有叔父孔宾，被慕容知府捉了，重枷钉在狱中。因此我弟兄两个去打城子，指望救取叔叔孔宾。谁想去到城下，正撞了一个使双鞭的呼延灼。哥哥与他交锋，致被他捉了，解送青州，下在牢里，存亡未保。小弟又被他追杀一阵。次日，正撞着武松，说起师父大名来，他便引我去拜见同伴的：一个是花和尚鲁智深，一个是青面兽杨志。他二人一见如故，便商议救兄一事。他道：'我请鲁、杨二头领并桃花山李忠、周通，聚集三山人马，攻打青州；你可连夜快去梁山泊内，告你师父宋公明，来救你叔兄两个。'以此今日一径到此。"宋江道："此是易为之事，你且放心。先来拜见晁头领，共同商议。"

　　宋江便引孔亮参见晁盖、吴用、公孙胜并众头领,备说呼延灼走在青州,投奔慕容知府,今来捉了孔明,以此孔亮来到,恳告求救。晁盖道:"既然他两处好汉,尚兀自仗义行仁,今者三郎和他至爱交友,如何不去? 三郎贤弟你连次下山多遍,今番权且守寨,愚兄替你走一遭。"宋江道:"哥哥是山寨之主,不可轻动。这个是兄弟的事。既是他远来相投,小可若自不去,恐他弟兄们心下不安。小可情愿请几位弟兄同走一遭。"说言未了,厅上厅下一齐都道:"愿效犬马之劳,跟随同去。"宋江大喜。当日设筵管待孔亮。饮筵之间,宋江唤铁面孔目裴宣定拨下山人数,分作五军起行:前军便差花荣、秦明、燕顺、王矮虎,开路作先锋;第二队便差穆弘、杨雄、解珍、解宝;中军便是主将宋江、吴用、吕方、郭盛;第四队便是朱仝、柴进、李俊、张横;后军便差孙立、杨林、欧鹏、凌振摧军作合后。梁山泊点起五军,共计二十个头领,马步军兵二千人马。其余头领,自与晁盖守把寨栅。当下宋江别了晁盖,自同孔亮下山来。梁山人马分作五军起发,正是:

　　　　初离水泊,浑如海内纵蛟龙;乍出梁山,却似风中奔虎豹。五军并进,前后列二十辈英雄;一阵同行,首尾分三千名士卒。绣彩旗如云似雾,蘸钢刀(经过淬火工艺的钢刀)灿雪铺霜。鸾铃响,战马奔驰;画鼓振,征夫踊跃。卷地黄尘霭霭,漫天土雨蒙蒙。宝纛(dào,古时军队或仪仗队的大旗)旗中,簇拥着多智足谋吴学究;碧油幢下,端坐定替天行道宋公明。过去鬼神皆拱手(犹束手),回来民庶尽歌谣。

　　话说宋江引了梁山泊二十个头领、三千人马,分作五军前进,于路无事,所过州县,秋毫无犯。已到青州,孔亮先到鲁智深等军中,报知众好汉,安排迎接。宋江中军到了,武松引鲁智深、杨志、李忠、周通、施恩、曹正,都来相见了。宋江让鲁智深坐地,鲁智深道:"久闻阿哥大名,无缘不曾拜会,今日且喜认得阿哥。"宋江答道:"不才何足道哉! 江湖上义士甚称吾师清德,今日得识慈颜,平生甚幸。"

杨志也起身再拜道:"杨志旧日经过梁山泊,多蒙山寨重义相留,为是洒家愚迷(愚蠢顽固),不曾肯住。今日幸得义士壮观山寨,此是天下第一好事。"宋江答道:"制使威名,播于江湖,只恨宋江相会太晚。"鲁智深便令左右置酒管待,一一都相见了。

次日,宋江问青州一节,近日胜败如何。杨志道:"自从孔亮去了,前后也交锋三五次,各无输赢。如今青州只凭呼延灼一个。若是拿得此人,觑此城子,如汤泼雪(比喻事情容易解决)。"吴学究笑道:"此人不可力敌,只用智擒。"宋江道:"用何智可获此人?"吴学究道:"只除如此如此。"宋江大喜道:"此计大妙!"当日分拨了人马。

次早起军,前到青州城下,四面尽着军马围住,擂鼓摇旗,呐喊搦战。城里慕容知府见报,慌忙教请呼延灼商议:"今次群贼又去报知梁山泊宋江到来,似此如之奈何?"呼延灼道:"恩相放心。群贼到来,先失地利。这厮们只好在水泊里张狂,今却擅离巢穴,一个来,捉一个,那厮们如何施展得?请恩相上城,看呼延灼厮杀。"呼延灼连忙披挂衣甲上马,叫开城门,放下吊桥,领了一千人马,近城摆开。宋江阵中,一将出马。那人手搭(持)狼牙棍,厉声高骂知府:"滥官,害民贼徒!把我全家诛戮,今日正好报仇雪恨!"慕容知府认得秦明,便骂道:"你这厮是朝廷命官,国家不曾负你,缘何敢造反,若拿住你时,碎尸万段!可先下手拿这贼!"呼延灼听了,舞起双鞭,纵马直取秦明。秦明也出马,舞动狼牙大棍来迎呼延灼。二将交马,正是对手。有《西江月》为证:

> 鞭舞两条龙尾,棍横一串狼牙。三军看得眼睛花,二将纵横交马。　　使棍的军班领袖,使鞭的将种堪夸。天昏地惨日扬沙,这厮杀鬼神须怕。

两个斗到四五十合,不分胜败。慕容知府见斗得多时,恐怕呼延灼有失,慌忙鸣金收军入城。秦明也不追赶,退回本阵。宋江教众头领军校,且退十五里下寨。

却说呼延灼回到城中,下马来见慕容知府,说道:"小将正要拿那秦明,恩相如何收军?"知府道:"我见你斗了许多合,但恐劳困,因此收军暂歇。秦明那厮,原是我这里统制,与花荣一同背反,这厮亦不可轻敌。"呼延灼道:"恩相放心,小将必要擒此背义之贼!适间(刚才)和他斗时,棍法已自乱了。来日教恩相看我立斩此贼!"知府道:"既是将军如此英雄,来日若临敌之时,可杀开条路,送三个人出去:一个教他去往东京求救;两个教他去邻近府州,会合起兵,相助剿捕。"呼延灼道:"恩相高见极明。"当日知府写了求救文书,选了三个军官,都发放了当。

只说呼延灼回到歇处,卸了衣甲暂歇。天色未明,只听的军校来报道:"城北门外土坡上有三骑私自在那里看城。中间一个穿红袍骑白马的,两边两个,只认得右边的是小李广花荣,左边那个道妆打扮。"呼延灼道:"那个穿红的,眼见(分明、显然)是宋江了,道装的,必是军师吴用。你们且休惊动了他,便点一百马军,跟我捉这三个。"

呼延灼连忙披挂上马,提了双鞭,带领一百余骑马军,悄悄地开了北门,放下吊桥,引军赶上坡来。宋江、吴用、花荣三个,只顾呆了脸看城。呼延灼拍马上坡,三个勒转马头,慢慢走去。呼延灼奋力赶到前面几株枯树边厢,宋江、吴用、花荣三个齐齐的勒住马。呼延灼方才赶到枯树边,只听得呐声喊,呼延灼正踏着陷坑,人马都跌将下坑去了。两边走出五六十个挠钩手,先把呼延灼钩将起来,绑缚了拿去,后面牵着那匹马。这许多赶来的马军,却被花荣拈弓搭箭,射倒当头五七个,后面的勒转马,一哄都走了。

宋江回到寨里坐,左右群刀手却把呼延灼推将过来。宋江见了,连忙起身,喝叫:"快解了绳索!"亲自扶呼延灼上帐坐定,宋江拜见。呼延灼道:"何故如此?"宋江道:"小可宋江怎敢背负朝廷?盖为官吏污滥,威逼(强力逼迫)得紧,误犯大罪。因此权借水泊里随时避难,只待朝廷救罪招安。不想起动将军,致劳神力。实慕将军虎威,今者误有冒犯,切乞恕罪。"呼延灼道:"被擒之人,万死尚轻,义士何故重礼陪话?"宋江道:"量宋江怎敢坏得将军性命?皇天可表寸心。"只是恳告哀求。呼延灼道:"兄长尊意,莫非教呼延灼往东京告请(请求)招安,到山赦罪?"宋江道:"将军如何去得?高太尉那厮是个心地偏窄(气量狭小)之徒,忘人大恩,记人小过。将军折了许多军马钱粮,他如何不见你罪责?如今韩滔、彭玘、凌振已多在敝山入伙,倘蒙将军不弃山寨微贱,宋江情愿让位与将军。等朝廷见用,受了招安,那时尽忠报国,未为晚矣。"

呼延灼沉思了半晌,一者是天罡之数,自然义气相投;二者见宋江礼貌甚恭,语言有理,叹了一口气,跪下在地道:"非是呼延灼不忠于国,实感兄长义气过人,不容呼延灼不依,愿随鞭镫(愿意追随左右)。事既如此,决无还理。"有诗为证:

亲承天语净狼烟,不着先鞭①愿执鞭。
岂昧忠心翻作贼,降魔殿内有因缘。

宋江大喜,请呼延灼和众头领相见了,叫问李忠、周通,讨这匹踢雪乌骓马送将军骑坐。众人再商议救孔明之计,吴用道:"只除教呼延灼将军赚开城门,唾手可得!更兼绝了呼延灼将军念头。"宋江听了,来与呼延灼陪话道:"非是宋江贪劫城池,实因孔明叔侄陷在缧绁(léixiè,指监狱)之中,非将军赚开城门,必不可得。"呼延灼答道:"小将既蒙兄长收录(收留),理当效力。"当晚点起秦明、花荣、孙立、燕顺、吕方、郭盛、解珍、解宝、欧鹏、王英十个头领,都扮作军士衣服模样,跟了呼延灼,共是十一骑军马,来到城边,直至濠堑(护城河)上,大呼:"城上开门,我逃得性命回来!"

城上人听得是呼延灼声音,慌忙报与慕容知府。此时知府为折了呼延灼正纳闷间,听得报说呼延灼逃得回来,心中欢喜,连忙上马,奔到城上。望见呼延灼有十数骑马跟着,又不见面颜(面容),只认得呼延灼声音。知府问道:"将军如何走得回来?"呼延灼道:"我被那厮的陷坑捉了我到寨里,却有原跟我的头目,暗地盗这匹马与我

---

① 先鞭:指占先。

骑,就跟我来了。"知府只听得呼延灼说了,便叫军士开了城门,放下吊桥。十个头领跟到城门里,迎着知府,早被秦明一棍,把慕容知府打下马来。解珍、解宝便放起火来。欧鹏、王矮虎奔上城,把军士杀散。宋江大队人马见城上火起,一齐拥将入来。宋江急急传令,休教残害百姓,且收仓库钱粮;就大牢里救出孔明,并他叔叔孔宾一家老小,便教救灭了火。把慕容知府一家老幼,尽皆斩首,抄扎(查抄没收)家私,分俵(分施,分给)众军。天明,计点在城百姓被火烧之家,给散粮米救济。把府库金帛,仓廒(粮仓。廒,áo)米粮,装载五六百车,又得了二百余匹好马,就青州府里做个庆喜筵席,请三山头领同归大寨。

李忠、周通使人回桃花山,尽数收拾人马钱粮下山,放火烧毁寨栅。鲁智深也使施恩、曹正回二龙山,与张青、孙二娘收拾人马钱粮,也烧了宝珠寺寨栅。数日之间,三山人马都皆完备。宋江领了大队人马,班师回山。先叫花荣、秦明、呼延灼、朱仝四将开路,所过州县,分毫不扰。乡村百姓,扶老挈幼,烧香罗拜(环绕下拜)迎接。数日之间,已到梁山泊边。众多水军头领,具舟迎接。晁盖引领山寨马步头领,都在金沙滩迎接。直至大寨,向聚义厅上列位坐定。大排筵庆贺新到山寨头领:呼延灼、鲁智深、杨志、武松、施恩、曹正、张青、孙二娘、李忠、周通、孔明、孔亮共十二位新上山头领。坐间林冲说起相谢鲁智深相救一事,鲁智深动问道:"洒家自与教头沧州别后,曾知阿嫂信息否?"林冲答道:"小可自火并(同伙相拼,自相杀伤或吞并)王伦之后,使人回家搬取老小,已知拙妇(对妻子的谦称)被高太尉逆子(指忤逆不孝之子)所逼,随即自缢(上吊。缢,yì)而死。妻父亦为忧疑,染病而亡。"杨志举起旧日王伦手内上山相会之事,众人皆道:"此皆注定,非偶然也!"晁盖说起黄泥冈劫取生辰纲一事,众皆大笑。次日轮流做筵席,不在话下。

且说宋江见山寨又添了许多人马,如何不喜?便叫汤隆做铁匠总管,提督打造诸般军器,并铁叶连环等甲;侯健管做旌旗袍服总管,添造三才(天、地、人)、九曜(指北斗七星及辅佐二星。曜,yào)、四斗、五方(东南西北中)、二十八宿(古代天文学划分的二十八个星座)等旗，飞龙、飞虎、飞熊、飞豹旗、黄钺(yuè，古兵器。圆刃，形似斧而较大)白旄，朱缨皂盖。山边四面筑起墩台。重造西路南路二处酒店，招接往来上山好汉，一就探听飞报军情。山西路酒店，今令张青、孙二娘夫妻二人，原是酒家，前去看守；山南路酒店，仍令孙新、顾大嫂夫妻看守；山东路酒店，依旧朱贵、乐和；山北路酒店，还是李立、时迁。三关上添造寨栅，分调头领看守。部领已定，各各遵依，不在话下。

忽一日，花和尚鲁智深来对宋公明说道："智深有个相识，李忠兄弟也曾认的，唤做九纹龙史进。现在华州华阴县少华山上，和那一个神机军师朱武，又有一个跳涧虎陈达，一个白花蛇杨春，四个在那里聚义。洒家常常思念他。昔日在瓦罐寺救助洒家，思念不曾有忘。洒家要去那里探望他一遭，就取他四个同来入伙，未知尊意如何？"宋江道："我也曾闻得史进大名，若得吾师去请他来，最好。虽然如此，不可独自去，可烦武松兄弟相伴走一遭。他是行者，一般出家人，正好同行。"武松应道："我和师父去。"当日便收拾腰包行李，鲁智深只做禅和子(和尚)打扮，武松装做随侍行者。两个相辞了众头领下山，过了金沙滩，晓行夜住，不止一日，来到华州华阴县界，径投少华山来。

且说宋江自鲁智深、武松去后，一时容他下山，常自放心不下，便唤神行太保戴宗随后跟来，探听消息。

再说鲁智深、武松两个来到少华山下，伏路小喽罗出来拦住问道："你两个出家人那里来？"武松便答道："这山上有史大官人么？"小喽罗说道："既是要寻史大王的，且在这里少等。我上山报知头领，便下来迎接。"武松道："你只说鲁智深到来相探。"小喽罗去不多时，只见神机军师朱武并跳涧虎陈达、白花蛇杨春三个下山来接鲁智深、武松，却不见有史进。鲁智深便问道："史大官人在那里？却如何不见他？"朱武近前上复道："吾师不是延安府鲁提辖么？"鲁智深道："洒家便是。这行者便是景阳冈打虎都头武松。"三个慌忙剪拂(江湖隐语。谓行下拜礼)道："闻名久矣！听知二位在二龙山扎寨，今日缘何到此？"鲁智深道："俺们如今不在二龙山了，投托梁山泊宋公明大寨入伙。今者特来寻史大官人。"朱武道："既是二位到此，且请到山寨中，容小可备细告诉。"鲁智深道："有话便说，待一待，谁鸟耐烦？"武松道："师父是个性急的人，有话便说何妨。"

朱武道："小人等三个在此山寨，自从史大官人上山之后，好生兴旺。近日史大官人下山，因撞见一个画匠，原是北京大名府人氏，姓王，名义。因许下西岳华山金天圣帝庙内装画影壁，前去还愿。因为带将一个女儿，名唤玉娇枝同行，却被本州贺太守——原是蔡太师门人，那厮为官贪滥，非理害民——一日，因来庙里行香，不想正见了玉娇枝有些颜色，累次着人来说，要娶他为妾。王义不从，太守将他女儿强夺了去为妾，又把王义刺配远恶(指边远恶劣之地)军州。路经这里过，正撞见史大官人，告说这件事。史大官人把王义救在山上，将两个防送公人杀了，直去府里要刺贺太守。被人知觉，倒吃拿了，现监在牢里。又要聚起军马扫荡山寨，我等正在这里无计可施！"

鲁智深听了道："这撮鸟敢如此无礼！倒怎么利害？洒家与你结果了那厮。"朱武道："且请二位到寨里商议。"一行五个头领，都到少华山寨中坐下，便叫王义见鲁智深、武松，诉说贺太守贪酷害民，强占良家女子。朱武等一面杀牛宰马，管待鲁智深、武松。饮筵间，鲁智深想道："贺太守那厮好没道理，我明日与你去州里打死那厮罢！"武松道："哥哥不得造次。我和你星夜回梁山泊去报知，请宋公明领大队人马来打华州，方可救得史大官人。"鲁智深叫道："等俺们去山寨里叫得人来，史家兄弟性命不知那里去了。"武松道："便杀了太守，也怎地救得史大官人？"武松却决不肯放鲁智深去。朱武又劝道："吾师且息怒。武都头也论得是。"鲁智深焦躁起来，便道："都是你这般慢性的人，以此送了俺史家兄弟。你也休去梁山泊报知，看洒家去如何！"众人那里劝得住，当晚又谏不从。

明早起个四更,提了禅杖,带了戒刀,径奔华州去了。武松道:"不听人说,此去必然有失。"朱武随即差两个精细的小喽罗,前去打听消息。

却说鲁智深奔到华州城里,路旁借问州衙在那里。人指道:"只过州桥,投东便是。"鲁智深却好来到浮桥(绳索等上面铺木板而造成的桥)上,只见人都道:"和尚且躲一躲,太守相公过来。"鲁智深道:"俺正要寻他,却正好撞在洒家手里! 那厮多敢(多半)是当死!"贺太守头踏(古代官员出行时,走在前面的仪仗)一对对摆将过来,看见太守那乘轿子,却是暖轿(有帷幔遮蔽的轿子)。轿窗两边,各有十个虞候簇拥着,人人手执鞭枪铁链,守护两下。鲁智深看了寻思道:"不好打那撮鸟,若打不着,倒吃他笑。"

贺太守却在轿窗眼里看见了鲁智深欲进不进,过了渭桥,到府中下了轿,便叫两个虞候分付道:"你与我去请桥上那个胖大和尚到府里赴斋。"虞候领了言语,来到桥上对鲁智深说道:"太守相公请你赴斋。"鲁智深想道:"这厮合当死在洒家手里。俺却才正要打他,只怕打不着,让他过去了。俺要寻他,他却来请洒家。"鲁智深便随了虞候径到府里。太守已自分付下了,一见鲁智深进到厅前,太守叫放了禅杖,去了戒刀,请后堂赴斋。鲁智深初时不肯,众人说道:"你是出家人,好不晓事,府堂深处,如何许你带刀杖入去?"鲁智深想:"只俺两个拳头,也打碎了那厮脑袋!"廊下放了禅杖、戒刀,跟虞候入来。

贺太守正在后堂坐定,把手一招,喝声:"捉下这秃贼!"两边壁衣(装饰墙壁的帷幕)内走出三四十个做公的来,横拖倒拽,捉了鲁智深。你便是那吒太子,怎逃地网天罗! 火首金刚,难脱龙潭虎窟? 正是飞蛾投火身倾丧,怒鳖吞钩命必伤(自寻死路)。毕竟鲁智深被贺太守拿下,性命如何,且听下回分解。

第五十九回

吴用赚金铃吊挂　宋江闹西岳华山

　　话说贺太守把鲁智深赚到后堂内,喝声:"拿下!"众多做公的,把鲁智深簇拥到厅阶下。贺太守喝道:"你这秃驴从那里来?"鲁智深应道:"洒家有甚罪犯?"太守道:"你只实说,谁教你来刺我?"鲁智深道:"俺是出家人,你却如何问俺这话?"太守喝道:"却才见你这秃驴,意欲要把禅杖打我轿子,却又思量,不敢下手。你这秃驴好好招了。"鲁智深道:"洒家又不曾杀你,你如何拿住洒家,妄指平人(无罪之人,良民)?"太守喝骂:"几曾见出家人自称洒家。这秃驴必是个关西五路打家劫舍的强盗,来与史进那厮报仇,不打如何肯招。左右好生加力打那秃驴。"鲁智深大叫道:"不要打伤老爷。我说与你,俺是梁山泊好汉花和尚鲁智深。我死倒不打紧,洒家的哥哥宋公明得知,下山来时,你这颗驴头趁早儿都砍了送去。"贺太守听了大怒,把鲁智深拷打了一回,教取面大枷来钉了,押下死囚牢里去。一面申闻都省(都察院),乞请明降(谓明白的裁决、意旨等);禅杖、戒刀,封入府堂里去了。

　　此时闹动了华州一府。小喽罗得了这个消息,飞报上山来。武松大惊道:"我两个来华州干事,折了一个,怎地回去见众头领?"正没理会处,只见山下小喽罗报道:"有个梁山泊差来的头领,唤做神行太保戴宗,现在山下。"武松慌忙下来迎接上山,和朱武等三人都相见了,诉说鲁智深不听谏劝失陷一事。戴宗听了,大惊道:"我不可久停了!就便回梁山泊报与哥哥知道,早遣兵将,前来救取!"武松道："小弟在这里专等,万望兄长早去急来。"戴宗吃了些素食,作起神行法,再回梁山泊来。

三日之间,已到山寨。见了晁、宋二头领,便说鲁智深因救史进,要刺贺人守被陷一事。宋江听罢,失惊道："既然两个兄弟有难,如何不救? 我今不可耽搁。便须点起人马,作三队而行。"前军点五员先锋:花荣、秦明、林冲、杨志、呼延灼引领一千甲马、二千步军先行,逢山开路,遇水叠(搭建)桥;中军领兵主将宋公明、军师吴用、朱仝、徐宁、解珍、解宝共是六个头领,马步军兵二千;后军主掌粮草,李应、杨雄、石秀、李俊、张顺共是五个头领押后,马步军兵二千,共计七千人马,离了梁山泊,直取华州来。在路趱行(赶路,快行。趱,zǎn),不止一日,早过了半路,先使戴宗去报少华山上。朱武等三人安排下猪羊牛马,酝造下好酒等候。

再说宋江军马三队都到少华山下,武松引了朱武、陈达、杨春三人下山拜请宋江、吴用并众头领,都到山寨里坐下。宋江备问城中之事,朱武道："两个头领已被贺太守监在牢里,只等朝廷明降发落。"宋江与吴用说道："怎地定计去救取史进、鲁智深?"朱武说道:"华州城郭广阔,濠沟深远,急切难打。只除非得里应外合,方可取得。"吴学究道:"明日且去城边看那城池如何,却再商量。"宋江饮酒到晚,巴不得天明,要去看城。吴用谏道:"城中监着两只大虫在牢里,如何不做提备? 白日未可去看。今夜月色必然明朗,申牌前后下山,一更时分,可到那里窥望。"

当日捱到午后,宋江、吴用、花荣、秦明、朱仝共是五骑马下山,迤逦前行。初更时分,已到华州城外。在山坡高处,立马望华州城里时,正是二月中旬天气,月华如昼,天上无一片云彩。看见华州周围有数座城门,城高地壮,堑濠(护城河)深阔。看了半晌,远远地望见那西岳华山时,端的是好座名山。但见:

　　峰名仙掌,观隐云台。上连玉女洗头盆,下接天河分派水。乾坤皆秀,尖峰仿佛接云根;山岳推尊,怪石巍峨侵斗柄(北斗柄)。

青如澄黛(dài，青黑色)，碧若浮蓝。张僧繇(南朝梁画师。繇，yáo)妙笔画难成，李龙眠(李公麟。北宋画家，号龙眠居士)天机描不就。深沉洞府，月光飞万道金霞；崒葎(zúlù，山高峻貌)岩崖，日影动千条紫焰。旁人遥指，云池波内藕如船；故老传闻，玉井水中花十丈。巨灵神(神话中神仙名)忿怒，劈开山顶逞神通；陈处士(北宋初陈抟老祖)清高，结就茅庵来盹睡。千古传名推华岳，万年香火祀金天(华岳神名)。

宋江等看了西岳华山，见城池厚壮，形势坚牢，无计可施。吴用道："且回寨里去再作商议。"五骑马连夜回到少华山上。宋江眉头不展，面带忧容。吴学究道："且差十数个精细小喽罗下山，去远近探听消息。"

两日内，忽有一人上山来报道："如今朝廷差个殿司太尉，将领御赐金铃吊挂来西岳降香，从黄河入渭河而来。"吴用听了，便道："哥哥休忧，计在这里了。"便叫李俊、张顺："你两个与我如此如此而行。"李俊道："只是无人识得地境，得一个引领路道最好。"白花蛇杨春便道："小弟相帮同去如何？"宋江大喜。三个下山去了。次日，吴学究请宋江、李应、朱仝、呼延灼、花荣、秦明、徐宁共七个人，悄悄止带五百余人下山。径到渭河渡口，李俊、张顺、杨春已夺下十数只大船在彼。吴用便叫花荣、秦明、徐宁、呼延灼四个埋伏在岸上；宋江、吴用、朱仝、李应下在船里；李俊、张顺、杨春把船都去滩头藏了。

众人等候了一夜。次日天明，听得远远地锣鸣鼓响，三只官船到来，船上插着一面黄旗，上写"钦奉圣旨西岳降香太尉宿元景"。宋江看了，心中暗喜道："昔日玄女有言，'遇宿重重喜'，今日既见此人，必有主意。"太尉官船将近河口，朱仝、李应各执长枪，立在宋江、吴用背后。太尉船到当港截住。船里走出紫衫银带虞候二十余人，喝道："你等甚么船只，敢当港拦截住大臣？"宋江执着骨朵(指古代的一种兵器)，躬身声喏。吴学究立在船头上说道："梁山泊义士宋江，谨参祗候(恭候)。"船上客帐司(衙署中掌接待、侍奉等的吏员)出来答道："此是朝廷太尉，奉圣旨去西岳降香。汝等是梁山泊乱寇，何故拦截！"吴用道："俺们义士只要求见太尉尊颜，有告复的事。"客帐司道："你等是何等人，敢造次要见太尉！"两边虞候喝道："低声！"宋江说道："暂请太尉到岸上，自有商量的事。"客帐司道："休胡说！太尉是朝廷命臣，如何与你商量？"宋江道："太尉不肯相见，只怕孩儿们惊了太尉。"朱仝把枪上小号旗只一招动，岸上花荣、秦明、徐宁、呼延灼引出马军来，一齐搭上弓箭，都到河口，摆列在岸上。那船上艄公，都惊得钻入舱里去了。客帐司人慌了，只得入去禀复（禀报），宿太尉只得出到船头上坐定。宋江躬身唱喏道："宋江等不敢造次。"宿太尉道："义士何故如此邀截（阻拦袭击）船只？"宋江道："某等怎敢邀截太尉？只欲求请太尉上岸，别有禀复。"宿太尉道："我今特奉圣旨，自去西岳降香，与义士有何商议？朝廷大臣，如何轻易登岸？"宋江道："太尉不肯时，只怕下面伴当亦不相容。"李应把号带枪一招，李俊、张顺、杨春一齐撑出船来。宿太尉看见大惊。李俊、张顺明晃晃擎出尖刀在手，早跳过船来，手起先把两个虞候撷下水里去。宋江连忙喝道："休得胡做，惊了贵人！"李俊、张顺扑地也跳下水去，早把两个虞候又送上船来。张顺、李俊在水面上如登平地，托地又跳上船来。吓得宿太尉魂不着体。宋江喝道："孩儿们且退去，休得惊着贵人，俺自慢慢地请太尉登岸。"宿太尉道："义士有甚事？就此说不妨。"宋江道："这里不是说话处，谨请太尉到山寨告禀，并无损害之心。若怀此念，西岳神灵诛灭！"到此时候，不容太尉不上岸，宿太尉只得离船上了岸。众人牵过一匹马来，扶策（搀扶）太尉上了马，不得已随众同行。宋江先叫花荣、秦明陪奉太尉上山。宋江随后也上了马，分付教把船上一应人等，并御香、祭物、金铃吊挂齐齐收拾上山。只留下李俊、张顺，带领一百余人看船。

　　一行众头领都到山上，宋江下马入寨，把宿太尉扶在聚义厅上当中坐定，众头领两边侍立着。宋江下了四拜，跪在面前，告复道："宋江原是郓城县小吏，为被官司所逼，不得已哨聚（谓召集众人）山林，权借梁山水泊避难，专等朝廷招安，与国家出力。今有两个兄弟，无事被贺太守生事陷害,下在牢里。欲借太尉御香、仪从并金铃吊挂,去赚华州。事毕并还,于太尉身上,并无侵犯。乞太尉钧鉴(请人判决的敬辞)。"宿太尉道:"不争(如果)你将了御香等物去,明日事露,须连累下官。"宋江道:"太尉回京,都推在宋江身上便了。"宿太尉看了那一班人模样,怎生推托得? 只得应允了。宋江执盏擎杯,设筵拜谢。就把太尉带来的人穿的衣服都借穿了。于小喽罗数内,选拣一个俊俏的,剃了髭须,穿了太尉的衣服,扮做宿元景;宋江、吴用扮做客帐司;解珍、解宝、杨雄、石秀扮做虞候;小喽罗都是紫衫银带,执着旌节(使者所持之节)、旗幡、仪仗、法物,擎抬了御香、祭礼、金铃吊挂;花荣、徐宁、朱仝、李应扮做四个衙兵。朱武、陈达、杨春款住太尉并跟随一应人等,置酒管待。却教秦明、呼延灼引一队人马,林冲、杨志引一队人马,分作两路取城。教武松预先去西岳门下伺候,只听号起行事。

话休絮繁。且说一行人等离了山寨,径到河口下船而行,不去报与华州太守,一径奔西岳庙来。戴宗先去报知云台观观主,并庙里职事人等,直至船边,迎接上岸。香花灯烛,幢幡(chuángfān,佛道所用旌旗)宝盖(伞盖),摆列在前。先请御香上了香亭,庙里人夫扛抬了,导引金铃吊挂前行。观主拜见了太尉。吴学究道:"太尉一路染病不快,且把轿子来。"左右人等,扶策太尉上轿,径到岳庙里官厅内歇下。客帐司吴学究对观主道:"这是特奉圣旨,赍捧御香、金铃吊挂来与圣帝供养。缘何本州官员轻慢,不来迎接?"观主答道:"已使人去报了,敢是便到。"说犹未了,本州先使一员推官(官职名称。主管讼案公事),带领做公的五七十人,将着酒果来见太尉。原来那扮太尉的小喽罗虽然模样相似,却语言发放不得,因此只教妆做染病,把靠褥围定在床上坐。推官看了,见来的旌节、门旗、牙仗等物都是内府制造出的,如何不信? 客帐司假意出入,禀复了两遭,却引推官入去,远远地阶下参拜了。那假太尉只把手指,并不听得说甚。吴用引到面前,埋怨推官道:"太尉是天子前近幸大臣,不辞千里之遥,特奉圣旨到此降香,不想于路染病未痊,本州众官如何不来远接!"推官答道:"前路官司虽有文书到州,不见近报,因此有失迎逆(犹迎接)。不期太尉先到庙里,本是太守便来,奈缘少华山贼人,纠合梁山泊草盗要打城池,每日在彼提防,以此不敢擅离。特差小官先来贡献酒礼,太守随后便来参见。"吴学究道:"太尉涓滴(一点儿,极少量)不饮,只叫太守快来商议行礼。"推官随即教取酒来,与客帐司亲随人把盏了。吴学究又入去禀一遭,将了钥匙出来,引着推官去看金铃吊挂,开了锁,就香帛袋中取出那御赐金铃吊挂来叫推官看,便把条竹竿叉起。看时,果然制造得无比。但见:

> 浑金打就,五彩妆成。双悬缨络(用珠玉穿成的装饰物)金铃,上挂珠玑宝盖。黄罗密布,中间八爪玉龙盘;紫带低垂,外壁双飞金凤递。对嵌珊瑚玛瑙,重围琥珀珍珠。碧琉璃掩映绛纱灯,红菡萏(hàndàn,荷花)参差青翠叶。堪宜金屋琼楼挂,雅称瑶台宝殿悬。

这一对金铃吊挂乃是东京内府高手匠人做成的,浑是七宝珍珠嵌造,中间点着碗红纱灯笼,乃是圣帝殿上正中挂的,不是内府降来,民间如何做得,吴用叫推官看了,再收入柜匣内锁了。又将出中书省许多公文,付与推官。便叫太守来商议,拣日祭祀。推官和众多做公的都见了许多物件文凭,便辞了客帐司,径回到华州府里来报贺太守。

却说宋江暗暗地喝采道:"这厮虽然奸猾,也骗得他眼花心乱了。"此时武松已在庙门下了。吴学究又使石秀藏了尖刀,也来庙门下相帮武松行事;却又叫戴宗扮虞候。云台观主进献素斋,一面教执事人等安排铺陈岳庙。宋江闲步看那西岳庙时,果然是盖造的好,殿宇非凡,真乃人间天上。宋江来到正殿上,拈香再拜,暗暗祈祷已罢,回至官厅前。门人报道:"贺太守来也。"宋江便叫花荣、徐宁、朱仝、李应四个衙兵各执着器械,分列在两边,解珍、解宝、杨雄、戴宗各带暗器,侍立在左右。

却说贺太守将带三百余人,来到庙前下马,簇拥入来。假客帐司吴学究、宋江见贺太守带着三百余人,都是带刀公吏人等入来。

吴学究喝道:"朝廷太尉在此,闲杂人不许近前!"众人立住了脚。贺太守独自进前来拜见太尉。客帐司道:"太尉教请太守入来厮见。"贺太守入到官厅前,望着假太尉便拜。吴学究道:"太守你知罪么?"太守道:"贺某不知太尉到来,伏乞恕罪。"吴学究道:"太尉奉敕到此西岳降香,如何不来远接?"太守答道:"不曾有近报到州,有失迎迓。"吴学究喝声:"拿下!"解珍、解宝弟兄两个身边早掣出短刀来,一脚把贺太守踢翻,便割了头。宋江喝道:"兄弟们动手!"早把那跟来的人三百余个惊得呆了,正走不动。花荣等一发向前,把那一干人算子(竹制的木片,古代计数工具)般都倒在地下;有一半抢出庙门下,武松、石秀舞刀杀将入来,小喽罗四下赶杀,三百余人不剩一个回去。续后到庙里的,都被张顺、李俊杀了。

宋江急叫收了御香、吊挂下船,都赶到华州时,早见城中两路火起,一齐杀将入来。先去牢中救了史进、鲁智深;就打开库藏,取了财帛,装载上车。一行人离了华州,上船回到少华山上,都来拜见宿太尉,纳还了御香、金铃吊挂、旌节、门旗、仪仗等物,拜谢了太尉恩相。宋江教取一盘金银相送太尉。随从人等,不分高低,都与了金银。就山寨里做了个送路筵席,谢承太尉。众头领直送下山,到河口交割(谓办理移交时双方交代有关事项)了一应什物船只,一些不少,还了原来的人等。

宋江谢别了宿太尉,回到少华山上,便与四筹好汉商议,收拾山寨钱粮,放火烧了寨栅。一行人等,军马粮草,都望梁山泊来。

且说宿太尉下船来,到华州城中,已知被梁山泊贼人杀死军兵人马,劫了府库钱粮,城中杀死军校一百余人,马匹尽皆掳去。西岳庙中,又杀了许多人性命,便叫本州推官动文书申达(申报)中书省起奏,都做"宋江先在途中劫了御香、吊挂,因此赚知府到庙,杀害性命"。宿太尉到庙里焚了御香,把这金铃吊挂分付与了云台观主,星夜急急自回京师,奏知此事,不在话下。

再说宋江救了史进、鲁智深,带了少华山四个好汉,仍旧作三队,分俵人马,向梁山泊来,所过州县,秋毫无犯。先使戴宗前来上山报知,晁盖并众头领下山迎接宋江等,一同到山寨里聚义厅上,都相见已罢,一面做庆喜筵席。

次日,史进、朱武、陈达、杨春各以己财做筵宴,拜谢晁、宋二公并众头领。过了数日。

话休絮烦。忽一日,有旱地忽律朱贵上山报说:"徐州沛县芒砀(dàng)山中新有一伙强人,聚集着三千人马。为头一个先生,姓樊,名瑞,绰号混世魔王,能呼风唤雨,用兵如神。手下两个副将:一个姓项,名充,绰号八臂那吒,能使一面团牌,牌上插飞刀二十四把,手中仗一条铁标枪。又有一个姓李,名衮(gǔn),绰号飞天大圣,也使一面团牌,牌上插标枪二十四根,手中使一口宝剑。这三个结为兄弟,占住芒砀山,打家劫舍。三个商量了,要来吞并俺梁山泊大寨。小弟听得说,不得不报。"宋江听了,大怒道:"这贼怎敢如此无礼! 我便再下山走一遭!"只见九纹龙史进便起身道:"小弟等四个初到大寨,无半米之功,情愿引本部人马前去收捕这伙强人。"宋江大喜。

当下史进点起本部人马,与同朱武、陈达、杨春都披挂了,来辞宋江下山;把船渡过金沙滩,上路径奔芒砀山来。三日之内,早望见那座山,乃是昔日汉高祖斩蛇起义之处。三军人马来到山下,早有伏路小喽罗上山报知。

且说史进把少华山带来的人马摆开,史进全身披挂,骑一匹火炭赤马,当先出阵。怎见得史进的英雄? 但见:

久在华州城外住,出身原是庄农,学成武艺惯心胸。三尖刀似雪,浑赤马如龙。体挂连环镔铁(精铁)铠,战袍风飐(风吹使摆动。飐,zhǎn)猩红,雕青镂玉更玲珑。江湖称史进,绰号九纹龙。

当时史进首先出马,手中横着三尖两刃刀。背后三个头领,中间的便是神机军师朱武。那人原是定远县(治所在今安徽定远县东南)人氏,平生足智多谋,亦能使两口双刀,出到阵前,亦有八句诗单道朱武好处:

道服裁棕叶，云冠^①剪鹿皮。

脸红双眼俊，面目细髯垂。

智可张良比，才将范蠡^②欺。

今堪副吴用，朱武号神机。

上首马上坐着一筹好汉，手中横着一条出白(极白)点钢枪，绰号跳涧虎陈达，原是邺城(古都城。今河北临漳,河南安阳一带)人氏。当时提枪跃马，出到阵前，也有一首诗单道着陈达好处：

每见力人^③能虎跳，亦知猛虎跳山溪。

果然陈达人中虎，跃马腾枪奋鼓鼙^④。

下首马上坐着一筹好汉，手中使一口大杆刀，绰号白花蛇杨春，原是解良县蒲城(今河南长垣县南)人氏。当下挺刀立马，守住阵门，也有一首诗单题杨春的好处：

杨春名姓亦奢遮^⑤，劫客多年在少华。

伸臂展腰长有力，能吞巨象白花蛇。

四个好汉勒马在阵前，望不多时，只见芒砀山上飞下一彪人马来，当先两个好汉：为头那一个便是徐州沛县(治所即今江苏沛县)人氏，姓项，名充，绰号八臂那吒。使一面团牌，背插飞刀二十四把，百步取人，无有不中，右手仗(持)一条标枪，后面打着一面认军旗，上书"八臂那吒"，步行下山。有八句诗单题项充：

铁帽深遮顶，铜环半掩腮。

傍牌^⑥悬兽面，飞刀插龙胎。

脚到如风火，身先降祸灾。

那吒号八臂，此是项充来。

次后那个，便是邳县(治所即今江苏邳州市西北)人氏，姓李，名衮，绰号飞天大圣；会使一面团牌(盾牌)，背插二十四把标枪，亦能百步取人，左手挽牌，右手仗剑，后面打着一面认军旗，上书"飞天大圣"，出到

---

① 云冠：僧道的帽子。　②范蠡：春秋时期越国谋臣，辅佐勾践灭吴。　③力人：力气大的人。　④鼓鼙(pí)：大鼓与小鼓。　⑤奢遮：犹言了不起；出色。　⑥傍牌：古代的防御武器。性质同盾。

阵前。有八句诗单道李衮：

　　　　缨盖盔兜[1]顶，袍遮铁掩襟。
　　　　胸藏拖地胆，毛盖杀人心。
　　　　飞刀齐攒下，蛮牌[2]满画金。
　　　　飞天号大圣，李衮众人钦。

　　当下两个步行下山，见了对阵史进、朱武、陈达、杨春四骑马在阵前，并不打话，小喽罗筛起锣来，两个好汉舞动团牌，齐上直滚入阵来。史进等拦当不住，后军先走。史进前军抵敌，朱武等中军呐喊，乱窜起来，正所谓人住马不住，杀得退走三四十里。史进险些儿中了飞刀。杨春转身得迟，被一飞刀，战马着伤，弃了马，逃命走了。

　　史进点军，折了一半，和朱武等商议，欲要差人回梁山泊求救。正忧疑之间，只见军士来报："北边大路上尘头起处，约有二千军马到来。"史进等直迎来时，却是梁山泊旗号，当先马上两员上将：一个是小李广花荣，一个是金枪手徐宁。史进接着，备说项充、李衮蛮牌滚动，军马遮拦不住。花荣道："宋公明哥哥见兄长来了，放心不下，好生懊悔，特遣我两个到来帮助。"史进等大喜，合兵一处下寨。

　　次日天晓，正欲起兵对敌，军士报道："北边大路上又有军马到来。"花荣、徐宁、史进一齐上马接时，却是宋公明亲自和军师吴学究、公孙胜、柴进、朱仝、呼延灼、穆弘、孙立、黄信、吕方、郭盛带领三千人马来到。史进备说项充、李衮飞刀、标枪、滚牌难近，折了人马一事。宋江大惊，吴用道："且把军马扎下寨栅，别作商议。"宋江性急，要起兵剿捕，直到山下。此时天色已晚，望见芒砀山上都是青色灯笼。公孙胜看了，便道："此寨中青色灯笼，必有个会行妖法之人在内。我等且把军马退去，来日贫道献一个阵法，要捉此二人。"宋江大喜，传令教军马且退二十里扎住营寨。

　　次日清晨，公孙胜献出这个阵法，有分教，魔王拱手上梁山，神将倾心归水泊。毕竟公孙胜献出甚么阵法来，且听下回分解。

───────────

① 盔兜：盔帽。　　②蛮牌：用南方产的粗藤做的盾牌。

第 六 十 回

公孙胜芒砀山降魔　晁天王曾头市中箭

话说公孙胜对宋江、吴用献出那个阵图:"便是汉末三分(魏、蜀、吴,三分天下),诸葛孔明摆石为阵(指诸葛亮推演兵法,作八阵图)的法:四面八方,分八八六十四队,中间大将居之。其象四头八尾,左旋右转,按天地风云之机,龙虎鸟蛇之状。待他下山冲入阵来,两军齐开,如若伺候他入阵,只看七星号带起处,把阵变为长蛇之势。贫道作起道法,教这三人在阵中前后无路,左右无门。却于坎(八卦之一,象征险滩,代表水,为北方之卦)地上掘一陷坎(陷阱),直逼此三人到于那里。两边埋伏下挠钩手,准备捉将。"宋江听了大喜,便传将令,叫大小将校依令而行。再用八员猛将守阵,那八员:呼延灼、朱仝、花荣、徐宁、穆弘、孙立、史进、黄信。却叫柴进、吕方、郭盛权摄中军;宋江、吴用、公孙胜带领陈达磨旗(摇动旗帜)。叫朱武指引五个军士,在近山高坡上看对阵报事。

是日巳牌时分(上午九时至十一时),众军近山摆开阵势,摇旗擂鼓搦战(挑战。搦,nuò)。只见芒砀山上有三二十面锣声震地价响,三个头领一齐来到山下,便将三千余人摆开。左右两边,项充、李衮。中间马上,拥出那个为头的好汉,姓樊,名瑞,祖贯濮州(在今山东鄄城县城北。濮,pú)人氏,幼年作全真先生(指出家的道士),江湖上学得一身好武艺。马上惯使一个流星锤(一种将金属锤头系于长绳一端的软兵器),神出鬼没,斩将搴旗(砍杀敌将,拔取敌旗。形容勇猛善战。搴,qiān),人不敢近,绰号混世魔王。怎见得樊瑞英雄?有《西江月》为证:

头散青丝细发,身穿绒绣皂袍,连环铁甲晃寒霄,惯使铜锤神妙。　好似北方真武(玄武,北方七宿的总称。因以为北方神名。古以上天二十八宿分治东、南、西、北四方星野,对应名称为青龙、朱雀、白虎、玄武),世间伏怪除妖,云游江海把皂标,混世魔王绰号。

那个混世魔王樊瑞骑一匹黑马(五行学说以东、南、西、北、中五个方位对应青、红、白、黑、黄五种颜色。樊瑞好似北方真武,故樊瑞马为黑色),立于阵前。上首是项充,下首是李衮。那樊瑞虽会使神术妖法,却不识阵势。看了宋江军马,四面八方,摆成阵势,心中暗喜道:"你若摆阵,中我计了!"分付项充、李衮道:"若见风起,你两个便引五百滚刀手杀入阵去。"项充、李衮得令,各执定蛮牌,挺着标枪飞剑,只等樊瑞作用。只看樊瑞立于马上,左手挽定流星铜锤,右手仗着混世魔王宝剑,口中念念有词,喝声道:"疾!"只见狂风四起,飞沙走石,天昏地暗,日月无光。项充、李衮呐声喊,带了五百滚刀手杀将过去。宋江军马见杀将过去,便分开做两下。项充、李衮一搅入阵,两下里强弓硬弩射住来人,只带得四五十人入去,其余的都回本阵去了。宋江在高坡上望见项充、李衮已入阵里了,便叫陈达把七星号旗只一招,那座阵势,纷纷滚滚,变作长蛇之阵。项充、李衮正在阵里东赶西走,左盘右转,寻路不见。高坡上朱武把小旗在那里指引。他两个投东,朱武便望东指;若是投西,便望西指。原来公孙胜在高埠处看了,已先拔出那松文古定剑来,口中念动咒语,喝声道:"疾!"将那风尽随着项充、李衮脚跟边乱卷。两个在阵中,只见天昏地暗,日色无光,四边并不见一个军马,一望都是黑气。后面跟的都不见了。项充、李衮心慌起来,只要夺路回阵,百般地没寻归路处。正走之间,忽然地雷大振一声,两个在阵叫苦不迭,一齐趺(tà,失足跌倒的样子)了双脚,翻筋斗撷下陷马坑里去。两边都是挠钩手,早把两个搭将起来,便把麻绳绑缚了,解(jiè,押送)上山坡请功。宋江把鞭梢一指,三军一齐掩杀过去,樊瑞引人马奔走上山,走不迭(及时)的,折其大半。

宋江收军,众头领都在帐前坐下,军健早解项充、李衮到于麾下。宋江见了,忙叫解了绳索,亲自把盏,说道:"二位壮士,其实休怪,临敌之际,不如此不得。小可宋江,久闻三位壮士大名,欲来礼请上山,同聚大义。盖因不得其便,因此错过。倘若不弃,同归山寨,不胜(十分,非常)万幸。"两个听了,拜伏在地道:"已闻及时雨大名,只是小弟等无缘,不曾拜识。原来兄长果有大义! 我等两个不识好人,要与天地相拗(ào,违反)。今日既被擒获,万死尚轻,反以礼待。若蒙不杀,誓当效死,报答大恩! 樊瑞那人,无我两个,如何行得? 义士头领若肯放我们一个回去,就说樊瑞来投拜,不知头领尊意如何? "宋江便道:"壮士,不必留一人在此为当(dàng,原作"抵押"之意,文中意指人质),便请二位同回贵寨。宋江来日专候佳音。"两个拜谢道:"真乃大丈夫! 若是樊瑞不从投降,我等擒来,奉献头领麾下。"宋江听说大喜,请入中军,待了酒食,换了两套新衣,取两匹好马,呼小喽罗拿了枪牌,送二人下山回寨。

两个于路,在马上感恩不尽。来到芒砀山下,小喽罗见了大惊,接上山寨。樊瑞问两个来意如何。项充、李衮道:"我等逆天之人,合该万死! "樊瑞道:"兄弟如何说这话? "两个便把宋江如此义气,说了一遍。樊瑞道:"既然宋公明如此大贤,义气最重,我等不可逆天,来早都下山投拜。"两个道:"我们也为如此而来。"当夜把寨内收拾已了,次日天晓,三个一齐下山,直到宋江寨前,拜伏在地。宋江扶起三人,请入帐中坐定。三个见了宋江,没半点相疑之意,彼此倾心吐胆,诉说平生之事。三人拜请众头领都到芒砀山寨中,杀牛宰马,管待宋公明等众多头领,一面赏劳三军。饮宴已罢,樊瑞就拜公孙胜为师。宋江立主教公孙胜传授五雷天心正法与樊瑞,樊瑞大喜。数日之间,牵牛拽马,卷了山寨钱粮,驮了行李,收聚人马,烧毁了寨栅,跟宋江等班师回梁山泊,于路无话。

宋江同众好汉军马已到梁山泊边,却欲过渡,只见芦苇岸边大路上一个大汉望着宋江便拜。宋江慌忙下马扶住,问道:"足下姓甚名谁? 何处人氏? "那汉答道:"小人姓段,双名景住,人见小弟赤发黄须,都呼小人为金毛犬。祖贯是涿州(唐时设立,辖今河北涿州市、雄县及固安地区。涿,zhuō)人氏。平生只靠去北边地面盗马。今春去到枪竿岭北边,盗得一匹好马,雪练也似价白,浑身并无一根杂毛,头至尾,长一丈,蹄至脊,高八尺。那马又高又大,一日能行千里,北方有名,唤做'照夜玉狮子马',乃是大金王子骑坐的,放在枪竿岭下,被小人盗得来。江湖上只闻及时雨大名,无路可见,欲将此马前来进献与头领,权表我进身之意。不期来到凌州西南上曾头市过,被那曾家五虎夺了去。小人称说是梁山泊宋公明的,不想那厮多有污秽的言语,小人不敢尽说。逃走得脱,特来告知。"宋江看这人时,虽是骨瘦形粗,却甚生得奇怪。怎见得?有诗为证:

　　焦黄头发髭须卷,捷足不辞千里远。

　　但能盗马不看家,如何唤做金毛犬?

宋江见了段景住一表非俗,心中暗喜,便道:"既然如此,且同到山寨里商议。"带了段景住,一同都下船,到金沙滩上岸。晁天王并众头领接到聚义厅上,宋江教樊瑞、项充、李衮和众头领相见。段景住一同都参拜了。打起聒厅鼓(召集众头领的鼓。聒,guō)来,且做庆贺筵席。宋江见山寨连添了许多人马,四方豪杰,望风而来,因此叫李云、陶宗旺监工,添造房屋并四边寨栅。段景住又说起那匹马的好处,宋江叫神行太保戴宗去曾头市探听那匹马的下落。

戴宗去了四五日,回来对众头领说道:"这个曾头市上共有三千余家,内有一家,唤做曾家府。这老子原是大金国人,名为曾长者。生下五个孩儿,号为曾家五虎:大的儿子唤做曾涂,第二个唤做曾密,第三个唤做曾索,第四个唤做曾魁,第五个唤做曾昇。又有一个教师史文恭,一个副教师苏定。去那曾头市上,聚集着五七千人马,扎下寨栅,造下五十余辆陷车,发愿说,他与我们势不两立,定要捉尽俺山寨中头领,做个对头。那匹千里玉狮子马现今与教师史文恭骑坐。更有一般堪恨那厮之处,杜撰(没有根据地编造,虚构。撰,zhuàn)几句言语,教市上小儿们都唱道:

摇动铁环铃,神鬼尽皆惊。铁车并铁锁,上下有尖钉。扫荡梁山清水泊,剿除晁盖上东京! 生擒及时雨,活捉智多星! 曾家生五虎,天下尽闻名!"

晁盖听罢,心中大怒道:"这畜生怎敢如此无礼! 我须亲自走一遭,不捉的此辈,誓不回山!"宋江道:"哥哥是山寨之主,不可轻动,小弟愿往。"晁盖道:"不是我要夺你的功劳。你下山多遍了,厮杀劳困,我今替你走一遭。下次有事,却是贤弟去。"宋江苦谏不听。晁盖忿怒,便点起五千人马,请启二十个头领相助下山。其余都和宋公明保守山寨。

晁盖点那二十个头领:林冲、呼延灼、徐宁、穆弘、刘唐、张横、阮小二、阮小五、阮小七、杨雄、石秀、孙立、黄信、杜迁、宋万、燕顺、邓飞、欧鹏、杨林、白胜,共是二十个头领,部领三军人马下山,征进曾头市。宋江与吴用、公孙胜众头领,就山下金沙滩饯行(以酒食送行。饯,jiàn)。饮酒之间,忽起一阵狂风,正把晁盖新制的认军旗半腰吹折。众人见了,尽皆失色。吴学究谏道:"此乃不祥之兆,兄长改日出军。"宋江劝道:"哥哥方才出军,风吹折认旗,于军不利。不若停待几时,却去和那厮理会。"晁盖道:"天地风云,何足为怪? 趁此春暖之时,不去拿他,直待养成那厮气势,却去进兵,那时迟了。你且休阻我,遮莫怎地要去走一遭!"宋江那里别拗得住。晁盖引兵渡水去了。宋江怏怏(yìyàng,郁郁不乐貌)不已,回到山寨,再叫戴宗下山,去探听消息。

且说晁盖领着五千人马,二十个头领,来到曾头市相近,对面下了寨栅。次日,先引众头领上马去看曾头市。众多好汉立马看时,果然这曾头市是个险隘去处。但见:

周回一遭野水,四围三面高冈,堑(qiàn,坑,引申为壕沟)边河港似蛇盘,濠下柳林如雨密。凭高远望,绿阴浓不见人家;附近潜窥,青影乱深藏寨栅。村中壮汉,出来的勇似金刚;田野小儿,生下地便如鬼子。果然是铁壁铜墙,端的尽人强马壮。

晁盖与众头领正看之间,只见柳林中飞出一彪人马来,约有七八百人。当先一个好汉,戴熟铜盔,披连环甲,使一条点钢枪,骑着匹冲阵马,乃是曾家第四子曾魁,高声喝道:"你等是梁山泊反国草寇,我正要来拿你解官请赏,原来大赐其便!还不下马受缚,更待何时!"晁盖大怒,回头一观,早有一将出马,去战曾魁。那人是梁山初结义的好汉豹子头林冲。两个交马,斗了二十余合,不分胜败。曾魁斗到二十合之后,料道斗林冲不过,掣枪回马,便往柳林中走,林冲勒住马不赶。

晁盖领转军马回寨,商议打曾头市之策。林冲道:"来日直去市口搦战,就看虚实如何,再作商议。"次日平明,引领五千人马,向曾头市口平川旷野之地列成阵势,擂鼓呐喊。曾头市上炮声响处,大队人马出来,一字儿摆着七个好汉:中间便是都教师史文恭,上首副教师苏定,下首便是曾家长子曾涂,左边曾密、曾魁,右边曾昇、曾索,都是全身披挂。教师史文恭弯弓插箭,坐下那匹却是千里玉狮子马,手里使一枝方天画戟。三通鼓罢,只见曾家阵里推出数辆陷车(旧时押送犯人的囚车),放在阵前,曾涂指着对阵骂道:"反国草贼,见俺陷车么?我曾家府里杀你死的,不算好汉!我一个个直要捉你活的,装载陷车里,解上东京,碎尸万段。你们趁早纳降,再有商议。"晁盖听了大怒,挺枪出马,直奔曾涂。众将怕晁盖有失,一发掩杀过去,两军混战。曾家军马,一步步退入村里。林冲、呼延灼紧护定晁盖,东西赶杀。林冲见路途不好,急退回来收兵。看得两边各皆折了些人马。

晁盖回到寨中,心中甚忧。众将劝道:"哥哥且宽心,休得愁闷,有伤贵体。往常宋公明哥哥出军,亦曾失利,好歹得胜回寨,今日混战,各折了些军马,又不曾输了与他,何须忧闷?"晁盖只是郁郁不乐。在寨内一连三日,每日搦战,曾头市上并不曾见一个。

第四日,忽有两个和尚直到晁盖寨里来投拜。军人引到中军帐前,两个和尚跪下告道:"小僧是曾头市上东边法华寺里监寺僧人,今被曾家五虎不时常来本寺作践罗唣（吵闹。寻事，骚扰。唣，zào），索要金银财帛，无所不为。小僧已知他的备细出没去处，特地前来拜请头领入去劫寨，剿除了他时，当坊有幸。"晁盖见说大喜，便请两个和尚坐了，置酒相待。林冲谏道："哥哥休得听信，其中莫非有诈？"和尚道："小僧是个出家人，怎敢妄语？久闻梁山泊行仁义之道，所过之处，并不扰民，因此特来拜投，如何故来掇赚（哄骗。掇，duō）将军？况兼曾家未必赢得头领大军，何故相疑？"晁盖道："兄弟休生疑心，误了大事。今晚我自去走一遭。"林冲道："哥哥休去，我等分一半人马去劫寨，哥哥在外面接应。"晁盖道："我不自去，谁肯向前？你可留一半军马在外接应。"林冲道："哥哥带谁入去？"晁盖道："点十个头领，分二千五百人马入去。"十个头领是：刘唐、阮小二、呼延灼、阮小五、欧鹏、阮小七、燕顺、杜迁、宋万、白胜。

　　当晚造饭吃了，马摘銮铃，军士衔枚（古代军事行动时士卒横枚于口以禁止喧哗。枚，形如筷子，两端有带系于颈上），黑夜疾走，悄悄地跟了两个和尚，直奔法华寺内，看时，是一个古寺。晁盖下马，入到寺内，见没僧众，问那两个和尚道："怎地这个大寺院，没一个僧众？"和尚道："便是曾家畜生薅恼（骚扰。薅，hāo），不得已各自归俗去了。只有长老并几个侍者，自在塔院里居住。头领暂且屯住了人马，等更深些，小僧直引到那厮寨里。"晁盖道："他的寨在那里？"和尚道："他有四个寨栅，只是北寨里，便是曾家弟兄屯军之处。若只打得那个寨子时，别的都不打紧。这三个寨便罢了。"晁盖道："那个时分可去？"和尚道："如今只是二更天气，且待三更时分，他无准备。"初时听得曾头市上整整齐齐打更鼓响；又听了半个更次，绝不闻更点之声。和尚道："军人想是已睡了，如今可去。"和尚当先引路。晁盖带同诸将上马，领兵离了法华寺，跟着和尚。

　　行不到五里多路，黑影处不见了两个僧人，前军不敢行动。看四边路杂难行，又不见有人家。军士却慌起来，报与晁盖知道。呼延灼便叫急回旧路。走不到百十步，只见四下里金鼓齐鸣，喊声震地,一望都是火把。晁盖众将引军夺路而走,才转得两个弯,撞出一彪军马,当头乱箭射将来,不期一箭,正中晁盖脸上,倒撞下马来。却得呼延灼、燕顺两骑马死并(拼死力)将去,背后刘唐、白胜救得晁盖上马,杀出村中来。村口林冲等引军接应,刚才敌得住。两军混战,直杀到天明,各自归寨。林冲回来点军时,三阮、宋万、杜迁水里逃得性命,带入去二千五百人马,止剩得一千二三百人;跟着欧鹏,都回到帐中。众头领且来看晁盖时,那枝箭正射在面颊上。急拔得箭出,血晕倒了。看那箭时,上有史文恭字。林冲叫取金枪药敷贴上,原来却是一枝药箭(毒箭)。晁盖中了箭毒,已自言语不得。林冲叫扶上车子,便差三阮、杜迁、宋万先送回山寨。其余十五个头领,在寨中商议:"今番晁天王哥哥下山来,不想遭这一场,正应了风折认旗之兆。我等只可收兵回去,这曾头市急切不能取得。"呼延灼道:"须等宋公明哥哥将令来,方可回军。"当日众头领闷闷不已,众军亦无恋战之心,人人都有还山之意。

　　当晚二更时分,天色微明,十五个头领都在寨中纳闷,正是蛇无头而不行,鸟无翅而不飞,嗟咨(jiēzī,慨叹)叹惜,进退无措。忽听的伏路小校慌急来报:"前面四五路军马杀来,火把不计其数。"林冲听了,一齐上马。三面山上火把齐明,照见如同白日,四下里呐喊到寨前。林冲领了众头领不去抵敌,拔寨都起,回马便走。曾家军马,背后卷杀将来,两军且战且走。走过了五六十里,方才得脱。计点人兵,又折了五七百人。大败亏输,急取旧路,望梁山泊回来。

　　退到半路,正迎着戴宗传下军令,教众头领引军且回山寨,别作良策。众将得令,引军回到水浒寨,上山都来看视晁头领时,已自水米不能入口,饮食不进,浑身虚肿。宋江等守定在床前啼哭,亲手敷贴药饵,灌下汤散。众头领都守在帐前看视。当日夜至三更,晁盖身体沉重,转头看着宋江嘱付道:"贤弟保重。若那个捉得射死我的,便教他做梁山泊主!"言罢,便瞑目而死。

　　宋江见晁盖死了,比似丧考妣(像死了父母一样。形容极度悲伤和着急。考妣,对父母亡后对称呼。《礼记·曲礼下》:"生曰父曰母曰妻,死曰考曰妣曰嫔。"妣, bǐ)一般,哭得发昏。众头领扶策宋江出来主事。吴用、公孙胜劝道:"哥哥且省烦恼,生死人之分定,何故痛伤? 且请理会大事。"

宋江哭罢,便教把香汤沐浴了尸首,装殓衣服巾帻,停在聚义厅上。众头领都来举哀祭祀。一面合造内棺外椁,选了吉时,盛放在正厅上,建起灵帏(悬于灵堂中的幕帐),中间设个神主(供奉祖先的牌位),上写道:"梁山泊主天王晁公神主。"山寨中头领,自宋公明以下,都带重孝。小头目并众小喽罗亦带孝头巾。把那枝誓箭就供养在灵前。寨内扬起长幡,请附近寺院僧众上山做功德,追荐(诵经礼忏,超度死者)晁天王。宋江每日领众举哀,无心管理山寨事务。林冲与公孙胜、吴用并众头领商议,立宋公明为梁山泊主,诸人拱听号令。

次日清晨,香花灯烛,林冲为首,与众等请出宋公明在聚义厅上坐定。吴用、林冲开话道:"哥哥听禀:'国一日不可无君,家一日不可无主。'晁头领是归天去了,山寨中事业岂可无主? 四海之内,皆闻哥哥大名,来日吉日良辰,请哥哥为山寨之主,诸人拱听号令。"宋江道:"晁天王临死时嘱付:'如有人捉得史文恭者,便立为梁山泊主。'此话众头领皆知。今骨肉未寒,岂可忘了? 又不曾报得仇,雪得恨,如何便居得此位? "吴学究又劝道:"晁天王虽是如此说,今日又未曾捉得那人,山寨中岂可一日无主? 若哥哥不坐时,谁人敢当此位? 寨中人马如何管领? 然虽遗言如此,哥哥权且尊临此位,坐一坐,待日后别有计较。"

宋江道:"军师言之极当。今日小可权当此位,待日后报仇雪恨已了,拿住史文恭的,不拘何人,须当此位。"黑旋风李逵在侧边叫道:"哥哥休说做梁山泊主,便做了大宋皇帝,却不好! "宋江喝道:"这黑厮又来胡说! 再休如此乱言,先割了你这厮舌头! "李逵道:"我又不教哥哥做社长,请哥哥做皇帝,倒要割了我舌头! "吴学究道:"这厮不识尊卑的人,兄长不要和他一般见识。且请哥哥主张大事。"

宋江焚香已罢,权居主位,坐了第一把椅子。上首军师吴用,下首公孙胜,左一带林冲为头,右一带呼延灼居长。众人参拜了,两边坐下。宋江乃言道:“小可今日权居此位,全赖众兄弟扶助,同心合意,共为股肱(大腿和胳膊,比喻左右辅佐之臣。肱,gōng),一同替天行道。如今山寨,人马数多,非比往日,可请众兄弟分做六寨驻扎。聚义厅今改为忠义堂。前后左右立四个旱寨,后山两个小寨,前山三座关隘,山下一个水寨,两滩两个小寨,今日各请弟兄分投去管。忠义堂上,是我权居尊位,第二位军师吴学究,第三位法师公孙胜,第四位花荣,第五位秦明,第六位吕方,第七位郭盛;左军寨内,第一位林冲,第二位刘唐,第三位史进,第四位杨雄,第五位石秀,第六位杜迁,第七位宋万;右军寨内,第一位呼延灼,第二位朱仝,第三位戴宗,第四位穆弘,第五位李逵,第六位欧鹏,第七位穆春;前军寨内,第一位李应,第二位徐宁,第三位鲁智深,第四位武松,第五位杨志,第六位马麟,第七位施恩;后军寨内,第一位柴进,第二位孙立,第三位黄信,第四位韩滔,第五位彭玘,第六位邓飞,第七位薛永;水军寨内,第一位李俊,第二位阮小二,第三位阮小五,第四位阮小七,第五位张横,第六位张顺,第七位童威,第八位童猛。六寨计四十三员头领。山前第一关,令雷横、樊瑞守把;第二关,令解珍、解宝守把;第三关,令项充、李衮守把。金沙滩小寨内,令燕顺、郑天寿、孔明、孔亮四个守把;鸭嘴滩小寨内,令李忠、周通、邹渊、邹润四个守把。山后两个小寨:左一个旱寨内,令王矮虎、一丈青、曹正;右一个旱寨内,令朱武、陈达、杨春六人守把。忠义堂内:左一带房中,掌文卷,萧让;掌赏罚,裴宣;掌印信,金大坚;掌算钱粮,蒋敬;右一带房中,管炮,凌振;管造船,孟康;管造衣甲,侯健;管筑城垣,陶宗旺。忠义堂后两厢房中管事人员:监造房屋,李云;铁匠总管,汤隆;监造酒醋,朱富;监备筵宴,宋清;掌管什物,杜兴、白胜。山下四路作眼酒店,原拨定朱贵、乐和、时迁、李立、孙新、顾大嫂、张青、孙二娘,已自定数。管北地收买马匹,杨林、石勇、段景住。分拨已定,各自遵守,毋得违犯。”

梁山泊水浒寨内,大小头领,自从宋公明为寨主,尽皆欢喜,拱听约束。

一日,宋江聚众商议,欲要与晁盖报仇,兴兵去打曾头市。军师吴用谏道:"哥哥,庶民(平民)居丧,尚且不可轻动,哥哥兴师,且待百日之后,方可举兵。"宋江依吴学究之言,守住山寨,每日修设好事,只做功果(功德。指念佛、诵经、斋醮等),追荐晁盖。

一日,请到一僧,法名大圆,乃是北京大名府在城龙华寺僧人。只为游方来到济宁,经过梁山泊,就请在寨内做道场。因吃斋之次,闲话间,宋江问起北京风土人物,那大圆和尚说道:"头领如何不闻河北玉麒麟之名?"宋江、吴用听了,猛然省起,说道:"你看我们未老,却怎地忘事!北京城里是有个卢大员外,双名俊义,绰号玉麒麟,是河北三绝;祖居北京人氏,一身好武艺,棍棒天下无对。梁山泊寨中若得此人时,何怕官军缉捕,岂愁兵马来临?"吴用笑道:"哥哥何故自丧志气?若要此人上山,有何难哉!"宋江答道:"他是北京大名府第一等长者,如何能够得他来落草?"吴学究道:"吴用也在心多时了,不想一向忘却。小生略施小计,便教本人上山。"宋江便道:"人称足下为智多星,端的名不虚传!敢问军师用甚计策,赚得本人上山?"

吴用不慌不忙,竖两个指头,说出这段计来。有分教,卢俊义撇却锦簇珠围,来试龙潭虎穴。正是只为一人归水浒,致令百姓受兵戈。毕竟吴学究怎地赚卢俊义上山,且听下回分解。

第六十一回

吴用智赚玉麒麟　张顺夜闹金沙渡

话说这龙华寺僧人说出三绝玉麒麟卢俊义名字与宋江，吴用道："小生凭三寸不烂之舌，直往北京说卢俊义上山，如探囊取物，手到拈来，只是少一个粗心大胆的伴当，和我同去。"说犹未了，只见黑旋风李逵高声叫道："军师哥哥，小弟与你走一遭。"宋江喝道："兄弟你且住着！若是上风放火，下风杀人，打家劫舍，冲州撞府，合用着你。这是做细作(奸细、间谍)的勾当，你性子又不好，去不的。"李逵道："你们都道我生的丑，嫌我，不要我去。"宋江道："不是嫌你，如今大名府做公的极多，倘或被人看破，枉送了你的性命。"李逵叫道："不妨。我定要去走一遭。"吴用道："你若依的我三件事，便带你去。若依不的，只在寨中坐地。"李逵道："莫说三件，便是三十件也依你！"吴用道："第一件，你的酒性如烈火，自今日去，便断了酒，回来你却开；第二件，于路上做道童打扮，随着我，我但叫你，不要违拗；第三件最难，你从明日为始，并不要说话，只做哑子一般。依的这三件，便带你去。"李逵道："不吃酒，做道童，却依得；闭着这个嘴不说话，却是憋杀我！"吴用道："你若开口，便惹出事来。"李逵道："也容易，我只口里衔着一文铜钱便了！"宋江道："兄弟，你坚执要去，若有疏失，休要怨我。"李逵道："不妨，不妨。我这两把板斧拿了去，少也砍他娘千百个鸟头才罢。"众头领都笑，那里劝的住。当日忠义堂上做筵席送路。至晚，各自去歇息。次日清早，吴用收拾了一包行李，教李逵打扮做道童，挑担下山。宋江与众头领都在金沙滩送行，再三分付吴用小心在意,休教李逵有失。吴用、李逵别了众人下山,宋江等回寨。

且说吴用、李逵二人往北京去,行了四五日路程,每日天晚投店安歇,平明打火上路,于路上,吴用被李逵怄(ǒu)的苦。行了几日,赶到北京城外店肆里歇下。当晚李逵去厨下做饭,一拳打的店小二吐血。小二哥来房里告诉吴用道:"你家哑道童忒狠。小人烧火迟了些,就打的小人吐血。"吴用慌忙与他陪话,把十数贯钱与他将息(调养身体。将,jiāng),自埋怨李逵,不在话下。

过了一夜,次日天明,起来安排些饭食吃了。吴用唤李逵入房中分付道:"你这厮苦死要来,一路上怄死我也!今日入城,不是要处,你休送了我的性命!"李逵道:"不敢,不敢。"吴用道:"我再和你打个暗号,若是我把头来摇时,你便不可动弹。"李逵应承了。

两个就店里打扮入城。吴用戴一顶乌绉纱抹眉头巾(黑色、有皱纹的齐眉头巾。乌,黑色。绉纱,有皱纹的丝织品),穿一领皂沿边白绢道服(黑色边的白色道服。皂,zào,黑色),系一条杂彩吕公绦(两头有五色的丝绦,传说中仙人吕洞宾常用。绦,tāo,丝带),着一双方头青布履(lǚ,鞋子),手里拿一副赛黄金熟铜铃杆。李逵戗(qiāng,逆,不顺)几根蓬松黄发,绾两枚浑骨丫髻(头上一左一右两个小圆髻。髻,jì),黑虎躯穿一领粗布短褐袍,飞熊腰勒一条杂色短须绦,穿一双蹬山透土靴,担一条过头木拐棒,挑着个纸招儿,上写着:"讲命谈天,卦金一两。"吴用、李逵两个打扮了,锁上房门,离了店肆,望北京城南门来。行无一里,却早望见城门,端的好个北京!但见:

城高地险,堑阔濠深。一周回鹿角(将树木削尖埋在营地、城墙周围,以阻止敌人。因形似鹿角,故名)交加,四下里排叉密布。鼓楼雄壮,缤纷杂彩旗幡;堞道(城上靠近大墙的道路。堞,dié,城上如齿状的矮墙,又称女墙)坦平,簇摆刀枪剑戟。钱粮浩大,人物繁华。东西院鼓乐喧天,南北店货财满地。千员猛将统层城,百万黎民居上国。

此时天下各处盗贼生发,各州府县俱有军马守把。惟此北京,是河北第一个去处;更兼又是梁中书统领大军镇守,如何不摆得整齐?

　　且说吴用、李逵两个摇摇摆摆,却好来到城门下,守门的约有四五十军士,簇捧着一个把门的官人在那里坐定。吴用向前施礼,军士问道:"秀才那里来?"吴用答道:"小生姓张,名用。这个道童姓李。江湖上卖卦营生,今来大郡,与人讲命。"身边取出假文引(准予通行的文书),教军士看了。众人道:"这个道童的鸟眼,恰象贼一般看人!"李逵听得,正待要发作,吴用慌忙把头来摇,李逵便低了头。吴用向前与把门军士陪话道:"小生一言难尽!这个道童又聋又哑,只有一分蛮气力;却是家生(奴婢所生的子女仍在主家当奴婢)的孩儿,没奈何带他出来。这厮不省人事,望乞恕罪!"辞了便行。李逵跟在背后,脚高步低,望市心里来。吴用手中摇着铃杵,口里念四句口号道:

　　　　甘罗①发早子牙②迟,彭祖③颜回④寿不齐。
　　　　范丹⑤贫穷石崇⑥富,八字生来各有时。

吴用又道:"乃时也,运也,命也。知生,知死,知贵,知贱。若要问前程,先赐银一两。"说罢,又摇铃杵。北京城内小儿约有五六十个,跟着看了笑。却好转到卢员外解库(当铺。解,jiè,典押、典当)门首,自歌自笑,去了复又回来,小儿们哄动。

　　卢员外正在解库厅前坐地,看着那一班主管收解;只听得街上喧哄,唤当直(值班。直,同"值")的问道:"如何街上热闹?"当直的报复:"员外,端的好笑!街上一个别处来的算命先生,在街上卖卦,要银一两算一命,谁人舍的。后头一个跟的道童,且是生的渗濑(丑陋,使人害怕的样子。濑,lài),走又走的没样范,小的们跟定了笑。"卢俊义道:"既

---

　　①甘罗:战国时人,十二岁因功被秦始皇拜为上卿。　②子牙:姓姜,名尚,字子牙,俗称姜太公。相传其在渭水边遇文王,被拜为师,助文王灭纣兴周,后封于齐。　③彭祖:上古帝尧之臣,相传寿八百余岁,后以其喻长寿之人。　④颜回:孔子弟子,安贫乐道,志行高洁,被孔子誉为最贤之人。年四十而亡。　⑤范丹:又称范冉,东汉时人,避祸遁迹,以清贫自守,为世所称。　⑥石崇:字季伦,小名齐奴。西晋时人,以豪富著称,后被诬为乱党,夷三族。

出大言,必有广学。当直的,与我请他来。"当直的慌忙去叫道:"先生,员外有请。"吴用道:"是何人请我?"当直的道:"卢员外相请。"吴用便与道童跟着转来,揭起帘子,入到厅前,教李逵只在鹅项椅上坐定等候。吴用转过前来,见卢员外时,那人生的如何?有《满庭芳》词为证:

目炯(jiǒng,光明,明亮)双瞳,眉分八字,身躯九尺如银。威风凛凛,仪表似天神。惯使一条棍棒,护身龙绝技无伦。京城内家传清白,积祖富豪门。   杀场临敌处,冲开万马,扫退千军。更忠肝贯日,壮气凌云。慷慨疏财仗义,论英名播满乾坤。卢员外双名俊义,绰号玉麒麟。

当时吴用向前施礼,卢俊义欠身答礼问道:"先生贵乡何处?尊姓高名?"吴用答道:"小生姓张,名用,自号谈天口。祖贯山东人氏,能算皇极先天数,知人生死贵贱。卦金白银一两,方才算命。"卢俊义请入后堂小阁儿里,分宾坐定。茶汤已罢,叫当直的取过白银一两,奉作命金:"烦先生看贱造(对自己生辰八字的谦称)则个。"吴用道:"请贵庚月日下算。"卢俊义道:"先生,君子问灾不问福,不必道在下豪富,只求推算目下行藏(指代人的出处、行止或是行迹)则个。在下今年三十二岁,甲子年,乙丑月,丙寅日,丁卯时。"吴用取出一把铁算子(一种用于占卜的铁制筹码,上有文字符号)来,排在桌上,算了一回,拿起算子桌上一拍,大叫一声:"怪哉!"卢俊义失惊问道:"贱造主(预示,预兆)何吉凶?"吴用道:"员外若不见怪,当以直言。"卢俊义道:"正要先生与迷人指路,但说不妨。"吴用道:"员外这命,目下不出百日之内,必有血光之灾。家私不能保守,死于刀剑之下。"卢俊义笑道:"先生差矣。卢某生于北京,长在豪富之家,祖宗无犯法之男,亲族无再婚之女,更兼俊义作事谨慎,非理不为,非财不取,如何能有血光之灾?"吴用改容变色,急取原银付还,起身便走,嗟叹而言:"天下原来都要人阿谀(ēyú,迎合别人的意思说好话)谄佞(chǎnnìng,指用花言巧语奉承人)!罢,罢!分明指与平川路,却把忠言当恶言。小生告退。"卢俊义道:

"先生息怒。前言特地戏耳,愿听指教。"吴用道:"小生直言,切勿见怪!"卢俊义道:"在下专听,愿勿隐匿。"吴用道:"员外贵造,一向都行好运。但今年时犯岁君(即犯太岁。太岁,为传说中神名,古人认为冲犯它是不吉利的),止交恶限(厄运)。目今百日之内,尸首异处。此乃生来分定,不可逃也。"卢俊义道:"可以回避否?"吴用再把铁算子搭了一回,便回员外道:"只除非去东南方巽地(古代以八卦对应方位,巽地指东南方位)上,一千里之外,方可免此大难。虽有些惊恐,却不伤大体。"卢俊义道:"若是免的此难,当以厚报。"吴用道:"命中有四句卦歌,小生说与员外,写于壁上。日后应验,方知小生灵处。"卢俊义叫取笔砚来,便去白粉壁上写。吴用口歌四句:

芦花丛里一扁舟,俊杰俄从此地游。

义士若能知此理,反躬逃难可无忧。

当时卢俊义写罢,吴用收拾起算子,作揖便行。卢俊义留道:"先生少坐,过午了去。"吴用答道:"多蒙员外厚意,误了小生卖卦,改日再来拜会。"抽身便起。卢俊义送到门首,李逵拿了拐棒,走出门外。吴学究别了卢俊义,引了李逵,径出城来。回到店中,算还房宿饭钱,收拾行李包裹;李逵挑出卦牌,出离店肆,对李逵说道:"大事了也!我们星夜赶回山寨,安排圈套,准备机关,迎接卢俊义,他早晚便来也!"

且不说吴用、李逵还寨,却说卢俊义自从算卦之后,寸心如割,坐立不安。也是天罡星合当聚会,听了这算命的话,一日耐不得,便叫当直的,去唤众主管商议事务。少刻都到,那一个为头管家私的主管,姓李,名固。这李固原是东京人,因来北京投奔相识不着,冻倒在卢员外门前。卢俊义救了他性命,养在家中。因见他勤谨,写的算的,教他管顾家间事务。五年之内,直抬举他做了都管。一应里外家私,都在他身上,手下管着四五十个行财管干,一家内都称他做李都管。当日大小管事之人,都随李固来堂前声喏。

卢员外看了一遭,便道:"怎生不见我那一个人?"说犹未了,阶前走过一人来。但见：

> 六尺以上身材，二十四五年纪，三牙掩口细髯，十分腰细膀阔。带一顶木瓜心攒顶头巾，穿一领银丝纱团领白衫，系一条蜘蛛斑红线压腰，着一双土黄皮油膀夹靴。脑后一对挨兽金环，护项一枚香罗手帕，腰间斜插名人扇，鬓畔常簪四季花。

这人是北京土居人氏，自小父母双亡，卢员外家中养的他大。为见他一身雪练也似白肉，卢俊义叫一个高手匠人，与他刺了这一身遍体花绣，却似玉亭柱上铺着软翠。若赛锦体，由你是谁，都输与他。不则(不只)一身好花绣，更兼吹的、弹的、唱的、舞的、拆白道字(一种文字游戏。把一个字拆开，使成一句话。如黄庭坚《两同心》词："你共人女边着子，争知我门里挑心！"拆开的字合并起来是"好""闷"两字)、顶真续麻(一种带游戏性的文体。后句首字必须用前句末字。后成为修辞格之一)，无有不能，无有不会。亦是说的诸路乡谈，省的诸行百艺的市语。更且一身本事，无人比的：拿着一张川弩，只用三枝短箭，郊外落生(射猎)，并不放空，箭到物落，晚间入城，少杀也有百十个虫蚁。若赛锦标社(一种以比赛射箭为活动内容的群众团体)，那里利物，管取都是他的。亦且此人百伶百俐，道头知尾。本身姓燕，排行第一，官名单讳个青字。北京城里人口顺，都叫他做浪子燕青。曾有一篇《沁园春》词单道着燕青的好处，但见：

> 唇若涂朱，睛如点漆，面似堆琼。有出人英武，凌云志气，资禀聪明。仪表天然磊落，梁山上端的有能。伊州(唐时曲调名。其时曲调皆以边地名，亦有《凉州》《甘州》等曲，多苍凉之声)古调，唱出绕梁声(形容歌声高亢回旋，久久不息。典出《列子·汤问》：韩娥东至齐国，经过雍门，因断粮以歌求食，去后余音绕梁，三日不绝)。果然是艺苑专精，风月丛中第一名。听鼓板喧云，笙声嘹亮，畅叙幽情。棍棒参差，揎拳(伸出拳头。揎，xuān)飞脚，四百军州到处惊。人都美英雄领袖，浪子燕青。

原来这燕青是卢俊义家心腹人，也上厅声喏了，做两行立住。李固立在左边，燕青立在右边。

卢俊义开言道："我夜来算了一命，道我有百日血光之灾，只除非出去东南上一千里之外躲避。我想东南方有个去处是泰安州,那里有东岳泰山天齐仁圣帝金殿,管天下人民生死灾厄。我一者去那里烧炷香,消灾灭罪;二者躲过这场灾晦;三者做些买卖,观看外方景致。李固,你与我觅十辆太平车子,装十辆山东货物,你就收拾行李,跟我去走一遭。燕青小乙看管家里,库房钥匙只今日便与李固交割。我三日之内,便要起身。"李固道:"主人误矣。常言道:'卖卜卖卦,转回说话。'休听那算命的胡言乱语,只在家中,怕做甚么?"卢俊义道:"我命中注定了,你休逆我。若有灾来,悔却晚矣。"燕青道:"主人在上,须听小乙愚言:这一条路,去山东泰安州,正打从梁山泊边过。近年泊内,是宋江一伙强人在那里打家劫舍,官兵捕盗,近他不得。主人要去烧香,等太平了去。休信夜来那个算命的胡讲,倒敢是梁山泊歹人,假装做阴阳人(指算命先生),来煽惑主人。小乙可惜夜来不在家里,若在家时,三言两语,盘倒那先生,到敢有场好笑。"卢俊义道:"你们不要胡说,谁人敢来赚我!梁山泊那伙贼男女,打甚么紧!我观他如同草芥(jiè),兀自要去特地捉他,把日前学成武艺,显扬于天下,也算个男子大丈夫!"

说犹未了,屏风背后走出娘子来,乃是卢员外的浑家,年方二十五岁,姓贾,嫁与卢俊义,才方五载。娘子贾氏便道:"丈夫,我听你说多时了。自古道:'出外一里,不如屋里。'休听那算命的胡说,撇下海阔一个家业,耽惊受怕,去虎穴龙潭里做买卖。你且只在家内,清心寡欲,高居静坐,自然无事。"卢俊义道:"你妇人家省得甚么?宁可信其有,不可信其无,自古祸出师人(占卜、星象等术士)口,必主吉凶。我既主意定了,你都不得多言多语!"

燕青又道:"小人靠主人福荫,学得些个棒法在身。不是小乙说嘴,帮着主人去走一遭,路上便有些个草寇出来,小人也敢发落的三五十个开去,留下李都管看家,小人伏侍主人走一遭。"卢俊义道:"便是我买卖上不省的,要带李固去。他须省的,又替我大半气力,因此留你在家看守。自有别人管帐,只教你做个桩主(主持筹划的人)。"

李固又道:"小人近日有些脚气的症候,十分走不的多路。"卢俊义听了,大怒道:"'养兵千日,用在一朝!'我要你跟我去走一遭,你便有许多推故。若是那一个再阻我的,教他知我拳头的滋味。"李固吓得面如土色,众人谁敢再说,各自散了。

李固只的忍气吞声,自去安排行李:讨了十辆太平车子,唤了十个脚夫,四五十拽车头口,把行李装上车子,行货捎缚完备。卢俊义自去结束。第三日烧了神福(旧时祭神所用印有神像的纸),给散了家中大男小女,一个个都分付了。当晚先叫李固引两个当直的尽收拾了出城,李固去了。娘子看了车仗,流泪而去。

次日五更,卢俊义起来沐浴罢,更换一身新衣服,吃了早膳,取出器械,到后堂里辞别了祖先香火。临时出门上路,分付娘子:"好生看家,多便三个月,少只四五十日便回。"贾氏道:"丈夫路上小心,频寄书信回来。"说罢,燕青在面前拜了。卢俊义分付道:"小乙在家,凡事向前,不可出去三瓦两舍(宋代对妓院、茶楼、酒肆及其他游乐场所的总称。设有表演杂剧、曲艺、杂技等的勾栏,也有卖药、估衣、饮食等店铺)打哄。"燕青道:"主人如此出行,小乙怎敢怠慢?"

卢俊义提了棍棒,出到城外。有诗一首,单道卢俊义这条好棒:

> 挂壁悬崖欺瑞雪,撑天柱地撼狂风。
> 虽然身上无牙爪,出水巴山秃尾龙。

李固接着,卢俊义道:"你可引两个伴当先去。但有干净客店,先做下饭等候。车仗脚夫,到来便吃,省得耽搁了路程。"李固也提条杆棒,先和两个伴当去了。卢俊义和数个当直的随后押着车仗行,但见途中山明水秀,路阔坡平,心中欢喜道:"我若是在家,那里见这般景致!"行了四十余里,李固接着主人,吃点心中饭罢,李固又先去了。再行四五十里,到客店里,李固接着车仗人马宿食。卢俊义来到店房内,倚了棍棒,挂了毡笠儿,解下腰刀,换了鞋袜。宿食皆不必说。次日清早起来,打火做饭,众人吃了,收拾车辆头口,上路又行。

　　自此在路夜宿晓行,已经数日,来到一个客店里宿食。天明要行,只见店小二哥对卢俊义说道:"好教官人得知:离小人店不得二十里路,正打梁山泊边口子前过去。山上宋公明大王,虽然不害来往客人,官人须是悄悄过去,休得大惊小怪。"卢俊义听了道:"原来如此。"便叫当直的取下了衣箱,打开锁,去里面提出一个包,内取出四面白绢旗。问小二哥讨了四根竹竿,每一根缚起一面旗来,每面栲栳大小几个字,写道:

　　　慷慨北京卢俊义,远驮货物离乡地。

　　　一心只要捉强人,那时方表男儿志。

　　李固等众人看了,一齐叫起苦来。店小二问道:"官人莫不和山上宋大王是亲么?"卢俊义道:"我自是北京财主,却和这贼们有甚么亲!我特地要来捉宋江这厮!"小二哥道:"官人低声些,不要连累小人,不是要处!你便有一万人马,也近他不的。"卢俊义道:"放屁!你这厮们都和那贼人做一路!"店小二叫苦不迭,众车脚夫都痴呆了。李固跪在地下告道:"主人可怜见众人,留了这条性命回乡去,强似做罗天大醮!"卢俊义喝道:"你省的甚么!这等燕雀,安敢和鸿鹄厮并(比喻庸俗的人不能理解志向远大者的抱负。鸿鹄,天鹅。燕雀,比喻庸俗浅薄的人)?我思量平生学的一身本事,不曾逢着买主。今日幸然逢此机会,不就这里发卖,更待何时!我那车子上叉袋里,已准备下一袋熟麻索。倘或这贼们当死合亡,撞在我手里,一朴刀(古时武器,一种刀身窄长,刀柄较短的刀。双手使用。朴,pō)一个砍翻,你们众人与我便缚在车子上。撇了货物不打紧,且收拾车子捉人。把这贼首解上京师,请功受赏,方表我平生之愿。若你们一个不肯去的,只就这里把你们先杀了。"前面摆四辆车子,上插了四把绢旗,后面六辆车子,随从了行。那李固和众人,哭哭啼啼,只得依他。卢俊义取出朴刀,装在杆棒上,三个丫儿扣牢了,赶着车子,奔梁山泊路上来。李固等见了崎岖山路,行一步,怕一步,卢俊义只顾赶着要行。从清早起来,行到巳牌时分,远远地望见一座大林,有千百株合抱不交的大树。却好行到林子边,只听得一声胡哨响,吓的李固和两个当直的没躲处。卢俊义教把车仗押在一边。车夫众人都躲在车子底下叫苦。卢俊义喝道:"我若搠(shuò,刺,戳)翻,你们与我便缚!"说犹未了,只见林子边走出四五百小喽罗来;听得后面锣声响处,又有四五百小喽罗截住后路。林子里一声炮响,托地跳出一筹好汉。怎地模样?但见:

　　茜红头巾,金花斜裹;铁甲凤盔,锦衣绣袄。血染髭髯,虎威雄暴;大斧一双,人皆吓倒。

当下李逵手搭双斧,厉声高叫:"卢员外,认得哑道童么?"卢俊义猛省,喝道:"我时常有心要来拿你这伙强盗,今日特地到此,快教宋江那厮下山投拜!倘或执迷,我片时间教你人人皆死,个个不留!"李逵呵呵大笑道:"员外你今日中了俺的军师妙计,快来坐把交椅!"卢俊义大怒,搦着手中朴刀,来斗李逵,李逵轮起双斧来迎。两个斗不到三合,李逵托地跳出圈子外来,转过身望林子里便走。卢俊义挺着朴刀,随后赶去。李逵在林木丛中东闪西躲,引得卢俊义性发,破一步,抢入林来。李逵飞奔乱松丛中去了。

卢俊义赶过林子这边,一个人也不见了。却待回身,只听得松林旁边转出一伙人来,一个人高声大叫:"员外不要走,认的俺么?"卢俊义看时,却是一个胖大和尚,身穿皂直裰(黑色僧袍。皂,黑色。裰,duō),倒提铁禅杖。卢俊义喝道:"你是那里来的和尚!"鲁智深大笑道:"洒家是花和尚鲁智深。今奉军师将令,着俺来迎接员外上山。"卢俊义焦躁,大骂:"秃驴敢如此无礼!"拈手中宝刀,直取那和尚。鲁智深轮起铁禅杖来迎。两个斗不到三合,鲁智深拨开朴刀,回身便走。卢俊义赶将去;正赶之间,喽罗里走出行者武松,抢两口戒刀(僧人所佩戴带的刀,戒律规定只准割衣,不准杀生),直奔将来。卢俊义不赶和尚,来斗武松。又不到三合,武松拔步便走。卢俊义哈哈大笑:"我不赶你。你这厮们何足道哉!"说犹未了,只见山坡下一个人在那里叫道:"卢员外,你如何省得!岂不闻'人怕落荡,铁怕落炉'?哥哥定下的计策,你待走那里去!"卢俊义喝道:"你这厮是谁!"那人笑道:"小可便是赤发鬼刘唐。"卢俊义骂道:"草贼休走!"挺手中朴刀,直取刘唐。方才斗得三合,刺斜里一个人大叫道:"好汉没遮拦穆弘在此!"当时刘唐、穆弘两个两条朴刀,双斗卢俊义。正斗之间,不到三合,只听的背后脚步响。卢俊义喝声:"着!"刘唐、穆弘跳退数步。卢俊义便转身斗背后的好汉,却是扑天雕李应。三个头领,丁字脚围定,卢俊义全然不慌,越斗越健。正好步斗,只听得山顶上一声锣响,三个头领各自卖个破绽,一齐拔步去了。卢俊义又斗得一身臭汗,不去赶他。再回林子边,来寻车仗人伴时,十辆车子,人伴头口,都不见了。卢俊义便向高阜(高处的土山。阜,fù,土山)处,四下里打一望,只见远远地山坡下一伙小喽罗,把车仗头口赶在前面,将李固一干人,连连串串,缚在后面,鸣锣擂鼓,解投松树那边去。

　卢俊义望见,心如火炽(chì),气似烟生,提着朴刀,直赶将去。约莫离山坡不远,只见两筹好汉喝一声道:"那里去!"一个是美髯公朱仝,一个是插翅虎雷横。卢俊义见了,高声骂道:"你这伙草贼,好好把车仗人马还我!"朱仝手拈长须大笑道:"卢员外,你还恁地不晓事?中了俺军师妙计,便肋生双翅,也飞不出去。快来大寨坐把交椅。"卢俊义听了大怒,挺起朴刀,直奔二人。朱仝、雷横各将兵器相迎。斗不到三合,两个回身便走。

　卢俊义寻思道:"须是赶翻一个,却才讨得车仗。"舍着性命,赶转山坡,两个好汉都不见了。只听得山顶上鼓板吹箫,仰面看时,风刮起那面杏黄旗来,上面绣着"替天行道"四字。转过来打一望,望见红罗销金伞下,盖着宋江,左有吴用,右有公孙胜。一行部从二百余人,一齐声喏道:"员外,别来无恙!"卢俊义见了越怒,指名叫骂山上。吴用劝道:"员外且请息怒。宋公明久慕威名,特令吴某亲诣(yì,到尊长处拜访)门墙,迎员外上山,一同替天行道,请休见责。"卢俊义大骂:"无端草贼,怎敢赚我!"宋江背后转过小李广花荣,拈弓取箭,看着卢俊义喝道:"卢员外休要逞能,先教你看花荣神箭!"说犹未了，飕地一箭，正中卢俊义头上毡笠儿的红缨。吃了一惊，回身便走。山上鼓声震地，只见霹雳火秦明、豹子头林冲引一彪军马，摇旗呐喊，从山东边杀出来。又见双鞭将呼延灼、金枪手徐宁也领一彪军马，摇旗呐喊，从山西边杀出来，吓得卢俊义走投没路。看看天色将晚，脚又疼，肚又饥，正是慌不择路，望山僻小径只顾走。约莫黄昏时分，烟迷远水，雾锁深山，星月微明，不分丛莽。正走之间，不到天尽头，须到地尽处，看看走到鸭嘴滩头，只一望时，都见满目芦花，茫茫烟水。卢俊义看见，仰天长叹道："是我不听好人言，今日果有恓惶(qīhuáng，悲伤惶恐)事。"

　　正烦恼间，只见芦苇里面一个渔人，摇着一只小船出来。那渔人倚定小船叫道："客官好大胆！这是梁山泊出没的去处，半夜三更，怎地来到这里！"卢俊义道："便是我迷踪失路，寻不着宿头，你救我则个！"渔人道："此间大宽转有一个市井，却用走三十余里向开路程，更兼路杂，最是难认。若是水路去时，只有三五里远近。你舍得十贯钱与我，我便把船载你过去。"卢俊义道："你若渡得我过去，寻得市井客店，我多与你些银两。"那渔人摇船傍岸，扶卢俊义下船，把铁篙撑开。约行三五里水面，只听得前面芦苇丛中橹声响，一只小船飞也似来，船上有两个人，前面一个，赤条条地拿着一条水篙(gāo，撑船的竹竿或木杆)，后面那个摇着橹。前面的人横定篙，口里唱着山歌道：

　　　　生来不会读诗书，且就梁山泊里居。

　　　　准备窝弓射猛虎，安排香饵钓鳌鱼。

　　卢俊义听得，吃了一惊，不敢做声。又听得右边芦苇丛中，也是两个人，摇一只小船出来。后面的摇着橹，有咿哑(yīyā，象声词，物体转动或摇动的声音)之声。前面横定篙，口里也唱山歌道：

　　　　乾坤生我泼皮身，赋性从来要杀人。

　　　　万两黄金浑不爱，一心要捉玉麒麟。

　　卢俊义听了，只叫得苦。只见当中一只小船，飞也似摇将来，船

头上立着一个人,倒提铁钻木篙,口里亦唱着山歌道:

　　芦花丛里一扁舟,俊杰俄从此地游。

　　义士若能知此理,反躬逃难可无忧。

　　歌罢,三只船一齐唱喏。中间是阮小二,左边是阮小五,右边是阮小七。那三只小船,一齐撞将来。卢俊义听了,心内转惊,自想又不识水性,连声便叫渔人:"快与我拢船近岸!"那渔人哈哈大笑,对卢俊义说道:"上是青天,下是绿水。我生在浔阳江,来上梁山泊,三更不改名,四更不改姓,绰号混江龙李俊的便是!员外若还不肯降时,枉送了你性命!"卢俊义大惊,喝一声说道:"不是你,便是我!"拿着朴刀,望李俊心窝里搠将来,李俊见朴刀搠将来,拿定棹牌,一个背抛筋斗,扑通的翻下水去了,那只船滴溜溜在水面上转,朴刀又搠将下水去了。

　　只见船尾一个人从水底下钻出来,叫一声,乃是浪里白跳张顺,把手挟住船梢,脚踏水浪,把船只一侧,船底朝天,英雄落水。正是铺排打凤牢龙计,坑陷惊天动地人。毕竟卢俊义性命如何,且听下回分解。

第六十二回

放冷箭燕青救主　劫法场石秀跳楼

话说这卢俊义虽是了得，却不会水，被浪里白跳张顺排翻了船，倒撞下水去。张顺却在水底下拦腰抱住，又钻过对岸来，抢了朴刀。张顺把卢俊义直奔岸边来。早点起火把，有五六十人在那里等，接上岸来，团团围住，解了腰刀，尽脱下湿衣服，便要将索绑缚。只见神行太保戴宗传令，高叫将来："不得伤犯了卢员外贵体！"随即差人将一包袱锦衣绣袄与卢俊义穿着。八个小喽罗，抬过一乘轿来，扶卢员外上轿便行。只见远远地，早有二三十对红纱灯笼，照着一簇人马，动着鼓乐，前来迎接。为头宋江、吴用、公孙胜，后面都是众头领，一齐下马。卢俊义慌忙下轿。宋江先跪，后面众头领排排地都跪下。卢俊义亦跪下还礼道："既被擒捉，愿求早死！"宋江大笑，说道："且请员外上轿。"众人一齐上马，动着鼓乐，迎上三关，直到忠义堂前下马。请卢俊义到厅上，明晃晃地点着灯烛。宋江向前陪话道："小可久闻员外大名，如雷贯耳。今日幸得拜识，大慰平生。却才众兄弟甚是冒渎（冒犯。渎，dú），万乞恕罪。"吴用上前说道："昨奉兄长之命，特令吴某亲诣门墙，以卖卦为由，赚员外上山，共聚大义，一同替天行道。"

宋江便请卢员外坐第一把交椅。卢俊义答礼道："不才无识无能，误犯虎威，万死尚轻，何故相戏？"宋江陪笑道："怎敢相戏。实慕员外威德，如饥如渴。万望不弃鄙处，为山寨之主，早晚共听严命。"卢俊义回说："宁就死亡，实难从命。"吴用道："来日却又商议。"

当时置备酒食管待。卢俊义无计奈何，只得饮了几杯，小喽罗请去后堂歇了。

次日，宋江杀羊宰马，大排筵宴，请出卢员外来赴席，再三再四，谦让在中间里坐了。酒至数巡，宋江起身把盏，陪话道："夜来甚是冲撞，幸望宽恕。虽然山寨窄小，不堪歇马，员外可看'忠义'二字之面，宋江情愿让位，休得推却。"卢俊义答道："头领差矣！小可身无罪累，颇有些少家私。生为大宋人，死为大宋鬼，宁死实难听从。"吴用并众头领一个个说，卢俊义越不肯落草。吴用道："员外既然不肯，难道逼勒？只留得员外身，留不得员外心。只是众弟兄难得员外到此，既然不肯入伙，且请小寨略住数日，却送还宅。"卢俊义道："小可在此不妨，只恐家中老小，不知这般的消息。"吴用道："这事容易，先教李固送了车仗回去，员外迟去几日，却何妨？"吴用问道："李都管，你的车仗货物都有么？"李固应道："一些儿不少。"宋江叫取两个大银把与李固，两个小银打发当直的，那十个车脚，共与他白银十两。众人拜谢。卢俊义分付李固道："我的苦，你都知了。你回家中，说与娘子不要忧心。我过三五日便回也。"李固只要脱身，满口应说："但不妨事。"辞了便下忠义堂去。吴用随即便起身说道："员外宽心少坐，小生发送李都管下山，便来也。"

吴用只推发送李固，却先到金沙滩等候。少刻，李固和两个当直的，并车仗、头口、人伴都下山来。吴用将引五百小喽罗围在两边，坐在柳阴树下，便唤李固近前说道："你的主人，已和我们商议定了，今坐第二把交椅。此乃未曾上山时，预先写下四句反诗在家里壁上。我教你们知道，壁上二十八个字，每一句包着一个字。'芦花荡里一扁舟'，包个'卢'字；'俊杰那能此地游'，包个'俊'字；'义士手提三尺剑'，包个'义'字；'反时须斩逆臣头'，包个'反'字。这四句诗，包藏'卢俊义反'四字。今日上山，你们怎知？本待把你众人杀了，显得我梁山泊行短（做事卑鄙）。今日放你们星夜自回去，休想望你主人回来！"李固等只顾下拜。吴用教把船送过渡口。一行人上路,奔回北京。正是鳌鱼脱却金钩去,摆尾摇头更不回。

话分两处。不说李固等归家,且说吴用回到忠义堂上,再入酒席,用巧言说诱卢俊义,筵会直到二更方散。次日,山寨里再排筵会庆贺,卢俊义说道:"感承众头领好意相留,只是小可度日如年,今日告辞。"宋江道:"小可不才,幸识员外,来日宋江体己聊备小酌,对面论心一会,勿请推却。"又过了一日。明日宋江请,后日吴用请,大后日公孙胜请。话休絮繁,三十余个上厅头领,每日轮一个做筵席。光阴荏苒,日月如梭,早过一月有余。卢俊义寻思,又要告别。宋江道:"非是不留员外,争奈急急要回。来日忠义堂上,安排薄酒送行。"

次日,宋江又体己送路,只见众头领都道:"俺哥哥敬员外十分,俺等众人当敬员外十二分! 偏我哥哥筵席便吃,'砖儿何厚,瓦儿何薄!'"李逵在内大叫道:"我舍着一条性命,直往北京请得你来,却不吃我弟兄们筵席,我和你眉尾相结,性命相扑!"吴学究大笑道:"不曾见这般请客的,甚是粗卤(同"粗鲁")。员外休怪,见他众人薄意,再住几时。"不觉又过了四五日,卢俊义坚意要行。只见神机军师朱武,将引一班头领,直到忠义堂上开话道:"我等虽是以次弟兄,也曾与哥哥出气力,偏我们酒中藏着毒药? 卢员外若是见怪,不肯吃我们的,我自不妨,只怕小兄弟们做出事来,悔之晚矣。"吴用起身便道:"你们都不要烦恼,我与你央及员外,再住几时,有何不可。常言道:'将酒劝人,终无恶意。'"卢俊义抑众人不过,只得又住了几日。——前后却好三五十日。自离北京,是五月的话,不觉在梁山泊早过了两个多月。但见金风淅淅,玉露泠泠,又早是中秋节近。卢俊义思想归期,对宋江诉说。宋江见卢俊义思归苦切,便道:"这个容易,来日金沙滩送别。"卢俊义大喜。有诗为证:

> 一别家山岁月赊,寸心无日不思家。
> 此身恨不生双翼,欲借天风过水涯。

次日,还把旧时衣裳刀棒送还员外,一行众头领都送下山。宋江把一盘金银相送。卢俊义推道:"非是卢某说口,金帛钱财,家中颇有,但得到北京盘缠足矣。赐与之物,决不敢受。"宋江等众头领直送过金沙滩,作别自回,不在话下。

不说宋江回寨,只说卢俊义拽开脚步,星夜奔波,行了旬日,到得北京。日已薄暮,赶不入城,就在店中歇了一夜。次日早晨,卢俊义离了村店,飞奔入城。尚有一里多路,只见一人头巾破碎,衣裳蓝缕(衣裳破烂。蓝缕,同"褴褛",lánlǚ),看着卢俊义纳头便拜。卢俊义抬眼看时,却是浪子燕青,便问:"小乙,你怎地这般模样?"燕青道:"这里不是说话处。"卢俊义转过土墙侧首,细问缘故。燕青说道:"自从主人去后,不过半月,李固回来,对娘子说道:'主人归顺了梁山泊宋江,坐了第二把交椅。'当时便去官司首告了。他已和娘子做了一路,嗔怪燕青违拗,将我赶逐出门。将一应衣服尽行夺了,赶出城外。更兼分付一应亲戚相识,但有人安着燕青在家歇的,他便舍半个家私和他打官司,因此无人敢着(zhuó,此处作"收留"意)小乙。在城中安不得身,只得来城外求乞度日,权在庵内安身。正要往梁山泊寻见主人,又不敢造次。若主人果自泊里来,可听小乙言语,再回梁山泊去,别做个商议。若入城中,必中圈套。"卢俊义喝道:"我的娘子不是这般人,你这厮休来放屁!"燕青又道:"主人脑后无眼,怎知就里?主人平昔只顾打熬气力,不亲女色。娘子旧日和李固原有私情,今日推门相就(主动靠近,主动亲近),做了夫妻。主人若去,必遭毒手!"卢俊义大怒,喝骂燕青道:"我家五代在北京住,谁不识得?量李固有几颗头,敢做恁般勾当?莫不是你做出歹事来,今日倒来反说!我到家中问出虚实,必不和你干休!"燕青痛哭,拜倒地下,拖住主人衣服。卢俊义一脚踢倒燕青,大踏步便入城来。

奔到城内,径入家中,只见大小主管都吃一惊。李固慌忙前来迎接,请到堂上,纳头便拜。卢俊义便问:"燕青安在?"李固答道:"主人且休问端的,一言难尽!只怕发怒,待歇息定了却说。"贾氏从屏风后哭将出来。卢俊义说道:"娘子休哭,且说燕小乙怎地来。"贾氏道:"丈夫且休问,慢慢地却说。"卢俊义心中疑虑,定死要问燕青来历。李固便道:"主人且请换了衣服,吃了早膳,那时诉说不迟。"一边安排饭食与卢员外吃。方才举箸,只听得前门后门喊声齐起,二三百个做公的抢将入来。卢俊义惊得呆了,就被做公的绑了,一步一棍,直打到留守司来。

其时梁中书正坐公厅。左右两行,排列狼虎一般公人七八十个,把卢俊义拿到当面。贾氏和李固也跪在侧边。厅上梁中书大喝道:"你这厮是北京本处百姓良民,如何却去投降梁山泊落草,坐了第二把交椅?如今倒来里勾外连,要打北京!今被擒来,有何理说!"卢俊义道:"小人一时愚蠢,被梁山泊吴用假做卖卦先生来家,口出讹言,煽惑良心,掇赚到梁山泊,软监(不进监但限制自由行动,今称"软禁")了两个多月。今日幸得脱身归家,并无歹意,望恩相明镜。"梁中书喝道:"如何说得过!你在梁山泊中,若不通情,如何住了许多时!现放着你的妻子并李固告状出首(检举、告发),怎地是虚?"李固道:"主人既到这里,招伏了罢。家中壁上现写下藏头反诗,便是老大的证见,不必多说。"贾氏道:"不是我们要害你,只怕你连累我。常言道:'一人造反,九族全诛!'"卢俊义跪在厅下,叫起屈来。李固道:"主人不必叫屈,是真难灭,是假易除。早早招了,免致吃苦。"贾氏道:"丈夫,虚事难入公门,实事难以抵对。你若做出事来,送了我的性命。不奈有情皮肉,无情杖子。你便招了,也只吃得有数的官司。"李固上下都使了钱,张孔目厅上禀说道:"这个顽皮赖骨,不打如何肯招!"梁中书道:"说的是!"喝叫一声:"打!"左右公人把卢俊义捆翻在地,不由分说,打的皮开肉绽,鲜血迸流,昏晕去了三四次。卢俊义打熬不过,仰天叹曰:"是我命中合当横死(因自杀、被害等意外事故身亡。横,hèng,意外、突然),我今屈招了罢!"张孔目当下取了招状,讨一面一百斤死囚枷钉了,押去大牢里监禁。府前府后看的人,都不忍见。当日推入牢门,吃了三十杀威棒(旧时发配的犯人收监前,施以棒打,使其慑服),押到庭心内,跪在面前。狱子炕上坐着那个两院押牢

节级,带管刽子,把手指道:"你认的我么?"卢俊义看了,不敢则声。那人是谁,有诗为证:

> 两院押牢称蔡福,堂堂仪表气凌云。
>
> 腰间紧系青鸾带①,头上高悬垫角巾②。
>
> 行刑问事人倾胆,使索施枷鬼断魂。
>
> 满郡夸称铁臂膊,杀人到处显精神。

这两院押狱兼充行刑刽子姓蔡名福,北京土居人氏。因为他手段高强,人呼他为铁臂膊。旁边立着一个嫡亲兄弟,叫做蔡庆,有诗为证:

> 押狱丛中称蔡庆,眉浓眼大性刚强。
>
> 茜红衫③上描鸂鶒④,茶褐衣⑤中绣木香⑥。
>
> 曲曲领沿深染皂,飘飘博带浅涂黄。
>
> 金环灿烂头巾小,一朵花枝插鬓旁。

这个小押狱蔡庆,生来爱带一枝花,河北人顺口,都叫他做一枝花蔡庆。那人挂着一条水火棍,立在哥哥侧边。蔡福道:"你且把这个死囚带在那一间牢里,我家去走一遭便来。"蔡庆把卢俊义自带去了。

蔡福起身,出离牢门来,只见司前墙下转过一个人来,手里提个饭罐,面带忧容。蔡福认的是浪子燕青。蔡福问道:"燕小乙哥,你做甚么?"燕青跪在地下,擎着两行眼泪告道:"节级哥哥,可怜见小人的主人卢员外吃屈官司,又无送饭的钱财!小人城外叫化得这半罐子饭权与主人充饥。节级哥哥怎地做个方便。"说罢,泪如雨下,拜倒在地。蔡福道:"我知此事,你自去送饭把与他吃。"燕青拜谢

---

① 青鸾带:绣有青鸾的衣带。青鸾,传说中的神鸟,赤者为凤,青者为鸾。　②垫角巾:又称"林宗巾"。《后汉书·郭太传》:郭太,字林宗,有盛名。曾出行遇雨,遂将头巾一角垫起以遮雨,后人争效。后用"垫巾""垫角"谓模仿高雅。　③茜红衫:绛红色无袖头的开衩上衣。茜,qiàn。　④鸂鶒(xīchì):水鸟名。形大于鸳鸯,多紫色,好并游。俗称紫鸳鸯。鸂鶒是七品文官官服上标志品级的徽饰。　⑤茶褐衣:赤黄略带黑色的衣服。　⑥木香:荼蘼花的别名。

了,自进牢里去送饭。

蔡福转过州桥来,只见一个茶博士叫住唱喏道:"节级,有个客人在小人茶房内楼上,专等节级说话。"蔡福来到楼上看时,却是主管李固。各施礼罢,蔡福道:"主管有何见教?"李固道:"奸不厮瞒,俏不厮欺(真人面前不说假话。厮,相互),小人的事,都在节级肚里。今夜晚间,只要光前绝后。无甚孝顺,五十两蒜条金在此,送与节级。厅上官吏,小人自去打点。"蔡福笑道:"你不见正厅戒石上刻着'下民易虐,上苍难欺'。你那瞒心昧己勾当,怕我不知!你又占了他家私,谋了他老婆,如今把五十两金子与我结果了他性命。日后提刑官下马,我吃不的这等官司。"李固道:"只是节级嫌少,小人再添五十两。"蔡福道:"李固,你割猫儿尾,拌猫儿饭!北京有名恁地一个卢员外,只值得这一百两金子?你若要我倒地他,不是我诈你,只把五百两金子与我。"李固便道:"金子有在这里,便都送与节级,只要今夜晚些成事。"蔡福收了金子,藏在身边,起身道:"明日早来扛尸。"李固拜谢,欢喜去了。

蔡福回到家里,却才进门,只见一人揭起芦帘,随即入来,那人叫声:"蔡节级相见。"蔡福看时,但见那一个人生得十分标致,且是打扮得整齐,身穿鸦翅青团领,腰系羊脂玉(白玉的一种,半透明,色如羊脂)闹妆(用金银珠宝等杂缀而成的腰带或鞍、辔之类饰物),头带骏鞦冠,足蹑(niè,穿鞋)珍珠履。那人进得门,看着蔡福便拜。蔡福慌忙答礼,便问道:"官人高姓?有何见教?"那人道:"可借里面说话。"蔡福便请入来一个商议阁里,分宾坐下。那人开话道:"节级休要吃惊。在下便是沧州横海郡人氏,姓柴,名进,大周皇帝嫡派子孙,绰号小旋风的便是。只因好义疏财,结识天下好汉,不幸犯罪,流落梁山泊。今奉宋公明哥哥将令差遣前来,打听卢员外消息。谁知被赃官污吏、淫妇奸夫通情陷害,监在死囚牢里,一命悬丝,尽在足下之手。不避生死,特来到宅告知,如是留得卢员外性命在世,佛眼相看,不忘大德。但有半米儿差错,兵临城下,将至濠边,无贤无愚,无老无幼,打破城池,尽皆斩首！久闻足下是个仗义全忠的好汉，无物相送，今将一千两黄金薄礼在此。倘若要捉柴进，就此便请绳索，誓不皱眉。"蔡福听罢，吓得一身冷汗，半晌答应不的。柴进起身道："好汉做事，休要踌躇，便请一决。"蔡福道："且请壮士回步，小人自有措置。"柴进便拜道："既蒙语诺，当报大恩。"出门唤个从人，取出黄金，递与蔡福，唱个喏便走。外面从人，乃是神行太保戴宗，又是一个不会走的！

　　蔡福得了这个消息，摆拨(处置，安排)不下。思量半晌，回到牢中，把上项的事，却对兄弟说了一遍。蔡庆道："哥哥生平最会断决，量这些小事，有何难哉？常言道：'杀人须见血，救人须救彻！'既然有一千两金子在此，我和你替他上下使用。梁中书、张孔目，都是好利之徒，接了贿赂，必然周全卢俊义性命。葫芦提(糊里糊涂，马里马虎)配将出去，救得救不得，自有他梁山泊好汉，俺们干的事便了也。"蔡福道："兄弟这一论，正合我意。你且把卢员外安顿好处，早晚把些好酒食将息他，传个消息与他。"蔡福、蔡庆两个商议定了，暗地里把金子买上告下，关节已定。

　　次日，李固不见动静，前来蔡福家催并(亦作"催迸"，催促)。蔡庆回说："我们正要下手结果(杀死)他，中书相公不肯，已有人分付，要留他性命。你自去上面使用，嘱付下来，我这里何难？"李固随即又央人去上面使用。中间过钱人去嘱托，梁中书道："这是押牢节级(地方狱吏)的勾当，难道教我下手？过一两日，教他自死。"两下里厮推，张孔目已得了金子，只管把文案拖延了日期。

　　蔡福就里又打关节，教及早发落。张孔目将了文案来禀。梁中书道："这事如何决断？"张孔目道："小吏看来，卢俊义虽有原告，却无实迹。虽是在梁山泊住了许多时，这个是扶同诖误(受同伙牵连。扶同，伙同。诖误，连累。诖，guà)，难问真犯。脊杖四十，刺配三千里，不知相公意下如何？"梁中书道："孔目见得极明，正与下官相合。"随唤蔡福牢中取出卢俊义来，就当厅除了长枷，读了招状文案，决了四十脊杖，换一具二十斤铁叶盘头枷(套在被发配犯人项上的一种刑具。铁叶，铁皮、铁片),就厅前钉了;便差董超、薛霸管押前去,直配沙门岛。原来这董超、薛霸自从开封府做公人,押解林冲去沧州路上害不得林冲,回来被高太尉寻事,刺配北京。梁中书因见他两个能干,就留在留守司勾当。今日又差他两个监押卢俊义。

当下董超、薛霸领了公文,带了卢员外,离了州衙;把卢俊义监在使臣房里,各自归家,收拾行李包裹,即便起程。诗曰:

> 不亲女色丈夫身,为甚离家忆内人?
> 谁料室中狮子吼,却能断送玉麒麟!

且说李固得知,只叫得苦。便叫人来请两个防送公人说话。董超、薛霸到得那里酒店内,李固接着,请至阁儿里坐下,一面铺排酒食管待。三杯酒罢,李固开言说道:"实不相瞒,卢员外是我仇家。如今配去沙门岛,路途遥远,他又没一文,教你两个空费了盘缠。急待回来,也得三四个月。我没甚的相送,两锭大银,权为压手(请人做事的定金)。多只两程,少无数里,就僻静去处结果了他性命,揭取脸上金印回来表证,教我知道,每人再送五十两蒜条金与你。你们只动得一张文书,留守司房里,我自理会。"董超、薛霸两两相觑(互相对看。觑,qù,看),沉吟了半晌。见了两个大银,如何不起贪心。董超道:"只怕行不得。"薛霸便道:"哥哥,这李官人也是个好男子,我们也把这件事结识了他。若有急难之处,要他照管。"李固道:"我不是忘恩失义的人,慢慢地报答你两个。"

董超、薛霸收了银子,相别归家,收拾包裹,连夜起身。卢俊义道:"小人今日受刑,杖疮疼痛,容在明日上路。"薛霸骂道:"你便闭了鸟嘴!老爷自晦气,撞着你这穷神!沙门岛往回六千里有余,费多少盘缠!你又没一文,教我们如何布摆!"卢俊义诉道:"念小人负屈含冤,上下看觑则个。"董超骂道:"你这财主们闲常一毛不拔,今日天开眼,报应得快!你不要怨怅,我们相帮你走。"卢俊义忍气吞声,只得走动。行出东门,董超、薛霸把衣包雨伞都挂在卢员外枷头上。卢员外一生财主,今做了囚人,无计奈何。那堪又值晚秋天气，纷纷黄叶坠，对对塞鸿飞，忧闷之中，只听的横笛之声。正是：

　　　谁家玉笛弄秋清，撩乱无端恼客情。

　　　自是断肠听不得，非干吹出断肠声。

　　两个公人，一路上做好做恶，管押了行。看看天色傍晚，约行了十四五里，前面一个村镇，寻觅客店安歇。当时小二哥引到后面房里，安放了包裹，薛霸说道："老爷们苦杀（犹言不论多么贫贱）是个公人，那里倒来伏侍罪人。你若要饭吃，快去烧火！"卢俊义只得带着枷，来到厨下，问小二哥讨了个草柴，缚做一块，来灶前烧火。小二哥替他淘米做饭，洗刷碗盏。卢俊义是财主出身，这般事却不会做。草柴火把又湿，又烧不着，一齐灭了，甫能尽力一吹，被灰眯了眼睛。董超又喃喃讷讷（nánnánnènè，低语的样子）地骂。做得饭熟，两个都盛去了，卢俊义并不敢讨吃。两个自吃了一回，剩下些残汤冷饭，与卢俊义吃了。薛霸又不住声骂了一回。吃了晚饭，又叫卢俊义去烧脚汤。等得汤滚，卢俊义方敢去房里坐地。两个自洗了脚。掇一盆百煎滚汤，赚卢俊义洗脚。方才脱得草鞋，被薛霸扯两条腿，纳在滚汤里，大痛难禁。薛霸道："老爷伏侍你，颠倒做嘴脸！"两个公人自去炕上睡了。把一条铁索，将卢员外锁在房门背后，声唤到四更，两个公人起来，叫小二哥做饭。自吃饱了，收拾包裹要行。卢俊义看脚时，都是潦浆泡，点地不得。

　　当日秋雨纷纷，路上又滑，卢俊义一步一攧。薛霸拿起水火棍，拦腰便打。董超假意去劝，一路上埋冤叫苦。离了村店，约行了十余里，到一座大林，卢俊义道："小人其实攧不动了，可怜见权歇一歇！"两个公人带入林子来，正是东方渐明，未有人行。薛霸道："我两个起得早了，好生困倦，欲要就林子里睡一睡，只怕你走了。"卢俊义道："小人插翅也飞不去。"薛霸道："莫要着你道儿，且等老爷缚一缚。"腰间解下麻索来，兜住卢俊义肚皮，去那松树上只一勒，反拽过脚来，绑在树上。薛霸对董超道："大哥，你去林子外立着，若有人来撞着，咳嗽为号。"董超道："兄弟，放手快些个。"薛霸道："你放心去看着外面。"说罢,拿起水火棍,看着卢员外道:"你休怪我两个,你家主管李固,教我们路上结果你。便到沙门岛,也是死。不如及早打发了你!阴司地府,不要怨我们。明年今日,是你周年。"卢俊义听了,泪如雨下,低头受死。薛霸两只手拿起水火棍,望着卢员外脑门上劈将下来。董超在外面,只听得一声扑地响,慌忙走入林子里来看时,卢员外依旧缚在树上,薛霸倒仰卧树下,水火棍撇在一边。董超道:"却又作怪!莫不是他使的力猛,倒吃一交?"仰着脸四下里看时,不见动静。薛霸口里出血,心窝里露出三四寸长一枝小小箭杆。却待要叫,只见东北角树上坐着一个人,听的叫声:"着!"撒手响处,董超脖项上早中了一箭,两脚蹬空,扑地也倒了。

那人托地从树上跳将下来,拔出解腕尖刀,割断绳索,劈碎盘头枷,就树边抱住卢员外,放声大哭。卢俊义开眼看时,认得是浪子燕青,叫道:"小乙,莫不是魂魄和你相见么?"燕青道:"小乙直从留守司前跟定这厮两个。见他把主人监在使臣房里,又见李固请去说话,小乙疑猜这厮们要害主人,连夜直跟出城来。主人在村店里时,小乙伏侍在外头,比及五更里起来,小乙先在这里等候。想这厮们必来这林子里下手。被我两弩箭结果了他两个,主人见么?"这浪子燕青那把弩弓,三枝快箭,端的是百发百中。怎见得弩箭好处:

> 弩桩劲裁乌木,山根对嵌红牙。拨手轻衬水晶,弦索半抽金线。背缠锦袋,弯弯如秋月未圆;稳放雕翎,急急似流星飞逬。

卢俊义道:"虽是你强救了我性命,却射死这两个公人,这罪越添得重了,待走那里去的是?"燕青道:"当初都是宋公明苦了主人,今日不上梁山泊时,别无去处。"卢俊义道:"只是我杖疮发作,脚皮破损,点地不得。"燕青道:"事不宜迟,我背着主人去。"便去公人身边,搜出银两,带着弩弓,插了腰刀,拿了水火棍,背着卢俊义,一直望东边行走。不到十数里,早驮不动,见一个小小村店,入到里面,寻房安下;买些酒肉,权且充饥。两个暂时安歇这里。

却说过往人看见林子里射死两个公人在彼,近处社长报与里正得知,却来大名府里首告。随即差官下来检验,却是留守司公人董超、薛霸。回复梁中书,着落大名府缉捕观察,限了日期,要捉凶身。做公的人都来看了:"论这弩箭,眼见得是浪子燕青的。"事不宜迟,一二百做公的分头去,一到处贴了告示,说那两个模样,晓谕远近村坊道店,市镇人家,挨捕捉拿。却说卢俊义正在村店房中将息杖疮,又走不动,只得在那里且住。店小二听得有杀人公事,村坊里排头说来,画两个模样。小二见了,连忙去报本处社长:"我店里有两个人,好生脚叉,不知是也不是。"社长转报做公的去了。

却说燕青为无下饭,拿了弩子,去近边处寻几个虫蚁吃;却待回来,只听得满村里发喊。燕青躲在树林里张时,看见一二百做公的,枪刀围定,把卢俊义缚在车子上,推将过去。燕青要抢出去救时,又无军器,只叫得苦。寻思道:"若不去梁山泊报与宋公明得知,叫他来救,却不是我误了主人性命?"

当时取路,行了半夜,肚里又饥,身边又没一文。走到一个土冈子上,丛丛杂杂,有些树木,就林子里睡到天明。心中忧闷,只听得树枝上喜雀咶咶噪噪(喧闹、吵闹的样子。咶,guō),寻思道:"若是射得下来,村坊人家讨些水,煮瀑得熟,也得充饥。"走出林子外,抬头看时,那喜雀朝着燕青噪。燕青轻轻取出弩弓,暗暗问天买卦,望空祈祷,说道:"燕青只有这一只箭了。若是救的主人性命,箭到处,灵雀坠空;若是主人命运合休,箭到,灵雀飞去。"搭上箭,叫声:"如意子,不要误我!"弩子响处,正中喜雀后尾,带了那枝箭,直飞下冈子去。燕青大踏步赶下冈子去,不见了喜雀。正寻之间,只见两个人从前面走来。怎生打扮?但见:

前头的,带顶猪嘴头巾,脑后两个金裹银环,上穿香皂罗衫,腰系销金搭膊,穿半膝软袜麻鞋,提一条齐眉棍棒。后面的,白范阳遮尘笠子,茶褐攒线袖衫。腰系绯红缠袋,脚穿踢土皮鞋,背了衣包,提条短棒,跨口腰刀。

这两个来的人,正和燕青打个肩厮拍。燕青转回身,看了这两个,寻思道:"我正没盘缠,何不两拳打倒两个;夺了包裹,却好上梁山泊。"揣了弩弓,抽身回来。这两个低着头只顾走。燕青赶上,把后面带毡笠儿的后心一拳,扑地打倒;却待拽拳再打那前面的,反被那汉子手起棒落,正中燕青左腿,打翻在地。后面那汉子爬将起来,踏住燕青,掣出腰刀,劈面门便剁。燕青大叫道:"好汉,我死不妨,却谁为主人报信!"那汉便不下刀,收住了手,提起燕青问道:"你这厮报甚么音信?"燕青道:"你问我待怎地?"那前面的好汉把燕青手一拖,却露出手腕上花绣,慌忙问道:"你不是卢员外家甚么浪子燕青?"燕青想道:"左右是死,索性说了,教他捉去,和主人阴魂做一处!"便道:"我正是卢员外家浪子燕青。今要上梁山泊报信,教宋公明救我主人则个。"二人见说,呵呵大笑,说道:"早是不杀了你,原来正是燕小乙哥!你认得我两个么?"穿皂的不是别人,梁山泊头领病关索杨雄,后面的便是拚命三郎石秀。杨雄道:"我两个今奉哥哥将令,差往北京,打听卢员外消息。军师与戴院长亦随后下山,专候通报。"燕青听得是杨雄、石秀,把上件事都对两个说了。杨雄道:"既是如此说时,我和燕青上山寨,报知哥哥,别做个道理。你可自去北京,打听消息,便来回报。"石秀道:"最好。"便把包裹与燕青背了,跟着杨雄,连夜上梁山泊来。见了宋江,燕青把上项事备细说了一遍,宋江大惊,便会众头领商议良策。

且说石秀只带自己随身衣服,来到北京城外,天色已晚,入不得城,就城外歇了一宿。次日早饭罢,入得城来,但见人人嗟叹,个个伤情。石秀心疑。来到市心里,只见人家闭户关门,石秀问市户人家时,只见一个老丈回言道:"客人,你不知我这北京有个卢员外,等地财主。因被梁山泊贼人掳掠前去,逃得回来,倒吃了一场屈官司,迭配去沙门岛,又不知怎地路上坏了两个公人。昨夜拿来,今日午时三刻,解来这里市曹上斩他,客人可看一看。"

石秀听罢,走来市曹上看时,十字路口,是个酒楼,石秀便来酒楼上,临街占个阁儿坐了。酒保前来问道:"客官,还是请人,只是独自酌杯？"石秀睁着怪眼说道："大碗酒,大块肉,只顾卖来,问甚么鸟！"酒保倒吃了一惊。打两角酒,切一大盘牛肉将来。石秀大碗大块,吃了一回。坐不多时,只听得楼下街上热闹,石秀便去楼窗外看时,只见家家闭户,铺铺关门。酒保上楼来道："客官醉也？楼下出公事,快算了酒钱,别处去回避！"石秀道："我怕甚么鸟！你快走下去,莫要讨老爷打！"酒保不敢做声,下楼去了。不多时,只见街上锣鼓喧天价来。但见：

> 两声破鼓响,一棒碎锣鸣。皂纛旗(古时军队中的黑色大旗。纛,dào)招展如云,柳叶枪交加似雪。犯由牌前引,白混棍后随。押牢节级狰狞,仗刃公人猛勇。高头马上,监斩官胜似活阎罗;刀剑林中,掌法吏犹如追命鬼。可怜十字街心里,要杀含冤负屈人！

石秀在楼窗外看时,十字路口,周回围住法场,十数对刀棒刽子,前排后拥,把卢俊义绑押到楼前跪下。铁臂膊蔡福拿着法刀;一枝花蔡庆扶着枷梢,说道："卢员外,你自精细看,不是我弟兄两个救你不的,事做拙了。前面五圣堂里,我已安排下你的坐位了,你可一魂去那里领受。"说罢,人丛里一声叫道："午时三刻到了！"一边开枷,蔡庆早拿住了头,蔡福早掣出法刀在手。当案孔目高声读罢犯由牌(古代处决罪犯,公布罪状的牌子或告示。由,因由),众人齐和一声。楼上石秀,只就那一声和里,掣着腰刀在手,应声大叫："梁山泊好汉全伙在此！"蔡福、蔡庆撇了卢员外,扯了绳索先走。石秀从楼上跳将下来,手举钢刀,杀人似砍瓜切菜,走不迭的,杀翻十数个;一只手拖住卢俊义,投南便走。

原来这石秀不认得北京的路,更兼卢员外惊得呆了,越走不动。梁中书听得报来大惊,便点帐前头目,引了人马,分头去把城四门关上;差前后做公的,合将拢来。随你好汉英雄,怎出高城峻垒？正是分开陆地无牙爪,飞上青天欠羽毛。毕竟卢员外同石秀当下怎地脱身,且听下回分解。

第六十三回

宋江兵打北京城　关胜议取梁山泊

　　话说当时石秀和卢俊义两个在城内走投没路，四下里人马合来，众做公的把挠钩搭住，套索绊翻。可怜悍勇英雄，方信寡不敌众。两个当下尽被捉了，解到梁中书面前，叫押过劫法场的贼来。石秀押在厅下，睁圆怪眼，高声大骂："你这败坏国家害百姓的贼，我听着哥哥将令，早晚便引军来，打你城子，踏为平地，把你砍做三截！先教老爷来和你们说知。"石秀在厅前千贼万贼价骂，厅上众人都唬呆了。梁中书听了，沉吟半晌，叫取大枷来，且把二人枷了，监放死囚牢里，分付蔡福在意看管，休教有失。蔡福要结识梁山泊好汉，把他两个做一处牢里关着，每日好酒好肉与他两个吃。因此不曾吃苦，倒将养得好了。却说梁中书唤本州新任王太守当厅发落，就城中计点被伤人数。杀死的有七八十个，跌伤头面、磕损皮肤、撞折腿脚者，不计其数。报名在官，梁中书支给官钱，医治烧化了当。次日，城里城外报说将来："收得梁山泊没头帖子数十张，不敢隐瞒，只得呈上。"梁中书看了，吓得魂飞天外，魄散九霄。帖子上写道：

　　　　梁山泊义士宋江，仰示大名府，布告天下：今为大宋朝滥官当道，污吏专权，殴死良民，涂炭万姓。北京卢俊义乃豪杰之士，今者启请上山，一同替天行道。如何妄徇奸贿，杀害善良！特令石秀先来报知，不期俱被擒捉。如是存得二人性命，献出淫妇奸夫，吾无侵扰。倘若故伤羽翼，屈坏股肱，便当拔寨兴师，同心雪恨，大兵到处，玉石俱焚（美玉和石头一齐烧毁，比喻好坏同归于

— 714 —

尽）。剿除奸诈,殄灭(消灭,灭绝。殄,tiǎn)愚顽。天地咸扶,鬼神共佑。谈笑入城,并无轻恕。义夫节妇,孝子顺孙,好义良民,清慎官吏,切勿惊惶,各安职业。谕众知悉。

当时梁中书看了没头告示,便唤王太守到来商议:"此事如何剖决(剖断、决断。剖,pōu)?"王太守是个善懦之人,听得说了这话,便禀梁中书道:"梁山泊这一伙,朝廷几次尚且收捕他不得,何况我这里一郡之力?倘若这亡命之徒引兵到来,朝廷救兵不迭,那时悔之晚矣!若论小官愚意:且姑存此二人性命,一面写表申奏朝廷;二即奉书呈上蔡太师恩相知道;三者可教本处军马出城下寨,提备不虞(料想不到的事。虞,yú)。如此,可保北京无事,军民不伤。若将这两个一时杀坏,诚恐寇兵临城,一者无兵解救,二者朝廷见怪,三乃百姓惊慌,城中扰乱,深为未便。"梁中书听了道:"知府言之极当。"先唤押牢节级蔡福来,便道:"这两个贼徒,非同小可。你若是拘束得紧,诚恐丧命;若教你宽松,又怕他走了。你弟兄两个,早早晚晚,可紧可慢,在意坚固管候发落,休得时刻怠慢。"蔡福听了,心中暗喜:"如此发放,正中下怀。"领了钧旨,自去牢中安慰他两个,不在话下。

只说梁中书便唤兵马都监大刀闻达、天王李成两个,都到厅前商议。梁中书备说梁山泊没头告示,王太守所言之事。两个都监听罢,李成便道:"量这伙草寇,如何敢擅离巢穴?相公何必有劳神思?李某不才,食禄多矣,无功报德,愿施犬马之劳,统领军卒,离城下寨。草寇不来,别作商议。如若那伙强寇,年衰命尽,擅离巢穴,领众前来,不是小将夸口,定令此贼片甲不回!"梁中书听了大喜,随即取金花绣缎,赏劳二将。两个辞谢,别了梁中书,各回营寨安歇。

次日,李成升帐,唤大小官军,上帐商议。旁边走过一人,威风凛凛,相貌堂堂,便是急先锋索超,又出头相见。李成传令道:"宋江草寇,早晚临城,要来打俺北京,你可点本部军兵,离城三十五里下寨。我随后却领军来。"索超得了将令,次日点起本部军兵,至三十五里,地名飞虎峪,靠山下了寨栅。次日,李成引领正偏将,离城二十五里,地名槐树坡,下了寨栅。周围密布枪刀,四下深藏鹿角,三面掘下陷坑。众军摩拳擦掌,诸将协力同心,只等梁山泊军马到来,便要建功。

话分两头。原来这没头帖子,却是吴学究闻得燕青、杨雄报信,又叫戴宗打听得卢员外、石秀都被擒捉,因此虚写告示,向没人处撇下,及桥梁道路上贴放,只要保全卢俊义、石秀二人性命。

戴宗回到梁山泊,把上项事备细与众头领说知。宋江听罢大惊,就忠义堂上打鼓集众,大小头领,各依次序而坐。宋江开话对吴学究道:"当初军师好意,启请卢员外上山来聚义,今日不想却教他受苦,又陷了石秀兄弟,当用何计可救?"吴用道:"兄长放心。小生不才,愿献一计,乘此机会,就取北京钱粮,以供山寨之用。明日是个吉辰,请兄长分一半头领,把守山寨,其余尽随我等去打城池。"宋江道:"军师之言极当。"便唤铁面孔目裴宣,派拨大小军兵,来日起程。黑旋风李逵便道:"我这两把大斧,多时不曾发市(买卖开张),听得打州劫县,他也在厅边欢喜。哥哥拨与我五百小喽罗,抢到北京,把梁中书砍做肉泥,拿住李固和那婆娘碎尸万段。救取卢员外、石秀二人性命,是我心愿。"宋江道:"兄弟虽然勇猛,这北京非比别处州府,且梁中书又是蔡太师女婿,更兼手下有李成、闻达,都有万夫不当之勇,不可轻敌。"李逵大叫道:"哥哥这般长别人志气,灭自己威风!且看兄弟去如何?若还输了,誓不回山。"吴用道:"既然你要去,便教做先锋,点与五百好汉相随,就充头阵,来日下山。"当晚宋江和吴用商议,拨定了人数。裴宣写了告示,送到各寨,各依拨次施行,不得时刻有误。

此时秋末冬初天气,征夫容易披挂,战马易得肥满,军卒久不临阵,皆生战斗之心;各恨不平,尽想报仇之念。得蒙差遣,欢天喜地,收拾枪刀,拴束鞍马,摩拳擦掌,时刻下山。第一拨,当先哨路黑旋风李逵,部领小喽罗五百。第二拨,两头蛇解珍、双尾蝎解宝、毛头星孔明、独火星孔亮,部领小喽罗一千。第三拨,女头领一丈青扈三娘、副将母夜叉孙二娘、母大虫顾大嫂,部领小喽罗一千。第四拨,扑天雕李应、副将九纹龙史进、小尉迟孙新,部领小喽罗一千。中军主将都头领宋江,军师吴用。簇帐头领四员:小温侯吕方、赛仁贵郭盛、病尉迟孙立、镇三山黄信。前军头领:霹雳火秦明,副将百胜将韩滔、天目将彭玘。后军头领:豹子头林冲,副将铁笛仙马麟、火眼狻猊邓飞。左军头领:双鞭呼延灼,副将摩云金翅欧鹏、锦毛虎燕顺。右军头领:小李广花荣,副将跳涧虎陈达、白花蛇杨春,并带炮手轰天雷凌振,接应粮草。探听军情头领一员,神行太保戴宗。军兵分拨已定,平明各头领依次而行,当日进发。只留下副军师公孙胜,并刘唐、朱仝、穆弘四个头领,统领马步军兵,守把山寨。三关水寨中,自有李俊等守把,不在话下。

却说索超正在飞虎峪寨中坐地,只见流星报马前来报说:"宋江军马大小人兵不计其数,离寨约有二三十里,将近到来。"索超听的,飞报李成槐树坡寨内。李成听了,一面报马入城,一面自备了战马,直到前寨。索超接着,说了备细。次日五更造饭,平明拔寨都起,前到庚家疃(tuǎn),列成阵势,摆开一万五千人马。李成、索超全副披挂,门旗下勒住战马。平东一望,远远地尘土起处,约有五百余人,飞奔前来。李成鞭梢一指,军健脚踏硬弩,手拽强弓。梁山泊好汉在庚家疃一字儿摆成阵势。只见:

人人都带茜红巾,个个齐穿绯衲袄(红色的斜襟夹袄。绯, fēi)。鹭鸶腿紧系脚绷,虎狼腰牢拴裹肚。三股叉直迸寒光,四棱简横拖冷雾。柳叶枪,火尖枪,密布如麻;青铜刀,偃月刀(刀名,刀头形似半月,故名。同以上"三股叉""四棱简""柳叶枪"等均为古代兵器名称),纷纷似雪。满地红旗飘火焰,半空赤帜耀霞光。

东阵上只见一员好汉,当前出马,乃是黑旋风李逵,手搦(nuò,同"搦",握持)双斧,睁圆怪眼,咬碎钢牙,高声大叫:"认得梁山泊好汉黑旋风么?"李成在马上看了,与索超大笑道:"每日只说梁山泊好汉,原来只是这等腌臜(āzɑ,卑鄙,丑恶。常用于骂人的话)草寇,何足为道! 先锋,你看么? 何不先捉此贼?"索超笑道:"割鸡焉用牛刀,自有战将建功,不必主将挂念。"言未绝,索超马后一员首将,姓王,名定,手拈长枪,引领部下一百马军,飞奔冲将过来。李逵胆勇过人,虽是带甲遮护,怎当马军一冲,当时四下奔走。索超引军直赶过庾家疃来,只见山坡背后,锣鼓喧天,早撞出两彪军马。左有解珍、孔亮,右有孔明、解宝,各领五百小喽罗,冲杀将来。索超见他有接应军马,方才吃惊,不来追赶,勒马便回。李成问道:"如何不拿贼来?"索超道:"赶过山去,正要拿他,原来这厮们倒有接应人马,伏兵齐起,难以下手。"李成道:"这等草寇,何足惧哉!"将引前部军兵,尽数杀过庾家疃来。只见前面摇旗呐喊,擂鼓鸣锣,又是一彪军马。当先一骑马上却是一员女将,结束得十分标致,有《念奴娇》为证:

玉雪肌肤,芙蓉模样,有天然标格(风范,风度)。金铠辉煌鳞甲动,银渗红罗抹额(缠在头上的红色头巾。抹额,头巾)。玉手纤纤,双持宝刃。恁英雄烜赫(形容气势盛大。烜,xuǎn,盛大显著),眼溜秋波,万种妖娆堪摘。 谩驰宝马当前,霜刃如风,要把官兵斩馘(guó,战争中割取所杀敌人的左耳计数献功)。粉面尘飞,征袍汗湿,杀气腾胸腋。战士消魂,敌人丧胆,女将中间奇特。得胜归来,隐隐笑生双颊。

且说这扈三娘引军,红旗上金书大字"女将一丈青",左有顾大嫂,右有孙二娘,引一千余军马,尽是七长八短汉,四山五岳人。李成看了道:"这等军人,作何用处! 先锋与我向前迎敌,我却分兵勒捕四下草寇。"索超领了将令,手掿金蘸斧(斧类长兵器,斧背为金色吞口,故称),拍坐下马,杀奔前来。一丈青勒马回头,望山凹里便走。李成分开人马,四下里赶杀,正赶之间,只听的喊声震地,雾气遮天,一彪人马,飞也似追来。李成急急退兵十四五里,首尾不能管顾,急退入庾家疃时,左冲出解珍、孔亮,部领人马,赶杀将来;右冲出孔明、解宝,部领人马,又杀来。三员女将,拨转马头,随后杀来,赶的李成军马四分五落。急待回寨，黑旋风李逵当先拦住。李成、索超冲开人马，夺路而去。比及(等到)回寨，大折一阵。宋江军马也不追赶，一面收兵暂歇，扎下营寨。

且说李成、索超慌忙差人入城，报知梁中书，连夜再差闻达速领本部军马，前来助战。李成接着，就槐树坡寨内商议退兵之策。闻达笑道："疥癞(jièlài，俗称头癣，表达对梁山军的鄙视、轻视)，何足挂意！闻某不才，来日愿决一阵，务要全胜。"当夜商议定了，传令与军士得知，四更造饭，五更披挂，平明进兵。战鼓三通，拔寨都起，前到庚家疃。早见宋江军马，泼风也似价来。但见：

　　征云冉冉飞晴空，征尘漠漠迷西东。
　　十万貔貅①声震地，车厢火炮如雷轰。
　　鼙鼓冬冬撼山谷，旌旗猎猎摇天风。
　　枪影摇空翻玉蟒，剑光耀日飞苍龙。
　　六师鹰扬鬼神泣，三军英勇貅虎同。
　　罡星煞曜②降凡世，天蓬③丁甲④离青穹⑤。
　　银盔金甲濯⑥冰雪，强弓硬弩真难攻。
　　人人只欲尽忠义，擒王斩将非邀功。
　　大刀闻达不知量，狂言逞技真雕虫！
　　飞虎峪中兵四起，星驰电逐无前锋。
　　闭关收拾残戈甲，有如脱兔潜葭蓬⑦。

当日大刀闻达便教将军马摆开，强弓硬弩，射住阵脚。花腔鼍鼓(以鼍皮蒙的鼓，声若鼍鸣。鼍，tuó，即扬子鳄，古称鼍龙、猪婆龙)擂，杂彩绣旗摇。宋江阵中，早已捧出一员大将，红旗银字，大书"霹雳火秦明"。怎生

---

①貔貅(píxiū)：比喻勇猛的战士。　②曜(yào)：日、月和金、木、水、火、土五星的代称。　③天蓬：道教天神名。　④丁甲：道教神名。即六丁六甲。六丁指丁卯、丁巳、丁未、丁酉、丁亥、丁丑六位阴神；六甲指甲子、甲戌、甲申、甲午、甲辰、甲寅六位阳神。后亦泛指天兵天将。　⑤青穹：碧空，青色的天空。　⑥濯(zhuó)：洗。　⑦葭(jiā)蓬：葭，初生的芦苇。蓬，草名。叶形似柳叶，边缘有锯齿，花外围白色，中心黄色。秋枯根拔，遇风飞旋，故又名"飞蓬"。

打扮？

　　头戴朱红漆笠，身穿绛色袍鲜，连环锁甲兽吞肩。抹绿战靴云嵌，凤翅明盔耀日，狮蛮宝带腰悬。狼牙混棍手中拈，凛凛英雄罕见。

　　秦明勒马，厉声高叫："北京滥官污吏听着！多时要打你这城子，诚恐害了百姓良民。好好将卢俊义、石秀送将过来，淫妇奸夫一同解出，我便退兵罢战，誓不相侵！若是执迷不悟，便教昆冈火起，玉石俱焚，只在目前。有话早说，休得俄延。"说犹未了，闻达大怒，便问首将："谁与我力擒此贼？"说言未了，脑后铃鸾响处，一员大将当先出马。怎生打扮？

　　耀日兜鍪(古代军兵的头盔。鍪，móu)晃晃，连环铁甲重重，团花点翠锦袍红，金带鈒(sà，镂刻)成双凤。鹊画弓藏袋内，狼牙箭插壶中。雕鞍稳定五花龙，大斧手中摩弄。

　　这个是北京上将，姓索，名超，因为此人性急，人皆呼他为急先锋，出到阵前，高声喝道："你这厮是朝廷命官，国家有何负你？你好人不做，却去落草为贼！我今拿住你时，碎尸万段，死有余辜。"这个秦明，又是一个性急的人，听了这话，正是炉中添炭，火上浇油，拍马向前，抡狼牙棍直奔将来。索超纵马，直挺秦明。二匹劣马相交，两般军器并举，众军呐喊。斗过二十余合，不分胜败。宋江军中先锋队里转过韩滔，就马上拈弓搭箭，觑的索超较亲，飕地只一箭，正中索超左臂，撇了大斧，回马望本阵便走。宋江鞭梢一指，大小三军，一齐卷杀过来。杀的尸横遍野，流血成河，大败亏输。直追过庾家疃，随即夺了槐树坡小寨。当晚闻达直奔飞虎峪，计点军兵，三停去一(损失三分之一)。宋江就槐树坡寨内屯扎。吴用道："军兵败走，心中必怯。若不乘势追赶，诚恐养成勇气，急忙难得。"宋江道："军师之言极当。"随即传令，当晚就将精锐得胜军将，分作四路，连夜进发，杀奔城来。

　　再说闻达奔到飞虎峪，忙忙似丧家之犬，急急如漏网之鱼。正在寨中商议计策,小校来报:"近山上一带火起!"闻达带领军兵,上马看时,只见东边山上火把不知其数,照的遍山遍野通红。闻达便引军兵迎敌,山后又是马军来到。当先首将小李广花荣,引副将杨春、陈达横杀将来。闻达措手不及,领兵便回飞虎峪。西边山上火把不知其数。当先首将双鞭呼延灼引副将欧鹏、燕顺冲击将来。后面喊声又起,却是首将霹雳火秦明,引副将韩滔、彭玘并力杀来。闻达军马大乱,拔寨都起。只见前面喊声又起,火光晃耀,却是轰天雷凌振将带副手,从小路直转飞虎峪那边,放起炮来。闻达引军夺路,奔城而去。只见前面鼓声响处,早有一彪军马拦路。火光丛中,闪出首将豹子头林冲,引副将马麟、邓飞截住归路。四下里战鼓齐鸣,烈火竞起,众军乱撺,各自逃生。闻达手舞大刀,杀开条路走,正撞着李成,合兵一处,且战且走。战到天明,已至城下。梁中书听的这个消息,惊的三魂荡荡,七魄幽幽,连忙点军出城,接应败残人马,紧闭城门,坚守不出。次日,宋江军马追来,直抵东门下寨,准备攻城。

且说梁中书在留守司聚众商议,难以解救。李成道:"贼兵临城,事在告急,若是迟延,必至失陷。相公可修告急家书,差心腹之人,星夜赶上京师,报与蔡太师知道,早奏朝廷,调遣精兵前来救应,此是上策;第二,作紧行文,关报邻近府县,亦教早早调兵接应;第三,北京城内,着仰大名府起差民夫上城,同心协助,守护城池,准备擂木炮石,踏弩硬弓,灰瓶金汁,晓夜提备,如此可保无虞。"梁中书道:"家书随便修下,谁人去走一遭?"当日差下首将王定,全副披挂,又差数个马军,领了密书,放开城门吊桥,望东京飞报声息(消息),及关报邻近府分,发兵救应。先仰王太守起集民夫,上城守护。不在话下。

且说宋江分调众将,引军围城,东西北三面下寨,只空南门不围。每日引军攻打一面。向山寨中催取粮草,为久屯之计。务要打破北京,救取卢员外、石秀二人。李成、闻达连日提兵出城交战,不能取胜。索超箭疮,将息未得痊可。

不说宋江军兵打城。且说首将王定赍领密书,三骑马直到东京太师府前下马。门吏转报入去,太师教唤王定进来,直到后堂拜罢,呈上密书。蔡太师拆开封皮看了大惊,问其备细。王定把卢俊义的事,一一说了。"如今宋江领兵围城,声势浩大,不可抵敌。"庾家疃、槐树坡、飞虎峪三处厮杀,尽皆说罢。蔡京道:"鞍马劳困,你且去馆驿内安下,待我会官商议。"王定又禀道:"太师恩相,大名危如累卵(如垒起来的蛋那样危险。比喻极其危险),破在旦夕,倘或失陷,河北县郡,如之奈何?望太师恩相,早早发兵剿除!"蔡京道:"不必多说,你且退去。"王定去了。

太师随即差当日府干请枢密院官,急来商议军情重事。不移时,东厅枢密使童贯引三衙太尉,都到节堂,参见太师。蔡京把大名危急之事备细说了一遍:"如今将何计策,用何良将,可退贼兵,以保城郭?"说罢,众官互相厮觑,各有惧色。只见那步司太尉背后转出一人,乃是衙门防御使保义,姓宣,名赞,掌管兵马。此人生的面如锅底,鼻孔朝天,卷发赤须,彪形八尺,使口钢刀,武艺出众。先前在王府曾做郡马,人呼为丑郡马。因对连珠箭赢了番将,郡王爱他武艺,招做女婿。谁想郡主嫌他丑陋,怀恨而亡。因此不得重用,只做得个兵马保义使。童贯是个阿谀谄佞之徒,与他不能相下,常有嫌疑之心。当时此人忍不住,出班来禀太师道:"小将当初在乡中有个相识。此人乃是汉末三分义勇武安王(指关羽。此为宋徽宗加封关羽的封号)嫡派子孙,姓关名胜,生的规模与祖上云长相似,使一口青龙偃月刀,人称为大刀关胜。现做蒲东巡检,屈在下僚。此人幼读兵书,深通武艺,有万夫不当之勇。若以礼币请他,拜为上将,可以扫清水寨,殄灭狂徒,保国安民。乞取钧旨(对帝王将相命令的敬称。钧,jūn)。"蔡京听罢大喜,就差宣赞为使,赍了文书鞍马,连夜星火前往蒲东,礼请关胜赴京计议。众官皆退。

话休絮繁。宣赞领了文书,上马进发。带将三五个从人,不则一日,来到蒲东巡检(巡检使官名的简称,始于五代,掌训练甲兵,巡逻州邑等事)司前下马。当日关胜正和郝思文在衙内论说古今兴废之事,闻说东京有使命至,关胜忙与郝思文出来迎接。各施礼罢,请到厅上坐地。关胜问道:"故人久不相见,今日何事,远劳亲自到此?"宣赞回言:"为因梁山泊草寇攻打北京,宣某在太师面前一力保举兄长,有安邦定国之策,降兵斩将之才,特奉朝廷敕旨,太师钧命,彩币鞍马,礼请起行。兄长勿得推却,便请收拾赴京。"关胜听罢大喜,与宣赞说道:"这个兄弟姓郝双名思文,是我拜义弟兄。当初他母亲梦井木犴(二十八星宿中南方朱雀七宿之一。犴,àn)投胎,因而有孕,后生此人,因此人唤他做井木犴。这兄弟十八般武艺,无有不能。得蒙太师呼唤,一同前去,协力报国,有何不可?"宣赞喜诺,就行催请登程。

　　当下关胜分付老小,一同郝思文将引关西汉十数个人,收拾刀马、盔甲、行李,跟随宣赞连夜起程,来到东京,径投太师府前下马。门吏转报蔡太师得知,教唤进。宣赞引关胜、郝思文直到节堂,拜见已罢,立在阶下。蔡京看了关胜,端的好表人材:堂堂八尺五六身躯,细细三柳髭须,两眉入鬓,凤眼朝天,面如重枣,唇若涂朱。太师大喜,便问:"将军青春多少?"关胜答道:"小将三旬有二。"蔡太师道:"梁山泊草寇围困北京城郭,请问良将,愿施妙策,以解其围。"关胜禀道:"久闻草寇占住水洼,惊群动众。今擅离巢穴,自取其祸。若救北京,虚劳人力。乞假精兵数万,先取梁山,后拿贼寇,教他首尾不能相顾。"太师见说大喜,与宣赞道:"此乃围魏救赵之计(战国时,魏国围攻赵国都城邯郸。赵国求救于齐国。齐将田忌、孙膑趁魏国都城兵力空虚,引兵直攻魏国。魏军回救,齐军乘其疲惫,于中途大败魏军,遂解赵围),正合吾心。"随即唤枢密院官,调拨山东、河北精锐军兵一万五千,教郝思文为先锋,宣赞为合后,关胜为领兵指挥使,步军太尉段常接应粮草。犒赏三军,限日下起行,大刀阔斧,杀奔梁山泊来。直教龙离大海,不能驾雾腾云;虎到平川,怎办张牙舞爪?正是:贪观天上中秋月,失却盘中照殿珠。毕竟宋江军马怎地结果,且听下回分解。

第六十四回

呼延灼月夜赚关胜　宋公明雪天擒索超

　　话说蒲东关胜这人惯使口大刀,英雄盖世,义勇过人,当日辞了太师,统领着一万五千人马,分为三队,离了东京,望梁山泊来。

　　话分两头。且说宋江与同众将每日北京攻打城池不下,李成、闻达那里敢出对阵? 索超箭疮深重,又未平复,更无人出战。宋江见攻打城子不破,心中纳闷,离山已久,不见输赢。是夜在中军帐里闷坐,点上灯烛,取出玄女天书;正看之间,猛然想起围城既久,不见有救军接应,戴宗回去,尚不见来,默然觉得神思恍惚,寝食不安,忽小校报说:"军师来见。"吴用到得中军帐内,与宋江道:"我等众军围许多时,如何杳无救军来到,城中又不出战? 向有三骑马奔出城去,必是梁中书使人去京师告急。他丈人蔡太师必然上紧遣兵,中间必有良将。倘用围魏救赵之计,且不来解此处之危,反去取我梁山大寨,如之奈何! 兄长不可不虑。我等先着军士收拾,未可都退。"正说之间,只见神行太保戴宗来到,报说:"东京蔡太师拜请关菩萨(指关羽)玄孙蒲东郡大刀关胜,引一彪军马飞奔梁山泊来。寨中头领主张不定,请兄长军师早早收兵回来,且解山寨之难。"吴用道:"虽然如此,不可急还。今夜晚间先教步军前行,留下两支军马,就飞虎峪两边埋伏。城中知道我等退军,必然追赶。若不如此,我兵先乱。"宋江道:"军师言之极当。"传令便差小李广花荣引五百军兵,去飞虎峪左边埋伏。豹子头林冲引五百军兵,飞虎峪右边埋伏。再叫双鞭呼延灼引二十五骑马军,带着凌振,将了风火等炮,离城十数里远近,但见追兵过来,随即施放号炮,令其两下伏兵,齐去并杀追兵。一面传令,前队退兵,倒拖旌旗,不鸣战鼓,却如雨散云行,遇兵勿战,慢慢退回。步军队里,半夜起来,次第而行。直至次日巳牌前后,方才尽退。

城上望见宋江军马手拖旗幡,肩担刀斧,纷纷滚滚,拔寨都起,有还山之状。城上看了仔细,报与梁中书知道:"梁山泊军马今日尽数收兵,都回去了。"梁中书听的,随即唤李成、闻达商议。闻达道:"想是京师救军去取他梁山泊,这厮们恐失巢穴,慌忙归去。可以乘势追杀,必擒宋江。"说犹未了,城外报马到来,赍东京文字(公文、案卷),约会引兵去取贼巢。"他若退兵,可以速追。"梁中书便叫李成、闻达各带一支军马,从东西两路追赶宋江军马。

且说宋江引兵退回,见城中调兵追赶,舍命便走。直退到飞虎峪那边,只听的背后火炮齐响。李成、闻达吃了一惊,勒住战马看时,后面只见旗幡对刺,战鼓乱鸣。李成、闻达火急回军,左手下撞出小李广花荣,右手下撞出豹子头林冲,各引五百军马,两边杀来。措手不及,知道中了奸计,火速回军。前面又撞出呼延灼,引着一支马军,大杀一阵,杀的李成、闻达金盔倒纳,衣甲飘零。退入城中,闭门不出。宋江军马,次第而回。早转近梁山泊边,却好迎着丑郡马宣赞拦路。宋江约住军兵,权且下寨。暗地使人从偏僻小路,赴水上山报知,约会水陆军兵,两下救应。

且说水寨内头领船火儿张横,与兄弟浪里白跳张顺当时议定:"我和你弟兄两个,自来寨中,不曾建功。只看着别人夸能说会,倒受他气。如今蒲东大刀关胜,三路调军打我寨栅。不若我和你两个,先去劫了他寨,捉得关胜,立这件大功。众兄弟面前,也好争口气。"张顺道:"哥哥,我和你只管的些水军,倘或不相救应,枉惹人耻笑。"张横道:"你若这般把细(仔细、小心),何年月日能够建功?你不去便罢,我今夜自去。"张顺苦谏不听。当夜张横点了小船五十余只,每船上只有三五人,浑身都是软战,手执苦竹枪,各带蓼叶刀,趁着月光微明,寒露寂静,把小船直抵旱路。此时约有二更时分。

却说关胜正在中军帐里点灯看书,有伏路小校悄悄来报:"芦花荡里,约有小船四五十只,人人各执长枪,尽去芦苇里面两边埋伏,不知何意,特来报知。"关胜听了,微微冷笑。当时暗传号令,教众军俱各如此准备。三军得令,各自潜伏。

且说张横将引三二百人,从芦苇中间藏踪蹑迹,直到寨边;拔开鹿角,径奔中军。望见帐中灯烛荧煌,关胜手捋髭髯(zīrán,胡须),坐看兵书。张横暗喜,手搦长枪,抢入帐房里来。旁边一声锣响,众军喊动,如天崩地塌,山倒江翻,吓的张横倒拖长枪,转身便走。四下里伏兵乱起,可怜会水张横,怎脱平川罗网。二三百人不曾走的一个,尽数被缚,推到帐前。关胜看了,笑骂:"无端草贼,安敢侮吾!"将张横陷车盛了,其余者尽数监了。"直等捉了宋江,一并解上京师,不负宣赞举荐之意。"

不说关胜捉了张横,却说水寨内三阮头领正在寨中商议,使人去宋江哥哥处听令,只见张顺到来,报说:"我哥哥因不听小弟苦谏,去劫关胜营寨,不料被捉,囚车监了。"阮小七听了,叫将起来,说道:"我兄弟们同死同生,吉凶相救,你是他嫡亲兄弟,却怎地教他独自去,被人捉了?你不去救,我弟兄三个自去救他。"张顺道:"为不曾得哥哥将令,却不敢轻动。"阮小七道:"若等将令来时,你哥哥吃他剁做八段。"阮小二、阮小五都道:"说的是。"张顺逆他三个不过,只得依他。

当夜四更,点起大小水寨头领,各架船一百余只,一齐杀奔关胜寨来。岸上小军,望见水面上战船如蚂蚁相似,都傍岸边,慌忙报知主帅。关胜笑道:"无见识贼奴,何足为虑!"随即唤首将附耳低言,如此如此。且说三阮在前,张顺在后,呐声喊,抢入寨来。只见寨内枪刀竖立,旌旗不倒,并无一人。三阮大惊,转身便走。帐前一声锣响,左右两边,马军步军,分作八路,簸箕掌(表示圆圈的形状。常用以形容围成一圈貌。簸箕,bòji,一种扬米去糠的铲状工具,以竹篾或柳条编成),栲栳圈(栲栳状的圈形。栲栳，kǎolǎo，一种以柳条编成的盛物器具），重重迭迭，围裹将来。张顺见不是头，扑通的先跳下水去。三阮夺路便走，急到的水边，后军赶上，挠钩齐下，套索飞来，把这活阎罗阮小七搭住，横施倒拽捉去了。阮小二、阮小五、张顺却得混江龙李俊带的童威、童猛死救回去。

不说阮小七被捉，囚在陷车之中。且说水军报上梁山泊来，刘唐便使张顺从水路里直到宋江寨中，报说这个消息。宋江便与吴用商议，怎生退的关胜。吴用道："来日决战，且看胜败如何。"说犹未了，猛听得战鼓齐鸣，却是丑郡马宣赞部领三军，直到大寨。宋江举众出迎，看了宣赞在门旗下勒战，便唤："首将那个出马，先拿这厮。"只见小李广花荣拍马持枪，直取宣赞。宣赞舞刀来迎，一来一往，一上一下，斗到十合，花荣卖个破绽，回马便走。宣赞赶来，花荣就了事环带住钢枪，拈弓取箭，侧坐雕鞍，轻舒猿臂，翻身一箭。宣赞听得弓弦响，却好箭来，把刀只一隔，铮地一声响，射在刀面上。花荣见一箭不中，再取第二枝箭，看的较近，望宣赞胸膛上射来。宣赞镫里藏身（一种骑术。骑马的人弯倒在马的一侧。镫，dèng，马鞍子两旁的脚镫），又躲过了。宣赞见他弓箭高强，不敢追赶，霍地勒回马，跑回本阵。花荣见他不赶，连忙便勒转马头，望宣赞赶来；又取第三枝箭，望得宣赞后心较近，再射一箭。只听得铛地一声响，正射在背后护心镜上。宣赞慌忙驰马入阵，便使人报与关胜。

关胜得知，便唤小校："快牵过战马来！"那匹马，头至尾长一丈，蹄至脊高八尺，浑身上下，没一根杂毛，纯是火炭般赤；拴一副皮甲，束三条肚带。关胜全装披挂，绰刀上马，直临阵前。门旗开处，便乃出马，有《西江月》一首为证：

> 汉国功臣苗裔，三分良将玄孙。绣旗飘挂动天兵，金甲绿袍相称。　　赤兔马腾腾紫霞，青龙刀凛凛寒冰。蒲东郡内产豪英，义勇大刀关胜。

宋江看了关胜一表非俗，与吴用暗暗地喝采，回头与众多良将道："将军英雄，名不虚传！"说言未了，林冲忿怒，便道："我等弟兄自上梁山泊,大小五七十阵,未尝挫了锐气,军师何故灭自己威风!"说罢,便挺枪出马,直取关胜。关胜见了,大喝道:"水泊草寇,汝等怎敢背负朝廷!单要宋江与吾决战。"宋江在门旗下喝住林冲,纵马亲自出阵,欠身与关胜施礼,说道:"郓城小吏宋江到此谨参,惟将军问罪。"关胜道:"汝为小吏,安敢背叛朝廷?"宋江答道:"盖为朝廷不明,纵容奸臣当道,谗佞专权,设除滥官污吏,陷害天下百姓。宋江等替天行道,并无异心。"关胜大喝:"天兵到此,尚然抗拒,巧言令色(指用花言巧语和媚态伪情取悦、迷惑他人),怎敢瞒吾!若不下马受降,着你粉骨碎身!"霹雳火秦明听得大怒,手舞狼牙棍,纵坐下马,直抢过来。关胜也纵马出迎,来斗秦明。林冲怕他夺了头功,猛可里飞抢过来,径奔关胜。三骑马向征尘影里,转灯般厮杀。宋江看了,恐伤关胜,便教鸣金收军。林冲、秦明回马阵前,说道:"正待擒捉这厮,兄长何故收军罢战?"宋江道:"贤弟,我等忠义自守,以强欺弱,非所愿也。纵使阵上捉他,此人不伏,亦乃惹人耻笑。吾看关胜英勇之将,世本忠臣,乃祖为神,若得此人上山,宋江情愿让位。"林冲、秦明都不喜欢。当日两边各自收兵。

且说关胜回到寨中,下马卸甲,心中暗忖(cǔn,思量,揣度)道:"我力斗二将不过,看看输与他,宋江倒收了军马,不知主何意?"却叫小军推出陷车中张横、阮小七过来,问道:"宋江是个郓城小吏,你这厮们如何伏他?"阮小七应道:"俺哥哥山东、河北驰名,都称做及时雨呼保义宋公明。你这厮不知礼义之人,如何省得!"关胜低头不语,且教推过陷车。

当晚寨中纳闷,坐卧不安,走出中军观看,月色满天,霜华遍地,嗟叹不已。有伏路小校前来报说:"有个胡须将军,匹马单鞭,要见元帅。"关胜道:"你不问他是谁!"小校道:"他又没衣甲军器,并不肯说姓名,只言要见元帅。"关胜道:"既是如此,与我唤来。"没多时,来到帐中,拜见关胜。关胜看了,有些面熟,灯光之下,略也认得,便问是谁。那人道:"乞退左右。"关胜道:"不妨。"那人道:"小将呼延灼的便是。先前曾与朝廷统领连环马军,征进梁山泊。谁想中贼奸计,失陷了军机,不能还乡。听得将军到来,不胜之喜。早间宋江在阵上,林冲、秦明待捉将军,宋江火急收军,诚恐伤犯足下。此人素有归顺之意,独奈众贼不从。暗与呼延灼商议,正要驱使众人归顺。将军若是听从,明日夜间,轻弓短箭,骑着快马,从小路直入贼寨,生擒林冲等寇,解赴京师,共立功勋。"关胜听罢大喜,请入帐,置酒相待。备说宋江专以忠义为主,不幸从贼无辜。二人递相剖露衷情,并无疑心。

次日,宋江举众搦战。关胜与呼延灼商议:"今日可先赢首将,晚间可行此计。"且说呼延灼借副衣甲穿了,彼各上马,都到阵前。宋江阵上大骂呼延灼道:"山寨不曾亏负你半分,因何黄夜(深夜。黄yín)私去?"呼延灼回道:"汝等草寇,成何大事!"宋江便令镇三山黄信出马,仗丧门剑,驱坐下马,直奔呼延灼。两马相交,斗不到十合,呼延灼手起一鞭,把黄信打落马下。宋江阵上众军抢出来,扛了回去。关胜大喜,令大小三军一齐掩杀。呼延灼道:"不可追掩。吴用那厮,广有神机,若还赶杀,恐贼有计。"关胜听了,火急收军,都回本寨。到中军帐里,置酒相待,动问镇三山黄信之事。呼延灼道:"此人原是朝廷命官,青州都监,与秦明、花荣一时落草。今日先杀此贼,挫灭威风。今晚偷营,必然成事。"关胜大喜,传下将令,教宣赞、郝思文两路接应,自引五百马军,轻弓短箭,叫呼延灼引路。至夜二更起身,三更前后,直奔宋江寨中,炮响为号,里应外合,一齐进兵。

是夜月光如昼。黄昏时候,披挂已了,马摘鸾铃,人披软战,军卒衔枚疾走,一齐乘马,呼延灼当先引路,众人跟着。转过山径,约行了半个更次,前面撞见三五十个伏路小军,低声问道:"来的不是呼将军么?宋公明差我等在此迎接。"呼延灼喝道:"休言语,随在我马后走!"呼延灼纵马先行,关胜乘马在后。又转过一层山嘴,只见呼延灼把枪尖一指,远远地一碗红灯。关胜勒住马问道:"有红灯处是那里?"呼延灼道:"那里便是宋公明中军。"急催动人马,将近红灯,忽听得一声炮响,众军跟定关胜,杀奔前来。到红灯之下看时,不见一个,便唤呼延灼时,亦不见了。关胜大惊,知道中计,慌忙回马,听得四边山上,一齐鼓响锣鸣。正是慌不择路,众军各自逃生。关胜连忙回马时,只剩得数骑马军跟着。转出山嘴,又听得树林边脑后一声炮响,四下里挠钩齐出,把关胜拖下雕鞍,夺了刀马,卸去衣甲,前推后拥,拿投大寨里来。

却说林冲、花荣自引一枝军马,截住郝思文,回头厮杀。月光之下,遥见郝思文,怎生打扮? 有《西江月》为证:

千丈凌云豪气,一团筋骨精神。横枪跃马荡征尘,四海英雄难近。　　身着战袍锦绣,七星甲挂龙鳞。天丁(天兵)元是郝思文,飞马当前出阵。

林冲大喝道:"你主将关胜中计被擒,你这无名小将,何不下马受缚?"郝思文大怒,直取林冲。二马相交,斗无数合,花荣挺枪助战,郝思文势力不加,回马便走。肋后撞出个女将一丈青扈三娘,撒起红绵套索,把郝思文拖下马来。步军向前,一齐捉住,解投大寨。

话分两处。这边秦明、孙立自引一支军马去捉宣赞,当路正逢此人。那宣赞怎生打扮? 有《西江月》为证:

卷缩短黄须发,凹兜黑墨容颜。睁开怪眼似双环,鼻孔朝天仰面。　　手内钢刀耀雪,护身铠甲连环。海骝赤马锦鞍韂(jiān,马鞍下的垫子),郡马英雄宣赞。

当下宣赞拍马大骂:"草贼匹夫,当吾者死,避我者生!"秦明大怒,跃马挥狼牙棍,直取宣赞。二马相交,约斗数合。孙立侧首过来,宣赞慌张,刀法不依古格,被秦明一棍,搠下马来。三军齐喊一声,向前捉住。再有扑天雕李应,引领大小军兵,抢奔关胜寨内来,先救了张横、阮小七并被擒水军人等,夺去一应粮草马匹,却去招安四下败残人马。

宋江会众上山,此时东方渐明。忠义堂上分开坐次,早把关胜、宣赞、郝思文分投解来。宋江见了,慌忙下堂,喝退军卒,亲解其缚,把关胜扶在正中交椅上，纳头便拜，叩首伏罪，说道："亡命狂徒，冒犯虎威，望乞恕罪。"关胜连忙答礼，闭口无言，手脚无措。呼延灼亦向前来伏罪道："小可既蒙将令，不敢不依，万望将军免恕虚诳之罪。"关胜看了一班头领，义气深重，回顾与宣赞、郝思文道："我们被擒在此，所事若何？"二人答道："并听将令。"关胜道："无面还京，俺三人愿早赐一死！"宋江道："何故发此言？将军倘蒙不弃微贱，一同替天行道。若是不肯，不敢苦留，只今便送回京。"关胜道："人称忠义宋公明，话不虚传。今日我等有家难奔，有国难投，愿在帐下为一小卒。"宋江大喜。当日一面设筵庆贺，一边使人招安逃窜败军，又得了五七千人马。军内有老幼者，随即给散银两，便放回家。一边差薛永赍书往蒲东，搬取关胜老小，都不在话下。

宋江正饮宴间，默然想起卢员外、石秀陷在北京，潸然泪下。吴用道："兄长不必忧心，吴用自有措置。只过今晚，来日再起军兵，去打北京，必然成事。"关胜便起身说道："小将无可报答爱我之恩，愿为前部。"宋江大喜。次日早晨传令，就教宣赞、郝思文拨回旧有军马，便为前部先锋。其余原打北京头领，不缺一个。再差李俊、张顺将带水战盔甲随去，以次再望北京进发。

这里却说梁中书在城中正与索超起病饮酒，只见探马报道："关胜、宣赞、郝思文并众军马，俱被宋江捉去，已入伙了。梁山泊军马现今又到。"梁中书听得，唬得目瞪痴呆，手脚无措。只见索超禀道："前者中贼冷箭，今番且复此仇。"梁中书随即赏了索超，便教引本部人马，出城迎敌。李成、闻达随后调军接应。其时正是仲冬天气，时候正冷，连日彤云密布，朔风乱吼。宋江兵到，索超直至飞虎峪下寨，次日，引兵迎敌。宋江引前部吕方、郭盛，上高阜处看关胜厮杀。三通战鼓罢，关胜出阵。只见对面索超出马，当时索超见了关胜，却不认得。随征军卒说道："这个来的，便是新背反的大刀关胜。"索超听了，并不打话，直抢过来，径奔关胜。关胜也拍马舞刀来迎。两个斗无十合，李成正在中军，看见索超斧怯，战关胜不下，自舞双刀出阵,夹攻关胜。这边宣赞、郝思文见了,各持兵器,前来助战,五骑马搅做一块。宋江在高阜看见,鞭梢一指,大军卷杀过去,李成军马大败亏输,杀得七断八绝,连夜退入城去,坚闭不出。宋江催兵直抵城下,扎住军马。

次日,索超亲引一支军马,出城冲突。吴用见了,便教军校迎敌戏战:"他若追来,乘势便退。"此时索超又得了这一阵,欢喜入城。

当晚彤云四合,纷纷雪下。吴用已有计了,暗差步军,去北京城外,靠山边河路狭处,掘成陷坑,上用土盖。是夜雪急风严,平明看时,约有二尺深雪。城上望见宋江军马,各有惧色,东西栅立不定。索超看了,便点三百军马,就时追出城来。宋江军马四散奔波而走。却教水军头领李俊、张顺身披软战,勒马横枪,前来迎敌。却才与索超交马,弃枪便走,特引索超奔陷坑边来。索超是个性急的,那里照顾。这里一边是路,一边是涧。李俊弃马,跳入涧中去了,向着前面,口里叫道:"宋公明哥哥快走!"索超听了,不顾身体,飞马抢过阵来。山背后一声炮响,索超连人和马,擿将下去。

后面伏兵齐起,这索超便有三头六臂,也须七损八伤。正是烂银(喻白雪)深盖藏圈套,碎玉(喻白雪)平铺作陷坑。毕竟急先锋索超性命如何,且听下回分解。

第六十五回

托塔天王梦中显圣　浪里白跳水上报冤

话说宋江军中，因这一场大雪，吴用定出这条计策，就这雪中捉了索超。其余军马，都逃入城去，报说索超被擒。梁中书听得这个消息，不由他不慌，传令教众将只是坚守，不许出战。意欲杀了卢俊义、石秀，犹恐激恼了宋江，朝廷急无兵马救应，其祸愈速；只得教监守着二人，再行申报京师，听凭蔡太师处分。

且说宋江到寨，中军帐上坐下，早有伏兵解索超到麾下。宋江见了大喜，喝退军健，亲解其缚，请入帐中，致酒相待，用好言抚慰道："你看我众兄弟们，一大半都是朝廷军官。盖为朝廷不明，纵容滥官当道，污吏专权，酷害良民，都情愿协助宋江，替天行道。若是将军不弃，同以忠义为主。"杨志向前另叙一礼，又细劝了一番。索超本是天罡星之数，自然凑合，降了宋江。当夜帐中置酒作贺。

次日，商议打城，一连打了数日，不得城破。宋江好生忧闷。当夜帐中伏枕而卧，忽然阴风飒飒，寒气逼人，宋江抬头看时，只见天王晁盖欲进不进，叫声："兄弟，你不回去，更待何时？"立在面前。宋江吃了一惊，急起身问道："哥哥从何而来？屈死冤仇，不曾报得，中心日夜不安。前者一向不曾致祭，以此显灵，必有见责。"晁盖道："非为此也。兄弟靠后，阳气逼人，我不敢近前。今特来报你，贤弟有百日血光之灾，则除江南地灵星可治。你可早早收兵，此为上计。"宋江却欲再问明白，赶向前去说道："哥哥阴魂到此，望说真实。"被晁盖一推，撒然觉来，却是南柯一梦。便叫小校请军师圆梦。吴用来到中军帐上,宋江说其异事。吴用道:"既是晁天王显圣,不可不依。目今天寒地冻,军马难以久住,权且回山。守待冬尽春初,雪消冰解,那时再来打城,亦未为晚。"宋江道:"军师之言甚当,只是卢员外和石秀兄弟陷在缧绁(léixiè,捆绑犯人的绳索,借指监狱),度日如年,只望我等弟兄来救。不争我们回来,诚恐这厮们害他性命。此事进退两难。"计议未定。

次日只见宋江觉道神思疲倦,身体酸疼,头如斧劈,身似笼蒸,一卧不起。众头领都到面前看视,宋江道:"我只觉背上好生热疼。"众人看时,只见鏊子(烙饼的器具,平面圆形,中间稍凸。鏊,ào)一般红肿起来。吴用道:"此疾非痈(yōng,皮肤和皮下组织化脓性炎症,常伴有寒热等全身症状)即疽(jū,肿胀坚硬的毒疮)。吾看方书(医术。古代医学与方术同源,故称),绿豆粉可以护心,毒气不能侵犯。便买此物,安排与哥哥吃。"一面使人寻药医治,亦不能好。只见浪里白跳张顺说道:"小弟旧在浔阳江时,因母得患背疾,百药不能得治,后请得建康府(今南京市)安道全,手到病除。向后小弟但得些银两,便着人送去与他。今见兄长如此病症,此去东途路远,急速不能便到。为哥哥的事,只得星夜前去,拜请他来。"吴用道:"兄长梦晁天王所言:'百日之灾,则除江南地灵星可治。'莫非正应此人?"宋江道:"兄弟,你若有这个人,快与我去,休辞生受(受苦,辛苦),只以义气为重,星夜去请此人,救我一命。"吴用叫取蒜条金一百两与医人,再将三二十两碎银作为盘缠,分付与张顺:"只今便行,好歹定要和他同来,切勿有误。我今拔寨回山,和他山寨里相会。兄弟可作急快来。"张顺别了众人,背上包裹,望前便去。

且说军师吴用传令诸将:"权且收军,罢战回山。"车子上载了宋江,连夜起发。北京城内,曾经了伏兵之计,只猜他引诱,不敢来追。次日,梁中书见报,说道:"此去未知何意。"李成、闻达道:"吴用那厮,诡计极多,只可坚守,不宜追赶。"

话分两头。且说张顺要救宋江,连夜趱行(赶行,快走。趱,zǎn)。时值冬尽,无雨即雪,路上好生艰难,更兼慌张,不曾带得雨具,行了十多日,早近扬子江边。是日北风大作,冻云低垂,飞飞扬扬,下一天大雪。张顺冒着风雪，要过大江，舍命而行。虽是景物凄凉，江内别是几般清致，有《西江月》为证：

　　嘹喨(liáolì，形容声音响亮凄清)冻云孤雁，盘旋枯木寒鸦。空中雪下似梨花，片片飘琼乱洒。　　　　玉压桥边酒斾，银铺渡口鱼艖(chā，小船)。前村隐隐两三家，江上晚来堪画。

那张顺独自一个奔至扬子江边，看那渡船时，并无一只，只叫得苦。绕着这江边走，只见败苇折芦里面，有些烟起。张顺叫道："艄公，快把渡船来载我！"只见芦苇里簌簌地响，走出一个人来，头戴箬笠(ruòlì，用箬叶及竹篾编制的宽边帽子，多用于防雨雪)，身披蓑衣(用草或棕制成，披在身上的防雨工具。蓑，suō)，问道："客人要那里去？"张顺道："我要渡江，去建康府干事至紧，多与你些船钱，渡我则个。"那艄公(掌舵驾船的人。艄，shāo)道："载你不妨，只是今日晚了，便过江去，也没歇处。你只在我船里歇了，到四更风静月明时，我便渡你过去，多出些船钱与我。"张顺道："也说的是。"便与艄公钻入芦苇里来。见滩边缆着一只小船，见蓬底下一个瘦后生，在那里向火。艄公扶张顺下船，走入舱里，把身上湿衣服都脱下来，叫那小后生就火上烘焙(在火上烤干。焙，bèi，微火烘烤)。张顺自打开衣包，取出绵被，和身上卷倒在舱里，叫艄公道："这里有酒卖么？买些来吃也好。"艄公道："酒却没买处，要饭便吃一碗。"张顺吃了一碗饭，放倒头便睡。一来连日辛苦，二来十分托大(大意)，到初更左侧，不觉睡着。那瘦后生向着炭火，烘着上盖的衲袄，看见张顺睡着了，便叫艄公道："大哥，你见么？"艄公盘将来，去头边只一捏，觉道是金帛之物，把手摇道："你去把船放开，去江心里下手不迟。"那后生推开蓬，跳上岸，解了缆索，上船把竹篙点开，搭上橹，咿咿哑哑(yīyīyāyā。哑，同"呀")地摇出江心里来。艄公在船舱里取缆船索，轻轻地把张顺捆缚做一块，便去船梢舡板底下，取出板刀来。张顺却好觉来，双手被缚，挣挫不得。艄公手拿大刀，按在他身上。张顺道："好汉，你饶我性命，都把金子与你。"艄公道："金子也要，你的性命也要。"张顺连声叫道："你只教我囵囵死(意为死要全尸。囫囵(*húlún*,完整,整个儿),冤魂便不来缠你。"艄公放下板刀,把张顺扑通的丢下水去。

那艄公便去打开包来看时,见了许多金银,便没心分与那瘦后生,叫道:"五哥,和你说话。"那人钻入舱里来,被艄公一手揪住,一刀落时,砍的伶仃,推下水去。艄公打并了船中血迹,自摇船去了。

却说张顺是在水底下伏得三五夜的人,一时被推下去,就江底下咬断索子,赴水过南岸时,见树林中隐隐有灯光。张顺爬上岸,水渌渌(*形容水湿淋漓的样子。渌,lù*)地,转入林子里看时,却是一个村酒店,半夜里起来酾酒(*即榨酒。酾,zhà,同"榨"*),破壁缝透出灯光。张顺叫开门时,见个老丈,纳头便拜。老儿道:"你莫不是江中被人劫了,跳水逃命的么?"张顺道:"实不相瞒老丈,小人来建康干事。晚了,隔江觅船,不想撞着两个歹人,把小子应有衣服金银尽都劫了,撺(*抛掷*)落江中。小人却会赴水,逃得性命,公公救度则个。"老丈见说,领张顺入后屋下,把个衲头(*补过的衣服。衲,nà,缝补*)与他,替下湿衣服来烘,烫些热酒与他吃。老丈道:"汉子,你姓甚么?山东人来这里干何事?"张顺道:"小人姓张。建康府安太医是我弟兄,特来探望他。"老丈道:"你从山东来,曾经梁山泊过?"张顺道:"正从那里经过。"老丈道:"他山上宋头领,不劫来往客人,又不杀害人性命,只是替天行道。"张顺道:"宋头领专以忠义为主,不害良民,只怪滥官污吏。"老丈道:"老汉听得说,宋江这伙端的仁义,只是救贫济老,那里似我这里草贼?若得他来这里,百姓都快活,不吃这伙滥污官吏薅恼(*麻烦,骚扰。薅,hāo*)!"张顺听罢道:"公公不要吃惊,小人便是浪里白跳张顺。因为俺哥哥宋公明害发背疮,教我将一百两黄金来请安道全。谁想托大,在船中睡着,被这两个贼男女缚了双手,撺下江里。被我咬断绳索,到得这里。"老丈道:"你既是那里好汉,我教儿子出来,和你相见。"不多时,后面走出一个后生来,看着张顺便拜道:"小人久闻哥哥大名,只是无缘,不曾拜识。小人姓王,排行第六。因为走跳得快,人都唤小人做活闪婆王定六。平生只好赴水使棒,多曾投师,不得传受,权在江边卖酒度日。却才哥哥被两个劫了的,小人都认得。一个是截江鬼张旺,那一个瘦后生,却是华亭县人,唤做油里鳅孙五。这两个男女,时常在这江里劫人。哥哥放心,在此住几日,等这厮来吃酒,找与哥哥报仇。"张顺道:"感承兄弟好意。我为兄长宋公明,恨不得一日奔回寨里。只等天明,便入城去,请了安太医,回来相会。"王定六把自己衣裳都与张顺换了。连忙置酒相待,不在话下。次日,天晴雪消,把十数两银子与张顺,且教入建康府来。

张顺进得城中,径到槐桥下,看见安道全正在门前货药。张顺进得门,看着安道全,纳头便拜。有首诗单题安道全好处:

> 肘后良方有百篇,金针① 玉刃② 得师传。
>
> 重生扁鹊应难比,万里传名安道全。

这安道全祖传内科外科,尽皆医得,以此远方驰名。当时看了张顺,便问道:"兄弟多年不见,甚风吹得到此?"张顺随至里面,把这闹江州,跟宋江上山的事,一一告诉了。后说宋江见患背疮,特地来请神医;扬子江中,险些儿送了性命,因此空手而来,都实诉了。安道全道:"若论宋公明,天下义士,去走一遭最好。只是拙妇亡过,家中别无亲人,离远不得,以此难出。"张顺苦苦求告:"若是兄长推却不去,张顺也难回山。"安道全道:"再作商议。"张顺百般哀告,安道全方才应允。原来这安道全却和建康府一个烟花娼妓唤做李巧奴,时常往来。这李巧奴生的十分美丽,安道全以此眷顾他,有诗为证:

> 蕙质温柔更老成,玉壶明月逼人清。
>
> 步摇宝髻寻春去,露湿凌波带月行。
>
> 丹脸笑回花萼丽,朱弦歌罢彩云停。
>
> 愿教心地常相忆,莫学章台赠柳情③。

---

① 金针:针灸。　②玉刃:手术刀。　③章台赠柳情:唐韩翃有姬柳氏,以艳丽称。韩翃获选上第归家省亲。柳氏留居长安,安史乱起,出家为尼。后韩翃使人寄柳氏诗曰:"章台柳,章台柳,昔日青青今在否?纵使长条似旧垂,亦应攀折他人手。"章台,指妓院聚集之地,暗合李巧奴的身份。

　　当晚就带张顺同去他家,安排酒吃。李巧奴拜张顺为叔叔。三杯五盏,酒至半酣,安道全对巧奴说道:"我今晚就你这里宿歇,明日早和这兄弟去山东地面走一遭,多则是一个月,少是二十余日,便回来望你。"那李巧奴道:"我却不要你去。你若不依我口,再也休上我门!"安道全道:"我药囊都已收拾了,只要动身,明日便去。你且宽心,我便去也,又不耽搁。"李巧奴撒娇撒痴,便倒在安道全怀里,说道:"你若还不依我,去了,我只咒得你肉片片儿飞!"张顺听了这话,恨不得一口水吞吃了这婆娘。看看天色晚了,安道全大醉倒了,搀去巧奴房里,睡在床上。巧奴却来发付张顺道:"你自归去,我家又没睡处。"张顺道:"只待哥哥酒醒同去。"以此发遣他不动,只得安他在门首小房里歇。

　　张顺心中忧煎,那里睡得着。初更时分,有人敲门。张顺在壁缝里张时,只见一个人闪将入来,便与虔婆(妓院的鸨母。虔, qián)说话。那婆子问道:"你许多时不来,却在那里? 今晚太医醉倒在房里,却怎生奈何?"那人道:"我有十两金子送与姐姐打些钗环,老娘怎地做个方便,教他和我厮会则个。"虔婆道:"你只在我房里,我叫女儿来。"张顺在灯影下张时,却见是截江鬼张旺。原来这厮但是江中寻得些财,便来他家使。张顺见了,按不住火起。再细听时,只见虔婆安排酒食在房里,叫巧奴相伴张旺。张顺本待要抢入去,却又怕弄坏了事,走了这贼。约莫三更时候,厨下两个使唤的也醉了,虔婆东倒西歪,却在灯前打醉眼子(因酒醉而打盹)。张顺悄悄开了房门,趍(xué,来回走)到厨下,见一把厨刀,明晃晃放在灶上;看这虔婆,倒在侧首板凳上。张顺走将入来,拿起厨刀,先杀了虔婆。要杀使唤的时,原来厨刀不甚快,砍了一个人,刀口早卷了。那两个正待要叫,却好一把劈柴斧正在手边,绰起来,一斧一个,砍杀了。房中婆娘听得,慌忙开门,正迎着张顺,手起斧落,劈胸膛砍翻在地。张旺灯影下见砍翻婆娘,推开后窗,跳墙走了。张顺懊恼无极,随即割下衣襟,蘸血去粉墙上写道:"杀人者安道全也!"连写数十处。

捱到五更将明，只听得安道全在房中酒醒，便叫巧奴。张顺道："哥哥，不要则声，我教你看两个人。"安道全起来，看见四个死尸，吓得浑身麻木，颤做一团。张顺道："哥哥，你见壁上写的么?"安道全道："你苦了我也!"张顺道："只有两条路从你行。若是声张起来，我自走了，哥哥却用去偿命;若还你要没事，家中取了药囊，连夜径上梁山泊，救我哥哥。这两件随你行。"安道全道："兄弟，忒这般短命见识!"有诗为证:

> 红粉无情只爱钱，临行何事更流连。
>
> 冤魂不赴阳台梦，笑煞痴心安道全。

到天明，张顺卷了盘缠，同安道全回家，敲开门，取了药囊，出城来，径到王定六酒店里。王定六接着说道："昨日张旺从这里过，可惜不遇见哥哥。"张顺道："我自要干大事，那里且报小仇。"说言未了，王定六报道："张旺那厮来也。"张顺道："且不要惊他，看他投那里去。"只见张旺去滩头看船。王定六叫道："张大哥，你留船来，载我两个亲眷过去。"张旺道："要趁船快来!"王定六报与张顺。张顺道："安兄，你可借衣服与小弟穿，小弟衣裳却换与兄长穿了，才去趁船。"安道全道："此是何意?"张顺道："自有主张，兄长莫问。"安道全脱下衣服，与张顺换穿了。张顺戴上头巾，遮尘暖笠影身（遮住身体）。王定六背了药囊，走到船边。张旺拢船傍岸，三个人上船。张顺爬入后梢，揭起艎板（船板。艎，huáng，一种大船）看时，板刀尚在。张顺拿了，再入船舱里。张旺把船摇开，呀哑之声，直到江心里面。张顺脱去上盖，叫一声："艄公快来! 你看船舱里漏进水来!"张旺不知是计，把头钻入舱里来，被张顺肐膝地揪住，喝一声："强贼，认得前日雪天趁船的客人么?"张旺看了，则声不得。张顺喝道："你这厮谋了我一百两黄金，又要害我性命! 你那个瘦后生那里去了?"张旺道："好汉，小人得了财，无心分与他，恐他争论，被我杀死，搠入江里去了。"张顺道："你认得我么?"张旺道："不识得好汉，只求饶了小人一命。"张顺喝道："我生在浔阳江边，长在小孤山下，作卖鱼牙子，谁不认得！只因闹了江州，上梁山泊，随从宋公明，纵横天下，谁不惧我！你这厮漏我下船，缚住双手，撺下江心。不是我会识水时，却不送了性命！今日冤仇相见，饶你不得！"就势只一拖，提在船舱中，把手脚四马攒蹄(比喻两手两脚捆在一起)，捆缚做一块，看看那扬子大江，直撺下去！"也免了你一刀！"张旺性命，眼见得黄昏做鬼。王定六看了，十分叹息。张顺就船内搜出前日金子并零碎银两，都收拾包裹里，三人棹船到岸。张顺对王定六道："贤弟恩义，生死难忘。你若不弃，便可同父亲收拾起酒店，赶上梁山泊来，一同归顺大义。未知你心下如何？"王定六道："哥哥所言，正合小弟之心。"说罢分别，张顺和安道全就北岸上路。王定六作辞二人，复上小船，自回家去，收拾行李赶来。

且说张顺与同安道全上得北岸，背了药囊，移身便走。那安道全是个文墨的人，不会走路，行不得三十余里，早走不动。张顺请入村店，买酒相待。正吃之间，只见外面一个客人走到面前，叫声："兄弟，如何这般迟误！"张顺看时，却是神行太保戴宗，扮做客人赶来。张顺慌忙教与安道全相见了，便问宋公明哥哥消息。戴宗道："如今宋哥哥神思昏迷，水米不吃，看看待死。"张顺闻言，泪如雨下。安道全问道："皮肉血色如何？"戴宗答道："肌肤憔悴(qiáocuì，黄瘦的样子)，终夜叫唤，疼痛不止，性命早晚难保。"安道全道："若是皮肉身体得知疼痛，便可医治。只怕误了日期。"戴宗道："这个容易。"取两个甲马，拴在安道全腿上。戴宗自背了药囊，分付张顺："你自慢来，我同太医前去。"两个离了村店，作起神行法先去了。

且说这张顺在本处村店里，一连安歇了两三日，只见王定六背了包裹，同父亲果然过来。张顺接见，心中大喜，说道："我专在此等你。"王定六问道："安太医何在？"张顺道："神行太保戴宗接来迎着，已和他先行去了。"王定六却和张顺并父亲一同起身，投梁山泊来。

且说戴宗引着安道全，作起神行法，连夜赶到梁山泊。寨中大小头领接着，拥到宋江卧榻内，就床上看时，口内一丝两气。安道全先诊了脉息，说道："众头领休慌，脉体无事。身躯虽见沉重，大体不妨。不是安某说口（夸口，说大话），只十日之间，便要复旧。"众人见说，一齐便拜。安道全先把艾焙（用艾炷熏灸）引出毒气，然后用药。外使敷贴之饵，内用长托之剂。五日之间，渐渐皮肤红白，肉体滋润，饮食渐进。不过十日，虽然疮口未完，饮食复旧。只见张顺引着王定六父子二人，拜见宋江并众头领，诉说江中被劫，水上报冤之事。众皆称叹："险不误了兄长之患！"

宋江才得病好，便与吴用商量，要打北京，救取卢员外、石秀。安道全谏道："将军疮口未完，不可轻动，动则急难痊可（痊愈）。"吴用道："不劳兄长挂心，只顾自己将息，调理体中元阳真气。吴用虽然不才，只就目今春秋时候，定要打破北京城池，救取卢员外、石秀二人性命，擒拿淫妇奸夫，不知兄长意下如何？"宋江道："若得军师如此扶持，宋江虽死瞑目！"

吴用便就忠义堂上传令。有分教，北京城内，变成火窟枪林；大名府中，翻作尸山血海。正是谈笑鬼神皆丧胆，指挥豪杰尽倾心。毕竟军师吴用说出甚么计来，且听下回分解。

第六十六回

时迁火烧翠云楼　吴用智取大名府

话说吴用对宋江道："今日幸喜得兄长无事，又得安太医在寨中看视贵疾。此是梁山泊万千之幸。比及兄长卧病之时，小生累累(屡屡，多次)使人去大名探听消息，梁中书昼夜忧惊，只恐俺军马临城。又使人直往北京城里城外市井去处，遍贴无头告示，晓谕居民，勿得疑虑。冤各有头，债各有主，大军到郡，自有对头。因此，梁中书越怀鬼胎。东京蔡太师见说降了关胜，天子之前，更不敢提。只是主张招安，大家无事。因此累累寄书与梁中书，教道且留卢俊义、石秀二人性命，好做手脚。"宋江见说，便要催趱(催促，督促。趱，zǎn)军马下山去打北京。吴用道："即今冬尽春初，早晚元宵节近，北京年例(每年惯例)，大张灯火。我欲乘此机会，先令城中埋伏，外面驱兵大进，里应外合，可以破之。"宋江道："此计大妙！便请军师发落(处理，处置)。"吴用道："为头最要紧的，是城中放火为号。你众弟兄中，谁敢与我先去城中放火？"只见阶下走过一人道："小弟愿往。"众人看时，却是鼓上蚤时迁。时迁道："小弟幼年间曾到北京。城内有座楼，唤做翠云楼。楼上楼下，大小有百十个阁子。眼见得元宵之夜，必然喧哄。乘空潜地入城，正月十五日夜，盘去翠云楼上，放起火来为号。军师可自调人马劫牢，此为上计。"吴用道："我心正待如此。你明日天晓，先下山去，只在元宵夜一更时候，楼上放起火来，便是你的功劳。"时迁应允，得令去了。

吴用次日却调解珍、解宝扮做猎户，去北京城内官员府里，献纳野味。正月十五日夜间，只看火起为号，便去留守司前，截住报事官兵。两个听令去了。再调杜迁、宋万扮做粜(tiào,卖)米客人，推辆车子，去城中宿歇。元宵夜只看号火起时，却来先夺东门。"此是你两个功劳。"两个听令了。再调孔明、孔亮扮做仆者，去北京城内闹市里房檐下宿歇，只看楼前火起，便去往来接应。两个听令去了。再调李应、史进扮做客人，去北京东门外安歇，只看城中号火起时，先斩把门军士，夺下东门，好做出路。两个听令去了。再调鲁智深、武松扮做行脚僧，去北京城外庵院挂搭(行脚僧人到寺庙投宿，一般作"挂单")，只看城中号火起时，便去南门外截住大军，冲击去路。两个听令去了。再调邹渊、邹润扮做卖灯客人，直往北京城中，寻客店安歇，只看楼中火起，便去司狱司前策应。两个听令去了。再调刘唐、杨雄扮作公人(衙门里的差役)，直去北京州衙前宿歇，只看号火起时，便去截住一应报事人员，令他首尾不能救应。两个听令去了。再调公孙胜先生扮做云游道士，却教凌振扮做道童跟着，将带风火、轰天等炮数百个，直去北京城内净处守待，只看号火起时施放。两个听令去了。再调张顺跟随燕青，从水门里入城，径奔卢员外家，单捉淫妇奸夫。再调王矮虎、孙新、张青、扈三娘、顾大嫂、孙二娘扮做三对村里夫妻，入城看灯，寻至卢俊义家中放火。再调柴进带同乐和，扮做军官，直去蔡节级家中，要保救二人性命。调拨已定，众头领俱各听令去了。各各遵依军令，不可有误。

此是正月初头，不说梁山泊好汉依次各各下山进发，且说北京梁中书唤过李成、闻达、王太守等一干官员，商议放灯一事。梁中书道："年例北京大张灯火，庆贺元宵，与民同乐，全似东京体例。如今被梁山泊贼人两次侵境，只恐放灯因而惹祸，下官意欲住歇放灯，你众官心下如何计议？"闻达便道："想此贼人，潜地退去，没头告示乱贴，此是计穷，必无主意。相公何必多虑。若还今年不放灯时，这厮们细作探知，必然被他耻笑。可以传下钧旨，晓示居民：比上年多设花灯，添扮社火，市心中添搭两座鳌山(堆成巨鳌形状的灯山。鳌，áo，传说中海中能负山的大鳌或大龟），照依东京体例，通宵不禁，十三至十七，放灯五夜。教府尹点视（查点察看）居民，勿令缺少。相公亲自行春，务要与民同乐。闻某亲领一彪军马出城，去飞虎峪驻扎，以防贼人奸计。再着李都监亲引铁骑马军，绕城巡逻，勿令居民惊忧。"梁中书见说大喜。众官商议已定，随即出榜，晓谕居民。

这北京大名府是河北头一个大郡冲要（军事或交通等方面的要地）去处，却有诸路买卖，云屯雾集。只听放灯，都来赶趁。在城坊隅巷陌该管厢官，每日点视，只得装扮社火。豪富之家，各自去赛花灯。远者三二百里去买，近者也过百十里之外。便有客商，年年将灯到城货卖。家家门前扎起灯栅，都要赛挂好灯，巧样烟火。户内缚起山栅，摆放五色屏风炮灯，四边都挂名人书画并奇异古董玩器之物。在城大街小巷，家家都要点灯。大名府留守司州桥边，搭起一座鳌山，上面盘红黄纸龙两条，每片鳞甲上点灯一盏，口喷净水。去州桥河内周围上下点灯，不计其数。铜佛寺前扎起一座鳌山，上面盘青龙一条，周回也有千百盏花灯。翠云楼前也扎起一座鳌山，上面盘着一条白龙，四面点火，不计其数。原来这座酒楼，名贯（名声传遍）河北，号为第一。上有三檐滴水，雕梁绣柱，极是造得好。楼上楼下，有百十处阁子，终朝鼓乐喧天，每日笙歌聒耳。城中各处宫观寺院，佛殿法堂中，各设灯火，庆赏丰年。三瓦两舍，更不必说。

那梁山泊探细人得了这个消息，报上山来。吴用得知大喜，去对宋江说知备细。宋江便要亲自领兵去打北京，安道全谏道："将军疮口未完（完好，复原），切不可轻动。稍若怒气相侵，实难痊可。"吴用道："小生替哥哥走一遭。"随即与铁面孔目裴宣，点拨八路军马：第一队，双鞭呼延灼引领韩滔、彭玘为前部，镇三山黄信在后策应，都是马军。前者呼延灼阵上打了的，是假的，故意要赚关胜，故设此计。第二队，豹子头林冲引领马麟、邓飞为前部，小李广花荣在后策应，都是马军。第三队，大刀关胜引领宣赞、郝思文为前部，病尉迟孙立在后策应，都是马军。第四队，霹雳火秦明引领欧鹏、燕顺为前部,青面兽杨志在后策应,都是马军。第五队,却调步军头领没遮拦穆弘将引杜兴、郑天寿。第六队,步军头领黑旋风李逵将引李立、曹正。第七队,步军头领插翅虎雷横将引施恩、穆春。第八队,步军头领混世魔王樊瑞将引项充、李衮。——这八路马步军兵,各自取路,即今便要起行,毋得时刻有误。正月十五日二更为期,都要到北京城下。马军步军,一齐进发。那八路人马依令下山,其余头领,尽跟宋江保守山寨。

且说时迁是个飞檐走壁的人,不从正路入城,夜间越墙而过。城中客店内却不着单身客人,他自白日在街上闲走,到晚来东岳庙内神座底下安身。正月十三日,却在城中往来观看居民百姓搭缚灯棚,悬挂灯火,正看之间,只见解珍、解宝挑着野味,在城中往来观看;又撞见杜迁、宋万两个从瓦子里走将出来。时迁当日先去翠云楼上打一个坐,只见孔明披着头发,身穿羊皮破衣,右手拄一条杖子,左手拿个碗,腌腌臜臜,在那里求乞。见了时迁,打抹(示意)他在背后说话。时迁道:"哥哥,你这般一个汉子,红红白白面皮,不象叫化的,北京做公的多,倘或被他看破,须误了大事。哥哥可以躲闪回避。"说不了,又见个丐者从墙边来,看时,却是孔亮。时迁道:"哥哥,你又露出雪也似白面来,亦不象忍饥受饿的人。这般模样,必然决撒(败露)。"却才道罢,背后两个人劈角儿揪住,喝道:"你们做得好事!"回头看时,却是杨雄、刘唐。时迁道:"你惊杀我也!"杨雄道:"都跟我来。"带去僻静处埋冤道:"你三个好没分晓,却怎地在那里说话!倒是我两个看见,倘若被他眼明手快的公人看破,却不误了哥哥大事?我两个都已见了,弟兄们不必再上街去。"孔明道:"邹渊、邹润自在街上卖灯,鲁智深、武松已在城外庵里。再不必多说,只顾临期各自行事。"五个说了,都出到一个寺前,正撞见一个先生从寺里出来。众人抬头看时,却是入云龙公孙胜,背后凌振扮做道童跟着。七个人都点头会意,各自去了。

看看相近上元,梁中书先令大刀闻达将引军马出城去飞虎峪驻扎,以防贼寇。十四日,却令李天王李成亲引铁骑马军五百,全副披挂,绕城巡视。次日,正是正月十五日上元佳节,好生晴明,黄昏月上,六街三市,各处坊隅巷陌,点放花灯,大街小巷,都有社火。有诗为证:

> 北京三五①风光好,膏雨②初晴春意早。
>
> 银花火树③不夜城,陆地拥出蓬莱岛④。
>
> 烛龙⑤衔照夜光寒,人民歌舞欣时安⑥。
>
> 五凤⑦羽扶双贝阙⑧,六鳌⑨背驾三神山。
>
> 红妆女立朱帘下,白面郎骑紫骝马⑩。
>
> 笙箫嘹亮入青云,月光清射鸳鸯瓦。
>
> 翠云楼高侵碧天,嬉游来往多婵娟。
>
> 灯球灿烂若锦绣,王孙公子真神仙。
>
> 游人螯辖尚未绝,高楼顷刻生云烟。

是夜节级蔡福分付,教兄弟蔡庆看守着大牢:"我自回家看看便来。"方才进得家门,只见两个人闪将来:前面那个军官打扮,后面仆者模样。灯光之下看时,蔡福认得是小旋风柴进,后面的已自是铁叫子乐和。蔡节级只认得柴进,便请入里面去,现成杯盘,随即管待。柴进道:"不必赐酒。在下到此,有件紧事相央。卢员外、石秀全得足下相觑,称谢难尽。今晚小子就欲大牢里赶此元宵热闹看望一遭,望你相烦引进,休得推却。"蔡福是个公人,早猜了八分。欲待不依,诚恐打破城池,都不见了好处,又陷了老小一家人口性命。只得担着血海的干系(犹关系。谓对某事有责任牵连),便取些旧衣裳,教他两个换了,也扮做公人,换了巾帻,带柴进、乐和径奔牢中去了。

---

① 三五:正月十五。　② 膏雨:滋润万物的甘雨。　③ 银花火树:比喻灿烂的灯火或焰火。　④ 蓬莱岛:传说中的神山名。此处借指鳌山。　⑤ 烛龙:古代神话中的神名。传说其衔珠能照耀天下。　⑥ 欣时安:欣喜天下太平。　⑦ 五凤:谓凤凰五至。古以凤凰至为祥瑞之征。　⑧ 贝阙:以紫贝为饰的宫阙。本指河伯所居的龙宫水府,后用以形容壮丽的宫室。　⑨ 六鳌:传说渤海之东,有一深壑,中有岱舆、员峤、方壶、瀛洲、蓬莱五山,由十五只巨鳌轮流负载,后六鳌被钓,岱舆、员峤遂流于北极,沉于大海。　⑩ 紫骝马:古骏马名。

初更左右，王矮虎、一丈青、孙新、顾大嫂、张青、孙二娘三对儿村里夫妇，乔乔画画，装扮做乡村人，挨在人丛里，便入东门去了。公孙胜带同凌振，挑着荆篓(荆条编制的盛东西器具)，去城隍庙里廊下坐地。这城隍庙只在州衙侧边。邹渊、邹润挑着灯，在城中闲走。杜迁、宋万各推一辆车子，径到梁中书衙前，闪在人闹处。原来梁中书衙，只在东门里大街住。刘唐、杨雄各提着水火棍，身边都自有暗器，来州桥上两边坐定。燕青领了张顺，自从水门里入城，静处埋伏。都不在话下。

不移时，楼上鼓打二更。却说时迁挟着一个篮儿，里面都是硫黄、焰硝放火的药头，篮儿上插几朵闹鹅儿(即"闹蛾儿"，一种头饰，剪丝绸或乌金纸作花草或蝶虫之形)，趱入翠云楼后。走上楼去，只见阁子内吹笙箫，动鼓板，掀云闹社，子弟们闹闹穰穰(犹闹嚷。穰，rǎng)，都在楼上打哄(胡闹，开玩笑)赏灯。时迁上到楼上，只做卖闹鹅儿(头饰)的，各处阁子里去看。撞见解珍、解宝，拖着钢叉，叉上挂着兔儿，在阁子前趱。时迁便道："更次到了，怎生不见外面动弹？"解珍道："我两个方才在楼前，见探马过去，多管兵马到了，你只顾去行事。"

言犹未了，只见楼前都发起喊来，说道："梁山泊军马到了西门外。"解珍分付时迁："你自快去，我自去留守司前接应。"奔到留守司前，只见败残军马一齐奔入城来，说道："闻大刀吃劫了寨也！梁山泊贼寇引军都到城下。"李成正在城上巡逻，听见说了，飞马来到留守司前，教点军兵，分付闭上城门，守护本州。

却说王太守亲引随从百余人，长枷铁锁，在街镇压。听得报说这话，慌忙到留守司前。

却说梁中书正在衙前醉了闲坐，初听报说，尚自不甚慌。次后没半个更次，流星探马，接连报来，吓得魂不附体，慌忙快叫备马。

说言未了，只见翠云楼上烈焰冲天，火光夺月，十分浩大。梁中书见了，急上得马，却待要去看时，只见两条大汉推两辆车子，放在当路，便去取碗挂的灯来，望车子上点着，随即火起。梁中书要出东门时,两条大汉口称:"李应、史进在此!"手拈朴刀,大踏步杀来。把门官军吓得走了,手边的伤了十数个。杜迁、宋万却好接着出来,四个合做一处,把住东门。梁中书见不是头势,带领随行伴当,飞奔南门。南门传说道:"一个胖大和尚,轮动铁禅杖;一个虎面行者,掣(chè,抽,拉)出双戒刀,发喊杀入城来。"梁中书回马,再到留守司前,只见解珍、解宝手拈钢叉,在那里东撞西撞;急待回州衙,不敢近前。王太守却好过来,刘唐、杨雄两条水火棍(衙门差役所使用的上黑下红、上圆下略扁的木棍)齐下,打得脑浆迸流,眼珠突出,死于街前。虞候(官僚雇佣的侍从)押番(宋时禁军中比兵高一级的军士。宋时兵制分军队为厢军和禁军,分属地方和中央),各逃残生去了。梁中书急急回马奔西门,只听得城隍庙里火炮齐响,轰天震地。邹渊、邹润手拿竹竿,只顾就房檐下放起火来。南瓦子前,王矮虎、一丈青杀将来。孙新、顾大嫂身边掣出暗器,就那里协助。铜佛寺前,张青、孙二娘入去,爬上鳌山,放起火来。此时北京城内百姓黎民,一个个鼠窜狼奔,一家家神号鬼哭,四下里十数处火光亘天(漫天,连天。亘,gèn),四方不辨。

却说梁中书奔到西门,接着李成军马,急到南门城上,勒住马,在鼓楼上看时,只见城下兵马摆满,旗号上写道:"大将呼延灼。"火焰光中,抖擞精神,施逞骁勇。左有韩滔,右有彭玘,黄信在后,催动人马,雁翅一般横杀将来,随到门下。梁中书出不得城去,和李成躲在北门城下,望见火光明亮,军马不知其数,却是豹子头林冲跃马横枪,左有马麟,右有邓飞,花荣在后,催动人马,飞奔将来。再转东门,一连火把丛中,只见没遮拦穆弘,左有杜兴,右有郑天寿,三筹步军好汉当先,手拈朴刀,引领一千余人,杀入城来。梁中书径奔南门,舍命夺路而走。吊桥边火把齐明,只见黑旋风李逵,左有李立,右有曹正。李逵浑身脱剥,咬定牙根,手搭双斧,从城濠(护城河。濠,háo,同"壕")里飞杀过来;李立、曹正一齐俱到。李成当先,杀开条血路,奔出城来,护着梁中书便走。只见左手下杀声震响,火把丛中军马无数,却是大刀关胜,拍动赤兔马(骏马名。传说能驰城飞堑),手舞青龙刀,径抢梁中书。李成手举双刀,前来迎敌。那时李成无心恋战,拨马便走。左有宣赞,右有郝思文,两肋里撞来。孙立在后,催动人马,并力杀来。正斗间,背后赶上小李广花荣,拈弓搭箭,射中李成副将,翻身落马。李成见了,飞马奔走。未及半箭之地,只见右手下锣鼓乱鸣,火光夺目,却是霹雳火秦明,跃马舞棍,引着燕顺、欧鹏;背后杨志,又杀将来。李成且战且走,折军大半,护着梁中书,冲路走脱。

话分两头,却说城中之事。杜迁、宋万去杀梁中书老小一门良贱。刘唐、杨雄去杀王太守一家老小。孔明、孔亮已从司狱司后墙爬将入去。邹渊、邹润却在司狱司前接住往来之人。大牢里柴进、乐和看见号火起了,便对蔡福、蔡庆道:"你弟兄两个见也不见? 更待几时? "蔡庆在门边看时,邹渊、邹润早撞开牢门,大叫道:"梁山泊好汉全伙在此! 好好送出卢员外、石秀哥哥来! "蔡庆慌忙报蔡福时,孔明、孔亮早从牢屋上跳将下来。不由他弟兄两个肯与不肯,柴进身边取出器械,便去开枷,放了卢俊义、石秀。柴进说与蔡福:"你快跟我去家中保护老小! "一齐都出牢门来。邹渊、邹润接着,合做一处。蔡福、蔡庆跟随柴进,来家中保全老小。

卢俊义将引石秀、孔明、孔亮、邹渊、邹润五个弟兄,径奔家中,来捉李固、贾氏。却说李固听得梁山泊好汉引军马入城,又见四下里火起,正在家中有些眼跳,便和贾氏商量,收拾了一包金珠细软,背了便出门奔走。只听得排门一带都倒,正不知多少人抢将入来。李固和贾氏慌忙回身,便望里面开了后门,趱过墙边,径投河下,来寻白家躲避处。只见岸上张顺大叫:"那婆娘走那里去! "李固心慌,便跳下船中去躲。却待趱入舱里,又见一个人伸出手来,劈脖儿揪住,喝道:"李固,你认得我么? "李固听得是燕青的声音,慌忙叫道:"小乙哥,我不曾和你有甚冤仇,你休得揪我上岸! "岸上张顺早把那婆娘挟在肋下,拖到船边。燕青拿了李固,都望东门来了。

再说卢俊义奔到家中,不见了李固和那婆娘,且叫众人把应有家私金银财宝,都搬来装在车子上,往梁山泊给散(散发)。

却说柴进和蔡福到家中收拾家资老小,同上山寨。蔡福道:"大官人,可救一城百姓,休教残害。"柴进见说,便去寻军师吴用。比及柴进寻着吴用,急传下号令去,教休杀害良民时,城中将及损伤一半。但见:

烟迷城市,火燎楼台。红光影里碎琉璃,黑焰丛中烧翡翠。娱人傀儡(kuǐlěi,木偶戏中的木头人),顾不得面是背非;照夜山棚,谁管取前明后暗。斑毛老子,猖狂燎尽白髭须;绿发儿郎,奔走不收华盖伞。踏竹马的暗中刀枪,舞鲍老(旧时戏剧中的角色,以滑稽表演逗人)的难免刀槊(shuò,长兵器的一种,即长矛)。如花仕女,人丛中金坠玉崩;玩景佳人,片时间星飞云散。可惜千年歌舞地,翻成一片战争场。

当时天色大明,吴用、柴进在城内鸣金收军。众头领却接着卢员外并石秀,都到留守司相见,备说牢中多亏了蔡福、蔡庆弟兄两个看觑,已逃得残生。燕青、张顺早把这李固、贾氏解来。卢俊义见了,且教燕青监下,自行看管,听候发落,不在话下。

再说李成保护梁中书出城逃难,又撞着闻达领着败残军马回来,合兵一处,投南便走。正走之间,前军发起喊来,却是混世魔王樊瑞,左有项充,右有李衮,三筹步军好汉舞动飞刀飞枪,直杀将来。背后又是插翅虎雷横,将引施恩、穆春,各引一千步军,前来截住退路。正是狱囚遇赦重回禁,病客逢医又上床。毕竟梁中书一行人马,怎地计结,且听下回分解。

第六十七回

宋江赏马步三军　关胜降水火二将

话说当下梁中书、李成、闻达慌速寻得败残军马，投南便走。正行之间，又撞着两队伏兵，前后掩杀。李成当先，闻达在后，护着梁中书，并力死战，撞透重围，脱得大难。头盔不整，衣甲飘零，虽是折了人马，且喜三人逃得性命，投西去了。樊瑞引项充、李衮乘势追赶不上，自与雷横、施恩、穆春等，同回北京城内听令。

再说军师吴用在城中传下将令，一面出榜安民，一面救灭了火。梁中书、李成、闻达、王太守各家老小，杀的杀了，走的走了，也不来追究。便把大名府库藏打开，应有金银宝物，缎匹绫锦，都装载上车子。又开仓廒（粮仓。廒，áo），将粮米俵济（散发财物接济众人。俵，biào，散发）满城百姓了，余者亦装载上车，将回梁山泊仓用。号令众头领人马，都皆完备。把李固、贾氏钉在陷车内，将军马摽拨（按照标准调拨。摽，通"标"）作三队，回梁山泊来。正是鞍上将敲金镫响，马前军唱凯歌回。却叫戴宗先去报宋公明。

宋江会集诸将下山迎接，都到忠义堂上。宋江见了卢俊义，纳头便拜，卢俊义慌忙答礼。宋江道："我等众人，欲请员外上山同聚大义，不想却遭此难，几被倾送，寸心如割。皇天垂佑，今日再得相见，大慰平生。"卢俊义拜谢道："上托兄长虎威，深感众头领之德，齐心并力，救拔贱体，肝胆涂地，难以报答。"便请蔡福、蔡庆拜见宋江，言说："在下若非此二人，安得残生到此！"称谢不尽。当下宋江要卢员外为尊，卢俊义拜道："卢某是何等之人，敢为山寨之主？若得与兄长执鞭坠镫(谓服侍别人乘骑,多表示倾心追随。执鞭,持鞭驾车。坠镫,向下拉正马镫,伺候长者上马),愿为一卒,报答救命之恩,实为万幸!"宋江再三拜请,卢俊义那里肯坐。

只见李逵道:"哥哥若让别人做山寨之主,我便杀将起来。"武松道:"哥哥只管让来让去,让得弟兄们心肠冷了。"宋江大喝道:"汝等省得甚么!不得多言!"卢俊义慌忙拜道:"若是兄长苦苦相让着,卢某安身不牢。"李逵叫道:"今朝都没事了,哥哥便做皇帝,教卢员外做丞相,我们都做大官,杀去东京,夺了鸟位,却不强似在这里鸟乱!"宋江大怒,喝骂李逵。吴用劝道:"且教卢员外东边耳房安歇,宾客相待。等日后有功,却再让位。"宋江方才欢喜,就叫燕青一处安歇。另拨房屋,叫蔡福、蔡庆安顿老小。关胜家眷,薛永已取到山寨。

宋江便叫大设筵宴,犒赏(以财物或酒食慰劳。犒,kào)马步水三军,令大小头目并众喽罗军健,各自成团作队去吃酒。忠义堂上,设宴庆贺。大小头领相谦相让,饮酒作乐。卢俊义起身道:"淫妇奸夫,擒捉在此,听候发落。"宋江笑道:"我正忘了,叫他两个过来。"众军把陷车打开,拖出堂前。李固绑在左边将军柱上,贾氏绑在右边将军柱上。宋江道:"休问这厮罪恶,请员外自行发落。"卢俊义手拿短刀,自下堂来,大骂泼妇贼奴,就将二人割腹剜心,凌迟处死;抛弃尸首,上堂来拜谢众人。众头领尽皆作贺,称赞不已。

且不说梁山泊大设筵宴,犒赏马步水三军。却说北京梁中书探听得梁山泊军马退去,再和李成、闻达引领败残军马,入城来看觑老小时,十损八九,众皆号哭不已。比及邻近起军追赶梁山泊人马时,已自去得远了,且教各自收军。

梁中书的夫人躲得在后花园中,逃得性命,便叫丈夫写表申奏朝廷,写书教太师知道,早早调兵遣将,剿除贼寇报仇。抄写民间被杀死者五千余人,中伤者不计其数,各部军马,总折却三万有余。首将赍了奏文密书上路,不则一日,来到东京太师府前下马。门吏转报,太师教唤入来,首将直至节堂(商议机密重事的厅堂)下拜见了,呈上密书申奏,诉说打破北京,贼寇浩大,不能抵敌。蔡京初意亦欲苟且招安,功归梁中书身上,自己亦有荣宠。今见事体败坏难遮掩,便欲主战,因大怒道:"且教首将退去!"

次日五更景阳钟(南朝齐武帝以宫深不闻端门鼓漏声,置钟于景阳楼上。官人闻钟声,早起装饰。后人称之为"景阳钟"。景阳,南朝宫名)响,待漏院(百官晨集准备朝拜天子之所。漏,即漏壶,古代计时器具)众集文武群臣,蔡太师为首,直临玉阶,面奏道君皇帝。天子览奏大惊。有谏议大夫赵鼎出班奏道:"前者往往调兵征发,皆折兵将,盖因失其地利,以致如此。以臣愚意,不若降敕(颁发诏书。敕,专指帝王诏书)赦罪招安,诏取赴阙(入朝。指陛见皇帝。阙,què,官门、城门两侧的高台,中间有道路,台上起楼观。借指官廷,帝王所居之处),命作良臣,以防边境之害。"蔡京听了大怒,喝叱道:"汝为谏议大夫,反灭朝廷纲纪,猖獗(chāngjué,任意横行)小人,罪合赐死!"天子曰:"如此,目下便令出朝。"当下革了赵鼎官爵,罢为庶人。当朝谁敢再奏。有诗为证:

玺书①招抚是良谋,却把忠言作寇仇。

一自老成人去后,梁山军马不能收。

天子又问蔡京道:"似此贼势猖獗,可遣谁人剿捕?"蔡太师奏道:"臣量这等山野草贼,安用大军,臣举凌州有二将:一人姓单(shàn),名廷珪(guī,玉的一种);一人姓魏,名定国,现任本州团练使(在正规军之外的地方武装组织的头目)。伏乞陛下圣旨,星夜差人,调此一枝人马,克日扫清水泊。"天子大喜,随即降写敕符,着枢密院调遣。天子驾起,百官退朝,众官暗笑。次日,蔡京会省院差官,赍捧圣旨敕符投凌州来。

再说宋江水浒寨内,将北京所得的府库金宝钱物给赏与马步水三军,连日杀牛宰马,大排筵宴,庆赏卢员外。虽无庖凤烹龙,端的肉山酒海。众头领酒至半酣,吴用对宋江等说道:"今为卢员外打

---

① 玺书:以泥封加印的文书,秦以后专指皇帝诏书。玺,xǐ,印信。秦以后,专指皇帝印,以玉制成。

破北京,杀损人民,劫掠府库,赶得梁中书等离城逃奔,他岂不写表申奏朝廷?况他丈人是当朝太师,怎肯干罢?必然起军发马,前来征讨。"宋江道:"军师所虑,最为得理。何不使人连夜去北京探听虚实,我这里好做准备。"吴用笑道:"小弟已差人去了,将次(将要,就要。将,jiāng)回也。"

正在筵会之间,商议未了,只见原差探事人到来,报说:"北京梁中书果然申奏朝廷,要调兵征剿。有谏议大夫赵鼎奏请招安,致被蔡京喝骂,削了赵鼎官职。如今奏过天子,差人赍捧敕符往凌州调遣单廷珪、魏定国两个团练使,起本州军马前来征讨。"宋江便道:"似此如何迎敌?"吴用道:"等他来时,一发捉了。"关胜起身对宋江、吴用道:"关某自从上山,深感仁兄厚待,不曾出得半分气力。单廷珪、魏定国蒲城多曾相会。久知单廷珪那厮,善能用水浸兵之法,人皆称为圣水将军;魏定国这厮,精熟火攻兵法,上阵专能用火器取人,因此呼为神火将军。凌州是本境兼管本州兵马,取此二人为部下。小弟不才,愿借五千军兵,不等他二将起行,先在凌州路上接住。他若肯降时,带上山来;若不肯投降,必当擒来,奉献兄长,亦不须用众头领张弓挟矢,费力劳神。不知尊意若何?"宋江大喜,便叫宣赞、郝思文二将就跟着一同前去。关胜带了五千军马,来日(明天)下山。次早,宋江与众头领在金沙滩寨前饯行,关胜三人引兵去了。

众头领回到忠义堂上,吴用便对宋江说道:"关胜此去,未保其心,可以再差良将,随后监督,就行接应。"宋江道:"吾观关胜义气凛然,始终如一,军师不必多疑。"吴用道:"只恐他心不似兄长之心。可再叫林冲、杨志领兵,孙立、黄信为副将,带领五千人马,随即下山。"李逵便道:"我也去走一遭。"宋江道:"此一去用你不着,自有良将建功。"李逵道:"兄弟若闲,便要生病,若不叫我去时,独自也要走一遭。"宋江喝道:"你若不听我的军令,割了你头!"李逵见说,闷闷不已,下堂去了。不说林冲、杨志领兵下山,接应关胜。

次日,只见小军来报:"黑旋风李逵昨夜二更,拿了两把板斧,不知那里去了！"宋江见报，只叫得苦："是我夜来冲撞了他这几句言语，多管是投别处去了！"吴用道："兄长，非也。他虽粗卤，义气倒重，不到得投别处去。多管是过两日便来，兄长放心。"宋江心慌，先便戴宗去赶，后着时迁、李云、乐和、王定六四个首将分四路去寻。

且说李逵是夜提着两把板斧下山，抄小路径投凌州去。一路上自寻思道："这两个鸟将军，何消得许多军马去征他！我且抢入城中，一斧一个都砍杀了，也教哥哥吃一惊！也和他们争得一口气！"走了半日，走得肚饥，原来贪慌下山，不曾带得盘缠。多时不做这买卖，寻思道："只得寻个鸟出气的。"正走之间，看见路旁一个村酒店，李逵便入去里面坐下，连打了三角酒、二斤肉吃了，起身便走。酒保拦住讨钱。李逵道："待我前头去寻得些买卖，却把来还你！"说罢，便动身。只见外面走入个彪形大汉来，喝道："你这黑厮，好大胆！谁开的酒店，你来白吃，不肯还钱！"李逵睁着眼道："老爷不拣那里，只是白吃！"那汉道："我对你说时，惊得你尿流屁滚！老爷是梁山泊好汉韩伯龙的便是！本钱都是宋江哥哥的。"李逵听了暗笑："我山寨里那里认得这个鸟人！"原来韩伯龙曾在江湖上打家劫舍，要来上梁山泊入伙，却投奔了旱地忽律朱贵，要他引见宋江。因是宋公明生发背疮，在寨中又调兵遣将，多忙少闲，不曾见得。朱贵权且教他在村中卖酒。当时李逵去腰间拔出一把板斧，看着韩伯龙道："把斧头为当。"韩伯龙不知是计，舒手来接，见李逵手起，望面门上只一斧，肐膝地砍着。可怜韩伯龙做了半世强人，死在李逵之手。两三个火家，只恨爷娘少生了两只脚，望深村里走了。李逵就地下掳掠了盘缠，放火烧了草屋，望凌州去了。

行不得一日，正走之间，官道旁边只见走过一条大汉直上直下相(xiàng，打量)李逵。李逵见那人看他，便道："你那厮看老爷怎地？"那汉便答道："你是谁的老爷？"李逵便抢将入来。那汉子手起一拳，打个塔墩(即一屁股着地。墩，dūn)。李逵寻思："这汉子倒使得好拳！"坐在地下，仰着脸问道："你这汉子，姓甚名谁？"那汉道："老爷没姓,要厮打便和你厮打!你敢起来!"李逵大怒,正待跳将起来,被那汉子肋罗里(肋窝。肋,lèi)只一脚,又踢了一交(同"跤")。李逵叫道:"赢他不得。"爬将起来便走。那汉叫住问道:"这黑汉子,姓甚名谁?那里人氏?"李逵道:"我说与你,休要吃惊。我是梁山泊黑旋风李逵的便是。"那汉道:"你端的是不是?不要说谎。"李逵道:"你不信,只看我这两把板斧。"那汉道:"你既是梁山泊好汉,独自一个投那里去?"李逵道:"我和哥哥别口气,要投凌州去杀那姓单姓魏的两个。"那汉道:"我听得你梁山泊已有军马去了,你且说是谁?"李逵道:"先是大刀关胜领兵,随后便是豹子头林冲、青面兽杨志领军策应。"那汉听了,纳头便拜。李逵道:"你端的姓甚名谁?"那汉道:"小人原是中山府人氏,祖传三代相扑(古称角觚。犹今之摔跤)为生。却才手脚,父子相传,不教徒弟。平生最无面目,到处投人不着,山东、河北都叫我做没面目(指不讲情面)焦挺。近日打听得寇州地面有座山,名为枯树山,山上有个强人,平生只好杀人,世人把他比做丧门神,姓鲍名旭。他在那山里打家劫舍,我如今待要去那里入伙。"李逵道:"你有这等本事,如何不来投奔俺哥哥宋公明?"焦挺道:"我多时要投奔大寨入伙,却没条门路。今日得遇兄长,愿随哥哥。"李逵道:"我却要和宋公明哥哥争口气了下山来,不杀得一个人,空着双手,怎地回去?你和我去枯树山,说了鲍旭,同去凌州杀得单、魏二将,便好回山。"焦挺道:"凌州一府城池,许多军马在彼,我和你只两个,便有十分本事,也不济事,枉送了性命。不如单去枯树山说了鲍旭,都去大寨入伙,此为上计。"两个正说之间,背后时迁赶将来,叫道:"哥哥忧(忧虑)得作苦,便请回山。如今分四路去赶你也。"李逵引着焦挺,且教与时迁厮见了。时迁劝李逵回山:"宋公明哥哥等你。"李逵道:"你且住!我和焦挺商量定了,先去枯树山说了鲍旭,方才回来。"时迁道:"使不得。哥哥等你,即便回寨。"李逵道:"你若不跟我去,你自先回山寨,报与哥哥知道,我便回也。"时迁惧怕李逵,自回山寨去了。焦挺却和李逵自投寇州来,望枯树山去了。

话分两头。却说关胜与同宣赞、郝思文引领五千军马接来,相近凌州。且说凌州太守接得东京调兵的敕旨并蔡太师札付,便请兵马团练单廷珪、魏定国商议。二将受了札付,随即选点军兵,关领军器,拴束鞍马,整顿粮阜,指日起行。忽闻报说:"蒲东大刀关胜引军到来,侵犯本州。"单廷珪、魏定国听得大怒,便收拾军马,出城迎敌。两军相近,旗鼓相望。门旗下关胜出马。那边阵内鼓声响处,圣水将军出马。怎生打扮?

戴一顶浑铁打就四方铁帽,顶上撒一颗斗来大小黑缨。披一付熊皮砌就嵌缝沿边乌油铠甲,穿一领皂罗绣就点翠团花秃袖征袍,着一双斜皮踢镫嵌线云跟靴,系一条碧䩞(tīng)钉就迭胜狮蛮带。一张弓,一壶箭。骑一匹深乌马,使一条黑杆枪。

前面打一把引军按北方皂纛旗,上书七个银字:"圣水将军单廷珪。"又见这边鸾铃响处,转出这员神火将军魏定国来出马。怎生打扮?

戴一顶朱红缀嵌点金束发盔,顶上撒一把扫帚长短赤缨。披一副摆连环吞兽面唐猊铠(唐猊为传说中的猛兽,皮坚肉厚,可制甲。后因借以称良甲),穿一领绣云霞飞怪兽绛红袍,着一双刺麒麟间翡翠云缝锦跟靴。带一张描金雀画宝雕弓,悬一壶凤翎凿山狼牙箭。骑坐一匹胭脂马,手使一口熟铜刀。

前面打一把引军按南方朱红绣旗,上书七个银字:"神火将军魏定国。"两员虎将一齐出到阵前。关胜见了,在马上说道:"二位将军,别来久矣!"单廷珪、魏定国大笑,指着关胜骂道:"无才小辈,背反狂夫!上负朝廷之恩,下辱祖宗名目,不知死活!引军到来,有何礼说?"关胜答道:"你二将差矣。目今主上昏昧,奸臣弄权,非亲不用,非仇不谈。兄长宋公明仁德施恩,替天行道,特令关某等到来,招请二位将军。倘蒙不弃,便请过来,同归山寨。"单、魏二将听得大怒,骤马齐出。一个是北方一朵乌云,一个如南方一团烈火,飞出阵前。关胜却待去迎敌,左手下飞出宣赞,右手下奔出郝思文,两对儿阵前厮杀。刀对刀,迸万道寒光;枪搠枪,起一天杀气。关胜遥见神火将越斗越精神,圣水将无半点惧色。正斗之间,两将拨转马头,望本阵便走。郝思文、宣赞随即追赶,冲入阵中。只见魏定国转入左边,单廷珪转过右边。随后宣赞赶着魏定国,郝思文追住单廷珪。

且说宣赞正赶之间,只见四五百步军都是红旗红甲,一字儿围裹将来,挠钩齐下,套索飞来,和人连马,活捉去了。再说郝思文追住单廷珪到右边,只见五百来步军尽是黑旗黑甲,一字儿裹转来,脑后众军齐上,把郝思文生擒活捉去了。可怜二将英雄,到此翻成画饼。一面把人解入凌州,一面仍率五百精兵卷杀过来。关胜举手无措,大败输亏,望后便退,随即单廷珪、魏定国拍马在背后追来。关胜正走之间,只见前面冲出二将。关胜看时,左有林冲,右有杨志,从两肋窝里撞将出来,杀散凌州军马。关胜收住本部残兵,与林冲、杨志相见,合兵一处。随后孙立、黄信,一同见了,权且下寨。

却说水火二将捉得宣赞、郝思文,得胜回到城中,张太守接着,置酒作贺。一面教人做造陷车,装了二人;差一员偏将,带领三百步军,连夜解上东京,申达朝廷。

且说偏将带领三百人马,监押宣赞、郝思文上东京来,迤逦前行,来到一个去处。只见满山枯树,遍地芦芽,一声锣响,撞出一伙强人,当先一个,手搭双斧,声喝如雷,正是梁山泊黑旋风李逵。后面带着这个好汉,端的是谁,正是:

> 相扑丛中人尽伏,拽拳飞脚如刀毒。
>
> 劣性发时似山倒,焦挺从来没面目。

李逵、焦挺两个好汉,引着小喽罗拦住去路,也不打话,便抢陷车。偏将急待要走,背后又撞出一个好汉,正是:

> 狰狞①丑脸如锅底,双睛迸暴露狼唇。
>
> 放火杀人提阔剑,鲍旭名唤丧门神。

---

① 狰狞(zhēngníng):凶恶,指性情或面目十分可怕。

　　这个好汉正是丧门神鲍旭,向前把偏将手起剑落,砍下马来,其余人等,撇下陷车,尽皆逃命去了。李逵看时,却是宣赞、郝思文,便问了备细来由。宣赞见李逵亦问:"你怎生在此?"李逵说道:"为是哥哥不肯教我来厮杀,独自个私走下山来,先杀了韩伯龙,后撞见焦挺,引我在此。鲍旭一见如故,便如亲兄弟一般接待。却才商议,正欲去打凌州,却有小喽罗山头上望见这伙人马,监押陷车到来。只道官兵捕盗,不想却是你二位。"鲍旭邀请到寨内,杀牛置酒相待。郝思文道:"兄弟既然有心上梁山泊入伙,不若将引本部人马,就同去凌州,并力攻打,此为上策。"鲍旭道:"小可与李兄正如此商议。足下之言,说的最是。我山寨之中,也有三二百匹好马。"带领五七百小喽罗,五筹好汉一齐来打凌州。

　　却说逃难军士奔回来,报与张太守说道:"半路里有强人夺了陷车,杀了偏将。"单廷珪、魏定国听得大怒,便道:"这番拿着,便在这里施刑。"只听得城外关胜引兵搦战。单廷珪争先出马开城门,放下吊桥,引五百玄甲(黑色的铁甲。古以五行金、木、水、火、土对应白、绿、黑、红、黄五色。故文中圣水将军铠甲服饰颜色多为黑,神火将军铠甲服饰多为红)军,飞奔出城迎敌。门旗开处,圣水将军单廷珪出马,大骂关胜道:"辱国败将,何不就死!"关胜听了,舞刀拍马。两个斗不到五十余合,关胜勒转马头,慌忙便走,单廷珪随即赶将来。约赶十余里,关胜回头喝道:"你这厮不下马受降,更待何时!"单廷珪挺枪,直取关胜后心。关胜使出神威,拖起刀背,只一拍,喝一声:"下去!"单廷珪落马。关胜下马,向前扶起,叫道:"将军恕罪!"单廷珪惶恐伏礼,乞命受降。关胜道:"某与宋公明哥哥面前多曾举你。特来相招二位将军,同聚大义。"单廷珪答道:"不才愿施犬马之力,同共替天行道。"两个说罢,并马而行。林冲接见二人并马行来,便问其故。关胜不说输赢,答道:"山僻之内,诉旧论新,招请归降。"林冲等众皆大喜。单廷珪回至阵前,大叫一声,五百玄甲军兵一哄过来,其余人马奔入城中去了,连忙报知太守。

　　魏定国听了大怒,次日领起军马,出城交战。单廷珪与同关胜、林冲直临阵前。只见门旗开处,神火将军魏定国出马,见了单廷珪顺了关胜,大骂:"忘恩背主,负义匹夫!"关胜大怒,拍马向前迎敌。二马相交,军器并举。两将斗不到十合,魏定国望本阵便走。关胜却欲要追,单廷珪大叫道:"将军不可去赶。"关胜连忙勒住战马。说犹未了,凌州阵内,早飞出五百火兵,身穿绛衣,手执火器,前后拥出有五十辆火车,车上都满装芦苇引火之物。军人背上,各拴铁葫芦一个,内藏硫黄焰硝,五色烟药,一齐点着,飞抢出来。人近人倒,马过马伤。关胜军兵四散奔走,退四十余里扎住。

　　魏定国收转军马回城,看见本州烘烘火起,烈烈烟生。原来却是黑旋风李逵与同焦挺、鲍旭带领枯树山人马,都去凌州背后,打破北门,杀入城中,放起火来,劫掳仓库钱粮。魏定国知了,不敢入城,慌速回军,被关胜随后赶上追杀,首尾不能相顾。凌州已失,魏定国只得退走,奔中陵县屯驻。关胜引军把县四下围住,便令诸将调兵攻打。魏定国闭门不出。

　　单廷珪便对关胜、林冲等众位说道:"此人是一勇之夫,攻击得紧,他宁死,必不辱。事宽即完,急难成效。小弟愿往县中,不避刀斧,用好言招抚此人束手来降,免动干戈。"关胜见说大喜,随即叫单廷珪单人匹马到县。小校报知,魏定国出来相见了。单廷珪用好言说道:"如今朝廷不明,天下大乱,天子昏昧,奸臣弄权,我等归顺宋公明,且居水泊。久后奸臣退位,那时去邪归正,未为晚矣。"魏定国听罢,沉吟半晌,说道:"若是要我归顺,须是关胜亲自来请,我便投降。他若是不来,我宁死不辱!"单廷珪即便上马回来,报与关胜。关胜见说,便道:"大丈夫作事,何故疑惑?"便与单廷珪匹马单刀而去。林冲谏道:"兄长,人心难忖,三思而行。"关胜道:"好汉作事无妨。"直到县衙。魏定国接着大喜,愿拜投降。同叙旧情,设筵管待。当日带领五百火兵,都来大寨,与林冲、杨志并众头领俱各相见已了,即便收军回梁山泊来。宋江早使戴宗接着,对李逵说道:"只为你偷走下山，教众兄弟赶了许多路。如今时迁、乐和、李云、王定六四个先回山去了。我如今先去报知哥哥，免至悬望。"

不说戴宗先去了，且说关胜等军马回到金沙滩边，水军头领棹船接济军马，陆续过渡，只见一个人气急败坏跑将来。众人看时，却是金毛犬段景住。林冲便问道："你和杨林、石勇去北地里买马，如何这等慌速跑来？"

段景住言无数句，话不一席，有分教，宋江调拨军兵，来打这个去处，重报旧仇，再雪前恨。正是情知语是钩和线，从头钓出是非来。毕竟段景住说出甚言语来，且听下回分解。

第六十八回

宋公明夜打曾头市　卢俊义活捉史文恭

话说当时段景住跑来，对林冲等说道："我与杨林、石勇前往北地买马，到彼选得壮龇(强壮善行走)有筋力好毛片骏马买了二百余匹，回至青州地面，被一伙强人，为头一个唤做险道神郁保四，聚集二百余人，尽数把马劫夺，解送曾头市去了。石勇、杨林不知去向。小弟连夜逃来，报知此事。"关胜见说，叫且回山寨与哥哥相见了，却商议此事。

众人且过渡来，都到忠义堂上见了宋江。关胜引单廷珪、魏定国与大小头领俱各相见了。李逵把下山杀了韩伯龙，遇见焦挺、鲍旭，同去打破凌州之事，说了一遍。宋江听罢，又添四个好汉，正在欢喜。

段景住备说夺马一事，宋江听了大怒道："前者夺我马匹，今又如此无礼。晁天王的冤仇未曾报得，旦夕不乐，若不去报此仇，惹人耻笑。"吴用道："即日春暖，正好厮杀。前者进兵，失其地利，如今必用智取。"宋江道："此仇深入骨髓，不报得誓不还山。"吴用道："且教时迁，他会飞檐走壁，可去探听消息一遭，回来却作商量。"时迁听命去了。无三二日，只见杨林、石勇逃得回寨，备说曾头市史文恭口出大言，要与梁山泊势不两立。宋江见说，便要起兵。吴用道："再待时迁回报，却去未迟。"宋江怒气填胸，要报此仇，片时忍耐不住。又使戴宗飞去打听，立等回报。

不过数日，却是戴宗先回来，说："这曾头市要与凌州报仇，欲起

— 762 —

军马,现今曾头市口扎下大寨,又在法华寺内做中军帐,数百里遍插旌旗,不知何路可进。"次日,时迁回寨报说:"小弟直到曾头市里面,探知备细,现今扎下五个寨栅;曾头市前面二千余人守住村口。总寨内是教师史文恭执掌,北寨是曾涂与副教师苏定,南寨是次子曾密,西寨是三子曾索,东寨是四子曾魁,中寨是第五子曾昇与父亲曾弄守把。这个青州郁保四,身长一丈,腰阔数围,绰号险道神,将这夺的许多马匹都喂养在法华寺内。"

吴用听罢,便教会集诸将,一同商议:"既然他设五个寨栅,我这里分调五支军将,可作五路去打他五个寨栅。"卢俊义便起身道:"卢某得蒙救命上山,未能报效,今愿尽命向前,未知尊意若何?"宋江大喜,便道:"员外如肯下山,便为前部。"吴用谏道:"员外初到山寨,未经战阵,山岭崎岖,乘马不便,不可为前部先锋。别引一支军马,前去平川埋伏,只听中军炮响,便来接应。"吴用主意,只恐卢俊义捉得史文恭时,宋江不负晁盖遗言,让位与他,因此不允他为前部先锋。宋江大意,只要卢俊义建功,乘此机会,教他为山寨之主。吴用不肯,立主叫卢员外带同燕青,引领五百步军,平川小路听号。再分调五路军马:曾头市正南大寨,差马军头领霹雳火秦明、小李广花荣,副将马麟、邓飞,引军三千攻打;曾头市正东大寨,差步军头领花和尚鲁智深、行者武松,副将孔明、孔亮,引军三千攻打;曾头市正北大寨,差马军头领青面兽杨志、九纹龙史进,副将杨春、陈达,引军三千攻打;曾头市正西大寨,差步军头领美髯公朱仝、插翅虎雷横,副将邹渊、邹润,引军三千攻打;曾头市正中总寨,都头领宋公明,军师吴用、公孙胜,随行副将吕方、郭盛、解珍、解宝、戴宗、时迁,领军五千攻打;合后步军头领黑旋风李逵、混世魔王樊瑞,副将项充、李衮,引马步军兵五千。其余头领,各守山寨。

不说宋江部领五军兵将大进。且说曾头市探事人探知备细,报入寨中。曾长官听了,便请教师史文恭、苏定商议军情重事。史文恭道:"梁山泊军马来时,只是多使陷坑,方才捉得他强兵猛将。这伏草寇,须是这条计,以为上策。"曾长官便差庄客人等,将了锄头铁锹,去村口掘下陷坑数十处,上面虚浮土盖。四下里埋伏了军兵,只等敌军到来。又去曾头市北路,也掘下十数处陷坑。比及宋江军马起行时,吴用预先暗使时迁又去打听。数日之间,时迁回来报说:"曾头市寨南寨北,尽都掘下陷坑,不计其数,只等俺军马到来。"吴用见说,大笑道:"不足为奇!"引军前进,来到曾头市相近。此时日午时分,前队望见一骑马来,项带铜铃,尾拴雉尾,马上一人,青巾白袍,手执短枪。前队望见,便要追赶,吴用止住。便教军马就此下寨,四面掘了濠堑(防御用的壕沟。堑, qiàn),下了铁蒺藜(古代用木或金属制成的带刺的障碍物,布在地面,以阻遏敌军前进。因与蒺藜果实形状相似,故名),传下令去,教五军各自分头下寨,一般掘下濠堑,下了蒺藜。

一住三日,曾头市不出交战。吴用再使时迁扮作伏路小军,去曾头市寨中探听他不出何意,所有陷坑,暗暗地记着,离寨多少路远,总有几处。时迁去了一日,都知备细,暗地使了记号,回报军师。

次日,吴用传令,教前队步军各执铁锄,分作两队。又把粮车一百有余,装载芦苇干柴,藏在中军。当晚传令与各寨诸军头领,来日巳牌,只听东西两路步军先去打寨,再教攻打曾头市北寨的杨志、史进把马军一字儿摆开,如若那边擂鼓摇旗,虚张声势,切不可进。吴用传令已了。

再说曾头市史文恭只要引宋江军马打寨,便着他陷坑,寨前路狭,待走那里去。次日巳牌,听得寨前炮响,追兵大队都到南门。次后,只见东寨边来报道:"一个和尚轮着铁禅杖,一个行者舞起双戒刀,攻打前后。"史文恭道:"这两个必是梁山泊鲁智深、武松。"犹恐有失,便分人去帮助曾魁。只见西寨边又来报道:"一个长髯大汉,一个虎面贼人,旗号上写着美髯公朱仝、插翅虎雷横,前来攻打甚急。"史文恭听了,又分拨人去帮助曾索。又听得寨前炮响,史文恭按兵不动,只要等他入来,塌了陷坑,山后伏兵齐起,接应捉人。这里吴用却调马军,从山背后两路抄到寨前。前面步军,只顾看寨,又不敢去。两边伏兵，都摆在寨前。背后吴用军马赶来，尽数逼下坑去。史文恭却待出来，吴用鞭梢一指，军寨中锣响，一齐排出百余辆车子来，尽数把火点着。上面芦苇干柴，硫黄焰硝，一齐着起，烟火迷天。比及史文恭军马出来，尽被火车横拦当住，只得回避，急待退军。公孙胜早在阵中，挥剑作法，借起大风，刮得火焰卷入南门，早把敌楼排栅尽行烧毁。已自得胜，鸣金收军。四下里入寨，当晚权歇。史文恭连夜修整寨门，两下当住。

次日，曾涂对史文恭计议道："若不先斩贼首，难以追灭。"嘱付教师史文恭牢守寨栅。曾涂率领军兵，披挂上马，出阵搦战。宋江在中军闻知曾涂搦战，带领吕方、郭盛，相随出到前军。门旗影里，看见曾涂，心怀旧恨，用鞭指道："谁与我先捉这厮，报往日之仇？"小温侯吕方拍坐下马，挺手中方天画戟，直取曾涂。两马交锋，军器并举，斗到三十合已上。郭盛在门旗下，看见两个中间，将及输了一个。原来吕方本事，敌不得曾涂，三十合已前，兀自抵敌不住，三十合已后，戟法乱了，只办得遮架躲闪。郭盛只恐吕方有失，便骤坐下马，拈手中方天画戟飞出阵来，夹攻曾涂。三骑马在阵前绞做一团。原来两枝戟上，都拴着金钱豹尾。吕方、郭盛要捉曾涂，两枝戟齐举，曾涂眼明，便用枪只一拨，却被两条豹尾搅住朱缨，夺扯不开，三个各要掣出军器使用。小李广花荣在阵中看见，恐怕输了两个。便纵马出来，左手拈起雕弓，右手急取鈚箭（箭头较薄而阔，箭杆较长的箭。鈚，pī），搭上箭，拽满弓，望着曾涂射来。这曾涂却好掣出枪来，那两枝戟兀自搅做一团。说时迟，那时疾，曾涂掣枪，便望吕方项根搠来。花荣箭早先到，正中曾涂左臂，翻身落马，头盔倒卓，两脚蹬空。吕方、郭盛双戟并施，曾涂死于非命。十数骑马军飞奔回来，报知史文恭，转报中寨。曾长官听得大哭。

只见旁边恼犯了一个壮士曾昇，武艺绝高，使两口飞刀，人莫敢近。当时听了大怒，咬牙切齿喝教："备我马来，要与哥哥报仇！"曾长官拦当不住。全身披挂，绰刀上马，直奔前寨。史文恭接着劝道：

"小将军不可轻敌。宋江军中智勇猛将极多。若论史某愚意,只宜坚守五寨,暗地使人前往凌州,便教飞奏朝廷,调兵选将,多拨官军,分作两处征剿:一打梁山泊,一保曾头市,令贼无心恋战,必欲退兵,急奔回山。那时史某不才,与汝兄弟一同追杀,必获大功。"说言未了,北寨副教师苏定到来,见说坚守一节,也道:"梁山泊吴用那厮诡计多谋,不可轻敌,只宜退守。待救兵到来,从长商议。"曾昇叫道:"杀我亲兄,此冤不报,更待何时!直等养成贼势,退敌则难!"史文恭、苏定阻当不住。曾昇上马,带领数十骑马军飞奔出寨搦战。宋江闻知,传令前军迎敌。当时秦明得令,舞起狼牙棍,正要出阵斗这曾昇,只见黑旋风李逵手搭板斧,直奔军前,不问事由,抢出垓心。对阵有人认的,说道:"这个是梁山泊黑旋风李逵。"曾昇见了,便叫放箭。原来李逵但是上阵,便要脱膊,全得项充、李衮蛮牌遮护。此时独自抢来,被曾昇一箭,腿上正着,身如泰山,倒在地下。曾昇背后马军,齐抢过来。宋江阵上秦明、花荣飞马向前死救,背后马麟、邓飞、吕方、郭盛一齐接应归阵。曾昇见了宋江阵上人多,不敢再战,以此领兵还寨。宋江也自收军驻扎。

次日,史文恭、苏定只是主张不要对阵,怎禁得曾昇催并道:"要报兄仇。"史文恭无奈,只得披挂上马。那匹马便是先前夺的段景住的千里龙驹照夜玉狮子马。宋江引诸将摆开阵势迎敌。对阵史文恭出马,怎生打扮?

　　头上金盔耀日光,身披铠甲赛冰霜。

　　坐骑千里龙驹马,手执朱缨丈二枪。

斯时史文恭出马,横杀过来,宋江阵上秦明要夺头功,飞奔坐下马来迎。二骑相交,军器并举。约斗二十余合,秦明力怯,望本阵便走。史文恭奋勇赶来,神枪到处,秦明后腿股上早着,倒撷(diān,跌,摔)下马来。吕方、郭盛、马麟、邓飞四将齐出,死命来救。虽然救得秦明,军兵折了一阵。收回败军,离寨十里驻扎。

宋江叫把车子载了秦明,一面使人送回山寨将息,再与吴用商量;教取大刀关胜、金枪手徐宁,并要单廷珪、魏定国四位下山,同来协助。宋江自己焚香祈祷,占卜一课。吴用看了卦象,便道:"虽然此处可破,今夜必主有贼兵入寨。"宋江道:"可以早作准备。"吴用道:"请兄长放心,只顾传卜号令,先去报与三寨头领,今夜起东西二寨,便教解珍在左,解宝在右,其余军马各于四下里埋伏,已定。"

是夜,天清月白,风静云闲。史文恭在寨中对曾昇道:"贼兵今日输了两将,必然惧怯,乘虚正好劫寨。"曾昇见说,便教请北寨苏定、南寨曾密、西寨曾索引兵前来,一同劫寨。二更左侧,潜地出哨,马摘鸾铃,人披软战,直到宋江中军寨内,见四下无人,劫着空寨,急叫中计,转身便走。左手下撞出两头蛇解珍,右手下撞出双尾蝎解宝,后面便是小李广花荣,一发赶上,曾索在黑地里被解珍一钢叉,搠于马下。放起火来,后寨发喊,东西两边,进兵攻打寨栅。混战了半夜,史文恭夺路得回。

曾长官又见折了曾索,烦恼倍增,次日要史文恭写书投降。史文恭也有八分惧怯,随即写书,速差一人赍擎,直到宋江大寨。小校报知,曾头市有人下书,宋江传令,教唤入来。小校将书呈上,宋江拆开看时,写道:

　　曾头市主曾弄顿首,再拜宋公明统军头领麾下:日昨小男,倚仗一时之勇,误有冒犯虎威。向日天王率众到来,理合就当归附。奈何无端部卒,施放冷箭,更兼夺马之罪,虽百口何辞!原之实非本意。今顽犬已亡,遣使讲和。如蒙罢战休兵,将原夺马匹尽数纳还,更赍金帛犒劳三军。此非虚情,免致两伤。谨此奉书,伏乞照察。

宋江看罢来书,心中大怒,扯书骂道:"杀吾兄长,焉肯干休?只待洗荡村坊,是吾本愿!"下书人俯伏在地,凛颤不已。吴用慌忙劝道:"兄长差矣。我等相争,皆为气耳。既是曾家差人下书讲和,岂为一时之忿,以失大义?"随即便写回书,取银十两,赏了来使。回还本寨,将书呈上。曾长官与史文恭拆开看时,上面写道:

梁山泊主将宋江,手书回复曾头市主曾弄帐前:国以信而治天下,将以勇而镇外邦,人无礼而何为,财非义而不取。梁山泊与曾头市自来无仇,各守边界。奈缘尔将行一时之恶,惹数载之冤。若要讲和,便须发还二次原夺马匹,并要夺马凶徒郁保四,犒劳军士金帛。忠诚既笃,礼数休轻。如或更变,别有定夺。草草具陈,情照不宣。

曾长官与史文恭看了,俱各惊忧。次日曾长官又使人来说:"若肯讲和,各请一人质当。"宋江不肯,吴用便道:"无伤。"随即便差时迁、李逵、樊瑞、项充、李衮五人前去为信。临行时,吴用叫过时迁,附耳低言:"如此如此,休得有误。"

不说五人去了,却说关胜、徐宁、单廷珪、魏定国到了。当时见了众人,就在中军扎驻。

且说时迁引四个好汉来见曾长官。时迁向前说道:"奉哥哥将令,差时迁引李逵等四人前来讲和。"史文恭道:"吴用差遣五个人来,必然有谋。"李逵大怒,揪住史文恭便打。曾长官慌忙劝住。时迁道:"李逵虽然粗卤,却是俺宋公明哥哥心腹之人,特使他来,休得疑惑。"曾长官中心只要讲和,不听史文恭之言,便教置酒相待,请去法华寺寨中安歇,拨五百军人前后围住。却使曾昇带同郁保四来宋江大寨讲和。二人到中军相见了,随后将原夺二次马匹,并金帛一车,送到大寨。宋江看罢道:"这马都是后次夺的。正有先前段景住送来那匹千里白龙驹照夜玉狮子马,如何不见将来?"曾昇道:"是师父史文恭乘坐着,以此不曾将来。"宋江道:"你疾忙快写书去,教早早牵那匹马来还我。"曾昇便写书,叫从人还寨讨这匹马来。史文恭听得,回道:"别的马将去不吝(在意,吝惜),这匹马却不与他。"从人往复去了几遭,宋江定死要这匹马。史文恭使人来说道:"若还定要我这匹马时,着他即便退军,我便送来还他。"

宋江听得这话,便与吴用商量。尚然未决,忽有人来报道:"青州、凌州两路有军马到来。"宋江道:"那厮们知得,必然变卦。"暗传下号令,就差关胜、单廷珪、魏定国去迎青州军马;花荣、马麟、邓飞去迎凌州军马。暗地叫出郁保四来,用好言抚恤他,十分恩义相待,说道:"你若肯建这场功劳,山寨里也教你做个头领。夺马之仇,折箭为誓,一齐都罢。你若不从,曾头市破在旦夕,任从你心。"郁保四听言,情愿投拜,从命帐下。吴用授计与郁保四道:"你只做私逃还寨,与史文恭说道:'我和曾昇去宋江寨中讲和,打听得真实了。如今宋江大意只要赚这匹千里马,实无心讲和,若还与了他,必然翻变。如今听得青州、凌州两路救兵到了,十分心慌,正好乘势用计,不可有误。'他若信从了,我自有处置。"

郁保四领了言语,直到史文恭寨里,把前事具说一遍。史文恭领了郁保四来见曾长官,备说宋江无心讲和,可以乘势劫他寨栅。曾长官道:"我那曾昇当在那里,若还翻变,必然被他杀害。"史文恭道:"打破他寨,好歹救了。今晚传令与各寨,尽数都起,先劫宋江大寨。如断去蛇首众贼无用,回来却杀李逵等五人未迟。"曾长官道:"教师可以善用良计。"当下传令与北寨苏定、东寨曾魁、南寨曾密,一同劫寨。郁保四却闪入法华寺大寨内,看了李逵等五人,暗与时迁走透这个消息。

再说宋江同吴用说道:"未知此计若何?"吴用道:"如是郁保四不回,便是中俺之计。他若今晚来劫我寨,我等退伏两边,却教鲁智深、武松引步军杀入他东寨;朱仝、雷横引步军杀入他西寨;却令杨志、史进引马军截杀北寨。此名番犬伏窝之计,百发百中。"

当晚却说史文恭带了苏定、曾密、曾魁,尽数起发。是夜月色朦胧,星辰昏暗。史文恭、苏定当先,曾密、曾魁押后,马摘鸾铃,人披软战,尽都来到宋江总寨。只见寨门不关,寨内并无一人,又不见些动静,情知中计,即便回身。急望本寨去时,只见曾头市里锣鼓炮响,却是时迁爬去法华寺钟楼上撞起钟来,声响为号,东西两门,火炮齐响,喊声大举,正不知多少军马,杀将入来。

却说法华寺中李逵、樊瑞、项充、李衮一齐发作,杀将出来。史文恭等急回到寨时,寻路不见。曾长官见寨中大闹,又听得梁山泊大军两路杀将入来,就在寨里自缢而死。曾密径奔西寨,被朱仝一朴刀搠死。曾魁要奔东寨时,乱军中马践为泥。苏定死命奔出北门,却有无数陷坑,背后鲁智深、武松赶杀将来,前逢杨志、史进,乱箭射死苏定。后头撞来的人马,都攧入陷坑中去,重重迭迭,陷死不知其数。

且说史文恭得这千里马,行得快,杀出西门,落荒而走。此时黑雾遮天,不分南北。约行了二十余里,不知何处。只听得树林背后,一齐锣响,撞出四五百军来。当先一将,手提杆棒,望马脚便打。那匹马是千里龙驹,见棒来时,从头上跳过去了。史文恭正走之间,只见阴云冉冉,冷气飕飕,黑雾漫漫,狂风飒飒(sàsà,象声词),虚空中一人当住去路。史文恭疑是神兵,勒马便回,东西南北,四边都是晁盖阴魂缠住。史文恭再回旧路,却撞着浪子燕青,又转过玉麒麟卢俊义来,喝一声:"强贼,待走那里去!"腿股上只一朴刀,搠下马来,便把绳索绑了,解投曾头市来。燕青牵了那匹千里龙驹,径到大寨。宋江看了,心中一喜一怒:喜者得卢员外建功;怒者恨史文恭射杀晁天王,仇人相见,分外眼睁。先把曾昇就本处斩首,曾家一门老少尽数不留。抄掳到金银财宝,米麦粮食,尽行装载上车回梁山泊,给散各都头领,犒赏三军。

且说关胜领军杀退青州军马,花荣领兵杀散凌州军马,都回来了。大小头领,不缺一个。又得了这匹千里龙驹照夜玉狮子马,其余物件,尽不必说。陷车内囚了史文恭,便收拾军马,回梁山泊来。所过州县村坊(村庄),并无侵扰。回到山寨忠义堂上,都来参见晁盖之灵。宋江传令,教圣手书生萧让作了祭文,令大小头领人人挂孝,个个举哀,将史文恭剖腹剜心。

享祭晁盖已罢,宋江就忠义堂上与众弟兄商议立梁山泊之主。吴用便道:"兄长为尊,卢员外为次,其余众弟兄各依旧位。"宋江道:"向者晁天王遗言:'但有人捉得史文恭者,不拣是谁,便为梁山泊之主.'今日卢员外生擒此贼,赴山祭献晁兄,报仇雪恨,正当为尊,不必多说。"卢俊义道:"小弟德薄才疏,怎敢承当此位!若得居末,尚自过分。"宋江道:"非宋某多谦,有三件不如员外处:第一件,宋江身材黑矮,貌拙才疏;员外堂堂一表,凛凛一躯,有贵人之相。第二件,宋江出身小吏,犯罪在逃,感蒙众弟兄不弃,暂居尊位;员外生于富贵之家,长有豪杰之誉,虽然有些凶险,累蒙天祐。第三件,宋江文不能安邦,武又不能附众,手无缚鸡之力,身无寸箭之功;员外力敌万人,通今博古,天下谁不望风而服。尊兄有如此才德,正当为山寨之主。他时归顺朝廷,建功立业,官爵升迁,能使弟兄们尽生光彩。宋江主张已定,休得推托。"卢俊义拜于地下,说道:"兄长枉自多谈,卢某宁死,实难从命。"吴用劝道:"兄长为尊,卢员外为次,人皆所伏。兄长若如是再三推让,恐冷了众人之心。"原来吴用已把眼视众人,故出此语。只见黑旋风李逵大叫道:"我在江州舍身拚命,跟将你来,众人都饶让你一步。我自天也不怕!你只管让来让去,做甚鸟!我便杀将起来,各自散伙!"武松见吴用以目示人,也发作叫道:"哥哥手下许多军官,受朝廷诰命的,也只是让哥哥,如何肯从别人?"刘唐便道:"我们起初七个上山,那时便有让哥哥为尊之意,今日却要让别人!"鲁智深大叫道:"若还兄长推让别人,洒家们各自撒开!"

宋江道:"你众人不必多说,我自有个道理,尽天意,看是如何,方才可定。"吴用道:"有何高见,便请一言。"宋江道:"有两件事。"正是教梁山泊内,重添两个英雄;东平府中,又惹一场灾祸。直教天罡尽数投山寨,地煞空群聚水涯。毕竟宋江说出那两件事来,且听下回分解。

第六十九回

东平府误陷九纹龙　　宋公明义释双枪将

话说宋江不负晁盖遗言，要把主位让与卢员外，众人不伏(不服。伏，同"服")。宋江又道："目今山寨钱粮缺少，梁山泊东有两个州府，却有钱粮。一处是东平府，一处是东昌府。我们自来不曾搅扰他那里百姓，若去问他借粮，公然不肯。今写下两个阄(jiū，指拈阄用的纸片或纸团等)儿，我和卢员外各拈一处，如先打破城子的，便做梁山泊主，如何？"吴用道："也好。听从天命。"卢俊义道："休如此说。只是哥哥为梁山泊主，某听从差遣。"此时不由卢俊义，当下便唤铁面孔目裴宣写下两个阄儿。焚香对天祈祷已罢，各拈一个。宋江拈着东平府，卢俊义拈着东昌府，众皆无语。

当日设筵，饮酒中间，宋江传令，调拨人马。宋江部下：林冲、花荣、刘唐、史进、徐宁、燕顺、吕方、郭盛、韩滔、彭玘、孔明、孔亮、解珍、解宝、王矮虎、一丈青、张青、孙二娘、孙新、顾大嫂、石勇、郁保四、王定六、段景住，大小头领二十五员，马步军兵一万；水军头领三员：阮小二、阮小五、阮小七，领水军驾船接应。卢俊义部下：吴用、公孙胜、关胜、呼延灼、朱仝、雷横、索超、杨志、单廷珪、魏定国、宣赞、郝思文、燕青、杨林、欧鹏、凌振、马麟、邓飞、施恩、樊瑞、项充、李衮、时迁、白胜，大小头领二十五员，马步军兵一万；水军头领三员：李俊、童威、童猛，引水手驾船接应。其余头领并中伤者，看守寨栅。

分俵已定，宋江与众头领去打东平府，卢俊义与众头领去打东昌府。众多头领各自下山。此是三月初一日的话。日暖风和，草青沙软,正好厮杀。

却说宋江领兵前到东平府,离城只有四十里路,地名安山镇,扎驻军马。宋江道:"东平府太守程万里和一个兵马都监,乃是河东上党郡人氏。此人姓董,名平,善使双枪,人皆称为双枪将,有万夫不当之勇。虽然去打他城子,也和他通些礼数,差两个人,赍一封战书去那里下。若肯归降,免致动兵;若不听从,那时大行杀戮(杀害、屠杀。戮,lù,杀)使人无怨。谁敢与我先去下书?"只见部下走过一人,身长一丈,腰阔数围。那人是谁? 有诗为证:

> 不好资财惟好义,貌似金刚离古寺。
>
> 身长唤做险道神,此是青州郁保四。

郁保四道:"小人认得董平,情愿赍书去下。"又见部下转过一人,瘦小身材,叫道:"我帮他去。"那人是谁?

> 蚱蜢①头尖光眼目,鹭鸶瘦腿全无肉。
>
> 路遥行走疾如飞,扬子江边王定六。

这两个便道:"我们不曾与山寨中出得些气力,今日情愿去走一遭。"宋江大喜,随即写了战书,与郁保四、王定六两个去下。书上只说借粮一事。

且说东平府程太守闻知宋江起军马到了安山镇驻扎,便请本州兵马都监双枪将董平商议军情重事。正坐间,门人报道:"宋江差人下战书。"程太守教唤至,郁保四、王定六当府厮见了,将书呈上。程万里看罢来书,对董都监说道:"要借本府钱粮,此事如何?"董平听了大怒,叫推出去即便斩首。程太守说道:"不可。自古'两国相战,不斩来使',于礼不当。只将二人各打二十讯棍,发回原寨,看他如何。"董平怒气未息,喝把郁保四、王定六一索捆翻,打得皮开肉绽,推出城去。两个回到大寨,哭告宋江说:"董平那厮无礼,好生眇视(轻视,小看。眇,miǎo)大寨!"

---

① 蚱蜢(zhàměng):形似蝗而略小,头呈三角形。

　　宋江见打了两个,怒气填胸,便要平吞州郡。先叫郁保四、王定六上车回山将息。只见九纹龙史进起身说道:"小弟旧在东平府时,与院子里一个娼妓有交,唤做李瑞兰,往来情熟。我如今多将些金银,潜地入城,借他家里安歇。约时定日,哥哥可打城池。只等董平出来交战,我便爬去更鼓楼上放起火来,里应外合,可成大事。"宋江道:"最好。"史进随即收拾金银安在包袱里,身边藏了暗器,拜辞起身。宋江道:"兄弟善觑方便,我且顿兵不动。"

　　且说史进转入城中,径到西瓦子李瑞兰家。大伯见是史进,吃了一惊,接入里面,叫女儿出去厮见。李瑞兰生的甚是标格出尖。有诗为证:

万种风流不可当,梨花带雨玉生香。

翠禽啼醒罗浮梦,疑是梅花靓晓妆。

　　李瑞兰引去楼上坐了,遂问史进道:"一向如何不见你头影?听的你在梁山泊做了大王,官司出榜提你,这两日街上乱哄哄地说,宋江要来打城借粮,你如何却到这里?"史进道:"我实不瞒你说,我如今在梁山泊做了头领,不曾有功,如今哥哥要来打城借粮,我把你家备细说了。如今我特地来做细作,有一包金银,相送与你,切不可走漏了消息。明日事完,一发带你一家上山快活。"李瑞兰葫芦提应承,收了金银,且安排些酒肉相待,却来和大娘商量道:"他往常做客时,是个好人,在我家出入不妨。如今他做了歹人,倘或事发,不是耍处。"大伯说道:"梁山泊宋江这伙好汉,不是好惹的,但打城池,无有不破。若还出了言语,他们有日打破城子入来,和我们不干罢!"虔婆便骂道:"老蠢物,你省得甚么人事?自古道:'蜂刺入怀,解衣去赶。'天下通例,自首者即免本罪。你快去东平府里首告,拿了他去,省得日后负累不好。"李公道:"他把许多金银与我家,不与他担些干系,买我们做甚么?"虔婆骂道:"老畜生,你这般说却似放屁!我这行院人家,坑陷了千千万万的人,岂争他一个!你若不去首告,我亲自去衙前叫屈,和你也说在里面。"李公道:"你不要性发,且叫女儿款住他,休得'打草惊蛇',吃他走了。待我去报与做公的,先来拿了,却去首告。"

且说史进见这李瑞兰上楼来,觉得面色红白不定,史进便问道:"你家臭丫有甚事,这般失惊打怪?"李瑞兰道:"却才上胡梯,踏了个空,争些儿跌了一交,因此心慌撩乱。"史进虽是英勇,又吃他瞒过了,更不猜疑。有诗为证:

可叹青楼伎俩①多,粉头②毕竟护虔婆。

早知暗里施奸计,错用黄金买笑歌。

当下李瑞兰相叙间阔(犹言久别。间,jiàn)之情,争不过一个时辰,只听得胡梯边脚步响,有人奔上来。窗外呐声喊,数十个做公的抢到楼上。史进措手不及,正如鹰拿野雀,弹打斑鸠(鸟名。鸠,jiū),把史进似抱头狮子绑将下楼来,径解到东平府里厅上。

程太守看了,大骂道:"你这厮胆包身体,怎敢独自个来做细作!若不是李瑞兰父亲首告,误了我一府良民!快招你的情由!宋江教你来怎地?"史进只不言语。董平便道:"这等贼骨头,不打如何肯招!"程太守喝道:"与我加力打这厮!"两边走过狱卒牢子,先将冷水来喷腿上,两腿各打一百大棍。史进由他拷打,不招实情。董平道:"且把这厮长枷木杻(木质手铐。杻,chǒu),送在死囚牢里,等拿了宋江,一并解京施行。"

却说宋江自从史进去了,备细写书与吴用知道。吴用看了宋公明来书,说史进去娼妓李瑞兰家做细作,大惊。急与卢俊义说知,连夜来见宋江,问道:"谁叫史进去来?"宋江道:"他自愿去。说这李行首(宋元时对上等妓女的称呼,后为名妓的泛称。行,háng)是他旧日的表子(指情妇),好生情重,因此前去。"吴用道:"兄长欠些主张,若吴某在此决不教去。常言道:'娼妓之家,讳者扯丐漏走(指妓院忌讳的五种行为,分别为轻狂、说谎、不给钱、泄密、一去不返)五个字。'得便熟闲,迎新送旧,陷了多少

①伎俩(jiliǎng):手段,花招。　②粉头:对青楼女子的称呼。

才人。更兼水性无定，总有恩情，也难出虔婆之手。此人今去，必然吃亏！"宋江便问吴用请计。吴用便叫顾大嫂："劳烦你去走一遭，可扮做贫婆，潜入城中，只做求乞的。若有些动静，火急便回。若是史进陷在牢中，你可去告狱卒，只说：'有旧情恩念，我要与他送一口饭。'抻入牢中，暗与史进说知：'我们月尽夜，黄昏前后，必来打城。你可就水火之处，安排脱身之计。'月尽(指旧历每月最后一天)夜，你就城中放火为号，此间进兵，方好成事。兄长可先打汶(wèn)上县，百姓必然都奔东平府。却叫顾大嫂杂在数内，乘势入城，便无人知觉。"吴用设计已罢，上马便回东昌府去了。

宋江点起解珍、解宝，引五百余人，攻打汶上县，果然百姓扶老携幼，鼠窜狼奔，都奔东平府来。

却说顾大嫂头髻蓬松，衣服蓝缕(lǎnlǚ，同"褴褛"，衣服破烂)，杂在众人里面，抻入城来，绕街求乞。到于衙前，打听得果然史进陷在牢中，方知吴用智料如神。次日，提着饭罐，只在司狱司前，往来伺候。见一个年老公人从牢里出来，顾大嫂看着便拜，泪如雨下。那年老公人问道："你这贫婆哭做甚么？"顾大嫂道："牢中监的史大郎，是我旧的主人。自从离了，又早十年。只说道在江湖上做买卖，不知为甚事陷在牢里？眼见得无人送饭，老身叫化得这一口儿饭，特要与他充饥。哥哥，怎生可怜见，引进则个，强如造七层宝塔！"那公人道："他是梁山泊强人，犯着该死的罪，谁敢带你入去？"顾大嫂道："便是一刀一剐，自教他瞑目而受。只可怜见，引老身入去，送这口儿饭，也显得旧日之情。"说罢又哭。那老公人寻思道："若是个男子汉，难带他入去，一个妇人家有甚利害？"当时引顾大嫂直入牢中来，看见史进项带沉枷，腰缠铁索。史进见了顾大嫂，吃了一惊，则声不得。顾大嫂一头假啼哭，一头喂饭。别的节级，便来喝道："这是该死的歹人！'狱不通风'，谁放你来送饭？即忙出去，饶你两棍！"顾大嫂见这牢内人多，难说备细，只说得："月尽夜打城，叫你牢中自挣扎。"史进再要问时，顾大嫂被小节级打出牢门。史进只记得"月尽夜"。

　　原来那个三月，却是大尽（农历有三十天的月份。也叫大建）。到二十九，史进在牢中，见两个节级说话，问道："今朝是几时？"那个小节级却错记了，回说道："今日是月尽夜，晚些头买帖孤魂纸（旧时祭祀亡人所烧的冥纸）来烧。"史进得了这话，巴不得晚。一个小节级吃的半醉，带史进到水火坑（旧时厕所的别称）边，史进哄小节级道："背后的是谁？"赚得他回头，挣脱了枷，只一枷梢，把那小节级面上正着一下，打倒在地。就拾砖头，敲开了木杻，睁着鹘眼（明快灵活的眼睛。鹘，hú），抢到亭心里。几个公人都酒醉了，被史进迎头打着，死的死了，走的走了。拔开牢门，只等外面救应。又把牢中应有罪人，尽数放了，总有五六十人，就在牢内发起喊来，一齐走了。

　　有人报知太守，程万里惊得面如土色，连忙便请兵马都监商量。董平道："城中必有细作，且差多人围困了这贼。我却乘此机会，领军出城，去捉宋江。相公便紧守城池，差数十公人围定牢门，休教走了。"董平上马，点军去了。程太守便点起一应节级、虞候、押番，各执枪棒，去大牢前呐喊。史进在牢里，不敢轻出。外厢的人，又不敢进去。顾大嫂只叫得苦。

　　却说都监董平点起兵马，四更上马，杀奔宋江寨来。伏路小军报知宋江。宋江道："此必是顾大嫂在城中又吃亏了。他既杀来，准备迎敌。"号令一下，诸军都起。当时天色方明，却好接着董平军马。两下摆开阵势，董平出马，真乃英雄盖世，谋勇过人。有诗为证：

　　　　两面旗牌耀日明，铜铠铁铠似霜凝。

　　　　水磨凤翅头盔白，锦绣麒麟战袄青。

　　　　一对白龙争上下，两条银蟒递飞腾。

　　　　河东英勇风流将，能使双枪是董平。

　　原来董平心灵机巧，三教九流，无所不通，品竹调弦，无有不会，山东、河北皆号他为风流双枪将。宋江在阵前看了董平这表人品，一见便喜。又见他箭壶中插一面小旗，上写一联道："英雄双枪将，风流万户侯。"宋江遣韩滔出马迎敌。韩滔手执铁槊,直取董平,董平那对铁枪,神出鬼没,人不可当。宋江再叫金枪手徐宁,仗钩镰枪前去替回韩滔。徐宁飞马便出,接住董平厮杀。两个在战场上斗到五十余合,不分胜败。交战良久,宋江恐怕徐宁有失,便叫鸣金收军。徐宁勒马回来,董平手举双枪,直追杀入阵来。宋江鞭梢一展,四下军兵,一齐围住。宋江勒马上高阜处看望,只见董平围在阵内。他若投东,宋江便把号旗望东指,军马向东来围他;他若投西,号旗便往西指,军马便向西来围他。董平在阵中横冲直撞,两枝枪直杀到申牌_(指下午三时至五时)已后,冲开条路,杀出去了。宋江不赶。董平因见交战不胜,当晚收军回城去了。宋江连夜起兵,直抵城下,团团调兵围住。顾大嫂在城中,未敢放火,史进又不得出来,两下拒住。

原来程太守有个女儿,十分颜色。董平无妻,累累使人去求为亲,程万里不允。因此,日常间有些言和意不和。董平当晚领军入城,其日使个就里的人,乘势来问这头亲事。程太守回说:"我是文官,他是武官,相赘为婿,正当其理。只是如今贼寇临城,事在危急,若还便许,被人耻笑。待得退了贼兵,保护城池无事,那时议亲,亦未为晚。"那人把这话回复董平。董平虽是口里应道:"说得是。"只是心中踌躇,不十分欢喜,恐怕他日后不肯。

这里宋江连夜攻打得紧,太守催请出战。董平大怒,披挂上马,带领三军,出城交战。宋江亲在阵前门旗下喝道:"量你这个寡将,怎敢当吾?岂不闻古人曾有言:'大厦将倾,非一木可支。'你看我手下雄兵十万,猛将千员,替天行道,济困扶危,早来就降,免汝一死!"董平大怒,回道:"文面小吏,该死狂徒,怎敢乱言!"说罢,手举双枪,直奔宋江。左有林冲,右有花荣,两将齐出,各使军器,来战董平。约斗数合,两将便走。宋江军马佯败,四散而奔。董平要逞功劳,拍马赶来。宋江等却好退到寿春县界。宋江前面走,董平后面追,离城有十数里,前至一个村镇,两边都是草屋,中间一条驿路。董平不知是计,只顾纵马赶来。宋江因见董平了得,隔夜已使王矮虎、一丈青、张青、孙二娘四个，带一百余人，先在草屋两边埋伏，却拴数条绊马索在路上，又用薄土遮盖，只等来时，鸣锣为号，绊马索齐起，准备捉这董平。董平正赶之间，来到那里，只听得背后孔明、孔亮大叫："勿伤吾主！"却好到草屋前，一声锣响，两边门扇齐开，拽起绳索。那马却待回头，背后绊马索齐起，将马绊倒，董平落马。左边撞出一丈青、王矮虎，右边走出张青、孙二娘，一齐都上，把董平捉了。头盔、衣甲、双枪、只马，尽数夺了。两个女头领将董平捉住，用麻绳背剪绑了。两个女将各执钢刀，监押董平，来见宋江。

　　却说宋江过了草屋，勒住马，立在绿杨树下，迎见这两个女头领解着董平。宋江随即喝退两个女将："我教你去相请董将军，谁教你们绑缚他来！"二女将喏喏(nuònuò，应诺声。有顺从敬慎意)而退。宋江慌忙下马，自来解其绳索，便脱护甲锦袍与董平穿着，纳头便拜。董平慌忙答礼。宋江道："倘蒙将军不弃微贱，就为山寨之主。"董平答道："小将被擒之人，万死犹轻！若得容恕安身，实为万幸。"宋江道："敝寨地连水泊，素无扰害。今为缺少粮食，特来东平府借粮，别无他意。"董平道："程万里那厮，原是童贯门下门馆先生(门客)，得此美任，安得不害百姓？若是兄长肯容董平今去赚开城门，杀入城中，共取钱粮，以为报效。"

　　宋江大喜，便令一行人，将过盔甲枪马，还了董平，披挂上马。董平在前，宋江军马在后，卷起旗幡，都在东平城下。董平军马在前大叫："城上快开城门。"把门军士将火把照时，认得是董都监，随即大开城门，放下吊桥。董平拍马先入，砍断铁锁，背后宋江等长驱入马，杀入城来。都到东平府里，急传将令，不许杀害百姓、放火烧人房屋。董平径奔私衙，杀了程太守一家人口，夺了这女儿。宋江先叫开放大牢，救出史进，便开府库，尽数取了金银财帛，大开仓廒，装载粮米上车，先使人护送上梁山泊金沙滩，交割与三阮头领，接递上山。史进自引人去西瓦子李瑞兰家，把虔婆老幼，一门大小，碎尸万段。宋江将太守家私，俵散居民，仍给沿街告示，晓谕百姓："害民州官,已自杀戮;汝等良民,各安生理。"告示已罢,收拾回军。

大小将校再到安山镇。只见白日鼠白胜飞奔前来,报说东昌府交战之事。宋江听罢,神眉踢竖(倒竖),怪眼圆睁,大叫:"众多兄弟,不要回山,且跟我来!"正是重驱水泊英雄将,再夺东昌锦绣城。毕竟宋江复引军马投何处来,且听下回分解。

第 七 十 回

没羽箭飞石打英雄　宋公明弃粮擒壮士

　　话说宋江打了东平府,收军回到安山镇,正待要回山寨,只见白胜前来报说:"卢俊义去打东昌府,连输了两阵。城中有个猛将,姓张,名清,原是彰德府人,虎骑出身,善会飞石打人,百发百中,人呼为没羽箭。手下两员副将:一个唤做花项虎龚旺,浑身上刺着虎斑,脖项上吞着虎头,马上会使飞枪;一个唤做中箭虎丁得孙,面颊连项都有疤痕,马上会使飞叉。卢员外提兵临境,一连十日,不出厮杀。前日张清出城交锋,郝思文出马迎敌。战无数合,张清便走。郝思文赶去,被他额角上打中一石子,跌下马来。却得燕青一弩箭,射中张清战马,因此救得郝思文性命,输了一阵。次日,混世魔王樊瑞引项充、李衮舞牌去迎,不期被丁得孙从肋窝里飞出标叉,正中项充,因此又输了一阵。二人现在船中养病。军师特令小弟来请哥哥,早去救应。"宋江见说了,叹曰:"卢俊义直如此无缘! 特地教吴学究、公孙胜帮他,只想要他见阵成功,山寨中也好眉目,谁想又逢敌手!既然如此,我等众兄弟引兵都去救应。"当时传令,便起三军。诸将上马,跟随宋江,直到东昌境界。卢俊义等接着,具说前事,权且下寨。

　　正商议间,小军来报没羽箭张清搦战。宋江领众便起,向平川旷野,摆开阵势。大小头领,一齐上马,随到门旗下。宋江在马上看对阵时,阵排一字,旗分五色。三通鼓罢,没羽箭张清出马。怎生打扮? 有一篇《水调歌》赞张清的英勇:

头巾掩映茜红缨，狼腰猿臂体彪形。锦衣绣袄，袍中微露透深青；雕鞍侧坐，青骢(毛色青白相杂的骏马。骢，cōng)玉勒马轻迎。葵花宝镫，振响熟铜铃；倒拖雉尾，飞走四蹄轻。金环摇动，飘飘玉蟒撒朱缨；锦袋石子，轻轻飞动似流星。不用强弓硬弩，何须打弹飞铃，但着处命须倾。东昌马骑将，没羽箭张清。

宋江在门旗下见了喝采，张清在马上荡起征尘，往来驰走。门旗影里，左边闪出那个花项虎龚旺，右边闪出这个中箭虎丁得孙。三骑马来到阵前，张清手指宋江骂道："水洼草贼，愿决一阵！"

宋江问道："谁可去战张清？"旁边恼犯这个英雄，忿怒跃马，手舞钩镰枪，出到阵前。宋江看时，乃是金枪手徐宁。宋江暗喜，便道："此人正是对手。"徐宁飞马，直取张清。两马相交，双枪并举。斗不到五合，张清便走。徐宁去赶，张清把左手虚提长枪，右手便向锦袋中摸出石子，扭回身，觑得徐宁面门较近，只一石子，可怜悍勇英雄，石子眉心早中，翻身落马。龚旺、丁得孙便来捉人。宋江阵上人多，早有吕方、郭盛两骑马，两枝戟，救回本阵。宋江等大惊，尽皆失色，再问："那个头领接着厮杀？"宋江言未尽，马后一将飞出，看时，却是锦毛虎燕顺。宋江却待阻当，那骑马已自去了。燕顺接住张清，斗无数合，遮拦不住，拨回马便走。张清望后赶来，手取石子，看燕顺后心一掷，打在铠甲护镜上，铮然有声，伏鞍而走。宋江阵上一人大叫："匹夫，何足惧哉！"拍马提挝，飞出阵去。宋江看时，乃是百胜将韩滔。不打话，便战张清，两马方交，喊声大举。韩滔要在宋江面前显能，抖擞精神，大战张清。不到十合，张清便走。韩滔疑他飞石打来，不去追赶。张清回头，不见赶来，翻身勒马便转。韩滔却待挺挝来迎，被张清暗藏石子，手起望韩滔鼻凹里打中，只见鲜血迸流，逃回本阵。彭玘见了大怒，不等宋公明将令，手舞三尖两刃刀，飞马直取张清。两个未曾交马，被张清暗藏石子在手，手起，正中彭玘面颊，丢了三尖两刃刀，奔马回阵。

宋江见输了数将，心内惊惶，便要将军马收转。只见卢俊义背后一人大叫："今日将威风折了,来日怎地厮杀,且看石子打得我么?"宋江看时,乃是丑郡马宣赞,拍马舞刀,直奔张清。张清便道："一个来,一个走,两个来,两个逃。你知我飞石手段么?"宣赞道:"你打得别人,怎近得我!"说言未了,张清手起,一石子正中宣赞嘴边,翻身落马。龚旺、丁得孙却待来捉,怎当宋江阵上人多,众将救了回阵。宋江见了,怒气冲天,掣剑在手,割袍为誓:"我若不拿得此人,誓不回军!"呼延灼见宋江设誓,便道:"兄长此言,要我们弟兄何用!"就拍踢雪乌骓,直临阵前,大骂张清:"小儿得宠,一力一勇,认得大将呼延灼么?"张清便道:"辱国败将,也遭吾毒手!"言未绝,一石子飞来。呼延灼见石子飞来,急把鞭来隔时,却中在手腕上,早着一下,便使不动钢鞭,回归本阵。

宋江道:"马军头领都被损伤,步军头领谁敢捉得这张清?"只见部下刘唐,手拈朴刀,挺身出战。张清见了大笑,骂道:"你那败将,马军尚且输了,何况步卒!"刘唐大怒,径奔张清。张清不战,跑马归阵。刘唐赶去,人马相迎。刘唐手疾,一朴刀砍去,却砍着张清战马。那马后蹄直踢起来,刘唐面门上扫着马尾,双眼生花,早被张清只一石子,打倒在地。急待挣扎,阵中走出军来,横拖倒拽,拿入阵中去了。宋江大叫:"那个去救刘唐?"只见青面兽杨志,便拍马舞刀,直取张清。张清虚把枪来迎,杨志一刀砍去,张清镫里藏身,杨志却砍了个空。张清手拿石子,喝声道:"着!"石子从肋窝里飞将过去。张清又一石子,铮的打在盔上,唬得杨志胆丧心寒,伏鞍归阵。宋江看了,辗转寻思:"若是今番输了锐气,怎生回梁山泊?谁与我出得这口气?"

朱仝听得,目视雷横,说道:"一个不济事,我两个同去夹攻。"朱仝居左,雷横居右,两条朴刀,杀出阵前。张清笑道:"一个不济,又添一个!由你十个,更待如何!"全无惧色,在马上藏两个石子在手。雷横先到,张清手起,势如招宝七郎,石子来时,面门上怎生躲避,急待抬头看时,额上早中一石子,扑然倒地。朱仝急来快救,脖项上又一石子打着。关胜在阵上看见中伤,大挺神威,轮起青龙刀,纵开赤兔马,来救朱仝、雷横。刚抢得两个奔走还阵,张清又一石子打来,关胜急把刀一隔,正中着刀口,迸出火光。关胜无心恋战,勒马便回。

双枪将董平见了,心中暗忖:"我今新降宋江,若不显我些武艺,上山去必无光彩。"手提双枪,飞马出阵。张清看见,大骂董平:"我和你邻近州府,唇齿之邦,共同灭贼,正当其理!你今缘何反背朝廷,岂不自羞!"董平大怒,直取张清,两马相交,军器并举。两条枪阵上交加,四双臂环中撩乱。约斗五七合,张清拨马便走。董平道:"别人中你石子,怎近得我!"张清带住枪杆,去锦袋中摸出一个石子,手起处真似流星掣电,石子来吓得鬼哭神惊。董平眼明手快,拨过了石子。张清见打不着,再取第二个石子,又打将去,董平又闪过了。两个石子打不着,张清却早心慌。那马尾相衔,张清走到阵门左侧,董平望后心刺一枪来,张清一闪,镫里藏身,董平却搠了空。那条枪却搠将过来,董平的马和张清的马两厮并着。张清便撇了枪,双手把董平和枪连臂膊只一拖,却拖不动,两个搅做一块。

宋江阵上索超望见,轮动大斧,便来解救。对阵龚旺、丁得孙两骑马齐出,截住索超厮杀。张清、董平又分拆不开,索超、龚旺、丁得孙三匹马搅做一团。林冲、花荣、吕方、郭盛四将一齐尽出,两条枪、两枝戟来助董平、索超。张清见不是头,弃了董平,跑马入阵。董平不舍,直撞入去,却忘了提备石子。张清见董平追来,暗藏石子在手,待他马近,喝声道:"着!"董平急躲,那石子抹耳根上擦过去了。董平便回。索超撇了龚旺、丁得孙,也赶入阵来。张清停住枪,轻取石子,望索超打来,索超急躲不迭,打在脸上,鲜血迸流,提斧回阵。

却说林冲、花荣把龚旺截住在一边,吕方、郭盛把丁得孙截住在一边。龚旺心慌,便把飞枪搠将来,却摽不着花荣、林冲。龚旺先没了军器,被林冲、花荣活捉归阵。这边丁得孙舞动飞叉,死命抵敌吕方、郭盛,不提防浪子燕青在阵门里看见,暗忖道:"我这里被他片时连打了一十五员大将，若拿他一个偏将不得，有何面目！"放下杆棒，身边取出弩弓，搭上弦，放一箭去，一声响，正中了丁得孙马蹄，那马便倒，却被吕方、郭盛捉过阵来。张清要来救时，寡不敌众，只得拿了刘唐，且回东昌府去。太守在城上看见张清前后打了梁山泊一十五员大将，虽然折了龚旺、丁得孙，也拿得这个刘唐。回到州衙，先把刘唐长枷送狱，却再商议。

且说宋江收军回来，把龚旺、丁得孙先送上梁山泊。宋江再与卢俊义、吴用道："我闻五代时，大梁王彦章日不移影，连打唐将三十六员。今日张清无一时，连打我一十五员大将，虽是不在此人之下，也当是个猛将。"众人无语。宋江又道："我看此人，全仗龚旺、丁得孙为羽翼。如今手足羽翼被擒，可用良策，捉获此人。"吴用道："兄长放心，小生见了此将出没，已自安排定了。虽然如此，且把中伤头领送回山寨，却教鲁智深、武松、孙立、黄信、李立，尽数引领水军，安排车仗船只，水陆并进，船只相迎，赚出张清，便成大事。"吴用分拨已定。

再说张清在城内与太守商议道："虽是赢得，贼势根本未除，暗使人去探听虚实，却作道理。"只见探事人来回报："寨后西北上，不知那里将许多粮米，有百十辆车子，河内又有粮草船，大小有五百余只。水陆并进，船马同来，沿路有几个头领监管。"太守道："这贼们莫非有计？恐遭他毒手。再差人去打听，端的果是粮草也不是！"次日，小军回报说："车上都是粮，尚且撒下米来，水中船只虽是遮盖着，尽有米布袋露将出来。"张清道："今晚出城，先截岸上车子，后去取他水中船只。太守助战，一鼓而得。"太守道："此计甚妙，只可善觑方便。"叫军汉饱餐酒食，尽行披挂，捎驮锦袋。张清手执长枪，引一千军兵，悄悄地出城。

是夜月色微明，星光满天。行不到十里，望见一簇车子，旗上明写"水浒寨忠义粮"。张清看了，见鲁智深担着禅杖，皂直裰拽扎（捆扎，结扎）起，当头先走。张清道："这秃驴脑袋上着我一下石子。"鲁智深担着禅杖,此时自望见了,只做不知,大踏步只顾走,却忘了提防他石子。正走之间,张清在马上喝声:"着!"一石子正飞在鲁智深头上,打得鲜血迸流,望后便倒。张清军马,一齐呐喊,都抢将来。武松急挺两口戒刀,死去救回鲁智深,撇了粮车便走。张清夺得粮车,见果是粮米,心中欢喜。不来追赶鲁智深,且押送粮车,推入城来。太守见了大喜,自行收管。张清道:"再抢河中米船。"太守道:"将军善觑方便。"

张清上马,转过南门。此时望见河港内粮船,不计其数。张清便叫开城门,一齐呐喊,抢到河边。只见都是阴云布满,黑雾遮天,马步军兵回头看时,你我对面不见。此是公孙胜行持(施用)道法。张清看见,心慌眼暗,却待要回,进退无路,四下里喊声乱起,正不知军兵从那里来。林冲引铁骑军兵,将张清连人和马,都赶下水去了。河内却是李俊、张横、张顺、三阮、两童八个水军头领,一字儿摆在那里。张清便有三头六臂,也怎生挣扎得脱,被阮氏三雄捉住,绳缠索绑,送入寨中。水军头领飞报宋江。吴用便催大小头领连夜打城。

太守独自一个,怎生支吾得住,听得城外四面炮响,城门开了,吓得太守无路可逃。宋江军马杀入城中,先救了刘唐。次后便开仓库,就将钱粮一分发送梁山泊,一分给散(发放)居民。太守平日清廉,饶了不杀。

宋江等都在州衙里,聚集众人会面,只见水军头领早把张清解来。众多兄弟都被他打伤,咬牙切齿,尽要来杀张清。宋江见解将来,亲自直下堂阶迎接,便陪话道:"误犯虎威,请勿挂意。"邀上厅来。说言未了,只见阶下鲁智深使手帕包着头,拿着铁禅杖,径奔来要打张清。宋江隔住,连声喝退:"怎肯教你下手。"张清见宋江如此义气,叩头下拜受降。宋江取酒奠地(洒酒于地面以祭,向神明发誓),折箭为誓:"众弟兄若要如此报仇,皇天不佑,死于刀剑之下。"众人听了,谁敢再言。也是天罡星合当会聚,自然义气相投。宋江设誓已罢,道:"众弟兄勿得伤情。"众人大笑,尽皆欢喜。收拾军马,都要回山。

只见张清在宋公明面前,举荐东昌府一个兽医,复姓皇甫,名端:"此人善能相马,知得头口寒暑病症,下药用针,无不痊可,真有伯乐(春秋秦穆公时人,姓孙,名阳,以善相马著称)之材!原是幽州人氏,为他碧眼黄须,貌若番人,以此人称为紫髯伯。梁山泊亦有用他处,可唤此人带引妻小,一同上山。乞取钧旨。"宋江闻言大喜:"若是皇甫端肯去相聚,大称心怀。"张清见宋江相爱甚厚,随即便去唤到医兽皇甫端来拜见宋江并众头领。有篇七言古风,单道皇甫端医术:

　　传家艺术无人敌,安骥①年来有神力。

　　回生起死妙难言,拯瘥扶危更多益。

　　鄂公②乌骓人尽夸,郭公䮲䮅③来渥洼④。

　　吐蕃枣骝⑤号神驳,北地又美拳毛騧⑥。

　　腾骧骒牝⑦皆经见,衔橛背鞍亦多变。

　　天闲十二⑧旧驰名,手到病除难应验。

　　古人已往名不刊,只今又见皇甫端。

　　解治四百零八病,双瞳炯炯珠走盘。

　　天集忠良真有意,张清鹗荐⑨诚良计。

　　梁山泊内添一人,号名紫髯伯乐裔。

宋江看了皇甫端一表非俗,碧眼重瞳(谓目中有两个瞳仁。旧时认为是一种异相、贵相。相传舜、项羽、李煜均为重瞳),虬髯(卷曲的连鬓胡须。虬,qiú)过腹,夸奖不已。皇甫端见了宋江如此义气,心中甚喜,愿从大义。宋江大喜,抚慰已了,传下号令,诸多头领,收拾车仗、粮食、金银,一齐进发。把这两府钱粮,运回山寨。前后诸将都起。于路无话,早回到

---

　　① 骥(jì):骏马。　　②鄂(è)公:唐开国名臣鄂国公尉迟敬德。　　③䮲䮅(lù'ěr):骏马名。　　④渥(wò)洼:水名,今甘肃省安西县境,传说产神马之处。　　⑤枣骝:程咬金的坐骑。　　⑥拳毛騧(guā):刻于昭陵北阙的六骏之一,为李世民平刘黑闼时所乘。騧,黑嘴的黄毛马。　　⑦腾骧(xiāng)骒牝:泛指各种马。腾,公马。骧,右后足为白的马。骒,高七尺的马。牝,母马。　　⑧天闲十二:上古认为天子有十二闲,马六种,一闲为一厩,六厩为一校,校分左右。后以"天闲"指代皇帝养马处。　　⑨鹗(è)荐:举荐贤才。鹗,鸟名,捕鱼为食,俗称鱼鹰,比喻有才能的人。

梁山泊忠义堂上。宋江叫放出龚旺、丁得孙来,亦用好言抚慰,二人叩首拜降。又添了皇甫端在山寨,专工医兽。董平、张清亦为山寨头领。

宋江欢喜,忙叫排宴庆贺,都在忠义堂上,各依次席而坐。宋江看了众多头领,却好一百单八员。宋江开言说道:"我等兄弟,自从上山相聚,但到处并无疏失,皆是上天护佑,非人之能。今来扶我为尊,皆托众弟兄英勇。一者合当聚义,二乃我再有句言语,烦你众兄弟共听。"吴用便道:"愿请兄长约束。"

宋江对着众头领,开口说这个主意下来。正是有分教,三十六天罡临化地,七十二地煞闹中原。毕竟宋公明说出甚么主意,且听下回分解。

第七十一回

忠义堂石碣受天文　梁山泊英雄排座次

　　话说宋公明一打东平,两打东昌,回归山寨,计点大小头领共有一百八员,心中大喜。遂对众兄弟道:"宋江自从闹了江州上山之后,皆赖托众弟兄英雄扶助,立我为头。今者共聚得一百八员头领,心中甚喜。自从晁盖哥哥归天之后,但引兵马下山,公然保全。此是上天护佑,非人之能。纵有被掳之人,陷于缧绁,或是中伤回来,且都无事。今者一百八人皆在面前聚会,端的古往今来,实为罕有。从前兵刃到处,杀害生灵,无可禳谢(向神祭祷,谢罪消灾)。我心中欲建一罗天大醮(道士为禳除灾祟而设的规模盛大的道场。醮,jiào),报答天地神明眷佑(保佑)之恩:一则祈保众弟兄身心安乐;二则惟愿朝廷早降恩光,赦免逆天大罪,众当竭力捐躯,尽忠报国,死而后已;三则上荐晁天王早生天界,世世生生,再得相见。就行超度横亡恶死,火烧水溺,一应无辜被害之人,俱得善道。我欲行此一事,未知众弟兄意下如何?"众头领都称道:"此是善果好事,哥哥主见不差。"吴用便道:"先请公孙胜一清主行醮事,然后令人下山,四远邀请得道高士,就带醮器赴寨,仍使人收买一应香烛、纸马、花果、祭仪、素馔、净食,并合用一应物件。"商议选定四月十五日为始,七昼夜好事。山寨广施钱财,督并干办。日期已近,向那忠义堂前挂起长幡四首。堂上扎缚三层高台。堂内铺设七宝三清(道教对玉清境洞真教主元始天尊,上清境洞玄教主灵宝天尊,太清境洞神教主道德天尊的合称)圣像。两班设二十八宿(传统星象学将黄道、赤道附近的恒星划分为二十八个星座,分属青龙、白虎、朱雀、玄武四象,合称二十八宿)、十二

宫辰(即十二宫,传统星象学将黄道一周天分为十二宫,分别名为星纪、玄枵、娵訾、降娄、大
梁、实沈、鹑首、鹑火、鹑尾、寿星、大火、析木),一切主醮星官(星神)真宰(上苍。天为
万物之主宰,故称天为"真宰")。堂外仍设监坛崔、卢、邓、窦(在道教斋醮法事中常
见的四位神君)神将。摆列已定,设放醮器齐备,请到道众连公孙胜共是
四十九员。

是日晴明的好,天和气朗,月白风清。宋江、卢俊义为首,吴用
与众头领为次拈香。公孙胜作高功,主行斋事,关发一应文书符命,
不在话下。当日醮筵,但见:

香腾瑞霭,花簇锦屏,一千条画烛流光,数百盏银灯散彩。
对对高张羽盖,重重密布幢幡。风清三界步虚声,月冷九天垂
沆瀣(hàngxiè,夜间的露气、露水)。金钟撞处,高功表进奏虚皇(道教神
名,谓太虚之神,一说为元始天尊);玉佩鸣时,都讲登坛朝玉帝。绛绡
衣星辰灿烂,芙蓉冠金碧交加。监坛神将狰狞,直日功曹勇猛。
道士齐宣宝忏(祝祷时念诵的经文),上瑶台酌水献花;真人密诵灵
章,按法剑踏罡布斗(道教法师祈天或作法的步伐,表示脚踏在天宫罡星斗宿之
上)。青龙隐隐来黄道,白鹤翩翩下紫宸(宫殿名,天子所居处)。

当日公孙胜与那四十八员道众,都在忠义堂上做醮,每日三朝,
至第七日满散。宋江要求上天报应,特教公孙胜专拜青词(道士上奏天
庭或征召神将的符篆,因用朱笔书写在青藤纸上,故称),奏闻天帝,每日三朝。却好
至第七日三更时分,公孙胜在虚皇坛第一层,众道士在第二层,宋江
等众头领在第三层,众小头目并将校都在坛下。众皆恳求上苍,务
要拜求报应。是夜三更时候,只听得天上一声响,如裂帛相似,正是
西北乾方天门上。众人看时,直竖金盘,两头尖,中间阔,又唤做天
门开,又唤做天眼开。里面毫光射人眼目,霞彩缭绕,从中间卷出一
块火来,如栲栳之形,直滚下虚皇坛来。那团火绕坛滚了一遭,竟钻
入正南地下去了。此时天眼已合,众道士下坛来。宋江随即叫人将
铁锹锄头掘开泥土,根寻火块。那地下掘不到三尺深浅,只见一个
石碣(圆顶的石碑。碣,jié),正面两侧,各有天书文字。有诗为证:

　　忠义英雄迥结台，感通上帝亦奇哉！

　　人间善恶皆招报，天眼何时不大开！

　　当下宋江且教化纸满散(为祝祷、祈福等开设道场，期满结束称为"满散")。平明，斋众道士，各赠与金帛之物，以充衬资。方才取过石碣，看时，上面乃是龙章凤篆蝌蚪之书(古文字体的一种。笔画多头大尾小，形如蝌蚪，故称)，人皆不识。众道士内有一人姓何，法讳玄通，对宋江说道："小道家间祖上留下一册文书，专能辨验天书，那上面自古都是蝌蚪文字，以此贫道善能辨认，译将出来，便知端的。"宋江听了大喜，连忙捧过石碣，教何道士看了，良久说道："此石都是义士大名镌在上面。侧首一边是'替天行道'四字，一边是'忠义双全'四字；顶上皆有星辰南北二斗；下面却是尊号。若不见责，当以从头一一敷宣(传播，宣扬)。"宋江道："幸得高士指迷，缘分不浅，若蒙见教，实感大德。唯恐上天见责之言，请勿藏匿，万望尽情剖露，休遗片言。"宋江唤过圣手书生萧让，用黄纸誊写(照底稿抄写。誊，téng)。何道士乃言："前面有天书三十六行，皆是天罡星；背后也有天书七十二行，皆是地煞星，下面注着众义士的姓名。"观看良久，教萧让从头至后，尽数抄誊。

　　石碣前面，书梁山泊天罡星三十六员：

天魁星呼保义宋江；	天罡星玉麒麟卢俊义；
天机星智多星吴用；	天闲星入云龙公孙胜；
天勇星大刀关胜；	天雄星豹子头林冲；
天猛星霹雳火秦明；	天威星双鞭呼延灼；
天英星小李广花荣；	天贵星小旋风柴进；
天富星扑天雕李应；	天满星美髯公朱仝；
天孤星花和尚鲁智深；	天伤星行者武松；
天立星双枪将董平；	天捷星没羽箭张清；
天暗星青面兽杨志；	天祐星金枪手徐宁；
天空星急先锋索超；	天速星神行太保戴宗；
天异星赤发鬼刘唐；	天杀星黑旋风李逵；

天微星九纹龙史进；　　　　天究星没遮拦穆弘；

天退星插翅虎雷横；　　　　天寿星混江龙李俊；

天剑星立地太岁阮小二；　　天平星船火儿张横；

天罪星短命二郎阮小五；　　天损星浪里白跳张顺；

天败星活阎罗阮小七；　　　天牢星病关索杨雄；

天慧星拚命三郎石秀；　　　天暴星两头蛇解珍；

天哭星双尾蝎解宝；　　　　天巧星浪子燕青。

石碣背面，书地煞星七十二员：

地魁星神机军师朱武；　　　地煞星镇三山黄信；

地勇星病尉迟孙立；　　　　地杰星丑郡马宣赞；

地雄星井木犴郝思文；　　　地威星百胜将韩滔；

地英星天目将彭玘；　　　　地奇星圣水将单廷珪；

地猛星神火将魏定国；　　　地文星圣手书生萧让；

地正星铁面孔目裴宣；　　　地阔星摩云金翅欧鹏；

地阖星火眼狻猊邓飞；　　　地强星锦毛虎燕顺；

地暗星锦豹子杨林；　　　　地轴星轰天雷凌振；

地会星神算子蒋敬；　　　　地佐星小温侯吕方；

地佑星赛仁贵郭盛；　　　　地灵星神医安道全；

地兽星紫髯伯皇甫端；　　　地微星矮脚虎王英；

地慧星一丈青扈三娘；　　　地暴星丧门神鲍旭；

地然星混世魔王樊瑞；　　　地猖星毛头星孔明；

地狂星独火星孔亮；　　　　地飞星八臂那吒项充；

地走星飞天大圣李衮；　　　地巧星玉臂匠金大坚；

地明星铁笛仙马麟；　　　　地进星出洞蛟童威；

地退星翻江蜃童猛；　　　　地满星玉幡竿孟康；

地遂星通臂猿侯健；　　　　地周星跳涧虎陈达；

地隐星白花蛇杨春；　　　　地异星白面郎君郑天寿；

地理星九尾龟陶宗旺；　　　地俊星铁扇子宋清；

地乐星铁叫子乐和；

地捷星花项虎龚旺；

地速星中箭虎丁得孙；

地镇星小遮拦穆春；

地稽星操刀鬼曹正；

地魔星云里金刚宋万；

地妖星摸着天杜迁；

地幽星病大虫薛永；

地伏星金眼彪施恩；

地空星小霸王周通；

地僻星打虎将李忠；

地全星鬼脸儿杜兴；

地孤星金钱豹子汤隆；

地角星独角龙邹润；

地短星出林龙邹渊；

地藏星笑面虎朱富；

地囚星旱地忽律朱贵；

地平星铁臂膊蔡福；

地损星一枝花蔡庆；

地奴星催命判官李立；

地察星青眼虎李云；

地恶星没面目焦挺；

地丑星石将军石勇；

地数星小尉迟孙新；

地阴星母大虫顾大嫂；

地刑星菜园子张青；

地壮星母夜叉孙二娘；

地劣星活闪婆王定六；

地健星险道神郁保四；

地耗星白日鼠白胜；

地贼星鼓上蚤时迁；

地狗星金毛犬段景住。

　　当时何道士辨验天书，教萧让写录出来。读罢，众人看了，俱惊讶不已。宋江与众头领道："鄙猥(鄙陋猥琐。猥，wěi)小吏，原来上应星魁，众多弟兄也原来都是一会之人。上天显应，合当聚义。今已数足，上苍分定位数，为大小二等。天罡地煞星辰，都已分定次序，众头领各守其位，各休争执，不可逆了天言。"众人皆道："天地之意，物理数定，谁敢违拗？"宋江遂取黄金五十两，酬谢何道士。其余道众收得经资，收拾醮器，四散下山去了。有诗为证：

忠义堂前启道场，敬伸丹悃①醮虚皇。

精诚感得天书降，凤篆龙章仔细详。

月明风冷醮坛深，鸾鹤空中送好音。

---

① 丹悃(kǔn)：赤诚的心。悃，至诚。

地煞天罡排姓字,激昂忠义一生心。

且不说众道士回家去了,只说宋江与军师吴学究、朱武等计议,堂上要立一面牌额,大书"忠义堂"三字,断金亭也换个大牌扁。前面册立三关,忠义堂后建筑雁台一座,顶上正面大厅一所,东西各设两房。正厅供养晁天王灵位。东边房内,宋江、吴用、吕方、郭盛;西边房内,卢俊义、公孙胜、孔明、孔亮。第二坡左一带房内,朱武、黄信、孙立、萧让、裴宣;右一带房内,戴宗、燕青、张清、安道全、皇甫端。忠义堂左边,掌管钱粮仓廒收放,柴进、李应、蒋敬、凌振;右边花荣、樊瑞、项充、李衮。山前南路第一关,解珍、解宝守把;第二关,鲁智深、武松守把;第三关,朱仝、雷横守把。东山一关,史进、刘唐守把;西山一关,杨雄、石秀守把;北山一关,穆弘、李逵守把。六关之外,置立八寨:有四旱寨,四水寨。正南旱寨,秦明、索超、欧鹏、邓飞;正东旱寨,关胜、徐宁、宣赞、郝思文;正西旱寨,林冲、董平、单廷珪、魏定国;正北旱寨,呼延灼、杨志、韩滔、彭玘。东南水寨,李俊、阮小二;西南水寨,张横、张顺;东北水寨,阮小五、童威;西北水寨,阮小七、童猛。其余各有执事。

从新置立旌旗等项,山顶上立一面杏黄旗,上书"替天行道"四字。忠义堂前绣字红旗二面:一书"山东呼保义",一书"河北玉麒麟"。外设飞龙飞虎旗、飞熊飞豹旗、青龙白虎旗、朱雀玄武旗、黄钺(饰以黄金的长柄斧子。钺,yuè,古兵器。圆刃,青铜制。形似斧而较大)白旄(古代的一种军旗。竿头以牦牛尾为饰,用以指挥全军。旄,máo)、青幡皂盖、绯缨黑纛;中军器械外,又有四斗五方旗、三才九曜旗、二十八宿旗、六十四卦旗、周天九宫八卦旗、一百二十四面镇天旗:尽是侯健制造。金大坚铸造兵符印信。一切完备,选定吉日良时,杀牛宰马,祭献天地神明,挂上忠义堂、断金亭牌额,立起"替天行道"杏黄旗。

宋江当日大设筵宴,亲捧兵符印信,颁布号令:"诸多大小兄弟,各各管领,悉宜遵守,毋得违误,有伤义气。如有故违不遵者,定依军法治之,决不轻恕。计开:

梁山泊总兵都头领二员：

　　呼保义宋江；玉麒麟卢俊义。

掌管机密军师二员：

　　智多星吴用；入云龙公孙胜。

同参赞军务头领一员：

　　神机军师朱武。

掌管钱粮头领二员：

　　小旋风柴进；扑天雕李应。

马军五虎将五员：

　　大刀关胜；豹子头林冲；霹雳火秦明；双鞭呼延灼；双枪将董平。

马军八虎骑兼先锋使八员：

　　小李广花荣；金枪手徐宁；青面兽杨志；急先锋索超；没羽箭张清；美髯公朱仝；九纹龙史进；没遮拦穆弘。

马军小彪将兼远探出哨头领一十六员：

　　镇三山黄信；病尉迟孙立；丑郡马宣赞；井木犴郝思文；百胜将韩滔；天目将彭玘；圣水将单廷珪；神火将魏定国；摩云金翅欧鹏；火眼狻猊邓飞；锦毛虎燕顺；铁笛仙马麟；跳涧虎陈达；白花蛇杨春；锦豹子杨林；小霸王周通。

步军头领一十员：

　　花和尚鲁智深；行者武松；赤发鬼刘唐；插翅虎雷横；黑旋风李逵；浪子燕青；病关索杨雄；拼命三郎石秀；两头蛇解珍；双尾蝎解宝。

步军将校一十七员：

　　混世魔王樊瑞；丧门神鲍旭；八臂那吒项充；飞天大圣李衮；病大虫薛永；金眼彪施恩；小遮拦穆春；打虎将李忠；白面郎君郑天寿；云里金刚宋万；摸着天杜迁；出林龙邹渊；独角龙邹润；花项虎龚旺；中箭虎丁得孙；没面目焦挺；石将军石勇。

四寨水军头领八员：

混江龙李俊；船火儿张横；浪里白跳张顺；立地太岁阮小二；短命二郎阮小五；活阎罗阮小七；出洞蛟童威；翻江蜃童猛。

四店打听声息，邀接来宾头领八员：

东山酒店小尉迟孙新、母大虫顾大嫂；西山酒店菜园子张青、母夜叉孙二娘；南山酒店旱地忽律朱贵、鬼脸儿杜兴；北山酒店催命判官李立、活闪婆王定六。

总探声息头领一员：

神行太保戴宗。

军中走报机密步军头领四员：

铁叫子乐和；鼓上蚤时迁；金毛犬段景住；白日鼠白胜。

守护中军马军骁将二员：

小温侯吕方；赛仁贵郭盛。

守护中军步军骁将二员：

毛头星孔明；独火星孔亮。

专管行刑刽子二员：

铁臂膊蔡福；一枝花蔡庆。

专掌三军内采事马军头领二员：

矮脚虎王英；一丈青扈三娘。

掌管监造诸事头领一十六员：

行文走檄调兵遣将一员圣手书生萧让；定功赏罚军政司一员铁面孔目裴宣；考算钱粮支出纳入一员神算子蒋敬；监造大小战船一员玉幡竿孟康；专造一应兵符印信一员玉臂匠金大坚；专造一应旌旗袍袄一员通臂猿侯健；专攻医兽一应马匹一员紫髯伯皇甫端；专治诸疾内外科医士一员神医安道全；监督打造一应军器铁甲一员金钱豹子汤隆；专造一应大小号炮一员轰天雷凌振；起造修缉房舍一员青眼虎李云；屠宰牛马猪羊牲口一员操刀鬼曹正；排设筵宴一员铁扇子宋清；监造供应一

切酒醋一员笑面虎朱富;监筑梁山泊一应城垣一员九尾龟陶宗旺;专一把捧帅字旗一员险道神郁保四。

宣和二年四月初一日,梁山泊大聚会,分调人员告示。"

当日梁山泊宋公明传令已了,分调众头领已定,各各领了兵符印信。筵宴已毕,人皆大醉,众头领各归所拨寨分。中间有未定执事者,都于雁台前后驻扎听调。有篇言语,单道梁山泊的好处,怎见得:

八方共域,异姓一家。天地显罡煞之精,人境合杰灵之美。千里面朝夕相见,一寸心死生可同。相貌语言,南北东西虽各别;心情肝胆,忠诚信义并无差。其人则有帝子神孙,富豪将吏,并三教九流,乃至猎户渔人,屠儿刽子,都一般儿哥弟称呼,不分贵贱;且又有同胞手足,捉对夫妻,与叔侄郎舅,以及跟随主仆,争斗冤仇,皆一样的酒筵欢乐,无问亲疏。或精灵,或粗卤,或村朴,或风流,何尝相碍,果然认性同居;或笔舌,或刀枪,或奔驰,或偷骗,各有偏长,真是随才器使。可恨的是假文墨,没奈何着一个圣手书生,聊存风雅;最恼的是大头巾,幸喜得先杀却白衣秀士,洗尽酸悭(寒酸小气。悭, qiān)。地方四五百里,英雄一百八人。昔时常说江湖上闻名,似古楼钟声声传播;今日始知星辰中列姓,如念珠子个个连牵。在晁盖恐托胆称王,归天及早,惟宋江肯呼群保义,把寨为头。休言啸聚山林,早愿瞻依廊庙(此处借指朝廷)。

梁山泊忠义堂上号令已定,各各遵守。宋江拣了吉日良时,焚一炉香,鸣鼓聚众,都到堂上。宋江对众道:"今非昔比,我有片言。今日既是天罡地曜相会,必须对天盟誓,各无异心,死生相托,患难相扶,一同保国安民。"众皆大喜。各人拈香已罢,一齐跪在堂上,宋江为首誓曰:"宋江鄙猥小吏,无学无能,荷(hè,承担、担负)天地之盖载,感日月之照临,聚弟兄于梁山,结英雄于水泊,共一百八人,上符天数,下合人心。自今已后,若是各人存心不仁,削绝大义,万望天地行诛,神人共戮,万世不得人身,亿载永沉末劫。但愿共存忠义于心,同著功勋于国。替天行道,保境安民。神天鉴察,报应昭彰。"誓毕,众皆同声共愿,但愿生生相会,世世相逢,永无断阻。当日歃血(盟誓时,杀牲而口饮或含其血以示诚信。歃,shà)誓盟,尽醉方散。看官听说,这里方才是梁山泊大聚义处。有诗为证:

> 光耀飞离土窟间,天罡地煞降尘寰①。
> 说时豪气侵肌冷,讲处英雄透胆寒。
> 仗义疏财归水泊,报仇雪恨上梁山。
> 堂前一卷天文字,付与诸公仔细看。

起头分拨已定,话不重言。原来泊子里好汉,但闲便下山,或带人马,或只是数个头领各自取路去。途次中(路上)若是客商车辆人马,任从经过;若是上任官员,箱里搜出金银来时,全家不留,所得之物,解送山寨,纳库公用,其余些小,就便分了。折莫便是百十里,三二百里,若有钱粮广积害民的大户,便引人去公然搬取上山,谁敢阻当。但打听得有那欺压良善暴富小人,积攒得些家私,不论远近,令人便去尽数收拾上山。如此之为,大小何止千百余处。为是无人可以当抵,又不怕你叫起撞天屈(天大的冤枉)来,因此不曾显露,所以无有话说。

再说宋江自盟誓之后,一向不曾下山,不觉炎威(炎热的威势,指代盛夏)已过,又早秋凉,重阳节近。宋江便叫宋清安排大筵席,会众兄弟同赏菊花,唤做菊花之会。但有下山的兄弟们,不论远近,都要招回寨来赴筵。至日,肉山酒海,先行给散马步水三军一应小头目人等,各令自去打团儿吃酒。且说忠义堂上遍插菊花,各依次坐,分头把盏。堂前两边筛锣击鼓,大吹大擂,语笑喧哗,觥筹交错(酒器和酒筹相互交杂,形容欢会宴饮之状。觥,gōng,酒器名。筹,行酒令时的筹码),众头领开怀痛饮。马麟品箫,乐和唱曲,燕青弹筝,各取其乐。不觉日暮,宋江大醉,叫

———————
① 尘寰(huán):尘世,人世。

取纸笔来,一时乘着酒兴,作《满江红》一词。写毕,令乐和单唱这首词,道是:

> 喜遇重阳,更佳酿、今朝新熟。见碧水丹山,黄芦苦竹。头上尽教添白发,鬓边不可无黄菊。愿樽前、长叙弟兄情,如金玉。　　统豺虎,御边幅。号令明,军威肃。中心愿,平虏保民安国。日月常悬忠烈胆,风尘障却奸邪目。望天王降诏,早招安,心方足。

乐和唱这个词,正唱到"望天王降诏,早招安",只见武松叫道:"今日也要招安,明日也要招安去,冷了弟兄们的心!"黑旋风便睁圆怪眼,大叫道:"招安,招安,招甚鸟安!"只一脚,把桌子踢起,撷做粉碎。宋江大喝道:"这黑厮怎敢如此无礼!左右与我推去,斩讫(qì,完结、终止)报来!"众人都跪下告道:"这人酒后发狂,哥哥宽恕。"宋江答道:"众贤弟请起,且把这厮监下。"众人皆喜。有几个当刑小校,向前来请李逵。李逵道:"你怕我敢挣扎!哥哥杀我也不怨,剐我也不恨,除了他,天也不怕。"说了,便随着小校去监房里睡。宋江听了他说,不觉酒醒,忽然发悲。吴用劝道:"兄长既设此会,人皆欢乐饮酒,他是个粗卤的人,一时醉后冲撞,何必挂怀,且陪众兄弟尽此一乐。"宋江道:"我在江州,醉后误吟了反诗,得他气力来,今日又作《满江红》词,险些儿坏了他性命!早是得众兄弟谏救了。他与我身上情分最重,因此潸然泪下。"便叫武松:"兄弟,你也是个晓事的人,我主张招安,要改邪归正,为国家臣子,如何便冷了众人的心?"鲁智深便道:"只今满朝文武,多是奸邪,蒙蔽圣聪,就比俺的直裰染做皂了,洗杀怎得干净?招安不济事,便拜辞了,明日一个个各去寻趁(自谋生计)罢。"宋江道:"众弟兄听说,今皇上至圣至明,只被奸臣闭塞,暂时昏昧,有日云开见日,知我等替天行道,不扰良民,赦罪招安,同心报国,青史留名,有何不美!因此只愿早早招安,别无他意。"众皆称谢不已。

当日饮酒,终不畅怀。席散,各回本寨。

次日清晨,众人来看李逵时,尚兀自未醒。众头领睡里唤起来说道:"你昨日大醉,骂了哥哥,今日要杀你。"李逵道:"我梦里也不敢骂他!他要杀我时,便由他杀了罢。"众弟兄引着李逵,去堂上见宋江请罪。宋江喝道:"我手下许多人马,都似你这般无礼,不乱了法度?且看众兄弟之面,寄下你项上一刀,再犯必不轻恕。"李逵喏喏连声而退,众人皆散。

一向无事,渐近岁终。那一日久雪初晴,只见山下有人来报,离寨七八里,拿得莱州解灯上东京去的一行人,在关外听候将令。宋江道:"休要执缚,好生叫上关来。"没多时,解到堂前:两个公人,八九个灯匠,五辆车子。为头的这一个告道:"小人是莱州承差公人,这几个都是灯匠。年例东京着落本州,要灯三架,今年又添两架,乃是玉棚玲珑九华灯。"宋江随即赏与酒食,叫取出灯来看。那做灯匠人将那玉棚灯挂起,安上四边结带,上下通计九九八十一盏,从忠义堂上挂起,直垂到地。宋江道:"我本待都留了你的,惟恐教你吃苦,不当稳便。只留下这碗九华灯在此,其余的你们自解官去。酬烦之资,白银二十两。"众人再拜,恳谢不已,下山去了。宋江教把这碗灯点在晁天王孝堂内。

次日,对众头领说道:"我生长在山东,不曾到京师,闻知今上大张灯火,与民同乐,庆赏元宵,自冬至后,便造起灯,至今才完。我如今要和几个兄弟私去看灯一遭便回。"吴用谏道:"不可,如今东京做公的最多,倘有疏失,如之奈何!"宋江道:"我日间只在客店里藏身,夜晚入城看灯,有何虑焉?"众人苦谏不住,宋江坚执要行。正是猛虎直临丹凤阙(帝阙,京城),杀星夜犯卧牛城(指今开封,其城状如卧牛,故称)。毕竟宋江怎地去东京看灯,且听下回分解。

第七十二回

柴进簪花入禁苑　李逵元夜闹东京

　　话说当日宋江在忠义堂上分拨去看灯人数："我与柴进一路，史进与穆弘一路，鲁智深与武松一路，朱仝与刘唐一路。只此四路人去，其余尽数在家守寨。"李逵便道："说东京好灯，我也要去走一遭。"宋江道："你如何去得？"李逵守死要去，那里执拗得他住。宋江道："你既然要去，不许你惹事，打扮做伴当跟我。"就叫燕青也走一遭，专和李逵作伴。

　　看官听说，宋江是个文面(在脸上刺字或记号。是防止士兵逃走和施诸发配犯人的一种残酷制度)的人，如何去得京师？原来却得神医安道全上山之后，却把毒药与他点去了，后用好药调治，起了红疤。再要良金美玉，碾为细末，每日涂搽，自然消磨去了。那医书中说"美玉灭斑"，正此意也。当日先叫史进、穆弘扮作客人去了，次后便使鲁智深、武松扮作行脚僧(步行云游的僧人)行去了，再后宋江、朱仝、刘唐也扮做客商去了。各人跨腰刀，提朴刀，都藏暗器，不必得说。

　　且说宋江与柴进扮作闲凉官，再叫戴宗扮作承局(宋时的低级军职，属殿前司)，也去走一遭，有些缓急，好来飞报。李逵、燕青扮伴当，各挑行李下山，众头领都送到金沙滩钱行。军师吴用再三分付李逵道："你闲常下山，好歹惹事，今番和哥哥去东京看灯，非比闲时，路上不要吃酒，十分小心在意，使不得往常性格。若有冲撞，弟兄们不好厮见，难以相聚了。"李逵道："不索军师忧心，我这一遭并不惹事。"相别了，取路登程，抹过济州，路经滕州，取单州，上曹州来，前望东京万寿门外,寻一个客店安歇下了。

宋江与柴进商议,此是正月十一日的话。宋江道:"明日白日里,我断然不敢入城,直到正月十四日夜,人物喧哗,此时方可入城。"柴进道:"小弟明日先和燕青入城中去探路一遭。"宋江道:"最好。"次日,柴进穿一身整整齐齐的衣服,头上巾帻(zé,包头巾)新鲜,脚下鞋袜干净。燕青打扮,更是不俗。两个离了店肆,看城外人家时,家家热闹,户户喧哗,都安排庆赏元宵,各作贺太平风景。来到城门下,没人阻当,果然好座东京去处。怎见得:

> 州名汴水,府号开封。迤逦按吴、楚之邦,延亘(gèn,绵延)连齐、鲁之境。山河形胜,水陆要冲。禹画为豫州,周封为郑地。层迭卧牛之势,按上界戊己中央(古代将天干与五行相配,即甲乙东方木,丙丁南方火,申西西方金,戊己中央土,壬癸北方水);崔嵬(高峻雄伟的样子)伏虎之形,象周天二十八宿。金明池上三春柳,小苑城边四季花。十万里鱼龙变化之乡,四百座军州辐辏之地。霭霭祥云笼紫阁,融融瑞气照楼台。

当下柴进、燕青两个入得城来,行到御街上,往来观玩,转过东华门外,见往来锦衣花帽之人,纷纷济济,各有服色,都在茶坊酒肆中坐地。柴进引着燕青,径上一个小小酒楼,临街占个阁子,凭栏望时,见班直人等多从内里出入,幞头边各簪翠叶花一朵。柴进唤燕青,附耳低言:"你与我如此如此。"燕青是个点头会意的人,不必细问,火急下楼。出得店门,恰好迎着个老成的班直官,燕青唱个喏。那人道:"面生,并不曾相识。"燕青说道:"小人的东人(主人)和观察是故交,特使小人来相请。"原来那班直姓王,燕青道:"莫非足下是张观察?"那人道:"我自姓王。"燕青随口应道:"正是教小人请王观察,贪慌忘记了。"那王观察跟随着燕青来到楼上,燕青揭起帘子,对柴进道:"请到王观察来了。"燕青接了手中执色(做仪仗用的器物),柴进邀入阁儿里相见,各施礼罢。王班直看了柴进半晌,却不认得,说道:"在下眼拙,失忘了足下,适蒙呼唤,愿求大名。"柴进笑道:"小弟与足下童稚之交,且未可说,兄长熟思之。"一壁便叫取酒肉来,与观察小酌。酒保安排到肴馔果品,燕青斟酒,殷勤相劝。酒至半酣,柴进问道:"观察头上这朵翠花何意?"那王班直道:"今上天子庆贺元宵,我们左右内外共有二十四班,通类有五千七八百人,每人皆赐衣袄一领,翠叶金花一枝,上有小小金牌一个,凿着'与民同乐'四字,因此每日在这里听候点视。如有宫花锦袄,便能勾入内里去。"柴进道:"在下却不省得。"又饮了数杯,柴进便叫燕青:"你自去与我旋一杯热酒来吃。"无移时,酒到了,柴进便起身与王班直把盏道:"足下饮过这杯小弟敬酒,方才达知姓氏。"王班直道:"在下实想不起,愿求大名。"王班直拿起酒来,一饮而尽。恰才吃罢,口角流涎,两脚腾空,倒在凳上。柴进慌忙去了巾帻、衣服、靴袜,却脱下王班直身上锦袄、踢串、鞋胯之类,从头穿了,带上花帽,拿了执色,分付燕青道:"酒保来问时,只说这观察醉了,那官人未回。"燕青道:"不必分付,自有道理支吾。"

　　且说柴进离了酒店,直入东华门去看那内庭时,真乃人间天上,但见:

　　　祥云笼凤阙,瑞霭罩龙楼。琉璃瓦砌鸳鸯,龟背帘垂翡翠。正阳门径通黄道,长朝殿端拱紫垣(星座名。常借指皇宫)。浑仪台(即观测天象的基台。此类建筑至今仍有遗存,以河南登封市元代郭守敬所建的观星台为最古)占算星辰,待漏院班分文武。墙涂椒粉(汉时皇后所居宫室,以椒和泥涂墙壁,取温暖、芳香、多子之意),丝丝绿柳拂飞甍(向外翘起的屋脊。甍,méng,原意为房屋正脊、垂脊和戗脊上的瓦当构件,后用以指代屋顶四角伸出的飞檐);殿绕栏楯(shǔn,阑干的横木,指代阑干),簇簇紫花迎步辇(秦以后将帝王、皇后所乘之辇去轮改为舆,改由人抬,称为步辇。辇,niǎn)。恍疑身在蓬莱岛,仿佛神游兜率天(佛教所称欲界六天中的第四天)。

　　柴进去到内里,但过禁门,为有服色,无人阻当,直到紫宸殿,转过文德殿,殿门各有金锁锁着,不能勾进去。且转过凝晖殿,从殿边转将入去,到一个偏殿,牌上金书"睿思殿"三字,此是官家看书之处。侧首开着一扇朱红槅子,柴进闪身入去看时,见正面铺着御座,两边几案上放着文房四宝:象管(象牙制成笔管,多指代做工精致的毛笔)、花笺(印有花式纹样的笺纸,后指代精美的笺纸)、龙墨(刻有龙纹或造型的墨,多为帝王专用)、端砚(中国四大名砚之一,因产自端溪而得名)。书架上尽是群书,各插着牙签。正面屏风上,堆青迭绿画着山河社稷混一之图。转过屏风后面,但见素白屏风上御书四大寇姓名,写着道:

山东宋江,淮西王庆,河北田虎,江南方腊。

柴进看了四大寇姓名,心中暗忖道:"国家被我们扰害,因此时常记心,写在这里。"便去身边拔出暗器,正把"山东宋江"那四个字刻将下来。慌忙出殿,随后早有人来。

柴进便离了内苑,出了东华门,回到酒楼上看那王班直时,尚未醒来,依旧把锦衣、花帽、服色等项都放在阁儿内。柴进还穿了依旧衣服,唤燕青和酒保计算了酒钱,剩下十数贯钱,就赏了酒保。临下楼来分付道:"我和王观察是弟兄。恰才他醉了,我替他去内里点名了回来,他还未醒。我却在城外住,恐怕误了城门,剩下钱都赏你,他的服色号衣都在这里。"酒保道:"官人但请放心,男女(奴仆的自称)自伏侍。"柴进、燕青离得酒店,径出万寿门去了。王班直到晚起来,见了服色、花帽都有,但不知是何意。酒保说柴进的话,王班直似醉如痴,回到家中。次日有人来说:"睿思殿上不见'山东宋江'四个字,今日各门好生把得铁桶般紧,出入的人,都要十分盘诘(盘问。诘,jié,追问,谴责)。"王班直情知是了,那里敢说。

再说柴进回到店中,对宋江备细说内宫之中,取出御书大寇"山东宋江"四字,与宋江看罢,叹息不已。

十四日黄昏,明月从东而起,天上并无云翳(云。翳,yì),宋江、柴进扮作闲凉官,戴宗扮作承局,燕青扮为小闲(侍童),只留李逵看房。四个人杂在社火队(节日中杂耍、杂戏的游行队伍)里,取路哄入封丘门来,遍玩六街三市,果然夜暖风和,正好游戏。转过马行街来,家家门前扎缚灯棚,赛悬灯火,照耀如同白日。正是楼台上下火照火,车马往来人看人。四个转过御街，见两行都是烟月牌(妓院的招牌)，来到中间，见一家外悬青布幕，里挂斑竹帘，两边尽是碧纱窗，外挂两面牌，牌上各有五个字，写道："歌舞神仙女，风流花月魁。"宋江见了，便入茶坊里来吃茶，问茶博士道："前面角妓(古代艺妓。角，jué)是谁家？"茶博士道："这是东京上厅行首，唤做李师师。"宋江道："莫不是和今上打得热的？"茶博士道："不可高声，耳目觉近。"宋江便唤燕青，附耳低言道："我要见李师师一面，暗里取事。你可生个婉曲入去，我在此间吃茶等你。"宋江自和柴进、戴宗在茶坊里吃茶。

却说燕青径到李师师门首，揭开青布幕，掀起斑竹帘，转入中门，见挂着一碗鸳鸯灯，下面犀皮香桌儿上，放着一个博山古铜香炉(常见香炉的一种，炉体上为镂空的山形，故称博山炉)，炉内细细喷出香来。两壁上挂着四幅名人山水画，下设四把犀皮一字交椅。燕青见无人出来，转入天井里面，又是一个大客位，设着三座香楠木雕花玲珑小床，铺着落花流水紫锦褥，悬挂一架玉棚好灯，摆着异样古董。燕青微微咳嗽一声，只见屏风背后转出一个娅嬛(yāhuan，婢女)来，见燕青道个万福，便问燕青："哥哥高姓？那里来？"燕青道："相烦姐姐请妈妈出来，小闲自有话说。"梅香入去，不多时，转出李妈妈来，燕青请他坐了，纳头四拜。李妈妈道："小哥高姓？"燕青答道："老娘忘了，小人是张乙的儿子张闲的便是，从小在外，今日方归。"原来世上姓张姓李姓王的最多，那虔婆思量了半晌，又是灯下，认人不仔细，猛然省起，叫道："你不是太平桥下小张闲么？你那里去了，许多时不来？"燕青道："小人一向不在家，不得来相望。如今伏侍个山东客人，有的是家私，说不能尽。他是个燕南河北第一个有名财主，今来此间，一者就赏元宵，二者来京师省亲，三者就将货物在此做买卖，四者要求见娘子一面。怎敢说来宅上出入，只求同席一饮，称心满意。不是小闲卖弄，那人实有千百两金银，欲送与宅上。"那虔婆是个好利之人，爱的是金资，听的燕青这一席话，便动了念头，忙叫李师师出来，与燕青厮见。灯下看时，端的好容貌。燕青见了，纳头便拜。有诗为证：

　　　　芳年①声价冠青楼，玉貌花颜是罕俦②。
　　　　共美至尊曾贴体，何惭壮士便低头。

　　那虔婆说与备细，李师师道："那员外如今在那里？"燕青道："只在前面对门茶坊里。"李师师便道："请过寒舍拜茶(请客人饮茶的敬语)。"燕青道："不得娘子言语，不敢擅进。"虔婆道："快去请来。"燕青径到茶坊里，耳边道了消息。戴宗取些钱，还了茶博士，三人跟着燕青，径到李师师家内。入得中门，相接请到大客位里，李师师敛手向前动问起居道："适间张闲多谈大雅，今辱左顾(意为"到我这里来是辱没了您"，是对人拜访表示感谢的谦辞。唐宋时期以左为尊，故称客人来访为"左顾")，绮阁生光。"宋江答道："山僻村野，孤陋寡闻，得睹花容，生平幸甚。"李师师便邀请坐，又看着柴进问道："这位官人是足下何人？"宋江道："此是表弟叶巡检。"就叫戴宗拜了李师师。宋江、柴进居左，客席而坐，李师师右边，主位相陪。奶子捧茶至，李师师亲手与宋江、柴进、戴宗、燕青换盏。不必说那盏茶的香味，细欺雀舌(以嫩芽烹制的上等茶)，香胜龙涎(一种名贵香料，是抹香鲸内脏的分泌物制成。传说其产自大食国，有龙盘大海之中，卧而吐涎，其上异鸟盘旋，附近群鱼相争，人取而制成香料，故名龙涎香)。茶罢，收了盏托，欲叙行藏，只见奶子来报："官家来到后面。"李师师道："其实不敢相留。来日驾幸上清宫，必然不来，却请诸位到此，少叙三杯，以洗泥尘。"宋江喏喏连声，带了三人便行。

　　出得李师师门来，与柴进道："今上两个表子，一个李师师，一个赵元奴。虽然见了李师师，何不再去赵元奴家走一遭？"宋江径到茶坊间壁，揭起帘幕，张闲便请赵婆出来说话。燕青道："我这两位官人，是山东巨富客商，要见娘子一面，一百两花银相送。"赵婆道："恰恨我女儿没缘，不快在床，出来相见不得。"宋江道："如此却再来求见。"赵婆相送去门，作别了。

---

①芳年：美好的年华，青春年华。　②罕俦(chóu)：罕有可比之人。俦，伴侣。

　　四个且出小御街,径投天汉桥来看鳌山。正打从樊楼前过,听得楼上笙簧聒耳,鼓乐喧天,灯火凝眸,游人似蚁。宋江、柴进也上樊楼,寻个阁子坐下,取些酒食肴馔,也在楼上赏灯饮酒。吃不到数杯,只听得隔壁阁子内有人作歌道:

　　　　浩气冲天贯斗牛,英雄事业未曾酬。
　　　　手提三尺龙泉剑,不斩奸邪誓不休!

　　宋江听得,慌忙过来看时,却是九纹龙史进、没遮拦穆弘在阁子内吃得大醉,口出狂言。宋江走近前去喝道:"你这两个兄弟吓杀我也! 快算还酒钱,连忙出去! 早是遇着我,若是做公的听得,这场横祸不小。谁想你这两个兄弟也这般无知粗糙! 快出城,不可迟滞。明日看了正灯,连夜便回,只此十分好了,莫要弄得撅撒(事情败露或被揭穿。撅,jué)了!"史进、穆弘默默无言,便叫酒保算还了酒钱。两个下楼,取路先投城外去了。

　　宋江与柴进四人微饮三杯,少添春色。戴宗计算还了酒钱,四人拂袖下楼,径往万寿门,来客店内敲门。李逵困眼睁开,对宋江道:"哥哥不带我来也罢了,既带我来,却教我看房,闷出鸟来。你们都自去快活!"宋江道:"为你生性不善,面貌丑恶,不争带你入城,只恐因而惹祸。"李逵便道:"你不带我去便了,何消得许多推故! 几曾见我那里吓杀了别人家小的大的!"宋江道:"只有明日十五日这一夜带你入去,看罢了正灯,连夜便回。"李逵呵呵大笑。

　　过了一夜,次日正是上元节候,天色晴明得好。看看傍晚,庆贺元宵的人不知其数,古人有篇《绛都春》单道元宵景致:

　　　　融和初报,乍瑞霭霁色(指天色晴朗。霁,jì,雨后初晴貌),皇都春早。翠幰(xiǎn,车上的帷幔。此处指代车子)竞飞,玉勒争驰,都闻道鳌山彩结蓬莱岛。向晚色,双龙衔照。绛霄楼上,彤芝盖(朱色的伞,天子的仪仗之一)底,仰瞻天表。　　缥缈风传帝乐,庆玉殿共赏,群仙同到。逦迤御香,飘满人间闻嘻笑。一点星球小,渐隐隐鸣梢声杳。游人月下归来,洞天未晓。

当夜宋江与同柴进，依前扮作闲凉官，引了戴宗、李逵、燕青，五个人径从万寿门来。是夜虽无夜禁，各门头目军士全付披挂，都是戎装幗带，弓弩上弦，刀剑出鞘，摆布得甚是严整。高太尉自引铁骑马军五千，在城上巡禁。宋江等五个向人丛里挨挨抢抢，直到城里，先唤燕青，附耳低言："与我如此如此，只在夜来茶坊里相等。"燕青径往李师师家扣门，李妈妈、李行首都出来接见燕青，便说道："烦达员外休怪，官家不时间来此私行，我家怎敢轻慢。"燕青道："主人再三上复妈妈，启动了花魁娘子，山东海僻之地，无甚希罕之物。便有些出产之物，将来也不中意。只教小人先送黄金一百两，权当人事(赠送的礼品)。随后别有罕物，再当拜送。"李妈妈问道："如今员外在那里？"燕青道："只在巷口等小人送了人事，同去看灯。"世上虔婆爱的是钱财，见了燕青取出那火炭也似金子两块，放在面前，如何不动心！便道："今日上元佳节，我子母们却待家筵数杯，若是员外不弃，肯到贫家少叙片时。"燕青道："小人去请，无有不来。"说罢，转身回得茶坊，说与宋江这话了，随即都到李师师家。宋江教戴宗同李逵只在门前等。

三个人入到里面大客位里，李师师接着，拜谢道："员外识荆(初次见面的敬辞)之初，何故以厚礼见赐？却之不恭，受之太过。"宋江答道："山僻村野，绝无罕物。但送些小微物，表情而已，何劳花魁(百花的魁首，引申为最有名的妓女)娘子致谢。"李师师邀请到一个小小阁儿里，分宾坐定，奶子、侍婢捧出珍异果子，济楚菜蔬，希奇按酒，甘美肴馔，尽用锭器，摆一春台。李师师执盏向前拜道："夙世(前世。夙, sù)有缘，今夕相遇二君，草草杯盘，以奉长者。"宋江道："在下山乡虽有贯伯浮财，未曾见如此富贵。花魁的风流声价，播传寰宇，求见一面，如登天之难，何况亲赐酒食。"李师师道："员外奖誉太过，何敢当此。"都劝罢酒，叫奶子将小小金杯巡筛。但是李师师说些街市俊俏的话，皆是柴进回答，燕青立在边头和哄取笑。

酒行数巡，宋江口滑(说话随便)，揎拳裸袖(伸出拳头，拉起袖子)，点点指指，把出梁山泊手段来。柴进笑道："我表兄从来酒后如此，娘子勿笑。"李师师道："各人禀性何伤。"娅嬛说道："门前两个伴当。一个黄髭须，且是生的怕人，在外面喃喃呐呐地骂。"宋江道："与我唤他两个人来。"只见戴宗引着李逵到阁子里。李逵看见宋江、柴进与李师师对坐饮酒，自肚里有五分没好气，圆睁怪眼，直瞅他三个。李师师便问道："这汉是谁？恰象土地庙里对判官立地的小鬼。"众人都笑。李逵不省得(明白，了解)他说。宋江答道："这个是家生的孩儿小李。"李师师笑道："我倒不打紧，辱莫了太白学士。"宋江道："这厮却有武艺，挑得三二百斤担子，打得三五十人。"李师师叫取大银赏钟，各与三钟，戴宗也吃三钟。燕青只怕他口出讹言，先行抹他和戴宗依先去门前坐地。宋江道："大丈夫饮酒，何用小杯！"就取过赏钟，连饮数钟。李师师低唱苏东坡《大江东去》词(指苏东坡《念奴娇·赤壁怀古》，有此作后，"大江东去"遂成该词牌的别称，下文宋江所填词亦用此词牌)。宋江乘着酒兴，索纸笔来，磨得墨浓，蘸得笔饱，拂开花笺，对李师师道："不才乱道一词，尽诉胸中郁结，呈上花魁尊听。"当下宋江落笔，遂成乐府词一首，道是：

　　　　天南地北，问乾坤、何处可容狂客？借得山东烟水寨，来买凤城春色。翠袖围香，绛绡笼雪，一笑千金值。神仙体态，薄幸如何消得？想芦叶滩头，蓼花汀畔，皓月空凝碧。　　　六六雁行连八九(六六，即三十六，指三十六员天罡；八九，即七十二，指七十二员地煞。雁行，喻兄弟。六六雁行连八九，指兄弟一百零八人，即水浒一百零八将)，只等金鸡消息(指皇帝下赦令招安的消息。金鸡，古时大赦时，所举行的一种仪式，即竖长杆，顶立金鸡，然后集中罪犯，击鼓，宣读赦令)。义胆包天，忠肝盖地，四海无人识。离愁万种，醉乡一夜头白。

写毕，递与李师师反复看了，不晓其意。宋江只要等他问其备细，却把心腹衷曲之事告诉，只见奶子来报："官家从地道中来至后门。"李师师忙道："不能远送，切乞恕罪。"自来后门接驾。

奶子、娅嬛连忙收拾过了杯盘什物，扛过台桌，洒扫亭轩。宋江等都未出来,却闪在黑暗处,张见李师师拜在面前,奏道:"起居圣上龙体劳困。"只见天子头戴软纱唐巾,身穿滚龙袍,说道:"寡人今日幸上清宫方回,教太子在宣德楼赐万民御酒,令御弟在千步廊买市(官府或豪富设立临时集市,招徕小商贩并给予赏赐,而使市场繁荣。以之作为一种德政或善举)。约下杨太尉,久等不至,寡人自来。爱卿近前与朕攀话。"

宋江在黑地里说道:"今番错过,后次难逢,俺三个就此告一道招安赦书,有何不好!"柴进道:"如何使得?便是应允了,后来也有翻变。"三个正在黑影里商量。

却说李逵见了宋江、柴进和那美色妇人吃酒,却教他和戴宗看门,头上毛发倒竖起来,一肚子怒气正没发付处。只见杨太尉揭起帘幕,推开扇门,径走入来,见了李逵,喝问道:"你这厮是谁?敢在这里?"李逵也不回应,提起把交椅,望杨太尉劈脸打来。杨太尉倒吃了一惊,措手不及,两交椅打翻地下。戴宗便来救时,那里拦当得住。李逵扯下幅画来,就蜡烛上点着,东焠(cuì,引火烧着)西焠,一面放火,香桌椅凳,打得粉碎。宋江等三个听得,赶出来看时,见黑旋风褪下半截衣裳,正在那里行凶。四个扯出门外去时,李逵就街上夺条棒,直打出小御街来。宋江见他性起,只得和柴进、戴宗先赶出城,恐关了禁门,脱身不得,只留燕青看守着他。李师师家火起,惊得赵官家一道烟走了。邻佑人等一面救火,一面救起杨太尉,这话都不必说。

城中喊起杀声,震天动地。高太尉在北门上巡警,听得了这话,带领军马,便来追赶。燕青伴着李逵,正打之间,撞着穆弘、史进,四人各执枪棒,一齐助力,直打到城边。把门军士急待要关门,外面鲁智深轮着铁禅杖,武行者使起双戒刀,朱仝、刘唐手拈着朴刀,早杀入城来,救出里面四个。方才出得城门,高太尉军马恰好赶到城外来。八个头领不见宋江、柴进、戴宗,正在那里心慌。

原来军师吴用已知此事,定教大闹东京。克时定日,差下五员虎将,引领带甲马军一千骑,是夜恰好到东京城外等接,正逢着宋江、柴进、戴宗三人，带来的空马就教上马，随后众人也到。正都上马时，于内不见了李逵。高太尉军马冲将出来。宋江手下的五虎将关胜、林冲、秦明、呼延灼、董平突到城边，立马于濠堑上，大喝道："梁山泊好汉全伙在此！早早献城，免汝一死！"高太尉听得，那里敢出城来。慌忙教放下吊桥，众军上城提防。宋江便唤燕青分付道："你和黑厮最好，你可略等他一等，随后与他同来。我和军马众将先回，星夜还寨，恐怕路上别有枝节。"

不说宋江等军马去了。且说燕青立在人家房檐下看时，只见李逵从店里取了行李，拿着双斧，大吼一声，跳出店门，独自一个，要去打这东京城池。正是声吼巨雷离店肆，手提大斧劈城门。毕竟黑旋风李逵怎地去打城，且听下回分解。

第七十三回

黑旋风乔捉鬼　梁山泊双献头

话说当下李逵从客店里抢将出来,手搭双斧,要奔城边劈门,被燕青抱住腰胯,只一交,攧个脚梢天。燕青拖将起来,望小路便走,李逵只得随他。

为何李逵怕燕青?原来燕青小厮扑(相扑)天下第一,因此宋公明着令燕青相守李逵。李逵若不随他,燕青小厮扑,手到一交。李逵多曾着他手脚,以此怕他,只得随顺。

燕青和李逵不敢从大路上走,恐有军马追来,难以抵敌,只得大宽转奔陈留县路来。李逵再穿上衣裳,把大斧藏在衣襟底下,又因没了头巾,却把焦黄发分开,绾(wǎn,盘结)做两个丫髻。行到天明,燕青身边有钱,村店中买些酒肉吃了,拽开脚步趱行。

次日天晓,东京城中好场热闹,高太尉引军出城,追赶不上自回。李师师只推不知。杨太尉也自归家将息。抄点城中被伤人数,计有四五百人,推倒跌损者,不计其数。高太尉会同枢密院童贯,都到太师府商议,启奏早早调兵剿捕。

且说李逵和燕青两个,在路行到一个去处,地名唤做四柳村,不觉天晚。两个便投一个大庄院来,敲开门,直进到草厅上。庄主狄太公出来迎接,看见李逵绾着两个丫髻,却不见穿道袍,面貌生得又丑,正不知是甚么人。太公随口问燕青道:"这位是那里来的师父?"燕青笑道:"这师父是个跷蹊人,你们都不省得他。胡乱趁些晚饭吃,借宿一夜,明日早行。"李逵只不做声。太公听得这话,倒地便拜李逵,说道:"师父,可救弟子则个。"李逵道:"你要我救你甚事,实对我说。"那太公道:"我家一百余口,夫妻两个,嫡亲止有一个女儿,年二十余岁,半年之前,着了一个邪祟(邪灵异怪的鬼物),只在房中,茶饭并不出来讨吃。若还有人去叫他,砖石乱打出来,家中人都被他打伤了。累累请将法官(旧时称有职位的道士)来,也捉他不得。"李逵道:"太公,我是蓟州罗真人的徒弟,会得腾云驾雾,专能捉鬼。你若舍得东西,我与你今夜捉鬼。如今先要一猪一羊,祭祀神将。"太公道:"猪羊我家尽有,酒自不必得说。"李逵道:"你拣得臕肥的宰了,烂煮将来,好酒更要几瓶,便可安排。今夜三更,与你捉鬼。"太公道:"师父如要书符纸札,老汉家中也有。"李逵道:"我的法只是一样,都没什么鸟符。身到房里,便揪出鬼来。"燕青忍笑不住。老儿只道他是好话,安排了半夜,猪羊都煮得熟了,摆在厅上。李逵叫讨十个大碗,滚热酒十瓶,做一巡(满座遍饮一次称一巡)筛,明晃晃点着两枝蜡烛,焰腾腾烧着一炉好香。李逵掇条凳子,坐在当中,并不念甚言语。腰间拔出大斧,砍开猪羊,大块价扯将下来吃。又叫燕青道:"小乙哥,你也来吃些。"燕青冷笑,那里肯来吃。李逵吃得饱了,饮过五六碗好酒,看得太公呆了。李逵便叫众庄客:"你们都来散福。"拈指间散了残肉。李逵道:"快舀桶汤来,与我们洗手洗脚。"无移时,洗了手脚,问太公讨茶吃了。又问燕青道:"你曾吃饭也不曾?"燕青道:"吃得饱了。"李逵对太公道:"酒又醉,肉又饱,明日要走路程,老爷们去睡。"太公道:"却是苦也!这鬼几时捉得?"李逵道:"你真个要我捉鬼,着人引我到你女儿房里去。"太公道:"便是神道如今在房中,砖石乱打出来,谁人敢去?"

李逵拔两把板斧在手,叫人将火把远远照着。李逵大踏步直抢到房边,只见房内隐隐的有灯。李逵把眼看时,见一个后生搂着一个妇人在那里说话。李逵一脚踢开了房门,斧到处,只见砍得火光爆散,霹雳交加。定睛打一看时,原来把灯盏砍翻了。那后生却待要走,被李逵大喝一声,斧起处,早把后生砍翻。这婆娘便钻入床底下躲了。李逵把那汉子先一斧砍下头来,提在床上,把斧敲着床边喝道:"婆娘,你快出来。若不钻出来时,和床都剁的粉碎。"婆娘连声叫道:"你饶我性命,我出来。"却才钻出头来,被李逵揪住头发,直拖到死尸边问道:"我杀的那厮是谁?"婆娘道:"是我奸夫王小二。"李逵又问道:"砖头饭食,那里得来?"婆娘道:"这是我把金银头面与他,三二更从墙上运将入来。"李逵道:"这等腌臢婆娘,要你何用!"揪到床边,一斧砍下头来。把两个人头拴做一处,再提婆娘尸首和汉子身尸相并。李逵道:"吃得饱,正没消食处。"就解下上半截衣裳,拿起双斧,看着两个死尸,一上一下,恰似发擂的乱剁了一阵。李逵笑道:"眼见这两个不得活了。"插起大斧,提着人头,大叫出厅前来:"两个鬼我都捉了。"撇下人头,满庄里人都吃一惊。都来看时,认得这个是太公的女儿,那个人头,无人认得。数内一个庄客相了一回,认出道:"有些象东村头会粘雀儿(捕鸟)的王小二。"李逵道:"这个庄客倒眼乖(眼力好)!"太公道:"师父怎生得知?"李逵道:"你女儿躲在床底下,被我揪出来问时,说道:'他是奸夫王小二,吃的饮食,都是他运来。'问了备细,方才下手。"太公哭道:"师父,留得我女儿也罢。"李逵骂道:"打脊老牛,女儿偷了汉子,兀自要留他!你恁地哭时,倒要赖我不谢。我明日却和你说话。"燕青寻了个房,和李逵自去歇息。

太公却引人点着灯烛入房里去看时,照见两个没头尸首,剁做十来段,丢在地下。太公、太婆烦恼啼哭,便叫人扛出后面,去烧化了。李逵睡到天明,跳将起来,对太公道:"昨夜与你捉了鬼,你如何不谢?"太公只得收拾酒食相待,李逵、燕青吃了便行。狄太公自理家事。不在话下。

且说李逵和燕青离了四柳村,依前上路。此时草枯地阔,木落山空,于路无话。两个因大宽转(绕大弯)梁山泊北,到寨尚有七八十里,巴不到山,离荆门镇不远。当日天晚,两个奔到一个大庄院敲门,燕青道:"俺们寻客店中歇去。"李逵道:"这大户人家,却不强似客店多少！"说犹未了，庄客出来，对说道："我主太公正烦恼哩。你两个别处去歇。"李逵直走入去，燕青拖扯不住，直到草厅上。李逵口里叫道："过往客人借宿一宵，打甚鸟紧？便道太公烦恼。我正要和烦恼的说话！"里面太公张时，看见李逵生得凶恶，暗地教人出来接纳。请去厅外侧首，有间耳房，叫他两个安歇。造些饭食，与他两个吃，着他里面去睡。多样时，搬出饭来，两个吃上，就便歇息。

李逵当夜没些酒，在土炕子上翻来覆去睡不着，只听得太公、太婆在里面哽哽咽咽的哭。李逵心焦，那双眼怎地得合。巴到天明，跳将起来，便向厅前问道："你家甚么人哭这一夜，搅得老爷睡不着。"太公听了，只得出来答道："我家有个女儿，年方一十八岁，被人强夺了去，以此烦恼。"李逵道："又来作怪！夺你女儿的是谁？"太公道："我与你说他姓名，惊得你屁滚尿流！他是梁山泊头领宋江，有一百单八个好汉，不算小军。"李逵道："我且问你：他是几个来？"太公道："两日前，他和一个小后生各骑着一匹马来。"李逵便叫燕青："小乙哥，你来听这老儿说的话，俺哥哥原来口是心非，不是好人了也。"燕青道："大哥莫要造次，定没这事！"李逵道："他在东京兀自去李师师家去，到这里怕不做出来！"李逵便对太公说道："你庄里有饭，讨些我们吃。我实对你说，则我便是梁山泊黑旋风李逵，这个便是浪子燕青。既是宋江夺了你的女儿，我去讨来还你。"太公拜谢了。

李逵、燕青径望梁山泊来，直到忠义堂上。宋江见了李逵、燕青回来，便问道："兄弟，你两个那里来？错了许多路，如今方到。"李逵那里答应，睁圆怪眼，拔出大斧，先砍倒了杏黄旗，把"替天行道"四个字扯做粉碎，众人都吃一惊。宋江喝道："黑厮又做甚么？"李逵拿了双斧，抢上堂来，径奔宋江。诗曰：

> 梁山泊里无奸佞，忠义堂前有诤臣^①。
> 留得李逵双斧在，世间直气尚能伸。

---

① 诤(zhèng)臣：诤谏之臣，即敢于直言，不畏个人生死的大臣。

当有关胜、林冲、秦明、呼延灼、董平五虎将慌忙拦住,夺了大斧,揪下堂来。宋江大怒,喝道:"这厮又来作怪! 你且说我的过失。"李逵气做一团,那里说得出。

燕青向前道:"哥哥听禀一路上备细。他在东京城外客店里跳将出来,拿着双斧,要去劈门,被我一交攧翻,拖将起来。说与他:'哥哥已自去了,独自一个风(同"疯")甚么?'恰才信小弟说,不敢从大路走。他又没了头巾,把头发绾做两个丫髻。正来到四柳村狄太公庄上,他去做法官捉鬼,正拿了他女儿并奸夫两个,都剁做肉酱。后来却从大路西边上山,他定要大宽转。将近荆门镇,当日天晚了,便去刘太公庄上投宿。只听得太公两口儿一夜啼哭,他睡不着,巴得天明,起去问他。刘太公说道:'两日前梁山泊宋江和一个年纪小的后生,骑着两匹马到庄上来,老儿听得说是替天行道的人,因此叫这十八岁的女儿出来把酒。吃到半夜,两个把他女儿夺了去。'李逵大哥听了这话,便道是实。我再三解说道:'俺哥哥不是这般的人,多有依草附木,假名托姓的在外头胡做。'李大哥道:'我见他在东京时,兀自恋着唱的李师师不肯放,不是他是谁?'因此来发作。"宋江听罢,便道:"这般屈事,怎地得知? 如何不说?"李逵道:"我闲常把你做好汉,你原来却是畜生! 你做得这等好事!"宋江喝道:"你且听我说! 我和三二千军马回来,两匹马落路时,须瞒不得众人。若还抢得一个妇人,必然只在寨里。你却去我房里搜看。"李逵道:"哥哥你说甚么鸟闲话! 山寨里都是你手下的人,护你的多,那里不藏过了! 我当初敬你是个不贪色欲的好汉,你原来是酒色之徒。杀了阎婆惜,便是小样,去东京养李师师,便是大样。你不要赖,早早把女儿送还老刘,倒有个商量。你若不把女儿还他时,我早做早杀了你,晚做晚杀了你。"宋江道:"你且不要闹嚷,那刘太公不死,庄客都在,俺们同去面对。若还对翻了,就那里舒着脖子,受你板斧。如若对不翻,你这厮没上下,当得何罪?"李逵道:"我若还拿你不着,便输这颗头与你!"宋江道:"最好,你众兄弟都是证见。"便叫铁面孔目裴宣写了赌赛军令状二纸,两个各书了字。宋江的把与李逵收了,李逵的把与宋江收了。李逵又道:"这后生不是别人,只是柴进。"柴进道:"我便同去。"李逵道:"不怕你不来。若到那里对翻了之时,不怕你柴人官人,是米大官人,也吃我几斧。"柴进道:"这个不妨,你先去那里等。我们前去时,又怕有蹺蹊(qiāoqī,奇怪、可疑)。"李逵道:"正是。"便唤了燕青:"俺两个依前先去,他若不来,便是心虚,回来罢休不得。"正是:

> 至上无过任评论,其次纳谏以为恩。
>
> 最下自差偏自是,令人敢怒不敢言。

燕青与李逵再到刘太公庄上。太公接见,问道:"好汉,所事如何?"李逵道:"如今我那宋江,他自来教你认他,你和太婆并庄客都仔细认他。若还是时,只管实说,不要怕他,我自替你做主。"只见庄客报道:"有十数骑马来到庄上了。"李逵道:"正是了。"侧边屯住了人马,只教宋江、柴进入来。宋江、柴进径到草厅上坐下。李逵提着板斧立在侧边,只等老儿叫声是,李逵便要下手。那刘太公近前来拜了宋江。李逵问老儿道:"这个是夺你女儿的不是?"那老儿睁开尪羸(wāngléi,指瘦弱或身体虚弱,文中形容人老眼花之状)眼,打起老精神,定睛看了道:"不是。"宋江对李逵道:"你却如何?"李逵道:"你两个先着眼瞅他,这老儿惧怕你,便不敢说是。"宋江道:"你叫满庄人都来认我。"李逵随即叫到众庄客人等认时,齐声叫道:"不是。"宋江道:"刘太公,我便是梁山泊宋江,这位兄弟,便是柴进。你的女儿都是吃假名托姓的骗将去了。你若打听得出来,报上山寨,我与你做主。"宋江对李逵道:"这里不和你说话,你回来寨里,自有辩理。"宋江、柴进自与一行人马先回大寨里去。燕青道:"李大哥,怎地好?"李逵道:"只是我性紧上,错做了事。既然输了这颗头,我自一刀割将下来,你把去献与哥哥便了。"燕青道:"你没来由寻死做甚?我叫你一个法则,唤做负荆请罪。"李逵道:"怎地是负荆?"燕青道:"自把衣服脱了,将麻绳绑缚了,脊梁上背着一把荆杖,拜伏在忠义堂前,告道：'由哥哥打多少。'他自然不忍下手。这个唤做负荆请罪。"李逵道："好却好，只是有些惶恐，不如割了头去干净。"燕青道："山寨里都是你兄弟，何人笑你？"李逵没奈何，只得同燕青回寨来，负荆请罪。

却说宋江、柴进先归到忠义堂上，和众兄弟们正说李逵的事，只见黑旋风脱得赤条条地，背上负着一把荆杖，跪在堂前，低着头，口里不做一声。宋江笑道："你那黑厮，怎地负荆？只这等饶了你不成！"李逵道："兄弟的不是了！哥哥拣大棍打几十罢！"宋江道："我和你赌砍头，你如何却来负荆？"李逵道："哥哥既是不肯饶我，把刀来割这颗头去，也是了当。"众人都替李逵陪话。宋江道："若要我饶他，只教他捉得那两个假宋江，讨得刘太公女儿来还他，这等方才饶你。"李逵听了，跳将起来，说道："我去瓮中捉鳖(比喻很有把握，轻而易举的完成某件事。瓮，wèng，一种盛东西的陶器)，手到拿来！"宋江道："他是两个好汉，又有两副鞍马，你只独自一个，如何近傍得他？再叫燕青和你同去。"燕青道："哥哥差遣，小弟愿往。"便去房中取了弩子，绰了齐眉棍，随着李逵，再到刘太公庄上。

燕青细问他来情，刘太公说道："日平西时来，三更里去了，不知所在，又不敢跟去。那为头的生的矮小，黑瘦面皮，第二个夹壮(粗壮)身材，短须大眼。"二人问了备细，便叫："太公放心，好歹要救女儿还你！我哥哥宋公明的将令，务要我两个寻将来，不敢违误。"便叫煮下干肉，做下蒸饼，各把料袋装了，拴在身边，离了刘太公庄上。先去正北上寻，但见荒僻无人烟去处，走了一两日，绝不见些消耗。却去正东上，又寻了两日，直到凌州高唐界内，又无消息。李逵心焦面热，却回来望西边寻去，又寻了两日，绝无些动静。

当晚两个且向山边一个古庙中供床上宿歇，李逵那里睡得着，爬起来坐地。只听得庙外有人走的响，李逵跳将起来，开了庙门看时，只见一条汉子提着把朴刀，转过庙后山脚下上去。李逵在背后跟去。燕青听得，拿了弩弓，提了杆棍，随后跟来，叫道："李大哥，不要赶,我自有道理。"是夜月色朦胧,燕青递杆棍与了李逵,远远望见那汉低着头只顾走。燕青赶近,搭上箭,弩弦稳放,叫声:"如意子,不要误我。"只一箭,正中那汉的右腿,扑地倒了。李逵赶上,劈衣领揪住,直拿到古庙中,喝问道:"你把刘太公的女儿抢的那里去了?"那汉告道:"好汉,小人不知此事,不曾抢甚么刘太公女儿。小人只是这里剪径,做些小买卖,那里敢大弄,抢夺人家子女!"李逵把那汉捆做一块,提起斧来喝道:"你若不实说,砍你做二十段。"那汉叫道:"且放小人起来商议。"燕青道:"汉子,我且与你拔了这箭。"放将起来问道:"刘太公女儿,端的是甚么人抢了去?只是你这里剪径的,你岂可不知些风声?"那汉道:"小人胡猜,未知真实。离此间西北上约有十五里有一座山,唤做牛头山,山上旧有一个道院。近来新被两个强人,一个姓王,名江,一个姓董,名海,这两个都是绿林中草贼,先把道士道童都杀了,随从只有五七个伴当,占住了道院,专一下来打劫。但到处只称是宋江。多敢是这两个抢了去。"燕青道:"这话有些来历,汉子,你休怕我!我便是梁山泊浪子燕青,他便是黑旋风李逵。我与你调理箭疮,你便引我两个到那里去。"那人道:"小人愿往。"

　　燕青去寻朴刀还了他,又与他扎缚了疮口。趁着月色微明,燕青、李逵扶着他走过十五里来路,到那山看时,苦不甚高,果似牛头之状。三个上得山来,天尚未明。来到山头看时,团团一遭土墙,里面约有二十来间房子。李逵道:"我与你先跳入墙去。"燕青道:"且等天明却理会。"李逵那里忍耐得,腾地跳将过去了。只听得里面有人喝声,门开处,早有人出来,便挺朴刀来奔李逵。燕青生怕撅撒了事,拄着杆棒,也跳过墙来。那中箭的汉子一道烟走了。燕青见这出来的好汉正斗李逵,潜身暗行,一棒正中那好汉脸颊骨上,倒入李逵怀里来,被李逵后心只一斧,砍翻在地。里面绝不见一个人出来。燕青道:"这厮必有后路走了。我与你去截住后门,你却把着前门,不要胡乱入去。"

且说燕青来到后门墙外,伏在黑暗处,只见后门开处,早有一条汉子拿了钥匙,来开后面墙门。燕青转将过去。那汉见了,绕房檐便走出前门来。燕青大叫:"前门截住!"李逵抢将过来,只一斧,劈胸膛砍倒,便把两颗头都割下来,拴做一处。李逵性起,砍将入去,泥神也似都推倒了。那几个伴当躲在灶前,被李逵赶去,一斧一个都杀了。来到房中看时,果然见那个女儿在床上呜呜的啼哭,看那女子,云鬓花颜,其实美丽。有诗为证:

弓鞋窄窄起春罗,香沁酥胸玉一窝。

丽质难禁风雨骤,不胜幽恨蹙秋波。

燕青问道:"你莫不是刘太公女儿么?"那女子答道:"奴家在十数日之前,被这两个贼掳在这里,每夜轮一个将奴家奸宿。奴家昼夜泪雨成行,要寻死处,被他监看得紧。今日得将军搭救,便是重生父母,再养爹娘。"燕青道:"他有两匹马,在那里放着?"女子道:"只在东边房内。"燕青备上鞍子,牵出门外,便来收拾房中积攒下的黄白之资,约有三五千两。燕青便叫那女子上了马,将金银包了,和人头抓了,拴在一匹马上。李逵缚了个草把,将窗下残灯把草房四边点着烧起。

他两个开了墙门,步送女子下山,直到刘太公庄上。爹娘见了女子,十分欢喜,烦恼都没了,尽来拜谢两位头领。燕青道:"你不要谢我两个,你来寨里拜谢俺哥哥宋公明。"两个酒食都不肯吃,一家骑了一匹马,飞奔山上来。

回到寨中,红日衔山之际,都到三关之上。两个牵着马,驮着金银,提了人头,径到忠义堂上拜见宋江。燕青将前事细细说了一遍。宋江大喜,叫把人头埋了,金银收入库中,马放去战马群内喂养。次日,设筵宴与燕青、李逵作贺。刘太公也收拾金银上山,来到忠义堂上拜谢宋江。宋江那里肯受,与了酒饭,教送下山回庄去了,不在话下。梁山泊自是无话。

不觉时光迅速。

　　看看鹅黄着柳,渐渐鸭绿生波。桃腮乱簇红英,杏脸微开绛蕊。山前花,山后树,俱发萌芽;州上蘋,水中芦,都回生意。谷雨初晴,可是丽人天气;禁烟(指寒食节。战国时晋国介子推随公子重耳逃亡列国,后重耳即位为晋文公,介子推拒不出仕,隐居于绵山,文公不得已放火焚山求之,介子推竟不出来而死,后晋文公以此日全国禁烟火纪念介子推,遂成寒食节)才过,正当三月韶华。

　　宋江正坐,只见关下解一伙人到来,说道:“拿到一伙牛子(骂人的话,犹言“畜生”),有七八个车箱,又有几束哨棒。”宋江看时,这伙人都是彪形大汉,跪在堂前告道:“小人等几个直从凤翔府来,今上泰安州烧香。目今三月二十八日天齐圣帝(宋时封泰山之神为东岳大帝、天齐圣帝)降诞之辰,我们都去台上使棒,一连三日,何止有千百对在那里。今年有个扑手好汉,是太原府人氏,姓任,名原,身长一丈,自号擎天柱,口出大言,说道:‘相扑世间无对手,争交天下我为魁。’闻他两年曾在庙上争交,不曾有对手,白白地拿了若干利物。今年又贴招儿,单搦天下人相扑。小人等因这个人来,一者烧香;二乃为看任原本事;三来也要偷学他几路好棒,伏望大王慈悲则个。”宋江听了,便叫小校:“快送这伙人下山去,分毫不得侵犯。今后遇有往来烧香的人,休要惊吓他,任从过往。”那伙人得了性命,拜谢下山去了。

　　只见燕青起身禀复宋江,说无数句,话不一席。有分教,惊动了泰安州,大闹了祥符县。正是东岳庙中双虎斗,嘉宁殿上二龙争。毕竟燕青说出甚么话来,且听下回分解。

第七十四回

燕青智扑擎天柱　李逵寿张乔坐衙

话说这燕青，他虽是三十六星之末，却机巧心灵，多见广识，了身达命(了悟人生，通达事理)，都强似那三十五个。当日燕青禀宋江道："小乙自幼跟着卢员外学得这身相扑，江湖上不曾逢着对手。今日幸遇此机会，三月二十八日又近了，小乙并不要带一人，自去献台上，好歹攀他擿一交。若是输了擿死，永远怨心；倘或赢时，也与哥哥增些光彩。这日必然有一场好闹，哥哥却使人救应。"宋江说道："贤弟，闻知那人身长一丈，貌若金刚，约有千百斤气力。你这般瘦小身材，纵有本事，怎地近傍得他？"燕青道："不怕他长大身材，只恐他不着圈套。常言道：'相扑的有力使力，无力斗智。'非是燕青敢说口，临机应变，看景生情，不倒的输与他那呆汉。"卢俊义便道："我这小乙，端的自小学成好一身相扑，随他心意，叫他去。至期，卢某自去接应他回来。"宋江问道："几时可行？"燕青答道："今日是三月二十四日了，来日拜辞哥哥下山，路上略宿一宵，二十六日赶到庙上，二十七日在那里打探一日，二十八日却好和那厮放对。"当日无事。

次日宋江置酒与燕青送行。众人看燕青时，打扮得村村朴朴将一身花绣，把衲袄包得不见，扮做山东货郎，腰里插着一把串鼓儿，挑一条高肩杂货担子，诸人看了都笑。宋江道："你既然装做货郎担儿，你且唱个山东货郎转调歌与我众人听。"燕青一手拈串鼓，一手打板，唱出货郎太平歌，与山东人不差分毫来去，众人又笑。酒至半酣，燕青辞了众头领下山，过了金沙滩，取路往泰安州来。

　　当日天晚，正待要寻店安歇，只听得背后有人叫道："燕小乙哥，等我一等。"燕青歇下担子看时，却是黑旋风李逵。燕青道："你赶来怎地？"李逵道："你相伴我去荆门镇走了两遭，我见你独自个来，放心不下，不曾对哥哥说知，偷走下山，特来帮你。"燕青道："我这里用你不着，你快早早回去。"李逵焦躁起来，说道："你便是真个了得的好汉，我好意来帮你，你倒翻成恶意！我却偏要去！"燕青寻思，怕坏了义气，便对李逵说道："和你去不争。那里圣帝生日，都是四山五岳的人聚会，认得你的颇多，你依的我三件事，便和你同去。"李逵道："依得。"燕青道："从今路上和你前后各自走，一脚到客店里，入得店门，你便自不要出来，这是第一件了。第二件，到得庙上客店里，你只推病，把被包了头脸，假做打鼾睡，更不要做声。第三件，当日庙上，你挨在稠人中看争交时，不要大惊小怪。大哥，依得么？"李逵道："有甚难处！都依你便了。"当晚两个投客店安歇。

　　次日五更起来，还了房钱，同行到前面打火吃了饭，燕青道："李大哥，你先走半里，我随后来也。"那条路上，只见烧香的人来往不绝，多有讲说任原的本事，两年在泰岳无对，今年又经三年了。燕青听得，有在心里。申牌(下午三点到五点)时候，将近庙上，旁边众人都立定脚，仰面在那里看。燕青歇下担儿，分开人丛，也挨向前看时，只见两条红标柱，恰与坊巷牌额一般相似，上立一面粉牌，写道："太原相扑擎天柱任原。"旁边两行小字道："拳打南山猛虎，脚踢北海苍龙。"燕青看了，便扯匾担，将牌打得粉碎，也不说什么，再挑了担儿望庙上去了。看的众人，多有好事的，飞报任原说，今年有劈牌放对的。

　　且说燕青前面迎着李逵，便来寻客店安歇。原来庙上好生热闹，不算一百二十行经商买卖，只客店也有一千四五百家，延接天下香官(香客)。到菩萨圣节之时，也没安着人处，许多客店，都歇满了。燕青、李逵只得就市梢头(市镇街道的尽头)赁一所客店安下，把担子歇了，取一床夹被，教李逵睡着。店小二来问道："大哥是山东货郎，来庙上赶趁(抓住集市或庙会的机会来做生意)，怕敢出房钱不起？"燕青打着乡谈(家乡话,方言)说道:"你好小觑人!一间小房,值得多少,便比一间大房钱,没处去了。别人出多少房钱,我也出多少还你。"店小二道:"大哥休怪,正是要紧的日子,先说得明白最好。"燕青道:"我自来做买卖,倒不打紧,那里不去歇了,不想路上撞见了这个乡中亲戚,现患气病,因此只得要讨你店中歇。我先与你五贯铜钱,央及你就锅中替我安排些茶饭,临起身一发酬谢你。"小二哥接了铜钱,自去门前安排茶饭,不在话下。

没多时候,只听得店门外热闹,二三十条大汉走入店里来,问小二哥道:"劈牌定对的好汉,在那房里安歇?"店小二道:"我这里没有。"那伙人道:"都说在你店中。"小二哥道:"只有两眼房,空着一眼,一眼是个山东货郎,扶着一个病汉赁了。"那一伙人道:"正是那个货郎儿劈牌定对。"店小二道:"休道别人取笑!那货郎儿是一个小小后生,做得甚用!"那伙人齐道:"你只引我们去张一张。"店小二指道:"那角落头房里便是。"众人来看时,见紧闭着房门,都去窗子眼里张时,见里面床上两个人脚厮抵睡着。众人寻思不下,数内有一个道:"既是敢来劈牌,要做天下对手,不是小可的人,怕人算他,一定是假装害病的。"众人道:"正是了,都不要猜,临期便见。"不到黄昏前后,店里何止三二十伙人来打听,分说得店小二口唇也破了。当晚搬饭与二人吃,只见李逵从被窝里钻出头来,小二哥见了,吃一惊,叫声:"阿呀!这个是争交的爷爷了!"燕青道:"争交的不是他,他自病患在身,我便是径来争交的。"小二哥道:"你休要瞒我,我看任原吞得你在肚里。"燕青道:"你休笑我,我自有法度,教你们大笑一场,回来多把利物赏你。"小二哥看着他们吃了晚饭,收了碗碟,自去厨头洗刷,心中只是不信。

次日,燕青和李逵吃了些早饭,分付道:"哥哥,你自拴了房门高睡。"燕青却随了众人,来到岱岳庙里看时,果然是天下第一。但见:

庙居泰岱,山镇乾坤。为山岳之至尊,乃万神之领袖。山头伏槛,直望见弱水蓬莱;绝顶攀松,尽都是密云薄雾。楼台森耸,疑是金乌展翅飞来;殿阁棱层,恍觉玉兔腾身走到。雕梁画栋,碧瓦朱檐。凤扉(镂刻凤鸟花纹的门扇)亮槅(能透光的隔扇)映黄纱,龟背(古建门窗中一种常见的花纹样式)绣帘垂锦带。遥观圣象,九旒冕(古代里必带的礼帽,因其前后有有垂下的串珠,故称"旒冕",串珠数量一般为九、七、五对,因以命名。旒,liú)舜目尧眉;近睹神颜,衮龙袍(皇帝的朝服)汤肩禹背(尧、舜、禹、汤均为上古帝王名,史载尧眉八彩,舜目重瞳,汤臂再肘,禹耳三漏,后遂常以尧眉舜目等形容帝王像)。九天司命,芙蓉冠掩映绛纱衣;炳灵圣公(东岳大帝第三子泰山三郎,封炳灵圣公),赭黄袍(一般指天子所穿的袍服,因颜色赭黄而得名。赭,zhě)偏称蓝田带(镶有蓝田玉的腰带)。左侍下玉簪珠履,右侍下紫绶金章(紫色印绶和金印。绶,shòu,丝带,用以拴系玉饰和印章)。阃殿威严,护驾三千金甲将;两廊猛勇,勤王十万铁衣兵。五岳楼相接东宫,仁安殿紧连北阙。蒿(hāo)里山下,判官分七十二司(传说东岳大帝主宰地府十八层地狱及人世生死贵贱,下设七十二司);白骡庙中,土神按二十四气。管火池铁面太尉(一说为唐齿公杜琼,另一说为张元帅,淮阴人,死为神,执掌东岳,主幽冥之事),月月通灵;掌生死五道将军(东岳诸神中掌管人生死的神祇),年年显圣。御香不断,天神飞马报丹书;祭祀依时,老幼望风皆获福。嘉宁殿祥云香霭,正阳门瑞气盘旋。万民朝拜碧霞君,四远归依仁圣帝。

当时燕青游玩了一遭,却出草参亭参拜了四拜,问烧香的道:"这相扑任教师在那里歇?"便有好事人说:"在迎恩桥下那个大客店里便是。他教着二三百个上足徒弟。"燕青听了,径来迎恩桥下看时,见桥边栏杆子上坐着二三十个相扑子弟,面前遍插铺金旗牌,锦绣帐额,等身靠背。燕青闪入客店里去,看见任原坐在亭心上,真乃有揭谛(佛教护法神之一)仪容,金刚貌相。坦开胸脯,显存孝打虎(指五代大将李存孝,传说其十岁时赤手空拳打死过老虎)之威;侧坐胡床,有霸王拔山(指秦汉之际西楚霸王项羽,史称其有举鼎拔山之力)之势。在那里看徒弟相扑。数内有人认得燕青曾劈牌来,暗暗报与任原。只见任原跳将起来,搊着膀子,口里说道:"今年那个合死的,来我手里纳命。"燕青低了头,急出店门,听得里面都笑。急回到自己下处,安排些酒食,与李逵同吃了一回。李逵道:"这们睡,闷死我也!"燕青道:"只有今日一晚,明日便见雌雄。"当时闲话,都不必说。

三更前后,听得一派鼓乐响,乃是庙上众香官与圣帝上寿。四更前后,燕青、李逵起来,问店小二先讨汤洗了面,梳光了头,脱去了里面衲袄,下面牢拴了腿绷护膝,偏扎起了熟绢水裤,穿了多耳麻鞋,上穿汗衫,搭膊系了腰。两个吃了早饭,叫小二分付道:"房中的行李,你与我照管。"店小二应道:"并无失脱,早早得胜回来。"只这小客店里,也有三二十个烧香的,都对燕青道:"后生,你自斟酌,不要枉送了性命。"燕青道:"当下小人喝采之时,众人可与小人夺些利物。"众人都有先去了的。李逵道:"我带了这两把板斧去也好。"燕青道:"这个却使不得,被人看破,误了大事。"当时两个杂在人队里,先去廊下,做一块儿伏了。

那日烧香的人,真乃亚肩叠背(形容人多密集之状),偌大一个东岳庙,一涌便满了,屋脊梁上都是看的人。朝着嘉宁殿,扎缚起山棚,棚上都是金银器皿,锦绣缎匹;门外拴着五头骏马,全付鞍辔。知州禁住烧香的人,看这当年相扑献圣。一个年老的部署(此处指擂台比武的主持人)拿着竹批,上得献台,参神已罢,便请今年相扑的对手,出马争交。

说言未了,只见人如潮涌,却早十数对哨棒过来,前面列着四把绣旗。那任原坐在轿上,这轿前轿后三二十对花胳膊的好汉,前遮后拥,来到献台上。部署请下轿来,开了几句温暖的呵会(见面时说的客气话)。任原道:"我两年到岱岳,夺了头筹,白白拿了若干利物,今年必用脱膊。"说罢,见一个拿水桶的上来。任原的徒弟,都在献台边,一周遭都密密地立着。且说任原先解了搭膊,除了巾帻,虚笼着蜀锦袄子,喝了一声参神喏,受了两口神水,脱下锦袄,百十万人齐喝一声采。看那任原时,怎生打扮?

头绾一窝穿心红角子,腰系一条绛罗翠袖。三串带儿拴十二个玉蝴蝶牙子扣儿,主腰上排数对金鸳鸯戬褶(xuézhě,衣帽上的褶皱)衬衣。护膝中有铜裆铜裤,缴臁(绑腿布。臁,lián,小腿的两侧)内有铁片铁环。扎腕牢拴,踢鞋紧系。世间架海擎天柱,岳下降魔斩将人。

那部署道:"教帅两年在庙上不曾有对手,今年是第三番了,教师有甚言语,安复天下众香官?"任原道:"四百座军州,七千余县治,好事香官,恭敬圣帝,都助将利物来,任原两年白受了。今年辞了圣帝还乡,再也不上山来了。东至日出,西至日没,两轮日月,一合乾坤,南及南蛮,北济幽燕,敢有出来和我争利物的么?"

话犹未了,燕青捺(nà,用手按)着两边人的肩臂,口中叫道:"有,有!"从人背上直飞抢到献台上来。众人齐发声喊。那部署接着问道:"汉子,你姓甚名谁?那里人氏?你从何处来?"燕青道:"我是山东张货郎,特地来和他争利物。"那部署道:"汉子,性命只在眼前,你省得么?你有保人也无?"燕青道:"我就是保人,死了要谁偿命?"部署道:"你且脱膊下来看。"燕青除了头巾,光光的梳着两个角儿,脱下草鞋,赤了双脚,蹲在献台一边,解了腿绷护膝,跳将起来,把布衫脱将下来,吐个架子,则见庙里的看官如搅海翻江相似,迭头价喝采,众人都呆了。任原看了他这花绣,急健身材,心里倒有五分怯他。

殿门外月台上本州太守坐在那里弹压,前后皂衣公吏环立七八十对,随即使人来叫燕青下献台,来到面前。太守见了他这身花绣,一似玉亭柱上铺着软翠,心中大喜,问道:"汉子,你是那里人氏?因何到此?"燕青道:"小人姓张,排行第一,山东莱州人氏,听得任原撷天下人相扑,特来和他争交。"知州道:"前面那匹全副鞍马,是我出的利物,把与任原。山棚上应有物件,我主张分一半与你,你两个分了罢,我自抬举你在我身边。"燕青道:"相公,这利物倒不打紧,只要撷翻他,教众人取笑,图一声喝采。"知州道:"他是一个金刚般一条大汉,你敢近他不得!"燕青道:"死而无怨。"再上献台来,要与任原定对。部署问他先要了文书,怀中取出相扑社条,读了一遍,对燕青道:"你省得么?不许暗算。"燕青冷笑道:"他身上都有准备,我单单只这个水裈儿(裤子),暗算他甚么？"知州又叫部署来分付道:"这般一个汉子,俊俏后生,可惜了！你去与他分了这扑。"部署随即上献台,又对燕青道:"汉子,你留了性命还乡去罢,我与你分了这扑。"燕青道:"你好不晓事,知是我赢我输！"众人都和起来。只见分开了数万香官,两边排得似鱼鳞一般,廊庑(堂前的廊屋。庑,wǔ)屋脊上也都坐满,只怕遮着了这对相扑。任原此时有心恨不得把燕青丢去九霄云外,跌死了他。部署道:"既然你两个要相扑,今年且赛这对献圣,都要小心着,各各在意。"净净地献台上只三个人,此时宿露尽收,旭日初起,部署拿着竹批,两边分付已了,叫声:"看扑！"

这个相扑,一来一往,最要说得分明。说时迟,那时疾,正如空中星移电掣相似,些儿迟慢不得。当时燕青做一块儿蹲在右边,任原先在左边立个门户,燕青只不动弹。初时献台上各占一半,中间心里合交。任原见燕青不动弹,看看逼过右边来,燕青只瞅他下三面。任原暗忖道:"这人必来算我下三面。你看我不消动手,只一脚踢这厮下献台去。"任原看看逼将入来,虚将左脚卖个破绽,燕青叫一声:"不要来！"任原却待奔他,被燕青去任原左胁下穿将过去。任原性起,急转身又来拿燕青,被燕青虚跃一跃,又在右胁下钻过去。大汉转身终是不便,三换换得脚步乱了。燕青却抢将入去,用右手扭住任原,探左手插入任原交裆,用肩胛顶住他胸脯,把任原直托将起来,头重脚轻,借力便旋四五旋,旋到献台边,叫一声:"下去！"把任原头在下,脚在上,直撺下献台来。这一扑,名唤做鹁鸽(鸽子的一种,身体羽毛灰黑,颈部和胸部暗红。鹁,bó)旋,数万的香官看了,齐声喝采！

那任原的徒弟们见撺翻了他师父,先把山棚拽倒,乱抢了利物。众人乱喝打时,那二三十徒弟抢入献台来,知州那里治押得住。

不想旁边恼犯了这个太岁,却是黑旋风李逵看见了,睁圆怪眼,倒竖虎须,面前别无器械,便把杉刺子(杉树的枝叶)撅(juē,同"撧",折断,断绝)葱般拔断,拿两条杉木在手,直打将来。

香官数内有人认得李逵的,说将出名姓来。外面做公的人齐入庙里大叫道:"休教走了梁山泊黑旋风!"那知府听得这话,从顶门上不见了三魂,脚底下疏失了七魄,便望后殿走了。四下里的人涌并围将来,庙里香官各自奔走。李逵看任原时,跌得昏晕,倒在献台边,口内只有些游气。李逵揭块石板,把任原头打得粉碎。两个从庙里打将出来,门外弓箭乱射入来,燕青、李逵只得爬上屋去,揭瓦乱打。

不多时,只听得庙门前喊声大举,有人杀将入来。当头一个,头戴白范阳毡笠儿,身穿白缎子袄,跨口腰刀,挺条朴刀,那汉是北京玉麒麟卢俊义。后面带着史进、穆弘、鲁智深、武松、解珍、解宝七筹好汉,引一千余人,杀开庙门,入来策应。燕青、李逵见了,便从屋上跳将下来,跟着大队便走。李逵便去客店里拿了双斧,赶来厮杀。这府里整点得官军来时,那伙好汉已自去得远了。官兵已知梁山泊人众难敌,不敢来追赶。

却说卢俊义便叫收拾李逵回去,行了半日,路上又不见了李逵。卢俊义又笑道:"正是招灾惹祸,必须使人寻他上山。"穆弘道:"我去寻他回寨。"卢俊义道:"最好。"

且不说卢俊义引众还山,却说李逵手持双斧,直到寿张县。当日午衙方散,李逵来到县衙门口,大叫入来:"梁山泊黑旋风爹爹在此!"吓得县中人手足都麻木了,动弹不得。原来这寿张县贴着(距离)梁山泊最近,若听得"黑旋风李逵"五个字,端的医得小儿夜啼惊哭,今日亲身到来,如何不怕!

当时李逵径去知县椅子上坐了,口中叫道:"着两个出来说话,不来时,便放火!"廊下房内众人商量:"只得着几个出去答应,不然怎地得他去?"数内两个吏员出来厅上拜了四拜,跪着道:"头领到此,必有指使。"李逵道:"我不来打搅你县里人,因往这里经过,闲耍一遭,请出你知县来,我和他厮见。"两个去了,出来回话道:"知县相公却才见头领来,开了后门,不知走往那里去了。"李逵不信,自转入后堂房里来寻,却见有那幞头(古代男子用的一种头巾。幞,fú)衣衫匣子在那里放着。李逵扭开锁,取出幞头,插上展角,将来戴了,把绿袍公服(宋代六七品官官服为绿色)穿上,把角带系了;再寻皂靴,换了麻鞋,拿着槐简(槐木手板,宋时低级官员所持),走出厅前,大叫道:"吏典人等都来参见!"众人没奈何,只得上去答应。李逵道:"我这般打扮也好么?"众人道:"十分相称。"李逵道:"你们令史(汉时中央尚书省中负责文书的官员,后指官府中的胥吏,掌管文书一类的工作)祗候(职官名。宋代祗候分置于东、西上阁门,与阁门宣赞舍人并称阁职,祗候分佐舍人)都与我排衙了便去;若不依我,这县都翻做白地。"众人怕他,只得聚集些公吏人来,擎着牙杖骨朵,打了三通擂鼓,向前声喏。李逵呵呵大笑,又道:"你众人内也着两个来告状。"吏人道:"头领坐在此地,谁敢来告状?"李逵道:"可知人不来告状,你这里自着两个装做告状的来告。我又不伤他,只是取一回笑耍。"公吏人等商量了一会,只得着两个牢子装做厮打的来告状,县门外百姓都放来看。两个跪在厅前,这个告道:"相公可怜见,他打了小人。"那个告:"他骂了小人,我才打他。"李逵道:"那个是吃打的?"原告道:"小人是吃打的。"又问道:"那个是打了他的!"被告道:"他先骂了,小人是打来。"李逵道:"这个打了人的是好汉,先放了他去。这个不长进的,怎地吃人打了,与我枷号在衙门前示众。"李逵起身,把绿袍抓扎起,槐简揣在腰里,掣出大斧,直看着枷了那个原告人,号令在县门前,方才大踏步去了,也不脱那衣靴。县门前看的百姓,那里忍得住笑。

正在寿张县前走过东,走过西,忽听得一处学堂读书之声,李逵揭起帘子,走将入去,吓得那先生跳窗走了。众学生们哭的哭,叫的叫,跑的跑,躲的躲。李逵大笑,出门来,正撞着穆弘。穆弘叫道:"众人忧得你苦,你却在这里风!快上山去!"那里由他,拖着便走。李逵只得离了寿张县,径奔梁山泊来。有诗为证:

> 牧民①县令每猖狂,自幼先生教不良。
> 应遣铁牛巡历到,琴堂闹了闹书堂。

---

① 牧民:治理百姓。

二人渡过金沙滩,来到寨里,众人见了李逵这般打扮都笑。到得忠义堂上,宋江正与燕青庆喜。只见李逵放下绿襕袍(绿色公服。因其于袍下施横襕为裳,故称),去了双斧,摇摇摆摆,直至堂前,执着槐简,来拜宋江。拜不得两拜,把这绿襕袍踏裂,绊倒在地,众人都笑。宋江骂道:"你这厮忒大胆! 不曾着我知道,私走下山,这是该死的罪过! 但到处便惹起事端,今日对众弟兄说过,再不饶你!"李逵喏喏连声而退。

梁山泊自此人马平安,都无甚事,每日在山寨中教演武艺,操练人马,令会水者上船习学。各寨中添造军器、衣袍、铠甲、枪刀、弓箭、牌弩、旗帜,不在话下。

且说泰安州备将前事申奏东京,进奏院中,又有收得各处州县申奏表文,皆为宋江等反乱骚扰地方。此时道君皇帝有一个月不曾临朝视事。当日早朝,正是三下静鞭鸣御阙,两班文武列金阶,殿头官喝道:"有事出班早奏,无事卷帘退朝。"进奏院卿出班奏曰:"臣院中收得各处州县累次表文,皆为宋江等部领贼寇,公然直进府州,劫掠库藏,抢掳仓廒,杀害军民,贪厌无足,所到之处,无人可敌。若不早为剿捕,日后必成大患。"天子乃云:"上元夜此寇闹了京国,今又往各处骚扰,何况那里附近州郡? 朕已累次差遣枢密院进兵,至今不见回奏。"旁有御史大夫崔靖出班奏曰:"臣闻梁山泊上立一面大旗,上书'替天行道'四字,此是曜民之术。民心既服,不可加兵。即目辽兵犯境,各处军马遮掩不及,若要起兵征伐,深为不便。以臣愚意,此等山间亡命之徒,皆犯官刑,无路可避,遂乃啸聚山林,恣为不道。若降一封丹诏,光禄寺颁给御酒珍羞(珍奇名贵的食物。羞,同"馐"),差一员大臣直到梁山泊,好言抚谕,招安来降。假此以敌辽兵,公私两便。伏乞陛下圣鉴。"天子云:"卿言甚当,正合朕意。"便差殿前太尉陈宗善为使,赍擎丹诏御酒,前去招安梁山泊大小人数。

是日朝散,陈太尉领了诏敕,回家收拾。不争陈太尉奉诏招安,有分教,香醪(美酒。醪,láo,未滤除渣子的酒,也泛指酒)翻做烧身药,丹诏应为引战书。毕竟陈太尉怎地来招安宋江,且听下回分解。

第七十五回

活阎罗倒船偷御酒　黑旋风扯诏骂钦差

话说陈宗善领了诏书,回到府中,收拾起身,多有人来作贺:"太尉此行,一为国家干事,二为百姓分忧,军民除患,梁山泊以忠义为主,只待朝廷招安。太尉可着些甜言美语,加意抚恤(体恤爱护)。"

正话间,只见太师府干人来请,说道:"太师相邀太尉说话。"陈宗善上轿,直到新宋门大街太师府前下轿,干人直引进节堂内书院中,见了太师,侧边坐下。茶汤已罢,蔡太师问道:"听得天子差你去梁山泊招安,特请你来说知:到那里不要失了朝廷纲纪,乱了国家法度。你曾闻《论语》有云:'行己有耻,使于四方,不辱君命,可谓使矣。'"陈太尉道:"宗善尽知,承太师指教。"蔡京又道:"我叫这个干人跟随你去。他多省得法度,怕你见不到处,就与你提拨。"陈太尉道:"深谢恩相厚意。"辞了太师引着干人,离了相府,上轿回家。

方才歇定,门吏来报,高殿帅下马。陈太尉慌忙出来迎接,请到厅上坐定,叙问寒温已毕。高太尉道:"今日朝廷商量招安宋江一事,若是高俅在内,必然阻住。此贼累辱朝廷,罪恶滔天,今更赦宥罪犯,引入京城,必成后患。欲待回奏,玉音(尊称帝王的言语)已出,且看大意如何。若还此贼仍昧良心,怠慢圣旨,太尉早早回京。不才奏过天子,整点大军,亲身到彼,剪草除根,是吾之愿。太尉此去,下官手下有个虞候,能言快语,问一答十,好与太尉提拨事情。"陈太尉谢道:"感蒙殿帅忧心。"高俅起身,陈太尉送至府前,上马去了。

次日,蔡太师府张干办、高殿帅府李虞候二人都到了。陈太尉拴束马匹,整点人数,将十瓶御酒装在龙凤担内挑了,前插黄旗。陈太尉上马,亲随五六人,张干办、李虞候都乘马匹,丹诏背在前面,引一行人出新宋门。以下官员,亦有送路的,都回去了。迤逦来到济州,太守张叔夜接着,请到府中设筵相待,动问招安一节,陈太尉都说了备细。张叔夜道:"论某愚意,招安一事最好。只是一件,太尉到那里须是陪些和气,用甜言美语抚恤他众人,好共歹,只要成全大事。他数内有几个性如烈火的汉子,倘或一言半语冲撞了他,便坏了大事。"张干办、李虞候道:"放着我两个跟着太尉,定不致差迟。太守,你只管教小心和气,须坏了朝廷纲纪。小辈人常压着,不得一半,若放他头起,便做模样。"张叔夜道:"这两个是甚么人?"陈太尉道:"这一个人是蔡太师府内干办,这一个是高太尉府里虞候。"张叔夜道:"只好教这两位干办不去罢!"陈太尉道:"他是蔡府、高府心腹人,不带他去,必然疑心。"张叔夜道:"下官这话只是要好,恐怕劳而无功。"张干办道:"放着我两个,万丈水无涓滴漏。"张叔夜再不敢言语。一面安排筵宴管待,送至馆驿内安歇。次日,济州先使人去梁山泊报知。

　　却说宋江每日在忠义堂上聚众相会,商议军情,早有细作人报知此事,未见真实,心中甚喜。当日小喽罗领着济州报信的直到忠义堂上,说道:"朝廷今差一个太尉陈宗善,赍到十瓶御酒,赦罪招安丹诏一道,已到济州城内,这里准备迎接。"宋江大喜,遂取酒食,并彩缎二匹、花银十两,打发报信人先回。宋江与众人道:"我们受了招安,得为国家臣子,不枉吃了许多时磨难!今日方成正果!"吴用笑道:"论吴某的意,这番必然招安不成。纵使招安,也看得俺们如草芥(草和芥。比喻轻微没有价值)。等这厮引将大军来到,教他着些毒手,杀得他人亡马倒,梦里也怕,那时方受招安,才有些气度。"宋江道:"你们若如此说时,须坏了'忠义'二字。"林冲道:"朝廷中贵官来时,有多少装幺(故意作态、装腔作势),中间未必是好事。"关胜便道:"诏书上必然写着些唬吓的言语,来惊我们。"徐宁又道:"来的人必然是高太尉门下。"宋江道:"你们都休要疑心,且只顾安排接诏。"先令宋清、曹正准备筵席,委柴进都管提调,务要十分齐整。铺设下太尉幕次,列五色绢缎,堂上堂下,搭彩悬花。先使裴宣、萧让、吕方、郭盛预前下山,离二十里伏道迎接。水军头领准备大船傍岸。吴用传令:"你们尽依我行,不如此,行不得。"

且说萧让引着三个随行,带引五六人,并无寸铁,将着酒果,在二十里外迎接。陈太尉当日在途中,张干办、李虞候不乘马匹,在马前步行。背后从人,何止二三百。济州的军官约有十数骑,前面摆列导引人马,龙凤担内挑着御酒,骑马的背着诏匣。济州牢子,前后也有五六十人,都要去梁山泊内,指望觅个小富贵。萧让、裴宣、吕方、郭盛在半路上接着,都俯伏道旁迎接。那张干办便问道:"你那宋江大似谁? 皇帝诏敕到来,如何不亲自来接? 甚是欺君! 你这伙本是该死的人,怎受得朝廷招安? 请太尉回去! "萧让、裴宣、吕方、郭盛俯伏在地,请罪道:"自来朝廷不曾有诏到寨,未见真实。宋江与大小头领都在金沙滩迎接,万望太尉暂息雷霆之怒,只要与国家成全好事,恕免则个。"李虞候便道:"不成全好事,也不愁你这伙贼飞上天去了。"有诗为证:

> 贝锦生谗<u>。。。。</u>①自古然,小人凡事不宜先。
> 九天恩雨今宣布,可惜招安未十全。

当时吕方、郭盛道:"是何言语! 只如此轻看人! "萧让、裴宣只得恳请他。捧去酒果,又不肯吃。众人相随来到水边,梁山泊已摆着三只战船在彼,一只装载马匹,一只装裴宣等一干人,一只请太尉下船,并随从一应人等,先把诏书御酒放在船头上。那只船正是活阎罗阮小七监督。

当日阮小七坐在船梢上,分拨二十余个军健棹船,一家带一口腰刀。陈太尉初下船时,昂昂然(骄傲自负的样子),旁若无人,坐在中间。

---

① 贝锦生谗:织罗谗言诬陷他人。贝锦,有贝纹图样的锦缎,喻诬陷者制造的谗言。

阮小七招呼众人,把船棹动,两边水手齐唱起歌来。李虞候便骂道:"村驴(骂词。蠢驴),贵人在此,全无忌惮!"那水手那里睬他,只顾唱歌。李虞候拿起藤条,来打两边水手,众人并无惧色。有几个为头的回话道:"我们只管唱歌,干你甚事。"李虞候道:"杀不尽的反贼,怎敢回我话?"便把藤条去打,两边水手都跳在水里去了。阮小七在艄上说道:"直这般打我水手下水里去了,这船如何得去?"只见上流头(上游)两只快船下来接。原来阮小七预先积下两舱水,见后头来船相近,阮小七便去拔了楔子,叫一声:"船漏了!"水早滚上舱里来,急叫救时,船里有一尺多水。那两只船帮将拢来,众人急救陈太尉过船去。各人且把船只顾摇开,那里来顾御酒诏书。两只快船先行去了。

阮小七叫上水手来,舀了舱里水,把展布都拭抹了,却叫水手道:"你且掇一瓶御酒过来,我先尝一尝滋味。"一个水手便去担中取一瓶酒出来,解了封头,递与阮小七。阮小七接过来,闻得喷鼻馨香。阮小七道:"只怕有毒,我且做个不着,先尝些个。"也无碗瓢,和瓶便呷(xiā,小口喝酒),一饮而尽。阮小七吃了一瓶道:"有些滋味。"一瓶那里济事,再取一瓶来,又一饮而尽。吃得口滑,一连吃了四瓶。阮小七道:"怎地好?"水手道:"船梢头有一桶白酒在那里。"阮小七道:"与我取舀水的瓢来,我都教你们到口。"将那六瓶御酒,都分与水手众人吃了。却装上十瓶村醪水白酒,还把原封头缚了,再放在龙凤担内,飞也似摇着船来,赶到金沙滩,却好上岸。

宋江等都在那里迎接,香花灯烛,鸣金擂鼓,并山寨里鼓乐,一齐都响。将御酒摆在桌子上,每一桌令四个人抬。诏书也在一个桌子上抬着。陈太尉上岸,宋江等接着,纳头便拜。宋江道:"文面小吏,罪恶迷天,曲辱贵人到此,接待不及,望乞恕罪。"李虞候道:"太尉是朝廷大贵人大臣,来招安你们,非同小可!如何把这等漏船,差那不晓事的村贼乘驾,险些儿误了大贵人性命!"宋江道:"我这里有的是好船,怎敢把漏船来载贵人?"张干办道:"太尉衣襟上兀自湿了,你如何要赖!"宋江背后五虎将紧随定,不离左右,又有八骠骑将簇拥前后,见这李虞候、张干办在宋江前面指手划脚,你来我去,都有心要杀这厮,只是碍着宋江一个,不敢下手。

当日宋江请太尉上轿,开读诏书,四五次才请得上轿。牵过两匹马来,与张干办、李虞候骑。这两个男女,不知身己多大,装煞臭幺。宋江央及得上马行了,令众人大吹大擂,迎上三关来。宋江等一百余个头领都跟在后面,直迎至忠义堂前一齐下马,请太尉上堂。正面放着御酒诏匣,陈太尉、张干办、李虞候立在左边,萧让、裴宣立在右边。宋江叫点众头领时,一百七人,于内单只不见了李逵。此时是四月间天气,都穿夹罗战袄,跪在堂上,拱听开读。陈太尉于诏书匣内取出诏书,度与萧让。裴宣赞礼,众将拜罢,萧让展开诏书,高声读道:

"制曰:文能安邦,武能定国。五帝凭礼乐而有疆封,三皇用杀伐而定天下。事从顺逆,人有贤愚。朕承祖宗之大业,开日月之光辉,普天率土,罔不臣伏。近为尔宋江等啸聚山林,劫掳郡邑,本欲用彰天讨,诚恐劳我生民。今差太尉陈宗善前来招安,诏书到日,即将应有钱粮、军器、马匹、船只目下纳官,拆毁巢穴,率领赴京,原免本罪。倘或仍昧良心,违戾(违背。戾,lì,)诏制,天兵一至,龆龀(tiáochèn,少儿换牙的年龄,后指代孩童)不留。故兹诏示,想宜知悉。宣和三年孟夏四月日诏示。"

萧让却才读罢,宋江已下,皆有怒色。只见黑旋风李逵从梁上跳将下来,就萧让手里夺过诏书,扯的粉碎,便来揪住陈太尉,搋拳便打。此时宋江、卢俊义大横身抱住,那里肯放他下手。恰才解拆得开,李虞候喝道:"这厮是甚么人,敢如此大胆!"李逵正没寻人打处,劈头揪住李虞候便打,喝道:"写来的诏书,是谁说的话?"张干办道:"这是皇帝圣旨。"李逵道:"你那皇帝,正不知我这里众好汉,来招安老爷们,倒要做大!你的皇帝姓宋,我的哥哥也姓宋,你做得皇帝,偏我哥哥做不得皇帝!你莫要来恼犯着黑爹爹,好歹把你那写诏的官员尽都杀了！"众人都来解劝,把黑旋风推下堂去。

宋江道:"太尉且宽心,休想有半星儿差池。且取御酒,教众人沾恩。"随即取过一副嵌宝金花钟,令装宣取一瓶御酒倾在银酒海(**是一种大型的盛酒容器。因其盛酒量多,故称"海"**)内,看时却是村醪白酒。再将九瓶都打开,倾在酒海内,却是一般的淡薄村醪。众人见了,尽都骇然(**惊讶的样子。骇,hài**),一个个都走下堂去了。鲁智深提着铁禅杖,高声叫骂:"入娘撮鸟！忒煞是欺负人！把水酒做御酒来哄俺们吃！"赤发鬼刘唐也挺着朴刀杀上来,行者武松掣出双戒刀,没遮拦穆弘、九纹龙史进一齐发作。六个水军头领都骂下关去了。

宋江见不是话,横身在里面拦当,急传将令,叫轿马护送太尉下山,休教伤犯。此时四下大小头领,一大半闹将起来。宋江、卢俊义只得亲身上马,将太尉并开诏一干人数护送下三关,再拜伏罪:"非宋江等无心归降,实是草诏的官员不知我梁山泊的弯曲。若以数句善言抚恤,我等尽忠报国,万死无怨。太尉若回到朝廷,善言则个。"急急送过渡口。这一干人吓得屁滚尿流,飞奔济州去了。

却说宋江回到忠义堂上,再聚众头领筵席。宋江道:"虽是朝廷诏旨不明,你们众人也忒性躁。"吴用道:"哥哥,你休执迷！招安须自有日,如何怪得众兄弟们发怒？朝廷忒不将人为念！如今闲话都打迭起,兄长且传将令,马军拴束马匹,步军安排军器,水军整顿船只,早晚必有大军前来征讨。一两阵杀得他人亡马倒,片甲不回,梦着也怕,那时却再商量。"众人道:"军师言之极当。"是日散席,各归本帐。

且说陈太尉回到济州,把梁山泊开诏一事诉与张叔夜。张叔夜道:"敢是你们多说甚言语来？"陈太尉道:"我几曾敢发一言！"张叔夜道:"既是如此,枉费了心力,坏了事情,太尉急急回京,奏知圣上,事不宜迟。"

陈太尉、张干办、李虞候一行人从,星夜回京来,见了蔡太师,备说梁山泊贼寇扯诏毁谤一节。蔡京听了大怒道:"这伙草寇,安敢

— 837 —

如此无礼！堂堂宋朝，如何教你这伙横行！"陈太尉哭道："若不是太师福荫，小官粉骨碎身在梁山泊！今日死里逃生，再见恩相！"太师随即叫请童枢密、高、杨二太尉都来相府，商议军情重事。无片时，都请到太师府白虎堂内。众官坐下，蔡太师教唤过张干办、李虞候，备说梁山泊扯诏毁谤一事。杨太尉道："这伙贼徒如何主张招安他？当初是那一个官奏来？"高太尉道："那日我若在朝内，必然阻住，如何肯行此事！"童枢密道："鼠窃狗偷之徒，何足虑哉！区区不才，亲引一支军马，克时定日，扫清水泊而回。"众官道："来日奏闻。"当下都散。

次日早朝，众官三呼万岁，君臣礼毕，蔡太师出班，将此事上奏天子。天子大怒，问道："当日谁奏寡人，主张招安？"侍臣给事中奏道："此日是御史大夫崔靖所言。"天子教拿崔靖送大理寺问罪。天子又问蔡京道："此贼为害多时，差何人可以收剿？"蔡太师奏道："非以重兵，不能收伏，以臣愚意，必得枢密院官亲率大军，前去剿扫，可以刻日取胜。"天子教宣枢密使童贯问道："卿肯领兵收捕梁山泊草寇么？"童贯跪下奏曰："古人有云：'孝当竭力，忠则尽命。'臣愿效犬马之劳，以除心腹之患。"高俅、杨戬(jiǎn)亦皆保举。

天子随即降下圣旨，赐与金印兵符，拜东厅枢密使童贯为大元帅，任从各处选调军马，前去剿捕梁山泊贼寇，择日出师起行。正是登坛攘臂(揎起衣袖，伸出胳膊。形容激奋)称元帅，败阵攒眉(皱起眉头)似小儿。毕竟童枢密怎地出师，且听下回分解。

第七十六回

吴加亮布四斗五方旗　宋公明排九宫八卦阵

话说枢密使童贯受了天子统军大元帅之职，径到枢密院中，便发调兵符验，要拨东京管下八路军州，各起军一万，就差本处兵马都监统率；又于京师御林军内选点二万，守护中军。枢密院下一应事务，尽委副枢密使掌管。御营中选两员良将为左羽右翼。号令已定，不旬日间，诸事完备。一应接续军粮，并是高太尉差人趱运。那八路军马：

睢州①兵马都监段鹏举；　　　郑州兵马都监陈翥；

陈州兵马都监吴秉彝；　　　唐州兵马都监韩天麟；

许州兵马都监李明；　　　　邓州兵马都监王义；

洳州兵马都监马万里；　　　嵩州兵马都监周信。

御营中选到左羽右翼良将二员为中军，那二人：

御前飞龙大将郛美；　　　　御前飞虎大将毕胜。

童贯掌握中军为主帅，号令大小三军齐备，武库拨降军器，选定吉日出师。高、杨二太尉设筵钱行，朝廷着仰中书省一面赏军。且说童贯已领众将，次日先驱军马出城，然后拜辞天子，飞身上马，出这新曹门，来五里短亭，只见高、杨二太尉率领众官，先在那里等候。童贯下马，高太尉执盏擎杯，与童贯道："枢密相公此行，与朝廷必建大功，早奏凯歌。此寇潜伏水洼，只须先截四边粮草，坚固寨栅，

① 睢(suī)州：今河南省商丘市睢县。

诱此贼下山,然后进兵。那时一个个生擒活捉,庶不负朝廷委用。"童贯道:"重蒙教诲,不敢有忘。"各饮罢酒,杨太尉也来执盏与童贯道:"枢相素读兵书,深知韬略,剿擒此寇,易如反掌。争奈此贼潜伏水泊,地利未便。枢相到彼,必有良策。"童贯道:"下官到彼,见机而作,自有法度。"高、杨二太尉一齐进酒贺道:"都门之外,悬望凯旋。"相别之后,各自上马。有各衙门合属官员送路的,不知其数。或近送,或远送,次第回京,皆不必说。大小三军,一齐进发,各随队伍,甚是严整。前军四队,先锋总领行军;后军四队,合后将军监督;左右八路军马,羽翼旗牌催督;童贯镇握中军,总统马步御林军二万,都是御营选拣的人。童贯执鞭,指点军兵进发。怎见得军容整肃,但见:

兵分九队,旗列五方。绿沉枪、点钢枪、鸦角枪,布遍野光芒;青龙刀、偃月刀、雁翎刀,生满天杀气。雀画弓、铁胎弓、宝雕弓,对插飞鱼袋内;射虎箭、狼牙箭、柳叶箭,齐攒狮子壶(绘有狮子图像的箭壶)中。桦车弩、漆抹弩、脚登弩、排满前军;开山斧、偃月斧、宣花斧,紧随中队。竹节鞭、虎眼鞭、水磨鞭,齐悬在肘上;流星锤、鸡心锤、飞抓锤,各带在身边。方天戟,豹尾翩翻;丈八矛,珠缠错落。龙文剑掣一汪秋水,虎头牌(作战时所用藤牌的一种,上有虎头图案)面几缕春云。先锋猛勇,领拔山开路之精兵;元帅英雄,统喝水断桥之壮士。左统军、右统军,恢弘胆略;远哨马、近哨马,驰骋威风。震天鼙鼓(小鼓和大鼓。鼙,pí)摇山岳,映日旌旗避鬼神。

当日童贯离了东京,迤逦前进,不一二日,已到济州界分。太守张叔夜出城迎接,大军屯住城外。只童贯引轻骑入城,至州衙前下马。张叔夜邀请至堂上,拜罢起居已了,侍立在面前。童枢密道:"水洼草贼,杀害良民,邀劫商旅,造恶非止一端。往往剿捕,盖为不得其人,致容滋蔓。吾今统率大军十万,战将百员,刻日要扫清山寨,擒拿众贼,以安兆民。"张叔夜答道:"枢相在上,此寇潜伏水泊,虽然是山林狂寇,中间多有智谋勇烈之士。枢相勿以怒气自激,引军长驱,必用良谋,可成功绩。"童贯听了大怒,骂道:"都似你这等懦弱匹夫,畏刀避剑,贪生怕死,误了国家大事,以致养成贼势。吾今到此,有何惧哉!"张叔夜那里再敢言语,且备酒食供送。童枢密随即出城,次日驱领大军,近梁山泊下寨。

且说宋江等已有细作人探知多日了。宋江与吴用已自铁桶般商量下计策,只等大军到来。告示诸将,各要遵依,毋得差错。

再说童枢密调拨军兵,点差睢州兵马都监段鹏举为正先锋,郑州都监陈翥为副先锋,陈州都监吴秉彝为正合后,许州都监李明为副合后,唐州都监韩天麟、邓州都监王义二人为左哨,沂州都监马万里、嵩州都监周信二人为右哨,龙虎二将酆美、毕胜为中军羽翼。童贯为元帅,总领大军,全身披挂,亲自监督。战鼓三通,诸军尽起。行不过十里之外,尘土起处,早有敌军哨路,来的渐近。鸾铃响处,约有三十余骑哨马,都戴青包巾,各穿绿战袄,马上尽系着红缨,每边拴挂数十个铜铃,后插一把雉尾,都是钏(chuàn)银细杆长枪,轻弓短箭。为头的战将是谁?怎生打扮?但见:

> 枪横鸦角,刀插蛇皮。销金的巾帻佛头青,挑绣的战袍鹦哥绿。腰系绒绦真紫色,足穿气裤软香皮。雕鞍后对悬锦袋,内藏打将的石头。战马边紧挂铜铃,后插招风的雉尾。骠骑将军没羽箭,张清哨路最当先。

马上来的将军,号旗上写的分明:"巡哨都头领没羽箭张清。"左有龚旺,右有丁得孙,直哨到童贯军前,相离不远,只隔百十步,勒马便回。前军先锋二将,不得军令,不敢乱动,报至中军,主帅童贯亲到军前,观犹未尽,张清又哨将来。童贯欲待遣人追战,左右说道:"此人鞍后锦袋中都是石子,去不放空,不可追赶。"张清连哨了三遭,不见童贯进兵,返回。行不到五里,只见山背后锣声响动,早转出五百步军来,当先四个步军头领,乃是黑旋风李逵、混世魔王樊瑞、八臂那吒项充、飞天大圣李衮,直奔前来。但见:

人人虎体，个个彪形。当先两座恶星神，随后二员真杀曜。

李逵手持双斧，樊瑞腰掣龙泉，项充牌画玉爪狻猊，李衮牌描金精獬豸(xièzhì，传说中的异兽，独角，能辨是非曲直，见人相斗，以角触无理者。后被作为法律的象征，用于官员服饰之上)。五百人绛衣赤袄，一部从红旆朱缨。青山中走出一群魔，绿林内迸开三昧火。

那五百步军就山坡下一字儿摆开，两边团牌齐齐扎住。童贯领军在前见了，便将玉麈尾(古人清谈时执以驱虫、掸尘的工具。麈，zhǔ，古书上鹿一类的动物)一招，大队军马冲击前去。李逵、樊瑞引步军分开两路，都倒提着蛮牌，趓过山脚便走。

童贯大军赶出山嘴，只见一派平川旷野之地，就把军马列成阵势，遥望李逵、樊瑞度岭穿林，都不见了。童贯中军立起攒木将台，令拨法官二员上去，左招右飐(左右摇曳。飐，zhǎn)，一起一伏，摆作四门斗底阵。阵势才完，只听得山后炮响，就后山飞出一彪军马来。

童贯令左右拢住战马，自上将台看时，只见山东一路军马涌出来，前一队军马红旗，第二队杂彩旗，第三队青旗，第四队又是杂彩旗。只见山西一路人马也涌来：前一队人马是杂彩旗，第二队白旗，第三队又是杂彩旗，第四队皂旗，旗背后尽是黄旗。大队军将，急先涌来，占住中央，里面列成阵势。远观未实，近睹分明。

正南上这队人马，尽都是火焰红旗，红甲红袍，朱缨赤马，前面一把引军红旗，上面金销南斗六星，下绣朱雀之状。那把旗招展动处，红旗中涌出一员大将，怎生结束？但见：

盔顶朱缨飘一颗，猩猩袍上花千朵。

狮蛮带束紫玉团，狻猊甲露黄金锁。

狼牙木棍铁钉排，龙驹遍体胭脂裹。

红旗招展半天霞，正按南方丙丁火。

号旗上写的分明："先锋大将霹雳火秦明"。左右两员副将，左手是圣水将单廷珪，右边是神火将魏定国。三员大将，手搭兵器，都骑赤马，立于阵前。

东壁一队人马,尽是青旗,青甲青袍,青缨青马,前面一把引军青旗,上面金销东斗四星,下绣青龙之状。那把旗招展动处,青旗中涌出一员大将,怎生打扮? 但见:

　　蓝靛包巾光满目,翡翠征袍花一簇。

　　铠甲穿连兽吐环,宝刀闪烁龙吞玉。

　　青骢遍体粉团花,战袄护身鹦鹉绿。

　　碧云旗动远山明,正按东方甲乙木。

号旗上写得分明:"左军大将大刀关胜"。左右两员副将,左手是丑郡马宣赞,右手是井木犴郝思文。三员大将,手搭兵器,都骑青马,立于阵前。

西壁一队人马,尽是白旗,白甲白袍,白缨白马,前面一把引军白旗,上面金销西斗五星,下绣白虎之状。那把旗招展动处,白旗中涌出一员大将,怎生结束? 但见:

　　漠漠寒云护太阴,梨花万朵迷层琛。

　　素色罗袍光闪闪,烂银铠甲冷森森。

　　赛霜骏马骑狮子,出白长枪搭绿沉。

　　一簇旗幡飘雪练,正按西方庚辛金。

号旗上写的分明:"右军大将豹子头林冲"。左右两员副将,左手是镇三山黄信,右手是病尉迟孙立。三员大将,手搭兵器,都骑白马,立于阵前。

后面一簇人马,尽是皂旗,黑甲黑袍,黑缨黑马,前面一把引军黑旗,上面金销北斗七星,下绣玄武之状。那把旗招展动处,黑旗中涌出一员大将,怎生打扮? 但见:

　　堂堂卷地乌云起,铁骑强弓势莫比。

　　皂罗袍穿龙虎躯,乌油甲挂豺狼体。

　　鞭似乌龙搭两条,马如泼墨行千里。

　　七星旗动玄武摇,正按北方壬癸水。

号旗上写得分明:"合后大将双鞭呼延灼"。左右两员副将,左

— 843 —

手是百胜将韩滔,右手是天目将彭玘。三员大将,手持兵器,都骑黑马,立于阵前。

东南方门旗影里一队军马,青旗红甲,前面一把引军绣旗,上面金销巽卦,下绣飞龙。那一把旗招展动处,捧出一员大将,怎生结束? 但见:

> 擐甲①披袍出战场,手中拈着两条枪。
>
> 雕弓鸾凤壶②中插,宝剑沙鱼鞘③内藏。
>
> 束雾衣飘黄锦带,腾空马顿紫丝缰。
>
> 青旗红焰龙蛇动,独据东南守巽方④。

号旗上写得分明:"虎军大将双枪将董平"。左右两员副将,左手是摩云金翅欧鹏,右手是火眼狻猊邓飞,手持兵器,都骑战马,立于阵前。

西南方门旗影里一队军马,红旗白甲,前面一把引军绣旗,上面金销坤卦,下绣飞熊。那把旗招展动处,捧出一员大将,怎生打扮? 但见:

> 当先涌出英雄将,凛凛威风添气象。
>
> 鱼鳞铁甲紧遮身,凤翅金盔拴护项。
>
> 冲波战马似龙形,开山大斧如弓样。
>
> 红旗白甲火云飞,正据西南坤位上。

号旗上写得分明:"骠骑(古代将军的名号)大将急先锋索超"。左右两员副将,左手是锦毛虎燕顺,右手是铁笛仙马麟。三员大将,手搭兵器,都骑战马,立于阵前。

东北方门旗影里一队军马,皂旗青甲,前面一把引军绣旗,上面金销艮卦,下绣飞豹。那把旗招展动处,捧出一员大将,怎生结束? 但见:

---

① 擐(huàn)甲:穿着铠甲。擐,穿。　②鸾凤壶:盛放雕弓,纹有鸾凤图案的器具。　③沙鱼鞘:旧时名贵宝剑以沙鱼皮作剑鞘。　④东南守巽方:八卦以各自性质配固定方位,分别为:震东方,兑西方,离南方,坎北方,乾西北,坤西南,艮东北,巽东南。

虎坐雕鞍胆气昂，弯弓插箭鬼神慌。

朱缨银盖遮刀面，绒缕金铃贴马旁。

盔顶穰花红错落，甲穿柳叶翠遮藏。

皂旗青甲烟尘内，东北天山守艮方。

号旗上写得分明："骠骑大将九纹龙史进"。左右两员副将，左手是跳涧虎陈达，右手是白花蛇杨春。三员大将，手搭兵器，都骑战马，立于阵前。

西北方门旗影里一队军马，白旗黑甲，前面一把引军旗，上面金销乾卦，下绣飞虎。那把旗招展动处，捧出一员大将，怎生打扮？但见：

雕鞍玉勒马嘶风，介胄①棱层黑雾蒙。

豹尾壶中银镞箭②，飞鱼袋③内铁胎弓④。

甲边翠缕穿双凤，刀面金花嵌小龙。

一簇白旗飘黑甲，天门西北是乾宫。

号旗上写得分明："骠骑大将青面兽杨志"。左右两员副将，左手是锦豹子杨林，右手是小霸王周通。三员大将，手搭兵器，都骑战马，立于阵前。

八方摆布的铁桶相似，阵门里马军随马队，步军随步队，各持钢刀大斧，阔剑长枪，旗幡齐整，队伍威严。去那八阵中央，只见团团一遭，都是杏黄旗，间着六十四面长脚旗，上面金销六十四卦，亦分四门。南门都是马军，正南上黄旗影里，捧出两员上将，一般结束，但见：

熟铜锣间花腔鼓，簇簇攒攒分队伍。

戗金⑤铠甲赭黄袍，剪绒战袄葵花舞。

垓心两骑马如龙，阵内一双人似虎。

---

① 介胄(zhòu)：铠甲和头盔。　②银镞(zú)箭：银箭头的箭，极言箭之华美。　③飞鱼袋：一种盛弓箭的袋子。　④铁胎弓：一种背内嵌入铁条，以增加射程和威力的弓。　⑤戗金：在器物图案上嵌金。

周围绕定杏黄旗，正按中央戊己土。

那两员首将都骑黄马，上首是美髯公朱仝，下首是插翅虎雷横，一遭人马，尽都是黄旗，黄袍铜甲，黄马黄缨。中央阵四门，东门是金眼彪施恩，西门是白面郎君郑天寿，南门是云里金刚宋万，北门是病大虫薛永。

那黄旗中间，立着那面"替天行道"杏黄旗，旗杆上拴着四条绒绳，四个长壮军士晃定。中间马上，有那一个守旗的壮士，怎生模样？但见：

冠簪鱼尾圈金线，甲皱龙鳞护锦衣。

凛凛身躯长一丈，中军守定杏黄旗。

这个守旗的壮士，便是险道神郁保四。那簇黄旗后，便是一丛炮架，立着那个炮手轰天雷凌振，带着副手二十余人，围绕着炮架。架子后一带，都摆着挠钩套索，准备捉将的器械。挠钩手后，又是一遭杂彩旗幡，团团便是七重围子手，四面立着二十八面绣旗，上面销金二十八宿星辰，中间立着一面堆绒绣就、真珠圈边、脚缀金铃、顶插雉尾、鹅黄帅字旗。那一个守旗的壮士，怎生模样？但见：

铠甲斜拴海兽皮，绛罗巾帻插花枝。

冲天杀气人难犯，守定中军帅字旗。

这个守旗的壮士，便是没面目焦挺。去那帅字旗边，设立两个护旗的将士，都骑战马，一般结束，手执钢枪，腰悬利剑，一个是毛头星孔明，一个是独火星孔亮。马前马后，排着二十四个把狼牙棍的铁甲军士。

后面两把领战绣旗，两边排着二十四枝方天画戟。左手十二枝画戟丛中，捧着一员骁将，怎生打扮？但见：

踞鞍立马天凤里，铠甲辉煌光焰起。

麒麟束带称狼腰，獬豸吞胸当虎体。

冠上明珠嵌晓星，鞘中宝剑藏秋水。

方天画戟雪霜寒，风动金钱豹子尾。

绣旗上写得分明："小温侯吕方"。那右手十二枝画戟丛中,也捧着一员骁将,怎生打扮? 但见:

> 三叉宝冠珠灿烂,两条雉尾锦斓斑。
> 柿红战袄遮银镜,柳绿征裙压绣鞍。
> 束带双跨鱼獭尾,护心甲挂小连环。
> 手持画杆方天戟,飘动金钱五色幡。

绣旗上写得分明:"赛仁贵郭盛。"两员将各持画戟,立马两边。画戟中间,一簇钢叉,两员步军骁将,一般结束。但见:

> 虎皮磕脑豹皮裈,衬甲衣笼细织金。
> 手内钢叉光闪闪,腰间利剑冷森森。

一个是两头蛇解珍,一个是双尾蝎解宝。弟兄两个,各执着三股莲花叉,引着一行步战军士,守护着中军。随后两匹锦鞍马上,两员文士,掌管定赏功罚罪的人。左手那一个,乌纱帽,白罗襕,胸藏锦绣,笔走龙蛇,乃是梁山泊掌文案的秀士圣手书生萧让。右手那一个,绿纱巾,皂罗衫,气贯长虹,心如秋水,乃是梁山泊掌吏事的豪杰铁面孔目裴宣。

这两个马后,摆着紫衣持节的人,二十四个当路,将二十四把麻扎刀。那刀林中,立着两个锦衣三串行刑剑子,怎生结束? 有《西江月》为证:

> 一个皮主腰乾红簇就,一个罗踢串彩色装成。一个双环扑兽创金明,一个头巾畔花枝掩映。　一个白纱衫遮笼锦体,一个皂秃袖半露鸦青。一个将漏尘斩鬼法刀擎,一个把水火棍手中提定。

上手是铁臂膊蔡福,下手是一枝花蔡庆。弟兄两个,立于阵前,左右都是擎刀手。

背后两边摆着二十四枝金枪银枪,每边设立一员大将领队。左边十二枝金枪队里,马上一员骁将,手执金枪,侧坐战马。怎生打扮? 但见:

> 锦鞍骏马紫丝缰,金翠花枝压鬂旁。
>
> 雀画弓悬一弯月,龙泉剑挂九秋霜。
>
> 绣袍巧制鹦哥绿,战服轻裁柳叶黄。
>
> 顶上缨花红灿烂,手拈铁杆缕金枪。

这员骁将,乃是梁山泊金枪手徐宁。右手十二枝银枪队里,马上一员骁将,手执银枪,也侧坐骏马。怎生披挂? 但见:

> 蜀锦鞍鞯宝镫光,五明骏马玉玎珰①。
>
> 虎筋弦扣雕弓硬,燕尾梢攒箭羽长。
>
> 绿锦袍明金孔雀,红鞓带②束紫鸳鸯。
>
> 参差半露黄金甲,手执银丝铁杆枪。

这员骁将,乃是梁山泊小李广花荣。两势下都是风流威猛二将。金枪手,银枪手,各带皂罗巾,鬓边都插翠叶金花。左手十二个金枪手穿绿,右手十二个银枪手穿紫。背后又是锦衣对对,花帽双双,绯袍簇簇,锦袄攒攒。两壁厢碧幢翠幕,朱幡皂盖,黄钺白旄,青萍紫电。两行二十四把钺斧,二十四对鞭挝。

中间一字儿三把销金伞盖,三匹绣鞍骏马,正中马前,立着两个英雄。左手那个壮士,端的是仪容济楚,世上无双。有《西江月》为证:

> 头巾侧一根雉尾,束腰下四颗铜铃。黄罗衫子晃金明,飘带绣裙相称。 兜小袜麻鞋嫩白,压腿绷护膝深青。旗标令字号神行,百里登时取应。

这个便是梁山泊能行快走的头领神行太保戴宗。手持鹅黄令字绣旗,专管大军中往来飞报军情,调兵遣将,一应事务。右手那个对立的壮士,打扮得出众超群,人中罕有,也有《西江月》为证:

> 褐衲袄满身锦衬,青包巾遍体金销。鬓边插朵翠花娇,璎珞(xíchí)玉环光耀。 红串绣裙裹肚,白裆素练围腰。落生弩子

---

① 玎珰:形容金属、玉石撞击的声音。　②鞓(tīng)带:皮革制成的腰带。

捧头挑,百万军中偏俏。

这个便是梁山泊风流子弟,能干机密的头领浪子燕青。背着强弓,插着利箭,手提着齐眉杆棒,专一护持中军。远望着中军,去那右边销金青罗伞盖底下,绣鞍马上,坐着那个道德高人,有名羽士。怎生打扮?有《西江月》为证:

如意冠玉簪翠笔,绛绡衣鹤舞金霞。火神珠履映桃花,环佩玎珰斜挂。　　背上雌雄宝剑,匣中微喷光华。青罗伞盖拥高牙,紫骝马雕鞍稳跨。

这个便是梁山泊呼风唤雨,役使鬼神,行法真师入云龙公孙胜。马上背着两口宝剑,手中按定紫丝缰。去那左边销金青罗伞盖底下,锦鞍马上,坐着那个足智多谋、全胜军师吴用。怎生打扮?有《西江月》为证:

白道服皂罗沿襈(zhuàn,衣裳的边饰),紫丝绦碧玉钩环。手中羽扇动天关,头上纶巾微岸。　　贴里暗穿银甲,垓心稳坐雕鞍。一双铜链挂腰间,文武双全师范。

这个便是梁山泊能通韬略,善用兵机,有道军师智多星吴学究。马上手擎羽扇,腰悬两条铜链。

去那正中销金大红罗伞盖底下,那照夜玉狮子金鞍马上,坐着那个有仁有义统军大元帅。怎生打扮?但见:

凤翅盔高攒金宝,浑金甲密砌龙鳞。锦征袍花朵簇阳春,锟铻(kūnwú,宝剑名)剑腰悬光喷。　　绣腿绷绒圈翡翠,玉玲珑带束麒麟。真珠伞盖展红云,第一位天罡临阵。

这个正是梁山泊主,济州郓城县人氏,山东及时雨呼保义宋公明。全身结束,自仗锟铻宝剑,坐骑金鞍白马,立于阵中监战,掌握中军。马后大戟长戈,锦鞍骏马,整整齐齐,三五十员牙将,都骑战马,手执长枪,全副弓箭,马后又设二十四枝画角,全部军鼓大乐。阵后又设两队游兵,伏于两侧,以为护持。中军羽翼,左是没遮拦穆弘,引兄弟小遮拦穆春,管领马步军一千五百人;右是赤发鬼刘唐,引着九尾龟陶宗旺,管领马步军一千五百人,伏在两胁。后阵又是一队阴兵,簇拥着马上三个女头领,中间是一丈青扈三娘,左边是母大虫顾大嫂,右边是母夜叉孙二娘。押阵后是他三个丈夫,中间矮脚虎王英,左是小尉迟孙新,右是菜园子张青,总管马步军兵三千。那座阵势非同小可,但见:

> 明分八卦,暗合九宫。占天地之机关,夺风云之气象。前后列龟蛇之状,左右分龙虎之形。丙丁前进,如万条烈火烧山;壬癸后随,似一片乌云覆地。左势下盘旋青气,右手里贯串白光。金霞遍满中央,黄道全依戊己。四维有二十八宿之分,周回有六十四卦之变。盘盘曲曲,乱中队伍变长蛇;整整齐齐,静里威仪如伏虎。马军则一冲一突,步卒是或后或前。休夸八阵成功,谩说六韬(兵书名。旧题周吕望撰。分文韬、武韬、龙韬、虎韬、豹韬、犬韬六卷)取胜。孔明施妙计,李靖(唐时名将,本名药师,今陕西三原县人,深通兵法)播神机。

枢密使童贯在阵中将台上,定睛看了梁山泊兵马,无移时摆成这个九宫八卦阵势,军马豪杰,将士英雄,惊得魂飞魄散,心胆俱落,不住声道:"可知但来此间收捕的官军,便大败而回,原来如此利害!"看了半晌,只听得宋江军中催战的锣鼓不住声发擂。童贯且下将台,骑上战马,再出前军来诸将中问道:"那个敢厮杀的出去打话?"先锋队里转过一员猛将,挺身跃马而出,就马上欠身禀童贯道:"小将愿往,乞取钧旨。"看乃是郑州都监陈翥,白袍银甲,青马绛缨,使一口大杆刀,现充副先锋之职。童贯便教军中金鼓旗下发三通擂,将台上把红旗招展兵马。陈翥从门旗下飞马出阵,两军一齐呐喊。陈翥兜住马,横着刀,厉声大叫:"无端草寇,背逆狂徒,天兵到此,尚不投降,直待骨肉为泥,悔之何及!"宋江正南阵中先锋头领虎将秦明飞马出阵,更不打话,舞起狼牙棍,直取陈翥。两马相交,兵器并举,一个使棍的当头便打,一个使刀的劈面砍来。二将来来往往,翻翻复复,斗了二十余合,秦明卖个破绽,放陈翥赶将入来,一刀却砍个空。秦明趁势,手起棍落,把陈翥连盔带顶,正中天灵,陈翥翻身死于马下。秦明的两员副将单廷珪、魏定国,飞马直冲出阵来,先抢了那匹好马,接应秦明去了。

东南方门旗里,虎将双枪将董平见秦明得了头功,在马上寻思:"大军已踏动锐气,不就这里抢将过去,捉了童贯,更待何时!"大叫一声,如阵前起个霹雳,两手持两条枪,把马一拍,直撞过阵来。童贯见了,勒回马望中军便走。西南方门旗里骠骑将急先锋索超也叫道:"不就这里捉了童贯,更待何时!"手轮大斧,杀过阵来,中央秦明见了两边冲杀过去,也招动本队红旗军马,一齐抢入阵中,来捉童贯,正是数只皂雕追紫燕,一群猛虎唻羊羔。毕竟枢密使童贯性命如何,且听下回分解。

第七十七回

梁山泊十面埋伏　宋公明两赢童贯

话说当日宋江阵中前部先锋,三队军马赶过对阵,大刀阔斧,杀得童贯三军人马大败亏输,星落云散,七损八伤。军士抛金弃鼓,撇戟丢枪,觅子寻爷,呼兄唤弟,折了万余人马,退三十里外扎住。吴用在阵中鸣金收军,传令道:"且未可尽情追杀,略报个信与他。"梁山泊人马都收回山寨,各自献功请赏。

且说童贯输了一阵,折了人马,早扎寨栅安歇下,心中忧闷,会集诸将商议。酆美、毕胜二将道:"枢相休忧,此寇知得官军到来,预先摆布下这座阵势。官军初到,不知虚实,因此中贼奸计。想此草寇,只是倚山为势,多设军马,虚张声势,一时失了地利。我等且再整练马步将士,停歇三日,养成锐气,将息战马,三日后将全部军将分作长蛇之阵,俱是步军杀将去。此阵如长山之蛇,击首则尾应,击尾则首应,击中则首尾皆应,都要连络不断,决此一阵,必见大功。"童贯道:"此计大妙,正合吾意。"即时传下将令,整肃三军,训练已定。

第三日,五更造饭,军将饱食,马带皮甲,人披铁铠,大刀阔斧,弓弩上弦,正是枪刀流水急,人马撮风行。大将酆美、毕胜当先引军,浩浩荡荡,杀奔梁山泊来。八路军马,分于左右,前面发三百铁甲哨马前去探路,回来报与童贯中军知道,说:"前日战场上,并不见一个军马。"童贯听了心疑,自来前军问酆美、毕胜道:"退兵如何?"酆美答道:"休生退心,只顾冲突将去,长蛇阵摆定,怕做甚么?"官军迤逦前行,直进到水泊边,竟不见一个军马,但见隔水茫茫荡荡,都是芦苇烟火，远远地遥望见水浒寨山顶上一面杏黄旗在那里招展，亦不见些动静。童贯与酆美、毕胜勒马在万军之前，遥望见对岸水面上芦林中一只小船，船上一个人，头戴青箬笠，身披绿蓑衣，斜倚着船，背岸西独自钓鱼。童贯的步军隔着岸叫那渔人，问道："贼在那里？"那渔人只不应。童贯叫能射箭的放箭。两骑马直近岸边滩头来，近水兜住马，扳弓搭箭，望那渔人后心飕地一箭去，那枝箭正射到箬笠上，当地一声响，那箭落下水里去了。这一个马军放一箭，正射到蓑衣上，当地一声响，那箭也落下水里去了。那两个马军是童贯军中第一惯射弓箭的。两个吃了一惊，勒回马，上来欠身禀童贯道："两箭皆中，只是射不透，不知他身上穿着甚的。"童贯再拨三百能射硬弓的哨路马军来滩头摆开，一齐望着那渔人放箭。那乱箭射去，渔人不慌。多有落在水里的，也有射着船上的，但射着蓑衣箬笠的，都落下水里去。

　　童贯见射他不死，便差会水的军汉脱了衣甲，赴水过去捉那渔人，早有三五十人赴将开去。那渔人听得船尾水响，知有人来，不慌不忙，放下鱼钓，取棹竿拿在身边，近船来的，一棹竿一个，太阳上着的，脑袋上着的，面门上着的，都打下水里去了。后面见沉了几个，都赴转岸上去寻衣甲。童贯看见大怒，教拨五百军汉下水去，定要拿这渔人；若有回来的，一刀两段。五百军人脱了衣甲，呐声喊，一齐都跳下水里，赴将过去。那渔人回转船头，指着岸上童贯大骂道："乱国贼臣，害民的禽兽，来这里纳命，犹自不知死哩！"童贯大怒，喝教马军放箭。那渔人呵呵大笑，说道："兀那里有军马到了。"把手指一指，弃了蓑衣箬笠，翻身攒入水底下去了。那五百军正赴到船边，只听得在水中乱叫，都沉下去了。那渔人正是浪里白跳张顺，头上箬笠，上面是箬叶裹着，里面是铜打成的；蓑衣里面一片熟铜打就，披着如龟壳相似，可知道箭矢射不入。张顺攒下水底，拔出腰刀，只顾排头价戳人，都沉下去，血水滚将起来。有乖的赴了开去，逃得性命。童贯在岸上看得呆了，身边一将指道："山顶上那面黄旗正在那里磨动。"

童贯定睛看了，不解何意，众将也没做道理处。酆美道："把三百铁甲哨马，分作两队，教去两边山后出哨，看是如何。"却才分到山前，只听得芦苇中一个轰天雷炮飞起，火烟缭乱，两边哨马齐回来报，有伏兵到了。童贯在马上那一惊不小，酆美、毕胜两边差人教军士休要乱动。数十万军都掣刀在手。前后飞马来叫道："如有先走的便斩！"按住三军人马。童贯且与众将立马望时，山背后鼓声震地，喊杀喧天，早飞出一彪军马，都打着黄旗，当先有两员骁将领兵。怎见得那队军马整齐？

> 黄旗拥出万山中，烁烁金光射碧空。
>
> 马似怒涛冲石壁，人如烈火撼天风。
>
> 鼓声震动森罗殿，炮力掀翻泰华宫。
>
> 剑队暗藏插翅虎，枪林飞出美髯公。

两骑黄鬃马上，两员英雄头领：上首美髯公朱仝，下首插翅虎雷横，带领五千人马，直杀奔官军。童贯令大将酆美、毕胜当先迎敌。两个得令，便骤马挺枪出阵，大骂："无端草贼，不来投降，更待何时！"雷横在马上大笑，喝道："匹夫死在眼前，尚且不知！怎敢与吾决战？"毕胜大怒，拍马挺枪直取雷横，雷横也使枪来迎。两马相交，军器并举，二将约战到二十余合，不分胜败。酆美见毕胜战久不能取胜，拍马舞刀，径来助战。朱仝见了，大喝一声，飞马轮刀来战酆美。四匹马两对儿在阵前厮杀。童贯看了，喝采不迭。斗到间深里，只见朱仝、雷横卖个破绽，拨回马头望本阵便走。酆美、毕胜两将不舍，拍马追将过去。对阵军发声喊，望山后便走，童贯叫尽力追赶过山脚去，只听得山顶上画角齐鸣，众将抬头看时，前后两个炮直飞起来。童贯知有伏兵，把军马约住，教不要去赶。

只见山顶上闪出那面杏黄旗来，上面绣着"替天行道"四字。童贯趸过山那边看时，见山头上一簇杂彩绣旗开处，显出那个郓城县盖世英雄山东呼保义宋江来。背后便是军师吴用、公孙胜、花荣、徐宁,金枪手、银枪手、众多好汉。童贯见了大怒,便差人马上山来拿宋江。大军人马,分为两路,却待上山,只听得山顶上鼓乐喧天,众好汉都笑。童贯越添心上怒,咬碎口中牙,喝道:"这贼怎敢戏弄!我当自擒这厮。"酆美谏道:"枢相,彼必有计,不可亲临险地。且请回军,来日却再打听虚实,方可进兵。"童贯道:"胡说! 事已到这里,岂可退军! 教星夜与贼交锋。今已见贼,势不容退。"语犹未绝,只听得后军呐喊,探子报道:"正西山后冲出一彪军来,把后军杀开做两处。"童贯大惊,带了酆美、毕胜,急回来救应后军时,东边山后鼓声响处,又早飞出一队人马来。一半是红旗,一半是青旗,捧着两员大将,引五千军马杀将来。那红旗军随红旗,青旗军随青旗,队伍端的整齐。但见:

> 对对红旗间翠袍,争飞战马转山腰。
>
> 日烘旗帜青龙见,风摆旌旗朱雀摇。
>
> 二队精兵皆勇猛,两员上将显英豪。
>
> 秦明手舞狼牙棍,关胜斜横偃月刀。

那红旗队里头领是霹雳火秦明,青旗队里头领是大刀关胜。二将在马上杀来,大喝道:"童贯早纳下首级!"童贯大怒,便差酆美来战关胜,毕胜去斗秦明。童贯见后军发喊得紧,又教鸣金收军,且休恋战,迤便且退。朱仝、雷横引黄旗军又杀将来,两下里夹攻,童贯军兵大乱。酆美、毕胜保护着童贯,逃命而走,正行之间,刺斜里又飞出一彪军马来,接住了厮杀。那队军马,一半是白旗,一半是黑旗,黑白旗中,也捧着两员虎将,引五千军马,拦住去路。这队军端的齐整:

> 炮似轰雷山石裂,绿林深处显戈矛。
>
> 素袍兵出银河涌,玄甲军来黑气浮。
>
> 两股鞭飞风雨响,一条枪到鬼神愁。
>
> 左边大将呼延灼,右手英雄豹子头。

那黑旗队里头领是双鞭呼延灼,白旗队里头领是豹子头林冲。

二将在马上大喝道:"奸臣童贯,待走那里去? 早来受死! "一冲直杀入军中来。那睢州都监段鹏举接住呼延灼交战,泇(rù)州都监马万里接着林冲厮杀。这马万里与林冲斗不到数合,气力不加,却待要走,被林冲大喝一声,慌了手脚,着了一矛,戳在马下。段鹏举看见马万里被林冲搠死,无心恋战,隔过呼延灼双鞭,霍地拨回马便走。呼延灼奋勇赶将入来,两军混战,童贯只教夺路且回。只听得前军喊声大举,山背后飞出一彪步军,直杀入垓心(战场上重重围困的中心。垓,gāi)里来。当先一僧一行者,领着军兵,大叫道:"休教走了童贯! "那和尚不修经忏,专好杀人,单号花和尚,双名鲁智深。这行者景阳冈曾打虎,水浒寨最英雄,有名行者武松。这两个杀入阵来。怎见得? 有《西江月》为证:

> 鲁智深一条禅杖,武行者两口钢刀。钢刀飞出火光飘,禅杖来如铁炮。 禅杖打开脑袋,钢刀截断人腰。两般军器不相饶,百万军中显耀。

童贯众军被鲁智深、武松引领步军一冲,早四分五落。官军人马,前无去路,后没退兵,只得引酆美、毕胜撞透重围,杀条血路,奔过山背后来。正方喘息,又听得炮声大震,战鼓齐鸣,看两员猛将当先,一簇步军拦路。怎见得?

> 两头蛇腥风难近,双尾蝎毒气齐喷。钢叉一对世无伦,较猎场中声震。 左手解珍出众,右手解宝超群。数千铁甲虎狼军,搅碎长蛇大阵。

来的步军头领解珍、解宝,各拈五股钢叉,又引领步军杀入阵内。童贯人马遮拦不住,突围而走。五面马军步军一齐追杀,赶得官军星落云散,酆美、毕胜力保童贯而走。见解珍、解宝兄弟两个挺起钢叉,直冲到马前。童贯急忙拍马,望刺斜里便走,背后酆美、毕胜赶来救应,又得唐州都监韩天麟、邓州都监王义,四个并力杀出垓心。方才进步,喘息未定,只见前面尘起,叫杀连天,绿丛丛林子里又早飞出一彪人马,当先两员猛将,拦住去路。那两个是谁? 但见:

一个宣花大斧，一个出白银枪。枪如毒蟒露梢长，斧起处似开山神将。　一个风流俊骨，一个猛烈刚肠。董平国士更无双，急先锋索超谁让。

这两员猛将，双枪将董平、急先锋索超两个更不打话，飞马直取童贯。王义挺枪去迎，被索超手起斧落，砍于马下。韩天麟来救，被董平一枪搠死。酆美、毕胜死保护童贯，奔马逃命。四下里金鼓乱响，正不知何处军来。童贯拢马上坡看时，四面八方四队马军，两胁两队步军，栲栳圈、簸箕掌，梁山泊军马大队齐齐杀来，童贯军马如风落云散，东零西乱。正看之间，山坡下一簇人马出来，认的旗号是陈州都监吴秉彝、许州都监李明。这两个引着些断枪折戟，败残军马，莲转琳琅山躲避。看见招呼时，正欲上坡，急调人马，又见山侧喊声起来，飞过一彪人马赶出，两把认旗招展，马上两员猛将，各执兵器，飞奔官军。这两个是谁？有《临江仙》词为证：

盔上长缨飘火焰，纷纷乱撒猩红，胸中豪气吐长虹。战袍裁蜀锦，铠甲镀金铜。　两口宝刀如雪练，垓心抖擞威风，左冲右突显英雄。军班青面兽，好汉九纹龙。

这两员猛将正是杨志、史进，两骑马，两口刀却才截住吴秉彝、李明两个军官厮杀。李明挺枪向前来斗杨志，吴秉彝使方天戟来战史进。两对儿在山坡下一来一往，盘盘旋旋，各逞平生武艺。童贯在山坡上勒住马观之不定。四个人约斗到三十余合，吴秉彝用戟奔史进心坎上戳将来，史进只一闪，那枝戟从肋窝里放个过，吴秉彝连人和马抢近前来，被史进手起刀落，只见一条血颡(sǎng，额，脑门)光连肉，顿落金鍪(móu，头盔)在马边，吴秉彝死于坡下。李明见先折了一个，却待也要拨回马走时，被杨志大喝一声，惊得魂消魄散，胆颤心寒，手中那条枪不知颠倒。杨志把那口刀从顶门上劈将下来，李明只一闪，那刀正剁着马的后胯下，那马后蹄蹋将下去，把李明闪下马来，弃了手中枪，却待奔走，这杨志手快，随复一刀，砍个正着。可怜李明半世军官，化作南柯一梦。两员官将皆死于坡下。杨志、史进追杀败军,正如砍瓜截瓠(hù,蔬类名。即瓠瓜。也称葫子、瓠子、夜开花)相似。

童贯和酆美、毕胜在山坡上看了,不敢下来,身无所措。三个商量道:"似此如何杀得出去?"酆美道:"枢相且宽心,小将望见正南上尚兀自有大队官军扎住在那里,旗幡不倒,可以解救。毕都统保守枢相在山头,酆美杀开条路,取那枝军马来,保护枢相出去。"童贯道:"天色将晚,你可善觑方便(机会),疾去早来。"酆美提着大杆刀,飞马杀下山来,冲开条路,直到南边。看那队军马时,却是嵩州都监周信,把军兵团团摆定,死命抵住。垓心里看见那酆美来,便接入阵内,问:"枢相在那里?"酆美道:"只在前面山坡上,专等你这枝军马去救护杀出来。事不宜迟,火速便起。"周信听说罢,便教传令,马步军兵,都要相顾,休失队伍,齐心并力。二员大将当先,众军助喊,杀奔山坡边来。行不到一箭之地,刺斜里一枝军到,酆美舞刀,径出迎敌,认得是睢州都监段鹏举,三个都相见了,合兵一处,杀到山坡下。毕胜下坡迎接上去,见了童贯,一处商议道:"今晚便杀出去好?却捱到来朝去好?"酆美道:"我四人死保枢相,只就今晚杀透重围出去,可脱贼寇。"

看看近夜,只听得四边喊声不绝,金鼓乱鸣。约有二更时候,星月光亮,酆美当先,众军官簇拥童贯在中间,一齐并力,杀下山坡来。只听得四下里乱叫道:"不要走了童贯!"众官军只望正南路冲杀过来。看看混战到四更左右,杀出垓心,童贯在马上以手加额,顶礼天地神明道:"惭愧!脱得这场大难!"催赶出界,奔济州去。

却才欢喜未尽,只见前面山坡边一带火把,不计其数,背后喊声又起,看见火把光中两条好汉,拈着两口朴刀,引出一员骑白马的英雄大将,在马上横着一条点钢枪。那人是谁?有《临江仙》词为证:

马步军中推第一,天罡数内为尊,上天降下恶星辰。眼珠如点漆,面部似镂银。 丈二钢枪无敌手,身骑快马腾云,人材武艺两超群。梁山卢俊义,河北玉麒麟。

那马上的英雄大将,正是玉麒麟卢俊义。马前这两个使朴刀的好汉,一个是病关索杨雄,一个是拼命三郎石秀,在火把光中引着三千余人,抖擞精神,拦住去路。卢俊义在马上大喝道:"童贯不下马受缚,更待何时?"童贯听得,对众道:"前有伏兵,后有追兵,似此如之奈何?"酆美道:"小将舍条性命,以报枢相,汝等众官,紧保枢相,夺路望济州去,我自战住此贼。"酆美拍马舞刀,直奔卢俊义。两马相交,斗不到数合,被卢俊义把枪只一逼,逼过大刀,抢入身去,劈腰提住,一脚蹬开战马,把酆美活捉去了。杨雄、石秀便来接应,众军齐上,横拖倒拽捉了去。毕胜和周信、段鹏举舍命保童贯,冲杀拦路军兵,且战且走。背后卢俊义赶来,童贯败军忙忙似丧家之狗,急急如漏网之鱼。天晓脱得追兵,望济州来。

正走之间,前面山坡背后又冲出一队步军来,那军都是铁掩心甲,绛红罗头巾。当先四员步军头领,毕竟是谁?

　　　黑旋风双持板斧,丧门神单仗龙泉。项充、李衮在旁边,手舞团牌体健。　　斩虎须投大穴,诛龙必向深渊。三军威势振青天,恶鬼眼前活现。

这李逵轮两把板斧,鲍旭仗一口宝剑,项充、李衮各舞蛮牌遮护,却似一团火块,从地皮上滚将来,杀得官军四分五落而走。童贯与众将且战且走,只逃性命。李逵直砍入马军队里,把段鹏举马脚砍翻,掀将下来,就势一斧,劈开脑袋,再复一斧,砍断咽喉,眼见得段鹏举不活了。且说败残官军将次捱到济州,真乃是头盔斜掩耳,护项半兜腮,马步三军没了气力,人困马乏。

奔到一条溪边,军马都且去吃水。只听得对溪一声炮响,箭矢如飞蝗一般射将过来。官军急上溪岸去,树林边转出一彪军马来,为头马上三个英雄是谁?

　　　舞动一条玉蟒,撒开万点飞星。东昌骠骑是张清,没羽箭谁人敢近!　　飞枪的枪无虚发,飞叉的叉不容情。两员虎将势纵横,左右马前都定。

原来这没羽箭张清和龚旺、丁得孙带领三百余骑马军。那一队骁骑马军，都是铜铃面具，雉尾红缨，轻弓短箭，绣旗花枪。三将为头直冲将来。嵩州都监周信见张清军马少，便来迎敌；毕胜保着童贯而走。周信纵马挺枪来迎，只见张清左手纳住枪，右手似招宝七郎之形，口中喝一声道："着！"去周信鼻凹上只一石子打中，翻身落马。龚旺、丁得孙旁边飞马来相助，将那两条叉戳定咽喉，好似霜摧边地草，雨打上林花，周信死于马下。童贯止和毕胜逃命，不敢入济州，引了败残军马，连夜投东京去了，于路收拾逃难军马下寨。

原来宋江有仁有德，素怀归顺之心，不肯尽情追杀，惟恐众将不舍，要追童贯，火急差戴宗传下将令，布告众头领，收拾各路军马步卒，都回山寨请功。各处鸣金收军而回，鞍上将都敲金镫，步下卒齐唱凯歌，纷纷尽入梁山泊，个个同回宛子城。

宋江、吴用、公孙胜先到水浒寨中忠义堂上坐下，令裴宣验看各人功赏。卢俊义活捉酆美，解上寨来，跪在堂前。宋江自解其缚，请入堂内上坐，亲自捧杯陪话，奉酒压惊。众头领都到堂上，是日杀牛宰马，重赏三军，留酆美住了两日，备办鞍马，送下山去。酆美大喜。宋江陪话道："将军阵前阵后，冒渎威严，切乞恕罪。宋江等本无异心，只要归顺朝廷，与国家出力，被这不公不法之人逼得如此，望将军回朝，善言解救。倘得他日重见恩光，生死不忘大德。"酆美拜谢不杀之恩，登程下山。宋江令人直送出界，回京不在话下。

宋江回到忠义堂上，再与吴用等众头领商量。原来今次用此十面埋伏之计，都是吴用机谋布置，杀得童贯胆寒心碎，梦里也怕，大军三停折了二停。吴用道："童贯回到京师，奏了官家，如何不再起兵来！必得一人直投东京，探听虚实，回报山寨，预作准备。"宋江道："军师此论，正合吾心。你弟兄中，不知那个敢去？"只见坐次之中一个人应道："兄弟愿往。"众人看了，都道："须是他去，必干大事。"

不是这个人去，有分教，重施谋略，再败官军；且是冲阵马亡青嶂下，戏波船陷绿蒲中。毕竟梁山泊是谁人前去打听，且听下回分解。

第七十八回

十节度议取梁山泊　宋公明一败高太尉

再说梁山泊好汉,自从两赢童贯之后,宋江、吴用商议,必用着一个人,去东京探听消息虚实,上山回报,预先准备军马交锋。言之未绝,只见神行太保戴宗道:"小弟愿往。"宋江道:"探听军情,多亏煞兄弟一个,虽然贤弟去得,必须也用一个相帮去最好。"李逵便道:"兄弟帮哥哥去走一遭。"宋江笑道:"你便是那个不惹事的黑旋风!"李逵道:"今番去时,不惹事便了。"宋江喝退,一壁再问:"有那个兄弟敢去走一遭?"赤发鬼刘唐禀道:"小弟帮戴宗哥哥去如何?"宋江大喜道:"好!"当日两个收拾了行装,便下山去。

且不说戴宗、刘唐来东京打听消息,却说童贯和毕胜沿路收聚得败残军马四万余人,比到东京,于路教众多管军的头领,各自部领所属军马回营寨去了,只带御营军马入城来。童贯卸了戎装衣甲,径投高太尉府中去商议。两个见了,各叙礼罢,请入后堂深处坐定。童贯把大折两阵,结果了八路军官,并许多军马,酆美又被活捉去了,似此如之奈何,一一都告诉了。高太尉道:"枢相不要烦恼,这件事只瞒了今上天子便了。谁敢胡奏!我和你去告禀太师,再作个道理。"童贯和高俅上了马,径投蔡太师府内来。已有报知童枢密回了,蔡京料道不胜,又听得和高俅同来,蔡京教唤入书院里来厮见。童贯拜了太师,泪如雨下。蔡京道:"且休烦恼,我备知你折了军马之事。"高俅道:"贼居水泊,非船不能征进,枢密只以马步军征剿,因此失利,中贼诡计。"童贯诉说折兵败阵之事,蔡京道:"你折了许多军马,费了许多钱粮,又折(损失)了八路军官,这事怎敢教圣上得知!"童贯再拜道:"望乞太师遮盖,救命则个!"蔡京道:"明日只奏道天气暑热,军士不伏水土,权且罢战退兵。倘或震怒说道:'似此心腹大患,不去剿灭,后必为殃(祸事)。'如此时,恁众官却怎地回答?"高俅道:"非是高俅夸口,若还太师肯保高俅领兵亲去那里征讨,一鼓可平。"蔡京道:"若得太尉肯自去,可知是好,明日便当保奏太尉为帅。"高俅又禀道:"只有一件,须得圣旨任便起军,并随造船只,或是拘刷(征用)原用官船民船,或备官价收买木料,打造战船,水陆并进,船骑同行,方可指日成功。"蔡京道:"这事容易。"正话间,门吏报道:"酆美回来了。"童贯大喜。太师教唤进来,问其缘故。酆美拜罢,叙说宋江但是活捉上山去的,尽数放回,不肯杀害,又与盘缠,令回乡里,因此小将得见钧颜。高俅道:"这是贼人诡计,故意慢我国家。今后不点近处军马,直去山东、河北拣选得用的人,跟高俅去。"蔡京道:"既然如此计议定了,来日内里相见,面奏天子。"各自回府去了。

次日五更三点,都在侍班阁子里相聚。朝鼓响时,各依品从,分列丹墀,拜舞起居已毕,文武分班,列于玉阶之下。只见蔡太师出班奏道:"昨遣枢密使童贯统率大军,进征梁山泊草寇,近因炎热,军马不伏水土,抑且贼居水洼,非船不行,马步军兵,急不能进,因此权且罢战,各回营寨暂歇,别候圣旨。"天子乃云:"似此炎热,再不复去矣!"蔡京奏道:"童贯可于泰乙宫听罪,别令一人为帅,再去征伐,乞请圣旨。"天子曰:"此寇乃是心腹大患,不可不除。谁与寡人分忧?"高俅出班奏曰:"微臣不材,愿效犬马之劳,去征剿此寇,伏取圣旨。"天子云:"既然卿肯与寡人分忧,任卿择选军马。"高俅又奏:"梁山泊方圆八百余里,非仗舟船,不能前进。臣乞圣旨,于梁山泊近处,采伐木植,督工匠造船,或用官钱收买民船,以为战伐之用。"天子曰:"委卿执掌,从卿处置,可行即行,慎勿害民。"高俅奏道:"微臣安敢!只容宽限,以图成功。"天子令取锦袍金甲赐与高俅,另选吉日出师。

当日百官朝退,童贯、高俅送太师到府,便唤中书省关房掾史(官府中佐助官吏的通称。掾,yuàn)传奉圣旨,定夺拨军。高太尉道:"前者有十节度使,多曾与国家建功,或征鬼方,或伐西夏,并金、辽等处,武艺精熟,请降钧帖,差拨为将。"蔡太师依允,便发十道札付文书,仰各各部领所属精兵一万,前赴济州取齐,听候调用。十个节度使非同小可,每人领军一万,克期并进。那十路军马:

河南河北节度使王焕;　　　　上党太原节度使徐京;

京北弘农节度使王文德;　　　颍州汝南节度使梅展;

中山安平节度使张开;　　　　江夏零陵节度使杨温;

云中雁门节度使韩存保;　　　陇西汉阳节度使李从吉;

琅琊彭城节度使项元镇;　　　清河天水节度使荆忠。

原来这十路军马,都是曾经训练精兵,更兼这十节度使旧日都是绿林丛中出身,后来受了招安,直做到许大官职,都是精锐勇猛之人,非是一时建了些少功名。当日中书省定了程限,发十道公文,要这十路军马如期都到济州,迟慢者定依军令处置。金陵建康府有一枝水军,为头统制官唤做刘梦龙。那人初生之时,其母梦见一条黑龙飞入腹中,感而遂生。及至长大,善知水性,曾在西川峡江讨贼有功,升做军官都统制。统领一万五千水军,槕船五百只,守住江南。高太尉要取这支水军并船只星夜前来听调。又差一个心腹人唤做牛邦喜,也做到步军校尉,教他去沿江上下并一应河道内拘刷船只,都要来济州取齐,交割调用。高太尉帐前牙将(对中下级军官的称呼)极多,于内两个最了得:一个唤做党世英,一个唤做党世雄。弟兄二人,现做统制官,各有万夫不当之勇。高太尉又去御营内选拨精兵一万五千,通共各处军马一十三万。先于诸路差官供送粮草,沿途交纳。高太尉连日整顿衣甲,制造旌旗,未及登程。有诗为证:

轻事贪功愿领兵,兵权到手便留行。

幸因主帅迟迟去,多得三军数日生。

却说戴宗、刘唐在东京住了几日,打探得备细消息,星夜回还山寨,报说此事。宋江听得高太尉亲自领兵,调天下军马一十三万、十节度使统领前来,心中惊恐,便和吴用商议。吴用道:"仁兄勿忧,小生也久闻这十节度的名,多与朝廷建功,只是当初无他的敌手,以此只显他的豪杰。如今放着这一班好弟兄,如狼似虎的人,那十节度已是过时的人了。兄长何足惧哉!比及他十路军来,先教他吃我一惊。"宋江道:"军师如何惊他?"吴用道:"他十路军马都到济州取齐,我这里先差两个快厮杀的去济州相近,接着来军,先杀一阵。——这是报信与高俅知道。"宋江道:"叫谁去好?"吴用道:"差没羽箭张清、双枪将董平,此二人可去。"宋江差二将各带一千马军,前去巡哨济州,相迎截杀各路军马。又拨水军头领,准备泊子里夺船。山寨中头领预先调拨已定,且不细说,下来便知。

再说高太尉在京师俄延了二十余日,天子降敕,催促起军,高俅先发御营军马出城,又选教坊司(官廷音乐机构名)歌儿舞女三十余人随军消遣。至日祭旗,辞驾登程,却好一月光景。时值初秋天气,大小官员都在长亭饯别。高太尉戎装披挂,骑一匹金鞍战马,前面摆着五匹玉辔雕鞍从马,左右两边,排着党世英、党世雄弟兄两个,背后许多殿帅统制官、统军提辖、兵马防御、团练等官,参随在后。那队伍军马,十分摆布得整齐。诗曰:

匿奸罔上非忠荩[①],好战全违旧典章。
不事怀柔服强暴,只驱良善敌刀枪。

那高太尉部领大军出城,来到长亭前下马,与众官作别。饮罢饯行酒,攀鞍上马,登程望济州进发。于路上纵容军士,尽去村中纵横掳掠,黎民受害,非止一端。

却说十路军马陆续都到济州,有节度使王文德领着京北等处一路军马,星夜奔济州来,离州尚有四十余里。当日催动人马,赶到

①忠荩(jìn):尽忠国事。

一个去处,地名凤尾坡,坡下一座大林。前军却好抹过林子,只听得一棒锣声响处,林子背后山坡脚边转出一彪军马来,当先一将拦路。那员将顶盔挂甲,插箭弯弓,去那弓袋箭壶内侧插着小小两面黄旗,旗上各有五个金字,写道:"英雄双枪将,风流万户侯。"两手搭两杆钢枪。此将乃是梁山泊第一个惯冲头阵的勇将董平,因此人称为董一撞。董平勒定战马,截住大路喝道:"来的是那里兵马? 不早早下马受缚,更待何时? "这王文德兜住马,呵呵大笑道:"瓶儿罐儿也有两个耳朵,你须曾闻我等十节度使累建大功,名扬天下,大将王文德么? "董平大笑,喝道:"只你便是杀晚爷(吴方言中对继父的称呼)的大顽(恶人)。"王文德听了大怒,骂道:"反国草寇,怎敢辱吾! "拍马挺枪,直取董平。董平也挺双枪来迎。两将斗到三十合,不分胜败。王文德料道赢不得董平,喝一声:"少歇再战。"各归本阵。王文德分付众军,休要恋战,直冲过去。王文德在前,三军在后,大发声喊,杀将过去。

董平后面引军追赶,将过林子,正走之间,前面又冲出一彪军马来。为首一员上将,正是没羽箭张清,在马上大喝一声:"休走! "手中拈定一个石子打将来,望王文德头上便着。急待躲时,石子打中盔顶,王文德伏鞍而走,跑马奔逃。两将赶来,看看赶上,只见侧首冲过一队军来。王文德看时,却是一般的节度使杨温军马,齐来救应。因此,董平、张清不敢来追,自回去了。

两路军马同入济州歇定,太守张叔夜接待各路军马。数日之间,前路报来,高太尉大军到了。十节度出城迎接,都相见了太尉,一齐护送入城,把州衙权为帅府,安歇下了。高太尉传下号令,教十路军马都向城外屯驻,伺候刘梦龙水军到来,一同进发。这十路军马,各自下寨。近山砍伐木植,人家搬掳门窗,搭盖窝铺,十分害民。高太尉自在城中帅府内,定夺征进人马,无银两使用者,都充头哨出阵交锋;有银两者,留在中军,虚功滥报。似此奸弊,非止一端。

高太尉在济州不过一二日,刘梦龙战船到了,参谒(晋见上级或尊

_{敬的人。谒，yè)}帅府。礼毕，高俅随即便唤十节度使都到厅前，共议良策。王焕等禀复道："太尉先教马步军去探路，引贼出战，然后却调水路战船去劫贼巢，令其两下不能相顾，可获群贼矣！"高太尉从其所言。当时分拨王焕、徐京为前部先锋，王文德、梅展为合后收军，张开、杨温为左军，韩存保、李从吉为右军，项元镇、荆忠为前后救应使。党世雄引领三千精兵，上船协助刘梦龙水军船只，就行监战。诸军尽皆得令，整束了三日，请高太尉看阅诸路军马。高太尉亲自出城，一一点看了便遣大小三军并水军一齐进发，径望梁山泊来。

且说董平、张清回寨，说知备细。宋江与众头领统率大军，下山不远，早见官军到来。前军射住阵脚，两边拒定人马。只见先锋王焕出阵，使一条长枪，在马上厉声高叫："无端草寇，敢死村夫，认得大将王焕么？"对阵绣旗开处，宋江亲自出马，与王焕声喏道："王节度，你年纪高大了，不堪与国家出力，当枪对敌，恐有些一差二误，枉送了你一世清名。你回去罢！另教年纪小的出来战。"王焕听得大怒，骂道："你这厮是个文面俗吏，安敢抗拒天兵！"宋江答道："王节度，你休逞好手，我这一班儿替天行道的好汉，不到得输与你！"王焕便挺枪戳将过来。宋江马后早有一将，銮铃响处，挺枪出阵。宋江看时，却是豹子头林冲，来战王焕。两马相交，众军助喊，高太尉自临阵前，勒住马看。只听得两军呐喊喝采，果是马军踏镫抬身看，步卒掀盔举眼观。两个施逞诸路枪法，但见：

一个屏风枪势如霹雳，一个水平枪勇若奔雷。一个朝天枪难防难躲，一个钻风枪怎敌怎遮。这个枪使得疾如孙策_(孙坚之子、孙权之兄，东吴的奠基人)，那个枪使得猛似霸王。这个恨不得枪戳透九霄云汉，那个恨不得枪刺透九曲黄河。一个枪如蟒离岩洞，一个枪似龙跃波津。一个使枪的雄似虎吞羊，一个使枪的俊如雕扑兔。

王焕大战林冲，约有七八十合，不分胜败。两边各自鸣金，二将分开，各归本阵。只见节度使荆忠到前军，马上欠身，禀复高太尉道:"小将愿与贼人决一阵,乞请钧旨。"高太尉便教荆忠出马交战。宋江马后銮铃响处,呼延灼来迎。荆忠使一口大杆刀,骑一匹瓜黄马,二将交锋,约斗二十合,被呼延灼卖个破绽,隔过大刀,顺手提起钢鞭来只一下,打个衬手,正着荆忠脑袋,打得脑浆迸流,眼珠突出,死于马下。高俅看见折了一个节度使,火急便差项元镇,骤马挺枪,飞出阵前大喝:"草贼敢战吾么?"宋江马后,双枪将董平撞出阵前,来战项元镇。两个斗不到十合,项元镇霍地勒回马,拖了枪便走。董平拍马去赶,项元镇不入阵去,绕着阵脚,落荒而走(离开战场,向荒野逃命。形容战败逃走)。董平飞马去追,项元镇带住枪,左手拈弓,右手搭箭,拽满弓,翻身背射一箭。董平听得弓弦响,抬手去隔,一箭正中右臂,弃了枪,拨回马便走。项元镇挂着弓,拈着箭,倒赶将来。呼延灼、林冲见了,两骑马各出,救得董平归阵。高太尉指挥大军混战,宋江先教救了董平回山,后面军马,遮拦不住,都四散奔走。高太尉直赶到水边,却调人去接应水路船只。

且说刘梦龙和党世雄布领水军,乘驾船只,迤逦前投梁山泊深处来,只见茫茫荡荡,尽是芦苇蒹葭(jiānjiā。蒹,没有长穗的芦苇。葭,初生的芦苇),密密遮定港汊。这里官船樯篙不断,相连十余里水面。正行之间,只听得山坡上一声炮响,四面八方,小船齐出,那官船上军士,先有五分惧怯,看了这等芦苇深处,尽皆慌了。怎禁得芦苇里面埋伏着小船,齐出冲断大队。官船前后不相救应,大半官军,弃船而走。梁山泊好汉看见官军阵脚乱了,一齐鸣鼓摇船,直冲上来。刘梦龙和党世雄急回船时,原来经过的浅港内都被梁山泊好汉用小船装载柴草,砍伐山中木植,填塞断了,那橹桨竟摇不动。众多军卒,尽弃了船只下水。刘梦龙脱下戎装披挂,爬过水岸,拣小路走了。这党世雄不肯弃船,只顾叫水军寻港汊(河道窄小的河流。汊,chà)深处摇去,不到二里,只见前面三只小船,船上是阮氏三雄,各人手执蓼叶枪,挨近船边来。众多驾船军士都跳下水里去了。党世雄自持铁搠,立在船头上,与阮小二交锋,阮小二也跳下水里去,阮小五、阮小七两个逼近身来。党世雄见不是头,撇了铁搠,也跳下水里去了。只见水底下钻出船火儿张横来,一手揪住头发,一手提定腰胯,滴溜溜丢上芦苇根头。先有十数个小喽罗躲在那里,挠钩套索搭住,活捉上水浒寨来。

却说高太尉见水面上船只都纷纷滚滚,乱投山边去了,船上缚着的,尽是刘梦龙水军的旗号,情知水路里又折了一阵,忙传军令,且教收兵回济州去,别作道理。

五军比及要退,又值天晚,只听得四下里火炮不住价响,宋江军马,不知几路杀将来。高太尉只叫得苦了也。正是阴陵失路(秦末楚汉之争,项羽从垓下突围后,被汉将灌婴追击,至阴陵迷路,陷大泽中,后至乌江边自刎身亡。阴陵,在今安徽定远)逢神弩,赤壁鏖兵(指三国时著名的赤壁之战,孙刘联军在赤壁一举击溃曹操。鏖,áo)遇怪风。毕竟高太尉怎地脱身,且听下回分解。

第七十九回

刘唐放火烧战船　宋江两败高太尉

话说当下高太尉望见水路军士,情知不济,正欲回军,只听得四边炮响,急收聚众将,夺路而走。原来梁山泊只把号炮四下里施放,却无伏兵,只吓得高太尉心惊胆战,鼠窜狼奔,连夜收军回济州。计点步军,折陷不多,水军折其大半,战船没一只回来。刘梦龙逃难得回。军士会水的,逃得性命,不会水的,都淹死在水中。高太尉军威折挫,锐气摧残,且向城中屯驻军马,等候牛邦喜拘刷船到。再差人赍公文去催,不论是何船只,堪中的尽数拘拿,解赴济州,整顿征进。

却说水浒寨中,宋江先和董平上山,拔了箭矢,唤神医安道全用药调治。安道全使金疮药敷住疮口,在寨中养病。吴用收住众头领上山。水军头领张横解党世雄到忠义堂上请功,宋江教且押去后寨软监着。将夺到的船只,尽数都收入水寨,分派与各头领去了。

再说高太尉在济州城中会集诸将,商议收剿梁山之策,数内上党节度使徐京禀道:"徐某幼年游历江湖,使枪卖药之时,曾与一人交游。那人深通韬略,善晓兵机,有孙吴之才调,诸葛之智谋,姓闻名焕章,现在东京城外安仁村教学。若得此人来为参谋,可以敌吴用之诡计。"高太尉听说,便差首将一员,赍带缎匹鞍马,星夜回东京,礼请这教村学秀才闻焕章来为军前参谋。便要早赴济州,一同参赞军务。那员首将回京去,不得三五日,城外报来,宋江军马直到城边搦战。高太尉听了大怒,随即点就本部军兵,出城迎敌,就令各寨节度使同出交锋。

　　却说宋江军马见高太尉提兵至近,急忙退十五里外平川旷野之地。高太尉引军赶去,宋江兵马已向山坡边摆成阵势。红旗队里,捧出一员猛将,号旗上写得分明,乃是双鞭呼延灼,兜住马,横着枪,立在阵前。高太尉看见道:"这厮便是统领连环马时背反朝廷的。"便差云中节度使韩存保出马迎敌。这韩存保善使一枝方天画戟。两个在阵前,更不打话,一个使戟去搠,一个用枪来迎。两个战到五十余合,呼延灼卖个破绽闪出去,拍着马望山坡下便走。韩存保紧要干功,跑着马赶去。八个马蹄翻盏撒钹_(倒置翻转的盏钹。形容马蹄疾腾的样子)相似,约赶过五七里无人之处,看看赶上,呼延灼勒回马,带转枪,舞起双鞭来迎。两个又斗十数合之上,用双鞭分开画戟,回马又走。韩存保寻思,这厮枪又近不得我,鞭又赢不得我,我不就这里赶上,活拿这贼,更待何时?抢将近来,赶转一个山嘴,有两条路,竟不知呼延灼何处去了。韩存保勒马上坡来望时,只见呼延灼绕着一条溪走。存保大叫:"泼贼你走那里去!快下马来受降,饶你命!"呼延灼不走,大骂存保。韩存保却大宽转来抄呼延灼后路。两个却好在溪边相迎着。一边是山,一边是溪,只中间一条路,两匹马盘旋不得。呼延灼道:"你不降我,更待何时!"韩存保道:"你是我手里败将,倒要我降你。"呼延灼道:"我漏你到这里,正要活捉你。你性命只在顷刻!"韩存保道:"我正来活捉你!"

　　两个旧气又起。韩存保挺着长戟,望呼延灼前心两胁软肚上雨点般搠将来。呼延灼用枪左拨右逼,捽风_(疾风、旋风。捽,zuó)般搠入来。两个又斗了三十来合。正斗到浓深处,韩存保一戟,望呼延灼软胁搠来,呼延灼一枪,望韩存保前心刺去。两个各把身躯一闪,两般军器都从胁下搠来。呼延灼挟住韩存保戟杆,韩存保扭住呼延灼枪杆,两个都在马上,你扯我拽,挟住腰胯,用力相争。韩存保的马后蹄先塌下溪里去了,呼延灼连人和马也拽下溪里去了,两个在水中扭做一块。那两匹马溅起水来,一人一身水。呼延灼弃了手里的枪,挟住他的戟杆,急去掣鞭时,韩存保也撇了他的枪杆,双手按住呼延灼两条臂,你揪我扯,两个都滚下水去。那两匹马迸星也似跑上岸来,望山边去了。两个在溪水中都滚没了军器,头上戴的盔没了,身上衣甲飘零,两个只把空拳来在水中厮打,一递一拳,正在水深里,又拖上浅水里来。正解拆不开,岸上一彪军马赶到,为头的是没羽箭张清。众人下手,活捉了韩存保。差人急去寻那走了的两匹战马,只见那马却听得马嘶人喊,也跑回来寻队,因此收住。又去溪中捞起军器还呼延灼,带湿上马,却把韩存保背剪缚在马上,一齐都奔峪口。

只见前面一彪军马来寻韩存保,两家却好当住。为头两员节度使,一个是梅展,一个是张开,因见水渌渌(形容水湿淋漓的样子。渌,lù)地马上缚着韩存保,梅展大怒,舞三尖两刃刀直取张清。交马不到三合,张清便走,梅展赶来,张清轻舒猿臂,款扭狼腰,只一石子飞来,正打中梅展额角,鲜血迸流,撇了手中刀,双手掩面。张清急便回马,却被张开搭上箭,拽满弓,一箭射来,张清把马头一提,正射中马眼,那马便倒。张清跳在一边,拈着枪便来步战。那张清原来只有飞石打将的本事,枪法上却慢。张开先救了梅展,次后来战张清。马上这条枪,神出鬼没,张清只办得架隔,遮拦不住,拖了枪,便走入马军队里躲闪。张开枪马到处,杀得五六十马军四分五落,再夺得韩存保。却待回来,只见喊声大举,峪口两彪军到:一队是霹雳火秦明,一队是大刀关胜,两个猛将杀来。张开只保得梅展走了,众军两路杀入来,又夺了韩存保。张清抢了一匹马,呼延灼使尽气力,只好随众厮杀。一齐掩击到官军队前,乘势冲动,退回济州。梁山泊军马也不追赶,只将韩存保连夜解上山寨来。

宋江等坐在忠义堂上,见缚到韩存保来,喝退军士,亲解其索,请坐厅上,殷勤相待。韩存保感激无地。就请出党世雄相见,一同管待。宋江道:"二位将军切勿相疑,宋江等并无异心,只被滥官污吏逼得如此。若蒙朝廷赦罪招安,情愿与国家出力。"韩存保道:"前者陈太尉赍到招安诏敕来山,如何不乘机会去邪归正?"宋江答道:

"便是朝廷诏书写得不明，更兼用村醪(村酒，浊酒。醪，láo)倒换御酒，因此弟兄众人心皆不伏。那两个张干办、李虞候擅作威福，耻辱众将。"韩存保道："只因中间无好人维持，误了国家大事。"宋江设筵管待已了。次日，具备鞍马，送出谷口。

这两个在路上说宋江许多好处，回到济州城外，却好晚了。次早入城，来见高太尉，说宋江把二将放回之事。高俅大怒道："这是贼人诡计，慢我军心。你这二人，有何面目见吾！左右与我推出，斩讫报来！"王焕等众官都跪下告道："非干此二人之事，乃是宋江、吴用之计。若斩此二人，反被贼人耻笑。"高太尉被众人苦告，饶了两个性命，削去本身职事，发回东京泰乙宫听罪。这两个解回京师。

原来这韩存保是韩忠彦的侄儿。忠彦乃是国老太师，朝廷官员都有出他门下。有个门馆教授(私塾先生)，姓郑名居忠，原是韩忠彦抬举的人，现任御史大夫。韩存保把上件事告诉他。居忠上轿，带了存保来见尚书余深，同议此事。余深道："须是禀得太师，方可面奏。"二人来见蔡京说："宋江本无异心，只望朝廷招安。"蔡京道："前者毁诏谤上，如此无礼，不可招安，只可剿捕！"二人禀说："前番招安，惜为去人不布朝廷德意，用心抚恤。不用嘉言，专说利害，以此不能成事。"蔡京方允。约至次日早朝，道君天子升殿，蔡京奏准再降诏敕，令人招安。天子曰："现今高太尉使人来请安仁村闻焕章为参谋，早赴军前委用，就差此人伴使前去。如肯来降，悉免本罪。如仍不伏，就着高俅定限，日下剿捕尽绝还京。"蔡太师写成草诏，一面取闻焕章赴省筵宴。原来这闻焕章是有名文士，朝廷大臣多有知识的，俱备酒食迎接。席终各散，一边收拾起行。有诗为证：

年来教授隐安仁，忽召军前捧绂纶[①]。

权贵满朝多旧识，可无一个荐贤人。

且不说闻焕章同天使出京，却说高太尉在济州心中烦恼。门吏

① 绂纶(fúlún)：帝王诏书。绂，系官印的丝带。纶，青丝绞合而成的带，低级官吏用以系印。

报道："牛邦喜到来。"高太尉便教唤进，拜罢问道："船只如何？"邦喜禀道："于路拘刷得大小船一千五百余只，都到闸下。"太尉大喜，赏了牛邦喜，便传号令，教把船都放入阔港，每三只一排钉住，上用板铺，船尾用铁环锁定。尽数发步军上船；其余马军，近水护送船只。比及编排得军士上船，训练得熟，已得半月之久，梁山泊尽都知了。

　　吴用唤刘唐受计，掌管水路建功。众多水军头领，各各准备小船，船头上排排钉住铁叶，船舱里装载芦苇干柴，柴中灌着硫黄焰硝引火之物，屯住在小港内。却教炮手凌振，于四望高山上放炮为号；又于水边树木丛杂之处，都缚旌旗于树上，每一处设金鼓火炮，虚屯人马，假设营垒，请公孙胜作法祭风；旱地上分三队军马接应。吴用指画已了。

　　却说高太尉在济州催起军马，水路统军，却是牛邦喜，又同刘梦龙并党世英这三个掌管。高太尉披挂了，发三通擂鼓，水港里船开，旱路上马发，船行似箭，马去如飞，杀奔梁山泊来。先说水路里船只，连篙不断，金鼓齐鸣，迤逦杀入梁山泊深处，并不见一只船。看看渐近金沙滩，只见荷花荡里两只打鱼船，每只船上只有两个人，拍手大笑。头船上刘梦龙便叫放箭乱射，渔人都跳下水底去了。刘梦龙急催动战船，渐近金沙滩头，一带阴阴的都是细柳，柳树上拴着两头黄牛，绿莎草(草本植物名。有褐色膨大块茎，称"香附子"，可入药。莎，suō)上睡着三四个牧童，远远地又有一个牧童，倒骑着一头黄牛，口中呜呜咽咽吹着一管笛子来。刘梦龙便教先锋悍勇的首先登岸。那几个牧童跳起来，呵呵大笑，尽穿入柳阴深处去了。前阵五七百人抢上岸去，那柳阴树中一声炮响，两边战鼓齐鸣。左边就冲出一队红甲军，为头是霹雳火秦明；右边冲出一队黑甲军，为头是双鞭呼延灼，各带五百军马，截出水边。刘梦龙急招呼军士下船时，已折了大半军校。牛邦喜听得前军喊起，便教后船且退，只听得山顶上连珠炮响，芦苇中飕飕有声，却是公孙胜披发仗剑，踏罡布斗，在山顶上祭风，初时穿林透树,次后走石飞砂,须臾白浪掀天,顷刻黑云覆地,红日无光,狂风大作。刘梦龙急教棹船回时,只见芦苇丛中藕花深处,小港狭汊,都棹出小船来,钻入大船队里。鼓声响处,一齐点着火把,霎时间,大火竟起,烈焰飞天,四分五落,都穿在大船内,前后官船一齐烧着。怎见得火起?但见:

> 黑烟迷绿水,红焰起清波。风威卷荷叶满天飞,火势燎芦林连梗断。神号鬼哭,昏昏日色无光;岳撼山崩,浩浩波声若怒。舰舫尽倒,舵橹皆休。船尾旌旗不见青红交杂,楼头剑戟难排霜雪争叉。僵尸与鱼鳖同浮,热血共波涛并沸。千条火焰连天起,万道烟霞贴水飞。

当时刘梦龙见满港火飞,战船都烧着了,只得弃了头盔衣甲,跳下水去,又不敢傍岸,拣港深水阔处赴将开去逃命。芦林里面一个人,独驾着小船,直迎将来。刘梦龙便钻入水底下去了,却好有一个人拦腰抱住,拖上船来。撑船的是出洞蛟童威,拦腰抱的是混江龙李俊。却说牛邦喜见四下官船队里火着,也弃了戎装披挂,却待下水,船梢上钻起一个人来,拿着挠钩,劈头搭住,倒拖下水里去。那人是船火儿张横。这梁山泊内杀得尸横水面,血溅波心,焦头烂额者,不计其数。只有党世英摇着小船,正走之间,芦林两边弩箭弓矢齐发,射死水中。众多军卒,会水的逃得性命回去,不会水的尽皆淹死。生擒活捉者,都解投大寨。李俊捉得刘梦龙,张横捉得牛邦喜,欲待解上山寨,惟恐宋江又放了。两个好汉自商量,把这二人就路边结果了性命,割下首级,送上山来。

再说高太尉引领军马在水边策应,只听得连珠炮响,鼓声不绝,料道是水面上厮杀,骤着马前来,靠山临水探望。只见纷纷军士都从水里逃命,爬上岸来。高俅认得是自家军校,问其缘故,说被放火烧尽船只,俱各不知所在。高太尉听了,心内越慌。但望见喊声不断,黑烟满空,急引军回旧路时,山前鼓声响处冲出一队马军拦路,当先急先锋索超轮起开山大斧,骤马抢近前来。高太尉身边节度使王焕挺枪便出，与索超交战，斗不到五合，索超拨回马便走。高太尉引军追赶，转过山嘴，早不见了索超。正走间，背后豹子头林冲引军赶来，又杀一阵。再走不过六七里，又是青面兽杨志引军赶来，又杀一阵。又奔不到八九里，背后美髯公朱全赶上来，又杀一阵。这是吴用使的追赶之计，不去前面拦截，只在背后赶杀，败军无心恋战，只顾奔走，救护不得后军。因此高太尉被赶得慌，飞奔济州，比及入得城时，已自三更；又听得城外寨中火起，喊声不绝。原来被石秀、杨雄埋伏下五百步军，放了三五把火，潜地去了。惊得高太尉魂不附体，连使人探视，回报去了，方才放心。整点军马，折其大半。

高俅正在纳闷间，远探报道："天使到来。"高俅遂引军马并节度使出城迎接，见了天使，就说降诏招安一事。都与闻焕章参谋使相见了，同进城中帅府商议。高太尉先讨抄白备照观看，待不招安来，又连折了两阵，拘刷得许多船只，又被尽行烧毁；待要招安来，恰又羞回京师。心下踌躇，数日主张不定。

不想济州有一个老吏，姓王名瑾，那人平生克毒（刻薄狠毒），人尽呼为剜心王，却是济州府拨在帅府供给的吏。因见了诏书抄白（公文的抄本或副本），更打听得高太尉心内迟疑不决，遂来帅府，呈献利便事件，禀说："贵人不必沉吟，小吏看见诏上已有活路。这个写草诏的翰林待诏，必与贵人好，先开下一个后门了。"高太尉见说大惊，便问道："你怎见得先开下后门？"王瑾禀道："诏书上最要紧是中间一行。道是'除宋江、卢俊义等大小人众，所犯过恶，并与赦免'。此一句是囫囵话（含糊、糊涂的话。囫囵，húlún）。如今开读时，却分作两句读。将'除宋江'另做一句，'卢俊义等大小人众，所犯过恶，并与赦免'另做一句。赚他漏到城里，捉下为头宋江一个，把来杀了。却将他手下众人，尽数拆散，分调开去。自古道：'蛇无头而不行，鸟无翅而不飞。'但没了宋江，其余的做得甚用？此论不知恩相贵意若何？"

高俅大喜，随即升王瑾为帅府长史，便请闻参谋说知此事。闻焕章谏道："堂堂天使，只可以正理相待，不可行诡诈于人。倘或宋江以下有智谋之人识破,翻变起来,深为未便。"高太尉道:"非也!自古兵书有云:'兵行诡道。'岂可用得正大?"闻参谋道:"然虽兵行诡道,这一事是天子圣旨,乃以取信天下。自古王言如纶如綍,因此号为玉音,不可移改。今若如此,后有知者,难以此为准信。"高太尉道:"且顾眼下,却又理会。"遂不听闻焕章之言。先遣一人往梁山泊报知,令宋江等全伙前来济州城下,听天子诏敕,赦免罪犯。

却说宋江又赢了高太尉这一阵。烧了的船,令小校搬运做柴,不曾烧的,拘收入水寨。但是活捉的军将,尽数陆续放回济州。当日宋江与大小头领正在忠义堂上商议,小校报道:"济州府差人上山来报道:'朝廷特遣天使,颁降诏书,赦罪招安,加官赐爵,特来报喜。'"宋江听罢,喜从天降,笑逐颜开。便叫请那报事人到堂上问时,那人说道:"朝廷降诏,特来招安。高太尉差小人前来报请大小头领,都要到济州城下行礼,开读诏书。并无异议,勿请疑惑。"宋江叫请军师商议定了,且取银两缎匹,赏赐来人,先发付回济州去了。

宋江传下号令,大小头领,尽教收拾去听开读诏书。卢俊义道:"兄长且未可性急,诚恐这是高太尉的见识,兄长不宜便去。"宋江道:"你们若如此疑心时,如何能够归正?还是好歹去走一遭。"吴用笑道:"高俅那厮被我们杀得胆寒心碎,便有十分的计策,也施展不得。放着众兄弟一班好汉,不要疑心,只顾跟随宋公明哥哥下山。我这里先差黑旋风李逵引着樊瑞、鲍旭、项充、李衮将带步军一千,埋伏在济州东路。再差一丈青扈三娘引着顾大嫂、孙二娘、王矮虎、孙新、张青,将带马军一千,埋伏在济州西路。若听得连珠炮响,杀奔北门来取齐。"吴用分调已定,众头领都下山,只留水军头领看守寨栅。

只因高太尉要用诈术,诱引这伙英雄下山,不听闻参谋谏劝,谁想只就济州城下,翻为九里山前。正是只因一纸君王诏,惹起全班壮士心。毕竟众好汉怎地大闹济州,且听下回分解。

第 八 十 回

张顺凿漏海鳅船　宋江三败高太尉

　　话说高太尉在济州城中帅府坐地，唤过王焕等众节度商议，传令将各路军马，拔寨收入城中。教现在节度使俱各全副披挂，伏于城内；各寨军士，尽数准备，摆列于城中；城上俱各不竖旌旗，只于北门上立黄旗一面，上书"天诏"二字。高俅与天使众官，都在城上，只等宋江到来。

　　当日梁山泊中，先差没羽箭张清将带五百哨马(探马，负责哨探的骑兵)，到济州城边周回转了一遭，望北去了；须臾，神行太保戴宗步行来探了一遭。人报与高太尉，亲自临月城(在城门外修筑的用来掩护城门的半圆形小城，又叫瓮城)上女墙(城墙上呈凹凸形的小墙)边，左右从者百余人，大张麾盖(将帅用的旌旗伞盖。麾，huī)，前设香案，遥望北边宋江军马到来。前面金鼓，五方旌旗，众头领簸箕掌(形容围成一圈的样子。簸箕，bòji)、栲栳圈(栲栳状的圆形。栲栳，kǎolǎo，用柳条编成的盛物器具，亦称笆斗)，雁翅一般，摆列将来。当先为首宋江、卢俊义、吴用、公孙胜在马上欠身，与高太尉声喏(指下属进见上级，一面拱手作揖，一面出声致敬。喏，rě)。高太尉见了，使人在城上叫道："如今朝廷赦你们罪犯，特来招安，如何披甲前来？"宋江使戴宗至城下回复道："我等大小人员未蒙恩泽，不知诏意如何，未敢去其介胄。望太尉周全，可尽唤在城百姓耆老(年老而有地位的士绅。耆，qí)，一同听诏，那时承恩卸甲。"高太尉出令，教唤在城耆老百姓，尽都上城听诏。无移时，纷纷滚滚，尽皆到了。

　　宋江等在城下，看见城上百姓老幼摆满，方才勒马向前，鸣鼓一通,众将下马;鸣鼓二通,众将步行到城边。背后小校,牵着战马,离城一箭之地(每箭射出的距离约为一百三十步左右。比喻相距不远),齐齐地伺候着。鸣鼓三通,众将在城下拱手,听城上开读诏书。那天使读道:

制曰:人之本心,本无二端;国之恒道,俱是一理。作善则为良民,造恶则为逆党。朕闻梁山泊聚众已久,不蒙善化,未复良心。今差天使颁降诏书,除宋江,卢俊义等大小人众所犯过恶,并与赦免。其为首者,诣京谢恩;协随助者,各归乡间。鸣呼,速沾雨露,以就去邪归正之心;毋犯雷霆,当效革故鼎新(革除旧弊,创立新制)之意。故兹诏示,想宜悉知。

宣 和 年 月 日

当时军师吴用正听读到"除宋江"三字,便目视花荣道:"将军听得么?"却才读罢诏书,花荣大叫:"既不赦我哥哥,我等投降则甚?"搭上箭,拽满弓,望着那个开诏使臣道:"看花荣神箭!"一箭射中面门,众人急救。城下众好汉一齐叫声:"反!"乱箭望城上射来。高太尉回避不迭。四门突出军马来。宋江军中一声鼓响,一齐上马便走。城中官军追赶,约有五六里回来。只听得后军炮响,东有李逵,引步军杀来;西有扈三娘,引马军杀来。两路军兵,一齐合到。官军只怕有埋伏,急退时,宋江全伙却回身卷杀将来。三面夹攻,城中军马大乱,急急奔回,杀死者多。宋江收军,不教追赶,自回梁山泊去了。

却说高太尉在济州写表,申奏朝廷说:"宋江贼寇,射死天使,不伏招安。"外写密书,送与蔡太师、童枢密、杨太尉,烦为商议;教太师奏过天子,沿途接应粮草,星夜发兵前来,并力剿捕群贼。

却说蔡太师收得高太尉密书,径自入朝,奏知天子。天子闻奏,龙颜不悦云:"此寇数辱朝廷,累犯大逆。"随即降敕,教诸路各助军马,并听高太尉调遣。杨太尉已知节次(屡次)失利,再于御营司选拨二将,就于龙猛、虎翼、捧日、忠义四营内各选精兵五百共计二千,跟随两个上将,去助高太尉杀贼。

这两员将军是谁? 一个是八十万禁军都教头,官带左义卫亲军指挥使,护驾将军丘岳。一个是八十万禁军副教头,官带右义卫亲军指挥使,车骑将军周昂。这两个将军,累建奇功,名闻海外,深通武艺,威镇京师;又是高太尉心腹之人。当时杨太尉点定二将,限目下起身;来辞蔡太师。蔡京分付道:"小心在意,早建大功,必当重用!"二将辞谢了。去四营内,一个个选拣身长体健,腰细膀阔,山东、河北能登山、惯赴水(游泳),那一等精锐军汉,拨与二将。这丘岳、周昂辞了众省院官,去辞杨太尉,禀说明日出城。杨太尉各赐与二将五匹好马,以为战阵之用。二将谢了太尉,各自回营,收拾起身。

次日,军兵拴束了行程(行军装备),都在御营司前伺候。丘岳、周昂二将分做四队:龙猛、虎翼二营一千军,有二千余骑军马,丘岳总领;捧日、忠义二营一千军,也有二千余骑军马,周昂总领。又有一千步军,分与二将随从。丘岳、周昂到辰牌(辰刻,上午七时至九时)时分,摆列出城。杨太尉亲自在城门上看军。且休说小校威雄,亲随勇猛,去那两面绣旗下,一丛战马之中,簇拥着护驾将军丘岳。怎生打扮? 但见:

戴一顶缨撒火、锦兜鍪(亦作"兜牟"。战士戴的头盔。秦汉以前称胄,后叫兜鍪。鍪, móu)、双凤翅照天盔;披一副绿绒穿、红绵套、嵌连环锁子甲;穿一领翠沿边、珠络缝、荔枝红、圈金绣戏狮袍;系一条衬金叶、玉玲珑、双獭(tǎ)尾、红鞓(红色皮带。官员的一种服饰。鞓, tīng)钉盘螭带(螭纽及系纽的丝带。指官印。螭, chī,代传说中无角的龙,常用作装饰);着一双簇金线、海驴皮、胡桃纹、抹绿色云根靴;弯一张紫檀靶、泥金梢、龙角面、虎筋弦宝雕弓;悬一壶紫竹杆、朱红扣、凤尾翎、狼牙金点钢箭;挂一口七星装、沙鱼鞘、赛龙泉、欺巨阙霜锋剑;横一把撒朱缨、水磨杆、龙吞头、偃月样三停刀;骑一匹快登山、能跳涧、背金鞍、摇玉勒胭脂马。

那丘岳坐在马上,昂昂(精神振奋很有气魄的样子)奇伟,领着左队人马,东京百姓看了,无不喝采。随后便是右队捧日、忠义两营军马,端的整齐,去那两面绣旗下,一丛战马之中,簇拥着车骑将军周昂。怎生打扮? 但见:

戴一顶吞龙头、撒青缨、珠闪烁烂银盔;披一副损枪尖、坏箭头、衬香绵熟钢甲;穿一领绣牡丹、飞双凤、圈金线绛红袍;系一条称狼腰、宜虎体、嵌七宝麒麟带;着一双起三尖、海兽皮、倒云根虎尾靴;弯一张雀画面、龙角靶、紫综绣六钧弓;攒一壶皂雕翎、铁梨杆、透唐猊凿子箭;使一柄欺袁达、赛石丙、劈开山金蘸斧;驶一匹负千斤、高八尺、能冲阵火龙驹;悬一条简银杆、四方棱、赛金光劈楞简。

这周昂坐在马上,停停(挺拔的样子)威猛,领着右队人马,来到城边,与丘岳下马,来拜辞杨太尉,作别众官,离了东京,取路望济州进发。

且说高太尉在济州和闻参谋商议,比及添拨得军马到来,先使人去近处山林,砍伐木植大树;附近州县,拘刷造船匠人,就济州城外,搭起船场,打造战船。一面出榜,招募敢勇水手军士。

济州城中客店内,歇着一个客人,姓叶名春,原是泗州人氏,善会造船。因来山东,路经梁山泊过,被他那里小伙头目劫了本钱,流落在济州,不能够回乡。听得高太尉要伐木造船,征进梁山泊,以图取胜,将纸画成船样,来见高太尉。拜罢,禀道:“前者恩相以船征进,为何不能取胜? 盖因船只皆是各处拘刷(全部收禁、收缴或扣留)将来的,使风摇橹,俱不得法。更兼船小底尖,难以用武。叶春今献一计,若要收伏此寇,必须先造大船数百只。最大者名为大海鳅船(战船名),两边置二十四部水车,船中可容数百人。每车用十二个人踏动,外用竹笆遮护,可避箭矢,船面上竖立弩楼(供射箭用的台子),另造划车(装在船上用以撞击敌船的器械。划, chǎn)摆布放于上。如要进发,垛楼(弩楼突出的部分)上一声梆子响,二十四部水车一齐用力踏动,其船如飞,他将何等船只可以拦当！若是遇着敌军，船面上伏弩齐发，他将何物可以遮护！其第二等船，名为小海鳅船，两边只用十二部水车，船中可容百十人。前面后尾，都钉长钉，两边亦立弩楼，仍设遮洋笆片(用竹片等编制的遮阳顶盖)。这船却行梁山泊小港，当住这厮私路伏兵。若依此计，梁山之寇，指日唾手可平。"高太尉听说，看了图样，心中大喜。便叫取酒食衣服，赏了叶春，就着做监造战船都作头(总监工)。连日晓夜催并，砍伐木植，限日定时，要到济州交纳。各路府州县，均派合用造船物料。如若违限二日，笞(chī，用鞭杖或竹板打)四十，每一日加一等。若违限五日外者，定依军令处斩。各处逼迫守令催督，百姓亡者数多，万民嗟怨(嗟叹怨恨。嗟，jiē)。有诗为证：

井蛙小见岂知天，可慨高俅听谲言①。

毕竟鳅船难取胜，伤财劳众枉徒然。

　　且不说叶春监造海鳅等船，却说各处添拨水军人等，陆续都到济州。高太尉分拨各寨节度使下听调，不在话下。只见门吏报道："朝廷差遣丘岳、周昂二将到来。"高太尉令众节度使出城迎接。二将到帅府，参见了，太尉亲赐酒食，抚慰已毕。一面差人赏军，一面管待二将。二将便请太尉将令，引军出城搦战(挑战，挑衅。搦，nuò)。高太尉道："二公且消停数日，待海鳅船完备，那时水陆并进，船骑双行，一鼓可平贼寇。"丘岳、周昂禀道："某等觑(qù，轻视，小看)梁山泊草寇如同儿戏，太尉放心，必然奏凯(因战胜而奏庆功之乐，泛指胜利)还京。"高俅道："二将若果应口，吾当奏知天子前，必当重用。"是日宴散，就帅府前上马，回归本寨，且把军马屯驻听调。

　　不说高太尉催促造船征进，却说宋江与众头领自从济州城下叫反杀人，奔上梁山泊来，却与吴用等商议道："两次招安，都伤犯了天使，越增的罪恶重了，朝廷必然又差军马来。"便差小喽罗下山，去探事情如何，火急回报。

---

①谲(jué)言：骗人的言语。谲，诡诈。

— 881 —

不数日,只见小喽罗探知备细,报上山来:"高俅近日招募一水军,叫叶春为作头,打造大小海鳅船数百只。东京又新遣差两个御前指挥,俱到来助战。一个姓丘名岳,一个姓周名昂,二将英勇。各路又添拨到许多人马,前来助战。"宋江便与吴用计议道:"似此大船,飞游水面,如何破得?"吴用笑道:"何有惧哉!只消得几个水军头领便了。旱路上交锋,自有猛将应敌。然虽如此,料这等大船,要造必在数旬(旬,天干纪日,每十日周而复始,称一旬)间方得成就。目今尚有四五十日光景,先教一两个弟兄去那造船厂里,先薅恼(麻烦、骚扰。薅,hāo)他一遭,后却和他慢慢地放对(指比武时摆开架势对打)。"宋江道:"此言最好!可教鼓上蚤时迁、金毛犬段景住这两个走一遭。"吴用道:"再叫张青、孙新,扮作拽树民夫,杂在人丛里入船厂去。叫顾大嫂、孙二娘扮做送饭妇人,和一般的妇人杂将入去。却叫时迁、段景住相帮。再用张清引军接应,方保万全。"前后唤到堂上,各各听令已了。众人欢喜无限,分投下山,自去行事。

却说高太尉晓夜催促,督造船只,朝暮捉拿民夫供役。那济州东路上一带,都是船厂,趱造(赶造。趱,zǎn)大海鳅船百只,何止匠人数千,纷纷攘攘。那等蛮军,都拔出刀来,唬吓民夫,无分星夜,要趱完备。是日,时迁、段景住先到了厂内,两个商量道:"眼见的孙、张二夫妻,只是去船厂里放火,我和你也去那里,不显我和你高强。我们只伏在这里左右,等他船厂里火发,我便却去城门边伺候,必然有救军出来,乘势闪将入去,就城楼上放起火来。你便却去城西草料场里,也放起把火来,教他两下里救应不迭。这场惊吓不小。"两个自暗暗地相约了,身边都藏了引火的药头,各自去寻个安身之处。

却说张青、孙新两个来到济州城下,看见三五百人,拽木头入船厂里去。张、孙二人杂在人丛里,也去拽木头,投厂里去。厂门口约有二百来军汉,各带腰刀,手拿棍棒,打着民夫,尽力拖拽入厂里面交纳。团团一遭,都是排栅(军事防御设施。用巨木排列连成的栅栏)。前后搭盖茅草厂屋,有二三百间。张青、孙新入到里面看时,匠人数千,解板的在一处,钉船的在一处,艌船(亦作"捻船"。艌,niàn,用麻絮油灰嵌塞船缝)的在一处。匠人民夫,乱滚滚往来,不计其数。这两个径投做饭的笆栅下去躲避。孙二娘、顾大嫂两个穿了些腌腌臜臜(āāzāzā,脏,不干净)衣服,各提着个饭罐,随着一般送饭的妇人打哄入去。看看天色渐晚,月色光明,众匠人大半尚兀自(还,仍然)在那里挣趱(勉力赶做)未办的工程。当时近有二更时分,孙新、张青在左边船厂里放火,孙二娘、顾大嫂在右边船厂里放火。两下火起,草屋焰腾腾(火势猛烈)地价烧起来。船厂内民夫工匠,一齐发喊,拔翻众栅,各自逃生。

高太尉正睡间,忽听得人报道:"船场里火起!"急忙起来,差拨官军,出城救应。丘岳、周昂二将各引本部军兵,出城救火。去不多时,城楼上一把火起。高太尉听了,亲自上马,引军上城救火时,又见报道:"西草场内又一把火起!"照耀浑如(就像)白日。丘、周二将引军去西草场中救护时,只听得鼓声振地,喊杀连天。原来没羽箭张清引着五百骠骑马军在那里埋伏,看见丘岳、周昂引军来救应,张清便直杀将来,正迎着丘岳、周昂军马。张清大喝道:"梁山泊好汉全伙在此!"丘岳大怒,拍马舞刀,直取张清。张清手揢(nuò,古同"搦",握持)长枪来迎,不过三合,拍马便走。丘岳要逞功劳,随后赶来,大喝:"反贼休走!"张清按住长枪,轻轻去锦袋内偷取个石子在手,扭回身躯,看丘岳来得较近,手起喝声道:"着!"一石子正中丘岳面门,翻身落马。周昂见了,便和数个牙将(中下级军官)死命来救丘岳。周昂战住张清,众将救得丘岳上马去了。张清与周昂战不到数合,回马便走。周昂不赶。张清又回来,却见王焕、徐京、杨温、李从吉四路军到。张清手招引了五百骠骑军,竟回旧路去了。这里官军恐有伏兵,不敢去赶,自收军兵回来,且只顾救火。三处火灭,天色已晓。

高太尉教看丘岳中伤如何。原来那一石子正打着面门唇口里,打落了四个牙齿,鼻子嘴唇,都打破了。高太尉着令医人治疗,见丘岳重伤,恨梁山泊深入骨髓。一面使人唤叶春,分付教在意造船征进。船厂四围,都教节度使下了寨栅,早晚提备,不在话下。

却说张青、孙新夫妻四人,俱各欢喜。时迁、段景住两个,都回旧路。六人已都有部从人马,迎接回梁山泊去了。都到忠义堂,去说放火一事。宋江大喜,设宴特赏六人。自此之后,不时间(时常)使人探视。

造船将完,看看冬到。其年天气甚暖,高太尉心中暗喜,以为天助。叶春造船,也都完办。高太尉催趱水军,都要上船,演习本事。大小海鳅等船,陆续下水。城中帅府招募到四山五岳水手人等,约有一万余人。先教一半去各船上学踏车,着一半学放弩箭。不过二十余日,战船演习已都完足了。叶春请太尉看船,有诗为证:

> 自古兵机在速攻,锋摧师老岂成功。
> 高俅卤莽①无通变,经岁劳民造战艟②。

是日,高俅引领众多节度使、军官头目,都来看船。把海鳅船三百余只,分布水面。选十数只船,遍插旌旗,筛锣(敲锣)击鼓,梆子响处,两边水车,一齐踏动,端的是风飞电走。高太尉看了,心中大喜:"似此如飞船只,此寇将何拦截,此战必胜。"随即金银缎匹,赏赐叶春。其余人匠,各给盘缠,疏放归家。

次日,高俅令有司宰乌牛、白马、猪、羊、果品,摆列金银钱纸,致祭水神。排列已了,众将请太尉行香。丘岳疮口已完,恨入心髓,只要活捉张清报仇。当同周昂与众节度使,一齐都上马,跟随高太尉到船边下马,随侍高俅,致祭水神。焚香赞礼已毕,烧化楮帛(旧俗祭祀时焚化的纸钱。楮,chǔ),众将称贺已了,高俅叫取京师原带来的歌儿舞女,都令上船作乐侍宴。一面教军健车船演习,飞走水面,船上笙箫谩品,歌舞悠扬,游玩终夕不散。当夜就船中宿歇。次日,又设席面饮酌,一连三日筵宴,不肯开船。忽有人报道:"梁山泊贼人写一首诗,贴在济州城里土地庙前,有人揭得在此。"其诗写道:

---

① 卤莽:粗率冒失,不郑重。　②战艟(chōng):战船。

帮闲得志一高俅，漫领三军水上游。

便有海鳅船万只，俱来泊内一齐休。

高太尉看了诗大怒，便要起军征剿："若不杀尽贼寇，誓不回军！"闻参谋谏道："太尉暂息雷霆之怒。想此狂寇惧怕，特写恶言唬吓，不为大事。消停数日之间，拨定了水陆军马，那时征进未迟。目今深冬，天气和暖，此天子洪福，元帅虎威也。"高俅听罢甚喜。遂入城中，商议拨军遣将。旱路上便调周昂、王焕同领大军，随行策应。却调项元镇、张开总领军马一万，直至梁山泊山前那条大路上守住厮杀。原来梁山泊自古四面八方，茫茫荡荡，都是芦苇烟水；近来只有山前这条大路，却是宋公明方才新筑的，旧不曾有。高太尉教调马军先进，截住这条路口。其余闻参谋、丘岳、徐京、梅展、王文德、杨温、李从吉、长史王瑾、造船人叶春，随行牙将、大小军校随从人等，都跟高太尉上船征进。闻参谋谏道："主帅只可监督马军，陆路进发，不可自登水路，亲临险地。"高太尉道："无伤（没什么）！前番二次皆不得其人，以致失陷了人马，折了许多船只。今番造得若干好船，我若不亲临监督，如何擒捉此寇？今次正要与贼人决一死战，汝不必多言！"闻参谋再不敢开口，只得跟随高太尉上船。高俅拨三十只大海鳅船，与先锋丘岳、徐京、梅展管领，拨五十只小海鳅船开路，令杨温同长史王瑾、船匠叶春管领。头船上立两面大红绣旗，上书十四个金字道："搅海翻江冲巨浪，安邦定国灭洪妖。"中军船上，却是高太尉、闻参谋引着歌儿舞女，自守中军队伍。向那三五十只大海鳅船上，摆开碧油幢（军幕）、帅字旗、黄钺（饰以黄金的长柄斧子。天子仪仗，亦用以征伐。钺，yuè）白旄（一种军旗。竿头以牦牛尾为饰，用以指挥全军。旄，máo）、朱幡（亦作"朱旛"，红色的旗幡。尊显者所用。幡，fān）皂盖（官员所用的黑色蓬伞）、中军器械。后面船上，便令王文德、李从吉压阵。此是十一月中时。马军得令先行，水军先锋丘岳、徐京、梅展三个在头船上首先进发，飞云卷雾，望梁山泊来。但见海鳅船：

前排箭洞，上列弩楼，冲波如蛟蜃（jiāoshèn，蛟与蜃。亦泛指水族）

之形,走水似鲲鲸(即鲲鱼。鲲鱼千尺如鲸,故名。鲲,kūn)之势。龙鳞密布,左右排二十四部绞车(一种起重装置。通常作牵引之用。今称卷扬机);雁翅齐分,前后列一十八般军器。青布织成皂盖,紫竹制作遮洋。往来冲击似飞梭,展转交锋欺快马。

宋江、吴用已知备细,预先布置已定,单等官军船只到来。

当下三个先锋,催动船只,把小海鳅分在两边,当住小港;大海鳅船望中进发。众军诸将,正如蟹眼鹤顶(形容很着急的样子),只望前面奔窜,迤逦来到梁山泊深处。

只见远远地早有一簇船来,每只船上,只有十四五人,身上都有衣甲,当中坐着一个头领。前面三只船上,插着三把白旗,旗上写道:"梁山泊阮氏三雄"。中间阮小二,左边阮小五,右边阮小七。远远地望见明晃晃都是戎装衣甲,却原来尽把金银箔(bó)纸糊成的。三个先锋见了,便叫前船上将火炮、火枪、火箭,一齐打放。那三阮全然不惧,料着船近,枪箭射得着时,发声喊,齐跳下水里去了。丘岳等夺得三只空船。又行不过三里来水面,见三只快船抢风摇来。头只船上,只见十数个人,都把青黛黄丹土朱泥粉抹在身上,头上披着发,口中打着胡哨,飞也似来。两边两只船上,都只五七个人,搭红画绿不等。中央是玉幡竿孟康,左边是出洞蛟童威,右边是翻江蜃童猛。这里先锋丘岳又叫打放火器,只见对面发声喊,都弃了船,一齐跳下水里去了。又捉得三只空船。再行不得三里多路,又见水面上三只中等船来。每船上四把橹,八个人摇动,十余个小喽罗,打着一面红旗,簇拥着一个头领坐在船头上,旗上写:"水军头领混江龙李俊"。左边这只船上坐着这个头领,手搭铁枪,打着一面绿旗,上写道:"水军头领船火儿张横"。右边那只船上立着那个好汉,上面不穿衣服,下腿赤着双脚,腰间插着几个铁凿,手中挽个铜锤,打着一面皂旗,银字,上书:"头领浪里白跳张顺"。乘着船,高声说道:"承谢送船到泊。"三个先锋听了,喝教:"放箭!"弓弩响时,对面三只船上众好汉都翻筋斗跳下水里去了。此是暮冬(晚冬)天气,官军船上招来的水手军士,那里敢下水去。

　　正犹豫间,只听得梁山泊顶上号炮连珠价响,只见四分五落,芦苇丛中,钻出千百只小船来,水面如飞蝉一般。每只船上只三五个人,船舱中竟不知有何物。大海鳅船要撞时,又撞不得。水车正要踏动时,前面水底下都填塞定了,车辐板竟踏不动。弩楼上放箭时,小船上人一个个自顶片板遮护。看看逼将拢来,一个把挠钩(一种工具,长柄,顶端装一大铁钩)搭住了舵,一个把板刀便砍那踏车的军士。早有五六十个爬上先锋船来。官军急要退时,后面又塞定了,急切退不得。前船正混战间,后船又大叫起来。高太尉和闻参谋在中军船上听得大乱,急要上岸,只听得芦苇中金鼓大振,舱内军士一齐喊道:"船底漏了。"滚滚走入水来。前船后船,尽皆都漏,看看沉下去。四下小船,如蚂蚁相似,望大船边来。高太尉新船,缘何得漏?却原来是张顺引领一班儿高手水军,都把锤凿在船底下凿透船底,四下里滚入水来。

　　高太尉爬去舵楼上,叫后船救应,只见一个人从水底下钻将起来,便跳上舵楼来,口里说道:"太尉,我救你性命。"高俅看时,却不认得。那人近前,便一手揪住高太尉巾帻(头巾,以幅巾制成的帽子。帻,zé),一手提住腰间束带,喝一声:"下去!"把高太尉扑通地丢下水里去。堪嗟赫赫中军将,翻作淹淹水底人!只见旁边两只小船飞来救应,拖起太尉上船去。那个人便是浪里白跳张顺,水里拿人,浑如瓮中捉鳖(比喻要捕捉的对象无处逃遁,下手即可捉到。瓮,wèng),手到拈来。

　　前船丘岳见阵势大乱,急寻脱身之计,只见旁边水手丛中,走出一个水军来。丘岳不曾提防,被他赶上,只一刀,把丘岳砍下船去。那个便是梁山泊锦豹子杨林。徐京、梅展见杀了先锋丘岳,两节度奔来杀杨林。水军丛中,连抢出四个小头领来,一个是白面郎君郑天寿,一个是病大虫薛永,一个是打虎将李忠,一个是操刀鬼曹正,一发从后面杀来。徐京见不是头,便跳下水去逃命,不想水底下已有人在彼(在那里),又吃拿了。薛永将梅展一枪,搠(shuò,戳,刺)着腿股,跌下舱里去。原来八个头领来投充水军,尚兀自有三个在前船上,一个是青眼虎李云,一个是金钱豹子汤隆,一个是鬼脸儿杜兴。众节度使便有三头六臂,到此也施展不得。

梁山泊宋江、卢俊义已自各分水陆进攻。宋江掌水路,卢俊义掌旱路。休说水路全胜,且说卢俊义引领诸将军马,从山前大路杀将出来,正与先锋周昂、王焕马头相迎。周昂见了,当先出马,高声大骂:"反贼,认得俺么?"卢俊义大喝:"无名小将,死在目前,尚且不知!"便挺枪跃马,直奔周昂,周昂也抡动大斧,纵马来敌。两将就山前大路上交锋,斗不到二十余合,未见胜败。只听得后队马军,发起喊来。原来梁山泊大队军马,都埋伏在山前两下大林丛中,一声喊起,四面杀将出来。东南关胜、秦明,西北林冲、呼延灼,众多英雄,四路齐到。项元镇、张开那里拦当得住,杀开条路,先逃性命走了。周昂、王焕不敢恋战,拖了枪斧,夺路而走,逃入济州城中,扎住军马,打听消息。

再说宋江掌水路,捉了高太尉,急教戴宗传令,不可杀害军士。中军大海鳅船上闻参谋等,并歌儿舞女,一应部从,尽掳过船。鸣金收军(用敲锣等发出信号撤兵回营),解投大寨。

宋江、吴用、公孙胜等都在忠义堂上,见张顺水渌渌(湿润的样子。渌,lù)地解到高俅。宋江见了,慌忙下堂扶住,便取过罗缎新鲜衣服,与高太尉从新换了,扶上堂来,请在正面而坐。宋江纳头便拜,口称死罪,高俅慌忙答礼。宋江叫吴用、公孙胜扶住,拜罢,就请上坐。再叫燕青传令下去:"如若今后杀人者,定依军令,处以重刑!"号令下去,不多时,只见纷纷解上人来。童威、童猛解上徐京;李俊、张横解上王文德;杨雄、石秀解上杨温;三阮解上李从吉;郑天寿、薛永、李忠、曹正解上梅展;杨林解献丘岳首级;李云、汤隆、杜兴解献叶春、王瑾首级;解珍、解宝掳捉闻参谋并歌儿舞女,一应部从,解将到来。单单只走了四人:周昂、王焕、项元镇、张开。宋江都教换了衣服,从新整顿,尽皆请到忠义堂上,列坐相待。但是活捉军士,尽数

放回济州。另教安排一只好船,安顿歌儿舞女一应部从,令他自行看守。有诗为证:

奉命高俅欠取裁①,被人活捉上山来。

不知忠义为何物,翻宴梁山啸聚台。

当时宋江便教杀牛宰马,大设筵宴。一面分投赏军,一面大吹大擂,会集大小头领,都来与高太尉相见。各施礼毕,宋江持盏擎杯,吴用、公孙胜执瓶捧案,卢俊义等侍立相待。宋江开口道:"文面小吏,安敢叛逆圣朝,奈缘积累罪尤,逼得如此。二次虽奉天恩,中间委曲奸弊,难以缕陈(屡次说明)。万望太尉慈悯(慈悲怜悯),救拔深陷之人,得瞻天日(得见天日。比喻从迷途中挽救出来),刻骨铭心,誓图死保。"高俅见了众多好汉,一个个英雄猛烈,林冲、杨志怒目而视,有欲要发作之色,先有了十分惧怯,便道:"宋公明,你等放心! 高某回朝,必当重奏,请降宽恩大赦,前来招安,重赏加官。大小义士,尽食天禄,以为良臣。"宋江听了大喜,拜谢太尉。当日筵会,甚是整齐。大小头领,轮番把盏,殷勤相劝。高太尉大醉,酒后不觉放荡,便道:"我自小学得一身相扑,天下无对。"卢俊义却也醉了,怪高太尉自夸天下无对,便指着燕青道:"我这个小兄弟也会相扑,三番上岱岳争交,天下无对。"高俅便起身来,脱了衣裳,要与燕青厮扑。众头领见宋江敬他是个天朝太尉,没奈何处,只得随顺听他说,不想要勒燕青相扑,正要灭高俅的嘴,都起身来道:"好,好! 且看相扑!"众人都哄下堂去。宋江亦醉,主张不定。两个脱了衣裳,就厅阶上,宋江叫把软褥铺下。两个在剪绒毯上,吐个门户。高俅抢将入来,燕青手到,把高俅扭捽(揪住。捽,zuó)得定,只一交,撷翻在地褥上,做一块,半晌挣不起。这一扑,唤做守命扑。宋江、卢俊义慌忙扶起高俅,再穿了衣服,都笑道:"太尉醉了,如何相扑得成功,切乞恕罪!"高俅惶恐无限,却再入席,饮至夜深,扶入后堂歇了。

---

① 取裁:思量。

次日又排筵会，与高太尉压惊。高俅遂要辞回，与宋江等作别。宋江道："某等淹留大贵人在此，并无异心。若有瞒昧(隐瞒欺骗)，天地诛戮(zhūlù，杀害，杀戮)！"高俅道："若是义士肯放高某回京，便将全家于天子前保奏义士，定来招安，国家重用。若更翻变(反悔生变故)，天所不盖，地所不载，死于枪箭之下！"宋江听罢，叩首拜谢。高俅又道："义士恐不信高某之言，可留下众将为当。"宋江道："太尉乃大贵人之言，焉肯失信？何必拘留众将。容日各备鞍马，俱送回营。"高太尉谢了："既承如此相款(款待)，深感厚意，只此告回。"宋江等众苦留。当日再排大宴，序旧论新，筵席直至更深方散。

第三日，高太尉定要下山，宋江等相留不住，再设筵宴送行。抬出金银彩缎之类，约数千金，专送太尉，为折席(用金钱抵充酒席。多借此名义向人赠送金钱)之礼。众节度使以下，另有馈送(馈赠)。高太尉推却不得，只得都受了。饮酒中间，宋江又提起招安一事。高俅道："义士可叫一个精细之人，跟随某去，我直引他面见天子，奏知你梁山泊衷曲之事，随即好降诏敕(诏书。敕，chì)。"宋江一心只要招安，便与吴用计议，教圣手书生萧让跟随太尉前去。吴用便道："再教铁叫子乐和作伴，两个同去。"高太尉道："既然义士相托，便留闻参谋在此为信。"宋江大喜。至第四日，宋江与吴用带二十余骑，送高太尉并众节度使下山，过金沙滩二十里外饯别，拜辞了高太尉，自回山寨，专等招安消息。

却说高太尉等一行人马，望济州回来，先有人报知。济州先锋周昂、王焕、项元镇、张开、太守张叔夜等出城迎接。高太尉进城，略住了数日，收拾军马，教众节度使各自领兵回程暂歇，听候调用。高太尉自带了周昂并大小牙将头目，领了三军，同萧让、乐和一行部从，离了济州，迤逦望东京进发。

不因高太尉带领梁山泊两个人来，有分教，风流出众，洞房深处遇君王；细作通神，相府园中寻俊杰。毕竟高太尉回京，怎地保奏招安宋江等众，且听下回分解。

第八十一回

燕青月夜遇道君　戴宗定计出乐和

话说梁山泊好汉,水战三败高俅,尽被擒捉上山。宋公明不肯杀害,尽数放还。高太尉许多人马回京,就带萧让、乐和前往京师,听候招安一事,却留下参谋闻焕章在梁山泊里。那高俅在梁山泊时,亲口说道:"我回到朝廷,亲引萧让等面见天子,便当力奏保举(推荐),火速差人前来招安。"因此上就叫乐和为伴,与萧让一同去了,不在话下。

且说梁山泊众头目商议,宋江道:"我看高俅此去,未知真实。"吴用笑道:"我观此人,生的蜂目蛇形,是个转面忘恩之人。他折了许多军马,废了朝廷许多钱粮,回到京师,必然推病不出,朦胧(ménglóng,含糊)奏过天子,权将军士歇息。萧让、乐和软监在府里。若要等招安,空劳神力!"宋江道:"似此怎生奈何? 招安犹可,又且陷了二人。"吴用道:"哥哥再选两个乖觉的人,多将金宝前去京师,探听消息。就行钻刺(钻营,谋求)关节(暗中说人情、行贿勾通官吏的事),把衷情达知今上,令高太尉藏匿(蒙蔽)不得,此为上计。"燕青便起身说道:"旧年(上一年)闹了东京,是小弟去李师师家入肩(为谋划某件事而侧身其中)。不想这一场大闹,他家已自猜了八分。只有一件,他却是天子心爱的人,官家那里疑他。他自必然奏说:'梁山泊知得陛下在此私行,故来惊吓。'已是遮过了。如今小弟多把些金珠去那里入肩,枕头上关节最快。小弟可长可短,见机而作。"宋江道:"贤弟此去,须担干系。"戴宗便道:"小弟帮他去走一遭。"神机军师朱武道:"兄长昔日

— 891 —

打华州时,尝与宿太尉有恩。此人是个好心的人。若得本官于天子前早晚题奏,亦是顺事。"宋江想起九天玄女之言,"遇宿重重喜",莫非正应着此人身上? 便请闻参谋来堂上同坐。宋江道:"相公曾认得太尉宿元景么? "闻焕章道:"他是在下同窗朋友,如今和圣上寸步不离。此人极是仁慈宽厚,待人接物,一团和气。"宋江道:"实不瞒相公说,我等疑高太尉回京,必然不奏招安一节。宿太尉旧日在华州降香,曾与宋江有一面之识。今要使人去他那里打个关节,求他添力(协助),早晚于天子处题奏,共成此事。"闻参谋答道:"将军既然如此,在下当修尺书(书信)奉去。"宋江大喜。随即教取纸笔来,一面焚起好香,取出玄女课(迷信占卜的一种),望空祈祷,卜得个上上大吉之兆。随即置酒,与戴宗、燕青送行。收拾金珠细软之物两大笼子,书信随身藏了,仍带了开封府印信公文。两个扮作公人,辞了头领下山,渡过金沙滩,望东京进发。

戴宗托着雨伞,背着个包裹。燕青把水火棍(旧时衙门差役所使用的上黑下红、上圆下略扁的木棍)挑着笼子,拽扎起皂衫,腰系着缠袋(束腰的宽带,上有口),脚下都是腿绷(绑腿一类的用品)护膝(保护膝盖的衬垫,有时同衣服连在一起),八搭麻鞋(用麻编织、有耳绊可用带系在脚上的一种鞋,适合于行远路,云游僧道常穿)。于路免不得饥餐渴饮,夜住晓行。不则一日,来到东京,不由顺路入城,却转过万寿门来。两个到得城门边,把门军当住。燕青放下笼子,打着乡谈(家乡话,方言土语)说道:"你做甚么当我? "军汉道:"殿帅府有钧旨,梁山泊一色人等,恐有夹带入城,因此着仰(命令。着,zhuó)各门,但有外乡客人出入,好生盘诘(查问,盘问。诘,jié)。"燕青笑道:"你便是了事的公人,将着自家人只管盘问。俺两个从小在开封府勾当(职衔名。主管办理某种公务的官员。宋时称各路属官为勾当公事,后因避宋高宗赵构名讳而改为"干办公事"或"干当"),这几下不知出入了几万遭,你颠倒只管盘问,梁山泊人,眼睁睁的都放他过去了。"便向身边取出假公文,劈面(迎面,正对着脸)丢将去道:"你看,这是开封府公文不是? "那监门官听得,喝道:"既是开封府公文,只管问他怎地? 放他入去! "燕青一把抓了公文,揣在怀里,挑起笼子便走。戴宗也冷笑了一声。两个径奔开封府前来,寻个客店安歇了。

次日,燕青换领布衫穿了,将搭膊系了腰,换顶头巾,歪戴着,只妆做小闲(小吏)模样。笼内取了一帕子金珠,分付戴宗道:"哥哥,小弟今日去李师师家干事,倘有些撅撒(败露。撅, juē),哥哥自快回去。"分付戴宗了当,一直取路,径奔李师师家来。

到的门前看时,依旧曲槛(曲折的栏杆。槛, kǎn)雕栏,绿窗朱户,比先时又修的好。燕青便揭起斑竹(一种茎上有紫褐色斑点的竹子,也叫湘妃竹)帘子,从侧首边转将入来,早闻的异香馥郁。入到客位前,见周回吊挂名贤书画,阶檐下放着三二十盆怪石苍松,坐榻尽是雕花香楠木,小床坐褥尽铺锦绣。燕青微微地咳嗽一声,娅嬛(yāhuan, 婢女)出来见了,便传报李妈妈出来,看见是燕青,吃了一惊,便道:"你如何又来此间?"燕青道:"请出娘子来,小人自有话说。"李妈妈道:"你前番连累我家,坏了房子。你有话便说。"燕青道:"须是娘子出来,方才说的。"

李师师在窗子后听了多时,转将出来。燕青看时,别是一般风韵,但见容貌似海棠滋晓露,腰肢如杨柳袅东风,浑如阆苑(阆风之苑,传说中仙人的住处。阆, làng)琼姬(传说芙蓉城中仙女名。借指美女),绝胜桂宫(月宫)仙姊(若嫦娥般的仙女)。当下李师师轻移莲步(旧指美女的脚步),款蹙(cù)湘裙,走到客位里面。燕青起身,把那帕子放在桌上,先拜了李妈妈四拜,后拜李行首两拜。李师师谦让道:"免礼!俺年纪幼小,难以受拜。"燕青拜罢,起身道:"前者惊恐,小人等安身无处。"李师师道:"你休瞒我,你当初说道是张闲,那两个是山东客人。临期闹了一场,不是我巧言奏过官家,别的人时,却不满门遭祸!他留下词中两句,道是:'六六雁行连八九(六六,即三十六,指三十六员天罡;八九,即七十二,指七十二员地煞。雁行,喻兄弟。六六雁行连八九,指兄弟一百零八人,即水浒一百零八将),只等金鸡消息(指皇帝下赦令招安的消息。金鸡,古时大赦时,所举行的一种仪式,即竖长杆,顶立金鸡,然后集中罪犯,击鼓,宣读赦令)。'我那时便自疑惑,正待要问,谁想驾到。后又闹了这场,不曾问的。今喜汝来,且释我心中之疑,你不要隐瞒,实对我说知。若不明言,决无干休!"燕青道:"小人实诉衷曲(心中隐情),花魁娘子休要吃惊。前番来的那个黑矮身材,为头坐的,正是呼保义宋江;第二位坐的白俊面皮,三牙髭须,那个便是柴世宗嫡派子孙小旋风柴进;这公人打扮,立在面前的,便是神行太保戴宗;门首和杨太尉厮打的,正是黑旋风李逵;小人是北京大名府人氏,人都唤小人做浪子燕青。当初俺哥哥来东京求见娘子,教小人诈作张闲,来宅上入肩。俺哥哥要见尊颜,非图买笑迎欢,只是久闻娘子遭际(遇到)今上,以此亲自特来告诉衷曲,指望将替天行道、保国安民之心上达天听(指皇上),早得招安,免致生灵受苦。若蒙如此,则娘子是梁山泊数万人之恩主也! 如今被奸臣当道,谗佞(chánnìng,逸邪奸佞之人)专权,闭塞贤路,下情不能上达。因此上来寻这条门路,不想惊吓娘子。今俺哥哥无可拜送,只有些少微物在此,万望笑留。"燕青便打开帕子,摊在桌上,都是金珠宝贝器皿。那虔婆爱的是财,一见便喜,忙叫奶子收拾过了;便请燕青进里面小阁儿内坐地,安排好细食茶果,殷勤相待。原来李师师家,皇帝不时间来,因此上公子王孙,富豪子弟,谁敢来他家讨茶吃。

且说当时铺下盘馔(盘盛肴馔的统称。馔,zhuàn)酒果,李师师亲自相待。燕青道:"小人是个该死的人,如何敢对花魁娘子坐地?"李师师道:"休恁地说! 你这一班义士,久闻大名,只是奈缘中间无有好人与汝们众位作成,因此上屈沉水泊。"燕青道:"前番陈太尉来招安,诏书上并无抚恤的言语,更兼抵换了御酒。第二番领诏招安,正是诏上要紧字样,故意读破句读(古人指文辞休止和停顿处。文辞语意已尽处为句,未尽而须停顿处为读。读,dòu):'除宋江,卢俊义等大小人众所犯过恶,并与赦免。'因此上,又不曾归顺。童枢密引将军来,只两阵,杀的片甲不归。次后高太尉役天下民夫,造船征进,只三阵,人马折其大半。高太尉被俺哥哥活捉上山,不肯杀害,重重管待,送回京师,生擒人数,尽都放还。他在梁山泊说了大誓,如回到朝廷,奏过天子,便来招安。因此带了梁山泊两个人来,一个是秀才萧让,一个是能唱乐和,眼见的把这两人藏在家里,不肯令他出来。损兵折将,必然瞒着天子。"李师师道:"他这等破耗(破费)钱粮,损折兵将,如何敢奏?这话我尽知了。且饮数杯,别作商议。"燕青道:"小人天性不能饮酒。"李师师道:"路远风霜,到此开怀,也饮几杯。"燕青被央不过,一杯两盏,只得陪侍。

原来这李师师是个风尘妓女,水性(性情浮荡,如水一样随势而流,比喻妇女爱情不专一)的人,见了燕青这表人物,能言快说,口舌利便,倒有心看上他。酒席之间,用些话来嘲惹(挑逗,引诱)他。数杯酒后,一言半语,便来撩拨。燕青是个百伶百俐(极其机灵)的人,如何不省得?他却是好汉胸襟,怕误了哥哥大事,那里敢来承惹?李师师道:"久闻的哥哥诸般乐艺,酒边闲听,愿闻也好。"燕青答道:"小人颇学的些本事,怎敢在娘子跟前卖弄?"李师师道:"我便先吹一曲,教哥哥听!"便唤娅嬛取箫来。锦袋内掣出那管凤箫,李师师接来,口中轻轻吹动,端的是穿云裂石(穿入云层,震裂石块。极言声音之激越)之声。燕青听了,喝采不已。李师师吹了一曲,递过箫来,与燕青道:"哥哥也吹一曲,与我听则个!"燕青却要那婆娘欢喜,只得把出本事来,接过箫,便呜呜咽咽,也吹一曲。李师师听了,不住声喝采说道:"哥哥原来恁地吹的好箫!"李师师取过阮(古乐器"阮咸"的简称。古琵琶的一种。形状略像月琴,柄长而直,四弦有柱。相传晋阮咸创制并善弹此乐器,因而得名)来,拨个小小的曲儿,教燕青听。果然是玉珮齐鸣,黄莺对啭,余韵悠扬。燕青拜谢道:"小人也唱个曲儿,伏侍娘子。"顿开咽喉便唱,端的是声清韵美,字正腔真,唱罢又拜。李师师执盏擎(qíng,举)杯,亲与燕青回酒谢唱。口儿里悠悠放出些妖娆声嗽,来惹燕青。燕青紧紧的低了头,唯喏(答应)而已。数杯之后,李师师笑道:"闻知哥哥好身纹绣,愿求一观如何?"燕青笑道:"小人贱体,虽有些花绣,怎敢在娘子跟前揎衣裸体(捋袖露臂,不着衣物。揎,xuān)?"李师师说道:"锦体(文身)社家子弟,那里去问揎衣裸体!"三回五次,定要讨看。燕青只的脱膊下来,李师师看了,十分大喜。把尖尖玉手,便摸他身上。燕青慌忙穿了衣裳。李师师再与燕青把盏,又把言语来调他。燕青恐怕他动手动脚,难以回避,心生一计,便动问道:"娘子今年贵庚多少?"李师师答道:"师师今年二十有七。"燕青说道:"小人今年二十有五,却小两年。娘子既然错爱,愿拜为姊姊!"燕青便起身,推金山,倒玉柱,拜了八拜。这八拜是拜住那妇人一点邪心,中间里好干大事。若是第二个,在酒色之中的,也把大事坏了。因此上单显燕青心如铁石,端的是好男子!

当时燕青又请李妈妈来也拜了,拜做干娘。燕青辞回,李师师道:"小哥只在我家下,休去店中宿。"燕青道:"既蒙错爱,小人回店中取了些东西便来。"李师师道:"休教我这里专望。"燕青道:"店中离此间不远,少刻便到。"燕青暂别了李师师,径到客店中,把上件事和戴宗说了。戴宗道:"如此最好!只恐兄弟心猿意马(以猿腾马奔比喻凡心无常、无定而又多变。后用以比喻心思不专,变化不定),拴缚(捆扎,约束)不定。"燕青道:"大丈夫处世,若为酒色而忘其本,此与禽兽何异?燕青但有此心,死于万剑之下!"戴宗笑道:"你我都是好汉,何必说誓!"燕青道:"如何不说誓!兄长必然生疑。"戴宗道:"你当速去,善觑方便,早干了事便回,休教我久等。宿太尉的书,也等你来下。"燕青收拾一包零碎金珠细软之物,再回李师师家,将一半送与李妈妈,一半散与全家大小,无一个不欢喜。便向客位侧边,收拾一间房,教燕青安歇。合家大小,都叫叔叔。

也是缘法(机缘)凑巧,至夜却好有人来报,天子今晚到来。燕青听的,便去拜告李师师道:"姊姊做个方便,今夜教小弟得见圣颜,告的纸御笔赦书,赦了小弟罪犯,出自姊姊之德!"李师师道:"今晚定教你见天子一面,你却把些本事动达天颜,赦书何愁没有!"

看看天晚,月色朦胧,花香馥郁,兰麝(兰与麝香。指名贵的香料。麝,shè)芬芳,只见道君皇帝引着一个小黄门(泛指宦官),扮做白衣秀士,从地道中径到李师师家后门来。到的阁子里坐下,便教前后关闭了门户,明晃晃点起灯烛荧煌(辉煌)。李师师冠梳插带,整肃衣裳,前来接驾。拜舞(跪拜与舞蹈。朝拜的礼节)起居,寒温已了,天子命去其整妆衣服,"相待寡人"。李师师承旨,去其服色,迎驾入房。家间已准备下诸般细果,异品肴馔,摆在面前。李师师举杯上劝天子,天子大喜,叫:"爱卿近前,一处坐地!"李师师见天子龙颜大喜,向前奏道:"贱人有个姑舅兄弟,从小流落外方,今日才归,要见圣上,未敢擅便,乞取我王圣鉴。"天子道:"既然是你兄弟,便宣将来见寡人,有何妨?"奶子遂唤燕青直到房内,面见天子。燕青纳头便拜。官家看了燕青一表人物,先自大喜。李师师叫燕青吹箫,伏侍圣上饮酒,少刻又拨一回阮,然后叫燕青唱曲。燕青再拜奏道:"所记无非是淫词艳曲,如何敢伏侍圣上?"官家道:"寡人私行妓馆,其意正要听艳曲消闷,卿当勿疑。"燕青借过象板(象牙拍板。打击乐器),再拜罢,对李师师道:"音韵差错,望姊姊见教。"燕青顿开喉咽,手拿象板,唱《渔家傲》一曲,道是:

> 一别家山音信杳(yǎo,踪迹全无),百种相思,肠断何时了。燕子不来花又老,一春瘦的腰儿小。　薄幸郎君何日到,想自当初,莫要相逢好。好梦欲成还又觉,绿窗但觉莺啼晓。

燕青唱罢,真乃是新莺乍啭(zhuàn,婉转地叫),清韵悠扬。天子甚喜,命教再唱。燕青拜倒在地,奏道:"臣有一只《减字木兰花》,上达天听。"天子道:"好,寡人愿闻!"燕青拜罢,遂唱《减字木兰花》一曲,道是:

> 听哀告,听哀告!贱躯流落谁知道,谁知道!极天罔地(指遍天下),罪恶难分颠倒。　有人提出火坑中,肝胆常存忠孝,常存忠孝!有朝须把大恩人报!

燕青唱罢,天子失惊,便问:"卿何故有此曲?"燕青大哭,拜在地下。天子转疑,便道:"卿且诉胸中之事,寡人与卿理会。"燕青奏道:"臣有迷天之罪,不敢上奏!"天子曰:"赦卿无罪,但奏不妨!"燕青奏道:"臣自幼飘泊江湖,流落山东,跟随客商,路经梁山泊过,致被劫掳上山,一住三年。今年方得脱身逃命,走回京师,虽然见的姊姊,则是不敢上街行走。倘或有人认得,通与做公的,此时如何分说?"李师师便奏道:"我兄弟心中,只有此苦,望陛下做主则个(早期白话句末语助词,有"便了"之意)!"天子笑道:"此事容易,你是李行首(行院中的首领。宋元时对上等妓女的称呼。后为名妓的泛称)兄弟,谁敢拿你!"燕青以目送情与李师师。李师师撒娇撒痴,奏天子道:"我只要陛下亲书一道赦书,赦免我兄弟,他才放心。"天子云:"又无御宝在此,如何写的?"李师师又奏道:"陛下亲书御笔,便强似玉宝(即玉玺)天符(天庭的诏命)。救济兄弟做的护身符时,也是贱人遭际圣时。"天子被逼不过,只得命取纸笔。奶子随即捧过文房四宝,燕青磨的墨浓,李师师递过紫毫(紫色兔毛。亦指用以制成的笔)象管(象牙制的笔管。亦指珍贵的毛笔)。天子拂开花笺(精致华美的笺纸)黄纸(赦免的文告),横内大书一行。临写,又问燕青道:"寡人忘卿姓氏。"燕青道:"男女(小的,自称)唤做燕青。"天子便写御书道:"神霄王府真主宣和羽士虚靖道君皇帝,特赦燕青本身一应无罪,诸司不许拿问。"写罢,下面押个御书(皇帝书写的字)花字(犹花押)。燕青再拜,叩头受命。李师师执盏擎杯谢恩。

天子便问:"汝在梁山泊,必知那里备细(详细情况)。"燕青奏道:"宋江这伙,旗上大书'替天行道',堂设'忠义'为名,不敢侵占州府,不肯扰害良民,单杀赃官污吏谗佞之人,只是早望招安,愿与国家出力。"天子乃曰:"寡人前者两番降诏,遣人招安,如何抗拒,不伏归降?"燕青奏道:"头一番招安,诏书上并无抚恤招谕之言,更兼抵换了御酒,尽是村醪(村酒。醪,本指酒酿。引申为浊酒。醪,láo),以此变了事情(指搞砸了事情)。第二番招安,故把诏书读破句读,要除宋江,暗藏弊幸(奸谋),因此又变了事情。童枢密引军到来,只两阵,杀得片甲不回。高太尉提督军马,又役天下民夫,修造战船征进,不曾得梁山泊一根折箭。只三阵,杀的手脚无措,军马折其三停,自己亦被活捉上山。许了招安,方才放回,又带了山上二人在此,却留下闻参谋在彼质当。"天子听罢,便叹道:"寡人怎知此事!童贯回京时奏说:'军士不伏暑热,暂且收兵罢战。'高俅回京奏道:'病患不能征进,权且罢战回京。'"李师师奏道:"陛下虽然圣明,身居九重(九重天,喻帝位),却被奸臣闭塞贤路,如之奈何?"天子嗟叹不已。约有更深,燕青拿了赦书,叩头安置,自去歇息。天子与李师师上床同寝,当夜五更(旧时自黄昏至拂晓一夜间,分为甲、乙、丙、丁、戊五段,谓之"五更"。又称五鼓、五夜。此处指第五更的时候,即天将明时),自有内侍黄门接将去了。

　　燕青起来,推道清早干事,径来客店里,把说过的话对戴宗一一说知。戴宗道:"既然如此,多是幸事。我两个去下宿太尉的书。"燕青道:"饭罢便去。"两个吃了些早饭,打挟(收藏。挟,jiā)了一笼子金珠细软之物,拿了书信,径投宿太尉府中来。街坊上借问人时,说太尉在内里未归。燕青道:"这早晚正是退朝时分,如何未归?"街坊人道:"宿太尉是今上心爱的近侍官员,早晚与天子寸步不离,归早归晚,难以指定。"正说之间,有人报道:"这不是太尉来也!"燕青大喜,便对戴宗道:"哥哥,你只在此衙门前伺候,我自去见太尉去。"燕青近前,看见一簇锦衣花帽从人,捧着轿子。燕青就当街跪下,便道:"小人有书札上呈太尉。"宿太尉见了,叫道:"跟将进来!"燕青随到厅前。太尉下了轿子,便投侧首书院里坐下。太尉叫燕青入来,便问道:"你是那里来的干人(民户中的富豪和官户家中的一种办事的差役)?"燕青道:"小人从山东来,今有闻参谋书札上呈。"太尉道:"那个闻参谋?"燕青便向怀中取出书呈递上去,宿太尉看了封皮,说道:"我道是那个闻参谋,原来是我幼年间同窗的闻焕章。"遂拆开书来看时,写道:

　　侍生闻焕章沐手(净手)百拜奉书太尉恩相钧座前:贱子(谦称自己)自髫年(童年,幼年。髫,tiáo)时,出入门墙,已三十载矣。昨蒙高殿帅召至军前,参谋大事。奈缘劝谏不从,忠言不听,三番败绩,言之甚羞。高太尉与贱子一同被掳,陷于缧绁(léixiè,捆绑犯人的黑绳索。借指监狱,囚禁)。义士宋公明宽裕仁慈,不忍加害。今高殿帅带领梁山萧让、乐和赴京,欲请招安,留贱子在此质当。万望恩相不惜齿牙,早晚于天子前题奏,速降招安之典,俾(bǐ,使)令义士宋公明等,早得释罪获恩,建功立业,国家幸甚!天下幸甚!救取贱子,实领再生之赐。拂楮拳拳(用手诚恳地拂拭这页纸。楮,纸的代称。拳拳,诚恳的样子),幸垂照察(明鉴)。

　　　　　　宣和四年春正月　日　焕章再拜奉上

宿太尉看了书大惊,便问道:"你是谁?"燕青答道:"男女是梁山泊浪子燕青。"随即出来,取了笼子,径到书院里。燕青禀道:"太尉在华州降香(旧谓每至朔望,官吏入庙焚香叩拜)时,多曾伏侍太尉来,恩相缘何忘了?宋江哥哥有些微物相送,聊表我哥哥寸心。每日占卜课内,只着求太尉提拔救济。宋江等满眼只望太尉来招安,若得恩相早晚于天子前题奏此事,则梁山泊十万人之众,皆感大恩!哥哥责着限次,男女便回。"燕青拜辞了,便出府来。宿太尉使人收了金珠宝物,已有在心。

　　且说燕青便和戴宗回店中商议:"这两件事都有些次第(条理,头绪),只是萧让、乐和在高太尉府中,怎生得出?"戴宗道:"我和你依旧扮作公人,去高太尉府前伺候。等他府里有人出来,把些金银贿赂与他,赚得一个厮见,通了消息,便有商量。"当时两个换了结束,带将金银,径投太平桥来。在衙门前窥望了一回,只见府里一个年纪小的虞候(官僚雇用的侍从。虞,yú),摇摆将出来,燕青便向前与他施礼。那虞候道:"你是甚人?"燕青道:"请干办到茶肆(茶馆)中说话。"两个到阁子内,与戴宗相见了,同坐吃茶。燕青道:"实不瞒干办说,前者太尉从梁山泊带来那两个人,一个跟的叫做乐和,与我这哥哥是亲眷,欲要见他一见,因此上相央干办。"虞候道:"你两个且休说,节堂(指商议机密重事的厅堂)深处的勾当,谁理会的?"戴宗便向袖内取出一锭大银,放在桌子上,对虞候道:"足下只引的乐和出来,相见一面,不要出衙门,便送这锭银子与足下。"那人见了财物,一时利动人心,便道:"端的有这两个人在里面。太尉钧旨,只教养在后花园里歇宿。我与你唤他出来,说了话,你休失信,把银子与我。"戴宗道:"这个自然。"那人便起身分付道:"你两个只在此茶坊里等我。"那人急急入府去了。

戴宗、燕青两个在茶房中等不到半个时辰,只见那小虞候慌慌出来说道:"先把银子来,乐和已叫出在耳房里了。"戴宗与燕青附耳低言,如此如此,就把银子与他。虞候得了银子,便引燕青耳房里来见乐和。那虞候道:"你两个快说了话便去!"燕青便与乐和道:"我同戴宗在这里,定计赚得你两个出去。"乐和道:"直把我两个养在后花园中,墙垣(墙壁。垣,yuán)又高,无计可出,折花梯子,尽都藏过了,如何能够出来。"燕青道:"靠墙有树么?"乐和道:"旁边一遭,都是大柳树。"燕青道:"今夜晚间,只听咳嗽为号。我在外面,漾(抛掷)过两条索去,你就相近的柳树上,把索子(长而粗的绳子)绞缚(这里指将索子缠绕捆在柳树上)了。我两个在墙外,各把一条索子扯住,你两个就从索上盘将出来。四更(指晨一时至三时)为期,不可失误。"那虞候便道:"你两个只管说甚的?快去罢!"乐和自入去了,暗暗通报了萧让。燕青急急去与戴宗说知,当日至夜伺候着。

且说燕青、戴宗两个,就街上买了两条粗索,藏在身边,先去高太尉府后看了落脚处。原来离府后是条河,河边却有两只空船缆着,离岸不远。两个便就空船里伏了,看看听得更鼓已打四更,两个便上岸来,绕着墙后咳嗽,只听的墙里应声咳嗽,两边都已会意,燕青便把索来漾将过去。约莫里面拴缚牢了,两个在外面对绞定,紧紧地拽住索头。只见乐和先盘出来,随后便是萧让。两个都溜将下来,却把索子丢入墙内去了。却去敲开客店门,房中取了行李,就店中打火,做了早饭吃,算了房宿钱。四个来到城门边,等门开时,一涌出来,望梁山泊回报消息。

不是这四个回来,有分教,宿太尉单奏此事,梁山泊全受招安。毕竟宿太尉怎生奏请圣旨,且听下回分解。

第八十二回

梁山泊分金大买市　　宋公明全伙受招安

　　话说燕青在李师师家遇见道君皇帝,告得一道本身赦书,次后见了宿太尉,又和戴宗定计,去高太尉府中赚出萧让、乐和。四个人等城门开时,随即出城,径赶回梁山泊来,报知上项事务。

　　且说李师师当夜不见燕青来家,心中亦有些疑虑。却说高太尉府中亲随人次日供送茶饭与萧让、乐和,就房中不见了二人,慌忙报知都管。都管便来花园中看时,只见柳树边拴着两条粗索,已知走了二人,只得报知太尉。高俅听罢,吃了一惊,越添忧闷,只在府中推病不出。

　　次日五更,道君皇帝设朝,驾坐文德殿。文武班齐,天子宣命卷帘,旨令左右近臣,宣枢密使童贯出班。问道:"你去岁统十万大军,亲为招讨(掌镇压起义及招降讨叛的官名),征进梁山泊,胜败如何?"童贯跪下,便奏道:"臣旧岁(去年)统率大军前去征进,非不效力,奈缘暑热,军士不伏水土,患病者众,十死二三。臣见军马艰难,以此权且收兵罢战,各归本营操练。所有御林军,于路病患,多有损折。次后降诏,此伙贼人,不伏招抚。及高俅以舟师征进,亦中途抱病而返。"天子大怒,喝道:"都是汝等妒贤嫉能(妒忌才德胜于己的人)奸佞之臣瞒着寡人行事!你去岁统兵征伐梁山泊,如何只两阵,被寇兵杀的人马辟易(退避、避开),片甲只骑无还(比喻全军覆没。片甲,一副铠甲;指一兵一将),遂令王师败绩。次后高俅那厮废了州郡多少钱粮,陷害了许多兵船,折了若干军马,自己又被寇活捉上山,宋江等不肯杀害,放将回来。寡人闻宋江这伙不侵州府,不掠良民,只待招安,与国家出力,都是汝等不才贪佞之臣,枉受朝廷爵禄,坏了国家大事!汝掌管枢密,岂不自惭!本当拿问,姑免这次,再犯不饶!"童贯默默无言,退在一边。天子又问:"你大臣中,谁可前去招抚梁山泊宋江等一班人众?"圣宣未了,有殿前太尉宿元景出班跪下,奏道:"臣虽不才,愿往一遭。"天子大喜:"寡人御笔亲书丹诏。"便叫抬上御案,拂开诏纸,天子就御案上亲书丹诏。左右近臣,捧过御宝,天子自行用讫。又命库藏官,教取金牌三十六面,银牌七十二面,红锦三十六匹,绿锦七十二匹,黄封御酒一百八瓶,尽付与宿太尉。又赠正从表里二十四匹,金字招安御旗一面,限次日便行。宿太尉就文德殿辞了天子。百官朝罢,童枢密羞惭满面,回府推病,不敢入朝。高太尉闻知,恐惧无措,亦不敢入朝。有诗为证:

> 一封恩诏出明光,伫看①梁山尽束装。
>
> 知道怀柔②胜征伐,悔教赤子受痍伤③。

　　且说宿太尉打担了御酒、金银牌面、缎匹表里(衣料)之物,上马出城;打起御赐金字黄旗,众官相送出南薰门(开封市南有三门,中曰南薰,东曰宣化,西曰安上),投济州进发,不在话下。

　　却说燕青、戴宗、萧让、乐和四个连夜到山寨,把上件事都说与宋公明并头领知道。燕青便取出道君皇帝御笔亲写赦书,与宋江等众人看了。吴用道:"此回必有佳音。"宋江焚起好香,取出九天玄女课来,望空祈祷祝告了,卜得个上上大吉之兆。宋江大喜:"此事必成。再烦戴宗、燕青前去探听虚实,作急回报,好做准备。"戴宗、燕青去了数日,回来报说:"朝廷差宿太尉亲赍(亲自拿着。赍,jī,怀抱着,带着)丹诏,更有御酒、金银牌面、红绿锦缎表里,前来招安,早晚到也!"宋江听罢大喜,在忠义堂上忙传将令,分拨人员,从梁山泊直抵济州地面,扎缚(捆扎)起二十四座山棚,上面都是结彩悬花,下面陈设笙

---

　　①伫(zhù)看:行将看到。　②怀柔:用政治上笼络的手段使之归附。　③痍(yí)伤:创伤。

箫鼓乐。各处附近州郡,雇倩(出钱雇请)乐人,分拨于各山棚去处,迎接诏敕。每一座山棚上,拨一个小头目监管。一壁教人分投买办果品、海味、按酒(下酒物)、干食等项,准备筵宴茶饭席面。

且说宿太尉奉敕来梁山泊招安,一千人马,迤逦都到济州。太守张叔夜出郭迎接入城,馆驿中安下。太守起居宿太尉已毕。把过接风酒,张叔夜禀道:"朝廷颁诏敕来招安,已是二次,盖因不得其人,误了国家大事。今者太尉此行,必与国家立大功也!"宿太尉乃言:"天子近闻梁山泊一伙以义为主,不侵州郡,不害良民,专一替天行道,今差下官赍到天子御笔亲书丹诏,敕赐金牌三十六面,银牌七十二面,红锦三十六匹,绿锦七十二匹,黄封御酒一百八瓶,表里二十四匹,来此招安,礼物轻否?"张叔夜道:"这一班人,非在礼物轻重,要图忠义报国,扬名后代。若得太尉早来如此,也不教国家损兵折将,虚耗了钱粮。此一伙义士归降之后,必与朝廷建功立业。"宿太尉道:"下官在此专待,有烦太守亲往山寨报知,着令准备迎接。"张叔夜答道:"小官愿往。"随即上马出城,带了十数个从人,径投梁山泊来。

到得山下,早有小头目接着,报上寨里来。宋江听罢,慌忙下山,迎接张太守上山,到忠义堂上。相见罢,张叔夜道:"义士恭喜!朝廷特遣殿前宿太尉赍擎丹诏,御笔亲书,前来招安;敕赐金牌、表里、御酒、缎匹,现在济州城内。义士可以准备迎接诏旨。"宋江大喜,以手加额道:"宋江等再生之幸!"当时留请张太守茶饭。张叔夜道:"非是下官拒意(拒绝美意),惟恐太尉见怪回迟。"宋江道:"略奉一杯,非敢为礼。"张叔夜坚执便行。宋江忙教托出一盘金银相送。张太守见了,便道:"这个决不敢受。"宋江道:"些少微物,聊表寸心。若事毕之后,尚容图报。"张叔夜道:"深感义士厚意,且留于大寨,却来请领,亦未为晚。"太守可谓廉以律己者矣! 有诗为证:

> 济州太守世无双,不爱黄金爱宋江。
> 信是清廉能服众,非关威势可招降。

宋江便差大小军师吴用、朱武并萧让、乐和四个，跟随张太守下山，直往济州来，参见宿太尉。约至后日，众多大小头目离寨三十里外，伏道相迎。当时吴用等跟随太守张叔夜连夜下山，直到济州。次日，来馆驿中参见宿太尉，拜罢跪在面前。宿太尉教平身起来，俱各命坐。四个谦让，那里敢坐。太尉问其姓氏，吴用答道："小生吴用，在下朱武、萧让、乐和，奉兄长宋公明命，特来迎接恩相。兄长与弟兄，后日离寨三十里外，伏道迎接。"宿太尉大喜，便道："加亮先生，自从华州一别之后，已经数载，谁想今日得与重会！下官知汝弟兄之心，素怀忠义，只被奸臣闭塞，谗佞专权，使汝众人下情不能上达。目今天子悉已知之，特命下官赍到天子御笔亲书丹诏、金银牌面、红绿锦缎、御酒表里，前来招安。汝等勿疑，尽心受领。"吴用等再拜称谢道："山野狂夫，有劳恩相降临。感蒙天恩，皆出太尉之赐。众弟兄刻骨铭心，难以补报。"张叔夜一面设宴管待。

到第三日清晨，济州装起香车三座，将御酒另一处龙凤盒内抬着；金银牌面，红绿锦缎，另一处扛抬；御书丹诏，龙亭内安放。宿太尉上了马，靠龙亭东行，太守张叔夜骑马在后相陪；吴用等四人，乘马跟着；大小人伴，一齐簇拥。前面马上，打着御赐销金（嵌金色线）黄旗，金鼓旗幡队伍开路，出了济州，迤逦前行。未及十里，早迎着山棚。宿太尉在马上看了，见上面结彩悬花，下面笙箫鼓乐，迫道迎接。再行不过数十里，又是结彩山棚。前面望见香烟拂道，宋江、卢俊义跪在面前，背后众头领齐齐都跪在地下迎接恩诏。宿太尉道："都教上马。"一同迎至水边，那梁山泊千百只战船，一齐渡将过去，直至金沙滩上岸。三关之上，三关之下，鼓乐喧天，军士导从，仪卫不断，异香缭绕，直至忠义堂前下马。香车龙亭，抬放忠义堂上。中间设着三个几案，都用黄罗龙凤桌围围着。正中设万岁龙牌，将御书丹诏，放在中间；金银牌面，放在左边；红绿锦缎，放在右边；御酒表里，亦放于前。金炉内焚着好香。宋江、卢俊义邀请宿太尉、张太守上堂设坐。左边立着萧让、乐和，右边立着裴宣、燕青。宋江、卢俊义等,都跪在堂前。裴宣喝拜。拜罢,萧让开读诏文。

制曰:朕自即位以来,用仁义以治天下,公赏罚以定干戈,求贤未尝少怠,爱民如恐不及,遐迩(xiá'ěr,远近)赤子(比喻百姓、人民),咸(皆,都)知朕心。切念宋江、卢俊义等,素怀忠义,不施暴虐,归顺之心已久,报效之志凛然。虽犯罪恶,各有所由,察其衷情,深可怜悯。朕今特差殿前太尉宿元景赍捧诏书,亲到梁山水泊,将宋江等大小人员所犯罪恶尽行赦免。给降金牌三十六面、红锦三十六匹,赐与宋江等上头领;银牌七十二面、绿锦七十二匹,赐与宋江部下头目。赦书到日,莫负朕心,早早归顺,必当重用。故兹诏敕,想宜悉知。

宣和四年春二月　日诏示

萧让读罢丹诏,宋江等山呼万岁,再拜谢恩已毕。宿太尉取过金银牌面、红绿锦缎,令裴宣依次照名给散(发放)已罢。叫开御酒,取过银酒海(指一种大型的盛酒容器。因其盛酒量多,故称"海"),都倾在里面。随即取过旋杓(温酒器。旋,温器也,旋之汤中以温酒。杓,sháo)舀酒,就堂前温热,倾在银壶内。宿太尉执着金钟,斟过一杯酒来,对众头领道:"宿元景虽奉君命,特赍御酒到此,命赐众头领,诚恐义士见疑。元景先饮此杯,与众义士看,勿得疑虑。"众头领称谢不已。宿太尉饮毕,再斟酒来,先劝宋江,宋江举杯跪饮。然后卢俊义、吴用、公孙胜,陆续饮酒,遍劝一百单八名头领,俱饮一杯。

宋江传令,教收起御酒,却请太尉居中而坐,众头领拜复起居。宋江进前称谢道:"宋江昨者(昔日)西岳得识台颜(犹尊颜。用于称对方的敬辞),多感太尉恩厚,于天子左右力奏,救拔宋江等再见天日之光。铭心刻骨,不敢有忘。"宿太尉道:"元景虽知义士等忠义凛然,替天行道,奈缘不知就里(其中)委曲之事,因此,天子左右未敢题奏,以致耽误了许多时。前者收到闻参谋书,又蒙厚礼,方知有此衷情。其日天子在披香殿上,官家(旧时对皇帝的称呼)与元景闲论,问起义士,以此元景奏知此事。不期天子已知备细,与某所奏相同。次日,天子驾坐文德殿,就百官之前,痛责童枢密、深怪高太尉累次无功。亲命取过文房四宝,天子御笔亲书丹诏,特差宿某亲到大寨,启请众头领。烦望义士早早收拾朝京,休负圣天子宣召抚安之意。"众皆大喜,拜手称谢。礼毕,张太守推说地方有事,别了太尉,自回城内去了。

这里且说宋江,教请出闻参谋相见,宿太尉欣然话旧(叙谈往事、旧道),满堂欢喜。当请宿太尉居中上坐,闻参谋对席相陪。堂上堂下,皆列位次,大设筵宴,轮番把盏。厅前大吹大擂。虽无炮龙烹凤,端的是肉山酒海。当日尽皆大醉,各扶归幕次安歇。次日又排筵宴,各各倾心露胆(形容待人竭尽诚心),讲说平生之怀。第三日,再排席面,请宿太尉游山,至暮尽醉方散。

倏尔(迅疾貌。亦形容时间短暂。倏,shū)已经数日,宿太尉要回,宋江等坚意相留。宿太尉道:"义士不知就里(内情),元景奉天子敕旨而来,到此间数日之久,荷蒙英雄慨然归顺,大义俱全。若不急回,诚恐奸臣相妒,别生异议。"宋江等道:"太尉既然如此,不敢苦留。今日尽此一醉,来早拜送恩相下山。"当时会集大小头领,尽来集义饮宴。吃酒中间,众皆称谢。宿太尉又用好言抚恤,至晚方散。

次日清晨,安排车马,宋江亲捧一盘金珠到宿太尉幕次(临时搭起的帐篷),再拜上献。宿太尉那里肯受。宋江再三献纳,方才收了。打迭衣箱,拴束行李鞍马,准备起程。其余跟来人数,连日自是朱武、乐和管待,依例饮馔,酒量高低,并皆厚赠金银财帛,众人皆喜。仍将金宝赍送闻参谋,亦不肯受。宋江坚执奉承,才肯收纳。宋江遂请闻参谋随同宿太尉回京师。梁山泊大小头领,金鼓细乐,相送太尉下山。渡过金沙滩,俱送过三十里外,众皆下马,与宿太尉把盏饯行。宋江当先执盏擎杯道:"太尉恩相回见天颜,善言保奏。"宿太尉回道:"义士但且放心,只早早收拾朝京为上。军马若到京师来,可先使人到我府中通报。俺先奏闻天子,使人持节来迎,方见十分公气(正大、公正)。"宋江道:"恩相容复:小可水洼,自从王伦上山开创之后,却是晁盖上山,今至宋江,已经数载,附近居民,扰害不浅,小可愚意，今欲罄竭（竭尽，用尽）资财，买市（官府或豪富设立临时集市，招徕小商贩并给予赏赐，而使市场繁荣。以之作为一种德政或善举）十日，收拾已了，便当尽数朝京，安敢迟滞（耽搁）。亦望太尉将此愚衷上达天听，以宽限次。"宿太尉应允，别了众人，带了开诏一干人马，自投济州而去。

宋江等却回大寨，到忠义堂上，鸣鼓聚众。大小头领坐下，诸多军校都到堂前。宋江传令："众弟兄在此，自从王伦开创山寨以来，次后晁天王上山建业，如此兴旺。我自江州得众兄弟相救到此，推我为尊，已经数载。今日喜得朝廷招安，重见天日之面，早晚要去朝京，与国家出力。今来汝等众人但得府库之物，纳于库中公用，其余所得之资，并从均分。我等一百八人，上应天星，生死一处。今者天子宽恩降诏，赦罪招安，大小众人，尽皆释其所犯。我等一百八人，早晚朝京面圣，莫负天子洪恩。汝等军校，也有自来落草的，也有随众上山的，亦有军官失陷的，亦有掳掠来的。今次我等受了招安，俱赴朝廷。你等如愿去的，作数上名进发；如不愿去的，就这里报名相辞。我自赍发你等下山，任从生理。"宋江号令已罢，着落裴宣、萧让照数上名。号令一下，三军各各自去商议。当下辞去的，也有三五千人。宋江皆赏钱物，赍发去了。愿随去充军者，作数报官。次日，宋江又令萧让写了告示，差人四散去贴，晓示临近州郡乡镇村坊，各各报知，仍请诸人到山买市十日。其告示曰：

> 梁山泊义士宋江等谨以大义布告四方：向因聚众山林，多扰四方百姓，今日幸蒙天子宽仁厚德，特降诏敕，赦免本罪，招安归降，朝暮朝觐（臣子朝见君主。觐，jìn），无以酬谢，就本身买市十日。倘蒙不外，贵价前来，一一报答，并无虚谬。特此告知，远近居民，勿疑辞避，惠然光临，不胜万幸。

> 宣和四年三月 日梁山泊义士宋江等谨请

萧让写毕告示，差人去附近州郡及四散村坊，尽行贴遍。发库内金珠、宝贝、彩缎、绫罗、纱绢等项，分散各头领并军校人员；另选一分，为上国进奉；其余堆集山寨，尽行招人买市十日，于三月初三日为始,至十三日止。宰下牛羊,酝造酒醴(酒和醴。亦泛指各种酒。醴,lǐ,甜酒,少麴多米,一宿而熟),但到山寨里买市的人,尽以酒食管待,犒劳从人。至期,四方居民,担囊负笈(jí,盛器。多竹、藤编织),零集(此喻盥多)云中,俱至山寨。宋江传令,以一举十,俱各欢喜,拜谢下山。一连十日,每日如此。十日已外,住罢买市。号令大小,收拾赴京朝觐。宋江便要起送各家老小还乡。吴用谏道:"兄长未可。且留众宝眷在此山寨。待我等朝觐面君之后,承恩已定,那时发遣各家老小还乡未迟。"宋江听罢道:"军师之言极当。"再传将令,教头领即便收拾,整顿军士。宋江等随即火速起身,早到济州,谢了太守张叔夜。太守即设筵宴,管待众多义士,赏劳三军人马。宋江等辞了张太守,出城进发,带领众多军马,径投东京来。先令戴宗、燕青前来京师宿太尉府中报知。太尉见说,随即便入内里,奏知天子,"宋江等众军马朝京"。天子闻奏大喜,便差太尉并御驾指挥使一员,手持旌旄(jīngmáo,旗帜)节钺(符节和斧钺。授予将帅,作为加重权力的标志。钺,yuè),出城迎接。当下宿太尉领圣旨出郭(外城。在城的外围加筑的一道城墙)。

　　且说宋江军马在路,甚是摆的整齐。前面打着两面红旗:一面上书"顺天"二字,一面上书"护国"二字。众头领都是戎装披挂(穿戴军装、盔甲),惟有吴学究纶巾(冠名。用青色丝带做的头巾。一说配有青色丝带的头巾。相传三国蜀诸葛亮在军中服用,故又称诸葛巾。纶,guān)羽服(仙人或道士的衣服),公孙胜鹤氅(道袍。氅,chǎng)道袍,鲁智深烈火(比喻鲜红色)僧衣,武行者香皂直裰(僧袍。裰,duō),其余都是战袍金铠,本身服色。在路非止一日。来到京师城外,前逢御驾指挥使,持节迎着军马。宋江闻知,领众头领前来参见宿太尉已毕,且把军马屯驻新曹门外,下了寨栅,听候圣旨。

　　且说宿太尉并御驾指挥使入城,回奏天子说:"宋江等军马,俱屯在新曹门外,听候圣旨。"天子乃曰:"寡人久闻梁山泊宋江等有一百八人,上应天星,更兼英雄勇猛。今已归降,到于京师。寡人来日,引百官登宣德楼,可教宋江等俱依临敌披挂戎装服色,休带大队人马,只将三五百马步军进城,自东过西,寡人亲要观看。也教在城军马,知此英雄豪杰,为国良臣。然后却令卸其衣甲,除去军器,都穿所赐锦袍,从东华门而入,就文德殿朝见。"御驾指挥使直至行营寨前,口传圣旨与宋江等知道。

次日,宋江传令,教铁面孔目裴宣选拣彪形大汉、五七百步军,前面打着金鼓旗幡,后面摆着枪刀斧钺,中间竖着"顺天""护国"二面红旗,军士各悬刀剑弓矢,众人各各都穿本身披挂,戎装袍甲,摆成队伍,从东郭门而入。只见东京百姓军民,扶老挈幼,迫路观看,如睹天神。是时天子引百官在宣德楼上临轩(皇帝不坐正殿而御前殿。殿前堂陛之间近檐处两边有槛楯,如车之轩,故称)观看。见前面摆列金鼓旗幡,枪刀斧钺,各分队伍;中有踏白(宋代骑兵番号名)马军,打起"顺天""护国"二面红旗,外有二三十骑马上随军鼓乐;后面众多好汉,簇簇而行。解珍、解宝开路,朱武压后。怎见得一百八员英雄好汉入城朝觐?但见:

风清玉陛(指帝王宫殿的台阶),露挹(yì,下滴)金盘(承露之盘)。东方旭日初升,北阙珠帘半卷。南薰门外,百八员义士归心;宣德楼前,亿万岁君王刮目。肃威仪乍行朝典,逞精神犹整军容。风雨日星,并识天颜之霁;电雷霹雳,不烦天讨之威。帝阙前万灵咸集:有圣、有仙、有那吒、有金刚、有阎罗、有判官、有门神、有太岁,乃至夜叉鬼魔,共仰道君皇帝。风楼下百兽来朝:为彪(biāo,虎)、为豹、为麒麟(qílín,形状像鹿,头上有角,全身有鳞甲,尾像牛尾。象征祥瑞)、为狻猊(suānní,狮子)、为犴狴(ànsì,北方的一种野狗。状似狐而黑,身长七尺,头生一角,老则有鳞)、为金翅、为雕鹏、为龟猿,以及犬鼠蛇蝎,皆知宋主人王。五龙夹日,是为入云龙、混江龙、出林龙、九纹龙、独角龙,如出洞蛟、翻江蜃(shèn,体形巨大的蛤蜊),自逐队朝天。众虎离山,是为插翅虎、跳涧虎、锦毛虎、花项虎、青眼虎、笑面虎、矮脚虎、中箭虎,若病大虫、母大虫,亦随班行礼。原称公侯伯子(五等爵位。指公、侯、伯、子、男)的,应谙(ān,熟悉、精通)朝仪;谁知尘舞山呼，亦许园丁、医算、匠作、船工之辈。凡生毛发须髯的，自堪宠命；岂意绯袍(红色官服)紫绶(紫色丝带。高级官员用作印组，或作服饰)，并加妇人、浪子、和尚、行者之身。拟空名(虚名)，则太保(古三公之一，位次太傅)、军师(在军中担任谋划的人)、郡马(驸马都尉)、孔目(职掌文书事务的小官吏)、郎将(武官名)、先锋(战时率领先头部队迎敌的将领)，官衔早列；比古人，则霸王(西楚霸王项羽)、李广(西汉时期的名将)、关索(关羽第三子)、温侯(即吕布。东汉末年名将)、尉迟(鄂国忠武公尉迟恭，唐朝名将)、仁贵(薛仁贵，唐朝名将，军事家，政治家)，当代重生。有那生得好的，如白面郎插一枝花，擎着笛扇鼓幡，欲歌且舞；看这生得丑的，似青面兽蒙鬼脸儿，拿着枪刀鞭箭，会战能征。长的比险道神，身长一丈；狠的像石将军，力镇三山。发可赤，眼可青，俱各抱丹心一片；摸得天，跳得浪，决不走邪佞两途。喜近君王，不似昔时无面目；恩宽防御，果然此日没遮拦。试看全伙里舞枪弄棒的书生，犹胜满朝中欺君害民的官吏。义士今欣遇主，皇家始庆得人！

且说道君皇帝，同百官在宣德楼上看了梁山泊宋江等这一行部从，喜动龙颜，心中大悦，与百官道："此辈好汉，真英雄也！"叹羡不已，命殿头官传旨，教宋江等各换御赐锦袍见帝。殿头官领命，传与宋江等。向东华门外，脱去戎装帻带(帽子)，穿了御赐红绿锦袍，悬带金银牌面，各带朝天巾帻，抹绿朝靴。惟公孙胜将红锦裁成道袍，鲁智深缝做僧衣，武行者改作直裰，皆不忘君赐也。宋江、卢俊义为首，吴用、公孙胜为次，引领众人，从东华门而入。

当日整肃朝仪，陈设銮驾，辰牌(辰刻。上午七时至九时)时候，天子驾升文德殿。仪礼司官，引宋江等依次入朝，排班行礼。殿头官(在殿上任宣召等事的内侍官)赞拜舞起居，山呼万岁已毕，天子欣喜，敕令宣上文德殿来，照依班次赐坐。命排御筵，敕光禄寺(掌管祭品、膳食和招待的机构)摆宴，良酝署进酒，珍羞署进食，掌醢(hǎi)署造饭，大官署供膳，教坊司奏乐。天子亲御宝座陪宴。只见：

　　九重门启，鸣啰啰(huìhuì，有节奏的铃声)之鸾声；阊阖(chānghé，官门的正门)天开,睹巍巍(高大壮观的样子)之龙衮(天子礼服。上绣龙纹)。筵开玳瑁(dàimào,爬行动物,形似龟。甲壳黄褐色,有黑斑和光泽,可做装饰品),七宝器(用以形容用多种宝物装饰的器物)黄金嵌就;炉列麒麟,百和香(由各种香料和成的香)龙脑(蒸馏龙脑树的树干而得到像樟脑的物质,有清凉气味)修成。玻璃盏间琥珀钟,玛瑙杯联珊瑚斝(jiǎ,青铜制的酒器,圆口,三足)。赤瑛盘(红色的玉石盘)内,高堆麟脯鸾肝;紫玉碟中,满钉(dìng,贮食,盛放食品)驼蹄熊掌。桃花汤洁,缕塞北之黄羊;银丝脍(kuài)鲜,剖江南之赤鲤。黄金盏满泛香醪(láo,酒),紫霞杯滟(yàn)浮琼液。五俎(豕、鱼、腊、羊、羊肠胃。俎,祭祀时放祭品的器物)八簋(簋为祭祀宴享时盛黍稷或食品用的圆口圈足器皿。周制,天子八簋),百味庶羞。糖浇就甘甜狮仙,面制成香酥定胜。方当酒进五巡,正是汤陈三献。教坊司凤鸾韶舞,礼乐司排长伶官。朝鬼门道,分明开说。头一个装外(宋金杂剧院本中扮演男子的副角色)的,黑漆幞头,有如明镜,描花罗襕(丝制公服。按官品的高下,有紫襕、绯襕、绿襕等区别),俨若生成;第二个戏色的,系离水犀角腰带,裹红花绿叶罗巾,黄衣襕长衬短鞠靴(靴筒。鞠,yào),衫袖襟密排山水样;第三个末色的,裹结络球头帽子,着篮役迭胜罗衫,最先来提掇(整饬。掇,duō)甚分明,念几段杂文真罕有;第四个净色的,语言动众,颜色繁过,依院本填腔调曲,按格范(规范,榜样)打诨(戏曲演出中演员即兴说趣话逗乐。诨,hùn)发科(指传统剧演出中角色所作的滑稽动作和表情);第五个贴净(次要的净角)的,忙中九伯(讥人痴呆、神气不足),眼目张狂,队额角涂一道明戗,劈面门(鼻梁眼窝间)抹两色蛤粉(即蛤灰。以蚌蛤壳烧成的灰)。裹一顶油油腻腻旧头巾,穿一领邋邋遢遢(肮脏,不整洁)泼戏袄。吃六棒桠板不嫌疼,打两杖麻鞭浑似要。这五人引领着六十四回队舞优人,百二十名散做乐工,搬演杂剧,装孤(宋杂剧、金院本中扮演官员的角色)打撺(角色在舞台上进进出出,跑来跑去。撺,cuān)。个个青巾桶帽,人人红带红袍。吹龙笛,击鼍(tuó)鼓,声震云霄;弹锦瑟(漆有织锦纹的瑟),抚银筝,韵惊鱼鸟。吊百戏众口喧哗,纵谐语齐声喝采。装扮的是太平年万国来朝,雍熙(谓和乐升平)世八仙庆寿;搬演的是玄宗梦游广寒殿,狄青(北宋名将)夜夺昆仑关。也有神仙道侣,亦有孝子顺孙。观之者,真可坚其心志;听之者,足以养其性情。须臾间八个排长,簇拥着四个美人,歌舞双行,吹弹并举。歌的是《朝天子》《贺圣朝》《感皇恩》《殿前欢》,治世之音;舞的是《醉回回》《活观音》《柳青娘》《鲍老儿》,淳正(忠厚正直)之态。果然道百宝装腰带,珍珠络臂韝(臂衣,古人用以套于臂上者。韝,gōu);笑时花近眼,舞罢锦缠头。大宴已成,众乐齐举。主上无为千万寿,天颜有喜万方同。

有诗为证:

九重凤阙新开宴,千岁龙墀^①旧赐衣。

盖世功名能自立,矢心忠义岂相违。

且说天子赐宋江等筵宴,至暮方散。谢恩已罢,宋江等俱各簪花出内。在西华门外,各各上马,回归本寨。次日入城,礼仪司引至文德殿谢恩。喜动龙颜,天子欲加官爵,敕令宋江等来日受职。宋江等谢恩,出朝回寨,不在话下。

又说枢密院(宋代主掌军事的中央机构)官具本上奏:"新降之人,未效功劳,不可辄便加爵,可待日后征讨,建立功勋,量加官赏。现今数万之众,逼城下寨,甚为不宜。陛下可将宋江等所部军马,原是京师有被陷之将,仍还本处,外路军兵,各归原所。其余人众,分作五路,山东、河北分调开去,此为上策。"次日,天子命御驾指挥使,直至宋江营中,口传圣旨,令宋江等分开军马,各归原所。众头领听得,心中不悦,回道:"我等投降朝廷,都不曾见些官爵,便要将俺弟兄等分遣调开。俺等众头领,生死相随,誓不相舍!端的要如此,我们只得再回梁山泊去。"宋江急忙止住,遂用忠言恳求来使,烦乞善言回奏。

那指挥使回到朝廷,那里敢隐蔽,只得把上项所言,奏闻天子。

---

① 龙墀(chí):指宫殿的赤色台阶或赤色地面。借指皇帝。

天子大惊，急宣枢密院官计议。有枢密使童贯奏道："这厮们虽降，其心不改，终贻大患。以臣愚意，不若陛下传旨，赚入京城，将此一百八人尽数剿除，然后分散他的军马，以绝国家之患。"天子听罢，圣意沉吟未决。向那御屏风背后转出一大臣，紫袍(紫色朝服。高官所服)象简(象牙制的手板。品位较高的官员朝见君主时所执，供指画和记事)，高声喝道："四边狼烟(燃狼粪升起的烟。古时边防用作军事上的报警信号)未息，中间又起祸胎(致祸的根源)，都是汝等庸恶之臣，坏了圣朝天下！"正是只凭立国安邦口，来救惊天动地人。毕竟御屏风后喝的那员大臣是谁，且听下回分解。

第八十三回

宋公明奉诏破大辽　陈桥驿滴泪斩小卒

话说当年有辽国郎主起兵前来,侵占山后九州边界。兵分四路而入,劫掳山东、山西,抢掠河南、河北。各处州县,申达表文,奏请朝廷求救,先经枢密院,然后得到御前。所有枢密童贯同太师蔡京、太尉高俅、杨戬商议,纳下表章(封建时代臣子呈交帝王的陈述意见的文字)不奏,只是行移邻近州府,催趱(催赶,督促)各处径调军马,前去策应,正如担雪填井(比喻白费力气,于事无补)一般。此事人皆尽知,只瞒着天子一个。适来四个贼臣设计,教枢密童贯启奏,将宋江等众要行陷害。不期那御屏风后转出一员大臣来喝住,正是殿前都太尉宿元景,便向殿前启奏道:"陛下,宋江这伙好汉,方始归降,一百八人,恩同手足,意若同胞,他们决不肯便拆散分开,虽死不舍相离。如何今又要害他众人性命? 此辈好汉,智勇非同小可。倘或城中翻变起来,将何解救? 现今辽国兴兵十万之众,侵占山后九州所属县治,各处申达表文求救,累次调兵前去征剿交锋,如汤泼蚁(像用热水去泼蚂蚁,一泼即散,既而又聚。比喻效果不明显)。贼势浩大,所遣官军,又无良策,每每只是折兵损将,瞒着陛下不奏。以臣愚见,正好差宋江等全伙良将,部领所属军将人马,直抵本境,收伏辽贼,令此辈好汉建功,进用于国,实有便益。微臣不敢自专,乞请圣鉴。"天子听罢宿太尉所奏,龙颜大喜,询问众官,俱言有理。天子大骂枢密院童贯等官:"都是汝等谗佞之徒,误国之辈,妒贤嫉能,闭塞贤路,饰词矫情(修饰言辞掩盖真相),坏尽朝廷大事! 姑恕情罪,免其追问。"天子亲书诏敕,赐宋江为破辽都先锋,卢俊义为副先锋,其余诸将,待建功之后,加官受爵。就差太尉宿元景亲赍诏敕,去宋江军前行营开读。天子退朝,百官皆散。

且说宿太尉领了圣旨出朝,径到宋江行寨军前开读。宋江等忙排香案迎接,跪听诏敕已罢,众皆大喜。宋江等拜谢宿太尉道:"某等众人,正欲如此,与国家出力,建功立业,以为忠臣。今得太尉恩相,力赐保奏,恩同父母。只有梁山泊晁天王灵位,未曾安厝(安置。厝,cuò)。亦有各家老小家眷,未曾发送还乡。所有城垣,未曾拆毁,战船亦未曾将来。有烦恩相题奏,乞降圣旨,宽限旬日,还山了此数事,整顿器具,枪刀、甲马,便当尽忠报国。"宿太尉听罢大喜,回奏天子;即降圣旨,敕赐库内取金一千两、银五千两、彩缎五千匹,颁赐众将,就令太尉于库藏开支,去行营俵散(散发,分发。俵,biào)与众将。原有老小者,赏赐给付与老小养赡终身。原无老小者,给付本人,自行收受。宋江奉敕,谢恩已毕,给散众人收讫。宿太尉回朝,分付宋江道:"将军还山,可速去快来,先使人报知下官,不可迟误!"

再说宋江聚众商议,所带还山人数是谁? 宋江与同军师吴用、公孙胜、林冲、刘唐、杜迁、宋万、朱贵、宋清、阮家三弟兄马步水军一万余人回去。其余大队人马,都随卢先锋在京师屯扎。宋江与吴用、公孙胜等于路无话,回到梁山泊忠义堂上坐下,便传将令,教各家老小眷属收拾行李,准备起程。一面叫宰杀猪羊牲口,香烛钱马(祭祀用的香和蜡烛、纸钱、纸马),祭献晁天王,然后焚化灵牌。随即将各家老小,各各送回原所州县,上车乘马,俱已去了。然后教自家庄客送老小、宋太公并家眷人口,再回郓城县宋家村,复为良民。随即叫阮家三弟兄拣选合用船只,其余不堪用的小船,尽行给散与附近居民收用。山中应有屋宇房舍,任从居民搬拆。三关城垣,忠义等屋,尽行拆毁。一应事务,整理已了,收拾人马,火速还京。

一路无话,早到东京。卢俊义等接至大寨。先使燕青入城,报知宿太尉,要辞天子,引领大军起程。宿太尉见报,入内奏知天子。

次日,引宋江于武英殿朝见天子。龙颜欣悦,赐酒已罢,玉音道:"卿等休辞道途跋涉,军马驱驰,与寡人征虏破辽,早奏凯歌而回,朕当重加录用,其众将校,量功加爵。卿勿怠焉!"宋江叩头称谢,端简启奏:"臣乃鄙猥(鄙野,猥琐)小吏,误犯刑典,流递(流放,发配)江州。醉后狂言,临刑弃市(本指受刑罚的人在街头示众,民众共同鄙弃之,后以"弃市"专指死刑),众力救之,无处逃避,遂乃潜身水泊,苟延微命。所犯罪恶,万死难逃。今蒙圣上宽恤收录,大敷旷荡(宽宏)之恩,得蒙赦免本罪。臣披肝沥胆(比喻开诚相见,也比喻极尽忠诚),尚不能补报皇上之恩。今奉诏命,敢不竭力尽忠,死而后已!"天子大喜,再赐御酒,教取描金鹊画弓箭一副,名马一匹,全副鞍辔,宝刀一口,赐与宋江。宋江叩首谢恩,辞陛出内,将领天子御赐宝刀、鞍马、弓箭,就带回营,传令诸军将校,准备起行。

且说徽宗天子,次早令宿太尉传下圣旨,教中书省院官二员,就陈桥驿(此地曾发生"陈桥兵变"。公元960年,北汉勾结契丹入寇,赵匡胤出师御之,兵次陈桥驿,在赵普、石守信等策划下,发动兵变,拥立赵匡胤即帝位,改国号为宋)与宋江先锋犒劳(犒赏慰劳。犒,kào)三军,每名军士酒一瓶、肉一斤,对众关支(领取),毋(wù,不要)得克减(克扣,减少)。中书省得了圣旨,一面连更晓夜,整顿酒肉,差官二员,前去给散。

再说宋江传令诸军,便与军师吴用计议,将军马分作二起进程:令五虎八彪将引军先行,十骠骑将在后,宋江、卢俊义、吴用、公孙胜统领中军。水军头领三阮、李俊、张横、张顺带领童威、童猛、孟康、王定六并水手头目人等,撑驾战船,自蔡河内出黄河,投北进发。宋江催趱三军,取陈桥驿大路而进,号令军将,毋得动扰乡民。有诗为证:

> 招摇旌旆①出天京,受命专师事远征。
> 请看梁山军纪律,何如太尉御营兵。

---

① 旌旆(jīngpèi):旗帜。

　　且说中书省差到二员厢官,在陈桥驿给散酒肉,赏劳三军。谁想这伙官员贪滥无厌(贪心永远没有满足的时候),徇私作弊,克减酒肉。都是那等谗佞之徒,贪爱贿赂的人,却将御赐的官酒每瓶克减只有半瓶,肉一斤克减六两。前队军马,尽行给散过了;后军散到一队皂军之中,都是头上黑盔,身披玄甲,却是项充、李衮所管的牌手。那军汉中一个军校,接着酒肉过来看时,酒只半瓶,肉只十两,指着厢官骂道:"都是你这等好利之徒,坏了朝廷恩赏!"厢官喝道:"我怎的是好利之徒?"那军校道:"皇帝赐俺一瓶酒、一斤肉,你都克减了。不是我们争嘴,堪恨你这厮们无道理,佛面上去刮金!"厢官骂道:"你这大胆剐(guǎ,一种残酷的死刑,把人的身体割成许多块儿)不尽、杀不绝的贼!梁山泊反性尚不改!"军校大怒,把这酒和肉劈脸都打将去。厢官喝道:"捉下这个泼贼!"那军校就团牌(盾牌。用来防护身体、遮挡刀箭的武器)边掣出刀来。厢官指着手大骂道:"腌臜(骂人的话。混蛋,无赖)草寇,拔刀敢杀谁?"军校道:"俺在梁山泊时,强似你的好汉,被我杀了万千。量你这等贼官,直些甚鸟?"厢官喝道:"你敢杀我?"那军校走入一步,手起一刀飞去,正中厢官脸上,剁着扑地倒了。众人发声喊,都走了。那军汉又赶将入来,再剁了几刀,眼见的不能够活了。众军汉簇住了不行。

　　当下项充、李衮飞报宋江。宋江听得大惊,便与吴用商议,此事如之奈何? 吴学究道:"省院官甚是不喜我等,今又做得这件事来,正中了他的机会。只可先把那军校斩首号令,一面申复省院(即枢密院),勒兵(治军、操练或指挥军队)听罪。急急可叫戴宗、燕青悄悄进城,备细告知宿太尉。烦他预先奏知委曲,令中书省院谗害(谗毁迫害)不得,方保无事。"宋江计议定了,飞马亲到陈桥驿边。那军校立在死尸边不动。宋江自令人于馆驿内搬出酒肉,赏劳三军,都教进前;却唤这军校直到馆驿中,问其情节。那军校答道:"他千梁山泊反贼,万梁山泊反贼,骂俺们杀剐不尽,因此一时性起,杀了他。专待将军听罪。"宋江道:"他是朝廷命官,我兀自惧他,你如何便把他来杀了!

须是要连累我等众人！俺如今方始奉诏去破大辽，未曾见尺寸之功，倒做了这等的勾当，如之奈何？"那军校叩首伏死。宋江哭道："我自从上梁山泊以来，大小兄弟不曾坏了一个，今日一身入官所管，寸步也由我不得。虽是你强气(桀骜不驯的气性)未灭，使不的旧时性格。"这军校道："小人只是伏死。"宋江令那军校痛饮一醉，教他树下缢死，却斩头来号令。将厢官尸首备棺椁(棺材和套于棺外的大棺。泛指棺材。椁，guǒ)盛贮(收藏，存放)，然后动文书申呈中书省院，不在话下。

再说戴宗、燕青潜地进城，径到宿太尉府内，备细诉知衷情。当晚宿太尉入内，将上项事务奏知天子。次日，皇上于文德殿设朝，当有中书省院官出班奏曰："新降将宋江部下兵卒，杀死省院差去监散酒肉命官一员，乞圣旨拿问。"天子曰："寡人待不委你省院来，事却该你这衙门。你们又委用不得其人，以致惹起事端。赏军酒肉，大破小用，军士有名无实，以致如此。"省院等官又奏道："御酒之物，谁敢克减？"是时天威震怒，喝道："寡人已自差人暗行体察，深知备细，尔等尚自巧言令色(指用花言巧语和媚态伪情来迷惑、取悦他人)，对朕支吾！寡人御赐之酒，一瓶克半瓶，赐肉一斤，只有十两，以致壮士一怒，目前流血！"天子喝问："正犯(首谋者)安在？"省院官奏道："宋江已自将本犯斩首号令示众，申呈本院，勒兵听罪。"天子曰："他既斩了正犯军士，宋江禁治不严之罪，权且纪录。待破辽回日，量功理会(处置)。"省院官默默无言而退。天子当时传旨，差官前去，催督宋江起程，所杀军校，就于陈桥驿枭首示众(斩首悬示于众。枭，xiāo)。

却说宋江正在陈桥驿勒兵听罪，只见驾上差官来到，着宋江等进兵征辽，违犯军校，枭首示众。宋江谢恩已毕，将军校首级，挂于陈桥驿号令，将尸埋了。宋江大哭一场，垂泪上马，提兵望北而进。每日兵行六十里，扎营下寨，所过州县，秋毫无犯(丝毫不侵犯别人的利益。多指军队纪律严明。秋毫，鸟兽在秋天新长出来的细毛。喻细微之物)。沿路无话。

将次相近辽境，宋江便请军师吴用商议道："即日辽兵四路侵犯，我等分兵前去征讨的是，只打城池的是？"吴用道："若是分兵前去,奈缘地广人稀,首尾不能救应。不如只是打他几个城池,却再商量。若还攻击得紧,他自然收兵。"宋江道:"军师此计甚高!"随即唤过段景住来分付道:"你走北路甚熟,可引领军马前进。近的是甚州县?"段景住禀道:"前面便是檀(tán)州,正是辽国紧要隘口(险要的关隘。隘,ài)。有条水路,港汊(河道窄小的水流。汊,chà)最深,唤做潞水,团团绕着城池。这潞水直通渭河,须用战船征进。宜先趱水军头领船只到了,然后水陆并进,船骑相连,可取檀州。"宋江听罢,便使戴宗催促水军头领李俊等,晓夜趱船至潞水取齐。

却说宋江整点人马、水军船只,约会日期,水陆并行,杀投檀州来。且说檀州城内,守把城池番官(辽国的官员),却是辽国洞仙侍郎手下四员猛将,一个唤做阿里奇,一个唤做咬儿惟康,一个唤做楚明玉,一个唤做曹明济。此四员战将,皆有万夫不当之勇。闻知宋朝差宋江全伙到来,一面写表申奏郎主(北方少数民族称君主),一面关报邻近蓟(jì)州、霸州、涿(zhuō)州、雄州救应,一面调兵出城迎敌。便差阿里奇、楚明玉两个,引兵出战。

且说大刀关胜在于前部先锋,引军杀近檀州所属密云县来。县官闻的,飞报与两个番将说道:"宋朝军马,大张旗号,乃是梁山泊新受招安宋江这伙。"阿里奇听了笑道:"既是这伙草寇,何足道哉!"传令教番兵扎掠(装束,准备)已了,来日出密云县,与宋江交锋。

次日,宋江听报辽兵已近,即时传令将士,交锋要看头势,休要失支脱节。众将得令,披挂上马。宋江、卢俊义,俱各戎装撺带(穿上甲胄。撺,huàn,贯穿,穿着)亲在军前监战。远远望见辽兵盖地而来,黑洞洞遮天蔽日,都是皂雕旗(一种有黑雕图案的军旗)。两下齐把弓弩射住阵脚。只见对阵皂旗开处,正中间捧出一员番将,骑着一匹达马(蒙古马),弯环踢跳。宋江看那番将时,怎生打扮?但见:

> 戴一顶三叉紫金冠,冠口内拴两根雉尾。穿一领衬甲白罗袍,袍背上绣三个凤凰。披一副连环镔铁铠(精炼的铁做成的铠甲。镔,bīn),系一条嵌宝狮蛮带,著一对云根鹰爪靴,挂一条护项销

金帕,带一张鹊画铁胎弓,悬一壶雕翎铋子箭(箭头薄而宽,箭杆较长的箭。铋,pī)。手搭梨花点钢枪,坐骑银色拳花马。

那番官旗号上写的分明:"大辽上将阿里奇。"宋江看了,与诸将道:"此番将不可轻敌!"言未绝,金枪手徐宁出战。横着钩镰枪(一种兵器。枪头装置钩镰刀,用以抵御马队的冲突),骤坐下马,直临阵前。番将阿里奇见了,大骂道:"宋朝合败,命草寇为将,敢来侵犯大国,尚不知死!"徐宁喝道:"辱国小将,敢出秽言(肮脏的话,下流话)!"两军呐喊。徐宁与阿里奇抢到垓心(战场上重重围困的中心)交战,两马相逢,兵器并举。二将斗不过三十余合,徐宁敌不住番将,望本阵便走。花荣急取弓箭在手。那番将正赶将来,张清又早按住鞍鞒(qiáo),探手去锦袋内取个石子,看着番将较亲,照面门上只一石子,正中阿里奇左眼,翻筋斗落于马下。这里花荣、林冲、秦明、索超,四将齐出,先抢了那匹好马,活捉了阿里奇归阵。副将楚明玉见折了阿里奇,急要向前去救时,被宋江大队军马,前后掩杀将来,就弃了密云县,大败亏输,奔檀州来。宋江且不追赶,就在密云县屯扎下营。看番将阿里奇时,打破眉梢,损其一目,负痛身死。宋江传令,教把番官尸骸烧化。功绩簿上,标写(记录)张清第一功。就将阿里奇连环镔铁铠、出白梨花枪、嵌宝狮蛮带、银色拳花马,并靴、袍、弓、箭,都赐了张清。是日且就密云县中,众皆作贺,设宴饮酒,不在话下。

次日,宋江升帐,传令起军,都离密云县,直抵檀州来。却说檀州洞仙侍郎听得报来折了一员正将,坚闭城门,不出迎敌。又听的报有水军战船,在于城下,遂乃引众番将,上城观看。只见宋江阵中猛将,摇旗呐喊,耀武扬威,搦战(挑战。搦,nuò)厮杀。洞仙侍郎见了说道:"似此,怎不输了小将军阿里奇?"当下副将楚明玉答应道:"小将军那里是输与那厮?蛮兵先输了,俺小将军赶将过去,被那里一个穿绿的蛮子,一石子打下马去。那厮队里四个蛮子,四条枪,便来攒住(抓住。攒,cuán)了。俺这壁厢措手不及,以此输与他了。"洞仙侍郎道:"那个打石子的蛮子,怎地模样?"左右有认得的,指着说道:

"城下兀那个带青包巾,现今披着小将军的衣甲,骑着小将军的马,那个便是。"洞仙侍郎攀着女墙边看时,只见张清已自先见了,趱马向前,只一石子飞来,左右齐叫一声躲时,那石子早从洞仙侍郎耳根边擦过,把耳轮擦了一片皮。洞仙侍郎负疼道:"这个蛮子直这般利害!"下城来,一面写表申奏大辽郎主,一面行报外境各州提备。

却说宋江引兵在城下,一连打了三五日,不能取胜,再引军马回密云县屯驻。帐中坐下,计议破城之策。只见戴宗报来,取到水军头领乘驾战船,都到潞水。宋江便教李俊等到军中商议,李俊等都到帐前参见宋江。宋江道:"今次厮杀,不比在梁山泊时,可要先探水势深浅,方可进兵。我看这条潞水,水势甚急,倘或一失,难以救应。尔等宜仔细,不可托大!将船只盖伏的好着,只扮作运粮船相似。你等头领各带暗器,潜伏于船内。止着三五人撑驾摇橹,岸上着两人牵拽,一步步挨到城下,把船泊在两岸,待我这里进兵。城中知道,必开水门来抢粮船。尔等伏兵却起,夺他水门,可成大功。"李俊等听令去了。

只见探水小校报道:"西北上有一彪军马,卷杀而来,都打着皂雕旗,约有一万余人,望檀州来了。"吴用道:"必是辽国调来救兵。我这里先差几将拦截厮杀,杀的散时,免令城中得他壮胆。"宋江便差张清、董平、关胜、林冲,各带十数个小头领、五千军马,飞奔前来。

原来辽国郎主闻知道是梁山泊宋江这伙好汉,领兵杀至檀州,围了城子,特差这两个皇侄前来救应。一个唤做耶律国珍,一个唤做国宝。两个乃是辽国上将,又是皇侄,皆有万夫不当之勇,引起一万番兵,来救檀州。看看至近,迎着宋兵。两边摆开阵势,两员番将,一齐出马。但见:

　　头戴妆金嵌宝三叉紫金冠,身披锦边珠嵌锁子黄金铠。身上猩猩血染战红袍,袍上斑斑锦织金翅雕。腰系白玉带,背插虎头牌。左边袋内插雕弓,右手壶中攒硬箭。手中搓丈二绿沉枪,坐下骑九尺银鬃马。

那番将是弟兄两个,都一般打扮,都一般使枪。宋兵迎着,摆开阵势。双枪将董平出马,厉声高叫:"来者甚处(哪里的)番贼?"那耶律国珍大怒,喝道:"水洼草寇,敢来犯吾大国,倒问俺那里来的!"董平也不再问,跃马挺枪,直抢耶律国珍。那番家年少的将军性气正刚,那里肯饶人一步,挺起钢枪,直迎过来。二马相交,三枪乱举。二将正在征尘影里,杀气丛中,使双枪的,另有枪法,使单枪的,各用神机。两个斗过五十合,不分胜败。那耶律国宝见哥哥战了许多时,恐怕力怯,就中军筛起锣来。耶律国珍正斗到热处(激烈处),听的鸣锣,急要脱身,被董平两条枪绞住,那里肯放。耶律国珍此时心忙,枪法慢了些,被董平右手逼过绿沉枪,使起左手枪来,望番将项根上只一枪,搠(shuò,刺)个正着。可怜耶律国珍金冠倒卓(犹倒立、倒竖),两脚登空,落于马下。兄弟耶律国宝看见哥哥落马,便抢出阵来,一骑马,一条枪,奔来救取。宋兵阵上没羽箭张清,见他过来,这里那得放空,在马上约住梨花枪,探只手去锦袋内拈出一个石子,把马一拍,飞出阵前。这耶律国宝飞也似来,张清迎头扑将去。两骑马隔不的十来丈远近,番将不提防,只道他来交战。只见张清手起,喝声道:"着!"那石子望耶律国宝面上打个正着,翻筋斗落马。关胜、林冲拥兵掩杀。辽兵无主,东西乱窜。只一阵,杀散辽兵万余人马,把两个番官,全副鞍马,两面金牌,收拾宝冠袍甲,仍割下两颗首级,当时夺了战马一千余匹,解到密云县来见宋江献纳。宋江大喜,赏劳三军,书写董平、张清第二功。等打破檀州,一并申奏。

宋江与吴用商议,到晚写下军帖,差调林冲、关胜引领一彪军马,从西北上去取檀州。再调呼延灼、董平也引一彪军马,从东北上进兵。却教卢俊义引一彪军马,从西南上取路。"我等中军从东南路上去,只听的炮响,一齐进发。"却差炮手凌振及李逵、樊瑞、鲍旭并牌手项充、李衮,将带滚牌军一千余人,直去城下,施放号炮。至二更为期,水陆并进。各路军兵,都要厮应(呼应)。号令已了,诸军各各准备取城。

　　且说洞仙侍郎正在檀州坚守,专望救兵到来。却有皇侄败残人马逃命奔入城中,备细告说两个皇侄大王,耶律国珍被个使双枪的害了,耶律国宝被个戴青包巾的使石子打下马来拿去。洞仙侍郎跌脚骂道:"又是这蛮子! 不争(若)损了二位皇侄,教俺有甚面目去见郎主? 拿住那个青包巾的蛮子时,碎碎的割那厮!"至晚,番兵报洞仙侍郎道:"潞水河内,有五七百只粮船泊在两岸,远远处又有军马来也!"洞仙侍郎听了道:"那蛮子不识俺的水路,错把粮船直行到这里。岸上人马,一定是来寻粮船。"便差三员番将楚明玉、曹明济、咬儿惟康前来分付道:"那宋江等蛮子今晚又调许多人马来,却有若干粮船在俺河里。可教咬儿惟康引一千军马出城冲突,却教楚明玉、曹明济开放水门,从紧溜里放船出去。三停之内,截他二停粮船,便是汝等干大功也!"不知成败何如,有诗为证:

　　　　妙算从来迥^①不同,檀州城下列艨艟^②。
　　　　侍郎不识兵家意,反自开门把路通。

　　再说宋江人马,当晚黄昏左侧李逵、樊瑞为首,将引步军在城下大骂。洞仙侍郎叫咬儿惟康催趱军马,出城冲杀。城门开处,放下吊桥,辽兵出城。却说李逵、樊瑞、鲍旭、项充、李衮五个好汉引一千步军,尽是悍勇刀牌手,就吊桥边冲住,番军人马,那里能够出的城来。凌振却在军中搭起炮架,准备放炮,只等时候来到。由他城上放箭,自有牌手左右遮抵着,鲍旭却在后面呐喊。虽是一千余人,却是万余人的气象。洞仙侍郎在城中见军马冲突不出,急叫楚明玉、曹明济开了水门抢船。此时宋江水军头领都已先自伏在船中准备,未曾动弹。见他水门开了,一片片绞起闸板,放出战船来。凌振得了消息,便先点起一个风火炮来。炮声响处,两边战船厮迎将来,抵敌番船。左边踊出李俊、张横、张顺,右边踊出阮家三弟兄,都使着战船,杀入番船队里。番将楚明玉、曹明济见战船踊跃而来,抵敌不

---

　　① 迥(jiǒng):远。　　②艨艟(méngchōng):古代战船,船体用牛皮保护。

住,料道有埋伏军兵,急待要回船,早被这里水手军兵都跳过船来,只得上岸而走。宋江水军那六个头领,先抢了水门。管门番将,杀的杀了,走的走了。这楚明玉、曹明济各自逃命夫了。水门上预先一把火起,凌振又放一个车箱炮来。那炮直飞在半天里响。洞仙侍郎听的火炮连天声响,吓的魂不附体。李逵、樊瑞、鲍旭引领牌手项充、李衮等众直杀入城。洞仙侍郎和咬儿惟康在城中,看见城门已都被夺了,又见四路宋兵一齐都杀到来,只得上马,弃了城池,出北门便走。未及二里,正撞着大刀关胜、豹子头林冲拦住去路。正是天罗密布难移步,地网高张怎脱身。毕竟洞仙侍郎怎的逃生,且听下回分解。

第八十四回

宋公明兵打蓟州城　卢俊义大战玉田县

话说洞仙侍郎见檀州已失,只得奔走出城,同咬儿惟康拥护而行。正撞着林冲、关胜,大杀一阵,那里有心恋战?望刺斜里(亦作"刺邪里",旁边或侧面),死命撞出去。关胜、林冲要抢城子,也不来追赶,且奔入城。

却说宋江引大队军马入檀州,赶散番军,一面出榜安抚百姓军民,秋毫不许有犯,传令教把战船尽数收入城中;一面赏劳三军,及将在城辽国所用官员,有姓者仍前委用,无姓番官尽行发遣出城,还于沙漠;一面写表申奏朝廷,得了檀州。尽将府库财帛金宝,解赴京师。写书申呈宿太尉,题奏此事。天子闻奏,龙颜大喜。随即降旨,钦差东京府同知赵安抚统领二万御营军马,前来监战。

却说宋江等听的报来,引众将出郭远远迎接,入到檀州府内歇下,权为行军帅府。诸将头目,尽来参见,施礼已毕。原来这赵安抚,祖是赵家宗派,为人宽仁厚德,作事端方,亦是宿太尉于天子前保奏,特差此人上边,监督兵马。这赵安抚见了宋江仁德,十分欢喜,说道:"圣上已知你等众将用心,军士劳苦,特差下官前来军前监督,就赍赏赐金银缎匹二十五车,但有奇功,申奏朝廷,请降官封。将军今已得了州郡,下官再当申达朝廷。众将皆须尽忠竭力,早成大功,班师回京,天子必当重用。"宋江等拜谢道:"请烦安抚相公,镇守檀州,小将等分兵攻取辽国紧要州郡,教他首尾不能相顾。"一面将赏赐俵散(散发,分发。俵,biào)军将,一面勒回各路军马听调,攻取辽国州郡。有杨雄禀道："前面便是蓟州相近。此处是个大郡,钱粮极广,米麦丰盈,乃是辽国库藏。打了蓟州,诸处可取。"宋江听罢,便请军师吴用商议。

却说洞仙侍郎与咬儿惟康正往东走,撞见楚明玉、曹明济引着些败残军马,一同投奔蓟州。入的城来,见了御弟大王耶律得重,诉说："宋江兵将浩大,内有一个使石子的蛮子,十分了得。那石子百发百中,不放一个空,最会打人。两位皇侄并小将阿里奇,尽是被他石子打死了。"耶律大王道："既是这般,你且在这里帮俺杀那蛮子。"说犹未了,只见流星探马报将来,说道:"宋江兵分两路来打蓟州,一路杀至平峪县,一路杀至玉田县。"御弟大王听了,随即便教洞仙侍郎:"将引本部军马,把住平峪县口,不要和他厮杀。俺先引兵,且拿了玉田县的蛮子,却从背后抄将过来,平峪县的蛮子,走往那里去? 一边关报霸州、幽州,教两路军马,前来接应。"原来这蓟州,却是辽国郎主差御弟耶律得重守把,部领四个孩儿:长子宗云,次子宗电,三子宗雷,四子宗霖。手下十数员战将,一个总兵大将,唤做宝密圣,一个副总兵,唤做天山勇,守住着蓟州城池。当时御弟大王嘱付宝密圣守城,亲引大军,将带四个孩儿并副总兵天山勇,飞奔玉田县来。

且说宋江引兵前至平峪县,见前面把住关隘,未敢进兵,就平峪县西屯住。

却说卢俊义引许多战将,三万人马,前到玉田县,早与辽兵相近。卢俊义便与军师朱武商议道:"目今与辽兵相近,只是吾人不识越境(比喻交战双方彼此不相了解),到他地理生疏,何策可取?"朱武答道:"若论愚意,未知他地理,诸军不可擅进。可将队伍摆为长蛇之势,首尾相应,循环无端,如此则不愁地理生疏。"卢先锋道:"军师所言,正合吾意。"遂乃催兵前进。远远望见辽兵盖地而来,但见:

　　黄沙漫漫,黑雾浓浓。皂雕旗展一派乌云,拐子马(此处指辽军的骑兵)荡半天杀气。青毡笠帽,似千池荷叶弄轻风;铁打兜鍪,如万顷海洋凝冻日。人人衣襟左掩，个个发搭齐肩。连环铁铠重披，刺纳战袍紧系。番军壮健，黑面皮碧眼黄须；达马咆哮，阔膀膊钢腰铁脚。羊角弓攒沙柳箭，虎皮袍衬窄雕鞍。生居边塞，长成会拽硬弓；世本朔方(北方)，养大能骑劣马。铜腔羯鼓(正如漆桶，两头俱击。以出羯中，故号羯鼓，亦谓之两杖鼓)军前打，芦叶胡笳(北方民族的管乐器，传说由汉张骞从西域传入，汉魏鼓吹乐中常用之。笳，jiā)马上吹。

那御弟大王耶律得重引兵先到玉田县，将军马摆开阵势。宋军中朱武上云梯看了，下来回报卢先锋道："番人布的阵，乃是五虎靠山阵，不足为奇。"朱武再上将台，把号旗招动，左盘右旋，调拨众军，也摆一个阵势。卢俊义看了不识，问道："此是何阵势？"朱武道："此乃是鲲化为鹏阵。"卢俊义道："何为鲲化为鹏？"朱武道："北海有鱼，其名曰鲲，能化大鹏，一飞九万里。此阵远观近看，只是个小阵，若来攻时，便变做大阵，因此唤做鲲化为鹏。"卢俊义听了，称赞不已。

对阵敌军鼓响，门旗开处，那御弟大王，亲自出马，四个孩儿分在左右，都是一般披挂。但见：

头戴铁缦(màn)笠饹(qiāng)箭番盔，上拴纯黑球缨。身衬宝圆镜柳叶细甲，系条狮蛮金带。踏镫靴半弯鹰嘴，梨花袍锦绣盘龙。各挂强弓硬弩，都骑骏马雕鞍。腰间尽插锟铻(kūnwú，古利剑名。亦泛指宝剑)剑，手内齐拿扫帚刀。

中间御弟大王，两边四个小将军，身上两肩胛，都着着小小明镜；镜边对嵌着皂缨。四口宝刀，四骑快马，齐齐摆在阵前。那御弟大王背后又是层层摆列，自有许多战将。那四员小将军高声大叫："汝等草贼，何敢犯吾边界！"卢俊义听的，便问道："两军临敌，那个英雄当先出战？"说犹未了，只见大刀关胜舞起青龙偃月刀，争先出马。那边番将耶律宗云舞刀拍马来迎关胜。两个斗不上五合，耶律宗霖拍马舞刀，便来协助。呼延灼见了，举起双鞭，直出迎住厮杀。那两个耶律宗电、耶律宗雷弟兄挺刀跃马，齐出交战。这里徐宁、索超各举兵器相迎。四对儿在阵前厮杀,绞做一团,打做一块。

正斗之间,没羽箭张清看见,悄悄的纵马趱向阵前。却有檀州败残的军士认的张清,慌忙报知御弟大王道:"这对阵穿绿战袍的蛮子,便是惯飞石子的。他如今趱马出阵来,又使前番手段。"天山勇听了便道:"大王放心,教这蛮子吃俺一弩箭!"原来那天山勇马上惯使漆抹弩,一尺来长铁翎箭,有名唤做一点油。那天山勇在马上把了事环带住,趱马出阵,教两个副将在前面影射(掩护)着,三骑马悄悄直趱至阵前。张清又先见了,偷取石子在手,看着那番官当头的,只一石子,急叫:"着!"早从盔上擦过。那天山勇却闪在这将马背后,安的箭稳,扣的弦正,觑着张清较亲,直射将来。张清叫声:"阿也!"急躲时,射中咽喉,翻身落马。双枪将董平、九纹龙史进将引解珍、解宝,死命去救回。卢先锋看了,急教拔出箭来,血流不止,项上便束缚兜住。随即叫邹渊、邹润扶张清上车子,护送回檀州,教神医安道全调治。

车子却才去了,只见阵前喊声又起,报道:"西北上有一彪军马,飞奔杀来,并不打话(言语),横冲直撞,赶入阵中。"卢俊义见箭射了张清,无心恋战,四将各佯输诈败,退回去了。四个番将,乘势赶来;西北上来的番军,刺斜里又杀将来;对阵的大队番军,山倒也似踊跃将来。那里变的阵法?三军众将,隔的七断八续,你我不能相救,只留卢俊义一骑马,一条枪,倒杀过那边去了。天色傍晚,四个小将军却好回来,正迎着卢俊义。一骑马,一条枪,力敌四个番将,并无半点惧怯。约斗了一个时辰,卢俊义得便处,卖个破绽,耶律宗霖把刀砍将入来,被卢俊义大喝一声,那番将措手不及,着一枪,刺下马去。那三个小将军,各吃了一惊,皆有惧色,无心恋战,拍马去了。卢俊义下马,拔刀割了耶律宗霖首级,拴在马项下。翻身上马,望南而行,又撞见一伙辽兵,约有一千余人,被卢俊义又撞杀入去,辽兵四散奔走。再行不到数里,又撞见一彪军马。

此夜月黑,不辨是何处的人马,只听的语音,却是宋朝人说话。

卢俊义便问:"来军是谁?"却是呼延灼答应。卢俊义大喜,合兵一处。呼延灼道:"被辽兵冲散,不能救应。小将撞开阵势,和韩滔、彭玘直杀到此,不知诸将如何?"卢俊义又说:"力敌四将,被我杀了一个,三个走了。次后又撞着一千余人,亦被我杀散。来到这里,不想迎着将军。"两个并马,带着从人,望南而行。不过十数里路,前面早有军马拦路。呼延灼道:"黑夜怎地厮杀,待天明决一死战!"对阵听的,便问道:"来者莫非呼延灼将军?"呼延灼认的声音是大刀关胜,便叫道:"卢头领在此!"众头领都下马,且来草地上坐下。卢俊义、呼延灼说了本身之事。关胜道:"阵前失利,你我不相救应。我和宣赞、郝思文、单廷珪、魏定国五骑马寻条路走,然后收拾的军兵一千余人,来到这里。不识地理,只在此伏路,待天明却行。不想撞着哥哥。"合兵一处。

众人捱到天晓,迤逦望南再行。将次(将要)到玉田县,见一彪人马哨路(在路卡警戒防守)。看时,却是双枪将董平、金枪手徐宁,弟兄们都扎住玉田县中,辽兵尽行赶散,说道:"侯健、白胜两个去报宋公明,只不见了解珍、解宝、杨林、石勇。"卢俊义教且进兵在玉田县内,检点众将军校,不见了五千余人。心中烦恼。巳牌时分,有人报道:"解珍、解宝、杨林、石勇将领二千余人来了。"卢俊义又唤来问时,解珍道:"俺四个倒撞过去了!深入重地,迷踪失路,急切不敢回转。今早又撞见辽兵,大杀了一场,方才到得这里。"卢俊义叫将耶律宗霖首级,于玉田县号令,抚谕(安抚晓喻)三军百姓。

未到黄昏前后,军士们正要收拾安歇,只见伏路小校来报道:"辽兵不知多少,四面把县围了。"卢俊义听的大惊,引了燕青上城看时,远近火把,有十里厚薄。一个小将军当先指点,正是耶律宗云,骑着一匹劣马,在火把中间催趱三军。燕青道:"昨日张清中他一冷箭,今日回礼则个!"燕青取出弩子,一箭射去,正中番将鼻凹,番将落马。众兵急救时,宗云已自伤闷不醒。番军早退五里。

卢俊义县中与众将商议:"虽然放了一冷箭,辽兵稍退,天明必来攻,围裹的铁桶相似,怎生救解?"朱武道:"宋公明若得知这个消息,必然来救。里应外合,方可免难。"众人捱到天明,望见辽兵四面摆的无缝。只见东南上尘土起,兵马数万人而来,众将皆望南兵。朱武道:"此必是宋公明军马到了! 等他收军,齐望南杀去,这里尽数起兵,随后一掩。"

且说对阵辽兵,从辰时直围到未牌,正待困倦,却被宋江军马杀来,抵当不住,尽数收拾都去。朱武道:"不就这里追赶,更待何时!"卢俊义当即传令,开县四门,尽领军马,出城追杀,辽兵大败;杀的星落云散,七断八续,辽兵四散败走。宋江赶的辽兵去远,到天明鸣金收军,进玉田县。卢先锋合兵一处,诉说攻打蓟州。留下柴进、李应、李俊、张横、张顺、阮家三弟兄、王矮虎、一丈青、孙新、顾大嫂、张青、孙二娘、裴宣、萧让、宋清、乐和、安道全、皇甫端、童威、童猛、王定六,都随赵枢密在檀州守御。其余诸将,分作左右二军。宋先锋总领左军人马四十八员:军师吴用、公孙胜、林冲、花荣、秦明、杨志、朱仝、雷横、刘唐、李逵、鲁智深、武松、杨雄、石秀、黄信、孙立、欧鹏、邓飞、吕方、郭盛、樊瑞、鲍旭、项充、李衮、穆弘、穆春、孔明、孔亮、燕顺、马麟、施恩、薛永、宋万、杜迁、朱贵、朱富、凌振、汤隆、蔡福、蔡庆、戴宗、蒋敬、金大坚、段景住、时迁、郁保四、孟康。卢先锋总领右军人马三十七员:军师朱武、关胜、呼延灼、董平、张清、索超、徐宁、燕青、史进、解珍、解宝、韩滔、彭玘、宣赞、郝思文、单廷珪、魏定国、陈达、杨春、李忠、周通、陶宗旺、郑天寿、龚旺、丁得孙、邹渊、邹润、李立、李云、焦挺、石勇、侯健、杜兴、曹正、杨林、白胜。分兵已罢,作两路来取蓟州。宋先锋引军取平峪县进发,卢俊义引兵取玉田县进发。赵安抚与二十三将,镇守檀州,不在话下。

且说宋江见军士连日辛苦,且教暂歇。攻打蓟州,自有计较了。先使人往檀州,问张清箭疮如何。神医安道全使人回话道:"虽然外损皮肉,却不伤内,请主将放心。调理(治疗)的脓水干时,自然无事。即目炎天,军士多病,已禀过赵枢密相公,遣萧让、宋清前往东京收买药料,就向太医院关支(领取)暑药(防暑的药)。皇甫端亦要关给官局内喋马的药材物料,都委萧让、宋清去了,就报先锋知道。"宋江听的,心中颇喜,再与卢先锋计较,先打蓟州。宋江道:"我未知你在玉田县受围时,已自先商量下计了。有公孙胜原是蓟州人,杨雄亦曾在那府里做节级(低级武职官员),石秀、时迁亦在那里住的久远。前日杀退辽兵,我教时迁、石秀也只做败残军马杂在里面,必然都投蓟州城内驻扎。他两个若入的城中,自有去处。时迁曾献计道:'蓟州城有一座大寺,唤叫宝严寺,廊下有法轮宝藏,中间是大雄宝殿,前有一座宝塔,直耸云霄。'石秀说道:'教他去宝塔顶上躲着,每日饭食,我自对付来与他吃。只等城外哥哥军马攻打得紧急时,然后却就宝严寺塔上放起火来为号。'时迁自是个惯飞檐走壁的人,那里不躲了身子?石秀临期自去州衙内放火,他两个商量已定自去了。我这里一面收拾进兵。"有《西江月》为证:

> 山后辽兵侵境,中原宋帝兴军。水乡取出众天星,奉诏去邪归正。 暗地时迁放火,更兼石秀同行。等闲打破永平城,千载功勋可敬!

次日,宋江引兵,撤了平峪县,与卢俊义合兵一处,催起军马,径奔蓟州来。

且说御弟大王自折了两个孩儿,不胜懊恨,便同大将宝密圣、天山勇、洞仙侍郎等商议道:"前次涿州、霸州两路救兵,各自分散前去。如今宋江合兵在玉田县,早晚进兵来打蓟州,似此怎生奈何?"大将宝密圣道:"宋江兵若不来,万事皆休。若是那伙蛮子来时,小将自出去与他相敌。若不活拿他几个,这厮们那里肯退?"洞仙侍郎道:"那蛮子队有那个穿绿袍的,惯使石子,好生利害,可以提防他。"天山勇道:"这个蛮子,已被俺一弩箭射中咽喉,多是死了也!"洞仙侍郎道:"除了这个蛮子,别的都不打紧。"正商议间,小校来报,宋江军马杀奔蓟州来。御弟大王连忙整点三军人马,教宝密圣、天山勇火速出城迎敌。离城三十里外,与宋江对敌。

　　各自摆开阵势,番将宝密圣横槊(横持长矛。槊,shuò)出马。宋江在阵前见了,便问道:"斩将夺旗,乃见头功!"说犹未了,只见豹子头林冲便出阵前来,与番将宝密圣大战。两个斗了三十余合,不分胜败。林冲要见头功,持丈八蛇矛,斗到间深里,暴雷也似大叫一声,拨过长枪,用蛇矛去宝密圣脖项上刺中一矛,搠下马去。宋江大喜。两军发喊。番将天山勇见刺了宝密圣,横枪便出。宋江阵里,徐宁挺钩镰枪直迎将来。二马相交,斗不到二十来合,被徐宁手起一枪,把天山勇搠于马下。宋江见连赢了二将,心中大喜,催军混战,辽兵大败,望蓟州奔走。宋江军马赶了十数里,收兵回来。

　　当日宋江扎下营寨,赏劳三军。次日传令,拔寨都起,直抵蓟州。第三日,御弟大王见折了二员大将,十分惊慌,又见报道:"宋军到了!"忙与洞仙侍郎道:"你可引这支军马出城迎敌,替俺分忧也好。"洞仙侍郎不敢不依,只得引了咬儿惟康、楚明玉、曹明济,领起一千军马,就城下摆开。宋江军马渐近城边,雁翅般排将来。门旗开处,索超横担大斧,出马阵前。番兵队里,咬儿惟康便抢出阵来。两个并不打话,二将相交,斗到二十余合。番将终是胆怯,无心恋战,只得要走。索超纵马赶上,双手轮起大斧,觑着番将脑门上劈将下来,把这咬儿惟康脑袋劈做两半个。洞仙侍郎见了,慌忙叫楚明玉、曹明济快去策应。这两个已自八分胆怯,因吃逼不过,只得挺起手中枪,向前出阵。宋江军中九纹龙史进见番军中二将双出,便舞刀拍马,直取二将。史进逞起英雄,手起刀落,先将楚明玉砍于马下。这曹明济急待要走,史进赶上一刀,也砍于马下。史进纵马杀入辽军阵内,宋江见了,鞭梢一指,驱兵大进,直杀到吊桥边。耶律得重见了,越添愁闷,便教紧闭城门,各将上城紧守;一面申奏郎主,一面差人往霸州、幽州求救。

　　且说宋江与吴用计议道:"似此城中紧守,如何摆布?"吴用道:"既城中已有石秀、时迁在里面,如何耽搁的长远?教四面竖起云梯炮架,即便攻城。再教凌振将火炮四下里施放,打将入去。攻击得紧,其城必破。"宋江即便传令,四面连夜攻城。

再说御弟大王见宋兵四下里攻击得紧,尽驱蓟州在城百姓上城守护。当下石秀在城中宝严寺内,守了多日,不见动静。只见时迁来报道:"城外哥哥军马,打得城子紧。我们不就这里放火,更待何时?"石秀见说了,便和时迁商议,先从宝塔上放起一把火来,然后去佛殿上烧着。时迁道:"你快去州衙内放火。在南门要紧的去处,火着起来,外面见了,定然加力攻城,愁他不破!"两个商量了,都自有引火的药头、火刀、火石、火筒、烟煤藏在身边。当日晚来,宋江军马打城甚紧。

却说时迁,他是个飞檐走壁的人,跳墙越城,如登平地。当时先去宝严寺塔上点起一把火来。那宝塔最高,火起时,城里城外,那里不看见?火光照的三十余里远近,似火钻一般。然后却来佛殿上放火。那两把火起,城中鼎沸起来。百姓人民,家家老幼慌忙,户户儿啼女哭,大小逃生。石秀直爬去蓟州衙门庭屋上博风板里,点起火来。蓟州城中,见三处火起,知有细作(密探、间谍),百姓那里有心守护城池,已都阻当不住,各自逃归看家。没多时,山门里又一把火起,却是时迁出宝严寺来,又放了一把火。那御弟大王见了城中无半个更次,四五路火起,知宋江有人在城里。慌慌急急,收拾军马,带了老小并两个孩儿,装载上车,开了北门便走。宋江见城中军马慌乱,催促军兵卷杀入城。城里城外,喊杀连天,早夺了南门。洞仙侍郎见寡不敌众,只得跟随御弟大王投北门而走。

宋江引大队军马入蓟州城来,便传下将令,先教救灭了四边风火。天明出榜,安抚蓟州百姓。将三军人马,尽数收入蓟州屯住,赏劳三军诸将。功绩簿上,标写石秀、时迁功次。便行文书,申复赵安抚知道得了蓟州大郡,请相公前来驻扎。赵安抚回文书来说道:"我在檀州,权且屯扎,教宋先锋且守住蓟州。即目炎暑,天气暄热(炎热。暄,xuān),未可动兵。待到天气微凉,再作计议。"宋江得了回文,便教卢俊义分领原拨军将于玉田县屯扎,其余大队军兵守住蓟州。待到天气微凉，别行听调。

　　却说御弟大王耶律得重与洞仙侍郎将带老小，奔回幽州，直至燕京，来见大辽郎主。且说辽国郎主，升坐金殿，聚集文武两班臣僚，朝参已毕。有阁门大使奏道："蓟州御弟大王回至门下。"郎主闻奏，忙教宣召，宣至殿下。那耶律得重与洞仙侍郎俯伏御阶之下，放声大哭。郎主道："俺的爱弟，且休烦恼，有甚事务，当以尽情奏知寡人。"那耶律得重奏道："宋朝童子皇帝，差调宋江领兵前来征讨，军马势大，难以抵敌。送了臣的两个孩儿，杀了檀州四员大将。宋军席卷而来，又失陷了蓟州。特来殿前请死！"大辽国主听了，传圣旨道："卿且起来，俺的这里好生商议。"郎主道："引兵的那蛮子是甚人？这等喽罗（伶俐能干，有本领）！"班部中右丞相太师褚（chǔ）坚出班奏道："臣闻宋江这伙，原是梁山泊水浒寨草寇，却不肯杀害良民，专一替天行道，只杀滥官污吏，诈害（欺诈虐害）百姓的人。后来童贯、高俅引兵前去收捕，被宋江只五阵，杀的片甲不回。他这伙好汉，剿捕他不得。童子皇帝遣使三番降诏去招安，他后来都投降了。只把宋江封为先锋使，又不曾实授官职，其余都是白身人（指没有官职名目的人）。今日差将他来，便和俺们厮杀。他道有一百八人，应天上星宿。这伙人好生了得，郎主休要小觑了他！"郎主道："你这等话说时，怎地怎生是好？"班部丛中转出一员官，乃是欧阳侍郎，襕袍（一种公服。因其于袍下施横襕为裳，故称）拂地，象简（象牙制的手板。品位较高的官员朝见君主时所执，供指画和记事）当胸，奏道："郎主万岁！臣虽不才，愿献小计，可退宋兵。"郎主大喜道："你既有好的见识，当下便说。"

　　欧阳侍郎言无数句，话不一席，有分教，宋江名标青史，事载丹书。正是护国谋成欺吕望（即周初人吕尚。尚年老、隐于渔钓，文王出猎，遇于渭滨，与语大悦，曰："吾太公望子久矣。"故号之曰太公望。后世亦称吕望），顺天功就赛张良（秦末，曾运筹帷幄，佐刘邦平定天下，以功封留侯。诗文中常用为称颂功臣之典）。毕竟欧阳侍郎奏出甚事来，且听下回分解。

第八十五回

宋公明夜度益津关　　吴学究智取文安县

　　话说当下欧阳侍郎奏道："宋江这伙都是梁山泊英雄好汉,如今宋朝童子皇帝被蔡京、童贯、高俅、杨戬四个贼臣弄权,嫉贤妒能,闭塞贤路,非亲不进,非财不用,久后如何容的他们!论臣愚意,郎主可加官爵,重赐金帛,多赏轻裘(皮衣)肥马,臣愿为使臣,说他来降俺大辽国。郎主若得这伙军马来,觑中原如同反掌。臣不敢自专,乞郎主圣鉴不错。"郎主听罢,便道:"你也说的是。你就为使臣,将带一百八骑好马、一百八匹好缎子、俺的救命一道,封宋江为镇国大将军,总领辽兵大元帅,赐与金一提,银一秤,权当信物。教把众头目的姓名都抄将来,尽数封他官爵。"只见班部中兀颜都统军出来启奏郎主道:"宋江这一伙草贼招安他做甚?放着奴婢手下有二十八宿将军、十一曜大将,有的是强兵猛将,怕不赢他?若是这伙蛮子不退呵,奴婢亲自引兵去剿杀这厮。"国主道:"你便是了的好汉,如插翅大虫,再添的这伙呵,你又加生两翅。你且休得阻当。"辽主不听兀颜之言,再有谁敢多言。原来这兀颜光都统军,正是辽国第一员上将,十八般武艺,无有不通,兵书战策,尽皆熟闲。年方三十五六,堂堂一表,凛凛一躯,八尺有余身材,面白唇红,须黄眼碧,威仪猛勇。上阵时,仗条浑铁点钢枪,杀到浓处(激烈处),不时掣出腰间铁简,使的铮铮有声,端的是有万夫不当之勇。

　　且不说兀颜统军谏奏,却说那欧阳侍郎领了辽国救旨,将了许多礼物马匹,上了马,径投蓟州来。宋江正在蓟州作养军士,听的辽国有使命至，未审来意吉凶，遂取玄女之课，当下一卜，卜得个上上之兆。便与吴用商议道："卦中上上之兆，多是辽国来招安我们，似此如之奈何？"吴用道："若是如此时，正可将计就计，受了他招安。将此蓟州与卢先锋管了，却取他霸州。若更得了他霸州，不愁他辽国不破。即今取了他檀州，先去辽国一只左手。此事容易，只是放些先难后易，令他不疑。"

且说那欧阳侍郎已到城下，宋江传令，教开城门，放他进来。欧阳侍郎入到城中，至州衙前下马，直到厅上。叙礼罢，分宾主而坐。宋江便问："侍郎来意何干？"欧阳侍郎道："有件小事，上达钧听（对尊长听闻的敬称。钧，jūn），乞屏（斥退）左右。"宋江遂将左右喝退，请进后堂深处说话。欧阳侍郎至后堂，欠身与宋江道："俺大辽国，久闻将军大名，争奈山遥水远，无由拜见威颜。又闻将军在梁山大寨，替天行道，众弟兄同心协力。今日宋朝奸臣们闭塞贤路，有金帛投于门下者，便得高官重用；无贿赂投于门下者，总有大功于国，空被沉埋，不得升赏。如此奸党弄权，谗佞（chánnìng）侥幸，嫉贤妒能，赏罚不明，以致天下大乱。江南、两浙、山东、河北，盗贼并起，草寇猖狂，良民受其涂炭（被迫处在极端困苦的境地），不得聊生。今将军统十万精兵，赤心归顺，止得先锋之职，又无升受品爵。众弟兄劬劳（劳累、劳苦。劬，qú）报国，俱各白身之士。遂命引兵直抵沙漠，受此劳苦，与国建功，朝廷又无恩赐。此皆奸臣之计。若沿途掳掠金珠宝贝，令人馈送浸润（比喻逐渐用钱财贿赂）与蔡京、童贯、高俅、杨戬（jiǎn）四个贼臣，可保官爵，恩命立至。若还不肯如此行事，将军纵使赤心报国，建大功勋，回到朝廷，反坐（反被诬陷）罪犯。欧某今奉大辽国主特遣，小官赍敕命一道，封将军为辽邦镇国大将军，总领兵马大元帅。赠金一提，银一秤，彩缎一百八匹，名马一百八骑。便要抄录一百八位头领姓名赴国，照名钦授官爵。非来诱说将军，此是国主久闻将军盛德，特遣欧某前来，预请将军众将，同意协心，辅助本国。"宋江听罢，便答道："侍郎言之极是。争奈宋江出身微贱，郓城小吏，犯罪在逃，权居梁山水泊,避难逃灾。宋天子三番降诏,赦罪招安,虽然官小职微,亦未曾立得功绩,以报朝廷赦罪之恩。今蒙郎主赐我以厚爵,赠之以重赏,然虽如此,未敢拜受,请侍郎且回。即今溽暑(盛夏气候潮湿闷热。溽,rù)炎热,权令军马停歇,暂且借国王这两个城子屯兵,守待早晚秋凉,再作商议。"欧阳侍郎道:"将军不弃,权且受下辽王金帛、彩缎、鞍马。俺回去,慢慢地再来说话,未为晚矣!"宋江道:"侍郎不知我等一百八人,耳目最多,倘或走透(走漏)消息,先惹其祸。"欧阳侍郎道:"兵权执掌,尽在将军手内,谁敢不从?"宋江道:"侍郎不知就里。我等弟兄中间,多有性直刚勇之士。等我调和端正,众所同心,却慢慢地回话,亦未为迟。"有诗为证:

> 金帛重驮出蓟州,熏风①回首不胜羞。
>
> 辽王若问归降事,云在青山月在楼。

于是令备酒肴相待,送欧阳侍郎出城上马去了。

宋江却请军师吴用商议道:"适来(刚才)辽国侍郎这一席话如何?"吴用听了,长叹一声,低首不语,肚里沉吟。宋江便问道:"军师何故叹气?"吴用答道:"我寻思起来,只是兄长以忠义为主,小弟不敢多言。我想欧阳侍郎所说这一席话,端的是有理。目今宋朝天子,至圣至明,果被蔡京、童贯、高俅、杨戬四个奸臣专权,主上听信。设使(假使)日后纵有成功,必无升赏。我等三番招安,兄长为尊,只得个先锋虚职。若论我小子愚意,弃宋从辽,岂不为胜,只是负了兄长忠义之心。"宋江听罢,便道:"军师差矣!若从辽国,此事切不可提。纵使宋朝负我,我忠心不负宋朝。久后纵无功赏,也得青史上留名。若背正顺逆,天不容恕!吾辈当尽忠报国,死而后已!"吴用道:"若是兄长存忠义于心,只就这条计上,可以取他霸州。目今盛暑炎天,且当暂停,将养军马。"宋江、吴用计议已定,且不与众人说。同众将屯驻蓟州,待过暑热。

---

① 熏风:南风。

次日，与公孙胜在中军闲话，宋江问道："久闻先生师父罗真人，乃盛世之高士。前番因打高唐州，要破高廉邪法，特地使戴宗、李逵来寻足下，说：'尊师罗真人，术法灵验。'敢烦贤弟，来日引宋江去法座前，焚香参拜，一洗尘俗。未知尊意如何？"公孙胜便道："贫道亦欲归望老母，参省本师。为见兄长连日屯兵未定，不敢开言。今日正欲要禀仁兄，不想兄长要去。来日清晨，同往参礼本师，贫道就行省视(探望)老母。"

次日，宋江暂委军师掌管军马。收拾了名香净果，金珠彩缎，将带花荣、戴宗、吕方、郭盛、燕顺、马麟六个头领。宋江与公孙胜共八骑马，带领五千步卒，取路投九宫县二仙山来。宋江等在马上离了蓟州，来到山峰深处。但见青松满径，凉气飔飔(形容清凉。飔，xiāo)，炎暑全无，端的好座佳丽之山。公孙胜在马上道："有名唤做呼鱼鼻山。"宋江看那山时，但见：

> 四围嶻嶭(jié niè，高耸)，八面玲珑。重重晓色映晴霞，沥沥琴声飞瀑布。溪涧中漱玉飞琼，石壁上堆蓝迭翠。白云洞口，紫藤高挂绿萝垂；碧玉峰前，丹桂悬崖青蔓袅。引子苍猿献果，呼群麋(mí)鹿衔花。千峰竞秀，夜深白鹤听仙经；万壑(hè，山沟)争流，风暖幽禽相对语。地僻红尘飞不到，山深车马几曾来。

当下公孙胜同宋江直至紫虚观前，众人下马，整顿衣巾。小校托着信香礼物，径到观里鹤轩前面。观里道众见了公孙胜，俱各向前施礼，同来见宋江，亦施礼罢。公孙胜便问："吾师何在？"道众道："师父近日只在后面退居静坐，少曾到观。"公孙胜听了，便和宋公明径投后山退居内来。转进观后，崎岖径路，曲折阶衢(用砖石砌成的或就山势凿成的梯形的道。衢，qú)。行不到一里之间，但见荆棘为篱，外面都是青松翠柏，篱内尽是瑶草琪花(仙境里的花草)。中有三间雪洞，罗真人在内端坐诵经。童子知有客来，开门相接。公孙胜先进草庵鹤轩前，礼拜本师已毕，便禀道："弟子旧友山东宋公明，受了招安，今奉敕命，封先锋之职，统兵来破辽虏，今到蓟州，特地要来参礼我师，现在此间。"罗真人见说,便教请进。

宋江进得草庵,罗真人降阶迎接。宋江再三恳请罗真人坐受拜礼。罗真人道:"将军国家上将,贫道乃山野村夫,何敢当此?"宋江坚意谦让,要礼拜他,罗真人方才肯坐。宋江先取信香炉中焚爇(优烧毁。爇,ruò),参礼了八拜,便呼花荣等六个头领,俱各礼拜已了。罗真人都教请坐,命童子烹茶献果已罢。罗真人乃曰:"将军上应星魁,外合列曜(群星,星宿。曜,yào),一同替天行道,今则归顺宋朝,此清名万载不磨矣!"宋江道:"江乃郓城小吏,逃罪上山,感谢四方豪杰,望风而来。同声相应,同气相求,恩如骨肉,情若股肱(gǔgōng,大腿和胳膊)。天垂景象,方知上应天星地曜,会合一处。今奉诏命,统领大兵,征进辽国,径涉仙境,夙生有缘,得一瞻拜(瞻仰拜望)。万望真人指迷前程之事,不胜万幸。"罗真人道:"蒙将军不弃,折节(屈尊)下问。出家人违俗(脱离凡尘)已久,心如死灰,无可效忠,幸勿督过(督责)。"宋江再拜求教。罗真人道:"将军少坐,当具素斋。天色已晚。就此荒山草榻,权宿一宵,来早回马。未知尊意若何?"宋江便道:"宋江正欲我师指教,点悟(指点、点化)愚迷,安忍便去?"随即唤从人托过金珠彩缎,上献罗真人。罗真人乃曰:"贫道僻居野叟,寄形宇内,纵使受此金珠,亦无用处。随身自有布袍遮体,绫锦彩缎,亦不曾穿。将军统数万之师,军前赏赐,日费浩繁,所赐之物,乞请纳回。"宋江再拜,望请收纳。罗真人坚执不受,当即供献素斋,斋罢,又吃了茶。罗真人令公孙胜回家省母,明早却来,随将军回城。当晚留宋江庵中闲话。宋江把心腹之事,备细告知罗真人,愿求指迷。罗真人道:"将军一点忠义之心,与天地均同,神明必相护佑。他日生当封侯,死当庙食,决无疑虑。只是将军一生命薄,不得全美。"宋江告道:"我师,莫非宋江此身不得善终?"罗真人道:"非也!将军亡必正寝,死必归坟。只是所生命薄,为人好处多磨,忧中少乐。得意浓时,便当退步,切勿久恋富贵。"宋江再告:"我师,富贵非宋江之意,但愿弟兄常常完聚,虽居贫贱,亦满微心。只求大家安乐。"罗真人笑道:"大限

到来,岂容汝等留恋乎?"宋江再拜,求罗真人法语(有德望的高僧给出的
预测未来之语)。罗真人命童子取过纸笔,写下八句法语,度与宋江。那
八句说道是:

忠心者少,义气者稀。幽燕功毕,明月虚辉。

始逢冬暮,鸿雁分飞。吴头楚尾,官禄同归。

宋江看毕,不晓其意,再拜恳告:"乞我师金口剖决,指引迷愚。"
罗真人道:"此乃天机(上苍机密),不可泄漏。他日应时,将军自知。夜
深更静,请将军观内暂宿一宵,来日再会。贫道当年寝寐,未曾还
的,再欲赴梦去也。将军勿罪!"宋江收了八句法语,藏在身边,辞
了罗真人,来观内宿歇。众道众接至方丈,宿了一宵。

次日清晨,来参真人,其时公孙胜已到草庵里了。罗真人叫备
素馔斋饭相待。早馔已毕,罗真人再与宋江道:"将军在上,贫道一
言可禀。这个徒弟公孙胜,本从贫道山中出家,远绝尘俗,正当其
理。奈缘是一会下星辰,不由他不来。今俗缘日短,道行日长。若
今日便留下,在此伏侍贫道,却不见了弟兄往日情分。从今日跟将
军去干大功,如奏凯还京,此时相辞,却望将军还放。一者使贫道有
传道之人,二乃免他老母倚门之望。将军忠义之士,必举忠义之行。
未知将军雅意肯纳贫道否?"宋江道:"师父法旨,弟子安敢不听?
况公孙胜先生与江弟兄,去住从他,焉敢阻当?"罗真人同公孙胜都
打个稽首道:"谢承将军金诺(重诺)。"当下众人,拜辞罗真人。罗真人
直送宋江等出庵相别。罗真人道:"将军善加保重,早得建节封侯。"
宋江拜别,出到观前。所有乘坐马匹,在观中喂养,从人已牵在观外
伺候。众道士送宋江等出到观外相别。宋江教牵马至半山平坦之
处,与公孙胜等一同上马,再回蓟州。

一路无话,早到城中州衙前下马。黑旋风李逵接着说道:"哥哥
去望罗真人,怎生不带兄弟去走一遭?"戴宗道:"罗真人说,你要杀
他,好生怪你。"李逵道:"他也奈何的我也勾了!"众人都笑。宋江
入进衙内,众人都到后堂。宋江取出罗真人那八句法语,递与吴用

看详,不晓其意。众人反复看了,亦不省的。公孙胜道:"兄长,此乃天机玄语,不可泄漏。收取过了,终身受用,休得只顾猜疑。师父法语,过后方知。"宋江遂从其说,藏于天书之内。

自此之后,屯驻军马,在蓟州一月有余,并无军情之事。至七月半后,檀州赵枢密行文书到来,说奉朝廷敕旨,催兵出战。宋江接得枢密院札付,便与军师吴用计议,前到玉田县,合会卢俊义等,操练军马,整顿军器,分拨人员已定,再回蓟州,祭祀旗纛(饰以鸟羽的大旗。纛,dào),选日出师。闻左右报道:"辽国有使来到。"宋江出接,却是欧阳侍郎,便请入后堂。叙礼已罢,宋江问道:"侍郎来意如何?"欧阳侍郎道:"乞退左右。"宋江随即喝散军士。侍郎乃言:"俺大辽国主,好生慕公之德。若蒙将军慨然归顺,肯助大辽,必当建节封侯。全望早成大义,免俺国主悬望(期待)之心。"宋江答道:"这里也无外人,亦当尽忠告诉侍郎。不知前番足下来时,众军皆知其意。内中有一半人,不肯归顺。若是宋江便随侍郎出幽州,朝见郎主时,有副先锋卢俊义,必然引兵追赶。若就那里城下厮并,不见了我弟兄们日前的义气。我今先带些心腹之人,不拣那座城子,借我躲避。他若引兵赶来,知我下落,那时却好回避他。他若不听,却和他厮并也未迟。他若不知我等下落时,他军马回报东京,必然别生支节。我等那时朝见郎主,引领大辽军马,却来与他厮杀,未为晚矣!"欧阳侍郎听了宋江这一席言语,心中甚喜,便回道:"俺这里紧靠霸州,有两个隘口,一个唤做益津关,两边都是险峻高山,中间只一条驿路;一个是文安县,两面都是恶山,过的关口,便是县治。这两座去处,是霸州两扇大门。将军若是如此,可往霸州躲避。本州是俺辽国国舅康里定安守把。将军可就那里,与国舅同住,却看这里如何?"宋江道:"若得如此,宋江星夜使人回家,搬取老父,以绝根本。侍郎可暗地使人来引宋江去。只如此说,今夜我等收拾也。"欧阳侍郎大喜,别了宋江,上马去了。有诗为证:

国士从胡志可伤,常山骂贼姓名香。

宋江若肯降辽国,何似梁山作大王。

当日宋江令人去请卢俊义、吴用、朱武到蓟州,一同计议智取霸州之策,下来便见。宋江酌量已定,卢俊义领令去了。吴用、朱武暗暗分付众将,如此如此而行。宋江带去人数,林冲、花荣、朱仝、刘唐、穆弘、李逵、樊瑞、鲍旭、项充、李衮、吕方、郭盛、孔明、孔亮,共计一十五员头领,止带一万来军校。拨定人数,只等欧阳侍郎来到便行。

望了两日,只见欧阳侍郎飞马而来,对宋江道:"俺郎主知道将军实是好心的人,既蒙归顺,怕他宋兵做甚么? 俺大辽国有的是好兵好将,强人壮马相助。你既然要取令大人,不放心时,且请在霸州与国舅作伴,俺却差人去取未迟。"宋江听了,与侍郎道:"愿去的军将,收拾已完备,几时可行?"欧阳侍郎道:"则今夜便行,请将军传令。"宋江随即分付下去,都教马摘銮铃,军卒衔枚疾走,当晚便行。一面管待来使。黄昏左侧(左右,指时间),开城西门便出。欧阳侍郎引数十骑,在前领路。宋江引一支军马,随后便行。约行过二十余里,只见宋江在马上猛然失声,叫声:"苦也!"说道:"约下军师吴学究同来归顺大辽,不想来的慌速,不曾等的他来。军马慢行,却快使人取接他来。"当时已是三更左侧,前面已是益津关隘口。欧阳侍郎大喝一声:"开门!"当下把关的军将开放关口,军马人将,尽数度关,直到霸州。天色将晓,欧阳侍郎请宋江入城,报知国舅康里定安。

原来这国舅是大辽郎主皇后亲兄,为人最有权势,更兼胆勇过人。将着两员侍郎守住霸州。一个唤做金福侍郎,一个唤做叶清侍郎。听的报道宋江来降,便叫军马且在城外下寨,只教为头的宋先锋请进城来。欧阳侍郎便同宋江入城,来见定安国舅。国舅见了宋江,一表非俗,便乃降阶而接。请至后堂,叙礼罢,请在上坐。宋江答道:"国舅乃金枝玉叶,小将是投降之人,怎消受国舅殊礼重待? 宋江将何报答?"定安国舅道:"多听得将军的名传寰海(世间。寰,huán),威镇中原,声名闻于大辽。俺的国主,好生慕爱。"宋江道:"小将比领国舅的福荫(yìn，庇护)，宋江当尽心报答郎主大恩。"定安国舅大喜，忙叫安排庆贺筵宴。一面又叫椎牛宰马(击杀牛，宰杀马。指宰杀牲畜)，赏劳三军。城中选了一所宅子，教宋江、花荣等安歇，方才教军马尽数入城屯扎。花荣等众将都来见了国舅等众人。番将同宋江一处安歇已了，宋江便请欧阳侍郎分付道："可烦侍郎差人报与把关的军汉，怕有军师吴用来时，分付便可教他进关来，我和他一处安歇。昨夜来得仓卒，不曾等候得他。我一时与足下只顾先来了，正忘了他。军情主事，少他不得。更兼军师文武足备，智谋并优，六韬三略，无有不会。"欧阳侍郎听了，随即便传下言语，差人去与益津关、文安县二处把关军将说知："但有一个秀才模样的人，姓吴名用，便可放他过来。"

且说文安县得了欧阳侍郎的言语，便差人转出益津关上，报知就里，说与备细。上关来望时，只见尘头蔽日，土雾遮天，有军马奔上关来。把关将士准备擂木(作战时从高处推下撞压敌人的木头。擂，lèi)炮石(用炮抛射的石头)，安排对敌，只见山前一骑马上，坐着一人，秀才模样，背后一个行脚僧，一个行者，随后又有数十个百姓，都赶上关来。马到关前，高声大叫："我是宋江手下军师吴用，欲待来寻兄长，被宋兵追赶得紧，你可开关救我！"把关将道："想来正是此人。"随即开关，放入吴学究来。只见那两个行脚僧人、行者，也挨入关。关上人当住，那行者早撞在门里了。和尚便道："俺两个出家人，被军马赶的紧，救咱们则个！"把关的军定要推出关去。那和尚发作，行者焦躁，大叫道："俺不是出家人，俺是杀人的太岁鲁智深、武松的便是！"花和尚轮起铁禅杖，拦头便打。武行者掣出双戒刀，就便杀人，正如砍瓜切菜一般。那数十个百姓，便是解珍、解宝、李立、李云、杨林、石勇、时迁、段景住、白胜、郁保四这伙人，早奔关里，一发夺了关口。卢俊义引着军兵都赶到关上，一齐杀入文安县来。把关的官员，那里迎敌的住？这伙都到文安县取齐。

却说吴用飞马奔到霸州城下，守门的番官报入城来。宋江与欧阳侍郎在城边相接,便教引见国舅康里定安。吴用说道:"吴用不合来的迟了些个。正出城来,不想卢俊义知觉,直赶将来,追到关前。小生今入城来,此时不知如何。"又见流星探马报来说道:"宋兵夺了义安县,军马杀近霸州。"定安国舅便教点兵,出城迎敌,宋江道:"未可调兵,等他到城下,宋江自用好言招抚他。如若不从,却和他厮并未迟。"只见探马又报将来说:"宋兵离城不远!"定安国舅与宋江一齐上城看望。见宋兵整整齐齐,都摆列在城下。卢俊义顶盔挂甲,跃马横枪,点军调将,耀武扬威,立马在门旗之下,高声大叫道:"只教反朝廷的宋江出来!"宋江立在城楼下女墙边,指着卢俊义说道:"兄弟,所有宋朝赏罚不明,奸臣当道,谗佞专权,我已顺了大辽国主。汝可同心,也来帮助我,同扶大辽郎主,不失了梁山许多时相聚之意。"卢俊义大骂道:"俺在北京安家乐业,你来赚我上山。宋天子三番降诏,招安我们,有何亏负你处?你怎敢反背朝廷?你那短见无能之人,早出来打话,见个胜败输赢!"宋江大怒,喝教开城门,便差林冲、花荣、朱仝(tóng)、穆弘四将齐出,活拿这厮。卢俊义一见了四将,约住军校,跃马横枪,直取四将,全无惧怯。林冲等四将斗了二十余合,拨回马头,望城中便走。卢俊义把枪一招,后面大队军马,一齐赶杀入来。林冲、花荣占住吊桥,回身再杀,诈败佯输,诱引卢俊义抢入城中。背后三军,齐声呐喊,城中宋江等诸将,一齐兵变,接应入城,四方混杀,人人束手,个个归心。定安国舅气的目睁口呆,罔知所措(不知怎么办。罔,wǎng),与众等侍郎束手被擒。

　　宋江引军到城中,诸将都至州衙内来,参见宋江。宋江传令,先请上定安国舅并欧阳侍郎、金福侍郎、叶清侍郎,并皆分坐,以礼相待。宋江道:"汝辽国不知就里,看的俺们差矣!我这伙好汉,非比啸聚山林之辈。一个个乃是列宿之臣,岂肯背主降辽?只要取汝霸州,特地乘此机会。今已成功,国舅等请回本国,切勿忧疑,俺无杀害之心。但是汝等部下之人,并各家老小,俱各还本国。霸州城子,已属天朝,汝等勿得再来争执。今后刀兵到处,无有再容。"宋江号令已了，将城中应有番官，尽数驱遣起身，随从定安国舅都回幽州。宋江一面出榜安民，令副先锋卢俊义将引一半军马，回守蓟州，宋江等一半军将守住霸州。差人赍奉军帖，飞报赵枢密，得了霸州。赵安抚听了大喜，一面写表申奏朝廷。

且说定安国舅与同三个侍郎，带领众人，归到燕京，来见郎主，备细奏说宋江诈降一事，因此被那伙蛮子占了霸州。辽主听了大怒，喝骂欧阳侍郎：“都是你这奴婢佞臣，往来搬斗（唆使鼓动），折了俺的霸州紧要的城池，教俺燕京如何保守？快与我拿去斩了！”班部中转出兀颜统军，启奏道：“郎主勿忧，量这厮何须国主费力。奴婢自有个道理，且免斩欧阳侍郎。若是宋江知得，反被他耻笑。”辽主准奏，赦了欧阳侍郎。兀颜统军奏道：“奴婢引起部下二十八宿将军，十一曜大将前去布下阵势，把这些蛮子一鼓儿平收。”说言未绝，班部中却转出贺统军前来奏道：“郎主不用忧心，奴婢自有个见识。常言道：‘杀鸡焉用牛刀。’那里消得正统军自去，只贺某聊施小计，教这一伙蛮子死无葬身之地！”郎主听了，大喜道：“俺的爱卿，愿闻你的妙策。”

贺统军启口摇舌，说这妙计，有分教，卢俊义来到一个去处，马无料草，人绝口粮。直教三军骁勇齐消魄，一代英雄也皱眉。毕竟贺统军道出甚计来，且听下回分解。

第八十六回

宋公明大战独鹿山　卢俊义兵陷青石峪

话说贺统军姓贺名重宝,是辽国中兀颜统军部下副统军之职。身长一丈,力敌万人,善行妖法,使一口三尖两刃刀,现今守住幽州,就行提督诸路军马。当时贺重宝奏郎主道:"奴婢这幽州地面,有个去处,唤做青石峪(yù,山谷),只一条路入去,四面尽是高山,并无活路。臣拨十数骑人马,引这伙蛮子直入里面,却调军马外面围住。教这厮前无出路,后无退步,必然饿死。"兀颜统军道:"怎生便得这厮们来?"贺统军道:"他打了俺三个大郡,气满志骄,必然想着幽州。俺这里分兵去诱引他,他必然乘势来赶,引入陷坑山内,走那里去!"兀颜统军道:"你的计策,怕不济事,必还用俺大兵扑杀。且看你去如何。"

当下贺统军辞了国主,带了盔甲刀马,引了一行步从兵卒,回到幽州城内。将军马点起,分作三队。一队守住幽州,二队望霸州、蓟州进发。传令已了,便驱遣两队军马出城,差两个兄弟前去领兵。大兄弟贺拆去打霸州,小兄弟贺云去打蓟州,都不要赢他,只佯输诈败,引入幽州境界,自有计策。

却说宋江等守住霸州,有人来报:"辽兵侵犯蓟州,恐有疏失,望调军兵救护。"宋江道:"既然来打,必须迎敌,就此机会,去取幽州。"宋江留下些少军马,守定霸州,其余大队军兵,拔寨都起。引军前去蓟州,会合卢俊义军马,约日进兵。

且说番将贺拆引兵霸州来,宋江正调军马出来,却好半路里接着。不曾斗的三合,贺拆引军败走,宋江不去追赶。却说贺云去打蓟州,正迎着呼延灼,不战自退。

宋江会合卢俊义一同上帐,商议攻取幽州之策。吴用、朱武便道:"幽州分兵两路而来,此必是诱引之计,且未可行。"卢俊义道:"军师错矣!那厮连输了数次,如何是诱敌之计?当取不取,过后难取,不就这里去取幽州,更待何时?"宋江道:"这厮势穷力尽,有何良策可施?正好乘此机会。"遂不从吴用、朱武之言,引兵往幽州便进,将两处军马,分作大小三路起行。只见前军报来说:"辽兵在前拦住。"宋江到军前看时,山坡后转出一彪皂旗来。宋江便教前军摆开人马,只见那番军番将分作四路,向山坡前摆开。宋江、卢俊义与众将看时,如黑云踊出千百万人马相似,簇拥着一员番官,横着三尖两刃刀,立马阵前。那番官怎生打扮?但见:

> 头戴明霜镔铁盔,身披曜日连环甲,足穿抹绿云根靴,腰系龟背猱猊带。衬着锦绣绯红袍,执着铁杆狼牙棒。手持三尖两刃八环刀,坐下四蹄双翼千里马。

前面行军旗上写的分明:"大辽副统军贺重宝。"跃马横刀,出于阵前。宋江看了道:"辽国统军,必是上将,谁敢出马?"说犹未了,大刀关胜舞起青龙偃月刀,纵坐下赤兔马,飞出阵来,也不打话,便与贺统军相并。斗到三十余合,贺统军气力不加,拨过刀,望本阵便走。关胜骤马追赶,贺统军引了败兵,奔转山坡。宋江便调军马追赶,约有四五十里,听的四下里战鼓齐响。宋江急叫回军时,山坡左边早撞过一彪番军拦路。宋江急分兵迎敌时,右手下又早撞出一支辽兵,前面贺统军勒兵回来夹攻。宋江兵马,四下救应不迭,被番兵撞做两段。

却说卢俊义引兵在后面厮杀时,不见了前面军马,急寻门路,要杀回来,只见胁窝里又撞出番军来厮并。辽兵喊杀连天,四下里撞击,左右被番军围住在垓心。卢俊义调拨众将,左右冲突,前后卷杀,寻路出去。众将扬威耀武,抖擞精神,正奔四下里厮杀,忽见阴云闭合,黑雾遮天,白昼如夜,不分东西南北。卢俊义心慌,急引一支军马,死命杀出。昏黑中,听得前面鸾铃声响,纵马引兵杀过去。至一山口,只听得里面人语马嘶,领军赶将入去,只见狂风大作,走石飞沙,对面不见。卢俊义杀到里面,约莫一更前后,方才风静云开,复见一天星斗。众人打一看时,四面尽是高山,左右是悬崖峭壁,只见高山峻岭,无路可登。随行人马,只见徐宁、索超、韩滔、彭玘、陈达、杨春、周通、李忠、邹渊、邹润、杨林、白胜大小十二个头领,有五千军马。星光之下,待寻归路,四下高山围匝(zā,周围一圈),不能得出。卢俊义道:"军士厮杀了一日,神思困倦,且就这里权歇一宵,暂停战马,明日却寻归路。"

再说宋江正厮杀间,只见黑云四起,走石飞沙,军士对面都不相见。随军内却有公孙胜在马上见了,知道此是妖法,急拔宝剑在手,就马上作用,口中念念有词,喝声道:"疾!"把宝剑指点之处,只见阴云四散,狂风顿息,辽军不战自退。宋江驱兵杀透重围,退到一座高山,迎着本部军马。且把粮车头尾相衔,权做寨栅。计点大小头领,于内不见了卢俊义等一十三人,并五千余军马。至天明,宋江便遣呼延灼、林冲、秦明、关胜各带军兵,四下里去寻了一日,不知些消息回复。宋江便取玄女课,焚香占卜已罢,说道:"大象不妨,只是陷在幽阴之处,急切难得出来。"宋江放心不下,遂遣解珍、解宝扮作猎户,绕山来寻。又差时迁、石勇、段景住、曹正,四下里去打听消息。

且说解珍、解宝披上虎皮袍,拖了钢叉,只望深山里行。看看天色向晚,两个行到山中,四边只一望,不见人烟,都是乱山迭嶂(diézhàng,山峦重叠。今作"叠嶂")。解珍、解宝又行了几个山头。是夜月色朦胧,远远地望见山畔一点灯光。弟兄两个道:"那里有灯光之处,必是有人家。我两个且寻去讨些饭吃。"望着灯光处,曳开脚步奔将来。未得一里多路,来到一个去处,傍着树林坡,有三数间草屋,屋下破壁里闪出灯光来。解珍、解宝推开扇门,灯光之下,见是个婆婆,年纪六旬之上。弟兄两个,放下钢叉,纳头便拜。那婆婆道:"我只道是俺孩儿来家,不想却是客人到此。客人休拜。你是那里猎户？怎生到此？"解珍道："小人原是山东人氏，旧日是猎户人家。因来此间做些买卖，不想正撞着军马热闹，连连厮杀，以此消折(损折)了本钱，无甚生理(活路)。弟兄两个，只得来山中寻讨些野味养口。谁想不识路径，迷踪失迹，来到这里，投宅上暂宿一宵。望老奶奶收留则个！"那婆婆道："自古云：'谁人顶着房子走哩！'我家两个孩儿也是猎户，敢如今便回来也！客人少坐，我安排些晚饭，与你两个吃。"解珍、解宝谢道："多感老奶奶！"那婆婆入里面去了。弟兄两个却坐在门前。不多时，只见门外两个人扛着一个獐(zhāng)子入来，口里叫道："娘，你在那里？"只见那婆婆出来道："孩儿，你们回了。且放下獐子，与这两位客人厮见(相见)。"解珍、解宝慌忙下拜。那两个答礼已罢，便问："客人何处？因甚到此？"解珍、解宝便把却才的话再说一遍。那两个道："俺祖居在此。俺是刘二，兄弟刘三。父是刘一，不幸死了，止有母亲。专靠打猎营生，在此三二十年了。此间路径甚杂，俺们尚有不认的去处。你两个是山东人氏，如何到此间讨得衣饭吃？你休瞒我，你二位敢不是打猎户么？"解珍、解宝道："既到这里，如何藏的？实诉与兄长。"有诗为证：

> 峰峦重迭绕周遭，兵陷垓心不可逃。
>
> 二解欲知貌虎路，故将踪迹混①渔樵。

当时解珍、解宝跪在地下说道："小人们果是山东猎户。弟兄两个，唤做解珍、解宝，在梁山泊跟随宋公明哥哥许多时落草，今来受了招安，随着哥哥来破辽国。前日正与贺统军大战，被他冲散一支军马，不知陷在那里，特差小人弟兄两个来打探消息。"那两个弟兄笑道："你二位既是好汉，且请起，俺指与你路头。你两个且少坐，俺煮一腿獐子肉，暖杯社酒(祭礼土地神用的酒)，安排请你二位。"没一个更次，煮的肉来。刘二、刘三管待解珍、解宝饮酒之间，动问道："俺们久闻你梁山泊宋公明替天行道，不损良民，直传闻到俺辽国。"解珍、

---

① 混(hùn)：假装、假扮。

解宝便答道："俺哥哥以忠义为主,誓不扰害善良,单杀滥官酷吏、倚强凌弱之人。"那两个道："俺们只听的说,原来果然如此!"尽皆欢喜,便有相爱不舍之情。解珍、解宝道："我那支军马,有十数个头领,三五千兵卒,正不知下落何处。我想也得好一片地来排陷(安排)他。"那两个道："你不知俺这北边地理。只此间是幽州管下,有个去处,唤做青石峪,只有一条路入去,四面尽是悬崖峻壑的高山。若是填塞了那条入去的路,再也出不来。多定(估摸着)只是陷在那里了。此间别无这般宽阔去处。如今你那宋先锋屯军之处,唤做独鹿山,这山前平坦地面,可以厮杀。若山顶上望时,都见四边来的军马。你若要救那支军马,舍命打开青石峪,方才可以救出。那青石峪口,必然多有军马,截断这条路口。此山柏树极多,惟有青石峪口两株大柏树,最大的好,形如伞盖,四面尽皆望见。那大树边正是峪口。更提防一件,贺统军会行妖法,教宋先锋破他这一件要紧。"解珍、解宝得了这言语,拜谢了刘家兄弟两个,连夜回寨来。

宋江见了问道："你两个打听的些分晓么?"解珍、解宝却把刘家弟兄的言语,备细说了一遍。宋江失惊,便请军师吴用商议。正说之间,只见小校报道："段景住、石勇引将白胜来了。"宋江道："白胜是与卢先锋一同失陷,他此来必是有异。"随即唤来帐下问时,段景住先说："我和石勇正在高山涧边观望,只见山顶上一个大毡包滚将下来。我两个看时,看看滚到山脚下,却是一团毡衫,里面四围裹定,上用绳索紧拴。直到树边看时,里面却是白胜。"白胜便道："卢头领与小弟等一十三人,正厮杀间,只见天昏地暗,日色无光,不辨东南西北。只听的人语马嘶之声,卢头领便教只顾杀将入去。谁想深入重地。那里尽是四面高山,无计可出,又无粮草接济,一行人马,实是艰难。卢头领差小弟从山顶上滚将下来,寻路报信。不想正撞着石勇、段景住二人,望哥哥早发救兵前去接应,迟则诸将必然死了。"

宋江听罢,连夜点起军马,令解珍、解宝为头引路,望这大柏树,便是峪口。传令教马步军兵,并力杀去,务要杀开峪口。人马行到天明,远远的望见山前两株大柏树,果然形如伞盖。当下解珍、解宝引着军马杀到山前峪口。贺统军便将军马摆开,两个兄弟争先出战。宋江军将要抢峪口,一齐向前。豹子头林冲飞马先到,正迎着贺拆,交马只两合,从肚皮上一枪搠着,把那贺拆搠于马下。步军头领见马军先到赢了,一发都奔将入去。黑旋风李逵手轮双斧,一路里砍杀辽兵。背后便是混世魔王樊瑞、丧门神鲍旭引着牌手项充、李衮并众多蛮牌,直杀入辽兵队里。李逵正迎着贺云,抢到马下,一斧砍断马脚,当时倒了,贺云落马。李逵双斧如飞,连人带马,只顾乱剁。辽兵正拥将来,却被樊瑞、鲍旭两下众牌手撞着。贺统军见折了两个兄弟,便口中念念有词,作起妖法,不知道些甚么。只见狂风大起,就地生云,黑暗暗罩住山头,昏惨惨迷合峪口。正作用间,宋军中转过公孙胜来,在马上掣出宝剑在手,口中念不过数句,大喝一声道:"疾!"只见四面狂风,扫退浮云,现出明朗朗一轮红日。马步三军众将向前,舍死并杀辽兵。贺统军见作法不灵,敌军冲突的紧,自舞刀拍马,杀过阵来。只见两军一齐混战,宋兵杀的辽兵东西逃窜。

马军追赶辽兵,步军便去扒开峪口。原来被这辽兵重重迭迭将大块青石填塞住这条出路。步军扒开峪口,杀进青石峪内。卢俊义见了宋江军马,皆称惭愧。宋江传令,教且休赶辽兵,收军回独鹿山,将息被困人马。卢俊义见了宋江,放声大哭道:"若不得仁兄垂救,几丧了兄弟性命!"宋江、卢俊义同吴用、公孙胜并马回寨将息,三军解甲暂歇。

次日,军师吴学究说道:"可乘此机会,就好取幽州。若得了幽州,辽国之亡,唾手可待(形容轻而易举就能等到。唾,tuò)。"宋江便叫卢俊义等一十三人军马,且回蓟州权歇,宋江自领大小诸将军卒人等,离了独鹿山,前来攻打幽州。

贺统军正退回在城中,为折了两个兄弟,心中好生纳闷。又听得探马报道:"宋江军马来打幽州。"番军越慌。众辽兵上城观望,见东北下一簇红旗,西北下一簇青旗,两彪军马奔幽州来,即报与贺统军。贺统军听的大惊,亲自上城来看时,认的是辽国来的旗号,心中大喜。来的红旗军马,尽写银字,这支军乃是大辽国驸马太真胥(xū)庆,只有五千余人。这一支青旗军马,旗上都是金字,尽插雉尾,乃是李金吾大将。原来那个番官,正受黄门侍郎左执金吾上将军,姓李名集,呼为李金吾,乃李陵之后,荫袭(祖先有功,后代受官)金吾之爵,现在雄州屯扎,部下有一万来军马。侵犯大宋边界,正是此辈。听的辽主折了城子,因此调军前来助战。贺统军见了,使人去报两路军马,且休入城,教去山背后埋伏暂歇,待我军马出城,一面等宋江兵来,左右掩杀。贺统军传报已了,遂引军兵出幽州迎敌。

宋江诸将已近幽州。吴用便道:"若是他闭门不出,便无准备。若是他引兵出城迎敌,必有埋伏。我军可先分兵作三路而进。一路直往幽州进发,迎敌来军。两路如羽翼相似,左右护持。若有埋伏军起,便教这两路军去迎敌。"宋江便拨调关胜带宣赞、郝思文领兵在左,再调呼延灼带单廷珪、魏定国领兵在右,各领一万余人,从山后小路,慢慢而行。宋江等引大军前来,径往幽州进发。

却说贺统军引兵前来,正迎着宋江军马。两军相对,林冲出马,与贺统军交战,斗不到五合,贺统军回马便走。宋江军马追赶,贺统军分兵两路,不入幽州,绕城而走。吴用在马上便叫:"休赶!"说犹未了,左边撞出太真驸马来,已有关胜却好迎住。右边撞出李金吾来,又有呼延灼却好迎住。正来三路军马,逼住大战,杀的尸横遍野,流血成河。

贺统军情知辽兵不胜,欲回幽州时,撞过二将,接住便杀,乃是花荣、秦明,死战定贺统军;欲退回西门城边,又撞见双枪将董平,又杀了一阵;转过南门,撞见朱仝,接着又杀一阵。贺统军不敢入城,撞条大路,望北而走。不提防前面撞着镇三山黄信,舞起大刀,直取贺统军。贺统军心慌,措手不及,被黄信一刀,正砍在马头上。贺统军弃马而走,不想胁窝里又撞出杨雄、石秀,两步军头领齐上,把贺统军拕翻(轻易摔翻)在肚皮下。宋万挺枪又赶将来。众人只怕争功,坏了义气,就把贺统军乱枪戳死。那队辽兵,已自先散,各自逃生。太真驸马见统军队里倒了帅字旗,军校漫散,情知不济,便引了这彪红旗军,从山背后走了。李金吾正战之间,不见了这红旗军,料道不济事,也引了这彪青旗军,望山后退去。

宋江见这三路军兵尽皆退了,大驱人马,奔来夺取幽州。不动声色,一鼓而收。来到幽州城内,扎驻三军,便出榜安抚百姓。随即差人急往檀州报捷,请赵枢密移兵蓟州守把,就取这支水军头领并船只,前来幽州听调,却教副先锋卢俊义分守霸州。前后共得了四个大郡。赵安抚见了来文大喜,一面申奏朝廷,一面行移蓟、霸二州知会;再差水军头领,收拾进发,准备水陆并进。

且说辽主升殿,会集文武番官。左丞相幽西孛(bèi)瑾、右丞相太师褚坚,统军大将等众,当廷商议:"即目宋江侵夺边界,占了俺四座大郡,早晚必来侵犯皇城,燕京难保。贺统军弟兄三个已亡,汝等文武群臣,当国家多事之秋,如何处置?"有都统军兀颜光奏道:"郎主勿忧!前者奴婢累次只要自去领兵,往往被人阻当,以致养成贼势,成此大祸。伏乞亲降圣旨,任臣选调军马,会合诸处军兵,克日兴师,务要擒获宋江等众,恢复原夺城池。"郎主准奏,遂赐出明珠虎牌,金印敕旨,黄钺白旄,朱幡皂盖,尽付与兀颜统军。"不问金枝玉叶,皇亲国戚,不拣是何军马,并听爱卿调遣。速便起兵,前去征进!"

兀颜统军领了圣旨兵符,便下教场,会集诸多番将,传下将令,调遣诸处军马,前来策应。却才传令已罢,有统军长子兀颜延寿,直至演武亭上禀道:"父亲一面整点大军,孩儿先带数员猛将,会集太真驸马、李金吾将军二处军马,先到幽州,杀败这蛮子们八分。待父亲来时,瓮中捉鳖,一鼓扫清宋兵。不知父亲钧意如何?"兀颜统军道:"吾儿言见得是。与汝突骑五千,精兵二万,就做先锋,即便会同太真驸马、李金吾,刻下(现在,目前)便行。如有捷音,火速飞报。"小将军欣然领了号令,整点三军,径奔幽州来。正是万马奔驰天地怕,千军踊跃鬼神愁。毕竟兀颜小将军怎生搦战,且听下回分解。

第八十七回

宋公明大战幽州　呼延灼力擒番将

话说当时兀颜延寿将引二万余军马，会合了太真驸马、李金吾，共领三万五千番军，整顿枪刀弓箭，一应器械完备，摆布起身。早有探子来幽州城里报知宋江。宋江便请军师吴用商议："辽兵累败，今次必选精兵猛将前来厮杀，当以何策应之？"吴用道："先调兵出城，布下阵势。待辽兵来，慢慢地挑战。他若无能，自然退去。"宋江道："军师高论至明。"随即调遣军马出城，离城十里，地名方山，地势平坦，靠山傍水，排下九宫八卦阵势。

等候间，只见辽兵分做三队而来。兀颜小将军兵马是皂旗，太真驸马是红旗，李金吾是青旗。三军齐到，见宋江摆成阵势，那兀颜延寿在父亲手下，曾习得阵法，深知玄妙，便令青红旗二军分在左右，扎下营寨，自去中军竖起云梯，看了宋兵果是九宫八卦阵势，下云梯来冷笑不止。左右副将问道："将军何故冷笑？"兀颜延寿道："量他这个九宫八卦阵，谁不省得？他将此等阵势瞒人不过，俺却惊他则个！"令众军擂三通画鼓，竖起将台，就台上用两把号旗招展，左右列成阵势已了，下将台来。上马，令首将哨开阵势，亲到阵前，与宋江打话。那小将军怎生结束？但见：

戴一顶三叉如意紫金冠，穿一件蜀锦团花白银铠。足穿四缝鹰嘴抹绿靴，腰系双环龙角黄鞓(tīng,腰带)带。虬螭(qiúchī)吞首打将鞭，霜雪裁锋杀人剑。左悬金画宝雕弓，右插银嵌狼牙箭。使一枝画杆方天戟，骑一匹铁脚枣骝马。

　　兀颜延寿勒马直到阵前,高声叫道:"你摆九宫八卦阵,待要瞒谁? 你却识得俺的阵么?"宋江听的番将要斗阵法,叫军中竖起云梯。宋江、吴用、朱武上云梯观望了辽兵阵势,三队相连,左右相顾。朱武早已认得,对宋江道:"此太乙三才阵也。"宋江留下吴用同朱武在将台上,自下云梯来,上马出到阵前,挺鞭直指辽将,喝道:"量你这太乙三才(指天、地、人)阵,何足为奇!"兀颜小将军道:"你识吾阵,看俺变法,教汝不识。"勒马入中军,再上将台,把号旗招展,变成阵势。吴用、朱武在将台上看了,此乃变作河洛四象阵。使人下云梯来,回复宋江知了。兀颜小将军再出阵门,横戟问道:"还识俺阵否?"宋江答道:"此乃变出河洛四象阵。"那兀颜小将摇着头冷笑,再入阵中,上将台,把号旗左招右展,又变成阵势。吴用、朱武在将台上看了,朱武道:"此乃变作循环八卦阵。"再使人报与宋江知道。那小将军再出阵前,高声问道:"还能识吾阵否?"宋江笑道:"料只是变出循环八卦阵,不足为奇!"小将军听了,心中自忖(暗自思考,暗自揣度。忖,cǔn)道:"俺这几个阵势都是秘传来的,不期都被此人识破。宋兵之中,必有人物!"兀颜小将军再入阵中,下马上将台,将号旗招展,左右盘旋,变成个阵势:四边都无门路,内藏八八六十四队兵马。朱武再上云梯看了,对吴用说道:"此乃是武侯(三国蜀诸葛亮死后谥为忠武侯,后世称之为武侯)八阵图,藏了首尾,人皆不晓。"便着人请宋公明到阵中,上将台,看这阵法。"休欺负他辽兵,这等阵图,皆得传授。此四阵皆从一派传流下来,并无走移。先是太乙三才,生出河洛四象,四象生出循环八卦,八卦生出八八六十四卦,已变为八阵图。此是循环无比,绝高的阵法。"宋江下将台,上战马,直到阵前。小将军搠戟(shuòjǐ,执戟。戟,古代一种合戈、矛为一体的长柄兵器)在手,勒马阵前,高声大叫:"能识俺阵否?"宋江喝道:"汝小将年幼学浅,如井底之蛙,只知此等阵法,以为绝高。量这藏头八阵图法瞒谁? 瞒吾大宋小儿,也瞒不过!"兀颜小将军道:"你虽识俺阵法,你且排一个奇异的阵势,瞒俺则个!"宋江喝道:"只俺这九宫八卦阵势,虽是浅薄,你敢打么？"小将军大笑道："量此等小阵，有何难哉！你军中休放冷箭，看咱打你这个小阵！"

且说兀颜小将军便传将令，直教太真驸马、李金吾各拨一千军："待俺打透阵势，便来策应。"传令已罢，众军擂鼓。宋兵已传下将令，教军中整擂三通战鼓，门旗两开，放打阵的小将入来。那兀颜延寿带本部下二十来员牙将，一千披甲马军，用手掐算，当日属火，不从正南离位上来，带了军马，转过右边，从西方兑位上，荡开白旗，杀入阵内，后面的被弓箭手射住，止有一半军马入的去，其余都回本阵。

却说小将军走到阵里，便奔中军，只见中间白荡荡如银墙铁壁，团团围住小将军。那兀颜延寿见了，惊的面如土色，心中暗想："阵里那得这等城子！"便教四边且打通旧路，要杀出阵来。众军回头看时，白茫茫如银海相似，满地只听的水响，不见路径。小将军甚慌，引军杀投南门来，只见千团火块，万缕红霞，就地而滚，并不见一个军马。小将军那里敢出南门，铲斜里杀投东门来，只见带叶树木，连枝山柴，交横塞满地下，两边都是鹿角，无路可进。却转过北门来，又见黑气遮天，乌云蔽日，伸手不见掌，如黑暗地狱相似。那兀颜小将军在阵内，四门无路可出，心中疑道："此必是宋江行持(施展)妖法。休问怎生，只就这里死撞出去。"众军得令，齐声呐喊，杀将出去。旁边撞出一员大将，高声喝道："孺子(小娃娃)小将，走那里去！"兀颜小将军欲待来战，措手不及，脑门上早飞下一鞭来。那小将军眼明手快，便把方天戟来拦住。只听得双鞭齐下，早把戟杆折做两段。急待挣扎，被那将军扑入怀内，轻舒猿臂，款扭狼腰，把这兀颜小将军活捉过去，拦住后军，都喝下马来。众军黑天摸地，不辨东西，只得下马受降。拿住小将军的，不是别人，正是虎军大将双鞭呼延灼。当时公孙胜在中军作法，见报捉了小将军，便收了法术，阵中仍复如旧，青天白日。

且说太真驸马并李金吾将军，各引兵一千，只等阵中消息，便要来策应,却不想不见些动静,不敢杀过去。宋江出到阵前,高声喝道:"你那两军不降,更待何时?兀颜小将已被吾生擒在此!"喝令群刀手簇出阵前。李金吾见了,一骑马,一条枪,直赶过来,要救兀颜延寿。却有霹雳火秦明正当前部,飞起狼牙棍,直取李金吾。二马相交,军器并举,两军齐声呐喊。李金吾先自心中慌了,手段缓急差迟,被秦明当头一棍,连盔透顶,打的粉碎。李金吾撺下马来。太真驸马见李金吾输了,引军便回。宋江催兵掩杀,辽兵大败奔走。夺得战马三千余匹,旗幡剑戟,弃满川谷。宋江引兵径望燕京进发,直欲长驱席卷,以复王封(国土)。

却说辽兵败残人马,逃回辽国,见了兀颜统军,禀说小将军去打宋兵阵势,被他活捉去了,其余牙将,尽皆归降。李金吾亦被他那里一棍打死。太真驸马逃得性命,不知去向。兀颜统军听了大惊,便道:"吾儿自小习学阵法,颇知玄妙。宋江那厮,把甚阵势,捉了吾儿?"左右道:"只是个九宫八卦阵势,又无甚希奇。俺这小将军,布了四个阵势,都被那蛮子识破了。临了,对俺小将军说道:'你识我九宫八卦阵,你敢来打么?'俺小将军便领了千百骑马军,从西门打将入去,被他强弓硬弩射住,只有一半人马能够入去,不知怎生被他生擒活捉了。"兀颜统军道:"量这个九宫八卦阵有甚难打,必是被他变了阵势。"众军道:"俺们在将台上望见他阵中,队伍不动,旗幡不改,只见上面一派黑云,罩定阵中。"兀颜统军道:"恁的必是妖术。吾不起军,这厮也来。若不取胜,吾当自刎!谁敢与吾作前部先锋,引兵前去?俺驱大队,随后便来。"帐前转过二将齐出:"某等两个,愿为前部。"一个是大辽番官琼妖纳延;一个是燕京骁将,姓寇双名镇远。兀颜统军大喜,便道:"你两个小心在意,与吾引一万军兵作前部先锋,逢山开路,遇水迭桥。吾引大军,随后便到。"

且不说琼、寇二将起身作先锋开路,却说兀颜统军随即整点本部下十一曜(yào)大将,二十八宿(xiù)将军,尽数出征。先说那十一曜大将:

太阳星御弟大王耶律得重,引兵五千;

太阴星天寿公主答里孛,引女兵五千;

罗睺(hóu)星皇侄耶律得荣,引兵三千;

计都星皇侄耶律得华,引兵三千;

紫炁星皇侄耶律得忠,引兵三千;

月孛星皇侄耶律得信,引兵三千;

东方青帝木星大将只儿拂郎,引兵三千;

西方太白金星大将乌利可安,引兵三千;

南方荧惑火星大将洞仙文荣,引兵三千;

北方玄武水星大将曲利出清,引兵三千;

中央镇星土星上将都统军兀颜光,总领各飞兵马首将五千,镇守中坛。

兀颜统军再点部下那二十八宿将军:

角木蛟孙忠,亢金龙张起,氐(dī)土貉(mò)刘仁,房日兔谢武,心月狐裴直,尾火虎顾永兴,箕水豹贾茂,斗木獬(xiè)萧大观,牛金牛薛雄,女土蝠俞得成,虚日鼠徐威,危月燕李益,室火猪祖兴,壁水貐(yǔ)成珠那海,奎木狼郭永昌,娄金狗阿哩义,胃土雉高彪,昴(mǎo)日鸡顺受高,毕月乌国永泰,觜(zī)火猴潘异,参水猿周豹,井木犴(àn)童里合,鬼金羊王景,柳土獐雷春,星日马卞君保,张月鹿李复,翼火蛇狄圣,轸(zhěn)水蚓班古儿。

那兀颜光整点就十一曜大将、二十八宿将军,引起大队军马精兵二十余万,倾国而起,奉请郎主御驾亲征。有古风一篇为证:

羊角风旋天地黑,黄沙漠漠云阴涩。

契丹兵动山岳摧,万里乾坤皆失色。

狂嘶骏马坐胡儿,跃溪超岭流星驰。

挽枪发光天狗吠,迷离毒雾奔群魑①。

---

① 魑(chī):传说中能害人的妖怪。

宝雕弓挽乌龙脊,雪刃霜刀映寒日。

万片霞光锦带旗,千池荷叶青毡笠。

胡笳齐和天山歌,鼓声震起白骆驼。

番王左右持绣斧,统军前后挥金戈。

绣斧金戈势相亚,打围一路无禾稼。

海青放起鸿鹄愁,豹子鸣时神鬼怕。

幽州城下如沸波,连营列骑精兵多。

罡星天遣除妖祲①,纷纷宿曜如予何。

　　且不说兀颜统军兴起大队之师,卷地而来。再说先锋琼、寇二将引一万人马,先来进兵。早有细作报与宋江,这场厮杀不小。宋江听了大惊,传下将令,一面教取卢俊义部下尽数军马,一面又取檀州、蓟州旧有人员都来听调。就请赵枢密前来监战。再要水军头目将带水手人员,尽数登岸,都到霸州取齐,陆路进发。

　　水军头领护持赵枢密在后而来,应有军马尽在幽州。宋江等接见赵枢密,参拜已罢,赵枢密道:"将军如此劳神,国之柱石,名传万载。下官回朝,于天子前必当重保。"宋江答道:"无能小将,不足挂齿。上托天子洪福,下赖元帅虎威,偶成小功,非人能也!今有探细人报来就里,闻知辽国兀颜统军,起二十万军马,倾国而来。兴亡胜败,决此一战。特请枢相另立营寨,于十五里外屯扎,看宋江施犬马之劳,与众弟兄并力向前,决此一战。"赵枢密道:"将军善觑方便。"

　　宋江遂辞了赵枢密,与同卢俊义引起大兵,转过幽州地面所属永清县界,把军马屯扎下了营寨;聚集诸将头领,上帐同坐,商议军情大事。宋江道:"今次兀颜统军亲引辽兵,倾国而来,决非小可!死生胜负,在此一战!汝等众兄弟,皆宜努力向前,勿生退悔。但得微功,上达朝廷,天子恩赏,必当共享。"众皆起身,都道:"兄长之命,谁敢不依!"正商议间,小校报来,有辽国使人下战书来。宋江教唤

---

　　① 妖祲(jìn):犹妖氛。比喻寇乱。

至帐下，将书呈上。宋江拆书看了，乃是辽国兀颜统军帐前先锋使琼、寇二将军统前部兵马，相期来日决战。宋江就批书尾，回示来日决战。叫与来使酒食，放回本寨。

此时秋尽冬来，军披重铠，马挂皮甲，尽皆得时。次日，五更造饭，平明拔寨，尽数起行。不到四五里，宋兵果与辽兵相迎。遥望皂雕旗影里，闪出两员先锋旗号来。战鼓喧天，门旗开处，那个琼先锋当先出马。怎生打扮？但见：

头戴鱼尾卷云镔铁(泛指精铁。镔，bīn)冠，披挂龙鳞傲霜嵌缝铠，身穿石榴红锦绣罗袍，腰系荔枝七宝黄金带，足穿抹绿鹰嘴金线靴，腰悬炼银竹节熟钢鞭。左挂硬弓，右悬长箭。马跨越岭巴山兽，枪搭翻江搅海龙。

当下那个琼妖纳延，横枪跃马，立在阵前。宋江在门旗下看了琼先锋如此英雄，便问："谁与此将交战？"当下九纹龙史进提刀跃马，出来与琼将军挑斗。战马相交，军器并举。二将斗到三二十合，史进一刀却砍个空，吃了一惊，拨回马望本阵便走，琼先锋纵马赶来。宋兵阵上小李广花荣正在宋江背后，见输了史进，便拈起弓，搭上箭，把马挨出阵前，觑得来马较近，飕的只一箭，正中琼先锋面门，翻身落马。史进听得背后坠马，霍地回身，复上一刀，结果了琼妖纳延。

那寇先锋望见砍了琼先锋，怒从心起，跃马提枪，直出阵前，高声大骂："贼将怎敢暗算吾兄！"当有病尉迟孙立飞马直出，径来奔寇镇远。军中战鼓喧天，耳畔喊声不绝。那孙立的金枪，神出鬼没。寇先锋斗不过二十余合，勒回马便走，不敢回阵，恐怕撞动了阵脚，绕阵东北而走。孙立正要建功，那里肯放，纵马赶去。寇先锋去得远了，孙立在马上带住枪，左手拈弓，右手取箭，搭上箭，拽满弓，觑着寇先锋后心较亲，只一箭，那寇先锋听的弓弦响，把身一倒，那枝箭却好射到，顺手只一绰，绰了那枝箭。孙立见了，暗暗地喝采。寇先锋冷笑道："这厮卖弄弓箭！"便把那枝箭咬在口里，自把枪带在了事环(武将马鞍上搁兵器的铜铁环)上，急把左手取出硬弓，右手就取那枝箭，搭上弦，扭过身来，望孙立前心窝里一箭射来。孙立早已偷眼见了，在马上左来右去。那枝箭到胸前，把身望后便倒，那枝箭从身上飞过去了。这马收勒不住，只顾跑来。寇先锋把弓穿在臂上，扭回身，且看孙立倒在马上。寇先锋想道："必是中了箭！"原来孙立两腿有力，夹住宝铠，倒在马上，故作如此，却不坠下马来。寇先锋勒转马，要捉孙立。两个马头，却好相迎着，隔不的丈尺来去，孙立却跳将起来，大喝一声。寇先锋吃了一惊，便回道："你只躲的我箭，须躲不的我枪。"望孙立胸前，尽力一枪搠来，孙立挺起胸脯，受他一枪。枪尖到甲，略侧一侧，那枪从肋窝里放将过去，那寇将军却扑入怀里来。孙立就手提起腕上虎眼钢鞭，向那寇先锋脑袋上飞将下来，削去了半个天灵骨。那寇将军做了半世番官，死于孙立之手，尸骸落于马前。孙立提枪回来阵前。宋江大纵三军，掩杀过对阵来。辽兵无主，东西乱窜，各自逃生。

宋江正赶之间，听的前面连珠炮响。宋江便教水军头领，先引一枝军卒人马，把住水口；差花荣、秦明、吕方、郭盛骑马上山顶望时，只见垓垓攘攘(纷乱的样子)，番军人马，盖地而来。正是鸣镝(一种射出去带响的箭，多用于发号令。镝，dí)如雷奔虏骑，扬尘若雾涌胡兵。毕竟来的番军是何处人马，且听下回分解。

第八十八回

颜统军阵列混天象　宋公明梦授玄女法

话说当时宋江在高阜(犹高起)处,看了辽兵势大,慌忙回马来到本阵,且教将军马退回永清县山口屯扎。便就帐中与卢俊义、吴用、公孙胜等商议道:"今日虽是赢了他一阵,损了他两个先锋,我上高阜处观望辽兵,其势浩大,漫天遍地而来,此乃是大队番军人马。来日必用与他大战交锋,恐寡不敌众,如之奈何?"吴用道:"古之善用兵者,能使寡敌众。昔晋谢玄(东晋大将,率领晋军在淝水大败前秦苻坚)五万人马,战退苻坚(前秦国主。苻,fú)百万雄兵,先锋何为惧哉!可传令与三军众将,来日务要旗幡严整,弓弩上弦,刀剑出鞘,深栽鹿角,警守营寨,濠堑(háoqiàn,护城壕。亦指作战时为防御敌人进攻而挖的沟)齐备,军器并施,整顿云梯炮石之类,预先伺候。还只摆九宫八卦阵势,如若他来打阵(攻阵),依次而起,纵他有百万之众,安敢冲突(冲杀突击)。"宋江道:"军师言之甚妙。"随即传令已毕,诸将三军,尽皆听令。五更造饭,平明拔寨都起,前抵昌平县界,即将军马摆开阵势,扎下营寨。前面摆列马军,还是虎军大将秦明在前,呼延灼在后,关胜居左,林冲居右,东南索超,东北徐宁,西南董平,西北杨志。宋江守领中军,其余众将,各依旧职。后面步军,另做一阵在后,卢俊义、鲁智深、武松三个为主。数万之中,都是能征惯战之将,个个磨拳擦掌,准备厮杀。阵势已定,专候番军。

不多时,遥望辽兵远远而来。前面六队番军人马,每队各有五百,左设三队,右设三队,循环往来,其势不定。此六队游兵,又号哨路,又号压阵。次后大队盖地来时,前军尽是皂纛旗,一带有七座旗门,每门有千匹马,各有一员大将。怎生打扮?头顶黑盔,身披玄甲,上穿皂袍,坐骑乌马。手中一般军器,正按北方斗、牛、女、虚、危、室、壁。七门之内,总设一员把总上将,按上界北方玄武水星。怎生打扮?头披青丝细发,黄抹额紧束金箍,身穿秃袖皂袍,乌油甲密铺银铠。足跨一匹乌骓千里马,手擎一口黑柄三尖刀。乃是番将曲利出清,引三千披发黑甲人马,按北辰五炁星君(金、木、水、火、土五大行星。炁,qì)。皂旗下军兵,不计其数。正是冻云截断东方日,黑气平吞北海风。

左军尽是青龙旗,一带也有七座旗门,每门有千匹马,各有一员大将。怎生打扮?头戴四缝盔,身披柳叶甲,上穿翠色袍,下坐青鬃马。手拿一般军器,正按东方角、亢(kàng)、氐(dī)、房、心、尾、箕。七门之内,总设一员把总大将,按上界东方苍龙木星。怎生打扮?头戴狮子盔,身披猰㺄铠,堆翠绣青袍,缕金碧玉带。手中月斧金丝杆,身坐龙驹玉块青。乃是番将只儿拂郎,引三千青色宝幡人马,按东震九炁星君。青旗下左右围绕军兵,不计其数。正似翠色点开黄道路,青霞截断紫云根。

右军尽是白虎旗,一带也有七座旗门,每门有千匹马,各有一员大将。怎生打扮?头戴水磨盔,身披烂银铠,上穿素罗袍,坐骑雪白马,各拿伏手(称手、顺手)军器,正按西方奎、娄、胃、昴、毕、觜、参。七门之内,总设一员把总大将,按上界西方咸池金星。怎生打扮?头顶兜鍪凤翅盔,身披花银双钩甲,腰间玉带迸寒光,称体素袍飞雪练。骑一匹照夜玉猰㺄马,使一枝纯钢银枣槊(shuò,长矛,古代兵器)。乃是番将乌利可安,引三千白缨素旗人马,按西兑七炁星君。白旗下前后护御军兵不计其数。正似征驼卷尽阴山雪,番将斜披玉井冰。

后军尽是绯红旗,一带亦有七座旗门,每门有千匹马,各有一员大将。怎生打扮?头戴锟(guàn)箱朱红漆笠,身披猩猩血染征袍,桃红锁甲现鱼鳞,冲阵龙驹名赤兔。各搭伏手军器,正按南方井、鬼、柳、星、张、翼、轸。七门之内,总设一员把总大将,按上界南方朱雀火星。怎生打扮?头顶着绛冠,朱缨粲烂(鲜明的样子),身穿绯红袍,茜色(带紫色成分的红色。茜,qiàn)光辉,甲披一片红霞,靴刺数条花绛,腰间宝带红鞓(红色皮带。官员的一种服饰。鞓,tīng),臂挂硬弓长箭。手持八尺火龙刀,坐骑一匹胭脂马。乃是番将洞仙文荣,引三千红罗宝幡人马,按南离三炁星君。红旗下朱缨绛衣军兵,不计其数。正似离宫走却六丁神,霹雳震开三昧火。

阵前左有一队五千猛兵,人马尽是金缕弁冠(一种官帽。弁,biàn),镀金铜甲,绯袍朱缨,火焰红旗,绛鞍赤马,簇拥着一员大将。头戴簇芙蓉如意缕金冠,身披结连环兽面锁子黄金甲,猩红烈火绣花袍,碧玉嵌金七宝带。使两口日月双刀,骑一匹五明赤马。乃是辽国御弟大王耶律得重,正按上界太阳星君,正似金乌(太阳)拥出扶桑国(太阳出来的地方),火伞初离东海洋。

阵前右设一队五千女兵,人马尽是银花弁冠,银钩锁甲,素袍素缨,白旗白马,银杆刀枪,簇拥着一员女将。金凤钗对插青丝,红抹额乱铺珠翠,云肩巧衬锦裙,绣袄深笼银甲,小小花靴金镫稳,翩翩翠袖玉鞭轻。使一口七星宝剑,骑一匹银鬃白马。乃是辽国天寿公主答里孛,按上界太阴星君(指月亮)。正似玉兔(月亮)团团离海角,冰轮皎皎照瑶台。

两队阵中,团团一遭,尽是黄旗簇簇,军将尽骑黄马,都披金甲。衬甲袍起一片黄云,绣包巾散半天黄雾。黄军队中,有军马大将四员,各领兵三千,分于四角。每角上一员大将,团团守护。东南一员大将,青袍金甲,手持宝枪,坐骑粉青马,立于阵前,按上界罗睺星君,乃是辽国皇侄耶律得荣。西南一员大将,紫袍银甲,使一口宝刀,坐骑海骝马,立于阵前,按上界计都星君,乃是辽国皇侄耶律得华。东北一员大将,绿袍银甲,手执方天画戟,坐骑五明黄马,立于阵前,按上界紫炁星君,乃是辽国皇侄耶律得忠。西北一员大将,白袍铜甲,手仗七星宝剑,坐骑踢云乌骓马,立于阵前,按上界月孛星君,乃是辽国皇侄耶律得信。

黄军阵内,簇拥着一员上将,左有执青旗,右有持白钺,前有擎朱幡,后有张皂盖。周回旗号,按二十四气,六十四卦,南辰北斗,飞龙飞虎,飞熊飞豹,明分阴阳左右,暗合璇玑玉衡(北斗七星。一至四星名魁,为璇玑,五至七星名杓,为玉衡。璇,xuán)乾坤混沌之象。那员上将,使一枝朱红画杆方天戟。怎生打扮?头戴七宝紫金冠,身穿龟背黄金甲,西川红锦绣花袍,蓝田美玉玲珑带,左悬金画铁胎弓,右带凤翎铧子箭(箭头较薄而阔,箭杆较长的一种箭),足穿鹰嘴云根靴,坐骑铁脊银鬃马,锦雕鞍稳踏金镫,紫丝缰牢绊山鞒(qiáo,马鞍拱起的地方),腰间挂剑驱番将,手内挥鞭统大军。这簇军马光辉,四边浑如金色,按上界中宫土星一炁天君,乃是辽国都统军大元帅兀颜光。

黄旗之后,中军是凤辇龙车。前后左右,七重剑戟枪刀围绕。九重之内,又有三十六对黄巾力士,推捧车驾。前有九骑金鞍骏马驾辕,后有八对锦衣卫士随阵。辇上中间,坐着辽国郎主。头戴冲天唐巾,身穿九龙黄袍,腰系蓝田玉带,足穿朱履朝靴。左右两个大臣:左丞相幽西孛瑾,右丞相太师褚坚。各带貂蝉冠,火裙朱服,紫绶金章(紫色绶带,黄金印章),象简(象牙笏板)玉带。龙床两边,金童玉女,执简(手持简册)捧珪(手捧玉珪。珪,guī,帝王、诸侯朝聘或祭祀时所持的玉器)。龙车前后左右两边,簇拥护驾天兵。辽国郎主,自按上界北极紫微大帝,总领镇星。左右二丞相,按上界左辅、右弼(辅臣)星君。正是一天星斗离乾位,万象森罗降世间。有诗为证:

宿曜随宜列八方,更将土德镇中央。
胡人从不关天象,何事纷纷渎①上苍?

那辽国番军摆列天阵已定,正如鸡卵之形,似复盆之状,旗排四角,枪摆八方,循环无定,进退有则。宋江看见,便教强弓硬弩,射住阵脚,就中军竖起云梯将台,引吴用、朱武上台观望。宋江看了,

①渎(dú):亵渎。

惊讶不已。朱武看了,认的是天阵,便对宋江、吴用道:"此乃是太乙混天象阵也!"宋江问道:"如何攻击?"朱武道:"此天阵变化无穷,机关莫测,不可造次攻打。"宋江道:"若不打得开阵势,如何得他军退?"吴用道:"急切不知他阵内虚实,如何便去打得?"

正商议间,兀颜统军在中军传令:"今日属金,可差亢金龙张起、牛金牛薛雄、娄金狗阿里义、鬼金羊王景四将,跟随太白金星大将乌利可安,离阵攻打宋兵。"宋江众将在阵前,望见对阵右军七门或开或闭,军中雷响,阵势团团,那引军旗在阵内自东转北,北转西,西投南。朱武见了,在马上道:"此乃是天盘左旋之象。今日属金,天盘左动,必有兵来。"说犹未了,五炮齐响,早是对阵踊出军来。中是金星,四下是四宿,引动五队军马,卷杀过来,势如山倒,力不可当。宋江军马,措手不及,望后急退。大队压住阵脚,辽兵两面夹攻,宋江大败,急忙退兵,回到本寨,辽兵也不来追赶。点视军中头领,孔亮伤刀,李云中箭,朱富着炮,石勇着枪,中伤军卒,不计其数。随即发付上车,去后寨令安道全医治。宋江教前军下了铁蒺藜(蒺藜状的尖锐铁器。战时置于路上或水中,用以阻止敌方人马前进。蒺藜,jílí),深栽鹿角(军营的防御物。用带枝的树木削尖埋在营地周围,以阻止敌人。因形似鹿角,故名),坚守寨门。

宋江在中军纳闷,与卢俊义等商议:"今日折了一阵,如之奈何?再若不出交战,必来攻打。"卢俊义道:"来日着两路军马,撞住他那压阵军兵。再调两路军马,撞那厮正北七门,却教步军从中间打将入去,且看里面虚实如何。"宋江道:"也是。"

次日便依卢俊义之言,收拾起寨,前至阵前准备,大开寨门,引兵前进。遥望辽兵不远,六队压阵辽兵,远探将来。宋江便差关胜在左,呼延灼在右,引本部军马,撞退压阵辽兵。大队前进,与辽兵相接,宋江再差花荣、秦明、董平、杨志在左,林冲、徐宁、索超、朱仝在右,两队军兵来撞皂旗七门。果然撞开皂旗阵势,杀散皂旗人马,正北七座旗门,队伍不整。宋江阵中,却转过李逵、樊瑞、鲍旭、项充、李衮五百牌手向前,背后鲁智深、武松、杨雄、石秀、解珍、解宝,将带应有步军头目,撞杀入去。混天阵内,只听四面炮响,东西两军,正面黄旗军撞杀将来。宋江军马,抵当不住,转身便走。后面架隔不定,大败奔走,退回原寨。急点军时,折其大半。杜迁、宋万,又带重伤。于内不见了黑旋风李逵。原来李逵杀的性起,只顾砍入他阵里去,被他挠钩搭住,活捉去了。宋江在寨中听的,心中纳闷。传令教先送杜迁、宋万去后寨,令安道全调治。带伤马匹,叫牵去与皇甫端料理。

宋江又与吴用等商议:"今日又折了李逵,输了这一阵,似此怎生奈何?"吴用道:"前日我这里活捉的他那个小将军,是兀颜统军的孩儿,正好与他打换。"宋江道:"这番换了,后来倘若折将,何以解救?"吴用道:"兄长何故执迷,且顾眼下。"说犹未了,小校来报,有辽将遣使到来打话。宋江唤入中军,那番官来与宋江厮见,说道:"俺奉元帅将令,今日拿得你的一个头目,到俺总兵面前,不肯杀害,好生与他酒肉,管待在那里。统军要送来与你,换他孩儿小将军还他。如是将军肯时,便送那个头目来还。"宋江道:"既是恁地,俺明日取小将军来到阵前,两相交换。"番官领了宋江言语,上马去了。宋江再与吴用商议道:"我等无计破他阵势,不若取将小将军来,就这里解和这阵,两边各自罢战。"吴用道:"且将军马暂歇,别生良策,再来破敌,未为晚矣。"到晓,差人星夜去取兀颜小将军来,也差个人直往兀颜统军处,说知就里。

且说兀颜统军,正在帐中坐地,小军来报,宋先锋使人来打话。统军传令,教唤入来,到帐前,见了兀颜统军,说道:"俺的宋先锋拜意统军麾下(军旗之下。麾,huī),今送小将军回来,换俺这个头目,即今天气严寒,军士劳苦,两边权且罢战,待来春别作商议,俱免人马冻伤。请统军将令。"兀颜统军听了大喝道:"无智辱子,被汝生擒,纵使得活,有何面目见咱? 不用相换,便拿下替俺斩了。若要罢战权歇,教你宋江束手来降,免汝一死。若不如此,吾引大兵一到,寸草不留!"大喝一声:"退去!"使者飞马回寨,将这话诉与宋江。

　　宋江慌速，只怕救不得李逵，拔寨便起，带了兀颜小将军，直抵前军，隔阵大叫："可放过俺的头目来，我还你小将军。不罢战不妨，自与你对阵厮杀。"只见辽兵阵中，无移时，把李逵骑马送出阵前来。这里也牵一匹马，送兀颜小将军出阵去。两家如此，一言为定。两边一齐同收同放，李将军回寨，小将军也骑马过去了。当日两边，都不厮杀。宋江退兵回寨，且与李逵贺喜。

　　宋江在帐中与诸将相议道："辽兵势大，无计可破，使我忧煎，度日如年，怎生奈何？"呼延灼道："我等来日，可分十队军马，两路去当压阵军兵，八路一齐撞击，决此一战。"宋江道："全靠你等众弟兄同心僇力（齐心合力。僇，lù，通"勠"），来日必行。"吴用道："两番撞击不动，不如守等他来交战。"宋江道："等他来，也不是良法，只是众弟兄当以力敌，岂有连败之理！"

　　当日传令，次早拔寨起军，分作十队，飞抢前去。两路先截住后背压阵军兵，八路军马更不打话，呐喊摇旗，撞入混天阵去。听的里面雷声高举，四七二十八门，一齐分开，变作一字长蛇之阵，便杀出来。宋江军马，措手不及，急令回军，大败而走，旗枪不整，金鼓偏斜，速退回来。到得本寨，于路损折军马数多。宋江传令，教军将紧守山口寨栅，深掘濠堑，牢栽鹿角，坚闭不出，且过冬寒。

　　却说副枢密赵安抚，累次申达文书赴京，奏请索取衣袄等件。因此朝廷特差御前八十万禁军枪棒教头，正受郑州团练使，姓王，双名文斌，此人文武双全，满朝钦敬，将带京师一万余人，起差民夫车辆，押运衣袄五十万领，前赴宋先锋军前交割，就行催并军将向前交战，早奏凯歌，毋得违慢，取罪不便。王文斌领了圣旨文书，将带随行军器，拴束衣甲鞍马，催趱人夫军马，起运车仗，出东京，望陈桥驿进发。监押着一二百辆车子，上插黄旗，书"御赐衣袄"，迤逦前进。经过去处，自有官司供给口粮。

　　在路非则一日，来到边庭，参见了赵枢密，呈上中书省公文。赵安抚看了大喜道："将军来的正好，目今宋先锋被辽国兀颜统军，把兵马摆成混天阵势,连输了数阵。头目人等,中伤者多,现今发在此间将养,令安道全医治。宋先锋扎寨在永清县地方,并不敢出战,好生纳闷。"王文斌禀道:"朝廷因此就差某来,催并军士向前,早要取胜。今日既然累败,王某回京师,见省院官难以回奏。文斌不才,自幼颇读兵书,略晓些阵法,就到军前,略施小策,愿决一阵,与宋先锋分忧。未知枢相钧命(对上级命令的敬称)若何?"赵枢密大喜,置酒宴赏,就军中犒劳(犒赏慰劳。犒,kào)押车人夫,就教王文斌转运衣袄,解付宋江军前给散。赵安抚先使人报知宋先锋去了。

且说宋江在中军帐中纳闷,闻知赵枢密使人来,转报东京差教头郑州团练使王文斌,押送衣袄五十万领,就来军前催并进兵。宋江差人接至寨中下马,请入帐内,把酒接风。数杯酒后,询问缘由。宋江道:"宋某自蒙朝廷差遣到边,上托天子洪福,得了四个大郡。今到幽州,不想被番邦兀颜统军设此混天象阵,兵屯二十万,整整齐齐,按周天星象,请启郎主御驾亲征。宋江连败数阵,无计可施,屯驻不敢轻动。今幸得将军降临,愿赐指教。"王文斌道:"量这个混天阵,何足为奇!王某不才,同到军前一观,别有主见。"宋江大喜,先令裴宣且将衣袄给散军将,众人穿罢,望南谢恩。当日中军置酒,殷勤管待,就行赏劳三军。

来日结束,五军都起。王文斌取过带来的头盔衣甲,全副披挂上马,都到阵前。对阵辽兵望见宋兵出战,报入中军。金鼓齐鸣,喊声大举,六队战马哨出阵来。宋江分兵杀退。王文斌上将台亲自看一回,下云梯来说道:"这个阵势,也只如常,不见有甚惊人之处。"不想王文斌自己不识,且图诈人要誉(在人前显摆,沽名钓誉),便叫前军擂鼓搦战。对阵番军,也挝鼓(击鼓。挝,zhuā)鸣金(敲击钲、铙等金属乐器。后多指敲锣。用以表示军士进退的信号)。宋江立马大喝道:"不要狐朋狗党,敢出来挑战么?"说犹未了,黑旗队里,第四座门内飞出一将。那番官披头散发,黄罗抹额,衬着金箍乌油铠甲,秃袖皂袍,骑匹乌骓马,挺三尖刀,直临阵前,背后牙将,不计其数。引军皂旗上书银字"大将曲利出清"，跃马阵前搦战。王文斌寻思道："我不就这里显扬本事，再于何处施逞(施展逞能)？"便挺枪跃马出阵，与番官更不打话，骤马相交。王文斌挺枪便搠，番将舞刀来迎。斗不到二十余合，番将回身便走。王文斌见了，便骤马飞枪，直赶将去。原来番将不输，特地要卖个破绽，漏他来赶。番将轮起刀，觑着王文斌较亲，翻身背砍一刀，把王文斌连肩和胸脯，砍做两段，死于马下。宋江见了，急叫收军。那辽兵撞掩过来，又折了一阵，慌慌忙忙，收拾还寨。众多军将，看见立马斩了王文斌，面面厮觑，俱各骇然。宋江回到寨中，动纸文书，申复赵枢密说："王文斌自愿出战身死，发付带来人伴回京。"赵枢密听知此事，展转忧闷，甚是烦恼，只得写了申呈奏本，关会省院打发来的人伴回京去了。有诗为证：

赵括①徒能读父书，文斌殒命又何愚。

平时夸口千人有，临阵成功一个无。

　　且说宋江自在寨中纳闷，百般寻思，无计可施，怎生破的辽兵，寝食俱废，梦寐不安。是夜严冬，天气甚冷，宋江闭上帐房，秉烛沉吟闷坐。时已二鼓，神思困倦，和衣(谓不脱衣服)隐几(靠着几案，伏在几案上)而卧。觉道寨中狂风忽起，冷气侵入。宋江起身，见一青衣女童，向前打个稽首(道士举一手向人行礼。稽，qǐ)。宋江便问："童子自何而来？"童子答曰："小童奉娘娘法旨，有请将军，便烦移步。"宋江道："娘娘现在何处？"童子指道："离此间不远。"宋江遂随童子出的帐房，但见上下天光一色，金碧交加，香风细细，瑞霭(吉祥之云气。亦以美称烟雾)飘飘，有如二三月间天气。行不过三二里多路，见座大林，青松茂盛，翠柏森然，紫桂亭亭，石栏隐隐，两边都是茂林修竹，垂柳夭桃(艳丽的桃花)，曲折阑干，转过石桥，朱红棂(líng)星门一座。仰观四面，萧墙粉壁，画栋雕梁，金钉朱户，碧瓦重檐，四边帘卷虾须，正面窗横龟背。女童引宋江从左廊下而进，到东向一个阁子前，推开朱户，教宋江里

----

①赵括：战国时赵国大将赵奢之子，有"纸上谈兵"之典。

面少坐。举目望时,四面云窗寂静,霞彩满阶,天花缤纷,异香缭绕。

童子进去,复又出来传旨道:"娘娘有请,星主便行。"宋江坐未暖席,即时起身。又见外面两个仙女入来,头戴芙蓉碧玉冠,身穿金缕绛绡(jiàngxiāo,红色绡绢。绡为生丝织成的薄纱、细绢)衣,与宋江施礼。宋江不敢仰视。那两个仙女道:"将军何故作谦?娘娘更衣便出,请将军议论国家大事,便请同行。"宋江唯然(答应着。唯,wěi)而行,听的殿上金钟声响,玉磬(qìng,一种古代打击乐器)音鸣。青衣迎请宋江上殿。二仙女前进,引宋江自东阶而上,行至珠帘之前。宋江只听的帘内玎珰(dīngdāng,象声词)隐隐,玉佩锵锵(qiāngqiāng,象声词。形容金石撞击发出的洪亮清越的声音)。青衣请宋江入帘内,跪在香案之前。举目观望殿上,祥云霭霭,紫雾腾腾,正面九龙床上,坐着九天玄女娘娘。头戴九龙飞凤冠,身穿七宝龙凤绛绡衣,腰系山河日月裙,足穿云霞珍珠履,手执无瑕白玉珪,两边侍从女仙,约有三二十个。

玄女娘娘与宋江曰:"吾传天书与汝,不觉又早数年矣!汝能忠义坚守,未尝少息。今宋天子令汝破辽,胜负如何?"宋江俯伏在地,拜奏曰:"臣自得蒙娘娘赐与天书,未尝轻慢泄漏于人。今奉天子敕命破辽,不期被兀颜统军设此混天象阵,累败数次。臣无计可施,正在危急之际。"玄女娘娘曰:"汝知混天象阵法否?"宋江再拜奏道:"臣乃下土愚人,不晓其法,望乞娘娘赐教。"玄女娘娘曰:"此阵之法,聚阳象也。只此攻打,永不能破。若欲要破,须取相生相克之理。且如前面皂旗军马内设水星,按上界北方五炁辰星。你宋兵中,可选大将七员,黄旗黄甲,黄衣黄马,撞破辽兵皂旗七门。续后命猛将一员,身披黄袍,直取水星,此乃土克水之义也。却以白袍军马,选将八员,打透他左边青旗军阵,此乃金克木之义也。却以红袍军马,选将八员,打透他右边白旗军阵,此乃火克金之义也。却以皂旗军马,选将八员,打透他后军红旗军阵,此乃水克火之义也。却命一枝青旗军马,选将九员,直取中央黄旗军阵主将,此乃木克土之义也。再选两枝军马,命一枝绣旗花袍军马,扮作罗睺(印度天文学把黄道和白道的降交点叫作罗睺,升交点叫作计都。因日月食现象发生在黄白二道的交点附近,故又把罗睺、计都当作蚀神。睺,hóu),独破辽兵太阳军阵。命一枝素旗银甲军马,扮作计都,直破辽兵太阴军阵。再造二十四部雷车,按二十四气,上放火石火炮,直推入辽兵中军。令公孙胜布起风雷天罡正法,径奔入辽主驾前。可行此计,足取全胜。日间不可行兵,须是夜黑可进。汝当亲自领兵,掌握中军,催动人马,一鼓成功。吾之所言,汝当秘受。保国安民,勿生退悔。天凡有限,从此永别。他日琼楼金阙(道家谓天上有黄金阙,为仙人或天帝所居),别当重会。汝宜速还,不可久留。"特命青衣献茶,宋江吃罢,令青衣即送星主还寨。

宋江再拜,恳谢娘娘,出离殿庭。青衣前引宋江下殿,从西阶而出,转过棂星红门,再登旧路。才过石桥松径,青衣用手指道:"辽兵在那里,汝当破之!"宋江回顾,青衣用手一推,猛然惊觉,就帐中做了一梦。

静听军中更鼓,已打四更,宋江便叫请军师圆梦。吴用来到中军帐内,宋江道:"军师有计破混天阵否?"吴学究道:"未有良策可施。"宋江道:"我已梦玄女娘娘传与秘诀,寻思定了,特请军师商议,可以会集诸将,分拨行事。"正是动达天机施妙策,摆开星斗破迷关。毕竟宋江怎生打阵,且听下回分解。

第八十九回

宋公明破阵成功　宿太尉颁恩降诏

　　话说当下宋江梦中授得九天玄女之法，不忘一句，便请军师吴用计议定了，申禀赵枢密。寨中合造雷车二十四部，都用画板铁叶钉成，下装油柴，上安火炮，连更晓夜，催并完成。商议打阵，会集诸将人马，宋江传令，各各分派：便点按中央戊己土黄袍军马，战辽国水星阵内，差大将一员双枪将董平，左右撞破皂旗军七门，差副将七员：朱仝、史进、欧鹏、邓飞、燕顺、马麟、穆春。再点按西方庚辛金白袍军马，战辽国木星阵内，差大将一员豹子头林冲，左右撞破青旗军七门，差副将七员：徐宁、穆弘、黄信、孙立、杨春、陈达、杨林。再点按南方丙丁火红袍军马，战辽国金星阵内，差大将一员霹雳火秦明，左右撞破白旗军七门，差副将七员：刘唐、雷横、单廷珪、魏定国、周通、龚旺、丁得孙。再点按北方壬癸水黑袍军马，战辽国火星阵内，差大将一员双鞭呼延灼，左右撞破红旗军七门，差副将七员：杨志、索超、韩滔、彭玘、孔明、邹渊、邹润。再点按东方甲乙木青袍军马，战辽国土星主将阵内，差大将一员大刀关胜，左右撞破中军黄旗主阵人马，差副将八员：花荣、张清、李应、柴进、宣赞、郝思文、施恩、薛永。再差一枝绣旗花袍军，打辽国太阳左军阵内，差大将七员：鲁智深、武松、杨雄、石秀、焦挺、汤隆、蔡福。再差一枝素袍银甲军，打辽国太阴右军阵中，差大将七员：扈三娘、顾大嫂、孙二娘、王英、孙新、张青、蔡庆。再差打中军一枝悍勇人马，直擒辽主，差大将六员：卢俊义、燕青、吕方、郭盛、解珍、解宝。再遣护送雷车至中军，大将五员:李逵、樊瑞、鲍旭、项充、李衮。其余水军头领,并应有人员,尽到阵前协助破阵。阵前还立五方旗帜八面,分拨人员,仍排九宫八卦阵势。宋江传令已罢,众将各各遵依。一面儹造(赶制)雷车已了,装载法物,推到阵前。正是计就惊天地,谋成破鬼神。

且说兀颜统军,连日见宋江不出交战,差遣压阵军马,直哨到宋江寨前。宋江连日制造完备,选定日期,是晚起身,来与辽兵相接。一字儿摆开阵势,前面尽把强弓硬弩,射住阵脚,只待天色傍晚。黄昏左侧,只见朔风(北风、寒风)凛凛(寒冷),彤云密布,罩合天地,未晚先黑。宋江教众军人等,断芦为笛,衔于口中,嗯哨为号。当夜先分出四路兵去,只留黄袍军摆在阵前。这分出四路军马,赶杀哨路番军,绕阵脚而走,杀投北去。

初更左侧(左右),宋江军中连珠炮响。呼延灼打开阵门,杀入后军,直取火星。关胜随即杀入中军,直取土星主将。林冲引军杀入左军阵内,直取木星。秦明领军撞入右军阵内,直取金星。董平便调军攻打头阵,直取水星。公孙胜在军中仗剑作法,踏罡步斗,敕起五雷。是夜南风大作,吹得树梢垂地,走石飞沙。一齐点起二十四部雷车,李逵、樊瑞、鲍旭、项充、李衮将引五百牌手,悍勇军兵,护送雷车,推入辽军阵内。一丈青扈三娘引兵便打入辽兵太阴阵中;花和尚鲁智深引兵便打入辽兵太阳阵中;玉麒麟卢俊义引领一枝军马,随着雷车,直奔中军。你我自去寻队厮杀。是夜雷车火起,空中霹雳交加,端的是杀得星移斗转,日月无光,鬼哭神号,人兵撩乱。

且说兀颜统军正在中军遣将,只听得四下里喊声大振,四面厮杀。急上马时,雷车已到中军,烈焰涨天,炮声震地,关胜一枝军马,早到帐前。兀颜统军急取方天画戟与关胜大战,怎禁没羽箭张清,取石子望空中乱打,打的四边牙将,中伤者多逃命散走。李应、柴进、宣赞、郝思文纵马横刀,乱杀军将。兀颜统军见身畔没了羽翼,拨回马望北而走,关胜飞马紧追。正是饶(即便)君走上焰摩天,脚下腾云须赶上。

　　花荣在背后见兀颜统军输了,一骑马也追将来,急拈弓搭箭,望兀颜统军射将去。那箭正中兀颜统军后心,听的铮(zhēng,象声词,金属撞击声)地一声,火光迸散(向周围扩散,四散。迸,bèng),正射在护心镜上。却待再射,关胜赶上,提起青龙刀,当头便砍。那兀颜统军披着三重铠甲,贴里一层连环镔铁铠,中间一重海兽皮甲,外面方是锁子黄金甲。关胜那一刀砍过,只透的两层。再复一刀,兀颜统军就刀影里闪过,勒马挺方天戟来迎。两个又斗了三五合,花荣赶上,觑兀颜统军面门,又放一箭。兀颜统军急躲,那枝箭带耳根穿住凤翅金冠。兀颜统军急走,张清飞马赶上,拈起石子,望头脸上便打。石子飞去,打的兀颜统军扑在马上,拖着画戟而走。关胜赶上,再复一刀。那青龙刀落处,把兀颜统军连腰截骨带头砍着,攒下马去。花荣抢到,先换了那匹好马。张清赶来,再复一枪。可怜兀颜统军一世豪杰,一柄刀,一条枪,结果了性命。堪叹辽国英雄,化作南柯一梦。有诗为证:

　　　　李靖六花①人亦识,孔明八卦世应知。
　　　　混天只想无人敌,也有神机打破时。

　　却说鲁智深引着武松等六员头领,众将呐声喊,杀入辽兵太阳阵内。那耶律得重急待要走,被武松一戒刀,掠断马头,倒撞下马来,揪住头发,一刀取了首级,杀散太阳阵势。鲁智深道:"俺们再去中军,拿了辽主,便是了事也!"

　　且说辽兵太阴阵中天寿公主,听得四边喊起厮杀,慌忙整顿军器上马,引女兵伺候。只见一丈青舞起双刀,纵马引着顾大嫂等六员头领杀入帐来,正与天寿公主交锋。两个斗无数合,一丈青放开双刀,抢入公主怀内,劈胸揪住,两个在马上扭做一团,绞做一块。王矮虎赶上,活捉了天寿公主。顾大嫂、孙二娘在阵里杀散女兵。孙新、张青、蔡庆在外面夹攻。可怜玉叶金枝女,却作归降被缚人。

---

①六花:六花阵,据说是唐代名将李靖首创。

　　且说卢俊义引兵杀到中军，解珍、解宝先把帅字旗砍翻，乱杀番兵番将。当有护驾大臣与众多牙将，紧护辽国郎主銮(luán)驾，往北而走。阵内罗睺、月孛二皇侄，俱被刺死于马下；计都皇侄，就马上活拿了。紫气皇侄，不知去向。大兵重重围住，直杀到四更方息，杀的辽兵二十余万，七损八伤。

　　将及天明，诸将都回。宋江鸣金收军下寨，传令教生擒活捉之众，各自献功。一丈青献太阴星天寿公主，卢俊义献计都星皇侄耶律得华，朱仝献水星曲利出清，欧鹏、邓飞、马麟献斗木獬(xiè)萧大观，杨林、陈达献心月狐裴直，单廷珪、魏定国献胃土雉高彪，韩滔、彭玘献柳土獐雷春、翼火蛇狄圣。诸将献首级，不计其数。宋江将生擒八将，尽行解赴赵枢密中军收禁。所得马匹，就行俵拨(分配调拨。俵，biào)各将骑坐。

　　且说辽国郎主慌速退入燕京，急传旨意，坚闭四门，紧守城池，不出对敌。宋江知得辽主退回燕京，便教军马拔寨都起，直追至城下，团团围住。令人请赵枢密，直至后营监临打城。宋江传令，教就燕京城外，团团竖起云梯炮石，扎下寨栅，准备打城。

　　辽国郎主心慌，会集群臣商议，都道："事在危急，莫若归降大宋，此为上计。"辽主遂从众议。于是城上早竖起降旗，差人来宋营求告："年年进牛马，岁岁献珠珍，再不敢侵犯中国。"宋江引着来人，直到后营，拜见赵枢密，通说投降一节。赵枢密听了道："此乃国家大事，须用取自上裁，我未敢擅便主张。你辽国有心投降，可差的当大臣，亲赴东京，朝见天子。圣旨准你辽国皈依(归顺。皈，guī)表文，除诏赦罪，方敢退兵罢战。"

　　来人领了这话，便入城回复郎主。当下国主聚集文武百官，商议此事，时有右丞相太师褚坚出班奏曰："目今本国兵微将寡，人马皆无，如何迎敌？论臣愚意，微臣亲往宋先锋寨内，许以厚贿。一面令其住兵停战；一面收拾礼物，径往东京，投买省院诸官，令其于天子之前，善言启奏，别作宛转(斡旋)。目今中国蔡京、童贯、高俅、杨戬四个贼臣专权,童子皇帝听他四个主张。可把金帛贿赂与此四人,买其请和,必降诏赦,收兵罢战。"郎主准奏。

次日,丞相褚坚出城来,直到宋先锋寨中。宋江接至帐上,便问来意如何。褚坚先说了国主投降一事,然后许宋先锋金帛玩好之物。宋江听了,说与丞相褚坚道:"俺连日攻城,不愁打你这个城池不破,一发斩草除根,免了萌芽再发。看见你城上竖起降旗,以此停兵罢战。两国交锋,自古国家有投降之理,准你投拜纳降,因此按兵不动,容汝赴朝廷请罪献纳。汝今以贿赂相许,觑宋江为何等之人,再勿复言!"褚坚惶恐。宋江又道:"容你修表朝京,取自上裁。俺等按兵不动,待汝速去快来,汝勿迟滞!"

褚坚拜谢了宋先锋,作别出寨,上马回燕京来,奏知国主。众大臣商议已定,次日辽国君臣,收拾玩好之物,金银宝贝,彩缯(zēng,丝织品)珍珠,装载上车,差丞相褚坚并同番官一十五员,前往京师。鞍马三十余骑,修下请罪表章一道,离了燕京,到了宋江寨内,参见了宋江。宋江引褚坚来见赵枢密,说知此事:"辽国今差丞相褚坚,亲往京师朝见,告罪投降。"赵枢密留住褚坚,以礼相待,自来与宋先锋商议,亦动文书,申达天子。就差柴进、萧让赍奏,就带行军公文,关会省院,一同相伴丞相褚坚前往东京。

在路不止一日,早到京师,便将十车进奉金宝礼物,车仗人马,于馆驿内安下。柴进、萧让赍捧行军公文,先去省院下了,禀说道:"即日兵马围困燕京,旦夕可破。辽国郎主于城上竖起降旗,今遣丞相褚坚前来上表,请罪纳降,告赦罢兵。未敢自专,来请圣旨。"省院官说道:"你且与他馆驿内权时安歇,待俺这里从长计议。"

此时蔡京、童贯、高俅、杨戬并省院大小官僚,都是好利之徒。却说辽国丞相褚坚并众人先寻门路,见了太师蔡京等四个大臣,次后省院各官处,都有贿赂,各各先以门路馈送礼物诸官已了。次日早朝,百官朝贺拜舞已毕,枢密使童贯出班奏曰:"有先锋使宋江杀退辽兵,直至燕京,围住城池攻击,旦夕可破。今有辽主早竖降旗,情愿投降,遣使丞相褚坚,奉表称臣,纳降请罪,告赦讲和,求敕退兵罢战,情愿年年进奉,不敢有违。伏乞圣鉴。"天子曰:"以此讲和,休兵罢战,汝等众卿,如何计议?"旁有太师蔡京出班奏曰:"臣等众官,俱各计议:自古及今,四夷未尝尽灭。臣等愚意,可存辽国,作北方之屏障。年年进纳岁币,于国有益。合准投降请罪,休兵罢战,诏回军马,以护京师。臣等未敢擅便,乞陛下圣裁。"天子准奏,传圣旨令辽国来使面君。当有殿头官传令,宣褚坚等一行来使都到金殿之下,扬尘拜舞,顿首山呼。侍臣呈上表章,就御案上展开。宣表学士高声读道:

　　辽国主臣耶律辉顿首(书简表奏用语。表示致敬。常用于结尾),百拜上言:臣生居朔漠(北方大漠),长在番邦,不通圣贤之经,罔(wǎng,没有)究纲常之礼。诈文伪武,左右多狼心狗行之徒。好赂贪财,前后悉鼠目獐头之辈。小臣昏昧,屯众(聚众)猖狂。侵犯疆封,以致天兵讨罪,妄驱士马,动劳王室兴师。量蝼蚁安足撼泰山,想众水必然归大海。今待遣使臣褚坚冒干天威,纳土请罪。倘蒙圣上怜悯蕞尔(形容小。蕞,zuì)之微生,不废祖宗之遗业,赦其旧过,开以新图,退守戎狄之番邦,永作天朝之屏障,老老幼幼,真获再生,子子孙孙,久远感戴。进纳岁币,誓不敢违!臣等不胜战栗屏营(比喻惶恐不安的样子。屏,bīng)之至!谨上表以闻。
　　　　　宣和四年冬月　日辽国主臣耶律辉　表

徽宗天子御览表文已毕,阶下群臣称贺。天子命取御酒,以赐来使。丞相褚坚等便取金帛岁币,进在朝前。天子命宝藏库收讫(收清。讫,qì),仍另纳下每年岁币牛马等物。天子回赐缎匹表里,光禄寺赐宴。敕令:"丞相褚坚等先回,待寡人差官自来降诏。"褚坚等谢恩,拜辞出朝,且归馆驿。是日朝散,褚坚又令人再于各官门下,重打关节(疏通关系)。蔡京力许:"令丞相自回,都在我等四人身上。"褚坚谢了太师,自回辽国去了。

　　却说蔡太师次日引百官入朝,启奏降诏,回下辽国。天子准奏,急敕翰林学士草诏一道,就御前便差太尉宿元景赍擎丹诏,直往辽国开读。另敕赵枢密令宋先锋收兵罢战,班师回京。将应有被擒之人,释放还国。原夺城池,仍旧给辽管领。府库器具,交割辽邦归管。天子退朝,百官皆散。次日,省院诸官都到宿太尉府,约日送行。

再说宿太尉领了诏敕,不敢久停,准备轿马从人,辞了天子,别了省院诸官,就同柴进、萧让同上辽邦出京师,望陈桥驿投边塞进发。在路行时,正值严冬之月,彤云密布,瑞雪平铺,粉塑千林,银装万里。宿太尉一行人马,冒雪撑(chēng,抵挡、遮挡)风,迤逦(yǐ lǐ,缓行貌)前进。雪霁(雪止天晴。霁,jì)未消,渐临边塞。柴进、萧让先使哨马报知赵枢密,前去通报宋先锋。宋江见哨马飞报,便携酒礼,引众出五十里伏道迎接。接着宿太尉,相见已毕,把了接风酒,各官俱喜。请至寨中,设筵相待,同议朝廷之事。宿太尉言说省院等官蔡京、童贯、高俅、杨戬,俱各受了辽国贿赂,于天子前极力保奏此事,准其投降,休兵罢战,诏回军马,守备京师。宋江听了叹道:"非是宋某怨望(埋怨)朝廷,功勋至此,又成虚度。"宿太尉道:"先锋休忧!元景回朝,天子前必当重保。"赵枢密又道:"放着下官为证,怎肯教虚费了将军大功!"宋江禀道:"某等一百八人竭力报国,并无异心,亦无希恩望赐之念。只得众弟兄同守劳苦,实为幸甚。若得枢相肯做主张,深感厚德。"当日饮宴,众皆欢喜,至晚方散。随即差人一面报知辽国,准备接诏。

次日,宋江拨十员大将护送宿太尉进辽国颁诏,都是锦袍金甲,戎装革带。那十员上将关胜、林冲、秦明、呼延灼、花荣、董平、李应、柴进、吕方、郭盛引领马步军三千,护持太尉,前遮后拥,摆布入城。燕京百姓,有数百年不见中国军容,闻知太尉到来,尽皆欢喜,排门香花灯烛。辽主亲引百官文武,具服乘马,出南门迎接诏旨,直至金銮殿上。十员大将,立于左右;宿太尉立于龙亭之左;国主同百官跪于殿前。殿头官喝拜,国主同文武拜罢。辽国侍郎承恩请诏,就殿上开读。诏曰：

　　大宋皇帝制曰：三皇立位，五帝禅宗，虽中华而有主，岂夷狄之无君？兹尔辽国，不遵天命，数犯疆封，理合一鼓而灭。朕今览其情词，怜其哀切，悯汝惸孤(指孤独的人。惸，qióng)，不忍加诛，仍存其国。诏书至日，即将军前所擒之将，尽数释放还国。原夺一应城池，仍旧给还本国管领。所供岁币，慎勿怠忽。於戏(呜呼)！敬事大国，祗(zhī，恭敬)畏天地，此藩翰之职也。尔其钦哉！

宣和四年冬月　日

当时辽国侍郎开读诏旨已罢，郎主与百官再拜谢恩。行君臣礼毕，抬过诏书龙案，郎主便与宿太尉相见。叙礼已毕，请入后殿，大设华筵，水陆俱备。番官进酒，戎将传杯，歌舞满筵，胡笳聒耳(指声音刺耳。聒，guō)，燕姬美女，各奏戎乐，羯鼓埙篪(xūnchí，埙与篪。皆乐器。埙，烧土为之，大如鹅子，锐上平底，形如秤锤，六孔，小者如鸡子。篪，以竹为之，横吹之)，胡旋慢舞。筵宴已终，送宿太尉并众将于馆驿内安歇。是日跟去人员，都有赏劳。

次日，国主命丞相褚坚出城至寨，邀请赵枢密、宋先锋同入燕京赴宴。宋江便与军师吴用计议不行，只请的赵枢密入城，相陪宿太尉饮宴。是日辽国郎主大张筵席，管待朝使。葡萄酒熟倾银瓮(银质盛酒器。常以为祥瑞之物。政治清平，则银瓮出。瓮，wèng)，黄羊肉美满金盘。异果堆筵，奇花散彩。筵席将终，只见国主金盘捧出玩好之物，上献宿太尉、赵枢密。直饮至更深方散。第三日，辽主会集文武群臣，番戎鼓乐，送太尉、枢密出城还寨。再命丞相褚坚，将牛羊马匹、金银彩缎等项礼物，直至宋先锋军前寨内，大设广会(盛大的宴会)，犒劳三军，重赏众将。

宋江传令，叫取天寿公主一干人口放回本国，仍将夺过檀州、蓟州、霸州、幽州依旧给还辽国管领。一面先送宿太尉还京，次后收拾诸将军兵车仗人马，分拨人员，先发中军军马，护送赵枢密起行。宋先锋寨内,自己设宴,一面赏劳水军头目已了,着令乘驾船只,从水路先回东京驻扎听调。

宋江再使人入城中,请出左右二丞相前赴军中说话。当下辽国郎主教左丞相幽西孛瑾、右丞相太师褚坚来至宋先锋行营,至于中军相见。宋江邀请上帐,分宾而坐。宋江开话道:"俺武将兵临城下,将至壕边,奇功在迩,本不容汝投降,打破城池,尽皆剿灭,正当其理。主帅听从,容汝申达朝廷。皇上怜悯,存恻隐(对别人的不幸表示同情)之心,不肯尽情追杀,准汝投降,纳表请罪。今王事已毕,吾待朝京。汝等勿以宋江等辈不能胜尔,再生反复。年年进贡,不可有缺。吾今班师还国,汝宜谨慎自守,休得故犯! 天兵再至,决无轻恕! "二丞相叩首伏罪拜谢。宋江再用好言戒谕,二丞相恳谢而去。

宋江却拨一队军兵,与女将一丈青等先行。随即唤令随军石匠,采石为碑,令萧让作文,以记其事。金大坚镌石(指记功的碑文或其他石刻文字。镌,juān)已毕,竖立在永清县东一十五里茅山之下,至今古迹尚存。有诗为证:

> 每闻胡马度阴山,恨杀澶渊①纵虏还。
> 谁造茅山功迹记,寇公②泉下亦开颜。

宋江却将军马分作五起进发,克日(约定或限定日期)起行。只见鲁智深忽到帐前,合掌作礼,对宋江道:"小弟自从打死了镇关西,逃走到代州雁门县,赵员外送洒家上五台山,投礼智真长老,落发为僧。不想醉后两番闹了禅门,师父送俺来东京大相国寺,投托智清禅师,讨个执事僧做,相国寺里着洒家看守菜园。为救林冲,被高太尉要害,因此落草。得遇哥哥,随从多时,已经数载,思念本师,一向不曾参礼(礼拜)。洒家常想师父说,俺虽是杀人放火的性,久后却得正果真身。今日太平无事,兄弟权时告假数日,欲往五台山参礼本师。就将平昔所得金帛之资,都做布施,再求问师父前程如何。哥哥军

---

①澶(chán)渊:古湖泊名。故址在今河南濮阳西。1005 年,宋辽定"澶渊之盟"于此。 ②寇公:寇准。曾力排众议,促宋真宗至澶州督战。

马只顾前行,小弟随后便赶来也!"宋江听罢愕然(惊讶的样子),默上心来,便道:"你既有这个活佛罗汉在彼,何不早说,与俺等同去参礼,求问前程。"当时与众人商议,尽皆要去,惟有公孙胜道教不行。宋江再与军师计议:"留下金大坚、皇甫端、萧让、乐和四个,委同副先锋卢俊义掌管军马,陆续先行。俺们只带一千来人,随从众弟兄,跟着鲁智深,同去参礼智真长老。"宋江等众,当时离了军前。收拾名香(祭祖、敬神所烧的用木屑掺上香料做成的细条)、彩帛、表里(衣服的面子与里子。亦泛指衣料)、金银,上五台山来。正是暂弃金戈甲马,来游方外(世外。指仙境或僧道的生活环境)丛林。雨花台畔,来访道德高僧;善法堂前,要见燃灯古佛。直教一语打开名利路,片言踢透死生关。毕竟宋江与鲁智深怎地参禅,且听下回分解。

第 九 十 回

五台山宋江参禅　双林镇燕青遇故

话说五台山这个智真长老,原来是故宋时一个当世的活佛,知得过去未来之事。数载之前,已知鲁智深是个了身达命(谓了悟人生,通达事理)之人,只是俗缘未尽,要还杀生之债,因此教他来尘世中走这一遭。本人宿根(佛教中说的前世的根基),还有道心,今日起这个念头,要来参禅投礼本师。宋公明亦是素有善心,时刻点悟。因此要同鲁智深来参智真长老。

当下宋江与众将只带随行人马,同鲁智深来到五台山下,就将人马屯扎下营,先使人上山报知。宋江等众兄弟都脱去戎装帻带(帽子),各穿随身衣服,步行上山。转到山门外,只听寺内撞钟击鼓,众僧出来迎接,向前与宋江、鲁智深等施了礼。数内有认得鲁智深的多,又见齐齐整整这许多头领跟着宋江,尽皆惊讶。堂头首座(寺院里的住持)来禀宋江道:“长老坐禅入定,不能相接,将军切勿见罪。”遂请宋江等先去知客寮(寺院接待宾客处。寮, liáo)内少坐。供茶罢,侍者出来请道:“长老禅定方回,已在方丈专候,启请将军进来。”宋江等一行百余人,直到方丈,来参智真长老。那长老慌忙降阶而接,邀至上堂。各施礼罢,宋江看那和尚时,六旬之上,眉发尽白,骨格清奇,俨然有天台方广(佛教语。大乘经典、教义的通称。其言富、其理正,故名。亦借指佛教)出山之相。众人入进方丈之内,宋江便请智真长老上座,焚香礼拜。一行众将,都已拜罢,鲁智深向前插香礼拜。智真长老道:“徒弟一去数年,杀人放火不易。”鲁智深默然无言。宋江向前道:“久闻长老清德,争奈俗缘浅薄,无路拜见尊颜。今因奉诏破辽到此,得以拜见堂头大和尚,平生万幸。智深兄弟虽是杀人放火,忠心不害良善,今引宋江等众兄弟来参大师。"智真长老道:"常有高僧到此,亦曾闲论世事。久闻将军替天行道,忠义根心。吾弟子智深跟着将军,岂有差错!"宋江称谢不已。

　　鲁智深将出一包金银彩缎来供献本师。智真长老道:"吾弟子此物何处得来? 无义钱财,决不敢受。"智深禀道:"弟子累经功赏,积聚之物,弟子无用,特地将来献纳本师,以充公用。"长老道:"众亦难消。与汝置经一藏,消灭罪恶,早登善果。"鲁智深拜谢已了。宋江亦取金银彩缎,上献智真长老,长老坚执不受。宋江禀说:"我师不纳,可令库司(指寺院中司会计之事的僧人)办斋,供献本寺僧众。"当日,就五台山寺中宿歇一宵,长老设素斋相待,不在话下。

　　且说次日库司办斋完备,五台山寺中法堂上鸣钟击鼓,智真长老会集众僧于法堂上,讲法参禅。须臾(片刻,短时间),合寺众僧,都披袈裟坐具,到于法堂中坐下。宋江、鲁智深并众头领立于两边。引磬(僧家的一种法器。多用铜制,形如小碗,底贯以纽,下附木柄。诵经念佛时用以调整音节。磬,qìng)响处,两碗红纱灯笼引长老上升法座。智真长老到法座上,先拈信香祝赞道:"此一炷香伏愿皇上圣寿齐天,万民乐业;再拈信香一炷,愿今斋主,身心安乐,寿算延长;再拈信香一炷,愿今国安民泰,岁稔(丰收。稔,rěn)年和,三教(儒、佛、道)兴隆,四方宁静。"祝赞已罢,就法座而坐。两下众僧,打罢问讯,复皆侍立。宋江向前拈香礼拜毕,合掌近前参禅道:"某有一语,敢问吾师:浮世光阴有限,苦海无边,人身至微,生死最大。"智真长老便答偈(jì,佛经中的唱词)曰:

　　六根(佛教指眼、耳、鼻、舌、身、意,认为它们是罪孽的根源)束缚多年,四大(佛教指其坚、湿、暖、动四种功能)牵缠已久。堪嗟石火光中,翻了几个筋斗。咦! 阎浮世界(梵语,即南赡部洲。阎浮,树名。洲上阎浮树最多,故称阎浮世界。多指人世间)诸众生,泥沙堆里频哮吼。

　　长老说偈已毕,宋江礼拜侍立。众将都向前拈香礼拜,设誓道:

"只愿弟兄同生同死,世世相逢!"焚香已罢,众僧皆退,就请去云堂内赴斋。

众人斋罢,宋江与鲁智深跟随长老来到方丈内。至晚闲话间,宋江求问长老道:"弟子与鲁智深本欲从师数日,指示愚迷,但以统领大军,不敢久恋。我师语录,实不省悟。今者拜辞还京,某等众弟兄此去前程如何,万望吾师明彰点化。"智真长老命取纸笔,写出四句偈语(佛经中的唱颂词。通常以四句为一偈。亦多指释家隽永的诗作。偈,jì):

当风雁影翩,东阙①不团圆。

只眼功劳足,双林福寿全。

写毕,递与宋江道:"此是将军一生之事,可以秘藏,久而必应。"宋江看了,不晓其意,又对长老道:"弟子愚蒙,不悟法语,乞吾师明白开解,以释忧疑。"智真长老道:"此乃禅机隐语,汝宜自参,不可明说。"长老说罢,唤过智深近前道:"吾弟子此去,与汝前程永别,正果将临也!与汝四句偈去,收取终身受用。"偈曰:

逢夏而擒,遇腊而执。

听潮而圆,见信而寂。

鲁智深拜受偈语,读了数遍,藏在身边,拜谢本师,又歇了一宵。次日,宋江、鲁智深并吴用等众头领辞别长老下山,众人便出寺来,智真长老并众僧都送出山门外作别。

不说长老众僧回寺,且说宋江等众将下到五台山下,引(率领)起军马,星火赶来。众将回到军前,卢俊义、公孙胜等接着宋江众将,都相见了。宋江便对卢俊义等说五台山众人参禅设誓一事,将出禅语,与卢俊义、公孙胜看了,皆不晓其意。萧让道:"禅机法语,等闲(平常人)如何省得?"众皆惊讶不已。

宋江传令,催趱军马起程。众将得令,催起三军人马,望东京进发。凡经过地方,军士秋毫无犯。百姓扶老携幼,来看王师。见

---

① 东阙:东边的宫阙。代指朝廷。

宋江等众将英雄,人人称奖,个个钦服。宋江等在路行了数日,到一个去处,地名双林镇。当有镇上居民,及近村几个农夫,都走拢来观看。宋江等众兄弟雁行般排着,一对对并辔而行(并驾齐驱)。正行之间,只见前队里一个头领,滚鞍下马,向左边看的人丛里,扯着一个人叫道:"兄弟如何在这里?"两个叙了礼,说着话。宋江的马,渐渐近前,看时,却是浪子燕青和一个人说话。燕青拱手道:"许兄,此位便是宋先锋。"宋江勒住马看那人时,生得目炯双瞳,眉分八字。七尺长短身材,三牙掩口髭须。戴一顶乌绉纱抹眉头巾,穿一领皂沿边褐布道服。系一条杂彩吕公绦(衣带名。两头有五色丝绦,传说八仙中的吕洞宾常用之,故名。绦,tāo),着一双方头青布履。必非碌碌庸人,定是山林逸士。

宋江见那人相貌古怪,丰神爽雅,忙下马来,躬身施礼道:"敢问高士大名?"那人望宋江便拜道:"闻名久矣!今日得以拜见。"慌的宋江答拜不迭,连忙扶起道:"小可(自称谦辞)宋江,何劳如此。"那人道:"小子姓许,名贯忠,祖贯大名府人氏,今移居山野。昔日与燕将军交契(结交,交好),不想一别有十数个年头,不得相聚。后来小子在江湖上闻得小乙哥在将军麾下(将旗之下。麾,huī),小子欣慕不已。今闻将军破辽凯还,小子特来此处瞻望,得见各位英雄,平生有幸。欲邀燕兄到敝庐(破旧的房子。亦作谦辞)略叙,不知将军肯放否?"燕青亦禀道:"小弟与许兄久别,不意在此相遇。既蒙许兄雅意,小弟只得去一遭。哥哥同众将先行,小弟随后赶来。"宋江猛省(突然想到)道:"兄弟燕青,常道先生英雄肝胆,只恨宋某命薄,无缘得遇,今承垂爱,敢邀同往请教。"许贯忠辞谢道:"将军慷慨忠义,许某久欲相侍(侍候)左右,因老母年过七旬,不敢远离。"宋江道:"怎地时,却不敢相强。"又对燕青说道:"兄弟就回,免得我这里放心不下。况且到京,倘早晚便要朝见。"燕青道:"小弟决不敢违哥哥将令。"又去禀知了卢俊义,两下辞别。宋江上得马来,前行的众头领已去了一箭之地,见宋江和贯忠说话,都勒马伺候。当下宋江策马上前,同众将进发。

　　话分两头。且说燕青唤一个亲随军汉（兵卒），拴缚了行囊，另备了一匹马，却把自己的骏马让与许贯忠乘坐。到前面酒店里，脱下戎装帻带，穿了随身便服。两人各上了马，军汉背着包裹，跟随在后，离了双林镇，望西北小路而行。过了些村舍（农家房舍）林冈（树林山岗），前面却是山僻曲折的路。两个说些旧日交情，胸中肝胆。出了山僻小路，转过一条大溪，约行了三十余里，许贯忠用手指道："兀那高峻的山中，方是小弟的敝庐在内。"又行了十数里，才到山中。那山峰峦秀拔，溪涧澄清。燕青正看山景，不觉天色已晚。但见落日带烟生碧雾，断霞映水散红光。

　　原来这座山叫做大伾山（山名。伾，pī），上古大禹圣人导河，曾到此处。书经上说道："至于大伾。"这便是个证见。今属大名府浚县地方。话休繁絮。且说许贯忠引了燕青转过几个山嘴，来到一个山凹里，却有三四里方圆平旷的所在。树木丛中，闪着两三处草舍。内中有几间向南傍溪的茅舍。门外竹篱围绕，柴扉半掩，修竹苍松，丹枫翠柏，森密前后。许贯忠指着说道："这个便是蜗居（谦称自家住处）。"燕青看那竹篱内，一个黄发村童穿一领布衲袄（一种斜襟的夹袄或棉袄），向地上收拾些晒干的松枝榾柮（gùduò，木柴块，树根疙瘩），堆积于茅檐之下。听得马蹄响，立起身往外看了，叫声奇怪："这里那得有马经过！"仔细看时，后面马上却是主人。慌忙跑出门外，叉手立着，呆呆地看。原来临行备马时，许贯忠说不用銮铃（系在马身上的响铃），以此至近方觉。二人下了马，走进竹篱。军人把马拴了。二人入得草堂，分宾主坐下。茶罢，贯忠教随来的军人卸下鞍辔（ānpèi，鞍子和驾驭牲口的嚼子、缰绳），把这两匹马牵到后面草房中，唤童子寻些草料喂养，仍教军人前面耳房内歇息。燕青又去拜见了贯忠的老母。贯忠携着燕青，同到靠东向西的草庐内。推开后窗，却临着一溪清水，两人就倚着窗槛坐地。

　　贯忠道："敝庐窄陋，兄长休要笑话！"燕青答道："山明水秀，令小弟应接不暇，实在难得。"贯忠又问些征辽的事。多样时（许久），童子点上灯来,闭了窗格(窗上的格子。古时在上面糊纸或纱以挡风。亦指窗扇),掇(duō,用双手拿,用手端)张桌子,铺下五六碟菜蔬,又搬出一盘鸡、一盘鱼及家中藏下的两样山果,旋了一壶热酒。贯忠筛了一杯,递与燕青道:"特地邀兄到此,村醪野菜,岂堪待客?"燕青称谢道:"相扰却是不当。"数杯酒后,窗外月光如昼。燕青推窗看时,又是一般情致(情景)。云轻风静,月白溪清,水影山光,相映一室。燕青夸奖不已道:"昔日在大名府,与兄长最为莫逆(指两人意气相投,交往密切友好)。自从兄长应武举后,便不得相见。却寻这个好去处,何等幽雅!像劣弟恁地东征西逐,怎得一日清闲?"贯忠笑道:"宋公明及各位将军,英雄盖世,上应罡星,今又威服强虏。像许某蜗伏荒山,那里有分毫及得兄等。俺又有几分儿不合时宜处,每每见奸党专权,蒙蔽朝廷,因此无志进取,游荡江河,到几个去处,俺也颇颇留心。"说罢大笑,洗盏更酌(清洗酒杯,重新倒酒。借指喝酒尽兴。盏,浅而小的杯子)。燕青取白金二十两,送与贯忠道:"些须薄礼,少尽鄙忱(谦辞。不高雅的、浅陋的见解或情感。忱,chén)。"贯忠坚辞不受。燕青又劝贯忠道:"兄长恁般才略,同小弟到京师觑方便,讨个出身。"贯忠叹口气说道:"今奸邪当道,妒贤嫉能,如鬼如蜮(鬼和蜮都是暗中害人的精怪。后以"鬼蜮"喻用心险恶、暗中伤人的小人。蜮,yù)的,都是峨冠博带(高冠和阔衣带。儒生或士大夫的装束。峨,é);忠良正直的,尽被牢笼陷害。小弟的念头久灰。兄长到功成名就之日,也宜寻个退步(退路)。自古道:'雕鸟尽,良弓藏(比喻功成事定之后,出力的人反而见弃,没有好下场)。'"燕青点头嗟叹。两个说至半夜,方才歇息。

次早洗漱罢,又早摆上饭来,请燕青吃了,便邀燕青去山前山后游玩。燕青登高眺望(从高处远望),只见重峦迭障(山峰一个连着一个,连绵不断。峦,连绵的山),四面皆山,惟有禽声上下,却无人迹往来。山中居住的人家,颠倒数过,只有二十余家。燕青道:"这里赛过桃源。"燕青贪看山景,当日天晚,又歇了一宵。

次日,燕青辞别贯忠道:"恐宋先锋悬念(挂念),就此拜别。"贯忠相送出门。贯忠道:"兄长少待!"无移时,村童托一轴手卷儿出来,贯忠将来递与燕青道:"这是小弟近来的几笔拙画。兄长到京师,细细的看,日后或者亦有用得着处。"燕青谢了,教军人拴缚在行囊内。两个不忍分手,又同行了一二里。燕青道:"'送君千里,终须一别',不必远劳,后图再会。"两人各悒怏(yìyàng,忧郁不快)分手。

燕青望许贯忠回去得远了,方才上马。便教军人也上了马,一齐上路。不则一日,来到东京,恰好宋先锋屯驻军马于陈桥驿,听候圣旨。燕青入营参见,不题。

且说先是宿太尉并赵枢密中军人马入城,已将宋江等功劳奏闻天子。报说宋先锋等诸将兵马,班师回军,已到关外。赵枢密前来启奏,说宋江等诸将边庭劳苦之事。天子闻奏,大加称赞,就传圣旨,命黄门侍郎宣宋江等面君朝见,都教披挂(戴盔穿甲)入城。

宋江等众将遵奉圣旨,本身披挂,戎装革带,顶盔挂甲,身穿锦袄,悬带金银牌面,从东华门而入,都至文德殿朝见天子,拜舞起居,山呼万岁。皇上看了宋江等众将英雄,尽是锦袍金带,惟有吴用、公孙胜、鲁智深、武松身着本身服色。天子圣意大喜,乃曰:"寡人多知卿等征进劳苦,边塞用心,中伤者多,寡人甚为忧戚(忧愁烦恼)。"宋江再拜奏道:"托圣上洪福齐天,臣等众将虽有中伤,俱各无事。今逆虏投降,边庭宁息,实陛下威德所致,臣等何劳之有?"再拜称谢。天子特命省院官计议封爵。太师蔡京、枢密童贯商议奏道:"宋江等官爵,容臣等酌议奏闻。"天子准奏,仍敕光禄寺大设御宴,钦赏宋江锦袍一领、金甲一副,名马一匹,卢俊义以下给赏金帛,尽于内府关支(领取)。宋江与众将谢恩已罢,尽出宫禁,都到西华门外,上马回营安歇,听候圣旨。不觉的过了数日,那蔡京、童贯等那里去议甚么封爵,只顾延捱(拖延)。

且说宋江正在营中闲坐,与军师吴用议论些古今兴亡得失的事,只见戴宗、石秀各穿微服来禀道:"小弟辈在营中,兀坐无聊,今日和石秀兄弟闲走一回,特来禀知兄长。"宋江道:"早些回营,候你们同饮几杯。"戴宗和石秀离了陈桥驿,望北缓步行来。过了几个街

坊市井,忽见路旁一个大石碑,碑上有"造字台"三字,上面又有几
行小字,因风雨剥落,不甚分明。戴宗仔细看了道:"却是苍颉造字
之处。"石秀笑道:"俺们用不着他。"两个笑着,望前又行。到一个去
处,偌大(这样大,那么大。偌,ruò)一块空地,地上都是瓦砾(破碎的砖头瓦片。
亦以形容荒废颓败的景象。砾,lì)。正北上有个石牌坊,横着一片石板,上镌
"博浪城"三字。戴宗沉吟了一回,说道:"原来此处是汉留侯(张良)击
始皇的所在。"戴宗啧啧称赞道:"好个留侯!"石秀道:"只可惜这一
椎不中!"两个嗟叹了一回,说着话,只顾望北走去,离营却有二十
余里,石秀道:"俺两个鸟耍了这半日,寻那里吃碗酒回营去。"戴宗
道:"兀那前面不是个酒店?"两个进了酒店,拣个近窗明亮的座头
坐地。戴宗敲着桌子叫道:"将酒来!"酒保搬了五六碟菜蔬,摆在
桌上,问道:"官人打多少酒?"石秀道:"先打两角酒,下饭但是下得
口的,只顾卖来。"无移时,酒保旋了两角酒,一盘牛肉,一盘羊肉,一
盘嫩鸡。两个正在那里吃酒闲话,只见一个汉子托着雨伞杆棒,背
个包裹,拽扎起皂衫,腰系着缠袋,腿绷护膝,八搭麻鞋,走得气急喘
促,进了店门,放下伞棒包裹,便向一个座头坐下,叫道:"快将些酒
肉来!"过卖(店伙计)旋了一角酒,摆下两三碟菜蔬。那汉道:"不必文
诌(举止斯文)了,有肉快切一盘来,俺吃了,要赶路进城公干。"拿起酒,
大口价吃。戴宗把眼瞅着,肚里寻思道:"这鸟是个公人,不知甚么
鸟事?"便向那汉拱手问道:"大哥,甚么事恁般要紧?"那汉一头吃
酒吃肉,一头夹七夹八的说出几句话来。有分教,宋公明再建奇功,
汾沁地重归大宋。毕竟那汉说出甚么话来,且听下回分解。

第九十一回

宋公明兵渡黄河　卢俊义赚城黑夜

　　话说戴宗、石秀见那汉像个公人打扮,又见他慌慌张张。戴宗问道:"端的是什么公干?"那汉放下箸(筷子),抹抹嘴,对戴宗道:"河北田虎作乱,你也知道么?"戴宗道:"俺们也知一二。"那汉道:"田虎那厮,侵州夺县,官兵不能抵敌。近日打破盖州,早晚便要攻打卫州。城中百姓,日夜惊恐,城外居民,四散的逃窜。因此本府差俺到省院,投告急公文的。"说罢,便起身,背了包裹,托着伞棒,急急算还酒钱,出门叹口气道:"真个是官差不自由,俺们的老小都在城中。皇天,只愿早早发救兵便好!"拽开步,望京城赶去了。

　　戴宗、石秀得了这个消息,也算还酒钱,离了酒店,回到营中,见宋先锋报知此事。宋江与吴用商议道:"我等诸将,闲居在此,甚是不宜。不若奏闻天子,我等情愿起兵前去征进。"吴用道:"此事须得宿太尉保奏方可。"当时会集诸将商议,尽皆欢喜。

　　次日,宋江穿了公服,引十数骑入城,直至太尉府前下马。正值太尉在府,令人传报。太尉知道,忙教请进。宋江到堂上再拜起居。宿太尉道:"将军何事光降(光临)?"宋江道:"上告恩相,宋某听得河北田虎造反,占据州郡,擅改年号,侵至盖州,早晚来打卫州。宋江等人马久闲,某等情愿部领兵马,前去征剿,尽忠报国。望恩相保奏则个。"宿太尉听了大喜道:"将军等如此忠义,肯替国家出力,宿某当一力保奏。"宋江谢道:"宋某等屡蒙太尉厚恩,虽铭心镂骨,不能补报。"宿太尉又令置酒相待。至晚,宋江回营,与众头领说知。

　　却说宿太尉次日早朝入内，见天子在披香殿。省院官正奏："河北田虎造反，占据五府五十六县，改年建号，自霸称王。目今打破陵川，怀州震邻，申文告急。"天子大惊，向百官文武问道："卿等谁与寡人出力，剿灭此寇？"只见班部丛中闪出宿太尉，执简当胸，俯伏启奏道："臣闻田虎斩木揭竿(指武装起来)之势，今已燎原，非猛将雄兵，难以剿灭。今有破辽得胜宋先锋，屯兵城外，乞陛下降敕，遣这枝军马前去征剿，必成大功。"天子大喜，即令省院官奉旨出城，宣取宋江、卢俊义，直到披香殿下，朝见天子。拜舞(跪拜和舞蹈。古代朝拜的礼节)已毕，玉音道："朕知卿等英雄忠义，今敕卿等征讨河北，卿等勿辞劳苦。早奏凯歌而回，朕当优擢(zhuó，提升)。"宋江、卢俊义叩头奏道："臣等蒙圣恩委任，敢不鞠躬尽瘁，死而后已！"天子龙颜欣悦，降敕封宋江为平北正先锋，卢俊义为副先锋。各赐御酒、金带、锦袍、金甲、彩缎。其余正偏将佐，各赐缎匹银两。待奏荡平，论功升赏，加封官爵。三军头目，给赐银两，都就于内府关支。限定日期，出师起行。宋江、卢俊义再拜谢恩，领旨辞朝，上马回营，升帐而坐。当时会集诸将，尽教收拾鞍马衣甲，准备起身，征讨田虎。

　　次日，于内府关(支取、领取)到赏赐缎匹银两，分俵诸将，给散三军头目。宋江与吴用计议，着令水军头领，整顿战船先进，自汴河入黄河，至原武县界，等候大军到来，接济渡河。传令与马军头领，整顿马匹，水陆并进，船骑同行，准备出师。

　　且说河北田虎这厮，是威胜州沁源县一个猎户，有膂力，熟武艺，专一交结恶少。本处万山环列，易于哨聚(啸聚)。又值(赶上、遇上)水旱频仍，民穷财尽，人心思乱。田虎乘机纠集亡命，捏造妖言，煽惑(煽动蛊惑)愚民。初时掳掠些财物，后来侵州夺县，官兵不敢当其锋。

　　说话的，田虎不过一个猎户，为何就这般猖獗？看官听着：却因那时文官要钱，武将怕死，各州县虽有官兵防御，都是老弱虚冒(有名而无实)。或一名吃两三名的兵饷，或势要人家闲着的伴当(随从的差役或仆人),出了十数两顶首,也买一名充当,落得关支些粮饷使用。到得点名操练,却去雇人答应。上下相蒙,牢不可破。国家费尽金钱,竟无一毫实用。到那临阵时节,却不知厮杀,横的竖的,一见前面尘起炮响,只恨爷娘少生两只脚。当时也有几个军官引了些兵马,前去追剿田虎,那里敢上前? 只是尾其后,东奔西逐,虚张声势,甚至杀良(杀害良民)冒功。百姓愈加怨恨,反去从贼,以避官兵。所以被他占去了五州五十六县。那五州一是威胜,即今时沁州;二是汾阳,即今时汾州;三是昭德,即今时潞安;四是晋宁,即今时平阳;五是盖州,即今时泽州。那五十六县,都是这五州管下的属县。田虎就汾阳起造宫殿,伪设文武官僚,内相外将,独霸一方,称为晋王。兵精将猛,山川险峻。目今分兵两路,前来侵犯。

再说宋江选日出师,相辞了省院诸官,当有宿太尉亲来送行,赵安抚遵旨,至营前赏劳三军。宋江、卢俊义谢了宿太尉、赵枢密,兵分三队而进,令五虎八骠(piào)骑为前部。

五虎将五员:大刀关胜;豹子头林冲;霹雳火秦明;双鞭将呼延灼;双枪将董平。

八骠骑八员:小李广花荣;金枪手徐宁;青面兽杨志;急先锋索超;没羽箭张清;美髯公朱仝;九纹龙史进;没遮拦穆弘。

令十六彪将为后队。小彪将十六员:镇三山黄信;病尉迟孙立;丑郡马宣赞;井木犴郝思文;百姓将韩滔;天目将彭玘;圣水将军单廷珪;神火将魏定国;摩云金翅欧鹏;火眼狻猊邓飞;锦毛虎燕顺;铁笛仙马麟;跳涧虎陈达;白花蛇杨春;锦豹子杨林;小霸王周通。

宋江、卢俊义、吴用、公孙胜及其余将佐,马步头领,统领中军。当日三声号炮,金鼓乐器齐鸣,离了陈桥驿,望东北进发。

宋江号令严明,行伍整肃,所过地方,秋毫无犯,是不必说。兵至原武县界,县官出郊迎接,前部哨报水军头领船只,已在河滨等候渡河。宋江传令李俊等领水兵六百,分为两哨,分哨左右。再拘聚(征集)些当地船只,装载马匹车仗。宋江等大兵,次第渡过黄河北岸,便令李俊等统领战船,前至卫州卫河齐取。

宋江兵马前部,行至卫州屯扎。当有卫州官员,置筵设席,等接宋先锋到来,请进城中管待,诉说:"田虎贼兵浩大,不可轻敌。泽州是田虎手下伪枢密钮文忠镇守,差部下张翔、王吉领兵一万,来攻本州所属辉县;沈安、秦升,领兵一万,来攻怀州属县武涉。求先锋速行解救则个!"宋江听罢,回营与吴用商议,发兵前去救应。吴用道:"陵川乃盖州之要地,不若竟领兵去打陵川,则两县之围自解。"当下卢俊义道:"小弟不才,愿领兵去取陵川。"宋江大喜,拨卢俊义马军一万,步兵五百。马军头领乃是花荣、秦明、董平、索超、黄信、孙立、杨志、史进、朱仝、穆弘。步军头领乃是李逵、鲍旭、项充、李衮、鲁智深、武松、刘唐、杨雄、石秀。

次日,卢俊义领兵去了。宋江在帐中,再与吴用计议进兵良策。吴用道:"贼兵久骄,卢先锋此去,必然成功。只有一件,三晋山川险峻,须得两个头领做细作,先去打探山川形势,方可进兵。"道犹未了,只见帐前走过燕青禀道:"军师不消费心,山川形势,已有在此。"当下燕青取出一轴手卷,展放桌上。宋江与吴用从头仔细观看,即是三晋山川城池关隘之图。凡何处可以屯扎,何处可以埋伏,何处可以厮杀,细细的都写在上面。吴用惊问道:"此图何处得来?"燕青对宋江道:"前日破辽班师,回至双林镇,所遇那个姓许双名贯忠的,他邀小弟到家,临别时,将此图相赠。他说是几笔丑画,弟回到营中闲坐,偶取来展看,才知是三晋之图。"宋江道:"你前日回来,正值收拾朝见,忙忙地不曾问得备细。我看此人,也是个好汉,你平日也常对我说他的好处,他如今何所作为?"燕青道:"贯忠博学多才,也好武艺,有肝胆,其余小伎,琴弈(弹琴和弈棋)丹青(丹和青是我国古代绘画,常用的两种颜色,借指绘画),件件都省的。"因他不愿出仕,山居幽僻,及相叙的言语,备细说了一遍。吴用道:"诚天下有心人也。"宋江、吴用嗟叹称赞不已。

且说卢俊义领了兵马,先令黄信、孙立领三千兵去陵川城东五里外埋伏,史进、杨志领三千军去陵川城西五里外埋伏。"今夜五鼓,衔枚(横衔枚于口中,以防喧哗或叫喊。枚,形如筷子,两端有带,可系于颈上)摘铃,悄地各去。明日我等进兵,敌人若无准备,我兵已得城池,只看南门旗号,众头领领了军马,徐徐进城。倘敌人有准备,放炮为号,两路一齐杀出接应。"四将领计去了。卢俊义次早五更造饭,平明军马直逼陵川城下。兵分三队,一带儿摆开,摇旗擂鼓搦战。

守城军慌的飞去报知守将董澄及偏将沈骥、耿恭。那董澄是钮文忠部下先锋,身长九尺,膂力过人,使一口三十斤重泼风刀(特别锋利的刀)。当下听的报宋朝调遣梁山泊兵马,已到城下扎营,要来打城。董澄急升帐整点军马,出城迎敌。耿恭谏道:"某闻宋江这伙英雄,不可轻敌,只宜坚守。差人去盖州求取救兵到来,内外夹攻,方能取胜。"董澄大怒道:"叵耐(不可容忍,可恨。叵,pǒ)那厮小觑俺这里,怎敢就来攻城! 彼远来必疲,待俺出去,教他片甲不回!"耿恭苦谏不听。董澄道:"既如此,留下一千军马与你城中守护。你去城楼坐着,看俺杀那厮。"急披挂提刀,同沈骥领兵出城迎敌。

城门开处,放下吊桥,二三千兵马,拥过吊桥。宋军阵里,用强弓硬弩,射住阵脚。只听得鼙鼓(小鼓和大鼓。鼙,pí)冬冬,陵川阵中捧出一员将来。怎生打扮?

> 戴一顶点金束发浑铁盔,顶上撒斗来大小红缨。披一副摆连环锁子铁甲,穿一领绣云霞团花战袍,着一双斜皮嵌线云跟靴,系一条红鞓钉就迭胜带。一张弓,一壶箭。骑一匹银色卷毛马,手使一口泼风刀。

董澄立马横刀,大叫道:"水泊草寇,到此送死!"朱仝纵马喝道:"天兵到此,早早下马受缚,免污刀斧!"两军呐喊。朱仝、董澄抢到垓心,两马相交,两器并举,二将斗不过十余合,朱仝拨马望东便走,董澄赶来。东队里花荣挺枪接住厮杀,斗到三十余合,不分胜败。吊桥边沈骥见董澄不能取胜,轮起出白点钢枪,拍马向前助战。花荣见两个夹攻,拨马望东便走。董澄、沈骥紧紧赶来,花荣回马再战。

耿恭在城头上，看见董澄、沈骥赶去，恐怕有失，正欲鸣锣收兵。宋军队里忽冲出一彪军来，李逵、鲁智深、鲍旭、项充等十数个头领飞也似抢过吊桥来，北兵怎当得这样凶猛，不能拦当。耿恭急叫闭门，说时迟，那时快，鲁智深、李逵早已抢入城来。守门军一齐向前，被智深大叫一声，一禅杖打翻了两个。李逵轮斧，劈倒五六个。鲍旭等一拥而入，夺了城门，杀散军士。耿恭见头势(势头)不好，急滚下来，望北要走，被步军赶上活捉了。

董澄、沈骥正斗花荣，听的吊桥边喊起，急回马赶去。花荣不去追赶，就了事环带住钢枪，拈弓取箭，觑定董澄，望董澄后心飕的一箭，董澄两脚蹬空，扑通的倒撞下马来。卢俊义等招动军马，掩杀过来。沈骥被董平一枪戳死，陵川兵马，杀死大半，其余的四散逃窜去了。众将领兵，一齐进城。黑旋风李逵兀是火剌剌(形容激动的情绪)的只顾砍杀，卢俊义连叫："兄弟，不要杀害百姓。"李逵方肯住手。

卢俊义教军士快于南门竖立认军旗号，好教两路伏兵知道，再分拨军士各门把守。少顷，黄信、孙立、史进、杨志两路伏兵一齐都到。花荣献董澄首级，董平献沈骥首级，鲍旭等活捉得耿恭并部下几个头目解来。卢先锋都教解了绑缚，扶耿恭于客位，分宾主而坐。耿恭拜谢道："被擒之将，反蒙厚礼相待。"俊义扶起道："将军不出城迎敌，良有深意，岂董澄辈可比。宋先锋招贤纳士，将军若肯归顺天朝，宋先锋必行保奏重用。"耿恭叩领谢道："既蒙不杀之恩，愿为麾下小卒。"卢俊义大喜，再用好言抚慰了这几个头目，一面出榜安民，一面备办酒食，犒劳军士，置酒管待耿恭及众将。

卢俊义问耿恭盖州城中兵将多寡。耿恭道："盖州有钮枢密重兵镇守，阳城、沈水俱在盖州之西，惟高平县去此只六十里远近，城池傍着韩王山，守将张礼、赵能，部下有二万军马。"卢先锋听罢，举杯向耿恭道："将军满饮此杯，只今夜卢某便要将军去干一件功劳，万勿推却。"耿恭道："蒙先锋如此厚恩，耿恭敢不尽心！"俊义喜道：

"将军既肯去,卢某拨几个兄弟并将军部下头目,依着卢某如此如此,即刻就烦起身。"又唤过那新降的六七个头目,各赏酒食银两,功成另行重赏。当下酒罢,卢俊义传令李逵、鲍旭等七个步兵头领并一百名步兵,穿换了陵川军卒的衣甲旗号。又令史进、杨志领五百马军,衔枚摘铃,远远地随在耿恭兵后。却令花荣等众将,在城镇守,自己领三千兵,随后接应。

分拨已定,耿恭等领计出城,日色已晚,行至高平城南门外,已是黄昏时候。星光之下,望城上旗帜森密,听城中更鼓严明。耿恭到城下高叫道:"我是陵川守将耿恭,只为董、沈二将不肯听我说话,开门轻敌,以此失陷。我急领了这百余人,开北门从小路潜走至此,快放我进城则个!"守城军士把火照认了,急去报知张礼、赵能。那张礼、赵能亲上城楼,军士打着数把火炬,前后照耀。张礼向下对耿恭道:"虽是自家人马,也要看个明白。"望下仔细辨认,真个是陵川耿恭领着百余军卒,号衣旗帜,无半点差错。城上军人多有认得头目的,便指道:"这个是孙如虎。"又道:"这个是李擒龙。"张礼笑道:"放他进来!"只见城门开处,放下吊桥,又令三四十个军士把住吊桥两边,方才放耿恭进城。后面这那军人,一拥抢进道:"快进去!快进去!后面追赶来了。"也不顾什么耿将军,把门军士喝道:"这是甚么去处?这般乱窜!"正在那里争让(叫嚷),只见韩王山嘴边火起,飞出一彪军马来,二将当先,大喊:"贼将休走!"那耿恭的军卒内,已浑着李逵、鲍旭、项充、李衮、刘唐、杨雄、石秀这七个大虫在内。当时各掣出兵器,发声喊,百余人一齐发作,抢进城来。城中措手不及,那里关得城门迭。城门内外军士早被他们砍翻数十个,夺了城门,张礼叫苦不迭,急挺枪下城来寻耿恭,正撞着石秀。斗了三五合,张礼无心恋战,拖枪便走,被李逵赶上,楇(gé)察的一斧,剁为两段。再说韩王山嘴边那彪军飞到城边,一拥而入,正是史进、杨志,分投赶杀北兵。赵能被乱兵所杀。高平军士,杀死大半,把张礼老小,尽行诛戮。城中百姓,在睡梦里惊醒,号哭振天。须臾,卢先锋领兵也到了,下令守把各门,教十数个军士分头高叫,不得杀害百姓。天明,出榜安民,赏赐军士,差人飞报宋先锋知道。

为何卢俊义攻破两座城池,怎般容易?怎般神速?却因田虎部下纵横,久无敌手,轻视官军,却不知宋江等众将如此英雄。卢俊义得了这个窍,出其不意,连破二城,所以吴用说:"卢先锋此去一定成功。"

说休絮烦。且说宋江军马屯扎卫州城外。宋先锋正在帐中议事,忽报卢先锋差人飞报捷音,并乞宋先锋再议进兵之策。宋江大喜,对吴用道:"卢先锋一日连克二城,贼已丧胆。"正说间,又有两路哨军报道:"辉县、武涉两处围城兵马,闻陵川失守,都解围去了。"宋江对吴用道:"军师神算,古今罕有!"欲拔寨西行,与卢先锋合兵一处,计议进兵。吴用道:"卫州左孟门,右太行,南滨大河,西压上党,地当冲要(即要冲,交通上重要的道路会合处)。倘贼人知大兵西去。从昭德提兵南下,我兵东西不能相顾,将如之何?"宋江道:"军师之言最当!"便令关胜、呼延灼、公孙胜领五千军马,镇守卫州,再令水军头领李俊、二张、三阮、二童统领水军船只,泊聚卫河,与城内相为犄角。分拨已定,诸将领命去了。

宋江众将,统领大兵,即日拔寨起行。于路无话。来到高平,卢俊义等出城迎接。宋江道:"兄弟们连克二城,功劳不小,功绩簿上,都一一纪录。"卢俊义领新降将耿恭参见。宋江道:"将军弃邪归正,与宋某等同替国家出力,朝廷自当重用。"耿恭拜谢侍立。

宋江以为人马众多,不便入城,就于城外扎寨。即日与吴用、卢俊义商议,如今当去打那个州郡。吴用道:"盖州山高涧深,道路险阻,今已克了两个属县,其势已孤。当先取盖州,以分敌势,然后分兵两路夹剿,威胜可破也。"宋江道:"先生之言,正合我意。"传令柴进同李应去守陵川,替回花荣等六将前来听用,史进同穆弘守高平。柴进等四人遵令去了。当下有没羽箭张清禀道:"小将两日感冒风寒,欲于高平暂住,调摄(调治)痊可,赴营听用。"宋江便教神医安道全,同张清往高平疗治。

　　次日,花荣等已到。宋江令花荣、秦明、索超、孙立领兵五千为先锋;董平、杨志、朱仝、史进、穆弘、韩滔、彭玘领兵一万为左翼;黄信、林冲、宣赞、郝思文、欧鹏、邓飞领兵一万为右翼;徐宁、燕顺、马麟、陈达、杨春、杨林、周通、李忠为后队;宋江、卢俊义等其余将佐,统领大兵为中军。这五路雄兵,杀奔盖州来,却似龙离大海,虎出深林。正是人人要建封侯绩,个个思成荡寇功。毕竟宋江兵马如何攻打盖州,且听下回分解。

第九十二回

振军威小李广神箭　打盖郡智多星密筹

话说宋江统领军兵人马,分五队进发,来打盖州。盖州哨探军人,探听的实,飞报入城来。城中守将钮文忠,原是绿林中出身,江湖上打劫的金银财物,尽行资助田虎,同谋造反,占据宋朝州郡,因此官封枢密之职。惯使一把三尖两刃刀,武艺出众。部下管领着猛将四员,名号四威将,协同镇守盖州。那四员?猊(ní)威将方琼;貔(pí)威将安士荣;彪威将褚亨;熊威将于玉麟。

这四威将手下,各有偏将四员,共偏将一十六员。乃是:杨端、郭信、苏吉、张翔、方顺、沈安、卢元、王吉、石敬、秦升、莫真、盛本、赫仁、曹洪、石逊、桑英。

钮文忠同正偏将佐,统领着三万北兵,据守盖州,近闻陵川、高平失守,一面准备迎敌官军,一面申文去威胜、晋宁两处,告急求救。当下闻报,即遣正将方琼,偏将杨端、郭信、苏吉、张翔领兵五千,出城迎敌。临行钮文忠道:"将军在意,我随后领兵接应。"方琼道:"不消枢密分付,那两处城池,非缘力不能敌,都中了他诡计。方某今日不杀他几个,誓不回城。"

当下各各披挂上马,领兵出东门,杀奔前来。宋兵前队迎着,摆开阵势,战鼓喧天。北阵里门旗开处,方琼出马当先,四员偏将簇拥在左右。那方琼头戴卷云冠,披挂龙鳞甲,身穿绿锦袍,腰系狮蛮带,足穿抹绿靴。左挂弓,右悬箭;跨一匹黄鬃马,拈一条浑铁枪,高叫道:"水洼草寇,怎敢用诡计赚我城池!"宋阵中孙立喝道:"助

逆反贼,今天兵到来,尚不知死!"拍马直抢方琼。二将在征尘影
里,杀气丛中,斗过三十余合,方琼渐渐力怯。北军阵中,张翔见方
琼斗不过孙立,他便拈起弓,搭上箭,把马挨出阵前,向孙立飕的一
箭。孙立早已看见,把马头一提,正射中马眼,那马直立起来。孙立
跳在一边,拈着枪,便来步斗。那马负痛,望北跑了十数步便倒。张
翔见射不倒孙立,飞马提刀,又来助战,却得秦明接住厮杀。孙立欲
归阵换马,被方琼一条枪,不离左右的绞住,不能脱身。那边恼犯了
神臂将花荣,骂道:"贼将怎敢放暗箭,教他认我一箭!"口里说着,
手里的弓已开得满满地,觑定方琼较亲(准),飕的只一箭,正中方琼
面门,翻身落马。孙立赶上,一枪结果(杀死),急回本阵换马去了。张
翔与秦明厮杀,秦明那条棍不离张翔的顶门上下,张翔只办得架隔
遮拦。又见方琼落马,心中惧怯,渐渐输将下来。北阵里郭信拍马
拈枪,来助张翔。秦明力敌二将,全无惧怯,三匹马丁字儿摆开,在
阵前厮杀。花荣再取第二枝箭,搭上弦,望张翔后心觑得亲切,弓开
满月,箭发流星,飕的又一箭,喝声道:"认箭!"正中张翔后心,射个
透明,那枝箭直透前胸而出,头盔倒挂,两脚蹬空,扑通的撞下马来。
郭信见张翔中箭,卖个破绽,拨马望本阵便走,秦明紧紧赶去。此时
孙立已换马出阵,同花荣、索超招兵卷杀过来,北兵大乱。那边杨
端、郭信、苏吉抵当不住,望后急退。猛听的北兵后面,喊声大振,却
是钮文忠恐方琼有失,令安士荣、于玉麟各领五千军马,分两路合杀
拢来。这里花荣等四将急分兵抵敌,却被那杨端、郭信、苏吉勒转兵
马,回身杀来。当不得三面夹攻,花荣等四将奋力冲突,看看围在垓
心。又听的东边喊杀连天,北军大乱,左是董平等七将,右是黄信等
七将,两翼兵马,一齐冲杀过来,北兵大败,杀死者甚多。安士荣、于
玉麟等,领兵急拥进城,闭了城门。宋兵追至城下,城上擂木炮石打
将下来,宋兵方退。

　　须臾,宋先锋等大兵都到,离城五里屯扎。宋江升帐,教萧让标
写花荣头功。忽然起一阵怪风,飞土扬尘,从西过东,把旗帜都摇撼

的歪邪。吴用道："这阵风,今夜必主贼兵劫寨,可速准备。"宋江道："这阵风,真个不比寻常!"便令欧鹏、邓飞、燕顺、马麟领三千兵于寨左埋伏;王英、陈达、杨春、李忠领三千兵于寨右埋伏;鲁智深、武松、李逵、鲍旭、项充、李衮领兵五百,于寨中埋伏:炮响为号,一齐杀出。分拨已了,宋江与吴用秉烛(点着蜡烛)谈兵。

且说钮文忠见折了二将,计点军士,折去二千余名。正在帐中纳闷,当有貔威将安士荣献计道："恩相放心!宋江这伙连赢了几阵,已是志骄气满,必无准备。今夜,安某领一支兵去劫寨,可获全胜,以报今日之仇。"钮枢密道："将军若去,我当亲自领兵接应。却令于、褚二将军坚守城池。"安士荣大喜道："若得恩相亲征,必擒宋江。"计议已定,至二更时分,士荣同偏将沈安、卢元、王吉、石敬统领五千军马,人披软战(一种没有头盔、铠甲的战袍),马摘銮铃,出的城来,衔枚疾走,直至宋兵寨前,发声喊,一拥杀入寨来。只见寨门大开,寨中灯烛辉煌,安士荣情知中计,急退不迭。宋寨中一声炮响,左有燕顺等四将,右有王英等四将,一齐奔杀拢来。寨内李逵等六将,领蛮牌步兵,滚杀出寨来。北军大败,四散逃命。沈安被武松一戒刀砍死,王吉被王英杀死。宋兵把安士荣、卢元、石敬人马围在垓心。看看危急,却得钮文忠同偏将曹洪、石逊领兵救应,混杀一场,各自收兵。

次日,钮文忠计点军士,折去千余。又折了沈安、王吉二将。石逊身带重伤,命在呼吸。正忧闷间,忽报威胜有使命擎赍令旨到来。钮文忠连忙上马,出北门迎接。使臣进城,宣读令旨,说近来司天监夜观天象,有罡星入犯晋地分野,务宜坚守城池,不得有误。钮文忠诉说："宋朝差宋江等兵马前来厮杀,连破两个城池。宋兵已到这里,昨日厮杀,又折了正偏将佐五员。若得救兵早到,方保无虞。"使臣道："在下离威胜时,尚未有这个消息。行至中路,始听的传说宋朝遣兵到俺这里。"钮文忠设宴管待,馈送礼物,一面准备擂木炮石,强弓硬弩,火箭火器,坚守城池,以待救兵,不在话下。

再说燕顺、王英等众将杀散劫寨贼兵,得胜回寨。次日,宋江传令,修治轒辒(fénwēn,古代的战车。用于攻城)器械,准备攻城:令林冲、索超、宣赞、郝思文领兵一万,攻打东门;徐宁、秦明、韩滔、彭玘领兵一万,攻打南门;董平、杨志、单廷珪、魏定国领兵一万,攻打西门。却空着北门,恐有救兵到来,城内冲突,两路受敌。却令史进、朱仝、穆弘、马麟领兵五千,于城东北高冈下埋伏;黄信、孙立、欧鹏、邓飞领兵五千,于城西北密林里埋伏。倘贼人调遣救兵至,两路夹击。令花荣、王英、张青、孙新、李立领马兵一千为游骑,往来四门探听;李逵、鲍旭、项充、李衮、刘唐、雷横领步兵三百,与花荣等互相策应。分拨已定,众将遵令去了。宋江与卢俊义、吴用等正偏将佐,移扎营寨城东一里外。令李云、汤隆督修云梯飞楼,推赴各营驾用。

却说林冲等四将在东城建竖云梯飞楼,逼近城垣,令轻捷军士上飞楼,攀援欲上,下面呐喊助威。怎禁的城内火箭如飞蝗般射出来,军士躲避不迭。无移时那飞楼已被烧毁,吻喇喇(象声词。犹言唿喇喇。喇,lǎ)倾折下来,军士跌死了五六名,受伤十数名。西南二处攻打,亦被火箭火炮伤损军士。为是一连六七日攻打不下。

宋江见攻城不克,同卢俊义、吴用亲到南门城下催督攻城,只见花荣等五将,领游骑从西哨探过东来。城楼上于玉麟同偏将杨端、郭信,监督军士守御。杨端望见花荣渐近城楼,便道:"前日被他一连伤了二将,今日与他报仇则个!"急拈起弓,搭上箭,望着花荣前心飕的一箭射来。花荣听的弓弦响,把身望后一倒,那枝箭却好射到,顺手只一绰(chāo,抓取),绰了那枝箭,咬在口里;起身把枪带在了事环上,左手拈弓,右手就取那枝箭,搭上弦,觑定杨端较亲,只一箭,正中杨端咽喉,扑通的望后便倒。花荣大叫:"鼠辈怎敢放冷箭,教你一个个都死!"把右手去取箭,却待要再射时,只听的城楼上发声喊,几个军士一齐都滚下楼去。于玉麟、郭信吓的面如土色,躲避不迭。花荣冷笑道:"今日认的神箭将军了!"宋江、卢俊义喝采不已。吴用道:"兄长,我等却好同花将军去看视城垣形势。"花荣等拥护着宋江、卢俊义、吴用,绕城周匝看了一遍。

　　宋江、卢俊义、吴用回到寨中,吴用唤陵川降将耿恭,问盖州城中路径。耿恭道:"钮文忠将旧州治作帅府,当城之中。城北有几个庙宇,空处却都是草场。"吴用听罢,对宋江计议,便唤时迁、石秀近前密语道:"如此依计,往花荣军前密传将令,相机行事。"再唤凌振、解珍、解宝领二百名军士,携带轰天子母大小号炮,如此前去。教鲁智深、武松带领金鼓手三百名,刘唐、杨雄、郁保四、段景住每人带领二百名军士,各备火把,往东南西北,依计而行。又令戴宗往东西南三营,密传号令,只看城中火起,进力攻城。分拨已定,众头领遵令去了。

　　且说钮文忠日夜指望救兵,毫无消耗(消息),十分忧闷。添拨(增添)军士,搬运木石、上城坚守。至夜黄昏时分,猛听的北门外喊声振天,鼓角齐鸣。钮文忠驰往北门,上城眺望时,喊声金鼓都息了,却不知何处兵马。正疑虑间,城南喊声又起,金鼓振天。钮文忠令于玉麟坚守北门,自己急驰至南城看时,喊声已息,金鼓也不鸣了。钮文忠眺望多时,唯听的宋军南营里隐隐更鼓之声,静悄悄地,火光儿也没半点。徐徐下城,欲到帅府前点视,猛听的东门外连珠炮响,城西呐喊,擂鼓喧天价起。钮文忠东奔西逐,直闹到天明。宋兵又来攻城,至夜方退。是夜二鼓时分,又听的鼓角喊声,钮文忠道:"这厮是疑兵之计,不要睬他,俺这里只坚守城池,看他怎地。"忽报东门火光烛天,火把不计其数,飞楼云梯,逼近城来。钮文忠闻报,驰往东城,同褚亨、石敬、秦升督军士用火箭炮石正在打射,猛可的一声火炮,响振山谷,把城楼也振动,城内军民,十分惊恐。如是的蒿恼(打扰,麻烦。蒿,hāo)了两夜,天明又来攻城,军士时刻不得合眼,钮文忠也时刻在城巡视。忽望见西北上旌旗蔽日遮天,望东南而来,宋兵中十数骑哨马,飞也似投大寨去了。钮文忠料是救兵,遣于玉麟准备出城接应。

　　却说西北上那支军马,乃是晋宁守将田虎的兄弟三大王田彪,接了盖州求救文书,便遣部下猛将凤翔王远,领兵二万,前来救援。

已过阳城,望盖州进发,离城尚有十余里,猛听的一声炮响,东西高冈下密林中,飞出两彪军来,却是史进、朱仝、穆弘、马麟、黄信、孙立、欧鹏、邓飞八员猛将,一万雄兵,卷杀过来。晋宁兵虽是二万,远来劳困,怎当得这里埋伏了十余日,养成精锐,两路夹攻。晋宁军大败,弃下金鼓、旗枪、盔甲、马匹无数,军士杀死大半,凤翔王远脱逃性命,领了败残头目士卒,仍回晋宁去了不题。

再说钮文忠见两军截住厮杀,急遣于玉麟领兵开北门杀出接应,那北门却是无兵攻打。于玉麟领兵出城,才过吊桥,正遇着花荣游骑从西而来,北军大叫:“神箭将军来了!”慌的急退不迭,一拥乱抢进城去。于玉麟已是在南城吓破了胆,那里敢来交战,也跑进城去。花荣等冲过来,杀死二十余人,不去赶杀,让他进城。城中急急闭门。

那时石秀、时迁穿了北军号衣,已浑入城。时迁、石秀进的城门,趁闹哄里溜进小巷。转过那条巷,却有一个神祠,牌额上写道:“当境土地神祠”。时迁、石秀趱进(转入,迈进。趱,xué)祠来,见一个道人在东壁下向火。那道人看见两个军士进祠来,便道:“长官,外面消息如何?”军人道:“适才俺们被于将军点去厮杀,却撞着了那神箭将军,于将军也不敢与他交锋,俺们乱抢进城,却被俺趁闹闪到这里。”便向身边取出两块散碎银,递与道人说:“你有藏下的酒,胡乱把两碗我们吃,其实寒冷。”那人笑将起来道:“长官,你不知这几日军情紧急,神道的香火也一些没有,那讨半滴酒来?”便把银递还时迁。石秀推住他的手道:“这点儿你且收着,却再理会。我们连日守城辛苦,时刻不得合眼,今夜权(暂且)在这里睡了,明早便去。”那道人摇着手道:“二位长官莫怪!钮将军军令严紧,少顷(一会儿)便来查看。我若留二位在此,都不能个干净。”时迁道:“恁般说,且再处。”石秀便挨在道人身边,也去向火。时迁张望前后无人,对石秀丢个眼色,石秀暗地取出佩刀。那道人只顾向火,被石秀从背后槅察(象声词。槅,gé)的一刀,割下头来,便把祠门拴了。

此时已是酉牌时分，时迁转过神厨，后壁却有门户。户外小小一个天井，屋檐下堆积两堆儿乱草。时迁、石秀搬将出来，遮盖了道人尸首，开了祠门，从后面天井中爬上屋去。两个伏在脊下，仰看天边明朗朗地现出数十个星来。时迁、石秀挨了一回，再溜下屋来，到祠外探看，并无一个人来往。两个再趱几步，左右张望，邻近虽有几家居民，都静悄悄地闭着门，隐隐有哭泣之声。时迁再趱向南去，转过一带土墙，却是偌大一块空地，上面有数十堆柴草。时迁暗想道："这是草料场，如何无军人看守？"原来城中将士，只顾城上御敌，却无暇到此处点视。那看守军人，听的宋军杀散救兵，料城中已不济事，各顾性命，预先藏匿去了。时迁、石秀复身到神祠里，取了火种，把道人尸首上乱草点着，却溜到草场内，两个分投去，一连焠(cuì，引火烧着)上六七处。少顷，草场内烘烘火起，烈焰冲天，那神祠内也烧将起来。草场西侧，一个居民听的火起，打着火把出来探听。时迁抢过来，劈手夺了火把。石秀道："待我们去报钮元帅。"居民见两个是军士，那敢与他别拗。时迁执着火把，同石秀一径望南跑去，口里嚷着报元帅，见居民房屋下得手的所在，又焠上两把火，却丢下火把，趱过一边。两个脱下北军号衣，躲在僻静处。

城中见四五路火起，一时鼎沸起来。钮文忠见草场火起，急领军士驰往救火。城外见城内火起，知是时迁、石秀内应，进力攻打。宋江同吴用带领解珍、解宝驰至城南，吴用道："我前日见那边城垣稍低。"便令秦明等把飞楼逼近城垣。吴用对解珍、解宝道："贼人丧胆，军士已罢，兄弟努力上城！"解珍带朴刀上飞楼，攀女墙，一跃而上，随后解宝也奋跃上去。两个发声喊，抢下女墙，挥刀乱砍。城上军士，本是困顿惊恐，又见解珍、解宝十分凶猛，都乱窜滚下城去。褚亨见二人上城，挺枪来斗了十数合，被解宝一朴刀搠翻，解珍赶上，剁下头来。此时宋兵从飞楼攀援上城，已有百十余人。解珍、解宝当先，一齐抢杀下城，大叫道："上前的剁做肉泥！"众人杀死石敬、秦升，砍翻把门军士，夺了城门，放下吊桥，徐宁等众将领兵拥入。徐宁同韩滔领兵杀奔东门,安士荣抵敌不住,被徐宁戳死,夺门放林冲等众将入城。秦明同彭玘领兵抢夺西门,放董平等入城。莫真、赫仁、曹洪被乱兵所杀。杀的尸横市井,血满街衢。

钮文忠见城门已都被夺了,只得上马,弃了城池,同于玉麟领二百余人,出北门便走。未及一里,黑暗里突出黑旋风李逵、花和尚鲁智深,一个猛将军,一个莽和尚,拦住去路。正是天罗密布难移步,地网高张怎脱身。毕竟钮文忠、于玉麟性命如何,再听下回分解。

第九十三回

李逵梦闹天池　宋江兵分两路

话说钮文忠见盖州已失,只得奔走出城,与同于玉麟、郭信、盛本、桑英保护而行,正撞着李逵、鲁智深,领步兵截住去路。李逵高叫道:"俺奉宋先锋将令,等候你这伙败撮鸟多时了!"轮双斧杀来,手起斧落,早把郭信、桑英砍翻。钮文忠吓得魂不附体,措手不及,被鲁智深一禅杖,连盔带头,打得粉碎,撞下马去。二百余人,杀个尽绝;只被于玉麟、盛本望刺斜里死命撞出去了。鲁智深道:"留下那两个驴头罢!等他去报信。"仍割下三颗首级,夺得鞍马盔甲,一径进城献纳。

且说宋江大队人马入盖州城,便传下将令,先教救灭火焰,不许伤害居民。众将都来献功。宋先锋教军士将首级号令各门,天明出榜,安抚百姓。将三军人马,尽数收入盖州屯住,赏劳三军诸将。功绩簿上,标写石秀、时迁、解珍、解宝功次(功劳的大小)。一面写表申奏朝廷。得了盖州,尽将府库财帛金宝,解赴京师,写书申呈宿太尉。此时腊月将终,宋江料理军务,不觉过了三四日,忽报张清病可(痊愈),同安道全来参见听用。宋江喜道:"甚好。明日是宣和五年的元旦,却得聚首。"

次日黎明,众将穿公服幞头(古代一种头巾。幞,fú),宋江率领众兄弟望阙(仰望宫阙。喻怀念天子)朝贺,行五拜三叩头礼已毕,卸下幞头公服,各穿红锦战袍,九十二个头领及新降将耿恭,齐齐整整,都来贺节,参拜宋江。宋先锋大排筵席,庆贺宴赏。众兄弟轮次与宋江称觞献寿。酒至数巡，宋江对众将道："赖众兄弟之力，国家复了三个城池。又值元旦，相聚欢乐，实为罕有。独是公孙胜、呼延灼、关胜、水军头领李俊等八员，及守陵川柴进、李应，守高平史进、穆弘，这十五兄弟不在面前，甚是怏怏。"当下便唤军中头目，领二百余名军役，各各另外赏劳，教即日担送羊酒，分头去送到卫州、陵川、高平三处守城头领交纳，兼报捷音。分付兀是未了，忽报三处守城头领，差人到此候贺，都奉先锋将令，戎事在身，不能亲来拜贺。宋江大喜道："得此信息，就如见面一般。"赏劳来人，陪众兄弟开怀畅饮，尽醉方休。

次日，宋先锋准备出东郊迎春，因明日子时正四刻，又逢立春节候。是夜刮起东北风，浓云密布，纷纷洋洋，降下一天大雪。明日众头领起来看时，但见：

纷纷柳絮（喻指雪花），片片鹅毛。空中白鹭群飞，江上素鸥翻复。飞来庭院，转旋作态因风；映彻戈矛，灿烂增辉荷日。千山玉砌，能令樵子怅迷踪；万户银装，多少幽人成佳句。正是尽道丰年好，丰年瑞若何？边关多荷戟（hèjǐ，扛着长矛。比喻正在打仗），宜瑞不宜多。

当下地文星萧让对众头领说道："这雪有数般名色（名称）：一片的是蜂儿，二片的是鹅毛，三片的是攒三，四片的是聚四，五片唤做梅花，六片唤做六出，这雪本是阴气凝结，所以六出，应着阴数。到立春以后，都是梅花杂片，更无六出了。今日虽已立春，尚在冬春之交，那雪片却是或五或六。"乐和听了这几句议论，便走向檐前，把皂衣袖儿承受那落下来的雪片看时，真个雪花六出，内一出尚未全去，还有些圭角（痕迹，迹象），内中也有五出的了。乐和连声叫道："果然！果然！"众人都拥上来看，却被李逵鼻中冲出一阵热气，把那雪花儿冲灭了。众人都大笑，却惊动了宋先锋，走出来问道："众兄弟笑甚么？"众人说："正看雪花，被黑旋风鼻气冲灭了。"宋江也笑道："我已分付置酒在宜春圃，与众兄弟赏玩则个。"

原来这州治东有个宜春圃，圃中有一座雨香亭，亭前颇有几株桧柏(桧和柏。桧,guì)松梅。当晚众头领在雨香亭语笑喧哗,觥筹交错,不觉日暮,点上灯烛。宋江酒酣,闲话中追论起昔日被难时,多亏了众兄弟:"我本郓城小吏,身犯大罪,蒙众兄弟于千枪万刀之中,九死一生之内,屡次舍着性命,救出我来。当江州与戴宗兄弟押赴市曹时,万分(绝对)是个鬼。到今日却得为国家臣子,与国家出力。回思往日之事,真如梦中!"宋江说到此处,不觉潸然泪下(潸然,流泪的样子。形容眼泪流下来)。戴宗、花荣及同难的几个弟兄听了这般话,也都吊下泪来。

　　李逵这时多饮了几杯酒,酣醉上来,一头与众人说着话,眼皮儿却渐渐合拢来,便用双臂衬着脸,已是睡去。忽转念道:"外面雪兀是未止。"心里想着,身体未常动弹,却像已走出亭子外的一般。看外面时,又是奇怪:"原来无雪,只管在里面兀坐!待我到那厢去走一回。"离了宜春圃,须臾出了州城,猛可想起:"阿也!忘带了板斧!"把手向腰间摸时,原来插在这里。向前不分南北,莽莽撞撞的,不知行了多少路,却见前面一座高山。无移时(不一会儿),行到山前,只见山凹里走出一个人来,头带折角斗巾,身穿淡黄道袍,迎上前来笑道:"将军要闲步时,转过此山,是有得意处。"李逵道:"大哥,这个山名叫做甚么?"那秀士道:"此山唤做天池岭,将军闲玩回来,仍到此处相会。"李逵依着他,真个转过那山,忽见路旁有一所庄院。只听的庄里大闹,李逵闯将进去,却是十数个人,都执棍棒器械,在那里打桌击凳,把家火什物打的粉碎。内中一个大汉骂道:"老牛子,快把女儿好好地送与我做浑家,万事干休;若说半个不字,教你们都是个死!"李逵从外入来,听了这几句说话,心如火炽,口似烟生,喝道:"你这伙鸟汉,如何强要人家女儿?"那伙人嚷道:"我们是要他女儿,干你屁事!"李逵大怒,拔出板斧砍去。好生作怪,却是不禁砍,只一斧,砍翻了两三个。那几个要走,李逵赶上,一连六七斧,砍的七颠八倒,尸横满地。单只走了一个,望外跑去了。

　　李逵抢到里面,只见两扇门儿紧紧地闭着,李逵一脚踢开,见里面有个白发老儿，和一个老婆子在那里啼哭。见李逵抢入来，叫道："不好了，打进来了！"李逵大叫道："我是路见不平的。前面那伙鸟汉，被我都杀了，你随我来看。"那老儿战战兢兢的跟出来看了，反扯住李逵道："虽是除了凶人，须连累我吃官司。"李逵笑道："你那老儿，也不晓得黑爷爷。我是梁山泊黑旋风李逵，现今同宋公明哥哥奉诏征讨田虎。他们现在城中吃酒，我不耐烦，出来闲走。莫说那几个鸟汉，就是杀了几千，也打甚么鸟不禁！"那老儿方才揩泪道："怎般却是好也！请将军到里面坐地。"李逵走进去，那边已摆上一桌子酒馔。老儿扶李逵上面坐了，满满地筛一碗酒，双手捧过来道："蒙将军救了女儿，满饮此盏。"李逵接过来便吃，老头儿又来劝。一连吃了四五碗，只见先前啼哭的老婆子领了一个年少女子上前，又手双双地道了个万福。婆子便道："将军在宋先锋部下，又怎般奢遮（了不起），如不弃丑陋，情愿把小女配与将军。"李逵听了这句话，跳将起来道："这样腌臜歪货！却才可是我要谋你的女儿，杀了这几个撮鸟？快夹了鸟嘴，不要放那鸟屁！"只一脚，把桌子踢翻，跑出门来。

只见那边一个彪形大汉，仗着一条朴刀，大踏步赶上来，大喝一声道："兀那黑贼，不要走！却才这几个兄弟，如何都把来杀了？我们是要他家女儿，干你甚事？"挺朴刀直抢上来。李逵大怒，轮斧来迎，与那汉斗了二十余合。那汉斗不过，隔开板斧，拖着朴刀，飞也似跑去。李逵紧紧追赶，赶过一个林子，猛见许多宫殿。那汉奔至殿前，撇了朴刀，在人丛一混，不见了那汉。只听得殿上喝道："李逵不得无礼！着他来见朝。"李逵猛省道："这是文德殿，前日随宋哥哥在此见朝，这是皇帝的所在。"又听得殿上说道："李逵，快俯伏！"李逵藏了板斧，上前观看，只见皇帝远远的坐在殿上，许多官员排列殿前。李逵端端正正朝上拜了三拜，心中想道："阿也！少了一拜！"天子问道："适才你为何杀了许多人？"李逵跪着说道："这厮们强要占人女儿，臣一时气忿，所以杀了。"天子道："李逵路见不平，剿除奸党，义勇可嘉，赦汝无罪，赦汝做了值殿将军。"李逵心中喜欢道："原来皇帝恁般明白！"一连磕了十数个头,便起身立于殿下。

无移时,只见蔡京、童贯、杨戬、高俅四个,一班儿跪下,俯伏奏道:"今有宋江统领兵马,征讨田虎,逗遛不进,终日饮酒,伏乞皇上治罪。"李逵听了这句话,那把无明火高举三千丈,按纳不住,搭两斧抢上前,一斧一个,劈下头来,大叫道:"皇帝你不要听那贼臣的说话。我宋哥哥连破了三个城池,现今屯兵盖州,就要出兵,如何恁般欺诳?"众文武见杀了四个大臣,都要来捉李逵。李逵搭两斧叫道:"敢来捉我,把那四个做样!"众人因此不敢动手。李逵大笑道:"痛快!快当!那四个贼臣今日才得了当,我去报与宋哥哥知道。"大踏步离了宫殿。猛可的又见一座山,看那山时,却是适才遇见秀士的所在。那秀士兀是立在山坡前,又迎将上来笑道:"将军此游得意否?"李逵道:"好教大哥得知,适才被俺杀了四个贼臣。"那秀士笑道:"原来如此!我原在汾、沁之间,近日偶游于此,知将军等心存忠义,我还有紧要说话与将军说。目今宋先锋征讨田虎,我有十字要诀,可擒田虎。将军须牢牢记着,传与宋先锋知道。"便对李逵念道:"要夷田虎族,须谐琼矢镞(琼英,武艺精熟,与没羽箭张清一样可以手飞石子,百发百中,人称琼矢镞)。"一连念了五六遍。李逵听他说得有理,便依着他温念这十个字。那秀士又向树林中指道:"那边有一个年老的婆婆在林中坐地。"李逵才转身看时,已不见了那个秀士。李逵道:"他恁地去得快!我且到林子里去看,是甚么人。"抢入林子来,果然有个婆子坐着。李逵近前看时,却原来是铁牛的老娘,呆呆地闭着眼,坐在青石上。李逵向前抱住道:"娘呀!你一向在那里吃苦?铁牛只道被虎吃了,今日却在这里!"娘道:"吾儿,我原不曾被虎吃。"李逵哭着说道:"铁牛今日受了招安,真个做了官。宋哥哥大兵现屯扎城中,铁牛背娘到城中去。"正在那里说,猛可的一声响亮,林子里跳出一个斑斓猛虎,吼了一声,把尾一剪,向前直扑下来。慌的李逵搭板斧,望虎砍去,用力太猛,双斧劈个空,一交扑去,却扑在宜春圃雨香亭酒桌上。

宋江与众兄弟追论往日之事,正说到浓深处。初时见李逵伏在桌上打盹,也不在意;猛可听的一声响,却是李逵睡中双手把桌子一拍,碗碟掀翻,溅了两袖羹(gēng,汤)汁,口里兀是嚷道:"娘,大虫走了!"睁开两眼看时,灯烛辉煌,众兄弟团团坐着,还在那里吃酒。李逵道:"啐!原来是梦,却也快当(爽快、快意)!"众人都笑道:"甚么梦?怎般得意!"李逵先说梦见我的老娘,原不曾死,正好说话,却被大虫打断。众人都叹息。李逵再说到杀却奸徒,踢翻桌子,那边鲁智深、武松、石秀听了,都拍手道:"快当!"李逵笑道:"还有快当的哩!"又说到杀了蔡京、童贯、杨戬、高俅四个贼臣。众人拍着手,齐声大叫道:"快当!快当!如此也不枉了做梦!"宋江道:"众兄弟禁声,这是梦中说话,甚么要紧。"李逵正说到兴浓处,揎拳裹袖(伸出拳头,拉起袖子。形容怒气冲冲准备动武的样子。揎,xuān)的说道:"打甚么鸟不禁?真个一生不曾做怎般快畅的事。还有一桩奇异,梦一个秀士对我说甚么'要夷田虎族,须谐琼矢镞'。他说这十个字,乃是破田虎的要诀,教我牢牢记着,传与宋先锋。"宋江、吴用都详解不出。当有安道全听"琼矢镞"三字,正欲启齿说话,张清以目视之,安道全微笑,遂不开口。吴用道:"此梦颇异,雪霁(雪止天晴。霁,jì)便可进兵。"当下酒散歇息,一宿无话。

次日雪霁,宋江升帐,与卢俊义、吴学究计议兵分两路,东西进征。东一路渡壶关,取昭德,由潞城、榆社直抵贼巢之后,却从大谷到临县,会兵合剿。西一路取晋宁,出霍山,取汾阳,由介休、平遥、祁县直抵威胜之西北,合兵临县,取威胜,擒田虎。当下分拨两路将佐:

正先锋宋江管领正偏将佐四十七员:军师吴用、林冲、索超、徐宁、孙立、张清、戴宗、朱仝、樊瑞、李逵、鲁智深、武松、鲍旭、项充、李衮、单廷珪、魏定国、马麟、燕顺、解珍、解宝、宋清、王英、扈三娘、孙新、顾大嫂、凌振、汤隆、李云、刘唐、燕青、孟康、王定六、蔡福、蔡庆、朱贵、裴宣、萧让、蒋敬、乐和、金大坚、安道全、郁保四、皇甫端、侯健、段景住、时迁。河北降将耿恭。

副先锋卢俊义带领正偏将佐四十员：军师朱武、秦明、杨志、黄信、欧鹏、邓飞、雷横、吕方、郭盛、宣赞、郝思文、韩滔、彭玘、穆春、焦挺、郑天寿、杨雄、石秀、邹渊、邹润、张青、孙二娘、李立、陈达、杨春、李忠、孔明、孔亮、杨林、周通、石勇、杜迁、宋万、丁得孙、龚旺、陶宗旺、曹正、薛永、朱富、白胜。

宋江分派已定，再与卢俊义商议道："今从此处分兵，东西征剿，不知贤弟兵取何处？"卢俊义道："主兵遣将，听从哥哥严令，安敢拣择？"宋江道："虽然如此，试看天命。两队分定人数，写成阄子，各拈一处。"当下裴宣写成东西两处阄(jiū)子，宋江、卢俊义焚香祷告，宋江拈起一阄。

只因宋江拈起这个阄来，直教三军队里，再添几个英雄猛将；五龙山前，显出一段奇闻异术。毕竟宋先锋拈着那一处，且听下回分解。

第九十四回

关胜义降三将　李逵莽陷众人

　　话说宋江在盖州分定两队兵马人数，写成阄子，与卢俊义焚香祷告。宋江拈起一个阄子看时，却是东路，卢俊义阄得西路，是不必说，只等雪净起程。留下花荣、董平、施恩、杜兴，拨兵二万，镇守盖州。

　　到初六日吉期，宋江、卢俊义准备起兵。忽报盖州属县阳城、沁水两处军民，累被田虎残害，不得已投顺，今知天兵到来，军民擒缚阳城守将寇孚(fú)、沁水守将陈凯，解赴军前。两县耆老，率领百姓，牵羊担酒，献纳城池。宋先锋大喜，大加赏劳两处军民，给榜抚慰，复为良民。宋先锋以寇孚、陈凯知天兵到此，不速来归顺，着即斩首祭旗，以儆(jǐng，警告)贼人。是日两路大兵，俱出北门，花荣等置酒饯送。宋江执杯对花荣道："贤弟威振贼军，堪为此城之保障。今此城惟北面受敌，倘有贼兵，当设奇(设奇谋)击之，以丧贼胆，则贼人不敢南窥矣。"花荣等唯唯受命。宋江又执杯对卢俊义道："今日出兵，却得阳城、沁水献俘之喜。二处既平，贤弟可以长驱直抵晋宁，早建大功，生擒贼首田虎，报效朝廷，同享富贵。"卢俊义道："赖兄长之威，两处不战而服。既奉严令，敢不尽心殚力！"宋江又取前日教萧让照依许贯忠图画另写成一轴，付与卢俊义收置备用。当下正先锋宋江传令拨兵三队：林冲、索超、徐宁、张清领兵一万为前队；孙立、朱仝、燕顺、马麟、单廷珪、魏定国、汤隆、李云领兵一万为后队；宋江与吴用统领其余将佐，领兵三万为中军。三队共军兵五万，望东北进发。副先锋卢俊义辞了宋江、花荣等，管领四十员将佐，军兵五万，望西北进征。

花荣、董平、施恩、杜兴饯别(准备酒食为人送行。饯，jiàn)宋江、卢俊义入城。花荣传令，于城北五里外，扎两个营寨，施恩、杜兴各领兵五千，设强弓硬弩，并诸般火器，屯扎以当敌锋；又于东西两路，设奇兵埋伏，不题。其高平自有史进、穆弘，陵川自有李应、柴进，卫州自有公孙一清、关胜、呼延灼，各各守御。看官牢记话头。

且说宋先锋三队人马，离盖州行三十余里。宋江在马上遥见前面有座山岭，多样时，渐近山下，却在马首之右。宋江观看那山形势，比他山又是不同。但见：

万迭流岚鳞次密，数峰连峤雁成行。

岭颠崖石如城郭，插天云木绕苍苍。

宋江正在观看山景，忽见李逵上前用手指道："哥哥，此山光景，与前日梦中无异。"宋江即唤降将耿恭问道："你在此久，必知此山来历。若依许贯忠图上，房山在州城东，当叫做天池岭。"李逵道："梦中那秀士，正是说天池岭，我却忘了。"耿恭道："此山果是天池岭，其颠石崖如城郭一般，昔人避兵之处。近来土人(当地人)说此岭有灵异，夜间石崖中往往有红光照耀；又有樵者到崖畔，有异香扑鼻。"宋江听罢，便道："如此却符合李逵的梦。"是日兵行六十里安营，于路无话。不则一日，来到壶关之南，离关五里下寨。

却说壶关原在山之东麓(东部山脚。麓，lù)，山形似壶，汉时始置关于此，因此叫做壶关。山东有抱犊山，与壶关山麓(山脚下)相连。壶关正在两山之中，离昭德城南八十里外，乃昭德之险隘。上有田虎手下猛将八员，精兵三万镇守。那八员猛将是谁？山士奇、陆辉、史定、吴成、仲良、云宗武、伍肃、竺敬。

却说山士奇原是沁州富户子弟，膂力过人，好使枪棒。因杀人惧罪，遂投田虎部下，拒敌有功，伪受兵马都监之职。惯使一条四十斤重浑铁棍，武艺精熟。田虎闻朝廷差宋江等兵马前来，特差他到昭德，挑选精兵一万，协同陆辉等镇守壶关。彼处一应调遣，俱得便宜行事,不必奏闻。

山士奇到壶关,知盖州失守,料宋兵必来取关,日日厉兵秣马,准备迎敌。忽报宋兵已到关南五里外扎营。士奇整点马军一万,同史定、竺敬、仲良各各披挂上马,领兵出关迎敌,与宋兵对阵。两边列成阵势,用强弓硬弩,射住阵脚。两阵里花腔鼍鼓擂,杂彩绣旗摇。北阵门旗开处,一将立马当先。看他怎生结束?

> 风翅明盔稳戴,鱼鳞铠甲重披。锦红袍上织花枝,狮蛮带琼瑶密砌。纯纲铁棍紧挺,青毛鬉马频嘶。壶关新到大将军,山都监士奇便是。

山士奇高叫:"水洼草寇,敢来侵犯我边疆!"那边豹子头林冲骤马出阵,喝道:"助虐匹夫,天兵到来,兀是抗拒!"拈矛纵马,直抢士奇。二将抢到垓心,两军呐喊,二骑相交,四条臂膊纵横,八只马蹄撩乱,斗经五十余合,不分胜负,林冲暗暗喝采。竺敬见士奇不能取胜,拍马飞刀助战,那边没羽箭张清飞马接住。四骑马在阵前两对儿厮杀。张清与竺敬斗至二十余合,张清力怯,拍马便走。竺敬骤马赶来,张清带住花枪,向锦袋内取一石子,扭过身躯,觑定_(看准)竺敬面门,一石子飞去,喝声道:"着!"正中竺敬鼻凹,翻身落马,鲜血迸流。张清回马拈枪来刺,北阵里史定、仲良双出,死救得脱。关上见打翻一将,恐士奇有失,遂鸣金收兵。宋江亦令鸣金收兵回寨,与吴用商议道:"今日打翻一员贼将,少挫锐气。我见山势险峻,关形壮固,用何良策,可破此关?"林冲道:"来日扣关搦战,一定要杀却那个贼将,众兄弟进力冲杀上去。"吴用道:"将军不可造次!孙武子云:'不可胜者,守也;可胜者,攻也。'谓敌未可胜,则我当自守;彼敌可胜,则攻之尔。"宋江道:"军师之言甚善。"

次日,林冲、张清来禀宋先锋,要领兵搦战_(挑战。搦,nuò)。宋江分付道:"纵使战胜,亦不得轻易上关。"再令徐宁、索超领兵接应。当下林冲、张清领五千军马,在关下摇旗擂鼓,辱骂搦战,从辰至午,关上不见动静。林冲与张清却待要回寨,猛听的关内一声炮响,关门开处，山士奇同伍肃、史定、吴成、仲良领兵二万，冲杀下来。林冲对张清道："贼人乘我之疲，我等努力向前。"后队索超、徐宁领兵一齐上前。两边列阵，更不打话，寻对厮杀。林冲斗伍肃。士奇出马，张清拈梨花枪接住。吴成、史定双出，索超挥斧跃马，力敌二将。当下两军迭声呐喊，七骑马在征尘影里，杀气丛中，灯影般捉对儿厮杀。正斗到酣闹处，豹子头林冲大喝一声，只一矛将伍肃戳下马来。吴成、史定两个战索超，兀是力怯，见那边伍肃落马，史定急卖个破绽，拍马望本阵奔去。吴成见史定败阵，隔开斧要走，被索超挥斧砍为两段。山士奇见折了二将，拨马回阵。张清赶上，手起一石子，打着脑后头盔，铿然有声，惊的士奇伏鞍而走。仲良急领兵进关，被林冲等驱兵冲杀过来，北军大败。山士奇领兵乱窜入关，闭门不迭。林冲等直杀至关下，被关上矢石打射下来，因此不能得入。林冲左臂早中一矢，收兵回寨。宋江令安道全疗治林冲箭疮，幸的甲厚，不致伤重，不在话下。

　　且说山士奇进关，计点军士，折去二千余名，又折了二将。对众商议，一面差人往威胜晋王处，说宋江等兵强将猛，难以抵敌，乞添差良将镇守，庶保无虞；一面密约抱犊山守将唐斌、文仲容、崔埜(yě,"野"的古字)，领精兵悄地出抱犊之东，抄宋兵之后。约定日期，放炮为号。"我这里领兵出关，冲杀下来，两路夹攻，必获全胜。"当下计议已定，坚守关隘，只等唐斌处消息不题。

　　再说宋先锋见壶关险阻，急切不能破，相拒半月有余，正在帐中纳闷，忽报卫州关将军差人驰书到来，内有机密事情。宋江与吴用连忙拆开观看，书中说："抱犊山寨主唐斌，原是蒲东军官。为人勇敢刚直，素与关某结义。被势豪陷害，唐斌忿怒，杀死仇家，官府追捕紧急。那时自蒲东南下，欲投梁山，路经此山被劫。当下唐斌与本山头目文仲容、崔埜争斗，文、崔二人都不能赢他，因此请唐斌上山，让他为寨主。旧年因田虎侵夺壶关，要他降顺，唐斌本意不肯，后见势孤，勉强降顺。却只在本山住扎，为壶关犄角，以备南兵。近闻关某镇守卫州,新岁元旦,唐斌单骑潜至卫州,诉说向来衷曲。他久慕兄长忠义,本欲归顺天朝,投降兄长麾下,建功赎罪。关某单骑同唐斌到抱犊山,见文仲容、崔埜二人爽亮,毫无猥琐之态。二人亦欲归顺,密约相机献关,以为进身之资。"宋江详悉来书,与吴用计议,按兵不动,只看关内动静,然后策应(从不同方面对敌作战,以与友军呼应)。

却说山士奇差人密约唐斌悄地出兵,军人回报:"目今月明如昼,待月晦(谓月尽,多指农历每月的最后一日)进兵,务使敌人不觉为妙。"士奇道:"也见得是。"一连过了十几日,宋军也不来攻打,忽报唐斌领数骑从抱犊山侧驰至关内。须臾,唐斌到关,参见山士奇。唐斌道:"今夜三更,文仲容、崔埜领兵一万,潜出抱犊山之东,人披软战,马摘銮铃,黎明必到宋兵寨后,这里可速准备出关接应。"士奇喜道:"两路夹击,宋兵必败!"士奇置酒管待。至暮,唐斌上关探望道:"奇怪,星光下,却像关外有人哨探的。"一头说,便向亲随军士箭壶中取两枝箭,望关外射去。也是此关合破,关外真个有几个军卒,奉宋先锋将令,在黑影里潜探关中消息。唐斌那枝箭可可地射着一个军卒右股,但射的股肉疼痛,却似无箭镞的。军士怪异,取箭细看,原来有许多绢帛,紧紧缠缚着箭镞。军卒知有别情,飞奔至寨中,报知宋先锋。宋江在灯烛之下,拆开看时,内有蝇头细字几行,却是唐斌密约:"次日黎明献关,有文仲容、崔埜领兵潜至先锋寨后,只等炮响,关内杀出接应。那时唐斌在彼,乘机夺关。宋先锋乞速准备进关。"宋江看罢,与吴用密议准备。吴用道:"关将军料无差误。然敌兵出我之后,不可不做准备。当令孙立、朱仝、单廷珪、魏定国、燕顺领兵一万,卷旗息鼓,潜往寨后。如遇文、崔二将兵到,勿令彼遽(jù,赶快)逼营寨,直待我兵已得此关,听放轰天子母号炮,方可容他近前。再令徐宁、索超领兵五千,潜往寨东埋伏;林冲、张清领兵五千,潜往寨西埋伏。只听寨内炮响,两路齐出接应,合兵冲杀上关。万一我兵中彼奸计,即来救应。"宋江道:"军师筹画甚善!"当下依议传令,众将遵守,准备去了。

　　再说山士奇在关内得唐斌消息，专听宋兵寨后炮声。候至天明，忽听得关南连珠炮响，唐斌同士奇上关眺望，见宋军寨后尘起，旌旗错乱。唐斌道："此必义、崔二将兵到，可速出关接应！"山士奇同史定领精兵一万，先出关冲杀，令唐斌、陆辉领兵一万，随后策应，却令竺敬、仲良住扎关上。当下宋兵见关上冲出兵来，望后急退。山士奇当先驱兵卷杀过来，猛听的一声炮响，宋兵左右，撞出两彪军马，杀奔前来。唐斌见宋兵两队杀出，急回马领兵抢上关来，横矛立马于门外。山士奇、史定正在分头厮杀，宋寨中又一声炮响，李逵、鲍旭、项充、李衮领标枪牌手，滚杀过来。山士奇知有准备，急招兵回马上关。关前一将，立马大叫道："唐斌在此，壶关已属宋朝，山士奇可速下马投降！"手起一矛，早把竺敬戳死。山士奇大惊，罔知所措，领数十骑，望西抵死冲突去了。林冲、张清要夺关隘，也不来追赶，领兵杀上关来。那时李逵等步兵轻捷，已抢上关，即放号炮，同唐斌赶杀把关军士，夺了壶关。仲良被乱兵所杀。关外史定被徐宁搠翻。北兵四散逃窜，弃下盔甲马匹无数，杀死二千余人，生擒五百余名，降者甚众。

　　须臾，宋先锋等大兵次第入关，唐斌下马，拜见宋江道："唐某犯罪，闻先锋仁义，那时欲奔投大寨，只因无个门路，不获拜识尊颜。今天假其便，使唐某得随鞭镫（马鞭和马镫。这里是麾下、左右的意思。镫，dèng），实满平生之愿。"说罢，又拜。宋江答礼不迭，慌忙扶起道："将军归顺朝廷，同宋某荡平叛逆，宋某回朝，保奏天子，自当优叙。"次后孙立等众将，与同文仲容、崔埜，领两路兵马，屯扎关外听令。宋江传令文、崔二将入关相见。孙立等统领兵马，且屯扎关外。文仲容、崔埜进关参拜宋先锋道："文某、崔某有缘，得侍麾下，愿效犬马。"宋江大喜道："将军等同赚此关，功勋不小。宋某于功绩簿上，一一标记明白。"即令设宴，与唐斌等三人庆贺。一面计点关内外军士，新降兵二万余人，获战马一千余匹。众将都来献功。

　　宋先锋赏劳将佐军兵已毕。宋江问唐斌，昭德关中兵将多寡。

唐斌道:"城内原有三万兵马,山士奇选出一万守关,今城中兵马尚有二万,正偏将佐共十员。"那十员乃是:孙琪、叶声、金鼎、黄钺、冷宁、戴美、翁奎、杨春、牛庚、蔡泽。

唐斌又道:"田虎恃壶关为昭德屏障,壶关已破,田虎失一臂矣。唐某不才,愿为前部去打昭德。"当下陵川降将耿恭愿同唐斌为前部,宋江依允。少顷,宋江对文仲容、崔埜道:"两位素居抱犊山,知彼情形,威风久著。宋某欲令二位管令本部人马,仍往抱犊屯扎,以当一面。待宋某打破昭德,那时请将军相会,不知二位意下如何?"文仲容、崔埜同声答道:"先锋之令,安敢不遵?"当下酒罢,文、崔辞别宋先锋,往抱犊去了。

次日,宋先锋升帐,令戴宗往晋宁卢先锋处探听军情,速来回报。戴宗遵令起程不题。宋江与吴用计议,分拨军马,攻打昭德。唐斌、耿恭领兵一万,攻打东门;索超、张清领兵一万,攻打南门;却空着西门,防威胜救兵至,恐内外冲突不便。又令李逵、鲍旭、项充、李衮领步兵五百为游兵,往来接应;令孙立、朱仝、燕顺领兵进关,同樊瑞、马麟管领兵马,镇守壶关。分拨已定,宋先锋与吴学究统领其余将佐,拔寨起行,离昭德城南十里下寨,不题。

话分两头。却说威胜伪省院官,接得壶关守将山士奇及晋宁田彪告急申文,奏知田虎,说宋兵势大,壶关、晋宁两处危急。田虎升殿,与众人计议,发兵救援。只见班部中闪出一个人,首戴黄冠,身披鹤氅,上前奏道:"臣启大王,臣愿往壶关退敌。"那人姓乔,单名个冽字。其先原是陕西泾原人。其母怀孕,梦豺入室,后化为鹿,梦觉产冽。那乔冽八岁好使枪弄棒,偶游崆峒山(山名。在今甘肃平凉市西。相传是黄帝问道于广成子之所。崆峒,kōngtóng),遇异人传授幻术,能呼风唤雨,驾雾腾云。也曾往九宫县二仙山访道,罗真人不肯接见,令道童传命,对乔冽说:"你攻于外道,不悟玄微,待你遇德魔降,然后见我。"乔冽艴然(恼怒貌。艴,fú)而返,自恃有术,游浪不羁。因他多幻术,人都称他做幻魔君。后来到安定州。本州亢阳(指旱灾。亢,kàng),五个月雨无涓滴(水点,极少的水),州官出榜:"如有祈至雨泽者,给信赏钱三千贯。"乔冽揭榜上坛,甘霖大澍(shù,及时的雨)。州官见雨足,把这信赏钱不在意了。也是乔冽合当有事,本处有个歪学究,姓何名才,与本州库吏最密,当下探知此事,他便撺掇库吏,把信赏钱大半孝顺州官,其余侵来入己。何才与库吏借贷,也括得些儿油水。库吏却将三贯钱把与乔冽道:"你有恁般高术,要这钱也没用头。我这里正项钱粮,兀自起解(地方政府将钱、粮等物解送上级政府)不足,东挪西撮(东拼西凑。撮,cuō)。你这项信赏钱,依着我,权且存置库内,日后要用,却来陆续支取。"乔冽听了,大怒道:"信赏钱原是本州富户协助的,你如何恣意侵克?库藏粮饷,都是民脂民膏,你只顾侵来肥己,买笑追欢,败坏了国家许多大事。打死你这污滥腌臜,也与库藏除一蠹(dù,蛀蚀器物的虫子,比喻侵蚀或消耗国家财富的人或事)!"提起拳头,劈脸便打。那库吏是酒色淘虚的人,更兼身体肥胖,未动手先是气喘,那里架隔得住。当下被乔冽拳头脚踢,痛打一顿,狼狈而归,卧床四五日,呜呼哀哉,伤重而死。库吏妻孥(指妻子和儿女。孥,nú,子女)在本州投了状词。州官也七分猜着,是因信赏钱弄出这事来。押纸公文,差人勾捉凶身乔冽对问。

乔冽探知此事,连夜逃回泾原收拾,同母离家,逃奔到威胜,更名改姓,扮做全真,把冽字改做清字,起个法号,叫做道清。未几,田虎作乱,知道清有术,勾引入伙,捏造妖言,逞弄幻术,煽惑愚民,助田虎侵夺州县。田虎每事靠道清做主,伪封他做护国灵感真人、军师左丞相之职。那时方才出姓,因此都称他做国师乔道清。

当下乔道清启奏田虎,愿部领军马,往壶关拒敌。田虎道:"国师恁般替寡人分忧!"说还未毕,又见殿帅孙安上殿启奏:"臣愿领军马去援晋宁。"田虎加封乔道清、孙安为征南大元帅,各拨兵马二万前去。乔道清又奏道:"壶关危急,臣选轻骑,星驰往救。"田虎大喜,令枢密院分拨兵将,随从乔道清、孙安进征。枢密院得令,选将拨兵,交付二人。乔道清、孙安即日整点军马起程。

那个孙安与乔道清同乡,他也是泾原人。生的身长九尺,腰大八围,颇知韬略,膂力过人,学得一身出色的好武艺,惯使两口镔铁剑。后来为报父仇,杀死二人,因官府追捕紧急,弃家逃走。他素与乔道清交厚,闻知乔道清在田虎手下,遂到威胜,投诉乔道清。道清荐与田虎,拒敌有功,伪受殿帅之职。今日统领十员偏将,军马二万,往救晋宁。那十员偏将是谁? 乃是:梅玉、秦英、金祯、陆清、毕胜、潘迅、杨芳、冯升、胡迈、陆芳。

那十员偏将,都伪授统制之职。当下孙安辞别乔道清,统领军马,望晋宁进发不题。

再说乔道清将二万军马,着团练聂新、冯玘统领,随后自己同四员偏将先行。那四员? 雷震、倪麟、费珍、薛灿。

那四员偏将都伪授总管之职,随着乔道清,管领精兵二千,星夜望昭德进发。不则一日,来到昭德城北十里外,前骑探马来报:“昨日被宋兵打破壶关,目今分兵三路,攻打昭德城池。”乔道清闻报,大怒道:“这厮们恁般无礼! 教他认俺的手段。”领兵飞奔前来。正遇唐斌、耿恭领兵攻打北门。忽报西北上有二千余骑到来,唐斌、耿恭列阵迎敌。乔道清兵马已到,两阵相对,旗鼓相望,南北尚离一箭之地。唐斌、耿恭看见北阵前四员将佐,簇拥着一个先生,立马于红罗宝盖下。那先生怎生模样? 但见:

> 头戴紫金嵌宝鱼尾道冠,身穿皂沿边烈火锦鹤氅,腰系杂色彩丝绦,足穿云头方赤舄(xì,鞋)。仗一口锟铻(kūnwú,古代山名。此山产铁可制刀剑。所以锟铻也代指宝剑)铁古剑,坐一匹雪花银鬃(zōng)马。八字眉碧眼落腮胡,四方口声与钟相似。

那先生马前皂旗上,金写两行十七个大字,乃是“护国灵感真人军师左丞相征南大元帅乔”。耿恭看罢,惊骇道:“这个人利害! ”两军未及交锋,恰遇李逵等五百游兵突至。李逵便欲上前,耿恭道:“此人是晋王手下第一个了得的,会行妖术,最是利害。”李逵道:“俺抢上去砍了那撮鸟,却使甚么鸟术? ”唐斌也说:“将军不可轻敌。”李逵那里肯听,挥板斧冲杀上去,鲍旭、项充、李衮恐李逵有失,领五百团牌标枪手,一齐滚杀过去。那先生呵呵大笑,喝道:"这厮不得狂逞!"不慌不忙,把那口宝剑望空一指,口中念念有词,喝声道:"疾!"好好地白日青天,霎时黑雾漫漫,狂风飒飒,飞土扬尘。更有一团黑气,把李逵等五百余人罩住,却似摄入黑漆皮袋内一般,眼前并无一隙亮光,一毫也动弹不得,耳畔但听的风雨之声,却不知身在何处。任你英雄好汉,不能插翅飞腾。你便火首金刚,怎逃地网天罗;八臂那吒,难脱龙潭虎窟。毕竟李逵等众人危困,生死如何,且听下回分解。

第九十五回

宋公明忠感后土　乔道清术败宋兵

话说黑旋风李逵不听唐斌、耿恭说话,领众将杀过阵去,被乔道清使妖术困住,五百余人都被生擒活捉,不曾走脱半个。耿恭见头势不好,拨马望东,连打两鞭,预先走了。唐斌见李逵等被陷,军兵慌乱,又见耿恭先走,心下寻思道:"乔道清法术利害,倘走不脱时,落得被人耻笑。我闻军士不怯死而灭名,到此地位,怎顾得性命!"唐斌舍命,拈矛纵马,冲杀过来。乔道清见他来得凶猛,连忙捏诀念咒,喝声道:"疾!"就本阵内卷起一阵黄沙,望唐斌扑面飞来。唐斌被沙迷眼目,举手无措,早被军士赶上,把左腿刺了一枪,颠下马来,也被活捉去了。原来北军有例,凡解生擒将佐到来,赏赐倍加,所以众将不曾被害。那时唐斌部下一万人马,都被黄沙迷漫,杀的人亡马倒,星落云散,军士折其大半。

且说林冲、徐宁在东门,听的城南喊杀连天,急领兵来接应。那城中守将孙琪等见是乔道清旗号,连忙开门接应,李逵等已被他捉入城中去了。只见那耿恭同几个败残军卒,跑的气喘急促,鞍歪辔侧,头盔也倒在一边,见了林冲、徐宁,方才把马勒住。林冲、徐宁忙问何处军马,耿恭七颠八倒的说了两句,林冲、徐宁急同耿恭投大寨来,恰遇王英、扈三娘领三百骑哨到,得了这个消息,一同来报知宋先锋。耿恭把李逵等被乔道清擒捉的事,备细说了。宋江闻报大惊,哭道:"李逵等性命休矣!"吴用劝道:"兄长且休烦闷,快理正事。贼人既有妖术,当速往壶关取樊瑞抵敌。"宋江道:"一面去取樊瑞,一面进兵,问那贼道讨李逵等众人。"吴用苦谏不听。

当下宋先锋令吴用统领众将守寨,宋江亲自统领林冲、徐宁、鲁智深、武松、刘唐、汤隆、李云、郁保四八员将佐,军马二万,即刻望昭德城南杀去。索超、张清接着,合兵一处,摇旗擂鼓,呐喊筛锣,杀奔城下来。

却说乔道清进城,升帅府,孙琪等十将参见毕,孙琪等正欲设宴款待,探马忽报宋兵又到。乔道清怒道:"这厮无礼!"对孙琪道:"待我捉了宋江便来。"即上马统领四员偏将、三千军马出城迎敌。宋兵正在列阵搦战,只见城门开处,放下吊桥,门内拥出一彪军来,当先一骑,上面坐着一个先生,正是幻魔君乔道清,仗着宝剑,领军过吊桥。两军相迎,旗鼓相望,各把强弓硬弩射住阵脚,两阵中吹动画角,战鼓齐鸣。宋阵里门旗开处,宋先锋出马,郁保四捧着帅字旗,立于马前,左有林冲、徐宁、鲁智深、刘唐,右有索超、张清、武松、汤隆八员将佐拥护。宋先锋怒气填胸,指着乔道清骂道:"助逆贼道,快放还我几个兄弟及五百余人!略有迟延,拿住你碎尸万段!"道清喝道:"宋江不得无礼!俺便不放还你,看你怎地拿我!"宋江大怒,把鞭梢一指,林冲、徐宁、索超、张清、鲁智深、武松、刘唐一齐冲杀过来。乔道清叩齿作法,捏诀念咒,把剑望西一指,喝声道:"疾!"霎时有无数兵将,从西飞杀过来,早把宋兵冲动。乔道清又把剑望北一指,口中念念有词,喝声道:"疾!"须臾天昏地暗,日色无光,飞砂走石,撼地摇天。林冲等众将正杀上前,只见前面都是黄砂黑气,那里见一个敌军。宋军不战自乱,惊得坐下马乱窜咆哮。林冲等急回马拥护宋江,望北奔走。乔道清招兵掩杀,赶得宋江等军马星落云散,七断八续,呼兄唤弟,觅子寻爷。宋江等忙乱奔走,未及半里之地,前面恁般奇怪,适才兵马来时,好好的平原旷野,却怎么弥弥漫漫,一望都是白浪滔天,天涯无际,却似个东洋大海,就是肋生两翅,也飞不过。后面兵马赶来,眼见得都是个死。鲁智深、武松、刘唐齐声大叫:"难道束手就缚?"三个奋力回身,向北杀来。

猛可地一声霹雳，半空中现出二十余尊金甲神人，把兵器乱打下来，早把鲁智深、武松、刘唐打翻，北军赶上，也被活捉去了。又听的大喊道："宋江下马受缚，免汝一死！"宋江仰天叹道："宋江死不足惜，只是君恩未报，双亲年老，无人奉养；李逵等这几个兄弟，不曾救得。事到如此，只拚一死，免得被擒受辱。"林冲、徐宁、索超、张清、汤隆、李云、郁保四七个头领，拥着宋江，团聚一块，都道："我等愿随兄长，为厉鬼杀贼！"郁保四到如此窘迫慌乱的地位，身上又中了两矢，那面帅字旗兀是挺挺的捧着，紧紧跟随宋先锋，不离尺寸。北军见帅字旗未倒，不敢胡乱上前。

宋江等已掣剑在手，都欲自刎，猛见一个人走向前来，止住众人道："休要如此，众人勿忧。我位尊戊己（代指土），见汝等忠义，特来克那妖水，救汝等归寨。"众将看那人时，生得奇异：头长两块肉角。遍体青黑色，赤发裸形，下体穿条黄裈，左手执一个铃铎。那人就地撮把土，望着那前面海大般白浪滔天的水只一撒，转眼间就现出原来平地，对众人道："汝等应有数日灾厄。今妖水已灭，可速归营，差人到卫州，方可解救。汝等勉力报国！"言讫，化阵旋风，寂然不见。众人惊讶不已，保护宋江投奔南来。行过五六里，忽见尘头起处，又有一彪兵马自南而来，却是吴用同王英、扈三娘、孙新、顾大嫂、解珍、解宝领兵一万，前来接应。宋江对吴用道："不听贤弟之言，险些儿不得相见！"吴用道："且到寨中再说。"众人次第入到寨里，把那兵败被困遇神的事备述。吴用以手加额道："位尊戊己，土神也。兄长忠义，感动后土之神，土能克水。"宋江等方才省悟，望空拜谢。

此时天色将暮，有败残军士逃回，说混乱之中又被昭德城中孙琪、叶声、金鼎、黄钺等开南门领兵掩杀，死者甚众，其余四散逃窜。宋江计点军士，损折万余。吴用对宋江道："贼人会使妖术，连胜两阵，可速用计准备，提防劫寨。况我兵惊恐，凡杯蛇鬼车，风兵草甲，无往非撼志之物。当空着此寨，只将羊蹄点鼓，我等大兵，退十里另扎营寨。"当下宋江传令，大兵退十里。吴学究又教宋先锋传令，须分扎营寨,大寨包小寨,隅落钩连,曲折相对,如李药师六花阵之法。众将遵令。

扎寨方毕,忽报樊瑞奉令从壶关驰到。入寨参见了宋先锋,问知乔道清备细,樊瑞道:"兄长放心,无非是妖术。待樊某明日作法擒他。"吴用道:"他若不来搦战,我这里只按兵不动,待公孙一清到来,再作计校。"宋江便令张清、王英、解珍、解宝,领轻骑五百星夜出关,驰往卫州,接取公孙胜,到此破敌解救。张清等掯扎马匹,辞别宋江去了。当下宋兵深栽鹿角,牢竖栅寨,弓上弦,刀出鞘,带甲枕戈,提铃喝号。宋江等秉烛待旦(等到天明)不题。

再说乔道清用术困住宋江,正待上前擒捉,忽见前面水无涓滴,宋江等已遁(逃跑)去,惊疑不已道:"我这法非同小可,他如何便晓得解破? 想军中必有异人。"当下收兵,同孙琪等入城,升坐帅府。孙琪等一面设宴庆贺。军士将鲁智深、武松、刘唐,又先捉的李逵、鲍旭、项充、李衮、唐斌绑缚解到帐前。孙琪立在乔道清左侧,看见唐斌,便骂道:"反贼,晋王不曾负你。"唐斌喝道:"你们的死期也到了。"乔道清叫众人都说姓名上来。李逵睁圆怪眼,倒竖虎须,挺胸大骂道:"贼道听着! 我是黑爷爷黑旋风李逵。"鲁智深、武松等都由他问,气愤愤的只不开口。乔道清教拿那厮们的军卒上来。无移时,刀斧手将军卒解到。乔道清一一问过,知道他们都是宋兵中勇将,便对众人道:"你们若肯归降,待我奏过晋王,都大大的封你们官爵。"李逵大叫如雷道:"你看老爷辈是甚么样人? 你却放那鸟屁。你要砍黑爷爷,凭你拿去,砍上几百刀,若是黑爷爷皱眉,就不算好汉。"鲁智深、武松、刘唐等齐声骂道:"妖道,你休要做梦! 我这几个兄弟的头可断,这几条铁腿屈不转的。"乔道清大怒,喝教都推出去,斩讫来报。鲁智深呵呵大笑道:"洒家视死如归,今日死得正路。"刀斧手簇拥着众人下去。乔道清心中思想:"我从来不曾见恁般的硬汉,且留着他们,却再理会。"当下乔道清疾忙传令,教军士且把这伙人放转,监禁听候。武松骂道:"腌臜反贼,早早把俺砍了干净!"乔道清低头不语，众军卒把李逵等一行人监禁去了。

乔道清见三昧神水的法不灵，心中已有几个疑虑，只在城中屯扎，探听宋兵的动静。因此两家都按兵不动。一连的过了五六日，聂新、冯玘领大兵已到，入城参见乔道清，尽将兵马收入城中扎住。乔道清见宋兵紧守营寨，不来厮杀，料无别谋。整点军马，统领将佐，同孙琪、戴美、聂新、冯玘等领兵二万，五鼓出城，扎寨城南五龙山，平明进兵。乔道清对孙琪道："今日必要擒捉宋江，恢复壶关。"孙琪道："全赖国师相公法力。"当下乔道清统领军马一万，望宋江大寨杀来。小军探听的实，飞报宋先锋。宋江令樊瑞、单廷珪、魏定国整点军兵，拴缚马匹，准备迎敌。乔道清在高阜处观看宋兵营寨，但见四面八向之有准，前后左右之相救。门户开辟之有法，吸呼联络之有度。

乔道清暗暗喝采，只听的宋寨中一声炮响，寨门开处，拥出一彪军来，两阵里彩旗招动，鼍鼓振天。乔道清下高阜，出到阵前，雷震、倪麟、费珍、薛灿拥护左右。宋阵里旌旗开处，一将纵马出阵，正是混世魔王樊瑞，手仗宝剑，指着乔道清大骂："贼道，怎敢逞凶！"乔道清心中思忖道："此人一定会些法术，我且试他一试。"便对樊瑞喝道："无知败将，敢出秽言！你敢与我比武艺么？"樊瑞道："你要比武艺，上前来吃我一剑！"两军呐喊擂鼓。樊瑞拍马挺剑，直取乔道清。道清跃马挥剑相迎。二剑并举，两魔相斗。起先兀是两骑马绞做一团厮杀，次后各运神通，只见两股黑气，在阵前左旋右转，一往一来的乱滚。两边军士，都看的呆了。樊瑞战到酣处，觑个破绽，望乔道清一剑砍去，只砍个空，险些儿颠下马来。原来乔道清故意卖个破绽，哄樊瑞砍来，自己却使个乌龙蜕骨之法，早已归到阵前，呵呵大笑。樊瑞惶恐归阵。

宋阵左右门旗开处，左边飞出圣水将军单廷珪，领五百步兵，尽是黑旗黑甲，手执团牌标枪、钢叉利刃；右边飞出神火将军魏定国，领五百火军，身穿绛衣，手执火器，前后拥出五十辆火车，车上都装芦苇引火之物。军人背上各拴铁葫芦一个,内藏硫黄焰硝,五色烟药,一齐点着。那两路军兵,左边的乌云卷地,右边的烈火飞腾,一哄冲杀过来,北军惊惧欲退。乔道清喝道:"退后者斩!"右手仗着宝剑,口中念念有词,霎时乌云盖地,风雷大作,降下一阵大块冰雹,望圣水、神火军中乱打下来,霹雳交加,火焰灭绝。众军被冰雹打得星落云散,抱头鼠窜。单廷珪、魏定国吓得魂不附体,举手无措,抵死逃回本阵,圣水、神火将军,以此翻成画饼(形容做样子,没有实效)。

　　须臾,雹散云收,仍是青天白日,地上兀是有如鸡卵似拳头的无数冰块。乔道清看宋军时,打得头损额破,眼瞎鼻歪,踏着冰块,便滑一跌。乔道清扬武耀威高叫道:"宋兵中再有手段高强,神通广大的么?"樊瑞羞忿交集,披发仗剑,立于马上,使尽平生法力,口中念动咒语,只见狂风四起,飞砂走石,天愁地暗,日色无光。樊瑞招动人马,冲杀过来,乔道清笑道:"量你这鸟术,干得甚事!"便也仗剑作法,口中念念有词,只见风尽随着宋军乱滚,半空中又是一声霹雳,无数神兵天将,杀将下来。宋阵中马嘶人喊,乱窜起来。乔道清同四个偏将,纵军掩杀。樊瑞法术不灵,抵当不住,回马便走。

　　北军追赶上来,正在万分危急,猛见宋寨中一道金光射来,把风砂冲散,那些天兵神将,都乱纷纷堕落阵前。众人看时,却是五彩纸剪就的。乔道清见破了神兵法,大展神通,披发仗剑,捏诀念咒,喝声道:"疾!"又使出三昧神水的法来。须臾,有千万道黑气,从壬癸方滚来。只见宋阵中一个先生,骤马出阵,仗口松纹古定剑,口中念念有词,喝声道:"疾!"猛见半空里有许多黄袍神将,飞向北去,把那黑气冲灭。乔道清吃了一惊,手足无措。

　　宋军见这个先生破了妖术,齐声大骂:"乔道清妖贼,如今有手段高强的来了。"乔道清听了这句,羞的彻耳通红,望本阵便退。乔道清生平逞弄神通,今日垂首丧气,正是总教(纵然能)掬(jū,用两手捧)尽三江水,难洗今朝一面羞。毕竟宋阵里破妖术的先生是谁,且听下回分解。

第九十六回

幻魔君术窘五龙山　入云龙兵围百谷岭

　　话说宋阵里破乔道清妖术的那个先生,正是入云龙公孙胜。他在卫州接了宋先锋将令,即同王英、张清、解珍、解宝,星夜赶到军前。入寨参见了宋先锋,恰遇乔道清逞弄妖法,战败樊瑞。那日是二月初八日,干支是戊午,戊属土。当下公孙胜就请天干神将,克破那壬癸水,扫荡妖氛,现出青天白日。宋江、公孙胜两骑马同到阵前,看见乔道清羞惭满面,领军马望南便走。公孙胜对宋江道:"乔道清法败奔走,若放他进城,便深根固蒂。兄长疾忙传令,教徐宁、索超领兵五千,从东路抄至南门,绝住去路。王英、孙新领兵五千,驰往西门截住。如遇乔道清兵败到来,只截住他进城的路,不必与他厮杀。"宋江依计传令,分拨众将遵令去了。

　　此时兀是巳牌(上午九时至十一时)时分,宋江同公孙胜统领林冲、张清、汤隆、李云、扈三娘、顾大嫂七个头领,军马二万,赶杀前来。北将雷震等保护乔道清,且战且走。前面又有军马到来,却是孙琪、聂新领兵接应,合兵一处。刚到五龙山寨,听得后面宋兵鸣锣擂鼓,喊杀连天,飞赶上来。孙琪道:"国师入寨住扎,待孙某等与他决一死战。"乔道清在众将面前夸了口,况且自来行法,不曾遇着对手,今被宋兵追迫,十分羞怒,便对孙琪道:"你们且退后,待我上前拒敌。"即便勒兵列阵,一马当先,雷震等将簇拥左右。乔道清高叫:"水洼草寇,焉得这般欺负人!俺再与你决个胜败。"原来乔道清生长泾原,是极西北地面,与山东道路遥远,不知宋江等众兄弟详细。

当下宋阵里把旗左招右展,一起一伏,列成阵势,两阵相对,吹动画角,战鼓齐鸣。南阵里黄旗磨动(摇动),门旗开处,两骑马出阵。中间马上,坐着山东呼保义及叫雨宋公明;左手马上,坐的是入云龙公孙一清,手中仗剑,指着乔道清说道:"你那学术,都是外道,不闻正法,快下马归顺!"乔道清仔细看时,正是那破法的先生。但见:

　　星冠攒玉、鹤氅缕金。九宫衣服灿云霞,六甲风雷藏宝诀。腰系杂色彩丝绦,手仗松纹古定剑。穿一双云缝赤朝鞋,骑一匹黄鬃昂首马。八字神眉杏子眼,一部掩口落(通"络")腮须。

当下乔道清对公孙胜道:"今日偶尔行法不灵,我如何便降服你?"公孙胜道:"你还敢逞弄那鸟术么?"乔道清喝道:"你也小觑俺,再看俺的法!"乔道清抖擞精神,口中念念有词,把手望费珍一招,只见费珍手中执的那条点钢枪,却似被人劈手一夺的忽地离了手,如腾蛇般飞起,望公孙胜刺来。公孙胜把剑望秦明一指,那条狼牙棍早离了手,迎着钢枪,一往一来,捽风(疾风,旋风。捽,zuó)般在空中相斗。两军迭声喝采。猛可的一声响,两军发喊,空中狼牙棍把枪打落下来,冬的一声,倒插在北军战鼓上,把战鼓搠破。那司战鼓的军士,吓得面如土色。那条狼牙棍,依然复在秦明手中,恰似不曾离手一般,宋军笑得眼花没缝。公孙胜喝道:"你在大匠面前弄斧!"乔道清又捏诀念咒,把手望北一招,喝声道:"疾!"只见北军寨后五龙山凹里,忽的一片黑云飞起,云中现出一条黑龙,张鳞鼓鬣(形容黑龙的气势。鬣,liè,颈上的长毛),飞向前来。公孙胜呵呵大笑,把手也望五龙山一招,只见五龙山凹里,如飞电般掣出一条黄龙,半云半雾,迎住黑龙,空中相斗。乔道清又叫:"青龙快来!"只见山顶上才飞出一条青龙,随后又有白龙飞出,赶上前迎住。两军看得目瞪口呆。乔道清仗剑大叫:"赤龙快出帮助!"须臾,山凹里又腾出一条赤龙,飞舞前来。五条龙向空中乱舞,正按着金、木、水、火、土五行,互生互克,搅做一团。狂风大起,两阵里捧旗的军士,被风卷动,一连颠翻了数十个。公孙胜左手仗剑,右手把麈尾(一种掸尘土、驱蚊蝇的用具。麈,

zhǔ)望空一掷,那麈尾在空中打个滚,化成鸿雁般一只鸟飞起去。须
臾,渐高渐大,扶摇而上,直到九霄空里,化成个大鹏,翼若垂天之
云,望着那五条龙扑击下来。只听得刮剌剌的响,却似青天里打个
霹雳,把那五条龙扑打得鳞散甲飘。原来五龙山有段灵异,山中常
有五色云现。龙神托梦居民,因此起建庙宇,中间供个龙王牌位。
又按五方,塑成青、黄、赤、黑、白五条龙,按方向蟠旋于柱,都是泥塑
金装彩画就的。当下被二人用法遣来相斗,被公孙胜用麈尾化成大
鹏,将五条泥龙搏击的粉碎,望北军头上乱纷纷打将下来。北军发
喊,躲避不迭,被那年久干硬的泥块打得脸破额穿,鲜血迸流,登时
打伤二百余人,军中乱窜。乔道清束手无术,不能解救,半空里落下
个黄泥龙尾,把乔道清劈头一下,险些儿将头打破,把个道冠打瘪。
公孙胜把手一招,大鹏寂然不见,麈尾仍归手中。乔道清再要使妖
术时,被公孙胜运动五雷正法的神通,头上现出一尊金甲神人,大
喝:"乔冽下马受缚!"乔道清口中喃喃呐呐(形容低语不绝。呐,nè)的念
咒,并无一毫儿灵验,慌得乔道清举手无措,拍马望本阵便走。林冲
纵马拈矛赶来,大喝:"妖道休走!"北阵里倪麟提刀跃马接住。雷
震骤马挺戟助战,这里汤隆飞马,使铁瓜锤架住。两军迭声呐喊,四
员将两对儿在阵前厮杀。倪麟与林冲斗过二十余合,不分胜败。林
冲觑个破绽,一矛搠中马腿,那马便倒,把倪麟颠翻下来,被林冲向
心窝胳察的一枪搠死。雷震正与汤隆战到酣处,见倪麟落马,卖个
破绽,拨马便走,被汤隆赶上,把铁瓜锤照顶门一下,连盔带头打碎,
死于马下。宋江将鞭梢一指,张清、李云、扈三娘、顾大嫂一齐冲杀
过来。北军大乱,四散乱窜逃生,杀死者甚众。

　　孙琪、聂新、费珍、薛灿保护乔道清,弃了五龙山寨,领兵欲进昭
德。转过山坡,离城尚有六七里,只听得前面战鼓喧天,喊声大振,
东首小路撞出一彪兵来,当先二将,乃是金枪手徐宁、急先锋索超。
两军未及交锋,昭德城内见城外厮杀,守将戴美、翁奎(kuí)领兵五千,
开南门出城接应,徐宁、索超分头拒敌。索超分兵二千,向北抵敌,

戴美当先,与索超斗十余合,被索超挥金蘸斧,砍为两段。翁奎急领兵入城,索超赶杀上去,杀死北军一百余人,直赶至南门城下,翁奎兵马已进城去了。急拽起吊桥,紧闭城门,城上擂木炮石,如雨般打将下来,索超只得回兵。

再说徐宁领兵三千,拦住北军去路。北军虽是折了一阵,此时尚有二万余人,孙琪、聂新二将敌住徐宁兵马。费珍、薛灿无心恋战,领五千兵马,保护乔道清投西奔走。这里徐宁力敌孙琪、聂新二将,被北军围裹上来,正是寡不敌众,看看围在垓心。却是索超、宋江南北两路兵都到,孙琪、聂新当不得三面攻击。聂新被徐宁一金枪刺中左臂,坠于马下,被人马践踏如泥。孙琪夺路要走,被张清赶上,手起一枪,搠中后心,撞下马来。北兵大败亏输,三万军马,杀死大半。杀得尸横遍野,流血成河,弃下金鼓旗幡、盔甲马匹无数,其余兵马,四散逃走去了。

宋江、公孙胜、林冲、张清、汤隆、李云、扈三娘、顾大嫂与徐宁、索超合兵一处,共得二万五千,闻乔道清同费珍、薛灿领五千兵马,望西逃遁,欲上前追赶。此时已是申牌时分,兵马鏖战(激烈地战斗,竭力苦战。鏖,áo)一日,饥饿困罢。宋先锋正欲收兵回寨食息,忽报军师吴用知宋先锋等兵马鏖战多时,特令樊瑞、单廷珪、魏定国,整点兵马一万,准备火把火炬,前来接应。宋先锋大喜。公孙胜道:“既有这枝军马,兄长同众头领回寨食息,小弟同樊、单、魏三位头领,领兵追赶乔道清,务要降服那厮。”宋江道:“赖贤弟神功,解救灾厄。贤弟远来劳顿,同回大寨歇息了,明日却再理会。乔道清这厮,法破计穷,料无他虞。”公孙胜道:“兄长有所不知。本师罗真人常对小弟说:‘泾原有个乔冽,他有道骨,曾来访道,我暂且拒他,因他魔心正重,亦是下土生灵造恶,杀运未终。他后来魔心渐退,机缘到来,遇德而服。恰有机缘遇汝,汝可点化他,后来亦得了悟玄微,日后亦有用着他处。’小弟在卫州,遵令前来,于路问妖人来历,张将军说降将耿恭知他备细,道是乔道清即泾县乔冽。适才见他的法,与小弟比肩相似,小弟却得本师罗真人传授五雷正法,所以破得他的法。此城叫做昭德,合了本师'遇德魔降'的法语。若放他逃遁,倘此人堕陷魔障,有违本师法旨。此机会不可错过,小弟即刻就领兵追赶,相机(观察当时情况。相,xiàng)降服他。"只一席话,说得宋江心胸豁然,称谢不已。当下同众将统领军马,回营食息。公孙胜同樊瑞、单廷珪、魏定国统领一万军马,追赶乔道清不题。

再说乔道清同费珍、薛灿领败残兵马五千,奔窜到昭德城西,欲从西门进城,猛听得鼓角齐鸣,前面密林后飞出一彪军来,当先二将,乃是矮脚虎王英、小尉迟孙新领五千兵,排开阵势,截住去路。费珍、薛灿抵死冲突。孙新、王英奉公孙一清的令,只不容他进城,却不来赶杀,让他望北去了。城中知乔道清术窘,大败亏输,宋兵势大,惟恐城池有失,紧紧的闭了城门,那里敢出来接应。

无移时,孙新、王英见公孙胜同樊瑞、单廷珪、魏定国领兵飞赶上来。公孙胜道:"两位头领,且到大寨食息,待贫道自去赶他。"孙新、王英依令回寨。此时已是酉牌时分。却说乔道清同费珍、薛灿领败残兵,急急如丧家之狗,忙忙似漏网之鱼,望北奔驰。公孙胜同樊瑞、单廷珪、魏定国领兵一万,随后紧紧追赶。公孙胜高叫道:"乔道清快下马降顺,休得执迷!"乔道清在前面马上高声答道:"人各为其主,你何故逼我太甚?"此时天色已暮,宋兵燃点火炬火把,火光照耀如白昼一般。乔道清回顾左右,止有费珍、薛灿及三十余骑;其余人马,已四散逃窜去了。乔道清欲拔剑自刎(割脖颈),费珍慌忙夺住道:"国师不必如此。"用手向前面一座山指道:"此岭可以藏匿。"乔道清计穷力竭,随同二将驰入山岭。原来昭德城东北,有座百谷岭,相传神农尝百谷处。山中有座神农庙,乔道清同费、薛二将,屯扎神农庙中,手下止有十五六骑。只因公孙胜要降服他,所以容他遁(dùn,逃)入岭中。不然,宋兵赶上,就是一万个乔道清也杀了。

话不絮繁。却说公孙胜知乔道清遁入百谷岭,即将兵马分四路,扎立营寨,将百谷岭四面围住。至二更时分,忽见东西两路火光大起,却是宋先锋回寨,复令林冲、张清各领兵五千,连夜哨探到来。与公孙胜合兵一处,共是二万人马,分头扎寨,围困乔道清不题。

　　且说宋江次日探知乔道清被公孙胜等将兵马围困于百谷岭,即与吴学究计议攻城。传令大兵拔寨起营,到昭德城下。宋江分拨将佐到昭德,围的水泄不通。城中守将叶声等,坚守城池。宋兵一连攻打二日,城尚不破。宋江在城南寨中见攻城不下,十分忧闷,李逵等被陷,不知性命如何,不觉潸然泪下。军师吴用劝道:"兄长不必烦闷,只消用几张纸,此城唾手可得。"宋江忙问道:"军师有何良策?"

　　当下吴学究不慌不忙,迭着两个指头,说出这条计来,有分教,兵不血刃孤城破,将士投戈百姓安。毕竟吴学究说出甚么来,且听下回分解。

第九十七回

陈瑾①谏官升安抚　琼英处女做先锋

话说当下吴用对宋江道："城中军马单弱，前日恃乔道清妖术，今知乔道清败困，外援不至，如何不惊恐。小弟今晨上云梯观望，见守城军士都有惊惧之色。今当乘其惊惧，开以自新之路，明其利害之机，城中必缚将出降，兵不血刃(兵器上没有沾血，谓战事顺利，未经交锋或激战而取得胜利)，此城唾手可得(比喻极易得到或成功。唾，tuò)。"宋江大喜道："军师之谋甚善！"当下计议，写成数十道晓谕的兵檄(xí，官府用以征召或声讨的文书)，其词云：

大宋征北正先锋宋示谕昭德州守城将士军民人等知悉：田虎叛逆，法在必诛，其余胁从，情有可原。守城将士，能反邪归正，改过自新，率领军民，开门降纳，定行保奏朝廷，赦罪录用。如将士怙终不悛(有所恃而终不悔改。怙，hù。悛，quān)，尔等军民，俱系宋朝赤子，速当兴举大义，擒缚将士，归顺天朝。为首的定行重赏，奏请优叙(从优叙功)。如执迷逡巡(qūnxún，拖延、迁延)，城破之日，玉石俱焚，孑遗(残存者、遗民。孑，jié)靡(mí，没)有。特谕。

宋江令军士将晓谕拴缚箭矢，四面射入城中。传令各门稍缓攻击，看城中动静。次日平明，只听得城中呐喊振天，四门竖起降旗，守城偏将金鼎、黄钺聚集军民，杀死副将叶声、牛庚、冷宁，将三个首级悬挂竿首，挑示宋军，牢中放出李逵、鲁智深、武松、刘唐、鲍旭、项

---

① 瑾：guàn。

① 瑾：guàn。

充、李衮、唐斌,俱用轿扛抬,大开城门,拥送出城。军民香花灯烛,
迎接宋兵入城。宋先锋大喜,传谕各门将佐,统领军马,次第入城。
兵不血刃,百姓秋毫无犯,欢声雷动。

宋江到帅府升坐,鲁智深等八人前来参拜道:"哥哥,万分不得
相见了! 今赖兄长威力,复得聚首,恍如梦中。"宋江等众人,俱感泣
泪下。次后,金鼎、黄钺率领翁奎、蔡泽、杨春上前参拜。宋江连忙答
拜,扶起道:"将军等兴举大义,保全生灵,此不世之勋也。"黄钺等道:
"某等不能速来归顺,罪不可逭(罪责不可逃避。逭,huàn)。反蒙先锋厚礼,
真是铭心刻骨,誓死图报! "黄钺等又将鲁智深、李逵等骂贼不屈的
事情,备细陈说。宋江感泣称赞。李逵道:"俺听得说,那贼鸟道在百
谷岭,待俺去砍那撮鸟一百斧,出那口鸟气。"宋江道:"乔道清被一
清兄弟围困百谷岭,欲降伏他。罗真人已有法旨,兄弟不可造次(粗
鲁,轻率)。"鲁智深对李逵道:"兄长之命,安敢不遵? "李逵方才肯住。

当下宋先锋出榜,安抚百姓,赏劳三军将佐,标写公孙胜、金鼎、
黄钺功次。正在料理军务,忽报神行太保戴宗自晋宁回。戴宗入府
参见,宋先锋忙问晋宁消息。戴宗道:"小弟蒙兄长差遣,到晋宁,卢
先锋正在攻打城池。他道:'待卢某克了城池,却好到兄长处报捷。'
故此留小弟在彼,一连住了三四日。晋宁急切攻打不下,到今月初
六日,是夜重雾,咫尺不辨,卢先锋令军士悄地囊土填积城下。至
三更时分,城东北守御稍懈,我兵潜上土囊,攀援登城,杀死守城将
士一十三员。田彪开北门冲突,舍命逃遁,其余牙将俱降。获战马
五千余匹,投降军士二万余人,杀死者甚众。当下卢先锋克了晋宁,
天明雾霁,正在安抚料理,忽报威胜田虎,差殿帅孙安统领将佐十
员,军马二万,前来救援,离城十里下寨。卢先锋即令秦明、杨志、欧
鹏、邓飞领兵出城迎敌,卢先锋亲自领兵接应。当下秦明与孙安战
到五六十合,不分胜负。卢先锋兵到,见孙安勇猛,卢先锋令鸣金收
兵。孙安亦自收兵,各立营寨。卢先锋回寨,说孙安勇猛,只可智
取,不可力敌。次日,分拨军马埋伏,卢先锋亲自出阵,与孙安战到

五十余合，孙安战马忽然前失，把孙安颠下马来。卢先锋喝道：'此非汝战败之罪，快换马来战！'孙安换马，又与卢先锋斗过五十余合，卢先锋佯败奔走，诱孙安赶到林子边，一声炮响，两边伏兵齐出，孙安措手不及，被两边抛出绊马索，将孙安绊倒，众军赶上，连人和马，生擒活捉。北阵里秦英、陆清、姚约三将齐出，救夺孙安，那边杨志、欧鹏、邓飞齐出接住。六骑马捉对儿厮杀，到间深处，只见杨志大喝一声，只一枪，将秦英搠下马来。陆清与欧鹏正斗，被欧鹏卖个破绽，赚陆清一刀砍来，欧鹏把身一闪，陆清砍个空，收刀不迭，被欧鹏照后心一枪刺死。姚约见二人落马，拨马望本阵便走，被邓飞赶上，举铁链当头一下，把姚约连盔透顶，打个粉碎。卢先锋驱兵掩杀，北兵大败，杀死四五千人，北军退十里下寨。我兵得胜进城，众军卒把孙安绑缚解来。卢先锋亲释其缚，待以厚礼，劝孙安归顺天朝。孙安见卢先锋如此意气，情愿降顺。孙安对卢先锋说道：'城外尚有七员将佐，军马一万五千，容孙某出城，招他来降。'卢先锋坦然无疑，放孙安出城。孙安单骑到北寨，说降七将，都来参见卢先锋。卢先锋大喜，置酒管待。孙安说：'某与乔道清同领兵离威胜，乔道清往救壶关。此人素有妖术，恐宋先锋处罹（lí，遭受苦难或不幸）其荼毒（荼，tú，一种苦菜；毒，螫人之虫。比喻毒害，残害）。乔道清与孙某同乡，孙某感将军厚恩，愿往壶关，探听消息，说乔道清归顺。'卢先锋依允，遂令小弟领孙安同来报捷。卢先锋令宣赞、郝思文、吕方、郭盛管领兵马二万，镇守晋宁。卢先锋统领其余将佐，兵马二万，望汾阳进征。戴某昨日于晋宁起程，替孙安也作起神行法。今日于路，已闻得兄长兵围昭德，乔道清被困。比及到城外，又知兄长大兵进城，特来参见哥哥。孙安现在府门外伺候。"

宋江大喜，令戴宗引孙安进见。戴宗遵令，领孙安入府，上前参见。宋江看孙安轩昂魁伟，一表非俗，下阶迎接。孙安纳头便拜道："孙某抗拒大兵，罪该万死！"宋江答拜不迭道："将军反邪归正，与宋某同灭田虎，回朝报奏朝廷，自当录用。"孙安拜谢起立。宋先锋命坐,置酒管待。孙安道:"乔道清妖术利害,今幸公孙先生解破。"宋江道:"公孙一清欲降服他,授以正法。今围困三四日,尚未有降意。"孙安道:"此人与孙某最厚,当说他来降。"当下宋先锋令戴宗同孙安出北门,到公孙胜寨中。相见已毕,戴宗、孙安将来意备细对公孙胜说了。一清大喜,即令孙安入岭,寻觅乔道清。孙安领命,单骑上岭。

却说乔道清与费珍、薛灿,与十五六个军士藏匿在神农庙里,与本庙道人借索些粗粝_(糙米。泛指粗劣的食物。粝,lì)充饥。这庙里止有三个道人,被乔道清等将他累月募化_(化缘)积下的饭来都吃尽了,又见他人众,只得忍气吞声。是日,乔道清听得城中呐喊,便出庙登高崖了望,见城外兵已解围,门内有人马出入,知宋兵已是入城。

正在嗟叹,忽见崖畔树林中走出一个樵者,腰插柯斧_(装柄之斧),将扁担做个拐杖,一步步捱脚儿走上崖来。口中念着个歌儿道:

上山如挽舟,下山如顺流。

挽舟当自戒,顺流常自由。

我今上山者,预为下山谋。

乔道清听了这六句樵歌,心中颇觉恍然,便问道:"你知城中消息么?"樵叟道:"金鼎、黄钺杀了副将叶声,已将城池归顺宋朝。宋江兵不血刃,得了昭德。"乔道清道:"原来如此!"那樵者说罢,转过石崖,望山城后去了。

乔道清又见一人一骑,寻路上岭,渐近庙前。乔道清下崖观看,吃了一惊,原来是殿帅孙安。"他为何便到此处?"孙安下马,上前叙礼毕。乔道清忙问:"殿帅领兵往晋宁,为何独自到此?岭下有许多军马,如何不拦当?"孙安道:"好教兄长得知。"乔道清见孙安不称国师,已有三分疑虑。孙安道:"且到庙中,细细备述。"二人进庙,费珍、薛灿都来相见毕,孙安方把在晋宁被获投降的事,说了一遍。乔道清默然无语。孙安道:"兄长休要狐疑。宋先锋等十分义气,我等投在麾下,归顺天朝,后来亦得个结果。孙某此来,特为兄长。兄长往时曾访罗真人否?"乔道清忙问:"你如何知道?"孙安道:"罗真人不接见兄长,令童子传命,说你后来'遇德魔降',这句话有么?"乔道清连忙答道:"有,有。"孙安道:"破兄长法的这个人,你认得么?"乔道清道:"他是我对头。只知他是宋军中人,却不知道他的来历。"孙安道:"则他便是罗真人徒弟,叫做公孙胜,宋先锋的副军师。这句法语,也是他对小弟说的。此城叫做昭德,兄长法破,可不是合了'遇德魔降'的说话!公孙胜专为真人法旨,要点化你,同归正道,所以将兵马围困,不上山来擒捉。他既法可以胜你,他若要害你,此又何难?兄长不可执迷。"乔道清言下大悟,遂同孙安带领费珍、薛灿下岭,到公孙胜军前。

孙安先入营报知,公孙胜出寨迎接。乔道清入寨,拜伏请罪道:"蒙法师仁爱,为乔某一人致劳大军,乔某之罪益深!"公孙胜大喜,答拜不迭,以宾礼相待。乔道清见公孙胜如此意气,便道:"乔某有眼不识好人,今日得侍法师左右,平生有幸。"公孙胜传令解围,樊瑞等众将,四面拔寨都起。公孙胜率领乔道清、费珍、薛灿入城,参见宋先锋。宋江以礼相待,用好言抚慰。乔道清见宋江谦和,愈加钦服。少顷,樊瑞、单廷珪、魏定国、林冲、张清都到。宋江传令,将军马尽数收入城中屯住。当下宋江置酒庆贺,席间公孙胜对乔道清说:"足下这法,上等不比诸佛菩萨,累劫修来,证入虚空三昧(佛教用语,意思是使心神宁静,去除杂念,专注于一境),自在神通。中等不比蓬莱三十六洞真仙,准几十年抽添水火,换髓移筋,方得超形度世,游戏造化。你不过凭着符咒,袭取一时,盗窃天地之精英,假借鬼神之运用,在佛家谓之金刚禅邪法,在仙家谓之幻术。若认此法便可超凡入圣,岂非毫厘千里之谬!"乔道清听罢,似梦方觉。当下拜公孙胜为师。宋江等听公孙胜说的明白玄妙,都称赞公孙胜的神功道德。当日酒散,一宿无话。

次日,宋江令萧让写表,申奏朝廷,得了晋宁、昭德二府。写书申呈宿太尉报捷,其卫州、晋宁、昭德、盖州、陵川、高平六府州县缺的官,乞太尉择贤能堪任的,奏请速补,更替将领征进。当下萧让书写停当,宋江令戴宗赍捧,即日起程。

戴宗遵令,拴缚行囊包裹,赍捧表文书札,选个轻捷军士跟随,辞别宋先锋,作起神行法,次日便到东京。先往宿太尉府中呈递书札,恰遇宿太尉在府。戴宗在府前,寻得个本府杨虞候,先送了些人事银两,然后把书札相烦转达太尉。杨虞候接书入府。少顷,杨虞候出来唤道:"太尉有钧旨(对帝王将相的命令的敬称。钧, jūn),呼唤头领。"戴宗跟随虞候进府,只见太尉正在厅上坐地,拆书观看。戴宗上前参见。太尉道:"正在紧要的时节,来的恁般凑巧!前日正被蔡京、童贯、高俅在天子面前,劾奏你的哥哥宋先锋复军杀将,丧师辱国,大肆诽谤,欲皇上加罪。天子犹豫不决,却被右正言陈瓘上疏,劾蔡京、童贯、高俅诬陷忠良,排挤善类,说汝等兵马,已渡壶关险隘,乞治蔡京等欺妄之罪。以此忤了蔡太师,寻他罪过。昨日奏过天子说:'陈撰尊尧录,他尊神宗为尧,即寓讪(shàn,诽谤)陛下之意,乞治陈瓘讪上(毁谤在上位者。多指毁谤君王)之罪。'幸的天子不即加罪。今日得汝捷报,不但陈瓘有颜,连我也放下许多忧闷。明日早朝,我将汝奏捷表文上达。"戴宗再拜称谢,出府觅个寓所,安歇听候,不在话下。

且说宿太尉次日早朝入内,道君皇帝在文德殿朝见文武。宿太尉拜舞山呼毕,将宋江捷表奏闻,说宋江等征讨田虎,前后共克复六府州县,今差人赍捧捷表上闻。天子龙颜欣悦。宿元景又奏道:"正言陈瓘撰尊尧录,以先帝神宗为尧,陛下为舜,尊尧何得为罪?陈瓘素刚正不屈,遇事敢言,素有胆略,乞陛下加封陈瓘官爵,敕陈瓘到河北监督兵马,必成大功。"天子准奏,随即降旨:"陈瓘于原官上加升枢密院同知,着他为安抚,统领御营军马二万,前往宋江军前督战,并赍赏赐银两,犒劳将佐军卒。"当下朝散,宿太尉回到私第,唤戴宗打发回书。戴宗已知有了圣旨,拜辞宿太尉,离了东京,作起神行法,次日已到昭德城中。往返东京,刚刚四日。

宋江正在整点兵马,商议进征,见戴宗回来,忙问奏闻消息。戴宗将宿太尉回书呈上。宋江拆开看罢,将书中备细,一一对众头领说知。众人都道:"难得陈安抚恁般肝胆,我们也不枉在这里出力。"

宋江传令,待接了敕旨,然后进征。众将遵令,在城屯住,不在话下。

却说昭德城北潞城县,是本府属县。城中守将池方,探知乔道清围困时,便星夜差人到威胜田虎处申报告急。田虎手下伪省院官接了潞城池方告急申文,正欲奏知田虎,忽报晋宁已失,御弟三大王田彪止逃得性命到此。说言未毕,恰好田彪已到。田彪同省院官入内,拜见田虎。田彪放声大哭说:"宋兵势大,被他打破晋宁城池,杀了儿子田实,臣止逃得性命至此。失地丧师,臣该万死!"说罢又哭。那边省院官又启奏道:"臣适才接得潞城守将池方申文,说乔国师已被宋兵围困,昭德危在旦夕。"

田虎闻奏大惊,会集文武众官,右丞相太师卞祥、枢密官范权、统军大将马灵等,当廷商议:"即日宋江侵夺边界,占了我两座大郡,杀死众多兵将,乔道清已被他围困,汝等如何处置?"当有国舅邬(wū)梨奏道:"主上勿忧!臣受国恩,愿部领军马,克日兴师,前往昭德,务要擒获宋江等众,恢复原夺城池。"那邬梨国舅,原是威胜富户。邬梨入骨好使枪棒,两臂有千斤力气,开的好硬弓,惯使一柄五十斤重泼风大刀。田虎知他幼妹大有姿色,便娶来为妻,遂将邬梨封为枢密,称做国舅。当下邬梨国舅又奏道:"臣幼女琼英,近梦神人教授武艺,觉来便是膂力过人。不但武艺精熟,更有一件神异的手段,手飞石子,打击禽鸟,百发百中,近来人都称他做琼矢镞。臣保奏幼女为先锋,必获成功。"田虎随即降旨,封琼英为郡主。邬梨谢恩方毕,又有统军大将马灵奏道:"臣愿部领军马,往汾阳退敌。"田虎大喜,都赐金印虎牌,赏赐明珠珍宝。邬梨、马灵各拨兵三万,速便起兵前去。

不说马灵统领偏牙将佐军马望汾阳进发,且说邬梨国舅领了王旨兵符,下教场挑选兵马三万,整顿刀枪弓箭,一应器械。归第(回家),领了女将琼英为前部先锋,入内辞别田虎,摆布起身。琼英女领父命,统领军马,径奔昭德来。只因这女将出征,有分教,贞烈女复不共戴天之仇,英雄将成琴瑟伉俪(kànglì,夫妻)之好。毕竟不知女将军怎生搦战,且听下回分解。

第九十八回

张清缘配琼英　吴用计鸩邬梨

话说邬梨国舅,令郡主琼英为先锋,自己统领大军随后。那琼英年方一十六岁,容貌如花的一个处女,原非邬梨亲生的。他本宗姓仇,父名申,祖居汾阳府介休县,地名绵上。那绵上,即春秋时晋文公求介之推不获,以绵上为之田,就是这个绵上。那仇申颇有家资,年已五旬,尚无子嗣。又值丧偶,续娶平遥县宋有烈女儿为继室,生下琼英,年至十岁时,宋有烈身故,宋氏随即同丈夫仇申往奔父丧。那平遥是介休邻县,相去七十余里。宋氏因路远仓卒(仓促),留琼英在家,分付主管叶清夫妇看管伏侍。自己同丈夫行至中途,突出一伙强人,杀了仇申,赶散庄客,将宋氏掳去。庄客逃回,报知叶清。那叶清虽是个主管,倒也有些义气,也会使枪弄棒。妻子安氏,颇是谨慎,当下叶清报知仇家亲族,一面呈报官司,捕捉强人;一面埋葬家主尸首。仇氏亲族,议立本宗一人,承继家业。叶清同妻安氏两口儿,看管小主女琼英。

过了一年有余,值田虎作乱,占了威胜,遣邬梨分兵摽掠,到介休绵上抢劫资财,掳掠男妇,那仇氏嗣子,被乱兵所杀,叶清夫妇及琼英女都被掳去。那邬梨也无子嗣,见琼英眉清目秀,引来见老婆倪氏。那倪氏从未生育的,一见琼英,便十分爱他,却似亲生的一般。琼英从小聪明,百伶百俐,料道在此不能脱生,又举目无亲,见倪氏爱他,便对倪氏说,向邬梨讨了叶清的妻安氏进来,因此安氏得与琼英坐卧不离。那叶清被掳时,他要脱身逃走,却思想:"琼英年幼，家主主母只有这点骨血，我若去了，便不知死活存亡。幸得妻子在彼，倘有机会，同他们脱得患难，家主死在九泉之下，亦是瞑目。"因此只得随顺了邬梨。征战有功，邬梨将安氏给还叶清。安氏自此得出入帅府，传递消息与琼英。邬梨又奏过田虎，封叶清做个总管。

叶清后被邬梨差往石室山，采取木石。部下军士向山冈下指道："此处有块美石，白赛霜雪，一毫瑕疵儿(玉的斑痕)也没有。土人欲采取他，却被一声霹雳，把几个采石的惊死，半晌方醒。因此人都啮指(咬指头。形容极为痛心。啮，niè)相戒，不敢近他。"叶清听说，同军士到冈下看时，众人发声喊，都叫道："奇怪！适才兀是一块白石，却怎么就变做一个妇人的尸骸！"叶清上前仔细观看，恁般奇怪，原来是主母宋氏的尸首，面貌兀是如生，头面破损处，却似坠冈撞死的。叶清惊讶涕泣，正在没理会处，却有本部内一个军卒，他原是田虎手下的马圉(养马的人。圉，yǔ)，当下将宋氏被掳身死的根因，一一备细说道："昔日大王初起兵的时节，在介休地方，掳了这个女子，欲将他做个压寨夫人。那女子哄大王放了绑缚，行到此处，被那女子将身窜下高冈撞死。大王见他撞死，叫我下冈剥了他的衣服首饰。是小的伏侍他上马，又是小的剥他的衣服，面貌认得仔细，千真万真是他。今已三年有余，尸骸(尸骨。骸，hái)如何兀是好好地？"叶清听罢，把那无穷的眼泪，都落在肚里去了，便对军士说："我也认得不错，却是我的旧邻宋老的女儿。"叶清令军士挑土来掩，上前看时，仍旧是块白石。众人十分惊讶叹息，自去干那采石的事。事毕，叶清回到威胜，将田虎杀仇申，掳宋氏，宋氏守节撞死这段事，教安氏密传与琼英知道。

琼英知了这个消息，如万箭攒心，日夜吞声饮泣，珠泪偷弹，思报父母之仇，时刻不忘。从此每夜合眼，便见神人说："你欲报父母之仇，待我教你武艺。"琼英心灵性巧，觉来都是记得，他便悄地拿根杆棒，拴了房门，在房中演习。自此日久，武艺精熟，不觉挨至宣和四年的季冬，琼英一夕，偶尔伏几假寐(打盹儿，打瞌睡)，猛听的一阵风过，便觉异香扑鼻。忽见一个秀士，头带折角巾，引一个绿袍年少将军来,教琼英飞石子打击。那秀士又对琼英说:"我特往高平,请得天捷星到此,教汝异术,救汝离虎窟,报亲仇。此位将军,又是汝宿世姻缘。"琼英听了"宿世姻缘"四字,羞赧(羞愧得脸红。形容非常羞愧。赧,nǎn)无地,忙将袖儿遮脸。才动手,却把桌上剪刀拨动,铿然有声。猛然惊觉,寒月残灯,依然在目,似梦非梦。琼英兀坐,呆想了半晌,方才歇息。

次日,琼英尚记得飞石子的法,便向墙边拣取鸡卵般一块圆石,不知高低,试向卧房脊上的鸱尾(官殿屋脊正脊两端的装饰性构件。外形略如鸱尾,因称。鸱,chī)打去,正打个着,一声响亮,把个鸱尾打的粉碎,乱纷纷抛下地来。却惊动了倪氏,忙来询问。琼英将巧言支吾道:"夜来梦神人说:'汝父有王侯之分,特来教导你的异术武艺,助汝父成功。'适才试将石子飞去,不想正打中了鸱尾。"倪氏惊讶,便将这段话报知邬梨。那邬梨如何肯信,随即唤出琼英询问,便把枪、刀、剑、戟、棍、棒、叉、钯(pá)试他,果然件件精熟。更有飞石子的手段,百发百中。邬梨大惊,想道:"我真个有福分,天赐异人助我。"因此终日教导琼英,驰马试剑。

当下邬梨家中将琼英的手段传出去,哄动了威胜城中人,都称琼英做琼矢镞。此时邬梨欲择佳婿,匹配琼英。琼英对倪氏说道:"若要匹配,只除是一般会打石的。若要配与他人,奴家只是个死。"倪氏对邬梨说了。邬梨见琼英题目太难,把择婿事遂尔停止。今日邬梨想着王侯二字,萌了异心,因此,保奏琼英做先锋,欲乘两家争斗,他于中取事。当下邬梨挑选军兵,拣择将佐,离了威胜。拨精兵五千,令琼英为先锋,自己统领大军,随后进征。

不说邬梨、琼英进兵,却说宋江等在昭德俟候(等候。俟,sì),迎接陈安抚。一连过了十余日,方报陈安抚军马已到。宋江引众将出郭远远迎接,入到昭德府内歇下,权为行军帅府。诸将头目尽来参见,施礼已毕。陈安抚虽是素知宋江等忠义,都无由与宋江觌面(当面,迎面。觌,dí)相会,今日见宋江谦恭仁厚,愈加钦敬,说道:"圣上知先锋屡建奇功,特差下官到此监督,就赍赏赐金银缎匹,车载前来给赏。"宋江等拜谢道:"某等感安抚相公极力保奏,今日得受厚恩,皆出相公之赐。某等上受天子之恩,下感相公之德,宋江等虽肝脑涂地,不能补报。"陈安抚道:"将军早建大功,班师回京,天子必当重用。"宋江再拜称谢道:"请烦安抚相公镇守昭德,小将分兵攻取田虎巢穴,教他首尾不能相顾。"陈安抚道:"下官离京时,已奏过圣上,将近日先锋所得州县,现今缺的府县官员,尽已下该部速行推补,勒限起程,不日便到。"宋江一面将赏赐俵散军将;一面写下军帖,差神行太保戴宗,往各府州县镇守头领处传令,俟新官一到,即行交代,勒兵(带兵。勒,lè)前来听调。到各府州传令已了,再往汾阳探听军情回报。宋江又将河北降将唐斌等功绩申呈陈安抚,就荐举金鼎、黄钺镇守壶关、抱犊,更替孙立、朱仝等将佐前来听用。陈安抚一一依允。

忽有流星探马报将来,说道:"田虎差马灵统领将佐军马,往救汾阳;又差邬梨国舅同琼英郡主,统领将佐从东杀至襄垣了。"宋江听罢,与吴用商议,分拨将佐迎敌。当下降将乔道清说道:"马灵素有妖术,亦会神行法,暗藏金砖打人,百发百中。小道蒙先锋收录,未曾出得气力,愿与吾师公孙一清同到汾阳,说他来降。"宋江大喜,即拨军马二千,与公孙胜、乔道清带领前去。二人辞别宋江,即日领军马起程,望汾阳去了不题。

再说宋江传令索超、徐宁、单廷珪、魏定国、汤隆、唐斌、耿恭统领军马二万,攻取潞城县。再令王英、扈三娘、孙新、顾大嫂领骑兵一千,先行哨探北军虚实。宋江辞了陈安抚,统领吴用、林冲、张清、鲁智深、武松、李逵、鲍旭、樊瑞、项充、李衮、刘唐、解珍、解宝、凌振、裴宣、萧让、宋清、金大坚、安道全、蒋敬、郁保四、王定六、孟康、乐和、段景住、朱贵、皇甫端、侯健、蔡福、蔡庆及新降将孙安,共正偏将佐三十一员,军马三万五千,离了昭德,望北进发。

前队哨探将佐王英等已到襄垣县界、五阴山北,早遇北将叶清、盛本哨探到来。两军相撞,擂鼓摇旗。北将盛本,立马当先。宋阵里王英骤马(纵马)出阵,更不打话,拍马拈枪,直抢盛本。两军呐喊,盛本挺枪纵马迎住。二将斗敌十数合之上,扈三娘拍马舞刀,来助丈夫厮杀。盛本敌二将不过,拨马便走。扈三娘纵马赶上,挥刀把盛本砍翻,撞下马来。王英等驱兵掩杀,叶清不敢抵敌,领兵马急退。宋兵追赶上来,杀死军士五百余人,其余四散逃窜。叶清止领得百余骑,奔至襄垣城南二十里外。琼英军马已到扎寨。

原来叶清于半年前被田虎调来,同主将徐威等镇守襄垣。近日听得琼英领兵为先锋,叶清禀过主将徐威,领本部军马哨探,欲乘机相见主女。徐威又令偏将盛本同去,却好被扈三娘杀了,恰遇琼英兵马。当下叶清入寨,参见主女。见主女长大,虽是个女子,也觉威风凛凛,也像个将军。琼英认得是叶清,叱退左右,对叶清道:"我今日虽离虎窟,手下止有五千人马,父母之仇,如何得报。欲脱身逃遁,倘彼知觉,反罹(lí,遭受)其害。正在踌躇(犹豫),却得汝来。"叶清道:"小人正在思想计策,却无门路。倘有机会,即来报知。"说还未毕,忽报南军将佐领兵追杀到来。琼英披挂上马,领军迎敌。

两军相对,旗鼓相望,两边列成阵势,北阵里门旗开处,当先一骑银鬃马上,坐着个少年美貌的女将。怎生模样? 但见:

金钗插凤,掩映乌云。铠甲披银,光欺(胜过)瑞雪。踏宝镫鞋𪓐(qiào,同"翘")尖红,提画戟手舒嫩玉。柳腰端跨,迭胜带紫色飘摇;玉体轻盈,挑绣袍红霞笼罩。脸堆三月桃花,眉扫初春柳叶。锦袋暗藏打将石,年方二八女将军。

女将马前旗号写的分明:"平南先锋将郡主琼英"。南阵军将看罢,个个喝采。两阵里花腔鼍鼓喧天,杂彩绣旗闭日。矮脚虎王英看见是个美貌女子,骤马出阵,挺枪飞抢琼英,两军呐喊,那琼英拍马拈戟来战。二将斗到十数余合,王矮虎拴不住意马心猿,枪法都乱了。琼英想道:"这厮可恶!"觑个破绽,只一戟,刺中王英左腿。王英两腿蹬空,头盔倒卓,撞下马来。扈三娘看见伤了丈夫,大骂:"贼泼贱小淫妇儿,焉敢无礼!"飞马抢出,来救王英。琼英挺戟,接住厮杀。王英在地挣扎不起,北军拥上,来捉王英,那边孙新、顾大嫂双出,死救回阵。顾大嫂见扈三娘斗琼英不过,使双刀拍马上前助战。三个女将,六条臂膊,四把钢刀,一枝画戟,各在马上相迎着,正如风飘玉屑,雪撒琼花,两阵军士,看得眼也花了。三女将斗到二十余合,琼英望空虚刺一戟,拖戟拨马便走。扈三娘、顾大嫂一齐赶来。琼英左手带住画戟,右手拈石子,将柳腰扭转,星眼斜睃,觑定扈三娘只一石子飞来,正打中右手腕。扈三娘负痛,早撇下一把刀来,拨马便回本阵。顾大嫂见打中扈三娘,撇了琼英,来救扈三娘。琼英勒马赶来,那边孙新大怒,舞双鞭,拍马抢来。未及交锋,早被琼英飞起一石子,珰(dāng)的一声,正打中那熟铜狮子盔。孙新大惊,不敢上前,急回本阵,保护王英、扈三娘,领兵退去。

琼英正欲驱兵追赶,猛听的一声炮响,此时是二月将终天气,只见柳梢旗乱拂,花外马频嘶,山坡后冲出一彪军来,却是林冲、孙安及步军头领李逵等奉宋公明将令,领军接应。两军相撞,擂鼓摇旗,两阵里迭声呐喊。那边豹子头林冲,挺丈八蛇矛,立马当先;这边琼矢镞琼英拈方天画戟,纵马上前。林冲见是个女子,大喝道:"那泼贱,怎敢抗拒天兵!"琼英更不打话,拈戟拍马,直抢林冲。林冲挺矛来斗。两马相交,军器并举,斗无数合,琼英遮拦不住,卖个破绽,虚刺一戟,拨马望东便走。林冲纵马追赶。南阵前孙安看见是琼英旗号,大叫:"林将军不可追赶,恐有暗算。"林冲手段高强,那里肯听,拍马紧紧赶将来。那绿茸茸草地上,八个马蹄翻盏撤钹(形容马蹄腾疾的样子)般,勃剌剌地风团儿也似般走。琼英见林冲赶得至近,把左手虚提画戟,右手便向绣袋中摸出石子,扭回身,觑定林冲面门较近,一石子飞来。林冲眼明手快,将矛柄拨过了石子。琼英见打不着,再拈第二个石子,手起处,真似流星掣电,石子来,吓得鬼哭神惊,又望林冲打来。林冲急躲不迭,打在脸上,鲜血迸流,拖矛回阵。琼英勒马追赶。

孙安正待上前,只见本阵军兵分开条路,中间飞出五百步军,当先是李逵、鲁智深、武松、解珍、解宝五员惯步战的猛将。李逵手搦(nuò,持,握)板斧,直抢过来,大叫:"那婆娘不得无礼!"琼英见他来的凶猛,手拈石子望李逵打去,正中额角。李逵也吃了一惊,幸得皮老骨硬,只打的疼痛,却是不曾破损。琼英见打不倒李逵,跑马入阵。李逵大怒,虎须倒竖,怪眼圆睁,大吼一声,直撞入去。鲁智深、武松、解珍、解宝恐李逵有失,一齐冲杀过来。孙安那里阻当得住?琼英见众人赶来,又一石子,早把解珍打翻在地,解宝、鲁智深、武松急来扶救。这边李逵只顾赶去,琼英见他来得至近,忙飞一石子,又中李逵额角。两次被伤,方才鲜血迸流。李逵终是个铁汉,那绽黑脸上,带着鲜红的血,兀是(仍然)火喇喇地挥双斧,撞入阵中,把北军乱砍。那边孙安见琼英入阵,招兵冲杀过来,恰好邬梨领着徐威等正偏将佐八员,统领大军已到,两边混杀一场。那边鲁智深、武松救了解珍,翻身杀入北阵去了。解宝扶着哥哥,不便厮杀,被北军赶上,撒起绊索,将解珍、解宝双双儿横拖倒拽,捉入阵中去了。步兵大败奔回。却得孙安奋勇鏖战,只一剑,把北将唐显砍下马来。邬梨被孙安手下军卒放冷箭,射中脖项,邬梨翻身落马,徐威等死救上马。

　　琼英众将见邬梨中箭,急鸣金收兵。南面宋军又到,当先马上一将,却是没羽箭张清,在寨中听流星报马说,北阵里有个飞石子的女将,把扈三娘等打伤。张清听报惊异,禀过宋先锋,急披挂上马,领军到此接应,要认那女先锋。那边琼英已是收兵,保护邬梨,转过长林,望襄垣去了。张清立马惆望,有诗为证:

　　　　佳人回马绣旗扬,士卒将军个个忙。

　　　　引入长林人不见,百花丛里隔红妆。

　　当下孙安见解珍、解宝被擒,鲁智深、武松、李逵三人杀入阵去,欲招兵追赶,天色又晚,只得同张清保护林冲,收兵回大寨。

　　宋江正在升帐,令神医安道全看治王英。众将上前看王英时,不止伤足,连头面也磕破。安道全敷治已毕,又来疗治林冲。宋江见说陷了解珍、解宝及李逵等三人,不知下落,十分忧闷。无移时,只见武行者同了李逵,杀得满身血污,入寨来见宋江。武松诉说:"小弟见李逵杀得性起,只顾上前,兄弟帮他厮杀,杀条血路,冲透北军,直至城下。只见北军绑缚着解珍、解宝,欲进城去,被我二人杀死军士,夺了解珍、解宝,被徐威等大军赶来,复夺去解珍、解宝,我二人又杀开一条血路,空手到此。只不见鲁智深。"宋江听说,满眼垂泪,差人四下跟寻探听鲁智深踪迹,又令安道全敷治李逵。此时已是黄昏时分,宋江计点军士,损折三百余名,当下紧闭寨栅,提铃喝号,一宿无话。

次早,军士回报,鲁智深并无影响(消息)。宋江越添忧闷,再差乐和、段景住、朱贵、郁保四各领轻捷军士,分四路寻觅。宋江欲领兵攻城,怎奈头领都被打伤,只得按兵不动。城中紧闭城门,也不来厮杀。一连过了二日,只见郁保四获得奸细一名,解进寨来。孙安看那个人,却认得是北将总管叶清。孙安对宋江道:"某闻此人素有意气,他独自出城,其中必有缘故。"宋江叫军士放了绑缚,唤他上前。叶清望宋江磕头不已道:"某有机密事,乞元帅屏退左右,待叶某备细上陈。"宋江道:"我这里弟兄,通是一般肠肚,但说不妨。"叶清方才说:"城中邬梨,前日在阵上中了药箭,毒发昏乱,城中医人疗治无效。叶某趁此,特借访求医人,出城探听消息。"宋江便问:"前日拿我二将,如何处置了?"叶清道:"小人恐伤二位将军,乘邬梨昏乱,小人假传将令,把二位将军权且监候,如今好好地在那里。"叶清又把仇申夫妇被田虎杀害掳掠及琼英的上项事,备细述了一遍。说罢,悲恸(悲伤痛哭;悲伤。恸,tòng)失声。

宋江见说这段情由,颇觉凄惨。因见叶清是北将,恐有诈谋,正在疑虑,只见安道全上前对宋江道:"真个姻缘天凑,事非偶然!"他便一五一十的说道:"张将军去冬,也梦甚么秀士请他去教一个女子飞石。又对他说,是将军宿世姻缘。张清觉来,痴想成疾。彼时蒙兄长着小同张清住高平疗治他,小弟诊治张清脉息,知道是七情所感,被小弟再三盘问,张将军方肯说出病根,因是手到病痊。今日听叶清这段话,却不是与张将军符合?"宋江听罢,再问降将孙安。孙安答道:"小将颇闻得琼英不是邬梨嫡女。孙某部下牙将杨芳,与邬梨左右相交最密,也知琼英备细。叶清这段话,决无虚伪。"叶清又道:"主女琼英,素有报仇雪耻之志。小人见他在阵上连犯虎威,恐城破之日,玉石俱焚。今日小人冒万死到此,恳求元帅。"吴用听罢,起身熟视叶清一回,便对宋江道:"看他色惨情真,诚义士也!天助兄长成功,天教孝女报仇!"便向宋江附耳低言说道:"我兵虽分三路合剿,倘田虎结连金人,我兵两路受敌。纵使金人不出,田虎计穷(没办法、无计可施),必然降金,似此如何成得荡平之功? 小生正在策划,欲得个内应。今天假其便,有张将军这段姻缘,只除如此如此,田虎首级只在琼英手中。李逵的梦,神人已有预兆。兄长岂不闻'要夷田虎族,须谐琼矢镞'这两句么?"宋江省悟,点头依允,即唤张清、安道全、叶清三人,密语受计。三人领计去了。

却说襄垣守城将士,只见叶清回来,高叫:"快开城门! 我乃邬府偏将叶清,奉差寻访医人全灵、全羽到此。"守城军士,随即到幕府传鼓通报。须臾,传出令箭,放开城门。叶清带领全灵、全羽进城,到了国舅幕府前,里面传出令来,说唤医人进来看治。叶清即同全灵进府。随行军中伏侍的伴当人等,禀知郡主琼英,引全灵到内里参见琼英已毕,直到邬梨卧榻前,只见口内一丝两气。全灵先诊了脉息,外使敷贴之药,内用长托之剂。三日之间,渐渐皮肤红白,饮食渐进。不过五日,疮口虽然未完,饮食复旧。邬梨大喜,教叶清唤医人全灵入府参见。邬梨对全灵说道:"赖足下神术疗治,疮口今渐平复。日后富贵,与汝同享。"全灵拜谢道:"全某鄙术,何足道哉?全某有嫡弟全羽,久随全某在江湖上学得一身武艺,现今随全某在此,修治药饵,求相公提拔。"邬梨传令,教全羽入府参见。邬梨看见全羽一表非俗,心下颇是喜欢,令全羽在府外伺候听用。

全灵、全羽拜谢出府。一连又过了四日,忽报宋江领兵攻城,叶清入府报知邬梨,说宋江等兵强将勇,须是郡主,方可退敌。邬梨闻报,随即带领琼英入教场,整点兵马。只见全羽上演武厅禀道:"蒙恩相令小人伺候听用,今闻兵马临城,小人不才,愿领兵出城,教他片甲不回。"当有总管叶清,假意大怒,对全羽道:"你敢出大言,敢与我比试武艺么?"全羽笑道:"我十八般武艺,自小习学,今日正要与你比试。"叶清来禀邬梨。邬梨依允,付与枪马。二人各绰枪上马,在演武厅前来来往往,番番复复(即反反复复),搅做一团,扭做一块。鞍上人斗人,坐下马斗马,斗了四五十合,不分胜负。

此时琼英在旁侍立,看见全羽面貌,心下惊疑道:"却像那里曾厮见过的,枪法与我一般。"思想一回,猛然省悟道:"梦中教我飞石的,正是这个面庞,不知会飞石也不?"便拈戟骤马近前,将画戟隔开二人。这是琼英恐叶清伤了全羽,却不知叶清已是一路的人。琼英挺戟,直抢全羽,全羽挺枪迎住,两个又斗过五十余合。琼英霍地回马,望演武厅上便走,全羽就势里赶将来。琼英拈取石子,回身觑定全羽肋下空处,只一石子飞来。全羽早已瞧科,将右手一绰,轻轻的接在手中。琼英见他接了石子,心下十分惊异,再取第二个石子飞来。全羽见琼英手起,也将手中接的石子应手飞去。只听的一声响亮,正打中琼英飞来的石子。两个石子,打得雪片般落将下来。

那日城中将士徐威等,俱各分守四门,教场中只有牙将校尉,也有猜疑这个人是奸细,因见郡主琼英是金枝玉叶,也和他比试,又是邬梨部下亲密将佐叶清引进来的,他们如何敢来启齿?眼见得城池不济事了,各人自思随风转舵。也是田虎合败,天褫(chǐ,夺去)邬梨之魄,使他昏暗。当下唤全羽上厅,赐了衣甲马匹,即令全羽领兵二千,出城迎敌。全羽拜谢,遵令出城,杀退宋兵,进城报捷。邬梨大喜。当日赏劳全羽歇息,一宿无话。

次日,宋兵又到,邬梨又令全羽领兵三千,出城迎敌。从辰至午,鏖战多时,被全羽用石打得宋将乱窜奔逃。全羽招兵掩杀,直赶过五阴山,宋江等抵敌不住,退入昭德去了。全羽得胜回兵,进城报捷,邬梨十分欢喜。叶清道:"今日恩主有了此人及郡主琼英,何患

宋兵将猛,何患大事不成!"叶清又说:"郡主前已有愿,只除是一般
会飞石的,方愿匹配。今全将军如此英雄,也不辱了郡主。"当下被
叶清再三撺掇,也是琼英夫妇姻缘凑合,赤绳系定,解拆不开的。邬
梨依允,择吉于三月十六日,备办各项礼仪筵宴,招赘张清为婿。是
日笙歌细乐,锦堆绣簇,筵席酒肴之盛,洞房花烛之美,是不必说。
当下傧相赞礼,全羽与琼英披红挂锦,双双儿交拜神祇,后拜邬梨假
岳丈。鼓乐喧天,异香扑鼻。引入洞房,山盟海誓。全羽在灯下看
那琼英时,与教场内又是不同。有词《元和令》为证:

> 指头嫩似莲塘藕,腰肢弱比章台柳。凌波步处寸金流,桃
> 腮映带翠眉修。今宵灯下一回首,总是玉天仙,涉降巫山岫(xiù,
> 山谷)。

当下全羽、琼英如鱼似水,似漆如胶,又不必说。当夜全羽在
枕上,方把真姓名说出:原来是宋军中正将没羽箭张清;这个医士全
灵,就是神医安道全。琼英也把向来冤苦,备细诉说。两个唧唧哝
哝的说了一夜。

挨了两日,被他两个里应外合,鸩(zhèn,用毒酒害人)死邬梨,密唤徐
威入府议事,也将他杀了,其余军将皆降。张清、琼英下令:城中有
走透消息者,同伍中人并斩;本犯不论军民,皆夷(灭掉)三族。因此水
泄不通。又放出解珍、解宝,同张清、叶清分守四门。安道全同叶清
步下军卒,出城到昭德,报知宋先锋。吴用又令李逵、武松黑夜里保
护圣手书生萧让,到襄垣相见琼英、张清,搜觅邬梨笔迹,假写邬梨
字样,申文书札,令叶清赍领到威胜,报知田虎招赘郡马之事,就于
中相机行事。叶清赍领,辞别张清、琼英,望威胜去了。

再说宋江在昭德城中,才差萧让、安道全去后,又报索超、徐宁
等将攻克潞城,差人来报捷音说:"索超等领兵围潞城,池方坚闭城
门,不敢出来接战。徐宁与众将设计,令军士裸形(裸体。以此羞辱对方的
意思)大骂,激怒城中军士。城中人人欲战,池方不能阻当,开门出战。
北军奋勇,四门杀出,我军且战且退,诱北军四散离城。却被唐斌从

东路领军突出,汤隆从西路引兵撞来。东西二门守城军士闭门不迭,被汤隆、唐斌二将领兵杀入城中,夺了城池。徐宁搠翻了池方,其余将佐,杀的杀了,走的走了,杀死北兵五千余人,夺得战马三千余匹,降服了万余军士。索超等将入城,安抚百姓,特此先来报捷。其余军民户口,库藏金银,另行造册呈报。"宋江闻报大喜,即令申呈陈安抚,并标录索超等功次,赏赐来人。即写军帖,着他回报,待各路兵马到来,一齐进兵。军人望潞城回复去了不题。

却说威胜田虎处伪省院官,见探马络绎来报说:"乔道清、孙安都已降服。"又报:"昭德、潞城已破。"省院官即日奏知田虎。田虎大惊,与众多将佐正在计议,忽报襄垣守城偏将叶清赍领国舅书札到来。田虎即命宣进。

只因这叶清进来,有分教,威胜城中,削平哨聚强徒;武乡县里,活捉谋王反贼。毕竟田虎看了邬梨申文,怎么回答,且听下回分解。

第九十九回

花和尚解脱缘缠井　混江龙水灌太原城

　　话说田虎接得叶清申文,拆开付与近侍识字的:"读与寡人听。"书中说:"臣邬梨招赘全羽为婿。此人十分骁勇(勇猛。骁, xiāo),杀退宋兵,宋江等退守昭德府。臣邬梨即日再令臣女郡主琼英,同全羽,领兵恢复昭德城。谨遣总管叶清报捷,并以婚配事奉闻,乞大王恕臣擅配之罪。"田虎听罢,减了七分忧色,随即传令,封全羽为中兴平南先锋郡马之职,仍令叶清同两个伪指挥使,赍领令旨及花红、锦缎、银两,到襄垣县封赏郡马。叶清拜辞田虎,同两个伪指挥使望襄垣进发不题。

　　却说前日神行太保戴宗,奉宋公明将令,往各府州县,传遍军帖已毕,投汾阳府卢俊义处探听去了。其各府州县新官,陆续已到。各路守城将佐,随即交与新官治理,诸将统领军马,次第都到昭德府。第一队是卫州守将关胜、呼延灼,同壶关守将孙立、朱仝、燕顺、马麟,抱犊山守将文仲容、崔埜,军马到来,入城参见陈安抚、宋江已毕,说:"水军头领李俊探听得潞城已克,即同张横、张顺、阮小二、阮小五、阮小七、童威、童猛,统驾水军船只,自卫河出黄河,由黄河到潞城县东潞水,聚集听调。"当下宋江置酒叙阔。次日,令关胜、呼延灼、文仲容、崔埜领兵马到潞城,传令水军头领李俊等,协同汝等及索超等人马,进兵攻取榆社、大谷等县,抄出威胜州贼巢之后,不得疏虞(有疏忽)!恐贼计穷,投降金人。关胜等遵令去了。次后,陵川县守城将士李应、柴进,高平县守城将士史进、穆弘,盖州守城将士花荣、董平、杜兴、施恩，各各交代与新官，领军马到来，参见已毕，称说花荣等将在盖州镇守，北将山士奇从壶关战败，领了败残军士，纠合浮山县军马来寇盖州，被花荣等两路伏兵齐发，活擒山士奇，杀死二千余人，山士奇遂降。其余军将，四散逃窜。当下花荣等引山士奇另参宋先锋，宋江令置酒接风相叙。宋江等军马，只在昭德城中屯住，佯示惧怕张清、琼英之意，以坚田虎之心，不在话下。

且说卢俊义等已克汾阳府，田豹败走到孝义县，恰遇马灵兵到。那马灵是涿州人，素有妖术。脚踏风火二轮，日行千里，因此人称他做神驹(jū,幼马)子。又有金砖法，打人最是利害，凡上阵时，额上又现出一只妖眼，因此人又称他做小华光。术在乔道清之下。他手下有偏将二员，乃是武能、徐瑾。那二将都学了马灵的妖术。当下马灵与田豹合兵一处，统领武能、徐瑾、索贤、党世隆、凌光、段仁、苗成、陈宣并三万雄兵，到汾阳城北十里外扎寨。南军将佐，连日与马灵等交战不利。卢俊义引兵退入汾阳城中，不敢与他厮杀，只愁北军来攻城池。

正在纳闷，忽有守东门军士飞报将来，说宋先锋特差公孙胜、乔道清，领兵马二千，前来助战。卢俊义忙教开门请进。相见已毕，卢俊义揖公孙胜上坐，乔道清次之，置酒管待。卢俊义诉说："马灵术法利害，被他打伤了雷横、郑天寿、杨雄、石秀、焦挺、邹渊、邹润、龚旺、丁得孙、石勇数员将佐。卢某正在束手无策，却得二位先生到此。"乔道清说道："小道与吾师为此禀过宋先锋，特到此拿他。"说还未毕，只见守城军飞报将来，说马灵领兵杀奔东门来，武能、徐瑾领兵杀至西门，田豹同索贤、党世隆、凌光、段仁领兵杀奔北门来。公孙胜听报，说道："贫道出东门敌马灵，乔贤弟出西门擒武能、徐瑾，卢先锋领兵出北门，迎敌田豹。"卢俊义又教黄信、杨志、欧鹏、邓飞四将统领兵马，助一清先生。当下戴宗闻马灵会神行，也要同公孙胜出去，卢俊义依允。再令陈达、杨春、李忠、周通领兵马助乔先生。卢俊义同秦明、宣赞、郝思文、韩滔、彭玘领兵出南门，迎敌田豹。当日汾阳城外,东西北三面,旗幡蔽日,金鼓振天,同时厮杀。

不说卢俊义、乔道清两路厮杀,且说神驹子马灵领兵摇旗擂鼓,辱骂搦战。只见城门升处,放下吊桥,南军将仏拥出城来,将军马一字儿排开,如长蛇之阵。马灵纵马挺戟大喝道:“你们这伙鸟败汉,可速还俺们的城池!若稍延挨,教你片甲不留!”欧鹏、邓飞两马并出,大喝道:“你的死期到了!”欧鹏拈铁枪,邓飞舞铁链,二人拍马直抢马灵,马灵挺戟来迎。三将斗到十合之上,马灵手取金砖,正欲望欧鹏打来。此时公孙胜已是骤马上前,仗剑作法。那时马灵手起,这边公孙胜把剑一指,猛可的霹雳也似一声响亮,只见红光罩满,公孙胜满剑都是火焰,马灵金砖堕地,就地一滚,即时消灭。公孙胜真个法术通灵,转眼间,南阵将士、军卒、器械,浑身都是火焰,把一个长蛇阵变的火龙相似。马灵金砖法被公孙胜神火克了。公孙胜把麈尾招动,军马首尾合杀拢来,北军大败亏输,杀得星落云散,七断八续,军士三停内折了二停(指损失了三分之二)。马灵战败逃生,幸得会使神行法,脚踏风火二轮,望东飞去。南阵里神行太保戴宗,已是拴缚停当甲马,也作起神行法,手挺朴刀,赶将上去。顷刻间,马灵已去了二十余里,戴宗止行得十六七里,看看望不见马灵了。前面马灵正在飞行,却撞着一个胖大和尚,劈面抢来,把马灵一禅杖打翻,顺手牵羊,早把马灵擒住。

那和尚正在盘问马灵,戴宗早已赶到,只见和尚擒住马灵。戴宗上前看那和尚时,却是花和尚鲁智深。戴宗惊问道:“吾师如何到这里?”鲁智深道:“这里是甚么所在?”戴宗道:“此处是汾阳府城东郭。这个是北将马灵,适被公孙一清在阵上破了妖法,小弟追赶上来。那厮行得快,却被吾师擒住,真个从天而降!”鲁智深笑道:“洒家虽不是天上下来,也在地上出来。”当下二人缚了马灵,三人脚踏实地,径望汾阳府来。戴宗再问鲁智深来历,鲁智深一头走,一头说道:“前日田虎差一个鸟婆娘到襄垣城外厮杀。他也会飞石子,便将许多头领打伤,洒家在阵上杀入去,正要拿那鸟婆娘,不提防茂草丛中藏着一穴。洒家双脚落空，只一交颠下穴去，半晌方到穴底，幸得不曾跌伤。洒家看穴中时旁边又有一穴，透出亮光来。洒家走进去观看，却是奇怪，一般有天有日，亦有村庄房舍。其中人民，也是在那里忙忙的营干，见了洒家，都只是笑。洒家也不去问，也只顾抢入去。过了人烟辏集(集中。辏，còu)的所在，前面静悄悄的旷野，无人居住。洒家行了多时，只见一个草庵，听的庵中木鱼咯咯地响。洒家走进去看时，与洒家一般的一个和尚，盘膝坐地念经。洒家问他的出路，那和尚答道：'来从来处来，去从去处去。'洒家不省那两句话，焦躁起来。那和尚笑道：'你知道这个所在么？'洒家道：'那里知道恁般鸟所在。'那和尚又笑道：'上至非非想，下至无间地，三千大千，世界广远，人莫能知。'又道：'凡人皆有心，有心必有念；地狱天堂，皆生于念。是故三界惟心，万法惟识，一念不生，则六道俱销，轮回斯绝。'洒家听他这段话说得明白，望那和尚唱了个大喏。那和尚大笑道："你一入缘缠井，难出欲迷天，我指示你的去路。'那和尚便领洒家出庵，才走得三五步，便对洒家说道：'从此分手，日后再会。'用手向前指道：'你前去可得神驹。'洒家回头，不见了那和尚，眼前忽的一亮，又是一般景界，却遇着这个人。洒家见他走的蹊跷，被洒家一禅杖打翻，却不知为何已到这里。此处节气，又与昭德府那边不同。桃李只有恁般大叶，却无半朵花蕊。"戴宗笑道："如今已是三月下旬，桃李多落尽了。"鲁智深不肯信，争让(叫嚷)道："如今正是二月下旬，适才落井，只停得一回儿，却怎么便是三月下旬？"戴宗听说，十分惊异。二人押着马灵，一径来到汾阳城。

此时公孙胜已是杀退北军，收兵入城。卢俊义、秦明、宣赞、郝思文、韩滔、彭玘杀了索贤、党世隆、凌光三将，直追田彪、段仁至十里外，杀散北军。田彪同段仁、陈宣、苗成领败残兵，望北去了。卢俊义收兵回城，又遇乔道清破了武能、徐瑾，同陈达、杨春、李忠、周通领兵追赶到来。被南军两路合杀，北兵大败，死者甚众。武能被杨春一大杆刀砍下马来，徐瑾被郝思文刺死，夺获马匹、衣甲、金鼓、鞍辔无数。卢俊义与乔道清合兵一处,奏凯进城。卢俊义刚到府治,只见鲁智深、戴宗将马灵解来。卢俊义大喜,忙问:"鲁智深为何到此?宋哥哥与邬梨那厮厮杀,胜败如何?"鲁智深再将前面堕井及宋江与邬梨交战的事,细述一遍,卢俊义以下诸将,惊讶不已。

　　当下卢俊义亲释马灵之缚。马灵在路上已听了鲁智深这段话,又见卢俊义如此意气,拜伏愿降。卢俊义赏劳三军将士。次日,晋宁府守城将佐,已有新官交代,都到汾阳听用。卢俊义教戴宗、马灵往宋先锋处报捷,即日与副军师朱武计议征进不题。

　　且说马灵传授戴宗日行千里之法,二人一日便到宋先锋军前,入寨参见,备细报捷。宋江听了鲁智深这段话,惊讶喜悦,亲自到陈安抚处参见报捷,不在话下。

　　再说田豹同段仁、陈宣、苗成统领败残军卒,急急如丧家之狗,忙忙似漏网之鱼,到威胜见田虎,哭诉那丧师失地之事。又有伪枢密院官急入内启奏道:"大王,两日流星报马,将羽书(指紧急军事文书)雪片也似报来,说统军大将马灵,已被擒拿。关胜、呼延灼兵马已围榆社县;卢俊义等兵马,已破介休县城池。独有襄垣县邬国舅处,屡有捷音,宋兵不敢正视。"田虎闻报大惊,手足无措。文武多官计议,欲北降金人。当有伪右丞相太师卞祥,叱退多官,启奏道:"宋兵纵有三路,我这威胜万山环列,粮草足支二年,御林卫驾等精兵二十余万。东有武乡,西有沁源二县,各有精兵五万。后有太原县、祈县、临县、大谷县,城池坚固,粮草充足,尚可战守。古语有云:'宁为鸡口,无为牛后(比喻宁在局面小的地方自主,不愿在局面大的地方听人支配。牛后,牛的肛门)。'"田虎踌躇(chóuchú,思量,考虑)未答,又报总管叶清到来。田虎即令召进,叶清拜舞毕,称说:"郡主郡马,屡次斩获,兵威大振,兵马直抵昭德府。正要围城,因邬国舅偶患风寒,不能管摄兵马。乞大王添差良将精兵,协助郡主郡马,恢复昭德府。"当有伪都督范权启奏道:"臣闻郡主郡马甚是骁勇,宋兵不敢正视。若得大王御驾亲征,又有雄兵猛将助他,必成中兴大功。臣愿助太子监国。"田虎准奏。

原来范权之女,有倾国之姿。范权献与田虎,田虎十分宠幸。因此,范权说的,无有不从。今日范权受了叶清重赂,又见宋兵势大,他便乘机卖国。

当下田虎拨付卞祥将佐十员,精兵三万,前往迎敌卢俊义、花荣等兵马。又令伪太尉房学度也统领将佐十员,精兵三万,往榆社迎敌关胜等兵马。田虎亲自统领伪尚书李天锡、郑之瑞、枢密薛时、林昕、都督胡英、唐昌及殿帅、御林护驾教头、团练使、指挥使、将军、校尉等众,挑选精兵十万,择日祭旗兴师,杀牛宰马,犒赏(犒劳赏赐。犒,kào)三军。再传令旨,教兄弟田豹、田彪同都督范权等及文武多官,辅太子田定监国。叶清得了这个消息,密差心腹,星夜驰至襄垣城中,报知张清、琼英。张清令解珍、解宝将绳索悬挂出城,星夜往报宋先锋知会去了。

却说卞祥伺候(备办待用,准备)兵符(调兵遣将用的一种凭证),挑选军马,盘桓了三日,方才统领樊玉明、鱼得源、傅祥、顾恺、寇琛(田虎麾下头领。琛,chēn)、管琰(yǎn)、冯翊、吕振、吉文炳、安士隆等偏牙各项将佐,军马三万,出了威胜州东门。军分两队,前队是樊玉明、鱼得源、冯翊、顾恺,领兵马五千。刚到沁源县,地名绵山,山坡下一座大林,前军却好抹过林子,只听得一棒锣声响处,林子背后山坡脚边,撞出一彪军来。却是宋公明得了张清消息,密差花荣、董平、林冲、史进、杜兴、穆弘领精勇骑兵五千,人披软战,马摘銮铃,星夜疾驰到此。军中一将,骤马当先,两手搭两杆钢枪。此将乃是宋军中第一个惯冲头阵的双枪将董平,大喝道:"来的是那里兵马?不早早受缚,更待何时?"樊玉明大骂:"水洼草寇,何故侵夺俺这里城池?"董平大怒,喝道:"天兵到此,兀是抗拒!"拍马挺双枪,直抢樊玉明。那边樊玉明纵马拈枪来迎。二将斗到二十余合,樊玉明力怯,遮架不住,被董平一枪,刺中咽喉,翻身落马。那边冯翊大怒,挺条浑铁枪,飞马直抢董平。那边小李广花荣,骤马接住厮杀。二将斗到十合之上,花荣拨马,望本阵便走。冯翊纵马赶来,却被花荣带住花枪,拈弓搭箭，扯得那弓满满的，扭转身躯，觑定冯翊较亲，只一箭，正中冯翊面门，头盔倒卓，两脚蹬空，扑通的撞下马来。花荣拨转马，再一枪，结果了性命。董平、林冲、史进、穆弘、杜兴招动兵马，一齐卷杀过来。顾恺早被林冲搠翻。鱼得源堕马，被人马践踏身死。北兵大败亏输，五千军马，杀死大半，其余四散逃窜。花荣等兵士夺了金鼓马匹，追杀北兵，至五里外，却遇卞祥大兵到来。

那卞祥是庄家出身，他两条臂膊有水牛般气力，武艺精熟，乃是贼中上将。当下两军相对，旗鼓相望，两阵里画角齐鸣，鼍鼓迭擂。北将卞祥，立马当先，头顶风翅金盔，身挂鱼鳞银甲，九尺长短身材，三牙掩口髭须，面方肩阔，眉竖眼圆，跨匹冲波战马，提把开山大斧。左右两边，排着傅祥、管琰、寇琛、吕振四个伪统制官，后面又有伪统军、提辖、兵马防御、团练等官，参随在后。队伍军马，十分摆布得整齐。南阵里九纹龙史进骤马出阵，大喝："来将何人？快下马受缚，免污刀斧！"卞祥呵呵大笑道："瓶儿罐儿，也有两个耳朵。你须曾闻得我卞祥的名字么？"史进喝道："助逆匹夫，天兵到此，兀是抗拒！"拍马舞三尖两刃八环刀，直抢卞祥。卞祥也轮大斧来迎。二马相交，两器并举，刀斧纵横，马蹄撩乱，斗到三十余合，不分胜败。这边花荣爱卞祥武艺高强，却不肯放冷箭，只拍马挺枪，上前助战。卞祥力敌二将，又斗了三十余合，不分胜败。北阵中将士恐卞祥有失，急鸣金收兵。花荣、董平见天色已晚，又寡不敌众，也不追赶，亦收兵向南，两军自去十余里扎寨。

是夜南风大作，浓云泼墨，夜半，大雨震雷。此时田虎统领众多官员将佐军马，已离了威胜城池百余里，天晚扎寨。帐中自有随行军中内侍姬妾及范美人在帐中欢宴。是夜也遇了大雨。自此霖雨（连续不断的大雨）一连五日不止，上面张盖的天雨盖都漏，下面又是水渌渌（形容水湿淋漓的样子。渌，lù）的，军士不好炊爨（烧火煮饭。爨，cuàn）立脚，角弓软，箭翎脱，各营军马都在营中兀守，不在话下。

且说索超、徐宁、单廷珪、魏定国、汤隆、唐斌、耿恭等将，接得关胜,呼延灼、文仲容、崔埜陆兵及水军头领李俊等水军船只。众将计议,留单廷珪、魏定国镇守潞城,关胜等将佐水陆并进,船骑同行,打破榆社县,再留索超、汤隆,镇守城池。关胜等众乘胜长驱,势如破竹,又克了大谷县,杀了守城将佐,其余牙将军兵,降者无算。关胜安抚军民,赏劳将士,差人到宋先锋处报捷。次日,关胜等同时也遇了大雨,在城屯扎,不能前进。忽报:"卢先锋留下宣赞、郝思文、吕方、郭盛管领兵马,镇守汾阳府。卢俊义等已克了介休、平遥两县,再留韩滔、彭玘镇守介休县,孔明、孔亮镇守平遥县,卢先锋统领众多将佐军马,现围太原县城池,也因雨阻,不能攻打。"恰好水军头领李俊在城,听了此报,忙对关胜说道:"卢先锋等今遇天雨连绵,流水大至,使三军不得稽留(延迟,停留。稽,jī),倘贼人选死士出城冲击,奈何! 小弟有一计,欲到卢先锋处商议。"关胜依允。

当下混江龙李俊即刻辞了关胜出城,教童威、童猛统管水军船只,自己同了二张、三阮,带领水军二千,戴笠披蓑,冒雨冲风,间道疾驰到卢俊义军前,入寨参见。不及寒温,即与卢俊义密语片响。卢俊义大喜,即随传令军士,冒雨砍木作筏,李俊等分头行事去了,不题。

且说太原城中守城将士张雄伪授殿帅之职,项忠、徐岳伪授都统制之职,这三个人是贼中最好杀的。手下军卒,个个凶残淫暴。城中百姓,受暴虐不过,弃了家产,四散逃亡,十停(十成)中已去了七八停。张雄等今被大兵围困,负固不服。张雄与项忠、徐岳计议,目今天雨,宋兵欲掠无所,水地不利,薪刍(薪柴和草料)既寡,军无稽留之心,急出击之,必获全胜。此时是四月上旬,张雄正欲分兵出四门,冲击宋兵,忽听得四面锣声振响。张雄忙上敌楼望城外时,只见宋军冒雨穿屐(jī,木头鞋,泛指鞋),俱登高阜山冈。张雄正在惊疑,又听得智伯渠边及东西三处,喊声振天,如千军万马狂奔驰骤之声。霎时间,洪波怒涛飞至,却如秋中八月潮汹涌,天上黄河水泻倾。真个是功过智伯城三板,计胜淮阴沙几囊。毕竟不知这水势如何底止,且听下回分解。

第 一 百 回

张清琼英双建功　陈瓘宋江同奏捷

话说太原县城池,被混江龙李俊乘大雨后水势暴涨,同二张、三阮统领水军,约定时刻,分头决引智伯渠及晋水,灌浸太原城池。顷刻间,水势汹涌。但见:

骤然(非常快)飞急水,忽地起洪波。军卒乘木筏冲来,将士驾天潢(作战渡水用的大船)飞至。神号鬼哭,昏昏日色无光;岳撼山崩、浩浩波声若怒。城垣尽倒,窝铺皆休。旗帜随波,不见青红交杂;兵戈泪浪(涌动。泪,gǔ),难排霜雪争叉。僵尸如鱼鳖沉浮,热血与波涛并沸。须臾树木连根起,顷刻榱题(屋椽的端头。通常伸出屋檐,因通称出檐。榱,cuī)贴水飞。

当时城中鼎沸,军民将士见水突至,都是水渌渌的爬墙上屋,攀木抱梁,老弱肥胖的,只好上台上桌。转眼间,连桌凳也浮起来,房屋倾圮(倒塌。圮,pǐ),都做了水中鱼鳖。城外李俊、二张、三阮乘着飞江、天浮,逼近城来,恰与城垣高下相等。军士攀缘上城,各执利刃,砍杀守城士卒。又有军士乘木筏冲来,城垣被冲,无不倾倒。张雄正在城楼上叫苦不迭,被张横、张顺从飞江上城,手执朴刀,喊一声,抢上楼来,一连砍翻了十余个军卒,众人乱窜逃生。张雄躲避不迭,被张横一朴刀砍翻;张顺赶上前肐察(象声词。多形容动刀动枪的声音。肐,gē)的一刀,剁下头来。比及水势四散退去,城内军民,沉溺的,压杀的,已是无数。梁柱门扇、窗棂(即窗格。棂,líng)什物、尸骸顺流壅塞(堵塞。雍,通"壅")南城。城中只有避暑宫乃是北齐神武帝所建,基址高固,当下附近军民一齐抢上去,挨挤践踏,死的也有二千余人。连那高阜(高山。阜,fù,土山)及城垣上,一总所存军民,仅千余人。城外百姓,却得卢先锋密唤里保,传谕居民,预先摆布,锣声一响,即时都上高阜。况城外四散空阔,水势去的快,因此城外百姓,不致湮没。

当下混江龙李俊领水军据了西门;船火儿张横同浪里白跳张顺夺了北门;立地太岁阮小二、短命二郎阮小五占了东门;活阎罗阮小七夺了南门。四门俱竖起宋军旗号。至晚水退,现出平地,李俊等大开城门,请卢先锋等军马入城。城中鸡犬不闻,尸骸山积。虽是张雄等恶贯满盈,李俊这条计策,也忒惨毒了。那千余人,四散的跪在泥水地上,插烛也似磕头乞命。卢俊义查点这伙人中,只有十数个军卒,其余都是百姓。项忠、徐岳爬在帅府后傍屋的大桧树上,见水退,溜将下来,被南军获住,解到卢先锋处。卢俊义教斩首示众。给发本县府库中银两,赈济城内外被水百姓。差人往宋先锋处报捷。一面令军士埋葬尸骸,修筑城垣房屋,召民居住。

不说卢俊义在太原县抚绥(安抚,安定)料理,再说太原未破时,田虎统领十万大军,因雨在铜鞮(春秋晋邑名。在今山西省沁县南。晋平公曾筑铜鞮官于此。鞮,dī)山南屯扎,探马报来,邬国舅病亡,郡主、郡马即退军到襄垣,殡殓(bìnliàn)国舅。田虎大惊,差人在襄垣城中传旨,着琼英在城中镇守,着全羽前来听用,并问为何差往襄垣人役都不来回奏。

次日雨霁,平明(黎明)时分,流星探马飞报将来,说宋江差孙安、马灵领兵前来拒敌。田虎听报,大怒道:"孙安、马灵都受我高官厚禄,今日反叛,情理难容。待寡人亲自去问他。卿等努力,如有擒得二人者,千金赏,万户侯。"当下田虎亲自驱兵向前,与宋兵相对。北军观看宋军旗号,原来是病尉迟孙立、铁笛仙马麟。北阵前金瓜密布,铁斧齐排,剑戟成行,旗幡作队。那九曲飞龙赭黄伞下,玉辔金鞍、银鬃白马上,坐着那个草头大王田虎,出到阵前,亲自监战。南阵后,宋江统领吴用、孙新、顾大嫂、王英、扈三娘、孙立、朱仝、燕顺兵马又到。宋江也亲自督战。

　　田虎闻说是宋江，方欲遣将出阵，擒捉宋江，只听得飞马报道："关胜等连破榆社、大谷两个城池。西路卢俊义军马又打破平遥、介休两县，被他引水灌了太原城池，城中兵将，不留一下。右丞相卞祥扎寨绵山，与花荣等相持，被卢俊义从太原领兵，后面杀来。卞丞相当不得两面夹攻，大败亏输，卞祥被卢俊义活捉过阵去。卢俊义同关胜合兵一处，将沁源县围得铁桶相似。"田虎听罢，大惊无措，忙传令旨，便教收军，退保威胜城内。

　　当下李天锡等押住阵脚，薛时、林昕、胡英、唐昌保护田虎先行。只听的铜鞮山北炮声振响，被宋江密教鲁智深、刘唐、鲍旭、项充、李衮统领精勇步兵，抄出铜鞮山北，分两路杀奔前来。田虎急驱御林军马来战，忽被马灵、孙安领兵马从东铲斜里杀来。马灵脚踏风火二轮，将金砖望北军乱打；孙安挥双剑砍杀。二将领兵，突入北阵，如入无人之境，把北军冲做两截。北军虽有十万之众，被吴用筹画这三路兵马，横冲直撞，纵横乱杀，北军大败，杀得星落云散，七断八续。当下伪尚书李天锡等保护田虎，望东冲杀逃奔，却被鲁智深等领着标枪、团牌、飞刀手冲开血路，杀奔前来；又把李天锡、郑之瑞、薛时、林昕等军马，冲散奔西。田虎手下，虽是御林军马，挑选那最精勇的，他们自来与官军斗敌，从未曾见有恁般凶猛的，今日如何抵当得住！

　　当下田虎左右，只有都督胡英、唐昌、总管叶清及金吾较尉等将，领着五千败残军马，拥护奔逃。正在危急，忽的又有一彪军马从东突至。田虎见了，仰天大叹道："天丧我也（老天不保佑我）！"北军看那彪军马中，当先一个俊庞年少将军，头戴青巾帻，身穿绿战袍，手执梨花枪，坐匹高头雪白卷毛马，旗号上写的分明，乃是"中兴平南先锋郡马全羽"。那时叶清紧随田虎，看了旗号，奏知田虎。田虎传旨，快教郡马救驾。那全郡马近前，下马跪奏道："臣启大王：甲胄（铠甲和头盔。胄，zhòu）在身，不能俯伏（行跪拜之礼），臣该万死。"田虎道："赦卿无罪。"全郡马又奏道："事在危急，奉请大王到襄垣城中，权避敌锋。待臣同郡主杀退宋兵,再请大王到威胜大内,计议良策,恢复基业。"

田虎大喜。传下令旨,即望襄垣进发。全郡马在后面,抵当追赶的兵将。田虎等众,已到襄垣城下,背后喊杀连天,追赶将来。襄垣城上守城将士看见,连忙开城门,放吊桥。胡英引兵在前,军士听见后面赶来,一拥抢进城去,也顾不得甚么大王。胡英刚进得城门,猛听得一声梆子响,两边伏兵齐发,将胡英及三千余人,都赶入陷坑中去,被军士把长枪乱搠,可怜三千余人,不留半个。城中大叫:"田虎要活的!"田虎见城中变起,方知是计,急勒马望北奔走。张清、叶清拍马赶来,田虎那匹好马行得快,张清、叶清领军士追赶不上,已离了一箭之地,只见田虎马前,忽地起阵旋风,风中现出一个女子,大叫道:"奸贼田虎,我仇家夫妇都被汝害了,今日走到那里去?"就女子身旁又起一阵阴风,望田虎劈面滚来,那女子寂然不见。田虎坐下马,忽然惊跃嘶鸣,田虎落马堕地,被张清、叶清赶上,跳下马来,同军士一拥上前擒住。唐昌领众挺枪骤马来救。张清见唐昌抢来,疾忙上马,拈一石子飞来,正中唐昌面门,撞下马去。张清大叫道:"我不是甚么全羽,乃是天朝宋先锋部下没羽箭张清。"那时李逵、武松领五百步兵,从城内抢出来,二人大吼一声,把那殿帅将军、金吾较尉等二千余人杀的星落云散。张清刺杀了唐昌,缚了田虎,簇拥入城,闭了城门,待宋先锋杀退北兵,方可解去。鲁智深追赶到来,见田虎已捉入城去。鲁智深等复向西杀到铜鞮山侧。此时已是酉牌(官府到酉时不再办公而挂出的上写"酉"字的牌子。酉,yǒu,下午五时至七时)时分。

宋江等三路军马与北兵鏖战一日,杀死军士二万余人。北军无主,四面八方,乱窜逃生。范美人及姬妾等项,都被乱兵所杀。李天锡、郑之瑞、薛时、林昕领三万余人,上铜鞮(dī)山据住。宋江领兵四面围困。鲁智深来报,田虎已被张清擒捉。宋江以手加额,忙传将令,差军星夜疾驰到襄垣,教武松等坚闭城门,看守田虎。教张清领兵速到威胜,策应琼英等。

　　原来琼英已奉吴军师密计,同解珍、解宝、乐和、段景住、王定六、郁保四、蔡福、蔡庆带领五千军马,尽着北军旗号,伏于武乡县城外石盘山侧。琼英等探知田虎与我兵厮杀,琼英领众人星夜疾驰到威胜城下。是日天晚,已是暮霞敛彩,新月垂钩,琼英在城下莺声娇啭叫道:"我乃郡主,保护大王到此,快开城门!"当下守城军卒飞报王宫内里。田豹、田彪闻报,上马疾驰到南城,忙上城楼观看,果见赭黄伞下,那匹雕鞍银鬃白马上,坐着大王,马前一个女将,旗上大书"郡主琼英",后面有尚书都督等官远远跟随。只见琼英高声叫道:"胡都督等与宋兵战败,我特保护大王到此。教官员速出城接驾!"田豹等见是田虎,即令开了城门,出城迎接。二人才到马前,只听马上的大王大喝道:"武士与寡人拿下二贼。"军士一拥上前,将二人擒住。田豹、田彪大叫:"我二人无罪!"急要挣扎时,已被军士将绳索绑缚了。原来这个田虎乃是吴用教孙安拣择南军中与田虎一般面貌的一个军卒依着田虎妆束;后面尚书都督,却是解珍、解宝等数人假扮的。当下众人各掣出兵器,王定六、郁保四、蔡福、蔡庆领五百余人,将田豹、田彪连夜解往襄垣去了。城上见捉了田豹、田彪,又见将二人押解向南,情知有诈,急出城来抢时,却被琼英要杀田定,不顾性命,同解珍、解宝一拥抢入城来。守门将士上前来斗敌,被琼英飞石子打去,一连伤了六七个人,解珍、解宝帮助琼英厮杀,城外乐和、段景住急教军士卸下北军打扮,个个是南军号衣,一齐抢入城来,夺了南门。乐和、段景住挺朴刀,领军上城,杀散军士,竖起宋军旗号。城中一时鼎沸起来,尚有许多伪文武官员及王亲国戚等众,急引兵来厮杀。琼英这四千余人深入巢穴,如何抵敌?却得张清领八千余人到来,驱兵入城,见琼英、解珍、解宝与北兵正在鏖战,张清上前飞石,连打四员北将,杀退北军。张清对琼英道:"不该深入重地,又且众寡不敌。"琼英道:"欲报父仇,虽粉骨碎身,亦所不辞!"张清道:"田虎已被我擒捉在襄垣了。"琼英方才喜欢。

正欲引兵出城,也是天厌贼众之恶,又得卢俊义打破沁源城池,统领大兵到来,见了南门旗号,急驱兵马入城,与张清合兵一处,赶杀北军。秦明、杨志、杜迁、宋万领兵夺了东门。欧鹏、邓飞、雷横、杨林夺了西门。黄信、陈达、杨春、周通领兵夺了北门。杨雄、石秀、焦挺、穆春、郑天寿、邹渊、邹润领步兵,大刀阔斧,从王宫前面砍杀入去。龚旺、丁得孙、李立、石勇、陶宗旺领步兵,从后宰门砍杀入去。杀死王宫内院嫔妃、姬妾,内侍人等无算。田定闻变,自刎身死。张清、琼英、张青、孙二娘、唐斌、文仲容、崔埜、耿恭、曹正、薛永、李忠、朱富、时迁、白胜分头去杀伪尚书、伪殿帅、伪枢密以下等众及伪封的王亲国戚等贼徒,正是:

金阶殿下人头滚,玉砌朝门热血喷。

莫道不分玉与石,为庆为殃①心自扪②。

当下宋兵在威胜城中,杀的尸横市井,血满沟渠。卢俊义传令,不得杀害百姓。连忙差人先往宋先锋处报捷。当夜宋兵直闹至五更方息,军将降者甚多。

天明,卢俊义计点将佐,除神机军师朱武在沁源城中镇守外,其余将佐都无伤损。只有降将耿恭,被人马践踏身死。众将都来献功。焦挺将田定死尸驮来,琼英咬牙切齿,拔佩刀割了首级,把他尸骸支解。此时邬梨老婆倪氏已死,琼英寻了叶清妻子安氏,辞别卢俊义,同张清到襄垣,将田虎等押解到宋先锋处。卢俊义正在料理军务,忽有探马报来,说北将房学度将索超、汤隆围困在榆社县。卢俊义即教关胜、秦明、雷横、陈达、杨春、杨林、周通领兵去解救索超等。

次日,宋江已破李天锡等于铜鞮山。一面差人申报陈安抚道:"贼巢已破,贼首已擒,请安抚到威胜城中料理。"宋江统领大兵,已到威胜城外,卢俊义等迎接入城。宋江出榜,安抚百姓。卢俊义将

①为庆为殃:是好是坏。　②扪(mén):按,摸。

卞祥解来。宋江见卞祥状貌魁伟，亲释其缚，以礼相待。卞祥见宋江如此意气，感激归降。

次日，张清、琼英、叶清将田虎、田豹、田彪囚载陷车，解送到来。琼英同了张清，双双的拜见伯伯宋先锋。琼英拜谢王英等昔日冒犯之罪。宋江叫将田虎等监在一边，待大军班师，一同解送东京献俘。即教置酒，与张清、琼英庆贺。当日有威胜属县武乡守城将士方顺等，将军民户口册籍、仓库钱粮，前来献纳。宋江赏劳毕，仍令方顺依旧镇守。宋江在威胜城一连过了两日，探马报到，说关胜等到榆社县，同索超、汤隆内外夹攻，杀了北将房学度。北军死者五千余人，其余军士都降。宋江大喜，对众将道："都赖众兄弟之力，得成平寇之功。"即细细标写众将功劳及张清、琼英擒贼首、捣贼巢的大功。

又过了三四日，关胜兵马方到，又报陈安抚兵马也到了。宋江统领将佐，出郭迎接入城，参见已毕，陈安抚称赞道："将军等五月之内，成不世之功。下官一闻擒捉贼首，先将表文差人马上驰往京师奏凯，朝廷必当重封官爵。"宋江再拜称谢。

次日，琼英来禀，欲往太原石室山，寻觅母亲尸骸埋葬，宋江即命张清、叶清同去，不题。

宋江禀过陈安抚，将田虎宫殿院宇，珠轩翠屋，尽行烧毁。又与陈安抚计议，发仓廪赈济各处遭兵被火居民。修书申呈宿太尉，写表申奏朝廷，差戴宗即日起行。

戴宗擎赍表文书札，赶上陈安抚差的赍奏官，一同入进东京，先到宿太尉府前，依先寻了杨虞候，将书呈递。宿太尉大喜。明日早朝，并陈安抚表文，一同上达天听。道君皇帝龙颜喜悦，敕宋江等料理候代，班师回京，封官受爵。戴宗得了这个消息，即日拜辞宿太尉，离了东京，明日未牌时分，便到威胜城中，报知陈安抚、宋先锋。

陈瓘、宋江一面教把生擒到贼徒伪官等众，除留田虎、田豹、田彪，另行解赴东京，其余从贼，都就威胜市曹斩首施行。所有未收去处，乃是晋宁所属蒲、解等州县。贼役赃官，得知田虎已被擒获，一半逃散,一半自行投首。陈安抚尽皆准首,复为良民。就行出榜去各处招抚,以安百姓。其余随从贼徒,不伤人者,亦准其自首投降,复为乡民,给还产业田园。克复州县已了,各调守御官军,护境安民,不在话下。

再说道君皇帝已降诏敕,差官赍领,到河北谕陈瑾等。次日,临幸武学。百官先集,蔡京于坐上谈兵,众皆拱听。内中却有一官,仰着面孔,看视屋角,不去睬他。蔡京大怒,连忙查问那官员姓名。

正是一人向隅(面对着角落,比喻孤立、孤独或得不到机会而失望。隅,yú),满坐不乐。只因蔡京查这个官员姓名,直教天罡地煞临轸翼(轸宿和翼宿。轸,zhěn),猛将雄兵定楚郢(yǐng,古代楚国的都城)。毕竟蔡京查问那官员是谁,且听下回分解。

第一百一回

谋坟地阴险产逆　蹈春阳妖艳生奸

话说蔡京在武学中查问那不听他谈兵，仰视屋角的这个官员，姓罗名戬(jiǎn)，祖贯云南军达州人，现做武学谕(宋代国子监官职、正九品)。当下蔡京怒气填胸，正欲发作，因天子驾到报来，蔡京遂放下此事，率领百官，迎接圣驾进学，拜舞山呼(大声喊)。道君皇帝讲武已毕，当有武学谕罗戬，不等蔡京开口，上前俯伏，先启奏道："武学谕小臣罗戬，冒万死，谨将淮西强贼王庆造反情形，上达圣聪(圣上的耳朵。敬语)。王庆作乱淮西，五年于兹，官军不能抵敌。童贯、蔡攸奉旨往淮西征讨，全军覆没。惧罪隐匿，欺诳(kuāng，骗)陛下，说军士水土不服，权且罢兵，以致养成大患。王庆势愈猖獗，前月又将臣乡云安军攻破，掳掠淫杀，惨毒不忍言说，通共占据八座军州，八十六个州县。蔡京经体赞元(辅佐皇帝参与大政)，其子蔡攸，如是复军杀将，辱国丧师，今日圣驾未临时，犹俨然上坐谈兵，大言不惭，病狂丧心！乞陛下速诛蔡京等误国贼臣，选将发兵，速行征剿，救生民于涂炭，保社稷以无疆，臣民幸甚！天下幸甚！"道君皇帝闻奏大怒，深责蔡京等隐匿之罪。当被蔡京等巧言宛奏天子，不即加罪，起驾还宫。

次日，又有亳(bó)州太守侯蒙到京听调，上书直言童贯、蔡攸丧师辱国之罪。并荐举："宋江等才略过人，屡建奇功，征辽回来，又定河北，今已奏凯班师。目今王庆猖獗，乞陛下降敕，将宋江等先行褒赏，即着(zhuó，派遣)这支军马征讨淮西，必成大功。"徽宗皇帝准奏，随即降旨下省院，议封宋江等官爵。省院官同蔡京等商议，回奏："王庆打破宛州,昨有禹州、载州、莱县三处申文告急。那三处是东京所属州县,邻近神京,乞陛下敕陈瓘、宋江等,不必班师回京,着他统领军马,星夜驰援(赶奔救援)禹州等处。臣等保举侯蒙为行军参谋。罗戬素有韬略,着他同侯蒙到陈瓘军前听用。宋江等正在征剿,未便升受,待淮西奏凯,另行酌议封赏。"原来蔡京知王庆那里兵强将猛,与童贯、杨戬、高俅计议,故意将侯蒙、罗戬送到陈瓘那里,只等宋江等败绩,侯蒙、罗戬怕他走上天去!那时却不是一网打尽。话不絮繁,却说那四个贼臣的条议,道君皇帝一一准奏,降旨写敕,就着侯蒙、罗戬赍捧诏敕,及领赏赐金银、缎匹、袍服、衣甲、马匹、御酒等物,即日起行,驰往河北,宣谕宋江等。又敕该部将河北新复各府州县所缺正佐官员,速行推补,勒限(强制限期)星驰赴任。道君皇帝剖断政事已毕,复被王黼(fú)、蔡攸二人,劝帝到艮岳(山名。因山在国都之艮位,故名艮岳。在今河南开封城内东北隅。艮,gèn)娱乐去了,不题。

且说侯蒙赍领诏敕及赏赐将士等物,满满的装载三十五车,离了东京,望河北进发。于路无话,不则一日,过了壶关山、昭德府,来到威胜州,离城尚有二十余里,遇着宋兵押解贼首到来。却是宋江先接了班师诏敕,恰遇琼英葬母回来。宋江将琼英母子及叶清贞孝节义的事,擒元凶贼首的功,并乔道清、孙安等降顺天朝,有功员役,都备细写表申奏朝廷。就差张清、琼英、叶清领兵押解贼首先行。当下张清上前,与侯参谋、罗戬相见已毕。张清得了这个消息,差人驰往陈安抚、宋先锋处报闻。陈瓘、宋江率领诸将,出郭迎接。侯蒙等捧赍圣旨入城,摆列龙亭香案。陈安抚及宋江以下诸将,整整齐齐,朝北跪着,装宣喝拜。拜罢,侯蒙面南,立于龙亭之左,将诏书宣读道:

制曰:朕以敬天法祖,缵绍(继承,承袭。缵,zuǎn)洪基(大业。多指世代相表的帝业),惟赖杰宏股肱,赞勷(辅助,协助。勷,通"襄"。勷,ráng)大业。迩(近日)来边庭多儆(警报),国祚(国运。祚,zuò)少宁,尔先锋使宋江等,跋(bá)履山川,逾越险阻,先成平虏之功,次奏静寇之绩,朕实嘉赖。今特差参谋侯蒙,赍捧诏书,给赐安抚陈瓘及宋江、卢俊义等金银、袍缎、名马、衣甲、御酒等物,用彰(表扬)尔功。兹者又因强贼王庆,忏敌淮西,倾覆我城池,芟夷(杀戮。芟,shān)我人民,虔刘(掳掠)我边陲,荡摇我西京,仍敕陈瓘为安抚,宋江为平西都先锋,卢俊义为平西副先锋,侯蒙为行军参谋。诏书到日,即统领军马,星驰先救宛州。尔等将士,协力尽忠,功奏荡平,定行封赏。其三军头目如钦赏未敷(足数,足额),着陈瓘就于河北州县内丰盈库藏中挪撮(挪取。撮,cuō)给赏,造册奏闻。尔其钦哉!特谕。

宣和五年四月　日

　　侯蒙读罢丹诏,陈瓘及宋江等山呼万岁,再拜谢恩已毕。侯蒙取过金银、缎匹等项,依次照名给散:陈安抚及宋江、卢俊义,各黄金五百两,锦缎十表里,锦袍一套,名马一匹,御酒二瓶;吴用等三十四员,各赏白金二百两,彩缎四表里,御酒一瓶;朱武等七十二员,各赐白金一百两,御酒一瓶;余下金银,陈安抚设处凑足,俵散军兵已毕。宋江复令张清、琼英、叶清押解田虎、田豹、田彪,到京师献俘去了。

　　公孙胜来禀,乞兄长修五龙山龙神庙中五条龙像。宋江依允,差匠修塑。

　　宋江差戴宗、马灵往谕各路守城将士,一等新官到来,即行交代,勒兵前来,征剿王庆。宋江又料理了数日,各处新官皆到,诸路守城将佐统领军兵,陆续到来。宋江将钦赏银两,俵散已毕。宋江令萧让、金大坚镌勒(在金石上雕刻文字。多用于表彰人物的功业、事迹。镌,juān)碑石,记叙其事。正值五月五日天中节(端午节),宋江教宋清大排筵席,庆贺太平。请陈安抚上坐,新任太守及侯蒙、罗戬并本州佐贰等官次之;宋江以下,除张清晋京外,其一百单七人,及河北降将乔道清、孙安、卞祥等一十七员,整整齐齐,排坐两边。当下席间,陈瓘、侯蒙、罗戬称赞宋江等功勋。宋江、吴用等感激三位知己,或论朝事,或诉衷曲(心声),觥筹(酒杯)交错,灯烛辉煌,直饮至夜半方散。

次日,宋江与吴用计议,整点兵马,辞别州官,离了威胜,同陈瑾等众望南进发。所过地方,秋毫无犯。百姓香花灯烛,络绎(连续不断)道路,拜谢宋江等剪除贼寇,"我们百姓得再见天日之恩"。

不说宋江等望南征进,再说没羽箭张清同琼英、叶清将陷车囚解田虎等,已到东京,先将宋江书札呈达宿太尉,并送金珠珍玩。宿太尉转达上皇,天子大嘉琼英母子贞孝,降敕特赠琼英母宋氏为介休贞节县君,着彼处有司,建造坊祠,表扬贞节,春秋享祀。封琼英为贞孝宜人,叶清为正排军,钦赏白银五十两,表扬其义。张清复还旧日原职。仍着三人协助宋江,征讨淮西,功成升赏。道君皇帝敕下法司,将反贼田虎、田豹、田彪押赴市曹,凌迟(古代的一种酷刑,零割犯人肉体致其死亡)碎剐(guǎ)。当下琼英带得父母小像,禀过监斩官,将仇申、宋氏小像悬挂法场中,像前摆张桌子,等到午时三刻,田虎开刀碎剐后,琼英将田虎首级摆在桌上,滴血祭奠父母,放声大哭。此时琼英这段事,东京已传遍了,当日观者如堵(比喻人多),见琼英哭得悲怆,无不感泣。琼英祭奠已毕,同张清、叶清望阙(què,指皇宫)谢恩。三人离了东京,径望宛州进发,来助宋江征讨王庆,不在话下。

看官牢记话头,仔细听着,且把王庆自幼至长的事表白出来。那王庆原来是东京开封府内一个副排军。他父亲王砉(xū),是东京大富户,专一打点衙门,撺唆(把持唆使。撺,lā)结讼,放刁把滥,排陷良善,因此人都让他些个。他听信了一个风水先生,看中了一块阴地,当出大贵之子。这块地,就是王砉亲戚人家葬过的,王砉与风水先生设计陷害。王砉出尖,把那家告纸谎状,官司累年,家产荡尽,那家敌王砉不过,离了东京,远方居住。后来王庆造反,三族皆夷,独此家在远方,官府查出是王砉被害,独得保全。王砉夺了那块坟地,葬过父母,妻子怀孕弥月。王砉梦虎入室,蹲踞堂西,忽被狮兽突入,将虎衔去。王砉觉来,老婆便产王庆。那王庆从小浮浪(比喻不务正业),到十六七岁,生得身雄力大,不去读书,专好斗鸡走马,使枪轮棒。那王砉夫妻两口儿单单养得王庆一个,十分爱恤,自来护短,凭他惯了,到得长大,如何拘管得下?王庆赌的是钱儿,宿的是娼儿,吃的是酒儿。王砉夫妇,也是时训诲他,王庆逆性发作,将父母詈骂(骂,用恶语侮辱人。詈,lì)。王砉无可奈何,只索由他。过了六七年,把个家产费得馨尽(全尽无余。馨,qìng,空,尽),单靠着一身本事,在本府充做个副排军。一有钱钞在手,三兄四弟,终日大酒大肉价同吃,若是有些不如意时节,搜出拳头便打。所以众人又惧怕他,又喜欢他。

一日,王庆五更入衙画卯(旧时官署规定卯时开始办公。吏胥差役按时赴官署签到,听候差使,称"画卯"。卯,mǎo,上午五时至七时),干办完了执事,闲步出城南,到玉津圃(pǔ)游玩。此时是徽宗政和六年,仲春天气,游人如蚁,军马如云。正是:

上苑花开堤柳眠,游人队里杂婵娟。

金勒马嘶芳草地,玉楼人醉杏花天。

王庆独自闲耍了一回,向那圃中一颗傍池的垂杨上,将肩胛斜倚着,欲等个相识到来,同去酒肆中吃三杯进城。无移时,只见池北边十来个干办、虞候、伴当、养娘人等,簇着一乘轿子,轿子里面如花似朵的一个年少女子。那女子要看景致,不用竹帘。那王庆好的是女色,见了这般标致的女子,把个魂灵都吊下来,认得那伙干办、虞候是枢密童贯府中人。当下王庆远远地跟着轿子,随了那伙人来到艮岳。那艮岳在京城东北隅(角落),即道君皇帝所筑,奇峰怪石,古木珍禽,亭榭池馆,不可胜数。外面朱垣绯户,如禁门一般,有内相禁军看守,等闲人脚指头儿也不敢蹩(xué)到门前。那簇人歇下轿,养娘扶女子出了轿,径望艮岳门内,袅袅娜娜,妖妖娆娆走进去。那看门禁军内侍,都让开条路,让他走进去了。

原来那女子是童贯之弟童贳(shì)之女,杨戬的外孙。童贯抚养为己女,许配蔡攸之子,却是蔡京的孙儿媳妇了,小名叫做娇秀,年方二八。他禀过童贯,乘天子两日在李师师家娱乐,欲到艮岳游玩。童贯预先分付了禁军人役,因此不敢拦阻。那娇秀进去了两个时辰,兀是不见出来。王庆那厮,呆呆地在外面守着,肚里饥饿,蹩到东街酒店里买些酒肉,忙忙地吃了六七杯,恐怕那女子去了,连帐也不算,向便袋里摸出一块二钱重的银子,丢与店小二道:"少停便来算帐。"王庆再趱到艮岳前,又停了一回,只见那女子同了养娘,轻移莲步_(比喻女子细碎的脚步),走出艮岳来,且不上轿,看那艮岳外面的景致。王庆趱上前去看那女子时,真个标致。有《混江龙》词为证:

> 丰资毓秀,那里个金屋堪收?点樱桃小口,横秋水双眸。若不是昨夜晴开新月皎,怎能得今朝肠断小梁州。芳芬绰约蕙兰俦_(chóu),香飘雅丽芙蓉袖,两下里心猿都被月引花钩。

王庆看到好处,不觉心头撞鹿,骨软筋麻,好便似雪狮子向火,霎时间酥了半边。那娇秀在人丛里,睃_(suō,斜着眼睛看)见王庆的相貌:

> 凤眼浓眉如画,微须白面红颜。顶平额阔满天仓,七尺身材壮健。善会偷香窃玉,惯的卖俏行奸。凝眸呆想立人前,俊俏风流无限。

那娇秀一眼睃着王庆风流,也看上了他。当有干办、虞候喝开众人,养娘扶娇秀上轿,众人簇拥着,转东过西,却到酸枣门外岳庙里来烧香。王庆又跟随到岳庙里,人山人海的,挨挤不开,众人见是童枢密处虞候、干办,都让开条路。那娇秀下轿进香,王庆挨趱上前,却是不能近身,又恐随从人等叱咤,假意与庙祝厮熟,帮他点烛烧香,一双眼不住的溜那娇秀,娇秀也把眼来频睃。原来蔡攸的儿子,生来是憨呆的。那娇秀在家,听得几次媒婆传说是真,日夜叫屈怨恨。今日见了王庆风流俊俏,那小鬼头儿春心也动了。当下童府中一个董虞候,早已瞧科_(看清,察觉),认得排军王庆。董虞候把王庆劈脸一掌打去,喝道:"这个是甚么人家的宅眷!你是开封府一个军健,你好大胆,如何也在这里挨挨挤挤。待俺对相公说了,教你这颗驴头,安不牢在颈上!"王庆那敢则声,抱头鼠窜,奔出庙门来,噀_(xùn,含在口中而喷出)一口唾,叫声道:"碎!我直恁这般呆!癞虾蟆怎想吃天鹅肉!"当晚忍气吞声,惭愧回家。谁知那娇秀回府,倒是日夜思想,厚贿侍婢,反去问那董虞候,教他说王庆的详细。侍婢与一个薛婆子相熟,同他做了马泊六(男女关系的牵线人。泊,bó),悄地勾引王庆从后门进来,人不知,鬼不觉,与娇秀勾搭。王庆那厮,喜出望外,终日饮酒。

光阴荏苒,过了三月,正是乐极生悲。王庆一日吃得烂醉如泥,在本府正排军张斌面前露出马脚,遂将此事彰扬开去,不免吹在童贯耳朵里。童贯大怒,思想要寻罪过摆拨(处置)他,不在话下。

且说王庆因此事发觉,不敢再进童府去了。一日在家闲坐,此时已是五月下旬,天气炎热,王庆掇条板凳放在天井中乘凉,方起身入屋里去拿扇子。只见那条板凳四脚搬动,从天井中走将入来。王庆喝声道:"奇怪!"飞起右脚,向板凳只一脚踢去。王庆叫声道:"阿也苦也!"不踢时,万事皆休,一踢时,迍邅(zhūnzhān,处境不利,困顿)立至。正是天有不测风云,人有旦夕祸福。毕竟王庆踢这板凳为何叫苦起来,且听下回分解。

第一百二回

王庆因奸吃官司　龚端被打师军犯

话说王庆见板凳作怪,用脚去踢那板凳,却是用力太猛,闪朒(扭伤筋络或肌肉。朒,nǜ)了胁肋(肋骨),蹲在地下,只叫:"苦也,苦也!"半响价动弹不得。老婆听的声唤,走出来看时,只见板凳倒在一边,丈夫如此模样,便把王庆脸上打了一掌道:"郎当(不成器的,不中用的)怪物,却终日在外面,不顾家里。今晚才到家里,一回儿又做甚么来?"王庆道:"大嫂不要取笑,我闪朒了胁肋,了不的!"那妇人将王庆扶将起来。王庆勾着老婆的肩胛,摇头咬牙的叫道:"阿也,痛的慌!"那妇人骂道:"浪弟子,鸟歪货,你闲常时,只欢喜使腿牵拳,今日弄出来了。"那妇人自觉这句话说错,将纱衫袖儿掩着口笑。王庆听的"弄出来"三个字,恁般疼痛的时节,也忍不住笑,哈哈的笑起来。那妇人又将王庆打了个耳刮子道:"鸟怪物,你又想了那里去?"当下妇人扶王庆到床上睡了,敲了一碟核桃肉,旋了一壶热酒,递与王庆吃了。他自去拴门户,扑蚊虫,下帐子,与丈夫歇息。王庆因腰胁十分疼痛,那桩儿动弹不得,是不必说。

一宿无话。次早王庆疼痛兀是不止,肚里思想,如何去官府面前声喏答应?挨到午牌时分,被老婆催他出去赎膏药。王庆勉强摆到府衙前,与惯医跌打损伤朝北开铺子卖膏药的钱老儿买了两个膏药,贴在肋上。钱老儿说道:"都排若要好的快,须是吃两服疗伤行血的煎剂。"说罢,便撮了两服药,递与王庆。王庆向便袋里取出一块银子,约摸有钱二三分重,讨张纸儿,包了钱。老儿睃着他包银子,假把脸儿朝着东边。王庆将纸包递来道:"先生莫嫌轻亵(轻慢。亵,xiè),将来买凉瓜啖。"钱老儿道:"都排,朋友家如何计较,这却使不得!"一头还在那里说,那只右手儿已是拽了纸包,揭开药箱盖,把纸包丢下去了。

王庆拿了药,方欲起身,只见府西街上走来一个卖卦先生。头带单纱抹眉头巾,身穿葛布直身,撑着一把遮阴凉伞,伞下挂一个纸招牌儿,大书"先天神数"四字,两旁有十六个小字,写道:"荆南李助,十文一数,字字有准,术胜管辂(三国魏术士。相传其自知寿不过四十七八,年四十八果卒。后人以为才高、不寿,且无贵仕的典型。辂,lù)。"

王庆见是个卖卦的,他已有娇秀这桩事在肚里,又遇着昨日的怪事,他便叫道:"李先生,这里请坐。"那先生道:"尊官有何见教?"口里说着,那双眼睛骨渌渌的把王庆从头上看至脚下。王庆道:"在下欲卜(bǔ,占卜)一数。"李助下了伞,走进膏药铺中,对钱老儿拱手道:"搅扰!"便向单葛布衣袖里摸出个紫檀课筒儿(占卜时用的签筒),开了筒盖,取出一个大定铜钱,递与王庆道:"尊官那边去对天默默地祷告。"王庆接了卦钱,对着炎炎的那轮红日,弯腰唱喏。却是疼痛,弯腰不下,好似那八九十岁老儿,硬着腰,半揖半拱的兜了一兜,仰面立着祷告。那边李助看了,悄地对钱老儿猜说道:"用了先生膏药,一定好的快,想是打伤的。"钱老道:"他见甚么板凳作怪,踢闪了腰肋。适才走来,说话也是气喘,贴了我两个膏药,如今腰也弯得下了。"李助道:"我说是个闪肭的模样。"王庆祷告已毕,将钱递与李助。那李助问了王庆姓名,将课筒摇着,口中念道:

　　日吉辰良,天地开张。圣人作易,幽赞神明。包罗万象,道合乾坤。与天地合其德,与日月合其明,与四时合其序,与鬼神合其吉凶。今有东京开封府王姓君子,对天买卦。甲寅旬中,乙卯日,奉请周易文王先师、鬼谷先师、袁天纲先师,至神至圣,至福至灵,指示疑迷,明彰报应。

李助将课筒发了两次,迭(交互累加)成一卦,道是水雷屯卦,看了六爻(yáo,卦象的横断)动静,便问:"尊官所占何事?"王庆道:"问家宅。"李助摇着头道:"尊官莫怪小子直言,屯者,难也,你的灾难方兴哩!有几句断词,尊官须记着。"李助摇着一把竹骨折迭油纸扇儿,念道:

> 家宅乱纵横,百怪生灾家未宁。非古庙,即危桥。白虎冲凶官病遭。有头无尾何曾济,见贵凶惊讼狱交。人口不安遭跌蹼(喻指挫折和灾难。蹼,pǔ),四肢无力拐儿撬。从改换,是非消。逢着虎龙鸡犬日,许多烦恼祸星招。

当下王庆对着李助坐地,当不的那油纸扇儿的柿漆(榉柿捣碎所浸出的汁液。因涂附物上可防腐御湿,多用以漆涂器物,故称)臭,把皂罗衫袖儿掩着鼻听他。李助念罢,对王庆道:"小子据理直言,家中还有作怪的事哩!须改过迁居,方保无事。明日是丙辰日,要仔细哩!"王庆见他说得凶险,也没了主意,取钱酬谢了李助。李助出了药铺,撑着伞,望东去了。当有府中五六个公人衙役,见了王庆,便道:"如何在这里闲话?"王庆把见怪闪脑的事说了,众人都笑。王庆道:"列位,若府尹相公问时,须与做兄弟的周全则个!"众人都道:"这个理会得。"说罢,各自散去。

王庆回到家中,教老婆煎药。王庆要病好,不止两个时辰,把两服药都吃了;又要药行,多饮了几杯酒。两个直睡到次日辰牌时分,方才起身。梳洗毕,王庆因腹中空虚,暖些酒吃了。正在吃早饭,兀是未完,只听得外面叫道:"都排在家么?"妇人向板壁缝看了道:"是两个府中人。"王庆听了这句话,便呆了一呆,只得放下饭碗,抹抹嘴,走将出来,拱拱手问道:"二位光降,有何见教?"那两个公人道:"都排真个受用!清早儿脸上好春色!太爷今早点名,因都排不到,大怒起来。我们兄弟辈替你禀说见怪闪脑的事,他那里肯信?便起了一枝签,差我们两个来请你回话。"把签与王庆看了。王庆道:"如今红了脸,怎好去参见?略停一会儿才好。"那两个公人道:"不干我们的事,太爷立等回话。去迟了,须带累我们吃打。快走!快走!"两个扶着王庆便走。王庆的老婆慌忙走出来问时,丈夫已是出门去了。

两个公人扶着王庆进了开封府，府尹正坐在堂中虎皮交椅上。两个公人带王庆上前禀道："奉老爷钧旨，王庆拿到。"王庆勉强朝上磕了四个头。府尹喝道："王庆，你是个军健，如何怠玩(怠慢不精心)，不来伺候？"王庆又把那见怪闪胁的事，细禀一遍道："实是腰肋疼痛，坐卧不宁，行走不动，非敢怠玩。望相公方便。"府尹听罢，又见王庆脸红，大怒喝道："你这厮专一酗酒为非，干那不公不法的事，今日又捏妖言，欺诳上官！"喝教扯下去打。王庆那里分说得开？当下把王庆打得皮开肉绽，要他招认捏造妖书，煽惑(煽动蛊惑)愚民，谋为不轨的罪。王庆今日被官府拷打，死去再醒，吃打不过，只得屈招。府尹录了王庆口词，叫禁子把王庆将刑具枷杻(jiāchǒu，木枷与手械。戴于囚犯颈项、手腕的刑具)来钉了，押下死囚牢里，要问他个捏造妖书，谋为不轨的死罪。禁子将王庆扛抬入牢去了。

原来童贯密使人分付了府尹，正要寻罪过摆拨(处置)他，可可的撞出这节怪事来。那时府中上下人等，谁不知道娇秀这件勾当，都纷纷扬扬的说开去："王庆为这节事得罪，如今一定不能个活了。"那时蔡京、蔡攸耳朵里颇觉不好听，父子商议，若将王庆性命结果，此事愈真，丑声一发播传。于是密挽心腹官员，与府尹相知的，教他速将王庆刺配(刑罚名。在犯人面部刺字，发配边远地区)远恶军州，以灭其迹。蔡京、蔡攸择日迎娶娇秀成亲，一来遮掩了童贯之羞，二来灭了众人议论。

且说开封府尹遵奉蔡太师处心腹密话，随即升厅。那日正是辛酉日，叫牢中提出王庆，除了长枷，断了二十脊杖，唤个文笔匠刺了面颊，量地方远近，该配西京管下陕州牢城。当厅打一面十斤半团头铁叶护身枷钉了，贴上封皮，押了一道牒文，差两个防送(押解护送犯人)公人，叫做孙琳、贺吉，监押前去。

三人出开封府来，只见王庆的丈人牛大户接着，同王庆、孙琳、贺吉到衙前南街酒店里坐定。牛大户叫酒保搬取酒肉，吃了三杯两盏,牛大户向身边取出一包散碎银两递与王庆道:"白银三十两,把与你路途中使用。"王庆用手去接道:"生受泰山!"牛大户推着王庆的手道:"这等容易!我等闲也不把银两与你,你如今配去陕州,一千余里,路远山遥,知道你几时回来?你调戏了别人家女儿,却不耽误了自己的妻子!老婆谁人替你养?又无一男半女,田地家产可以守你。你须立纸休书,自你去后,任从改嫁,日后并无争执。如此,方把银子与你。"王庆平日会花费,思想:"我囊中又无十两半斤银两,这陕西如何去得?"左思右算,要那银两使用,叹了两口气道:"罢,罢!只得写纸休书。"牛大户一手接纸,一手交银,自回去了。

王庆同了两个公人到家中来收拾行囊包裹,老婆已被牛大户接到家中去了,把个门儿锁着。王庆向邻舍人家借了斧凿,打开门户,到里面看时,凡老婆身上穿着的,头上插戴的,都将去了。王庆又恼怒,又凄惨。央间壁一个周老婆子,到家备了些酒食,把与公人吃了,将银十两送与孙琳、贺吉道:"小人棒疮疼痛,行走不动,欲将息几日,方好上路。"孙琳、贺吉得了钱,也是应允,怎奈蔡攸处挽心腹催促公人起身。王庆将家伙什物胡乱变卖了,交还了胡员外家赁(lìn,租用)房。

此时王庆的父王砉,已被儿子气瞎了两眼,另居一处,儿子上门,不打便骂。今日闻得儿子遭官司刺配,不觉心痛,教个小厮扶着,走到王庆屋里,叫道:"儿子呀,你不听我的训诲,以致如此。"说罢,那双盲昏眼内,吊下泪来。王庆从小不曾叫王砉一声爷的,今值此家破人离的时节,心中也酸楚起来,叫声道:"爷,儿子今日遭恁般屈官司,叵耐牛老儿无礼,逼我写了休妻的状儿,才把银子与我。"王砉道:"你平日是爱妻子,孝丈人的,今日他如何这等待你?"王庆听了这两句抢白(指责、奚落)的话,便气愤愤的不来睬着爷,径同两个公人,收拾出城去了。王砉顿足捶胸道:"是我不该来看那逆种!"复扶了小厮自回,不题。

却说王庆同了孙琳、贺吉离了东京,赁个僻静所在,调治十余日,棒疮稍愈,公人催促上路,迤逦而行,望陕州投奔。此时正是六月初句,天气炎热,一日止行得四五十里,在路上免不得睡死人床,吃不滚(没熟的)汤。三个人行了十五六日,过了嵩山。一日正在行走,孙琳用手向西指着远远的山峰说道:"这座山叫做北邙(máng)山,属西京管下。"三人说着话,趁早凉,行了二十余里。望见北邙山东,有个市镇,只见四面村农,纷纷的投市中去。那市东人家稀少处,丁字儿列着三株大柏树。树下阴荫,只见一簇人亚肩迭背(谓肩压肩,背挨背。形容人多拥挤)的围着一个汉子,赤着上身,在那阴凉树上吆吆喝喝地使棒。三人走到树下歇凉。王庆走得汗雨淋漓,满身蒸湿,带着护身枷,挨入人丛中,跐起脚看那汉使棒。看了一歇儿,王庆不觉失口笑道:"那汉子使的是花棒。"那汉正使到热闹处,听了这句话,收了棒看时,却是个配军(古时因处流刑发配到边远去充军的罪犯)。那汉大怒,便骂:"贼配军,俺的枪棒远近闻名,你敢开了那鸟口,轻慢我的棒,放出这个屁来!"丢下棒,提起拳头,劈脸就打。只见人丛中走出两个少年汉子来拦住道:"休要动手!"便问王庆道:"足下必是高手。"王庆道:"乱道这一句,惹了那汉子的怒。小人枪棒也略晓得些儿。"那边使棒的汉子怒骂道:"贼配军,你敢与我比试罢?"那两个人对王庆道:"你敢与那汉子使合棒,若赢了他,便将这掠下的两贯钱都送与你。"王庆笑道:"这也使得。"分开众人,向贺吉取了杆棒,脱下汗衫,拽扎起裙子,掣棒在手。众人都道:"你项上带着个枷儿,却如何轮棒?"王庆道:"只这节儿(事儿)稀罕。带着行枷赢他,才算手段。"众人齐声道:"你若带枷赢了,这两贯钱一定与你。"便让开路,放王庆入去。那使棒的汉也掣棒在手,使个旗鼓,喝道:"来,来,来!"王庆道:"列位恩官,休要笑话"那边汉子明欺王庆有护身枷碍着,吐个门户,唤做蟒蛇吞象势。王庆也吐个势,唤做蜻蜓点水势。那汉喝一声,便使棒盖将入来。王庆望后一退,那汉赶入一步,提起棒,向王庆顶门又复一棒打下来。王庆将身向左一闪,那汉的棒打个空,收棒不迭。王庆就那一闪里,向那汉右手一棒劈去,正打着右手腕,把这条棒打落下来。幸得棒下留情,不然把个手腕打断。众人大笑。王庆上前执着那汉的手道:"冲撞休怪!"那汉右手疼痛,便将左手去取那两贯钱。众人一齐嚷将起来道:"那厮本事低丑,适才讲过,这钱应是赢棒的拿!"只见在先出尖上前的两个汉子,劈手夺了那汉两贯钱,把与王庆道:"足下到敝庄一叙。"那使棒的拗众人不过,只得收拾了行仗,望镇上去了。众人都散。

两个汉子邀了王庆,同两个公人,都戴了凉笠子,望南抹过两三座林子,转到一个村坊。林子里有所大庄院,一周遭都是土墙,墙外有二三百株大柳树。庄外新蝉噪柳,庄内乳燕啼梁。两个汉子,邀王庆等三人进了庄院,入到草堂,叙礼罢,各人脱下汗衫麻鞋,分宾主坐下。庄主问道:"列位都像东京口气。"王庆道了姓名,并说被府尹陷害的事。说罢,请问二位高姓大名。二人大喜。那上面坐的说道:"小可姓龚,单名个端字。这个是舍弟,单名个正字。舍下祖居在此,因此,这里叫做龚家村。这里属西京新安县管下。"说罢,叫庄客替三位瀚濯(huànzhuó,洗涤。瀚,同"浣")那湿透的汗衫,先汲凉水来解了暑渴,引三人到上房中洗了澡,草堂内摆上桌子,先吃了现成点心,然后杀鸡宰鸭,煮豆摘桃的置酒管待。庄客重新摆设,先搬出一碟剥光的蒜头,一碟切断的壮葱,然后搬出菜蔬、果品、鱼肉、鸡鸭之类。龚端请王庆上面坐了,两个公人一代儿坐下,龚端和兄弟在下面备席,庄客筛酒。王庆称谢道:"小人是个犯罪囚人,感蒙二位错爱,无端相扰,却是不当。"龚端道:"说那里话!谁人保得没事?那个带着酒食走的?"当下猜枚(一种酒令。原指手中握着干小物件供人猜测单双、数目等。现亦指划拳)行令(喝酒时行酒令),酒至半酣,龚端开口道:"这个敝村,前后左右,也有二百余家,都推愚弟做个主儿。小可弟兄两个,也好使些拳棒,压服众人。今春二月,东村赛神会,搭台演戏,小可弟兄到那边耍子,与彼村一个人,唤做黄达,因赌钱斗口,被那厮痛打一顿,俺弟兄两个,也赢不得他。黄达那厮,在人面前夸口称强,俺两个奈何不得他,只得忍气吞声。适才见都排棒法十分整密,俺二人愿拜都排为师父，求师父点拨愚弟兄，必当重重酬谢。"王庆听罢大喜，谦让了一回。龚端同弟随即拜王庆为师。当晚直饮至尽醉方休，乘凉歇息。

次日天明，王庆乘着早凉，在打麦场上点拨龚端拽拳使腿，只见外面一个人，背叉着手，踱将进来，喝道："那里配军，敢到这里卖弄本事？"只因走进这个人来，有分教，王庆重种大祸胎，龚端又结深仇怨。真是祸从浮浪起，辱因赌博招。毕竟走进龚端庄里这个人是谁，且听下回分解。

第一百三回

张管营因妾弟丧身　范节级为表兄医脸

　　话说王庆在龚家村龚端庄院内,乘着那杲日(明亮的太阳。杲,gǎo)初升,清风徐来的凉晨,在打麦场上柳阴下点拨龚端兄弟,使拳拽腿,忽的有个大汉子,秃着头,不带巾帻(头巾,以幅巾制成的帽子。帻,zé),绾(wǎn,把长条形的东西盘绕起来打成结)个丫髻(梳在头两边的发髻),穿一领雷州细葛布短敞衫,系一条单纱裙子,拖一双草凉鞋儿,捏着一把三角细蒲扇,仰昂着脸,背叉着手,摆进来,见是个配军在那里点拨。他昨日已知道邳东镇上有个配军,赢了使枪棒的,恐龚端兄弟学了觔节(觔腱骨节。比喻着力或事物的关键。觔,jīn),开口对王庆骂道:“你是个罪人,如何在路上挨脱,在这里哄骗人家子弟?”王庆只道是龚氏亲戚,不敢回答。原来这个人正是东村黄达,他也乘早凉,欲到龚家村西尽头柳大郎处讨赌帐,听得龚端村里吵吵喝喝,他平日欺惯了龚家弟兄,因此径自闯将进来。龚端见是黄达,心头一把无明火高举三千丈,按纳不住,大骂道:“驴牛射出来的贼亡八!前日赖了我赌钱,今日又上门欺负人!”黄达大怒骂道:“捣你娘的肠子!”丢了蒲扇,提了拳头,抢上前望龚端劈脸便打。王庆听他两个出言吐气,也猜着是黄达了,假意上前来劝,只一柳,望黄达膀上打去。黄达扑通的撷个脚梢天,挣扎不迭,被龚端、龚正并两个庄客,一齐上前按住,拳头脚尖,将黄达脊背、胸脯、肩胛、胁肋、膀子、脸颊、头额、四肢无处不着拳脚,只空得个舌尖儿。当下众人将黄达踢打一个没算数,把那葛敞衫、纱裙子扯的粉碎。黄达口里只叫道:“打得好!打得好!”

赤条条的一毫丝线儿也没有在身上,当有防送公人孙琳、贺吉再三来劝龚端等方才住手。黄达被他们打坏了,只在地上喘气,那里挣扎得起?龚端叫三四个庄客,把黄达扛到东村半路上草地里撇下,赤日中晒了半日。黄达那边的邻舍庄家出来芸草(香草名。多年生草本植物,其下部为木质,故又称芸香树),遇见了,扶他到家,卧床将息,央人写了状词,去新安县投递报辜(冤屈),不在话下。

　　却说龚端等闹了一个早起,叫庄客搬出酒食,请王庆等吃早膳。王庆道:"那厮日后必来报仇厮闹。"龚端道:"这贼亡八穷出鸟来,家里只有一个老婆。左右邻里,只碍他的膂力,今日见那贼亡八打坏了,必不肯替他出力气。若是死了,拼个庄客偿他的命,便吃官司,也说不得;若是不死,只是个互相厮打的官司。今日全赖师父报了仇,师父且喝杯酒,放心在此,一发把枪棒教导了愚弟兄,必当补报。"龚端取出两锭银,各重五两,送与两个公人,求他再宽几日。孙琳、贺吉得了钱,只得应允。自此一连住了十余日,把枪棒勋节,尽传与龚端、龚正。因公人催促起身,又听得黄达央人到县里告准,龚端取出五十两白银送与王庆,到陕州使用。起个半夜,收拾行囊包裹,天未明时,离了本庄。龚端叫兄弟带了若干银两,又来护送。于路无话,不则一日,来到陕州。孙琳、贺吉带了王庆到州衙,当厅投下了开封府文牒。州尹看验明白,收了王庆,押了回文,与两个公人回去,不在话下。州尹随即把王庆帖发本处牢城营来,公人讨收管回话,又不必说。

　　当下龚正寻个相识,将些银两,替王庆到管营差拨处买上嘱下的使用了。那个管营(边远地区管理徒流充军罪犯服役的官吏)姓张,双名世开,得了龚正贿赂,将王庆除了行枷,也不打甚么杀威棒,也不来差他做生活,发下单身房内,由他自在出入。

　　不觉的过了两个月,时遇秋深天气。忽一日,王庆正在单身房里闲坐,只见一个军汉走来说道:"管营相公唤你。"王庆随了军汉,来到点视厅上磕了头。管营张世开说道:"你来这里许多时,不曾差遣你做甚么。我要买一张陈州来的好角弓,那陈州是东京管下,你是东京人,必知价值真假。"说罢,便向袖中摸出一个纸包儿,亲手递与王庆道:"纹银二两,你去买了来回话。"王庆道:"小的理会得。"接了银子,来到单身房里,拆开纸包,看那银子果是雪乬(白银。乬,dū),将等子称时,反重三四分。王庆出了本营,到府北街市上弓箭铺中,止用得一两七钱银子,买了一张真陈州角弓,将回来,张管营已不在厅上了。王庆将弓交与内宅亲随伴当送进去,喜得落了他三钱银子。明日张世开又唤王庆到点视厅上说道:"你却干得事来,昨日买的角弓甚好。"王庆道:"相公须教把火来放在弓厢里,不住的焙(bèi,烘烤)方好。"张世开道:"这个晓得。"从此张世开日日差王庆买办食用供应,却是不比前日发出现银来,给了一本帐簿,教王庆将日逐买的,都登记在簿上。那行铺人家,那个肯赊半文? 王庆只得取出己财,买了送进衙门内去。张世开嫌好道歉,非打即骂。及至过了十日,将簿呈递,禀支价银,那里有毫忽儿(谓极微小的一点点。忽、毫均是微小的度量单位)发出来? 如是月余,被张管营或五棒,或十棒,或二十,或三十,前前后后,总计打了三百余棒,将两腿都打烂了,把龚端送的五十两银子赔费得罄尽。

一日,王庆到营西武功牌坊东侧首一个修合丸散、卖饮片、兼内外科、撮熟药,又卖杖疮膏药的张医士铺里,买了几张膏药,贴疗杖疮。张医士一头与王庆贴膏药,一头口里说道:"张管营的舅爷庞大郎,前日也在这里取膏药,贴治右手腕。他说在邳东镇上跌坏的,咱看他手腕像个打坏的。"王庆听了这句话,忙问道:"小人在营中,如何从不曾见面?"张医士道:"他是张管营小夫人的同胞兄弟,单讳个元字儿。那庞夫人是张管营最得意的。那庞大郎好的是赌钱,又要使枪棒耍子。亏了这个姐姐,常照顾他。"王庆听了这一段话,九分猜是"前日在柏树下被俺打的那厮,一定是庞元了,怪道张世开寻罪过摆布俺"。王庆别了张医士,回到营中,密地与管营的一个亲随小厮,买酒买肉的请他,又把钱与他,慢慢的密问庞元详细。那小厮的说话,与前面张医士一般,更有两句备细的话,说道:"那庞元前日在邝东镇上被你打坏了,常在管营相公面前恨你。你的毒棒,只恐兀是不能免哩!"正是.

好胜夸强是祸胎,谦和守分自无灾。

只因一棒成仇隙,如今加利奉还来。

当下王庆问了小厮备细,回到单身房里,叹口气道:"不怕官,只怕管。前日偶尔失口,说了那厮,赢了他棒,却不知道是管营心上人的兄弟。他若摆布得我要紧,只索(只能)逃走他处,再作道理。"便悄地到街坊,买了一把解手尖刀,藏在身边,以防不测。如此又过十数日,幸得管营不来呼唤,棒疮也觉好了些。

忽一日,张管营又叫他买两匹缎子。王庆有事在心,不敢怠惰,急急的到铺中买了回营。张管营正坐在点视厅上,王庆上前回话。张世开嫌那缎子颜色不好,尺头又短,花样又是旧的,当下把王庆大骂道:"大胆的奴才!你是个囚徒,本该差你挑水搬石,或锁禁在大链子上。今日差遣你奔走,是十分抬举你。你这贼骨头,却是不知好歹!"骂得王庆顿口无言,插烛(形容跪拜时连续磕头的动作)也似磕头求方便。张世开喝道:"权且寄着一顿棒,速将缎匹换上好的来。限你今晚回话,若稍迟延,你须仔细着那条贼性命!"王庆只得脱出身上衣服,向解库(当铺)中典了两贯钱,添钱买换上好的缎子,抱回营来。跋涉久了,已是上灯后了,只见营门闭着。当直军汉说:"黑夜里谁肯担这干系,放你进去?"王庆分说道:"蒙管营相公遣差的。"那当直军汉那里肯听!王庆身边尚有剩下的钱,送与当直的,方才放他进去,却是又被他缠了一回。捧了两匹缎子,来到内宅门外,那守内宅门的说道:"管营相公和大奶奶厮闹,在后面小奶奶房里去了。大奶奶却是利害得紧,谁敢与你传话,惹是招非?"王庆思想道:"他限着今晚回话,如何又恁般阻拒我?却不是故意要害我,明日那顿恶棒怎脱得过?这条性命,一定送在那贼亡八手里,俺被他打了三百余棒,报答那一棒的仇恨也够了。前又受了龚正许多银两,今日直恁如此翻脸摆布俺！"

那王庆从小恶逆(凶狠叛逆)，生身父母也再不来触犯他的。当下逆性一起，道是"恨小非君子，无毒不丈夫"，一不做，二不休，挨到更余，营中人及众囚徒都睡了，悄地趱到内宅后边，爬过墙去，轻轻的拔了后门的栓儿，藏过一边。那星光之下，照见墙垣内东边有个马厩，西边小小一间屋，看时，乃是个坑厕。王庆掇那马厩里一扇木栅，竖在二重门的墙边，从木栅爬上墙去，从墙上抽起木栅，竖在里面，轻轻溜将下去。先拔了二重门栓，藏过木栅，里面又是墙垣。只听得墙里边笑语喧哗。王庆趱到墙边，伏着侧耳细听，认得是张世开的声音，一个妇人声音，又是一个男子声音，却在那里喝酒闲话。王庆窃听多时，忽听得张世开说道："舅子，那厮明日来回话，那条性命，只在棒下。"又听得那个男子说道："我算那厮身边东西，也七八分了。姐夫须决意与我下手，出这口鸟气！"张世开答道："只在明后日教你快活罢了！"那妇人道："也够了！你们也索罢休！"那男子道："姐姐说那里话？你莫管！"王庆在墙外听他们三个一递一句，说得明白，心中大怒，那一把无明业火高举三千丈，按纳不住，恨不得有金刚般神力，推倒那粉墙，抢进去杀了那厮们。正是：

爽口物多终作病，快心事过必为殃。

金风未动蝉先觉，无常①暗送怎提防！

当下王庆正在按纳不住，只听得张世开高叫道："小厮，点灯照我往后面去登东厕。"王庆听了这句，连忙擎出那把解手尖刀，将身一堆儿蹲在那株梅树后，只听得呀的一声，那里面两扇门儿开了。王庆在黑地里观看，却是日逐透递消息的那个小厮，提个行灯(夜行用的灯)，后面张世开摆将出来。不知暗里有人，望着前只顾走，到了那二重门边，骂道："那些奴才们，一个也不小心，如何这早晚不将这栓儿拴了？"那小厮开了门，照张世开。方才出得二重门，王庆悄悄的

———
① 无常：传说中勾人魂魄的恶鬼名。

挨将上来。张世开听得后面脚步响,回转头来,只见王庆右手掣刀,左手叉开五指,抢上前来。张世开把那心肝五脏,都提在九霄云外,叫声道:"有贼!"说时迟,那时快,被王庆早落一刀,把张世开齐耳根连脖子砍着,扑地便倒。那小厮虽是平日与王庆厮熟,今日见王庆拿了明晃晃一把刀在那里行凶,怎的不怕?却待要走,两只腿一似钉住了的,再要叫的,口里又似哑了的,喊不出来,端的惊得呆了。张世开正在挣命,王庆赶上,照后心又刺一刀,结果了性命。庞元正在姐姐房中吃酒,听得外面隐隐的声唤,点灯不迭,忽跑出来看视。王庆见里面有人出来,把那提灯的小厮只一脚,那小厮连身带灯跌去,灯火也灭了。庞元只道张世元开打小厮,他便叫道:"姐夫,如何打那小厮?"却待上前来劝,被王庆飞抢上前,暗地里望着庞元一刀刺去,正中胁肋。庞元杀猪也似喊了一声,撷翻在地。王庆揪住了头发,一刀割下头来。庞氏听得外面喊声凶险,急叫丫嬛点灯,一同出来照看。王庆看见庞氏出来,也要上前来杀。你道有恁般怪事!说也不信。王庆那时转眼间,便见庞氏背后有十数个亲随伴当,都执器械,赶喊出来。王庆慌了手脚,抢出外去,开了后门,越过营中后墙,脱下血污衣服,揩净解手刀,藏在身边。听得更鼓,已是三更,王庆乘那街坊人静,趱到城边。那陕州是座土城,城垣不甚高,濠堑(濠沟。堑,qiàn)不甚深,当夜被王庆越城去了。

且不说王庆越城,再说张世开的妾庞氏只同得两个丫嬛,点灯出来照看,原无甚么伴当同他出来。他先看见了兄弟庞元血渌渌的头在一边,体在一边,唬得庞氏与丫嬛都面面厮觑,正如分开八片顶阳骨,倾下半桶冰雪水,半晌价说不出话。当下庞氏三个,连跌带滚,战战兢兢的跑进去,声张起来,叫起里面亲随,外面当值的军牢,打着火把,执着器械,都到后面照看。只见二重门外,又杀死张管营,那小厮跌倒在地,尚在挣命,口中吐血,眼见得不能够活了。众人见后门开了,都道是贼从后面来的,一拥到门外照看,火光下照见两匹彩缎,抛在地下,众人齐声道是王庆。连忙查点各囚徒,只有王庆不在。当下闹动了一营及左右前后邻舍众人,在营后墙外照着血污衣服,细细检认,件件都是王庆的。众人都商议,趁着未开城门,去报知州尹,急差人搜捉。此时已是五更时分了,州尹闻报大惊,火速差县尉检验杀死人数及行凶人出没去处,一面差人教将陕州四门闭紧,点起军兵并缉捕人员、城中坊厢里正,逐一排门搜捉凶人王庆。闭门闹了两日,家至户到,逐一挨查,并无影迹。州尹押了文书,委官下该管地方各处乡保都村,排家搜捉,缉捕凶首。写了王庆乡贯、年甲、貌相、模样、画影图形,出一千贯信赏钱。"如有人知得王庆下落,赴州告报,随文给赏。如有人藏匿犯人在家食宿者,事发到官,与犯人同罪。"遍行邻近州县,一同缉捕。

且说王庆当夜越出陕州城,抓扎起衣服,从城濠浅处去过对岸,心中思想道:"虽是逃脱了性命,却往那里去躲避好?"此时是仲冬将近,叶落草枯,星光下看得出路径。王庆当夜转过了三四条小路,方才有条大路。急忙忙的奔走,到红日东升,约行了六七十里,却是望着南方行走,望见前有人家稠密去处。王庆思想身边尚有一贯钱,且到那里买些酒食吃了,再算计投那里去。不多时,走到市里,天气尚早,酒肉店尚未开哩。只有朝东一家屋檐下,挂个安歇客商的破灯笼儿,是那家昨晚不曾收得,门儿兀是半开半掩。王庆上前,呀的一声推进门去,只见一个人兀未梳洗,从里面走将出来。王庆看时,认得"这个乃是我母姨表兄院长范全。他从小随父亲在房州经纪得利,因此就充做本州两院押牢节级。今春三月中,到东京公干,也在我家住过几日"。当下王庆叫道:"哥哥别来无恙!"范全也道:"是像王庆兄弟。"见他这般模样,脸上又刺了两行金印,正在疑虑,未及回答。那边王庆见左右无人,托地跪下道:"哥哥救兄弟则个!"范全慌忙扶起道:"你果是王庆兄么?"王庆摇手道:"禁声!"范全会意,一把挽住王庆袖子,扯他到客房中,却好范全昨晚拣赁的是独宿房儿。范全悄地忙问:"兄弟何故如此模样?"王庆附耳低言的将那吃官司刺配陕州的事,述了一遍。次后说张世开报仇忒狠毒,昨夜已是如此如此。范全听罢大惊,踌躇了一回,急急的梳洗吃饭,算还了房钱饭钱,商议教王庆只做军牢跟随的人,离了饭店,投奔房州来。王庆于路上问范全为何到此,范全说道:"蒙本处州尹差往陕州州尹处投递书札,昨日方讨得回书,随即离了陕州,因天晚在此歇宿。却不知兄弟正在陕州,又做出恁般的事来。"范全同了王庆,夜止晓行,潜逃到房州。才过了两日,陕州行文挨捕凶人王庆。范全捏了两把汗,回家与王庆说知:"城中必不可安身。城外定山堡东,我有几间草房,又有二十余亩田地,是前年买下的。如今发几个庄客在那里耕种,我兄弟到那里躲避几日,却再算计。"范全到黑夜里引王庆出城,到定山堡东草房内藏匿。却把王庆改姓改名,叫做李德。范全思想王庆脸上金印不稳,幸得昔年到建康,闻得神医安道全的名,用厚币(丰厚的资财)交结他,学得个疗金印的法儿,却将毒药与王庆点去了,后用好药调治,起了红疤,再将金玉细末,涂搽调治,二月有余,那疤痕也消磨了。

　　光阴荏苒,过了百余日,却是宣和元年的仲春了。官府挨捕的事,已是虎头蛇尾,前紧后慢。王庆脸上没了金印,也渐渐的闯将出来,衣服鞋袜,都是范全周济他。一日,王庆在草房内闷坐,忽听得远远地有喧哗厮闹的声,王庆便来问:"庄客,何处恁般热闹?"庄客道:"李大官不知,这里西去一里有余,乃是定山堡内段家庄。段氏兄弟向本州接得个粉头,搭戏台,说唱诸般品调。那粉头是西京来新打踅的行院,色艺双绝,赚得人山人海价看。大官人何不到那里睃一睃?"王庆听了这话,那里耐得脚住? 一径来到定山堡,只因王庆走到这个所在,有分教,配军村妇谐姻眷,地虎民殃毒一方。毕竟王庆到那里观看,真个有粉头说唱也不,且听下回分解。

第一百四回

段家庄重招新女婿　房山寨双并旧强人

话说当下王庆闯到定山堡,那里有五六百人家,那戏台却在堡东麦地上。那时粉头还未上台,台下四面有三四十只桌子,都有人围挤着在那里掷骰(tóu,骰子,即色子)赌钱。那掷色(shǎi)的名儿非止一端,乃是:六风儿、五幺子、火燎毛、朱窝儿。

又有那撚钱(把钱丢在地上,看跌出的正和背以定输赢)的,蹲踞(两膝弯曲,脚底和臀部着地蹲坐着。踞,jù)在地上,共有二十余簇人。那撚钱的名儿也不止一端,乃是:浑纯儿、三背间、八叉儿。

那些掷色的,在那里呼幺喝六,撚钱的在那里唤字叫背,或夹笑带骂,或认真厮打。那输了的,脱衣典裳,褫(chǐ)巾剥袜,也要去翻本,废事业,忘寝食,到底是个输字。那赢的,意气扬扬,东摆西摇,南闯北趱的寻酒头儿再做,身边便袋里、搭膊里、衣袖里,都是银钱。到后捉本算帐,原来赢不多,赢的都被把梢的、放囊的(在赌场上放债的人)拈了头儿去。不说赌博光景,更有村姑农妇,丢了锄麦,撇了灌菜,也是三三两两,成群作队,仰着黑泥般脸,露着黄金般齿,呆呆地立着,等那粉头出来。看他一般是爹娘养的,他便如何恁般标致,有若干人看他。当下不但邻近村坊人,城中人也赶出来睃看,把那青青的麦地,踏光(踏平)了十数亩。

话休絮繁。当下王庆闲看了一回,看得技痒。见那戏台里边,人丛里,有个彪形大汉,两手靠着桌子,在杌子(小凳子。杌,wù)上坐地。那汉生的圆眼大脸,阔肩细腰,桌上堆着五贯钱,一个色盆,六只骰子，却无主顾与他赌。王庆思想道："俺自从吃官司到今日，有十数个月，不曾弄这个道儿了。前日范全哥哥把与我买柴薪的一锭银在此，将来做个梢儿，与那厮掷几掷，赢几贯钱回去买果儿吃。"当下王庆取出银子，望桌上一丢，对那汉道："胡乱掷一回。"那汉一眼瞅着王庆说道："要掷便来。"说还未毕，早有一个人向那前面桌子边人丛里挨出来，貌相长大，与那坐下的大汉仿佛相似，对王庆说道："秃秃，他这锭银怎好出主？将银来，我有钱在此。你赢了，每贯只要加利二十文。"王庆道："最好！"与那人打了两贯钱，那人已是每贯先除去二十文。王庆道："也罢！"随即与那汉讲过掷朱窝儿。方掷得两三盆，随有一人挨下来，出主等掷。那王庆是东京积赌惯家，他信得盆口真，又会躲闪打浪，又狡猾奸诈，捵(chēn，同"抻")主作弊。那放囊的乘闹里趸过那边桌上去了，那挨下来的，说王庆掷得凶，收了去，只替那汉拈头儿。王庆一口气掷赢了两贯钱，得了采，越掷得出，三红四聚，只管撒出来。那汉性急翻本，掷下便是绝，塌脚、小四不脱手。王庆掷了九点，那汉偏调出倒八来，无一个时辰，把五贯钱输个罄尽。王庆赢了钱，用绳穿过两贯，放在一边，待寻那汉赎梢，又将那三贯穿缚停当。方欲将肩来负钱，那输的汉子喝道："你待将钱往那里去？只怕是才出炉的，热的熬炙了手。"王庆怒道："你输与我的，却放那鸟屁？"那汉睁圆怪眼骂道："狗弟子孩儿，你敢伤你老爷！"王庆骂道："村撮鸟，俺便怕你把拳打在俺肚里拔不出来，不将钱去！"那汉提起双拳，望王庆劈脸打来。王庆侧身一闪，就势接住那汉的手；将右肘向那汉胸脯只一搪，右脚应手，将那汉左脚一勾。那汉是蛮力，那里解得(明白)这跌法，扑通的望后撷翻，面孔朝天，背脊着地。那立拢来看的人，都笑起来。那汉却待挣扎，被王庆上前按住，照实落(要害)处只顾打。那在先放囊的走来，也不解劝，也不帮助，只将桌上的钱都抢去了。王庆大怒，弃了地上汉子，大踏步赶去。只见人丛里闪出一个女子来，大喝道："那厮不得无礼！有我在此！"王庆看那女子，生的如何：

眼大露凶光，眉粗横杀气。腰肢坌蠢(粗笨。坌，bèn)，全无袅娜风情；面皮顽厚，惟赖粉脂铺翳(遮盖。翳，yì)。异样钗环插一头，时兴钏镯露双臂。频搬石臼(用石凿成的舂米谷等物的器具。臼，jiù)，笑他人气喘急促；常掇井栏，夸自己膂力不费。针线不知如何拈，拽腿牵拳是长技。

那女子有二十四五年纪。他脱了外面衫子，卷做一团，丢在一个桌上，里面是箭杆小袖紧身，鹦哥绿短袄，下穿一条大裆紫夹绸裤儿，踏步上前，提起拳头，望王庆打来。王庆见他是女子，又见他起拳便有破绽，有意耍他，故意不用快跌，也拽双拳吐个门户，摆开解数(武术的一种架式)，与那女子相扑。但见：

拽开大四平，踢起双飞脚。仙人指路，老子骑鹤。拗鸾肘出近前心，当头炮势侵额角。翘跟淬地龙，扭腕擎天橐(tuó，口袋)。这边女子，使个盖顶撒花；这里男儿，耍个绕腰贯索。两个似迎风贴扇儿，无移时急雨催花落。

那时粉头已上台做笑乐院本(正戏前的引子，多为滑稽戏)，众人见这边男女相扑，一齐走拢来，把两人围在圈子中看。那女子见王庆只办得架隔遮拦，没本事钻进来，他便觑个空，使个黑虎偷心势，一拳望王庆劈心打来。王庆将身一侧，那女子打个空，收拳不迭。被王庆就势扭捽(zuó)定，只一交，把女子攧翻。刚刚着地，顺手儿又抱起来。这个势，叫做虎抱头。王庆道："莫污了衣服。休怪俺冲撞，你自来寻俺。"那女子毫无羞怒之色，倒把王庆赞道："啧啧，好拳腿！果是觔节！"那边输钱吃打的，与那放囊抢钱的两个汉子，分开众人，一齐上前喝道："驴牛射的狗弟子孩儿，恁般胆大！怎敢跌我妹子？"王庆喝骂道："输败腌臜村乌龟子，抢了俺的钱，反出秽言(脏话)！"抢上前，拽拳便打。只见一个人从人丛里抢出来，横身隔住了一双半人，六个拳头，口里高叫道："李大郎，不得无礼！段二哥、段五哥，也休要动手！都是一块土上人，有话便好好地说！"王庆看时，却是范全。三人真个住了手。范全连忙向那女子道："三娘拜揖。"那女子也道了万福,便问:"李大郎是院长亲戚么?"范全道:"是在下表弟。"那女子道:"出色的好拳脚!"王庆对范全道:"叵耐那厮自己输了钱,反教同伙儿抢去了。"范全笑道:"这个是二哥、五哥的买卖,你如何来闹他?"那边段二、段五四只眼瞅着看妹子。那女子说道:"看范院长面皮,不必和他争闹了。拿那锭银子来!"段五见妹子劝他,又见妹子奢遮,"是我也是输了"。只得取出那锭原银,递与妹子三娘。那三娘把与范全道:"原银在此,将了去!"说罢,便扯着段二、段五,分开众人去了。范全也扯了王庆,一径回到草庄内。

范全埋怨王庆道:"俺为娘面上,担着血海般胆,留哥哥在此。倘遇恩赦,再与哥哥营谋(计划出路)。你却怎般没坐性(耐心)!那段二、段五,最刁泼的。那妹子段三娘,更是渗濑(shènlài,模样丑陋,让人害怕),人起他个绰号儿,唤他做大虫窝。良家子弟,不知被他诱扎了多少。他十五岁时,便嫁个老公。那老公果是坌蠢,不上一年,被他炙煿(zhìbó,熏烤。亦比喻折磨)杀了。他恃了膂力,和段二、段五专一在外寻趁厮闹,赚那恶心钱儿。邻近村坊,那一处不怕他的?他们接这粉头,专为勾引人来赌博。那一张桌子,不是他圈套里?哥哥,你却到那里惹是招非!倘或露出马脚来,你吾这场祸害,却是不小。"王庆被范全说得顿口无言。范全起身对王庆道:"我要州里去当直,明日再来看你。"

不说范全进房州城去,且说当日王庆天晚歇息,一宿无话。次日,梳洗方毕,只见庄客报道:"段太公来看大郎。"王庆只得到外面迎接,却是皱面银须一个老叟。叙礼罢,分宾主坐定。段太公将王庆从头上直看至脚下,口里说道:"果是魁伟!"便问王庆:"那里人氏?因何到此?范院长是足下甚么亲戚?曾娶妻也不?"王庆听他问的跷蹊(qiáoqi,奇怪),便捏一派假话,支吾说道:"在下西京人氏,父母双亡,妻子也死过了,与范节级是中表兄弟。因旧年范节级有公干到西京,见在下独自一身,没人照顾,特接在下到此。在下颇知些拳棒,待后觑个方便,就在本州讨个出身。"段太公听罢大喜,便问了王庆的年庚(年龄)八字,辞别去了。

又过多样时,王庆正在疑虑,又有一个人推扉进来,问道:"范院长可在么?这位就是李大郎么?"二人都面面厮觑,错愕相顾,都想道:"曾会过来。"叙礼才罢,正欲动问,恰好范全也到。三人坐定,范全道:"李先生为何到此?"王庆听了这句,猛可的想着道:"他是卖卦的李助。"那李助也想起来道:"他是东京人,姓王,曾与我问卜。"李助对范全道:"院长,小子一向不曾来亲近得。敢问有个令亲李大郎么?"范全指王庆道:"只这个便是我兄弟李大郎。"王庆接过口来道:"在下本姓是李。那个王,是外公姓。"李助拍手笑道:"小子好记分。我说是姓王,曾在东京开封府前相会来。"王庆见他说出备细,低头不语。李助对王庆道:"自从别后,回到荆南,遇异人,授以剑术,及看子平的妙诀,因此叫小子做金剑先生。近日在房州,闻此处热闹,特到此赶节做生理(买卖)。段氏兄弟知小子有剑术,要小子教导他击刺,所以留小子在家。适才段太公回来,把贵造与小子推算,那里有这样好八字?日后贵不可言。目下红鸾照临,应有喜庆之事。段三娘与段太公大喜,欲招赘大郎为婿。小子乘着吉日,特到此为月老(媒人)。三娘的八字,十分旺夫。适才曾合过来,铜盆铁帚,正是一对儿夫妻。作成小子吃杯喜酒!"范全听了这一席话,沉吟了一回,心下思想道:"那段氏刁顽,如或不允这头亲事,设或有个破绽,为害不浅。只得将机就机罢!"便对李助道:"原来如此!承段太公、三娘美意。只是这个兄弟粗蠢,怎好做娇客?"李助道:"阿也!院长不必太谦了。那边三娘,不住口的称赞大郎哩!"范全道:"如此极妙的了!在下便可替他主婚。"身边取出五两重的一锭银,送与李助道:"村庄没甚东西相待,这些薄意,准个茶果,事成另当重谢。"李助道:"这怎么使得!"范全道:"惶恐,惶恐!只有一句话:先生不必说他有两姓,凡事都望周全。"李助是个星卜家,得了银子,千恩万谢的辞了范全、王庆,来到段家庄回复,那里管甚么一姓两姓,好人歹人,一味撮合山,骗酒食,赚铜钱。更兼段三娘自己看中意了对头儿，平日一家都怕他的，虽是段太公，也不敢拗他，所以这件事一说就成。

李助两边往来说合，指望多说些聘金，月老方才旺相。范全恐怕行聘播扬惹事，讲过两家一概都省。那段太公是做家（会过日子）的，更是喜欢，一径择日成亲。择了本月二十二日，宰羊杀猪，网鱼捕蛙，只办得大碗酒，大盘肉，请些男亲女戚吃喜酒。其笙箫鼓吹，洞房花烛，一概都省。范全替王庆做了一身新衣服，送到段家庄上。范全因官府有事，先辞别去了。王庆与段三娘交拜合卺等项，也是草草完事。段太公摆酒在草堂上，同二十余个亲戚及自家儿子、新女婿与媒人李助，在草堂吃了一日酒，至暮方散。众亲戚路近的，都辞谢去了。留下路远走不迭的，乃是姑丈方翰夫妇，表弟丘翔老小，段二的舅子施俊男女。三个男人在外边东厢歇息。那三个女眷，通是不老成的，搬些酒食与王庆、段三娘暖房，嘻嘻哈哈，又喝了一回酒，方才收拾歇息。当有丫头老妈到新房中铺床迭（叠）被，请新官人和姐姐安置，丫头从外面拽上了房门，自各知趣去了。

段三娘从小出头露面，况是过来人，惯家儿，也不害什么羞耻，一径卸钗镮脱衫子。王庆是个浮浪子弟，他自从吃官司后，也寡了十数个月。段三娘虽粗眉大眼，不比娇秀、牛氏妖娆窈窕，只见他在灯前，敞出胸膛，解下红主腰儿，露出白净净肉奶奶乳儿，不觉淫心荡漾，便来搂那妇人。段三娘把王庆一掌打个耳刮子道："莫要歪缠，怎般要紧！"两个搂抱上床，钻入被窝里，共枕欢娱。正是：

> 一个是失节村姑，一个是行凶军犯。脸皮都是三尺厚，脚板一般十寸长。这个认真气喘声嘶，却似牛犋（hōu）柳影；那个假做言娇语涩，浑如莺啭花间。不穿罗袜，肩膊上露只赤脚，倒溜金钗，枕头边堆一朵乌云。未解誓海盟山，也搏弄得千般旖旎。并无羞云怯雨，亦揉搓万种妖娆。

当夜新房外，又有嘴也笑得歪的一桩事儿。那方翰、丘翔、施俊的老婆，通是少年，都吃得脸儿红红的，且不去睡，扯了段二、段三的两个老婆,悄地到新房外,隔板侧耳窃听房中声息。被他们件件都听得仔细。那王庆是个浮浪子,颇知房中术,他见老婆来得,竭力奉承。外面这伙妇人,听到浓深处,不觉罗裤儿也湿透了。

众妇人正在那里嘲笑打诨,你绰我捏,只见段二抢进来大叫道:"怎么好!怎么好!你们也不知利害,兀是在此笑耍!"众妇人都捏了两把汗,却没理会处。段二又喊道:"妹子,三娘,快起来!你床上招了个祸胎也!"段三娘正在得意处,反嗔怪段二,便在床上答道:"夜晚间有甚事,怎般大惊小怪?"段二又喊道:"火燎鸟毛了!你们兀是不知死活!"王庆心中本是有事的人,教老婆穿衣服,一同出房来问,众妇人都跑散了。王庆方出房门,被段二一手扯住,来到前面草堂上,却是范全在那里叫苦叫屈,如热鏊上蚂蚁,没走一头处,随后段太公、段五、段三娘都到。

却是新安县龚家村东的黄达,调治好了打伤的病,被他访知王庆踪迹实落(落脚)处,昨晚到房州报知州尹。州尹张顾行押了公文,便差都头,领着土兵,来捉凶人王庆,及窝藏人犯范全并段氏人众。范全因与本州当案薛孔目交好,密地里先透了个消息。范全弃了老小,一溜烟走来这里,"顷刻便有官兵来也!众人个个都要吃官司哩!"众人跌脚捶胸,好似掀翻了抱鸡窠(孵小鸡的窝。窠,kē),弄出许多慌来,却去骂王庆,羞三娘。

正在闹吵,只见草堂外东厢里走出算命的金剑先生李助,上前说道:"列位若要免祸,须听小子一言!"众人一齐上前拥着来问。李助道:"事已如此,三十六策,走为上策!"众人道:"走到那里去?"李助道:"只这里西去二十里外,有座房山。"众人道:"那里是强人出没去处。"李助笑道:"列位怎般呆!你们如今还想要做好人?"众人道:"却是怎么?"李助道:"房山寨主廖立,与小子颇是相识。他手下有五六百名喽罗,官兵不能收捕。事不宜迟,快收拾细软等物,都到那里入伙,方避得大祸。"方翰等六个男女,恐怕日后捉亲属连累,又被王庆、段三娘十分撺掇,众人无可如何,只得都上了这条路。把庄里有的没的细软等物，即便收拾，尽教打迭起了，一壁(一面)点起三四十个火把。王庆、段三娘、段二、段五、方翰、丘翔、施俊、李助、范全九个人，都结束齐整，各人跨了腰刀，枪架上拿了朴刀，唤集庄客，愿去的共是四十余个，俱拽扎拴缚停当。王庆、李助、范全当头，方翰、丘翔、施俊保护女子在中。幸得那五个女子，都是锄头般的脚，却与男子一般的会走。段三娘、段二、段五在后，把庄上前后都放把火，发声喊，众人都执器械，一哄望西而走。邻舍及近村人家，平日畏段家人物如虎，今日见他们明火执仗(明目张胆地做坏事)，又不知他们备细，都闭着门，那里有一个敢来拦当(即"拦挡")。

王庆等方行得四五里，早遇着都头土兵，同了黄达，跟同来捉人。都头上前，早被王庆手起刀落，把一个斩为两段。李助、段三娘等一拥上前，杀散土兵，黄达也被王庆杀了。

王庆等一行人来到房山寨下，已是五更时分。李助计议，欲先自上山，诉求廖立，方好领众人上山入伙。寨内巡视的小喽罗，见山下火把乱明，即去报知寨主。那廖立疑是官兵。他平日欺惯了官兵没用，连忙起身，披挂绰枪，开了栅寨，点起小喽罗，下山拒敌。王庆见山上火起，又有许多人下来，先做准备。当下廖立直到山下，看见许多男女，料道不是官兵。廖立挺枪喝道："你这伙鸟男女，如何来惊动我山寨，在太岁头上动土？"李助上前躬身道："大王，是劣弟李助。"随即把王庆犯罪及杀管营、杀官兵的事，略述一遍。廖立听李助说得王庆恁般了得，更有段家兄弟帮助，"我只一身，恐日后受他们气。"翻着脸对李助道："我这个小去处，却容不得你们。"

王庆听了这句，心下思想："山寨中只有这个主儿，先除了此人，小喽罗何足为虑？"便挺朴刀，直抢廖立。那廖立大怒，拈枪来迎。段三娘恐王庆有失，挺朴刀来相助。三个人斗了十数合，三个人里倒了一个。正是瓦罐不离井上破，强人必在镝(dí，箭头)前亡。毕竟三人中倒了那一个，且听下回分解。

第一百五回

宋公明避暑疗军兵　乔道清回风烧贼寇

　　话说王庆、段三娘与廖立斗不过六七合,廖立被王庆觑个破绽,一朴刀搠翻,段三娘赶上,复一刀结果了性命。廖立做了半世强人,到此一场春梦。王庆提朴刀喝道:"如有不愿顺者,廖立为样!"众喽罗见杀了廖立,谁敢抗拒,都投戈拜服。王庆领众上山,来到寨中,此时已是东方发白。那山四面都是生成的石室,如房屋一般,因此叫做房山,属房州管下。当日王庆安顿了各人老小,计点喽罗,盘查寨中粮草、金银、珍宝、锦帛、布匹等项,杀牛宰马,大赏喽罗,置酒与众人贺庆。众人遂推王庆为寨主。一面打造军器,一面训练喽罗,准备迎敌官兵,不在话下。

　　且说当夜房州差来擒捉王庆的一行都头土兵人役,被王庆等杀散,有逃奔得脱的,回州报知州尹张顾行说:"王庆等预先知觉,拒敌官兵,都头及报人黄达都被杀害。那伙凶人,投奔西去。"张顾行大惊,次早计点土兵,杀死三十余名,伤者四十余人。张顾行即日与本州镇守军官计议,添差捕盗官军及营兵,前去追捕。因强人凶狠,官兵又损折了若干。房山寨喽罗日众,王庆等下山来打家劫舍。张顾行见此贼势猖獗,一面行下文书,仰属县知会守御本境,拨兵前来,协力收捕,一面再与本州守御兵马都监胡有为计议剿捕。

　　胡有为整点营中军兵,择日起兵前去剿捕。两营军忽然鼓噪起来,却是为两个月无钱米关给,今日瘪着肚皮,如何去杀贼?张顾行闻变,只得先将一个月钱米给散(散发)。只因这番给散,越激怒了军士。却是为何？当事的平日不将军士抚恤节制，直到鼓噪，方才给发请受(薪俸)，已是骄纵了军心。更有一桩可笑处，今日有事，那扣头常例又与平日一般克剥。他们平日受的克剥气多了，今日一总发泄出来。军情汹汹，一时发作，把那胡有为杀死。张顾行见势头不好，只护着印信，预先躲避。城中无主，又有本处无赖，附和了叛军，遂将良民焚劫。那强贼王庆，见城中变起，乘势领众多喽罗来打房州。那些叛军及乌合奸徒，反随顺了强人。因此王庆得志，遂被那厮占据了房州为巢穴。那张顾行到底躲避不脱，也被杀害。

　　王庆劫掳房州仓库钱粮，遣李助、段二、段五分头于房山寨及各处立竖招军旗号，买马招军，积草屯粮，远近村镇，都被劫掠。那些游手无赖及恶逆犯罪的人，纷纷归附。那时龚端、龚正，向被黄达讦告，家产荡尽，闻王庆招军，也来入了伙。邻近州县，只好保守城池，谁人敢将军马剿捕？被强人两月之内，便集聚了二万余人，打破邻近上津县、竹山县、郧(yún)乡县三个城池。邻近州县，申报朝廷，朝廷命就彼处发兵剿捕。宋朝官兵，多因粮饷不足，兵失操练，兵不畏将，将不知兵。一闻贼警，先是声张得十分凶猛，使士卒寒心，百姓丧胆。及至临阵对敌，将军怯懦，军士馁弱(气馁怯场)。怎禁得王庆等贼众，都是拚着性命杀来，官军无不披靡。因此，被王庆越弄得大了，又打破了南丰府。到后东京调来将士，非贿蔡京、童贯，即赂杨戬、高俅，他们得了贿赂，那管甚么庸懦。那将士费了本钱，弄得权柄上手，恣意克剥军粮，杀良冒功，纵兵掳掠，骚扰地方，反将赤子迫逼从贼。自此贼势渐大，纵兵南下。李助献计，因他是荆州人，仍扮做星相入城，密纠恶少奸棍，里应外合，袭破荆南城池。遂拜李助为军师，自称楚王。遂有江洋大盗，山寨强人，都来附和。三四年间，占据了宋朝六座军州。王庆遂于南丰城中，建造宝殿、内苑、宫阙，僭号(冒用帝王的称号。僭，jiàn)改元。也学宋朝，伪设文武职台，省院官僚，内相外将。封李助为军师都丞相，方翰为枢密，段二为护国统军大将，段五为辅国统军都督，范全为殿帅，龚端为宣抚使，龚正为转运使——专管支纳出入、考算钱粮,丘翔为御营使,伪立段氏为妃。自宣和元年作乱以来,至宣和五年春,那时宋江等正在河北征讨田虎,于壶关相拒之日,那边淮西王庆又打破了云安军及宛州,一总被他占了八座军州。那八座乃是:南丰、荆南、山南、云安、安德、东川、宛州、西京。那八处所属州县,共八十六处。王庆又于云安建造行宫,令施俊为留守官,镇守云安军。

初时,王庆令刘敏等侵夺宛州时,那宛州邻近东京,蔡京等瞒不过天子,奏过道君皇帝,敕蔡攸、童贯征讨王庆,来救宛州。蔡攸、童贯兵无节制,暴虐士卒,军心离散。因此,被刘敏等杀得大败亏输,所以陷了宛州,东京震恐。蔡攸、童贯惧罪,只瞒着天子一个。

贼将刘敏、鲁成等胜了蔡攸、童贯,遂将鲁州、襄州围困。却得宋江等平定河北班师,复奉诏征讨淮西。真是席不暇暖,马不停蹄,统领大兵二十余万,向南进发。才渡黄河,省院又行文来催促陈安抚、宋江等兵马星驰来救鲁州、襄州。宋江等冒着暑热,汗马驰驱,由粟县、汜水一路行来,所过秋毫无犯。大兵已到阳翟州界。贼人闻宋江兵到来,鲁州、襄州二处都解围去了。

那时张清、琼英、叶清看剐了田虎,受了皇恩,奉诏协助宋江征讨王庆。张清等离了东京,已到颖昌州半月余了。闻宋先锋兵到,三人到军前迎接,参见毕,备述蒙恩褒封之事。宋江以下,称赞不已。宋江命张清等在军中听用。

宋江请陈安抚、侯参谋、罗武谕等驻扎阳翟城中,自己大军,不便入城。宋江传令,教大军都屯扎于方城山树林深密阴荫处,以避暑热。又因军士跋涉千里,中暑疲困者甚多,教安道全置办药料,医疗军士。再教军士搭盖凉庑(凉快的廊屋。庑,wǔ),安顿马匹,令皇甫端调治,刻剐鬣毛(动物头颈部长毛。鬣,liè)。吴用道:"大兵屯于丛林,恐敌人用火。"宋江道:"正要他用火。"宋江却教军士再去于本山高冈凉荫树下,用竹篷茅草,盖一小小山棚。当有河北降将乔道清会意,来禀宋江道:"乔某感先锋厚恩,今日愿略效微劳。"宋江大喜,密授计于乔清道,往山棚中去了。宋江挑选军士强健者三万人,令张清、琼英管领一万兵马,往东山麓(山脚。麓,lù)埋伏;令孙安、卞祥也管领一万人马,往西山麓埋伏。"只听我中军轰天炮响,一齐杀出。"将粮草都堆积于山南平麓,教李应、柴进领五千军士看守。

　　分拨甫定,忽见公孙胜说道:"兄长筹画甚妙!但如此溽暑,军士往来疲病,倘贼人以精锐突至,我兵虽十倍于众,必不能取胜。待贫道略施小术,先除了众人烦燥,军马凉爽,自然强健。"说罢,便仗剑作法,脚踏魁罡二字,左手雷印,右手剑诀,凝神观想,向巽方(东南方向。巽,xùn)取了生气一口,念咒一遍。须臾,凉风飒飒,阴云冉冉,从本山岭岫(山岭。岫,xiù)中喷薄出来,弥漫了方城山一座,二十余万人马,都在凉风爽气之中。除此山外,依旧是销金铄(shuò,熔化)铁般烈日,蜩蝉(蝉。蜩,tiáo)乱鸣,鸟雀藏匿。宋江以下众人,十分欢喜,称谢公孙胜神功道德。如是六七日,又得安道全疗人,皇甫端调马,军兵马匹,渐渐强健,不在话下。

　　且说宛州守将刘敏,乃贼中颇有谋略者,贼人称为刘智伯。他探知宋江兵马,屯扎山林丛密处避暑。他道:"宋江这伙,终是水泊草寇,不知兵法,所以不能成大事。待俺略施小计,管教那二十万军马,焦烂一半!"随即传令,挑选轻捷军士五千人,各备火箭、火炮、火炬,再备战车二千辆,装载芦苇干柴,及硫黄焰硝(即硝石。易燃,可用以引火。硝,xiāo)引火之物。每车一辆,令四人推送。此时是七月中旬新秋天气,刘敏引了鲁成、郑捷、寇猛、顾岑四员副将,及铁骑一万,人披软战,马摘銮铃,在后接应。刘敏留下偏将韩喆(zhé)、班泽等,镇守城池。刘敏等众,薄暮离城,恰遇南风大作。刘敏大喜道:"宋江等这伙人合败!"贼兵行至三更时分,才到方城山南二里外,忽然雾气弥漫山谷。刘敏道:"天助俺成功!"教军士在后擂鼓呐喊助威,令五千军士,只向山林深密处只顾将火箭、火炮、火炬射打焚烧上去。教寇猛、毕胜,催趱推车军士,将火车点着,向山麓下屯粮处烧来。众人正奋勇上前,忽的都叫道:"苦也!苦也!"却有恁般奇事,南风正猛,一霎时,却怎么就转过北风!又听得山上霹雳般一声响亮,被乔道清使了回风返火的法,那些火箭、火炬都向南边贼阵里飞将来,却似千万条金蛇火龙,烈焰腾腾的向贼兵飞扑将来,贼兵躲避不迭,都烧得焦头烂额。当下宋军中有口号四句,单笑那刘敏,道是:

军机固难测,贼人妄擘划①。

放火自烧军,好个刘智伯!

那时宋先锋教凌振将号炮施放,那炮直飞起半天里振响。东有张清、琼英,西有孙安、卞祥,各领兵冲杀过来。贼兵大败亏输。鲁成被孙安一剑,挥为两段。郑捷被琼英一石子打下马来,张清再一枪,结果了性命。顾岑被卞祥搠死。寇猛被乱兵所杀。二万三千人马,被火烧兵杀,折了一大半,其余四散逃窜。二千辆车,烧个尽绝。只有刘敏同三四百败残军卒,向前逃奔,到宛州去了。宋军不曾烧毁半茎柴草,也未常损折一个军卒,夺获马匹、衣甲、金鼓甚多。张清、孙安等得胜回到山寨献功。孙安献鲁成首级,张清、琼英献郑捷首级,卞祥献顾岑首级。宋江各各赏劳,标写乔道清头功及张清、琼英、孙安、卞祥功次。

吴用道:"兄长妙算,已丧贼胆,但宛州山水盘纡(回绕曲折。纡,yū),丘原膏沃(肥沃),地称陆海,若贼人添拨兵将,以重兵守之,急切难克。目今金风(秋风)却暑,玉露生凉,军马都已强健。当乘我军威大振,城中单弱,速往攻之,必克。然须别分兵南北屯扎,以防贼人救兵冲突。"宋江称善,依计传令,教关胜、秦明、杨志、黄信、孙立、宣赞、郝思文、陈达、杨春、周通统领兵马三万,屯扎宛州之东,以防贼人南来救兵;林冲、呼延灼、董平、索超、韩滔、彭玘(qǐ)、单廷珪、魏定国、欧鹏、邓飞领兵三万,屯扎宛州之西,以拒贼人北来兵马。众将遵令,整点军马去了。当有河北降将孙安等一十七员,一齐来禀道:"某等蒙先锋收录,深感先锋优礼。今某等愿为前部,前去攻城,少报厚

---

① 擘(bò)划:筹划;安排。

恩。"宋江依允,遂令张清、琼英统领孙安等十七员将佐,军马五万为前部。那十七员乃是:孙安、马灵、卞祥、山士奇、唐斌、文仲容、崔埜、金鼎、黄钺(yuè)、梅玉、金祯、毕胜、潘迅、杨芳、冯升、胡避、叶清。当下张清遵令,统领将佐军兵,望宛州征进去了。

宋江同卢俊义、吴用等,管领其余将佐大兵,拔寨都起,离了方城山,望南进发,到宛州十里外扎寨。令李云、汤隆、陶宗旺监造攻城器具,推送张清等军前备用。张清等众将领兵马将宛州围得水泄不通。城中守将刘敏,是那夜中了宋江之计,只逃脱得性命。到宛州,即差人往南丰王庆处申报,并行文邻近州县,求取救兵。今日被宋兵围了城池,只令坚守城池,待救兵至,方可出击。宋兵攻打城池,一连六七日,城垣坚固,急切不能得下。宛州城北临汝州,贼将张寿领救兵二万前来,被林冲等杀其主将张寿,其余偏牙将士及军卒,都溃散去了。同日,又有宛州之南,安昌、义阳等县救兵到来,被关胜等大败贼兵,擒其将柏仁、张怡,送到宋江大寨正刑讫。二处斩获甚多。此时李云等已造就攻城器具。孙安、马灵等同心协力,令军士囊土,四面拥堆距堙(靠近敌城所筑的土丘。借以观察城内虚实,并可登城。堙,yīn),逼近城垣。又选勇敢轻捷之士,用飞桥转送辒辌(lùwēn,古代的一种卧车),越沟堑,渡池濠,军士一齐奋勇登城,遂克宛州,活擒守将刘敏,其余偏牙将佐,杀死二十余名,杀死军士五千余人,降者万人。宋江等大兵入城,将刘敏正法枭(xiāo)示,出榜安民。标写关胜、林冲、张清并孙安等众将功次。差人到阳翟州陈安抚处报捷,并请陈安抚等移镇宛州。陈安抚闻报大喜,随即同了侯参谋、罗武谕来到宛州。宋江等出郭迎接入城,陈安抚称赞宋江等功勋,是不必得说。

宋江在宛州料理军务,过了十余日,此时已是八月初旬,暑气渐退。宋江对吴用计议道:"如今当取那一处城池?"吴用道:"此处南去山南军,南极湖湘,北控关洛,乃是楚蜀咽喉之会。当先取此城,以分贼势。"宋江道:"军师所言,正合我意。"遂留花荣、林冲、宣赞、郝思文、吕方、郭盛辅助陈安抚等,管领兵马五万,镇守宛州。陈安抚又留了圣手书生萧让,传令水军头领李俊等八员,统驾水军船只,由泌水至山南城北汉江会集。

宋江将陆兵分作三队,辞别陈安抚,统领众多将佐,并军马一十五万,离了宛州,杀奔山南军来。真个是万马奔驰天地怕,千军踊跃鬼神愁。毕竟宋兵如何攻取山南,且听下回分解。

第一百六回

书生谈笑却强敌　水军汩没破坚城

话说宋江分拨人马，水陆并进，船骑同行。陆路分作三队，前队冲锋破敌骁将一十二员，管领兵马一万。那十二员？董平、秦明、徐宁、索超、张清、琼英、孙安、卞祥、马灵、唐斌、文仲容、崔埜。

后队彪将一十四员，管领兵马五万为合后。那十四员？黄信、孙立、韩滔、彭玘、单廷珪、魏定国、欧鹏、邓飞、燕顺、马麟、陈达、杨春、周通、杨林。

中队宋江、卢俊义，统领将佐九十余员，军马十万，杀奔山南军来。前队董平等兵马已到隆中山北五里外扎寨，探马报来道："王庆闻知我兵到了，特于这隆中山北麓，新添设雄兵二万，令勇将贺吉、縻貹(Mí Shèng)、郭矸(gān)、陈赟(yūn)统领兵马，在那里镇守。"董平等闻报，随即计议，教孙安、卞祥，领兵五千伏于左，马灵、唐斌领兵五千伏于右，"只听我军中炮响，一齐杀出"。

这里分拨才定，那边贼众已是摇旗擂鼓，呐喊筛锣，前来搦战。两军相对，旗鼓相望，南北列成阵势，各用强弓硬弩，射住阵脚。贼阵里门旗开处，贼将縻貹出马当先，头顶钢盔，身穿铁铠，弓弯鹊画，箭插雕翎，脸横紫肉，眼睁铜铃，担一把长柄开山大斧，坐一匹高头卷毛黄马，高叫道："你们这伙是水洼小寇，何故与宋朝无道昏君出力，来到这里送死！"宋军阵里，鼍鼓喧天，急先锋索超骤马出阵，大喝道："无端造反的强贼，敢出秽言！待俺劈你一百斧！"挥着金蘸斧，拍马直抢縻貹。那縻貹也抢斧来迎。两军迭声呐喊，二将抢到垓(gāi)心,两骑相交,双斧并举,斗经五十余合,胜败未分。那贼将縻貹,果是勇猛!宋阵里霹雳火秦明,见索超不能取胜,舞着狼牙棍,骤马抢出阵来助战,贼将陈赟舞戟来迎。四将在征尘影里,杀气丛中,正斗到热闹处,只听得一声炮响,孙安、卞祥领兵从左边杀来,贼将贺吉分兵接住厮杀;马灵、唐斌领兵从右边杀来,贼将郭矸分兵接住厮杀。宋阵里琼英骤马出阵,暗拈石子,觑定陈赟,只一石子飞来,正打着鼻凹,陈赟翻身落马。秦明赶上,照顶门一棍,连头带盔,打个粉碎。那左边孙安与贺吉斗到三十余合,被孙安挥剑斩于马下。右边唐斌也刺杀了郭矸。縻貹见众人失利,架住了索超金蘸斧,拨马便走。索超、孙安、马灵等驱兵追赶掩杀,贼兵大败。众将追赶縻貹,刚刚转过山嘴,被贼人暗藏一万兵马在山背后丛林里,贼将耿文、薛赞领兵抢出林来,与縻貹合兵一处,回身冲杀过来,縻貹当先,宋阵里文仲容要干功勋,挺枪拍马,来斗縻貹。战斗到十合之上,被縻貹挥斧,将文仲容砍为两截。崔埜见砍了文仲容,十分恼怒,跃马提刀,直抢縻貹。二将斗过六七合,唐斌拍马来助。縻貹看见有人来助战,大喝一声,只一斧,将崔埜斩于马下,抢来接住唐斌厮杀。这边张清、琼英见折了二将,夫妇两个并马双出,张清拈取石子,望縻貹飞来。那縻貹眼明手快,将斧只一拨,一声响亮,正打在斧上,火光爆散,将石子拨下地去了。琼英见丈夫石子不中,忙取石子飞去。縻貹见第二个石子飞来,把头一低,铛的一声,正打在铜盔上。宋阵里徐宁、董平见二个石子都打不中,徐宁、董平双马并出,一齐并力杀来。縻貹见众将都来,隔住唐斌的枪,拨马便走。唐斌紧紧追赶,却被贼将耿文、薛赞双出接住,被縻貹那厮跑脱去了。众将只杀了耿文、薛赞,杀散贼兵,夺获马匹、金鼓、衣甲甚多。董平教军士收拾文仲容、崔埜二人尸首埋葬。唐斌见折了二人,放声大哭,亲与军士殡殓二人。董平等九人已将兵马屯扎在隆中山的南麓了。

　　次日,宋江等两队大兵都到,与董平等合兵一处。宋江见折了二将,十分凄惨。用礼祭奠毕,与吴用商议攻城之策。吴用、朱武上云梯,看了城池形势,下来对宋江道:"这座城坚固,攻打无益,且扬示(假装)攻打之意,再看机会。"宋江传令,教一面收拾攻城器械,一面差精细军卒,四面侦探消息。

不说宋江等计议攻城,却说縻貹那厮,只领得二三百骑,逃到山南州城中。守城主将,却是王庆的舅子段二。王庆闻宋朝遣宋江等兵马到来,加封段二为平东大元帅,特教他到此镇守城池。当下縻貹来参见了,诉说宋江等兵勇将猛,折了五将,全军覆没,特来恳告元帅,借兵报仇。原来縻貹等是王庆差出来的,因此说借兵。段二听说大怒道:"你虽不属我管,你的覆兵折将的罪,我却杀得你!"喝叫军士绑出,斩讫来报。只见帐下闪出一人来禀道:"元帅息怒,且留着这个人。"段二看时,却是王庆拨来帐前参军左谋。段二道:"却如何饶他?"左谋道:"某闻縻貹十分骁勇,连斩宋军中二将。宋江等真个兵强将勇,只可智取,不可力敌。"段二道:"怎么叫做智取?"左谋道:"宋江等粮草辎重,都屯积宛州,从那边运来。闻宛州兵马单弱,元帅当密差的当(稳妥)人役,往均、巩二州守城将佐处,约定时日,教他两路出兵,袭宛州之南,我这里再挑选精兵,就着縻将军统领,教他干功(立功)赎罪,驰往袭宛州之北。宋江等闻知,恐宛州有失,必退兵去救宛州。乘其退走,我这里再出精兵,两路击之。宋江可擒也。"段二本是个村卤汉,那晓得甚么兵机,今日听了左谋这段话,便依了他,连忙差人往均、巩二州约会去了。随即整点军马二万,令縻貹、阙翥、翁飞三将统领,黑夜里悄地出西门,掩旗息鼓,一齐投奔宛州去了。

却说宋江正在营中思算(思考、算计)攻城之策,忽见水军头领李俊入寨来禀说:"水军船只,已都到城西北汉江、襄水两处屯扎。小弟特来听令。"宋江留李俊在帐中,略饮几杯酒,有侦探军卒来报,说城中如此如此,将兵马去袭宛州了。宋江听罢大惊,急与吴用商议。吴用道:"陈安抚及花将军等俱有胆略,宛州不必忧虑。只就这个机会,一定要破他这座城池。"便向宋江密语半晌。宋江大喜,即授密计与李俊及步军头领鲍旭等二十员,带领步兵二千,至夜密随李俊去了,不题。

再说贼将縻貹等引兵已到宛州,伏路小军报入宛州来。陈安抚教花荣、林冲领兵马二万,出城迎敌。二将领兵,方出得城,又有流星探马(探子)报将来道:"縻貹等约会均州贼人,均州兵马三万,已到城北十里外了。"陈瓘再教吕方、郭盛领兵马二万,出北门迎敌去了。未及一个时辰,又有飞报说道:"巩州贼人季三思、倪慑等统领兵马三万,杀奔到西门来。"众人都相顾错愕(仓卒惊愕)道:"城中只有宣赞、郝思文二将,兵马虽有一万,大半是老弱,如何守御?"当有圣手书生萧让道:"安抚大人,不必忧虑,萧某有一计。"便迭着两个指头,向众人道:"如此如此,贼众可破。"陈瓘以下众人,都点头称善。陈瓘传令,教宣赞、郝思文挑选强壮军士五千,伏于西门内,待贼退兵,方可出击。二将领计去了。陈瓘再教那些老弱军士,不必守城,都要将旗幡掩倒,只听西门城楼上炮响,却将旗帜一齐举竖起来。只许在城内走动,不得出城,分拨已定,陈安抚教军士扛抬酒馔,到西门城楼上摆设。陈瓘、侯蒙、罗戬随即上城楼,笑谈剧饮(痛饮),叫军士大开了城门,等那贼兵到来。多样时,那贼将季三思、倪慑,领着十余员偏将,雄纠纠气昂昂的杀奔到城下来。望见城门大开,三个官员,一个秀才,于城楼上花堆锦簇,大吹大擂的在那里吃酒;四面城垣上,旗幡影儿也不见一个。季三思疑讶,不敢上前。倪慑道:"城中必有准备,我们当速退兵,勿中他诡计。"季三思急教退军时,只听得城楼上一声炮响,喊声振天,鼓声振地,旌旗无数的在城垣内来往。贼兵听了主将说话,已是惊疑,今见城中如此,不战自乱。城内宣赞、郝思文领兵杀出城来,贼兵大败,弃下金鼓、旗幡、兵戈、马匹、衣甲无数,斩首万余。季三思、倪慑都被乱军所杀。其余军士,四散乱窜逃生。宣赞、郝思文得胜,收兵回城,陈安抚等已到帅府去了。

北路花荣、林冲已杀了阙翥、翁飞二将,杀散贼兵,单单只走了縻貹,收兵凯还,方欲进城,听说又有两路贼兵到来,西路兵已赖萧让妙计杀退了,南路吕方、郭盛,尚不知胜败。花荣等得了这个消息,传令教军士疾驰到南路去。吕方、郭盛正与贼将鏖战,林冲、花荣驱兵肋战,杀得贼兵星落云散,七断八续,斩获甚多。当日三路贼兵,死者三万余人,伤者无算。只见尸横郊野,血满田畴(泛指田地)。林冲、花荣、吕方、郭盛都收兵入城,与宣赞、郝思文一同来到帅府献捷。陈瓘、侯蒙、罗戬,俱各大喜,称赞萧让之妙策、花荣等众将之英雄。众将喏喏连声道:"不敢。"陈安抚教大排筵席,宴赏将士,犒劳三军,标写萧让、林冲等功劳,紧守城池,不在话下。

再说段二差麋胜等军兵出城后,次夜,段二在城楼上眺望宋军。此时正是八月中旬望前天气,那轮几望的明月,照耀的如白昼一般。段二看见宋军中旗幡乱动,徐徐的向北退去。段二对左谋道:"想是宋江知道宛州危急,因此退兵。"左谋道:"一定是了!可急点铁骑出城掩击。"段二教钱侯、钱仪二将,整点兵马二万,出城追击宋兵,二将遵令去了。段二向西望时,只见城外襄水,一派月色水光,潺潺溶溶,相映上下。那宋军的三五百只粮船,也渐渐望北撑去。那段二平日掳掠惯了,今夜看见许多粮船,又没有甚么水军在上,每船只有六七个水手,在那里撑驾,便叫放开西城水门,令水军总管诸能,统驾五百只战船,放出城来,抢劫粮船。宋军船上望见,连忙将船泊拢岸来,那船上水手,都跳上岸去。那边诸能撑驾战船上前,只听得宋军船帮里一棒锣声响,放出百十只小渔艇来,每船上二人划桨,三四人执着团牌标枪,朴刀短兵,飞也似杀将来。诸能叫水军把火炮火箭打射将来。那渔艇上人,抵敌不住,发声喊,都跳下水里去了。

贼兵得胜,夺了粮船。诸能叫水手撑驾进城。刚放得一只进城,城内传出将令来,须逐只搜看,方教撑进城来,诸能叫军士先将那撑进来的那只船搜看。十数个军士一齐上船来,揭那艎板(船面上的铺板。艎,huáng),却似一块木板做就的,莫想揭动分毫。诸能大惊道:"必中了奸计!"忙教将斧凿撬打开来看。"那些城外的船,且莫撑进来。"说还未毕,只见城外后面三四只粮船,无人撑驾,却似顺着潮水的,又似使透顺风的,自荡进来。诸能情知中计,急要上岸时,水底下钻出十数个人来,都是口衔着一把蓼叶刀(腰刀的一种,形如蓼叶。蓼,liǎo),正是李俊、二张、三阮、二童这八个英雄。贼兵急待要用兵器来搠时,那李俊一声胡哨,那四五只粮船内暗藏的步军头领,从板下拔去梢子(指销钉),推开舱板,大喊一声,各执短兵抢出来。却是鲍旭、项充、李衮、李逵、鲁智深、武松、杨雄、石秀、解珍、解宝、龚旺、丁得孙、邹渊、邹润、王定六、白胜、段景住、时迁、石勇、凌振等二十个头领并千余步兵,一齐发作,奔抢上岸,砍杀贼人。贼兵不能拦当,乱窜奔逃。诸能被童威杀死,城里城外,战船上水军,被李俊等杀死大半,河水通红。李俊等夺了水门,当下鲍旭等那伙大虫护卫凌振施放轰天子母号炮,分头去放火杀人。城中一时鼎沸起来,呼兄唤弟,觅子寻爷,号哭振天。段二闻变,急引兵来策应,正撞着武松、刘唐、杨雄、石秀、王定六这一伙。段二被王定六向腿上一朴刀搠翻,活捉住了。鲁智深、李逵等十余个头领抢至北门,杀散守门将士,开城门,放吊桥。那时宋江兵马,听得城中轰天子母炮响,勒转兵马杀来,正撞着钱侯、钱仪兵马,混杀一场。钱侯被卞祥杀死;钱仪被马灵打翻,被人马踏为肉泥。三万铁骑,杀死大半。孙安、卞祥、马灵等领兵在前,长驱直入,进了北门。众将杀散贼兵,夺了城池,请宋先锋大兵入城。

此时已是五更时分,宋江传令,先教军士救灭火焰,不许杀害百姓。天明出榜安民,众将都将首级前来献功。王定六将段二绑缚解来,宋江差军士押解到陈安抚处发落。左谋被乱兵所杀。其余偏牙将士,杀死的甚多,降伏军士万余。宋江令杀牛宰马,赏劳三军将士,标写李俊等诸将功次,差马灵往陈安抚处报捷,并探问贼兵消息。马灵遵令去了两三个时辰,便来回复道:“陈安抚闻报,十分欢喜。随(随即)自为表(表章),差人赍奏朝廷去了。”马灵又说萧让却敌一事,宋江惊道:“倘被贼人识破,奈何?终是秀才见识。”宋江发本处仓廪中米粟,赈济被兵火的百姓,料理诸项军务已毕。宋江正与吴用计议攻打荆南郡之策,忽接陈安抚处奉枢密院札文,转行文来说:"西京贼寇纵横,摽掠(抢劫,掳掠。摽,biāo,通"剽")东京属县,着宋江等先荡平西京,然后攻剿王庆巢穴。"陈安抚另有私书说枢密院可笑处。

　　宋江、吴用备悉来意,随即计议分兵:一面攻打荆南,一面去打西京。当有副先锋卢俊义及河北降将,俱愿领兵到西京,攻取城池。宋江大喜,拨将佐二十四员,军马五万,与卢俊义统领前去。那二十四员将佐:副先锋卢俊义、副军师朱武、杨志、徐宁、索超、孙立、单廷珪、魏定国、陈达、杨春、燕青、解珍、解宝、邹渊、邹润、薛永、李忠、穆春、施恩,河北降将乔道清、马灵、孙安、卞祥、山士奇、唐斌。

　　卢俊义即日辞别了宋先锋,统领将佐军马,望西京进征去了。宋江令史进、穆弘、欧鹏、邓飞统领兵马二万,镇守山南城池。宋江对史进等说道:"倘有贼兵至,只宜坚守城池。"宋江统领众多将佐,兵马八万,望荆南杀奔前来,但见那枪刀流水急,人马撮风行。正是:旌旗红展一天霞,刀剑白铺千里雪。毕竟荆南又是如何攻打,且听下回分解。

第一百七回

宋江大胜纪山军　朱武打破六花阵

话说宋江统领将佐军马,杀奔荆南来,每日兵行六十里下寨,大军所过地方,百姓秋毫无犯。戎马(军马、军队)已到纪山地方屯扎(驻扎)。那纪山在荆南之北,乃荆南重镇。上有贼将李懹(ràng)管领兵马三万,在山上镇守。那李懹是李助之侄,王庆封他做宣抚使。他闻知宋江等打破山南军,段二被擒,差人星夜到南丰,飞报王庆、李助知会(知道)说:"宋兵势大,已被他破了两个大郡。目今来打荆南,又分调卢俊义兵将,往取西京。"李助闻报大惊,随即进宫,来报王庆。内侍传奏入内里去,传出旨意来说道:"教军师俟候(等候。俟, sì)着,大王即刻出殿了。"李助等候了两个时辰,内里不见动静。李助密问一个相好的近侍,说道:"大王与段娘娘正在厮打的热闹哩!"李助问道:"为何大王与娘娘厮闹?"近侍附李助的耳说道:"大王因段娘娘嘴脸那个(面容丑陋),大王久不到段娘娘宫中了,段娘娘因此着恼。"李助又等了一回,有内侍出来说道:"大王有旨,问军师还在此么?"李助道:"在此鹄候(直立等候,恭候。鹄, hú)!"内侍传奏进去。少顷,只见若干内侍宫娥,簇拥着那王庆出到前殿升坐。李助俯伏拜舞毕,奏道:"小臣侄儿李懹申报来说,宋江等将勇兵强,打破了宛州、山南两座城池。目今宋江分拨兵马,一路取西京,一路打荆南。伏乞(恳请、请求)大王发兵去救援。"王庆听罢大怒道:"宋江这伙是水洼草寇,如何恁般猖獗?"随即降旨,令都督杜坣(táng,古同"堂")管领将佐十二员,兵马二万,到西京救援。又令统军大将谢宇,统领将佐十二员,兵马二万,救援荆南。二将领了兵符令旨,挑选兵马,整顿器械。那伪枢密院分拨将佐,伪转运使龚正运粮草,接济二将,辞了王庆,各统领兵将,分路来援二处,不在话下。

且说宋江等兵马到纪山北十里外扎寨屯兵,准备冲击。军人侦探贼人消息的实回报。宋江与吴用计议了,对众将说道:"俺闻李懹手下,都是勇猛的将士。纪山乃荆南之重镇。我这里将士兵马,虽倍于贼,贼人据险,我处山之阴下,为敌所因。那李懹狡猾诡谲(guǐjué,诡计多端),众兄弟厮杀,须看个头势,不得寻常看视。"于是下令:"将军入营,即闭门清道,有敢行者诛,有敢高言者诛。军无二令,二令者诛。留令者诛。"传令方毕,军中肃然。宋江教戴宗传令水军头领李俊等,将粮食船只,须谨慎提防,陆续运到军前接济。差人打战书去,与李懹约定次日决战。宋先锋传令,教秦明、董平、呼延灼、徐宁、张清、琼英、金鼎、黄钺(yuè)领兵马二万,前去厮杀;教焦挺、郁保四、段景住、石勇,率领步兵二千,斩伐林木,极广吾道,以便战所。分拨已定,宋江与其余众将,俱各守寨。

次日五更造饭,军士饱餐,马食刍料,平明合战。李懹统领偏将马勥(jiàng,同"犟")、马劲、袁朗、滕戣(kuí)、滕戡(kān),兵马二万,冲杀下来。这五个人,乃贼中最骁勇者,王庆封他做虎威将军。当下贼兵与秦明等两军相对。贼兵排列在北麓平阳处,山上又有许多兵马接应。当下两阵里旗号招展,两边列成阵势,各用强弓硬弩,射住阵脚,鼍鼓喧天,彩旗迷日。贼阵里门旗开处,贼将袁朗骤马当先,头顶熟铜盔,身穿团花绣罗袍,乌油对嵌铠甲,骑一匹卷毛乌骓,赤脸黄须,九尺长短身材,手搭两个水磨炼钢挝(zhuā),左手的重十五斤,右手的重十六斤,高叫道:"水洼草寇,那个敢上前来纳命(送命受死)!"宋阵中河北降将金鼎、黄钺要干头功,两骑马一齐抢出阵来,喝骂道:"反国逆贼,何足为道!"金鼎舞着一把泼风大刀,黄钺拈浑铁点钢枪,骤马直抢袁朗,那袁朗使着两个钢挝来迎,三骑马丁字儿摆开厮杀。三将斗过三十合,袁朗将挝一隔,拨转马便走。金鼎、黄钺驰马赶去，袁朗霍地回马，金鼎的马稍前。金鼎正抡刀砍来，袁朗左手将挝望上一迎，铛的一声，那把刀口砍缺。金鼎收刀不迭，早被袁朗右手一钢挝，把金鼎连盔透顶，打的粉碎，撞下马来。黄钺马到，那根枪早刺到袁朗前心。袁郎眼明手快，将身一闪，黄钺那根枪刺空，从右软胁下过去。袁朗将左臂抱了那把挝，右手顺势将枪杆挟住，望后一扯，黄钺直跌入怀来。袁朗将右手拦腰抱住，捉过马来，掷于地上。众兵发声喊，急抢出来，捉入阵去了。那匹马直跑回本阵来。宋阵里霹雳火秦明见折了二将，心中大怒，跃马上前，舞起狼牙棍，直取袁朗，袁朗舞挝来迎。两个战到五十余合，宋阵中女将琼英，骤放银鬃马，挺着方天画戟，头戴紫金点翠凤冠，身穿红罗挑绣战袍，袍上罩着白银嵌金细甲，出阵来助秦明。贼将滕戣，看见是女子，拍马出阵，大笑道："宋江等真是草寇，怎么用那妇人上阵？"滕戣舞着一把三尖两刃刀，接住琼英厮杀。两个斗到十合之上，琼英将戟分开滕戣的那口刀，拨马望本阵便走。滕戣大喝一声，骤马赶来。琼英向鞍鞯边绣囊中，暗取石子，扭转柳腰，觑定滕戣，只一石子飞来，正中面门，皮伤肉绽，鲜血迸流，翻身落马。琼英霍地回马赶上，复一画戟，把滕戣结果。滕戡看见女将杀了他的哥哥，心中大怒，拍马抢出阵来，舞一条虎眼竹节钢鞭，来打琼英。这里双鞭将呼延灼纵马舞鞭，接住厮杀。众将看他两个本事，都是半斤八两的，打扮也差不多。呼延灼是冲天角铁幞头，销金黄罗抹额，七星打钉皂罗袍，乌油对嵌铠甲，骑一匹踢雪乌骓；滕戡是交角铁幞头，大红罗抹额，百花点翠皂罗袍，乌油戗金甲，骑一匹黄鬃马。呼延灼只多得一条水磨八棱钢鞭。两个在阵前，左盘右旋，一来一往，斗过五十余合，不分胜败。那边秦明、袁朗两个，已斗到一百五十余合。贼阵中主帅李懹，在高阜（高山）处看见女将飞石利害，折了滕戣，即令鸣金收兵。秦明、呼延灼见贼将骁勇，也不去追赶。袁朗、秦明两家各自回阵。贼兵上山去了。

　　秦明等收兵回到大寨，说贼将骁（xiāo）勇，折了金鼎、黄钺，若不是张将军夫人,却不是挫了我军锐气。宋江十分烦恼,与吴学究计议道:"似此怎么打得荆南?"吴用迭着两个指头,画出一条计策,说道:"只除如此如此。"宋江依允,当下唤鲁智深、武松、焦挺、李逵、樊瑞、鲍旭、项充、李衮、郑天寿、宋万、杜迁、龚旺、丁得孙、石勇十四个头领,同了凌振,带领勇捷步兵五千,乘今夜月黑时分,各披软战,用短兵、团牌、标枪、飞刀,抄小路到山后行事。众将遵令去了。

次早,李懹差军下战书,宋江与吴用商议。吴用道:"贼人必有狡计。鲁智深等已是深入重地,可速准备交战。"宋江批:"即日交战。"军人持书上山去了。宋江仍命秦明、董平、呼延灼、徐宁、张清、琼英为前部,统领兵马二万,弓弩为表,楯戟(dùnjǐ,戟和盾)为里,战车在前,骑兵为辅,前去冲击;教黄信、孙立、王英、扈三娘整顿兵马一万,在营俟候;李应、柴进、韩滔、彭玘整顿兵马一万,也在营中俟候:"听吾前军号炮,你等从东西两路,抄到军前。"再教关胜、朱仝、雷横、孙新、顾大嫂、张青、孙二娘统领马步军兵二万,屯扎大寨之后,防备贼人救兵到来。分拨已定,宋江同吴用、公孙胜亲自督战,其余将佐守寨。是日辰牌时分,吴用上云梯观看,山形险峻,急教传令军马,再退后二里列阵,好教两路奇兵做手脚。

这里列阵才完,纪山贼将李懹,统领袁朗、滕戡、马劲、马劲四个虎将,二万五千兵马。滕戡教军士用竹竿挑着黄钺首级,押着冲阵的五千铁骑。军士都顶深盔,披铁铠,只露着一双眼睛。马匹都带重甲,冒面具,只露得四蹄悬地。这是李懹昨日见女将飞石,打伤了一将,今日如此结束,虽有矢石,那里甲护住了。那五千军马,两个弓手,夹辅一个长枪手,冲突下来。后面军士,分两路夹攻拢来。宋江抵当不住,望后急退。宋江忙教把号炮施放。早被他射伤了推车的数百军士,幸有战车当住,因此铁骑不能上前。车后虽有骑兵,不能上前用武。正在危急,只听得山后连珠炮响,被鲁智深等这伙将士,爬山越岭,杀上山来。山寨里贼兵,只有五千老弱,一个偏将,被鲁智深等杀个罄尽,夺了山寨。李懹等见山后变起,急退兵时,又被黄信等四将、李应等四将,两路抄杀到来。宋江又教铳(chòng)炮手打击铁骑,贼兵大溃。鲁智深、李逵等十四个头领,引着步兵,于山上冲击下来,杀得贼兵雨零星散,乱窜逃生。可惜袁朗好个猛将,被火炮打死。李懔在后,被鲁智深打死。马劲、滕戣被乱兵所杀,只走了马剪一个。夺获盔甲、金鼓、马匹无算。三万军兵,杀死大半。山上山下,尸骸遍满。宋江收兵,计点兵士,也折了千余。因日暮,仍扎寨纪山北。

次日,宋江率领兵将上山,收拾金银粮食,放火烧了营寨,大赏三军将士,标写鲁智深等十五人并琼英功次,督兵前进。过了纪山,大兵屯扎荆南十五里外,与军师吴用计议,调拨将士,攻打城池,不在话下。

话分两头。回文再说卢俊义这支兵马望西京进发,逢山开路,遇水填桥。所过地方,宝丰等处贼将武顺等,香花灯烛,献纳城池,归顺天朝。卢俊义尉抚劝劳,就令武顺镇守城池,因此贼将皆感泣,倾心露胆(竭尽忠诚。形容待人竭尽诚心),弃邪归正。

自此,卢俊义等无南顾之忧,兵马长驱直入。不则一日,来到西京城南三十里外,地名伊阙山屯扎。探听得城中主帅是伪宣抚使龚端与统军奚胜及数员猛将在那里镇守。那奚统军曾习阵法,深知玄妙(奥秘)。卢俊义随即与朱武计议,当用何策取城。朱武道:"闻奚胜那厮,颇知兵法,一定要来斗敌。我兵先布下阵势,待贼兵来,慢慢地挑战。"卢俊义道:"军师高论极明。"随即遣调军马,向山南平坦处排下循环八卦阵势。

等候间,只见贼兵分作三队而来,中一队是红旗,左一队是青旗,右一队是红旗,三军齐到。奚胜见宋军排成阵势,便令青红旗二军分在左右,扎下营寨。上云梯看了宋兵是循环八卦阵,奚胜道:"这个阵势,谁不省得? 待俺排个阵势惊他。"令众军擂三通画鼓,竖起将台,就台上用两把号旗招展,左右列成阵势已了,下将台来,上马令首将哨开阵势,到阵前与卢俊义打话。那奚统军怎生结束?

但见：

> 金盔日耀喷霞光，银铠霜铺吞月影。
>
> 绛征袍锦绣攒成，黄鞓带珍珠钉就。
>
> 抹绿靴斜踏宝镫，描金鞊随定丝鞭。
>
> 阵前马跨一条龙，手内剑横三尺水。

　　奚胜勒马直到阵前，高声叫道："你摆循环八卦阵，待要瞒谁？你却识得俺的阵么？"卢俊义听得奚胜要斗阵法，同朱武上云梯观望。贼兵阵势，结三人为小队，合三小队为一中队，合五中队为一大队，外方而内圆，大阵包小阵，相附联络。朱武对卢俊义道："此是李药师(唐初大将李靖，字药师，曾率三千骑兵，生擒突厥颉利可汗)六花阵法。药师本武侯八阵，裁而为六花阵。贼将欺我这里不识他这个阵，不知就我这个八卦阵，变为八八六十四，即是武侯八阵图法，便可破他六花阵了。"卢俊义出到阵前喝道："量你这个六花阵，何足为奇！"奚胜道："你敢来打么？"卢俊义大笑道："量此等小阵，有何难哉！"卢俊义入阵，朱武在将台上将号旗左招右展，变成八阵图法。朱武教卢俊义传令，杨志、孙安、卞祥，领披甲马军一千去打阵："今日属金，将我阵正南离位上军，一齐冲杀过去。"杨志等遵令，擂鼓三通，众将上前，荡开贼将西方门旗，杀将入去。这里卢俊义率马灵等将佐军兵，掩杀过去，贼兵大败。

　　且说杨志等杀入军中，正撞着奚胜，领着数员猛将保护，望北逃奔。孙安、卞祥要干功绩，领兵追赶上去，却不知深入重地。只听得山坡后一棒锣声响，赶出一彪军来。杨志、孙安等急退不迭，正是冲阵马亡青嶂下，戏波船陷绿蒲中。毕竟这支是那里兵马，孙安等如何迎敌，且听下回分解。

第一百八回

乔道清兴雾取城　小旋风藏炮击贼

话说杨志、孙安、卞祥正追赶奚胜,到伊阙山侧,不提防山坡后有贼将埋伏,领一万骑兵突出,与杨志等大杀一阵。奚胜得脱,领败残兵进城去了。孙安奋勇厮并(拼杀),杀死贼将二人,却是众寡不敌,这千余甲马骑兵,都被贼兵驱入深谷中去。那谷四面都是峭壁,却无出路,被贼兵搬运木石,塞断谷口。贼人进城,报知龚端。龚端差二千兵把住谷口,杨志、孙安等便是插翅也飞不出来。

不说杨志等被困,且说卢俊义等得破奚胜六花阵,大半亏马灵用金砖术,打翻若干贼兵,更兼众将勇猛,得获全胜,杀了贼中猛将三员,乘势驱兵,夺了龙门关,斩级万余,夺获马匹、盔甲、金鼓无算,贼兵退入城中去了。卢俊义计点军马,只不见了冲头阵的杨志、孙安、卞祥一千军马。当下卢俊义教解珍、解宝、邹渊、邹润各领一千人马,分四路去寻。至日暮,却无影响。

次日,卢俊义按兵不动,再令解珍等去寻访。解宝领一支军,攀藤附葛(攀附着藤葛前进。极言道路艰难),爬山越岭,到伊阙山东最高的一个山岭上。望见山岭之西,下面深谷中,隐隐的有一簇(cù,量词,用于聚集成团的东西)人马,被树林丛密遮蔽了,不能够看得详细。又且高下悬隔,声唤不闻。解宝领军卒下山,寻个居民访问,那里有一个人家?都因兵乱迁避去了。次后到一个最深僻的山凹平旷处,方才有几家穷苦的村农,见了若干军马,都慌做一团。解宝道:"我们是朝廷兵马,来此剿捕贼寇的。"那些人听说是官兵,更是慌张。解宝用好言抚慰说道:"我们军将是宋先锋部下。"那些人道:"可是那杀鞑子,擒田虎,不骚扰地方的宋先锋么?"解宝道:"正是。"那些村农跪拜道:"可知道将军等不来抓鸡缚狗!前年也有官兵到此剿捕贼人,那些军士与强盗一般掳掠。因此,我等避到这个所在来。今日得将军到此,使我们再见天日。"解宝把那杨志等一千人马,不知下落,并那岭西深谷去处,问访众人。那些人都道:"这个谷叫镣谼(liáohōng,空旷幽深的山谷)谷,只有一条进去的路。"农人遂引解宝等来到谷口,恰好邹渊、邹润两支军马也寻到来。合兵一处,杀散贼兵,一同上前,搬开木石,解宝、邹渊领兵马进谷。此时已是深秋天气,果然好个深岩幽谷。但见:

玉露雕伤枫树林,深岩邃谷气萧森。

岭巅云雾连天涌,壁峭松筠接地阴。

杨志、孙安、卞祥与一千军士,马罢人困,都在树林下,坐以待毙。见了解宝等人马,众人都喜跃欢呼。解宝将带来的干粮分散杨志等众人,先且充饥。食罢,众军一齐出谷。解宝叫村农随到大寨,来见卢先锋。卢俊义大喜,取银两米谷,赈济穷民。村农磕头感激,千恩万谢去了。随后解珍这支军马,也回寨了。是日天晚歇息,一宿无话。

次早,卢俊义正与朱武调遣兵马,攻取城池,忽有流星探马报将来说:"王庆差伪都督杜壆领十二员将佐,兵马二万,前来救援,兵马已到三十里外了。"卢俊义闻报,教朱武、杨志、孙立、单廷珪、魏定国同乔道清、马灵,管领兵马二万,列阵于大寨前,以当城中贼兵突出;教解珍、解宝、穆春、薛永管领军马五千,看守山寨。卢俊义亲自统领其余将佐,军马三万五千,迎敌杜壆。

当有浪子燕青禀道:"主人今日不宜亲自临阵。"卢俊义道:"却是为何?"燕青道:"小人昨夜,有不祥的梦兆。"卢俊义道:"梦寐之事,何足凭信。既以身许国,也顾不得利害。"燕青道:"若是主人决意要行,乞拨五百步兵,与小人自去行事。"卢俊义笑道:"小乙,你待要怎么?"燕青道:"主人勿管,只拨与小人便了。"卢俊义道:"便拨与你,看你做出甚事来!"随即拨五百步兵与燕青。燕青领了自去。卢俊义冷笑不止。统领众将兵马,离了大寨,由平泉桥经过。那平泉中多奇异的石子,乃唐朝李德裕(中晚唐名相)旧庄,只见燕青引着众人,在那里砍伐树木。卢俊义心下虽是好笑,忙忙地要去厮杀,无暇去问他。兵马过了龙门关西十里处,向西列阵等候。至一个时辰,贼兵方到。

两阵相对,擂鼓呐喊。西阵里偏将卫鹤,舞大杆刀,拍马当先。宋阵中山士奇跃马挺枪,更不打话,接住厮杀。两骑马在阵前斗过三十合,山士奇挺枪刺中卫鹤的战马后腿,那马后蹄蹴(cuó)将下去,把卫鹤闪下马来,山士奇又一枪戳死。西阵中酆(fēng)泰大怒,舞两条铁简(铜),拍马直抢山士奇。二将斗到十合之上,卞祥见山士奇斗不过酆泰,拈枪拍马助战。被酆泰大喝一声,只一简,把山士奇打下马来,再加一简,结果了性命。拍马舞剑来迎,怎奈卞祥更是勇猛,酆泰马头才到,大喝一声,一枪刺中酆泰心窝,死于马下。两军大喊。西阵主帅杜壆,见连折了二将,心如火炽,气若烟生,挺一条丈八蛇矛,骤马亲自出阵。宋阵主帅卢俊义也亲自出阵,与杜壆斗过五十合,不分胜败。杜壆那条蛇矛,神出鬼没。孙安见卢先锋不能取胜,挥剑拍马助战。贼将卓茂,舞条狼牙棍,纵马来迎。与孙安斗不上四五合,孙安奋神威,将卓茂一剑,斩于马下。拨转马,骤上前,挥剑来砍杜壆。杜壆见他杀了卓茂,措手不及,被孙安手起剑落,砍断右臂,翻身落马,卢俊义再一枪,结果了性命。卢俊义等驱兵卷杀过去,贼兵大败。

忽地西南上铲斜小路里冲出一队骑兵,当先马上一将,状貌粗黑丑恶,一头蓬松短发,顶个铁道冠,穿领绛征袍,坐匹赤炭马,仗剑指挥众军,弯环踢跳,飞奔前来。卢俊义等看是贼兵号衣,驱兵一拥上前冲杀。那将不来与你厮杀,口中喃喃呐呐地念了两句,望正南离位上砍了一剑,转眼间,贼将口中喷出火来。须臾,平空地上,腾腾火炽,烈烈烟生,望宋军烧将来。卢俊义走避不迭,宋军大败,弃下金鼓、马匹,乱窜奔逃。走不迭的,都烧得焦头烂额。军士死者,五千余人。众将保护着卢俊义,奔走到平泉桥。军士争先上桥,登时把桥挤踏得倾圮(pǐ)下来。幸得燕青砍伐树木,于桥两旁,刚搭得完浮桥,军士得渡,全活者二万人。卢俊义与卞祥两骑马落后,行至桥边,被贼将赶上,一口火望卞祥喷来。卞祥满身是火,烧损坠马,被贼兵所杀。卢俊义幸得浮桥接济,驰窜去了。

　　贼将领兵追杀到来,却得前军报知乔道清。乔道清单骑仗剑,迎着贼将。那贼将见乔道清迎上来,再把剑望南砍去,那火比前番更是炽焰。乔道清捏诀念咒,把剑望坎方(北方)一指,使出三昧神水的法。霎时间,有千百道黑气,飞迎前来,却变成瀑布飞泉,又如亿兆(极言其数之多)斛(hú,中国旧量器名,亦是容量单位,一斛本为十斗,后来改为五斗)的琼珠玉屑,望贼将泼去,灭了妖火。那贼将见破了妖术,拨马逃奔,战马踏着一块水石,马蹄后失,把那贼将闪下马来。乔道清飞马赶上,挥剑砍为两段。那五千骑兵,掀翻跌伤者,五百余人。乔道清仗剑大喝道:"如肯归降,都留下驴头!"贼人见乔道清如此法力,都下马投戈,拜伏乞命。乔道清再用好言抚慰,枭了贼将首级,率领降贼,来见卢先锋献捷。卢俊义感谢不已,并称赞燕青功劳。

　　众将问降贼,方晓得那妖人姓寇名威,惯用妖火烧人。人因他貌相丑恶,叫他做毒焰鬼王。昔年助王庆造反的,不知往那里去了二年,近日又到南丰说:"宋兵势大,待俺去剿他。"因此,王庆差他星驰到此。龚端、奚胜望见救兵输了,不敢出来厮杀,只添兵坚守城池。当下乔道清说:"这里城池深固,急切不能得破。今夜待贫道略施小术,助先锋成功,以报二位先锋厚恩。"卢俊义道:"愿闻神术。"乔道清附耳低言说道:"如此,如此。"卢俊义大喜,随即调遣将士,各去行事,准备攻城。一面教军士以礼殡葬山士奇、卞祥,卢俊义亲自设祭。

　　是夜二更时分,乔道清出来仗剑作法。须臾雾起,把西京一座城池周回都遮漫了。守城军士，咫尺不辨，你我不能相顾。宋兵乘黑暗里，从飞桥转关辘轳上，攀缘上女墙。只听得一声炮响，重雾忽然光敛。城上四面，都是宋兵，各向身边取出火种，燃点火炬，上下照耀，如同白昼一般。守城军士先是惊得麻木了，都动弹不得，被宋兵掣出兵器砍杀，贼兵坠城死者无算(不计其数)。龚端、奚胜见变起仓卒(同"仓猝")，急引兵来救应，已被宋军夺了四门。卢俊义大驱兵马进城。龚端、奚胜都被乱兵杀死，其余偏牙将佐头目俱降，军士降服者三万人，百姓秋毫无犯。

天明，卢俊义出榜安民，标录乔道清大功，重赏三军将士，差马灵到宋先锋处报捷。马灵遵令去了，至晚便来回话说："宋先锋等攻打荆南，连日与贼人交战，大败南丰救兵，主帅谢宁被擒。宋先锋因戎事焦劳，染病在营中，数日军务，都是吴军师统握(统管掌握)。"卢俊义闻报，郁郁不乐，连忙料理军务，将西京城池交与乔道清、马灵统兵镇守。

卢俊义次日辞别乔道清、马灵，统领朱武等二十员将佐，离了西京，急急忙忙望荆南进发。不则一日，兵马已到荆南城北大寨中，卢俊义等入寨问候。宋江亏神医安道全疗治，病势已减了六七分。卢俊义等甚是喜慰。正在叙阔，各述军务，忽有逃回军士报说："唐斌正护送萧让等，离大寨行至三十里，忽被荆南贼将縻貹、马勥领一万精兵，从斜僻小路抄出，乘先锋卧病，要来劫大寨之后，正遇着我们人马。唐斌力敌二将，怎奈众寡不敌，更兼縻貹十分勇猛。唐斌被縻貹杀死。萧让、裴宣、金大坚都被活捉去。他们正要来劫寨，探听得卢先锋等大兵到来，贼人只掳了萧让等遁去。"宋江听罢，不觉失声哭道："萧让等性命休矣！"病势仍旧沉重。卢俊义等众将，都来劝解。卢俊义问道："萧让等到何处去？"宋江呜咽答道："萧让知我有病，特辞了陈安抚来看视我，并奉陈安抚命，即取金大坚、裴宣到宛州，要他们写勒碑石，及查勘文卷。我今日特差唐斌领一千人马护送他三个去，不料被贼人捉掳，三人必被杀害！"宋江遂教卢俊义帮助吴用,攻打城池,拿住縻貹、马勥报仇。卢俊义等遵令,来到城北军前。众人与吴学究叙礼毕,卢俊义连忙说萧让等被掳之事。吴用大惊道:"苦也! 断送了这三个人!"传令教众将围城,并力攻打城池。众将遵令,四面攻城。吴用又令军汉上云梯,望城中高叫道:"速将萧让、金大坚、裴宣送出来! 若稍迟延,打破城池,不论军民,尽行屠戮!"

却说城中守将梁永伪授留守之职,同正偏将佐在城镇守。那縻貹、马勥都战败,逃遁到此。当日捉了萧让等三人,因宋兵尚未围城,縻貹叫开城门进城,将萧让等解到帅府献功。梁永颇闻得圣手书生的名目,教军士解放绑缚,要他降服。萧让、裴宣、金大坚三人睁眼大骂道:"无知逆贼,汝等看我们是何等样人? 逆贼快把我三人一刀两段罢了! 这六个膝盖骨,休想有半个儿着地! 即日宋先锋打破城池,拿你们这伙鼠辈,碎尸万段!"梁永大怒,叫军汉:"打那三个奴狗跪着!"军汉拿起杆棒便打,只打得跌仆,那里有一个肯跪。三人骂不绝口。梁永道:"你们要一刀两段,俺偏要慢慢地摆布你。"喝叫军士:"将这三个奴狗立枷在辕门外,只顾打他两腿,打折了驴腿,自然跪将下来。"军汉得令,便来套枷绑扒(剥去衣服捆绑起来)摆布。

帅府前军士居民都来看宋军中人物。内中早恼怒了一个真正有男子气的须眉丈夫。那男子姓萧,双名叫嘉穗,寓居帅府南街纸张铺间壁。他高祖萧憺(dàn),字僧达,南北朝时人,为荆南刺史。江水败堤,萧憺亲率将吏,冒雨修筑。雨甚水壮,将吏请少避之,萧憺道:"王尊欲以身塞河,我独何心哉?"言毕,而水退堤立。是岁,嘉禾生,一茎六穗,萧嘉穗取名在此。那萧嘉穗偶游荆南,荆南人思慕其上祖仁德,把萧嘉穗十分敬重。那萧嘉穗襟怀豪爽,志气高远,度量宽宏,膂力过人,武艺精熟,乃是十分有胆气的人。凡遇有肝胆者,不论贵贱,都交结他。适遇王庆作乱,侵夺城池,萧嘉穗献计御贼。当事的不肯用他计策,以致城陷。贼人下令,凡百姓只许入城,并不许一个出去。萧嘉穗在城中,日夜留心图贼,却是单丝不成线。

今日见贼人将萧让等三个绑扒，又听得宋兵为萧让等攻城紧急，军民都有惊恐之状。萧嘉穗想了一回道："机会在此。只此一着，可以保全城中几许生灵。"忙归寓所。此时已是申牌时分，连忙叫小厮磨了一碗墨汁，向间壁纸铺里买了数张皮料厚棉纸，在灯下濡墨挥毫，大书特书的写道："城中都是宋朝良民，必不肯甘心助贼。宋先锋是朝廷良将，杀鞑子，擒田虎，到处莫敢撄(ying)其锋。手上将佐一百单八人，情同股肱。辕门前绑扒的三人，义不屈膝，宋先锋等英雄忠义可知。今日贼人若害了这三人，城中兵微将寡，早晚打破城池，玉石俱焚。城中军民，要保全性命的，都跟我去杀贼！"

萧嘉穗将那数张纸都写完了，悄地探听消息，只听得百姓每都在家里哭泣。萧嘉穗道："民心如此，我计成矣！"挨到昧爽(拂晓，黎明)时分，趱出寓所，将写下的数张字纸，抛向帅府前左右街市闹处。

少顷天明，军士居民这边方拾一张来看，那边又有人拾了一张，登时聚着数簇军民观看。早有巡风军卒，抢一张去，飞报与梁永知道。梁永大惊，急差宣令官出府传令，教军士谨守辕门及各营，着一面严行缉捕奸细。那萧嘉穗身边藏一把宝刀，挨入人丛中，也来观看，将纸上言语，高声朗诵了两遍。军民都错愕相顾。那宣令官奉着主将的令，骑着马，五六个军汉跟随到各营传令。萧嘉穗抢上前，大吼一声，一刀砍断马足，宣令官撞下马去，一刀剁下头来。萧嘉穗左手抓了人头，右手提刀，大呼道："要保全性命的，都跟萧嘉穗去杀贼！"帅府前军士平素认得萧嘉穗，又晓得他是铁汉，霎时有五六百人，拥着他结做一块。萧嘉穗见军士聚拢来，复连声大呼道："百姓有胆量的，都来相助！"声音响振数百步。那时四面响应，百姓都抢棍棒，拔杉刺(杉树的枝叶)，折桌脚，拈指间已有五六千人。迭声呐喊，萧嘉穗当先，领众抢入帅府。那梁永平日暴虐军民，鞭挞士卒，护卫军将都恨入骨髓。一闻变起，都来相助，赶入去，把梁永等一家老小都杀了。萧嘉穗领众军民人等，拥出帅府，此时已有二万余人。把萧让、裴宣、金大坚放了绑扒，都打开了枷。萧嘉穗选三个有膂力的人,背着萧让等三人。萧嘉穗当先,抓了梁永首级,赶到北门,杀死守门将马劲,赶散把门军士,开城门,放吊桥。

那时吴用正到北门,亲督将士攻城,听的城中呐喊,又是开城门,只道贼人出来冲击,忙教军马退下三四箭之地,列阵迎敌。只见萧嘉穗抓着人头,背后三个军汉背负萧让等,过了吊桥,忙奔前来。吴用正在惊讶,萧让等高叫道:"吴军师,实亏这个壮士,激聚众民,杀了贼将,救我等出来。"吴用听了,又惊又喜。萧嘉穗对吴用道:"事在仓卒,不及叙礼。请军师快领兵入城!"那吊桥边已有若干军民,都齐声叫道:"请宋先锋入城!"吴用见诸色人等,都有在里面,遂传令教将士统军马入城,如有妄杀一人者,同伍皆斩。北城上守城军士,看见事势如此,都投戈下城。其东西南三面守城军士,闻了这个消息,都捆缚了守城贼将,大开城门,香花灯烛,迎接宋兵入城。只有縻貹那厮勇猛,人近他不得,出西门,杀出重围走了。

吴用差人飞报宋江。宋江闻报,把那忧国家、哭兄弟的病症退了九分九厘,欣喜雀跃,同众将拔寨都起。大军来到荆南城中,宋江升坐帅府,安抚军民,慰劳将士。宋江请萧嘉穗到帅府,问了姓名,扶他上坐。宋江纳头便拜道:"壮士豪举,诛锄叛逆,保全生灵,兵不血刃,克复城池,又救了宋某的三个兄弟,宋江合当下拜。"萧嘉穗答拜不迭道:"此非萧某之能,皆众军民之力也!"宋江听了这句,愈加钦敬。宋江以下将佐,都叙礼毕。城中军士将贼将解来。宋江问愿降者,尽行免罪。因此满城欢声雷动,降服数万人。恰好水军头领李俊等统领水军船只到了汉江,都来参见。宋江教置酒款待萧壮士。宋江亲自执杯劝酒,说道:"足下鸿才茂德,宋某回朝,面奏天子,一定优擢。"萧嘉穗道:"这个倒不必,萧某今日之举,非为功名富贵。萧某少负不羁之行,长无乡曲之誉,是孤陋寡闻的一个人。方今谗人高张,贤士无名,虽材怀随和,行若由夷的,终不能达九重。萧某见若干有抱负的英雄,不计生死,赴公家之难者,倘举事一有不当,那些全躯保妻子的,随而媒孽其短,身家性命,都在权奸掌握之中。像萧某今日，无官守之责，却似那闲云野鹤，何天之不可飞耶！"这一席话，说得宋江以下，无不嗟叹。座中公孙胜、鲁智深、武松、燕青、李俊、童威、童猛、戴宗、柴进、樊瑞、朱武、蒋敬等这十余个人，把萧壮士这段话，更是点头玩味。当晚酒散，萧嘉穗辞谢出府。

次早，宋江差戴宗到陈安抚处报捷。宋江亲自到萧壮士寓所，特地拜望，却是一个空寓。间壁纸铺里说："萧嘉穗今早天未明时，收拾了琴剑书囊，辞别了小人，不知往那里去了。"后人有诗赞萧憺祖孙之德云：

> 冒雨修堤萧僧达，波狂涛怒心不怛。
>
> 恪诚止水堤功成，六穗嘉禾一茎发。
>
> 贤孙豪俊侔厥翁，咄叱民从贼首揲。
>
> 泽及生灵哲保身，闲云野鹤真超脱。

宋江回到帅府，对众头领说萧嘉穗飘然而去，众将无不叹息。至晚，戴宗回报，说宛州、山南两处所属未克州县，陈安抚、侯参谋授方略与罗戬及林冲、花荣等，俱各讨平。朝廷已差若干新官到来，各行交代讫。陈安抚已率领诸将起程，即日便到。宋江与吴用计议："待陈安抚到这里镇守，我们好起大兵，前去剿灭渠魁。"宋江却在荆南调摄五六日，病已全愈。一日，报陈安抚等兵马到来，宋江等接入城中。参见毕，陈安抚大赏三军将士。次后山南守将史进等，已将州务交代新官，随后也到。宋江将州务请陈安抚治理。

宋江等拜别陈安抚，统领大军，水陆并进，战骑同行，来剿南丰贼人巢穴。此时一百单八个英雄，都在一处，又有河北降将孙安等十一人，军马二十余万，连战连捷，兵威大振，所到地方，贼人望风降顺。宋江将复过州县，呈报陈安抚。陈瓘差罗戬统领将士兵马，前来镇守。

宋江等水陆大兵，长驱直至南丰地界。哨马报到，说侦探得贼人王庆将李助为统军大元帅，就本处调选水陆兵马五万；又调云安、东川、安德三路各兵马二万，都是本处伪兵马都监刘以敬、上官义等统领:数十员猛将及十一万雄兵,前来拒敌。王庆亲自督征。宋江闻报,与吴用计议道:"贼兵倾巢而来,必是抵死厮并。我将何策胜之?"吴用道:"兵法只是'多方以误之'这一句。俺们如今将士都在一处,多分调几路前去厮杀,教他应接不暇。"宋江依议传令,分调兵将。

先一日,有扑天雕李应、小旋风柴进奉宋先锋将令,统领马步头领单廷珪、魏定国、施恩、薛永、穆春、李忠,领兵五千,护送粮草车仗并缎帛、火炮、车辆。在大兵之后,地名龙门山,南麓下傍山有一村庄,四围都是高泥冈子,却象个土城,三面有路出入。居民空下草瓦房数百间,居民因避兵迁避去了。是晚,东北风大作,浓云泼墨,李应、柴进见天色已暮,恐天雨沾湿了粮草,教军士拆开门扇,把车辆推送屋里。军士方欲造饭食息,忽见病大虫薛永领兵巡哨,捉了一个奸细,来报柴进说:"审问得奸细说,贼人縻貹领精兵一万,今夜二更要来劫烧粮草,现今伏在龙门山中。"原来那龙门山两崖对峙如门,其中可通舟楫（船只。楫,jí）,树木丛密。李应听说,便对柴进道:"待小弟去庄前,等那鸟败贼,杀他片甲不回。"柴进道:"那縻貹十分勇猛,不可力敌。况且我这里兵少,待小弟略施小计,挤五六车火炮,百十车柴薪,与唐斌等报仇,把那奸细杀了;教军士将粮草、火炮、车辆,教李应领兵三千,都备弓弩火箭,护卫粮车。在黄昏时候,尽数出了土冈,望南先行,却留下百十辆柴薪车,四散列于西南下风头草房茅檐边。将百十辆空车,五六处结队摆列,上面略放些粮米,各处藏下火炮及铺放硫黄焰硝灌过的干柴。教施恩、薛永、穆春、李忠领兵二千,埋于东泥冈路口。教单廷珪领马兵一千,于庄南路口,等候贼人到来,都是恁般恁般,依我行事。"柴进同神火将军魏定国,领步兵三百人,都带火种火器,上山埋伏于丛密树林里。

等到二更时分,贼将縻貹果然同了二个偏将,领着万余军马,人披软战,马摘銮铃,掩旗息鼓,疾驰到南土冈门口来。单廷珪见贼兵来,教军士燃点火把,接住厮杀。单廷珪与縻貹斗不到四五合,单廷珪拨马领兵退入去。那縻貹是有勇无谋的人,领兵一径抢进来。薛永、施恩见南路举火,即教李忠、穆春分兵一千,疾驰到庄南,把住路口。那时贼兵都喊杀连天抢入去,只望东北上风头杀来,乃是空屋,不见粮草。縻貹领兵四面搜索,看见下风头只有一二百辆粮草车,有五六百军士看守,见贼兵来,发声喊,都奔散了。縻貹道:"原来不多粮草!"叫军士打火把照看,中间车队里,每队有两辆缎匹车。那些贼兵见了,便去乱抢。縻貹急要止遏时,又被山上将火箭火把乱打射下来,草房柴车上都燔烧起来。贼兵发喊,急躲避时,早被火炮药线引着火,传递得快,如轰雷般打击出来,贼兵奔走不迭的,都被火炮击死。拈指间,烘烘火起,烈烈烟生。但见:

风随火势,火趁风威。千枝火箭擎金蛇,万个轰雷震火焰。骊山顶上,料应褒姒(si)逞英雄;扬子江头,不弱周郎施妙计。氤氲(yīnyūn,指弥漫的烟气)紫雾腾天起,闪烁红霞贯地来。必必剥剥响不绝,浑如除夜放炮竹。

当下火势昌炽(指火势旺盛。炽,chì),炮声震响,如天摧地烈之声。须臾,百十间草房,变做烟团火块。縻貹被火炮击死,贼兵击死大半,焦头烂额者无数。又被单廷珪、施恩等三路追杀进来,二个偏将都被杀死,一万人马,只有千余人从土冈上爬出去,逃脱性命。

天明,柴进等仍与李应等合兵一处,将粮草运送大寨来。宋先锋正升帐,遣调兵马杀贼,只见马军拴束马匹,步军安排器械,正是旌旗红展一天霞,刀剑白铺千里雪。毕竟宋江等如何厮杀,且听下回分解。

第一百九回

王庆渡江被捉　宋江剿寇成功

话说当日宋江升帐，诸将拱立(恭敬地站着)听调。放炮、鸣金鼓、升旗，随放静营炮，各营哨头目，挨次(依次序)至帐下，齐立肃静，听施号令。吹手点鼓，宣令官传令毕，营哨头目依次磕头，起站两边。巡视蓝旗手，跪听发放，凡呐喊不齐，行伍错乱，喧哗违令，临阵退缩，拿来重处。又有旗牌官左右各二十员，宋先锋亲谕："尔等下营督阵，凡有军士遇敌不前，退缩不用命者，听你等拿来处治。"旗牌遵令，各下地方，鸣金大吹，各归行伍，听令起行。宋江然后传令，遣调水陆诸将毕。吹手掌头号整队，二号掣旗，三号各起行营向敌。敲金边，出五方旗，放大炮，掌号偾行营，各各摆阵出战。正是那震天鼟鼓摇山岳，映日旌旗避鬼神。

却说贼人王庆，调拨军兵抵敌，除水军将士闻人世崇等已差拨外，点差云安州伪兵马都监刘以敬为正先锋，东川伪兵马都监上官义为副先锋，南丰伪统军李雄、毕先为左哨，安德伪统军柳元、潘忠为右哨，伪统军大将段五为正合后，伪御营使丘翔为副合后，伪枢密方翰为中军羽翼。王庆掌握中军，有许多伪尚书、御营金吾、卫驾将军、校尉等项及各人手下偏牙将佐，共数十员。李助为元帅。队伍军马，十分齐整。王庆亲自监督。马带皮甲，人披铁铠，弓弩上弦，战鼓三通，诸军尽起。行不过十里之外，尘土起处，早有宋军哨路来的渐近。銮铃响处，约有三十余骑哨马，都戴青将巾，各穿绿战袍，马上尽系着红缨，每边拴挂数十个铜铃，后插一把雉尾，都是钏银细杆长枪,轻弓短箭。为头的战将是奉道君皇帝敕命、复还旧职、虎骑将军没羽箭张清。头裹销金青巾帻,身穿挑绣绿战袍,腰系紫绒绦,足穿软香皮,骑匹银鞍马。左边是敕封贞孝宜人的琼矢镞琼英,头带紫金嵌珠凤冠,身穿紫罗挑绣战袍,腰系杂色彩绒绦,足穿朱绣小凤头鞋,坐匹银鬃骏马。那右边略下些,捧旗的是敕授的义仆正排军叶清,直哨到李助军前,相离不远,只隔百十步,勒马便回。前军先锋刘以敬、上官义骤马驱兵,便来冲击。张清拍马,拈出白梨花枪,来战二将。琼英驰马,挺方天画戟来助战。四将斗到十数合,张清、琼英隔开贼将兵器,拨马便回。刘以敬、上官义驱兵赶来,左右高叫:"先锋不可追赶!此二人鞍后锦袋中都是石子,打人不曾放空!"刘以敬、上官义听说,方才勒住得马,只见龙门山背后,鼓声振响,早转五百步兵来。当先四个步将头领,乃是黑旋风李逵、混世魔王樊瑞、八臂那吒项充、飞天大圣李衮,直奔前来。那五百步军,就在山坡下一字儿摆开,两边团牌(盾牌),齐齐扎住。刘以敬、上官义驱兵掩杀。李逵、樊瑞引步军分开两路,都倒提蛮牌(盾牌),转过山坡便去。那时王庆、李助大军已到,一齐冲击前来。李逵、樊瑞等都飞跑上山,度岭穿林,都不见了。

李助传令,教就把军马在这个平原旷野之地列成阵势。只听得山后炮响,只见山南一路军马飞涌出来,簇拥着三个将军。中间是矮脚虎王英,左是小尉迟孙新,右是菜园子张青。总管马步军兵五千,杀向前来。王庆正欲遣将迎敌,又听得山后一声炮响,山北一路军马飞涌出来,簇拥着三个女将。中间是一丈青扈三娘,左边是母大虫顾大嫂,右边是母夜叉孙二娘。管领马步军兵五千,杀向前来,恰遇贼兵右哨柳元、潘忠兵马,接住厮杀。王英等正遇贼兵左哨李雄、毕先军马,接住厮杀。两边各斗到十余合,南边王英、孙新、张青勒转马,领兵望东便走;北边扈三娘、顾大嫂、孙二娘也接转马匹,率领军兵,望东便走。王庆看了笑道:"宋江手下都是这些鸟男女,我这里将士如何屡次输了?"遂驱大兵,追杀上来。行不到五六里,忽听得一棒锣声响,却是适才去的李逵、樊瑞、项充、李衮,这四个步军头领从山左丛林里转向前来,又添了花和尚鲁智深、行者武松、没面目焦挺、赤发鬼刘唐四个步军将佐并五百步兵,都执团牌短棒,直冲上来。贼将副先锋上官义忙拨步军二千冲杀。李逵、鲁智深与贼兵略斗几合,却似抵敌不过的,倒提团牌,分开两路,都飞奔入丛林中去了。贼兵赶来,那李逵等却是走得快,拈指间,都四散奔走去了。李助见了,连忙对王庆道:"大王不宜追赶,这是诱敌之计。我们且列阵迎敌。"

李助上将台列阵,兀是未完,只听得山坡后轰天子母炮响,就山坡后涌出大队军将,急先涌来,占住中央,里面列阵势。王庆令左右拢住战马,自上将台看时,只见正南上这队人马,尽是红旗、红甲、红袍、朱缨、赤马,前面一把引军销金红旗。把那红旗招展处,红旗中涌出一员大将,乃是霹雳火秦明,左手是圣水将军单廷珪,右边是神火将军魏定国。三员大将,手搭兵器,都骑赤马,立于阵前。东壁一队人马尽是青旗、青甲、青袍、青缨、青马,前面一把引军销金青旗。招展处,青旗中涌出一员大将,乃是大刀关胜,左手是丑郡马宣赞,右手是井木犴郝思文。三员大将,手搭兵器,都骑青马,立于阵前。西壁一队人马尽是白旗、白甲、白袍、白缨、白马,前面一把引军销金白旗。招展处,白旗内涌出一员大将,乃是豹子头林冲,左手是镇三山黄信,右手是病尉迟孙立,三员大将,手搭兵器,都骑白马,立于阵前。后面一簇人马,都是皂旗、黑甲、黑袍、黑缨、黑马,前面一把引军销金皂旗。招展处,皂旗中涌出一员大将,乃是双鞭将呼延灼,左手是百胜将韩滔,右手是天目将彭玘。三员大将,手搭兵器,都骑黑马,立于阵前。东南方门旗影里,一队军马,青旗红甲,前面一把引军绣旗,招展处,捧出一员大将,乃是双枪将董平,左手是摩云金翅欧鹏,右手是火眼狻猊邓飞。三员大将,手搭兵器,都骑战马,立于阵前。西南方门旗影里,一队军马,红旗白甲,前面一把引军绣旗,招展处,捧出一员大将,乃是急先锋索超,左手是锦毛虎燕顺,右手是铁笛仙马麟。三员大将，手搭兵器，都骑战马，立于阵前。东北方门旗影里，一队军马，皂旗青甲，前面一把引军绣旗，招展处，捧出一员大将，乃是九纹龙史进，左手是跳涧虎陈达，右手是白花蛇杨春。三员大将，手搭兵器，都骑战马，立于阵前。西北方门旗影里，一队军马，白旗黑甲，前面一把引军绣旗，招展处，捧出一员大将，乃是青面兽杨志，左手是锦豹子杨林，右手是小霸王周通。三员大将，手搭兵器，都骑战马，立于阵前。八方摆布的铁桶相似。阵门里马军随马队，步军随步队，各持钢刀大斧，阔剑长枪，旗幡齐整，队伍威严。八阵中央都是杏黄旗，间着六十四面长脚旗，上面金销六十四卦，亦分四门。南门都是马军。正南上黄旗影里，捧出二员上将，上首是美髯公朱仝，下手是插翅虎雷横，人马尽是黄旗、黄袍、铜甲、黄缨、黄马。中央阵，东门是金眼彪施恩，西门是白面郎君郑天寿，南门是云里金刚宋万，北门是病大虫薛永。那黄旗后，便是一丛炮架，立着那个炮手轰天雷凌振，引着副手二十余人，围绕着炮架。架后都摆列捉将的挠钩套索，挠钩后又是一周遭杂彩旗幡，四面立着二十八宿星辰。销金绣旗中间，立着一面堆绒绣就、真珠圈边、脚缀(拴着)金铃、顶插雉尾、鹅黄帅字旗。有一个守旗壮士，冠簪鱼尾，甲皱龙鳞，身长一丈，凛凛威风，便是险道神郁保四。旗边设立两个护旗将士，都骑战马，一般结束，手执钢枪，一个是毛头星孔明，一个是独火星孔亮。马前马后，排列二十四个执狼牙棍的铁甲军士。后面两把领战绣旗，两边排列二十四枝方天画戟丛中，捧着两员骁将。左边是小温侯吕方，右边是赛仁贵郭盛。两员将各持画戟，立马两边。画戟中间，一簇钢叉，两员步军骁将，一般结束，一个是两头蛇解珍，一个是双尾蝎解宝，各执三股莲花叉，守护中军。随后两匹锦鞍马上，左手是圣手书生萧让，右手是铁面孔目裴宣。两个马后摆着紫衣持节的、并麻扎刀军士。那麻扎刀林中，立着两个行刑刽子，上首是铁臂膊蔡福，下首是一枝花蔡庆。背阵两边，摆着金枪银枪手，两边有大将领队。金枪队里，是金枪手徐宁；银枪队里，是小李广花荣。背后又是锦衣对对,花帽双双,绯袍簇簇,锦袄攒攒。两壁厢碧幢翠幕,朱幡皂盖,黄钺白旄,青萍青电,两行钺斧鞭挝中间,三把销金伞下,三匹锦鞍骏马上,坐着三个英雄。右边星冠鹤氅,呼风唤雨的入云龙公孙胜;左边纶巾羽扇,文武双全的智多星吴用;正中间照夜玉狮子金鞍马上,坐着那个有仁有义,退房平寇的征西正先锋,山东及时雨呼保义宋公明。全身结束,自仗锟铻宝剑,于阵中监战,掌握中军。马前左手,立着神行太保戴宗,专管飞报军情,调兵遣将;右手立着浪子燕青,专一护持中军,能干机密。马后大戟长戈,锦鞍骏马,整整齐齐,三十五员牙将,都骑战马,手执长枪,全副弓箭。马后画角,全部鼓吹大乐。阵后又设两队游兵,伏于两侧,以为护持中军羽翼。左是石将军石勇同九尾龟陶宗旺,管领马步兵三千人;右是没遮拦穆弘引兄弟小遮拦穆春,管领马步兵三千,伏于两胁。那座阵排布得十分整密,正是:

　　军师多略帅恢弘,士涌貔貅马跨龙。

　　指挥要建平西绩,叱咤思成荡寇功。

　　那个草头天子王庆同李助在阵中将台上,定睛看了宋江兵马,拈指间,排成九宫八卦阵势,军兵勇猛,将士英雄,军容整肃,刀枪锋利,惊得魂不附体,心胆俱落,不住声道:"可知道兵将屡次亏输,原来是那伙人如此利害!"

　　只听的宋军中,战鼓不绝声的发擂。王庆、李助下将台,骑上战马,左右有金吾护驾等员役,马后有许多内侍簇拥着他。王庆传令旨,教前部先锋出阵冲击。当下东西对阵,是日干支属木。宋阵正西方门旗开处,豹子头林冲从门旗下飞马出阵,两军一齐呐喊。林冲兜住马,横着丈八蛇矛,厉声高叫:"无知叛逆,谋反狂徒,天兵到此,尚不投降!直待骨肉为泥,悔之何及!"贼阵中李助本是算命先生,甚晓得相生相克之理,疾忙传令,教右哨柳元、潘忠领红旗军去冲击。柳元、潘忠遵令,领了红旗军,骤马抢来冲击。两阵迭声呐喊,战鼓齐鸣。林冲接住柳元厮杀,四条臂膊纵横,八只马蹄撩乱。

二将在征尘影里,杀气丛中,来来往往,左盘右旋,斗经五十余合,胜败未分。那柳元是贼中勇猛之将,潘忠见柳元不能取胜,拍马提刀,抢来助战。林冲力敌二将,大喝一声,奋神威,将柳元一矛戳于马下。林冲的副将黄信、孙立,飞马冲出阵来。黄信挥丧门剑,望潘忠一剑砍去。只见一条血颡(sǎng,额,脑门儿)光连肉,顿落金鏊在马边。

潘忠死于马下,手下军卒散乱,早冲动了阵脚,贼兵飞报入中军。王庆听的登时折了二将,忙传令旨,急教退军。只听得宋军中一声炮响,兵马纷纷扰扰,白引黑,黑引青,青引红,变作长蛇之阵,簸箕掌(圆圈形),栲栳圈(兜形圆圈。栲栳,kǎolǎo),围裹将来。王庆、李助调将遣兵,分头冲击,却似铜墙铁壁,急切不能冲得出来。官军与贼兵这场好杀,怎见得?

> 兵戈冲击,士马纵横。枪破刀,刀如劈脑而来,枪必钓鱼而应。刀如下发而起,枪必绰地而迎。刀如倒拖而回,枪必裙拦而守。刀解枪,枪如刺心而来,刀用五花以御。枪如点睛而来,刀用探马以格。筅(xiǎn,炊帚,用竹子等做成的刷锅、碗的用具)破牌,牌或滚身以进,筅即风扫以当。牌或从旁以追,筅必斜插以待。牌或摧挤以入,筅必退却以搠。牌解筅,筅若平胸,牌用小坐之势以避。筅若簇拥,牌将碎剪之法以随。单刀披挂绞丝,佯输诈败。铁叉上排下掩,侧进抵闪。袖箭于马上觑贼,钩镰于车前侯马。鞭、简、挝、捶、剑、戟、矛、盾。那边破解无穷,这里转变莫测。须臾血流成河,顷刻尸如山积。

当下鏖战多时,贼兵大败,官军大胜。王庆叫且退入南丰大内,再作区处。只听得后军炮响,哨马飞报将来说:"大王,后面又有宋军杀来!"那彪军马上当先的英雄大将,正是副先锋河北玉麒麟卢俊义,横着一条点钢枪;左边有使朴刀的好汉病关索杨雄,右边有使朴刀的头领拼命三郎石秀,领着一万精兵,抖擞精神,将正副合后贼兵杀散。杨雄砍翻段五,石秀搠死丘翔,并力冲杀进来。

王庆正在慌迫,又听得一声炮响,左有鲁智深、武松、李逵、焦挺、项充、李衮、樊瑞、刘唐八个勇猛头领，引着一千步卒，抡动禅杖、戒刀、板斧、朴刀、丧门剑、飞刀、标枪、团牌，杀死李雄、毕先，如割瓜切菜般直杀入来。右有张清、王英、孙新、张青、琼英、扈三娘、顾大嫂、孙二娘，四对英雄夫妇，引着一千骑兵，舞动梨花枪、鞭钢枪、方天画戟、日月双刀、钢枪、短刀，杀散左哨军兵，如摧枯拉朽的直冲进来。杀得贼兵四分五裂，七断八续，雨零星散，乱窜奔逃。

卢俊义、杨雄、石秀杀入中军，正撞着方翰，被卢俊义一枪戳死，杀散中军羽翼军兵，径来捉王庆，却遇了金剑先生李助。那李助有剑术，一把剑如掣电般舞将来。卢俊义正在抵当不住，却得宋江中军兵到，右手下入云龙公孙胜，口中念念有词，喝声道："疾！"李助那口剑托地离了手，落在地上。卢俊义骤马赶上，轻舒猿臂，款扭狼腰，把李助只一拽，活挟过马来，教军士缚了。卢俊义拈枪拍马，再杀入去寻捉王庆，好似皂雕追紫燕，猛虎啖羊羔。贼兵抛金弃鼓，撇戟丢枪，觅子寻爷，呼兄唤弟，十余万贼兵，杀死大半。尸横遍野，流血成河。降者三万人，除那逃走脱的，其余都是十死九活，七损八伤，颠翻在地，被人马践踏，骨肉如泥的，不计其数。刘以敬、上官义两个猛将，都被焦挺砍翻战马，撞下马来，都被他杀死。李雄被琼英飞石打下马来，一画戟搠死。毕先正在逃避，忽地里钻出活闪婆王定六，一朴刀搠下马来，再向胸膛上一朴刀，结果了性命。其伪尚书、枢密、殿帅、金吾、将军等项，都逃不脱，只不见了渠魁王庆。宋军大捷。

宋江教鸣金收集兵马，望南丰城来。教张清、琼英领五千马军，前去哨探。再差神行太保戴宗先去打听孙安袭取南丰消息如何。戴宗遵令，作起神行法，赶过张清、琼英，去了片晌，便来回报说："孙安奉先锋将令，假扮西兵去赚城，被贼人知觉，城门内掘下陷坑，开城东门，放军马进去：孙安手下梅玉、金祯、毕捷、潘迅、杨芳、冯升、胡迈七个副将，争先抢入城去，并五百军士，连人和马，都擓入陷坑中。两边伏兵齐发，都把长枪利戟，把梅玉等五百余人，尽行搠死。

幸得孙安在后,乘势奋勇杀进城门,教军士填了陷坑。孙安一骑当先,领兵杀入城中,贼兵不能抵当。孙安夺了东门,后被贼人四面响应,把孙安兵马堵截在东门。小弟探知这消息,飞来回复。半路遇了张将军及张宜人,说了此情,他两个催动人马疾驰去了。"宋江闻报,催动大军,疾驰上前,将南丰城围住。那时张清、琼英进了东门,教孙安据住东门,张清、琼英正与贼军鏖战,因此,宋江等将佐兵马,抢入东门,夺了城池,杀散贼兵,四门竖起宋军旗号。城中许多伪文武多官范全等尽行杀死。那伪妃段三娘听的军马进城,他素有膂力,也会骑马,遂拴缚结束,领了百余有膂力的内侍,都执兵器,离王宫,出后苑,欲杀出西门,投云安军去,恰遇琼英领兵杀到后苑来。段氏纵马,挺一口宝刀,抵死冲突。被琼英一石子飞来,正中段三娘面门,鲜血迸流,撞下马来,撷个脚梢天,军士赶上,捉住绑缚了。那些内侍,都被宋兵杀死。琼英领兵杀入后苑内宫,那些宫娥嫔女,闻得宋兵入城,或投环,或投井,或刀刎,或撞阶,大半自尽,其余都被琼英教军士缚了,解到宋江帐前。宋江大喜,将段氏一行人囚禁,待捉了王庆,一齐解京。再遣兵将,四面八方,去追王庆。

　　却说那王庆领着数百铁骑,撞透重围,逃奔到南丰城东。见城中有兵厮杀,惊得魂不附体,后面大兵又到,望北奔走不迭。回顾左右,止有百余骑,其余的虽是平日最亲信的,今日势败,都逃去了。王庆同了百余人,望云安奔走,在路对跟随近侍说道:"寡人尚有云安、东川、安德三座城池,岂不是江东虽小,亦足以王? 只恨适才那些跟随逃散官员,平日受用了寡人大俸大禄,今日有事,都自去了。待寡人兴兵来杀退宋兵,缉捕那些逃亡的,细细地醢(hǎi,一种酷刑,把人杀死后剁成肉酱)他。"王庆同众人马不停蹄,人不歇足,走到天明,幸的望见云安城池了。王庆在马上欣喜道:"城中将士,也是谨慎。你看那旗幡齐整,兵器整密!"王庆一头说着,同众人奔近城来。随从人中,有识字的说道:"大王不好了! 怎么城上都是宋军旗号?"王庆听了,定睛一看,果是东门城上远远地闪出号旗,上有金销(用金丝锈的)大字，乃是"御西宋先锋麾下水军正将混江……"下面尚有三个字，被风飘动旗脚，不甚分明。王庆看了，惊的浑身麻木，半晌时动弹不得，真是宋兵从天而降！当有王庆手下一个有智量近侍说道："大王，事不宜迟！请大王速卸下袍服，急投东川去，恐城中见了生变。"王庆道："爱卿言之极当。"王庆随即卸下冲天转角金幞头，脱下日月云肩蟒绣袍，解下金镶宝嵌碧玉带，脱下金显缝云根朝靴，换了巾帻、便服、软皮靴。其余侍从，亦都脱卸外面衣服。急急如丧家之狗，忙忙如漏网之鱼，从小路抄过云安城池，望东川投奔，走的人困马乏，腹中饥馁(饥饿。馁，něi)。百姓久被贼人伤残，又闻得大兵厮杀，凡冲要通衢大路，都没一个人烟，静悄悄地鸡犬不闻，就要一滴水，也没喝处，那讨酒食来？那时王庆手下亲幸跟随的，都是假登东(上厕所，解手。厕所俗称东圊，简称为东)，诈撒溺(小便)，又散去了六七十人。

　　王庆带领三十余骑，走至晚，才到得云安属下开州地方，有一派江水阻路。这个江叫做清江，其源出自达州万顷池，江水最是澄清，所以叫做清江。当下王庆道："怎得个船只渡过去？"后面一个近侍指道："大王，兀那南涯疏芦落雁处，有一簇渔船。"王庆看了，同众人走到江边。此时是孟冬时候，天气晴和，只见数十只渔船，捕鱼的捕鱼，晒网的晒网。其中有几只船放于中流，猜拳豁指头，大碗价吃酒。王庆叹口气道："这男女们恁般快乐！我今日反不如他了！这些都是我子民，却不知寡人这般困乏。"近侍高叫道："兀那渔人，撑拢几只船来，渡俺们过了江，多与你渡钱。"只见两个渔人放下酒碗，摇着一只小渔艇，咿咿哑哑摇近岸来，船头上渔人，向船旁拿根竹篙撑船拢岸，定睛把王庆从头上直看至脚下，便道："快活，又有吃酒东西了。上船，上船！"近侍扶王庆下马。王庆看那渔人，身材长大，浓眉毛，大眼睛，红脸皮，铁丝般髭须，铜钟般声音。那渔人一手执着竹篙，一手扶王庆上船，便把篙望岸上只一点，那船早离岸丈余。那些随从贼人，在岸上忙乱起来，齐声叫道："快撑拢船来！咱们也要过江的。"那渔人睁眼喝道："来了！忙到那里去？"便放下竹篙，将王庆劈胸扭住，双手向下一按，扑通的按倒在艎板(船板。艎，huáng)上。王庆待要挣扎，那船上摇橹的放了橹，跳过来一齐擒住。那边晒网船上人，见捉了王庆，都跳上岸，一拥上前，把那三十余个随从贼人，一个个都擒住。

原来这撑船的是混江龙李俊，那摇橹的便是出洞蛟童威，那些渔人，多是水军。李俊奉宋先锋将令，统驾水军船只，来敌贼人水军。李俊等与贼人水军大战于瞿塘峡，杀其主帅水军都督闻人世崇，擒其副将胡俊，贼兵大败。李俊见胡俊状貌不凡，遂义释胡俊。胡俊感恩，同李俊赚开云安水门，夺了城池，杀死伪留守施俊等。混江龙李俊料着贼与大兵厮杀，若败溃下来，必要奔投巢穴。因此，教张横、张顺镇守城池，自己与童威、童猛带领水军，扮做渔船，在此巡探。又教阮氏三雄，也扮做渔家，分投去滟滪堆、岷江、鱼复浦各路埋伏哨探。适才李俊望见王庆一骑当先，后面又许多人簇拥着，料是贼中头目，却不知正是元凶。当下李俊审问从人，知是王庆，拍手大笑，绑缚到云安城中。一面差人唤回三阮同二张守城，李俊同降将胡俊将王庆等一行人，解送到宋先锋军前来。于路探听得宋江已破南丰，李俊等一径进城，将王庆解到帅府。宋江因众将捕揖王庆不着，正在纳闷，闻报不胜之喜。当下李俊入府，参见了宋先锋，宋江称赞道："贤弟这个功劳不小。"李俊引降将胡俊，参见宋先锋。李俊道："功劳都是这个人。"宋江问了胡俊姓名，及赚取云安的事。

宋江抚赏慰劳毕，随即与众将计议，攻取东川、安德二处城池。只见新降将胡俊禀道："先锋不消费心。胡某有一言，管教两座城池，唾手可得！"宋江大喜，连忙离坐，揖胡俊问计。

胡俊躬着身，对宋江说出几句话来，有分教，一矢不加城克复，三军镇静贼投降。毕竟胡俊说出甚么话来，且听下回分解。

第一百十回

燕青秋林渡射雁　宋江东京城献俘

话说当下宋江问降将胡俊有何计策去取东川、安德两处城池。胡俊道："东川城中守将,是小将的兄弟胡显。小将蒙李将军不杀之恩,愿往东川招兄弟胡显来降。剩下安德孤城,亦将不战而自降矣。"宋江大喜,仍令李俊同去。一面调遣将士,提兵分头去招抚所属未复州县,一面差戴宗赍表(捧持奏表。赍,jī),申奏朝廷,请旨定夺;并领文申呈陈安抚,及上宿太尉书札。宋江令将士到王庆宫中,搜掳了金珠细软,珍宝玉帛,将违禁的龙楼凤阁、翠屋珠轩及违禁器仗衣服,尽行烧毁。又差人到云安,教张横等将违禁行宫器仗等项,亦皆烧毁。

却说戴宗先将申文到荆南,报呈陈安抚。陈安抚也写了表文,一同上达。戴宗到东京,将书札投递宿太尉,并送礼物。宿太尉将表进呈御览。徽宗皇帝龙颜大喜,即时降下圣旨,行到淮西,将反贼王庆解赴东京,候旨处决,其余擒下伪妃、伪官等众从贼,都就淮西市曹处斩,枭示施行。淮西百姓遭王庆暴虐,准留兵饷若干,计户给散,以赡(救济)穷民。其阵亡有功降将,俱从厚赠荫。淮西各州县所缺正佐官员,速推补赴任交代。各州官多有先行被贼胁从,以后归正者,都着陈瓘分别事情轻重,便宜处分。其征讨有功正偏将佐,俱俟还京之日,论功升赏。敕命一下,戴宗先来报知。那陈安抚等,已都到南丰城中了。那时胡俊已是招降了兄弟胡显,将东川军民版籍、户口及钱粮册籍,前来献纳听罪。那安德州贼人,望风归降。云安、东川、安德三处，农不离其田业，贾不离其肆宅，皆李俊之功。王庆占据的八郡八十六州县，都收复了。

自戴宗从东京回到南丰十余日，天使捧诏书，驰驿到来。陈安抚与各官接了圣旨，一一奉行。次早，天使还京。陈瓘令监中取出段氏、李助及一行叛逆从贼，判了斩字，推出南丰市曹处斩，将首级各门枭示讫。段三娘从小不循闺训，自家择配，做下迷天大罪，如今身首异处，又连累了若干眷属，其父段太公先死于房山寨。

话不絮繁。却说陈安抚、宋先锋标录李俊、胡俊、琼英、孙安功次，出榜去各处招抚，以安百姓。八十六州县，复见天日，复为良民，其余随从贼徒不伤人者，拨还产业，复为乡民。西京守将乔道清、马灵，已有新官到任，次第都到南丰。各州县正佐贰官，陆续都到。李俊、二张、三阮、二童已将州务交代，尽到南丰相叙。陈安抚众官及宋江以下一百单八个头领及河北降将，都在南丰设太平宴，庆贺众将官僚，赏劳三军将佐。

宋江教公孙胜、乔道清主持醮事（道士所做斋醮祈祷之事。醮，jiào），打了七日七夜醮事，超度阵亡军将及淮西屈死冤魂。醮事方完，忽报孙安患暴疾，卒于营中。宋江悲悼不已，以礼殡殓，葬于龙门山侧。乔道清因孙安死了，十分痛哭，对宋江说道："孙安与贫道同乡，又与贫道最厚，他为父报仇，因而犯罪，陷身于贼，蒙先锋收录，他指望日后有个结果，不意他中道而死。贫道得蒙先锋收录，亦是他来指迷。今日他死，贫道何以为情。乔某蒙二位先锋厚恩，铭心镂骨，终难补报。愿乞骸骨归田野（请求退休。委婉的说法），以延残喘。"马灵见乔道清要去，也来拜辞宋江："恳求先锋允放马某与乔法师同往。"宋江听说，惨然不乐，因二人坚意要去，十分挽留不住，宋江只得允放，乃置酒钱别。公孙胜在旁，只不做声。乔道清、马灵拜辞了宋江、公孙胜，又去拜辞了陈安抚，二人飘然去了。后来乔道清、马灵都到罗真人处，从师学道，以终天年。

陈安抚招抚赈济淮西诸郡军民已毕。那淮西乃淮渎之西，因此,宋人叫宛州、南丰等处是淮西。陈安抚传令,教先锋头目收拾朝京。军令传下,宋江一面先发中军军马,护送陈安抚、侯参谋、罗武谕起行,一面着令水军头领乘驾船只,从水路先回东京,驻扎听调。宋江教萧让撰文,金大坚镌石勒碑以记其事,立石于南丰城东龙门山下,至今古迹尚存。降将胡俊、胡显置酒饯别宋先锋。后来宋江入朝,将胡俊、胡显反邪归正,招降二将之功,奏过天子,特授胡俊、胡显为东川水军团练之职,此是后话。

当下宋江将兵马分作五起进发,克日起行,军士除留下各州县镇守外,其间亦有乞归田里者。现今兵马共十余万,离了南丰,取路望东京来。军有纪律,所过地方,秋毫无犯。百姓香花灯烛价拜送。于路行了数日,到一个去处,地名秋林渡。那秋林渡在宛州属下内乡县秋林山之南。那山泉石佳丽,宋江在马上遥看山景,仰观天上,见空中数行塞雁,不依次序,高低乱飞,都有惊鸣之意。宋江见了,心疑作怪。又听的前军喝采,使人去问缘由,飞马回报,原来是浪子燕青,初学弓箭,向空中射雁,箭箭不空。却才须臾之间,射下十数只鸿雁,因此诸将惊讶不已。宋江教唤燕青来。只见燕青弯弓插箭,即飞马而来,背后马上捎带死雁数只,来见宋江,下马离鞍,立在一边。宋公明问道:"恰才你射雁来?"燕青答道:"小弟初学弓箭,见空中一群雁过,偶然射之,不想箭箭皆中。"宋江道:"为军的人,学射弓箭,是本等(本分)的事,射的亲是你能处。我想宾鸿(大雁)避寒,离了天山,衔芦(雁口中含芦苇)过关,趁江南地暖,求食稻粱,初春方回。此宾鸿仁义之禽,或数十,或三五十只,递相谦让,尊者在前,卑者在后,次序而飞,不越群伴,遇晚宿歇,亦有当更之报。且雄失其雌,雌失其雄,至死不配。此禽仁义礼智信,五常俱备:空中遥见死雁,尽有哀鸣之意,失伴孤雁,并无侵犯,此为仁也;一失雌雄,死而不配,此为义也;依次而飞,不越前后,此为礼也;预避鹰雕,衔芦过关,此为智也;秋南春北,不越而来,此为信也。此禽五常足备之物,岂忍害之。天上一群鸿雁相呼而过,正如我等弟兄一般。你却射了那数只,比(就像)俺兄弟中失了几个,众人心内如何?兄弟今后不可害此礼义之禽。"燕青默默无语,悔罪不及。宋江有感于心,在马上口占诗一首:

> 山岭崎岖水渺茫,横空雁阵两三行。
>
> 忽然失却双飞伴,月冷风清也断肠。

宋江吟诗罢,不觉自己心中凄惨,睹物伤情。当晚屯兵于秋林渡口。宋江在帐中,因复感叹燕青射雁之事,心中纳闷,叫取过纸笔,作词一首:

> 楚天空阔,雁离群万里,恍然惊散。自顾影欲下寒塘。正草枯沙净,水平天远。写不成书,只寄的相思一点。暮日空濛,晓烟古堑(qiàn,防御用的壕沟、护城河),诉不尽许多哀怨。拣尽芦花无处宿,叹何时玉关重见。嘹呖(liáolì,形容声音清脆凄婉)忧愁鸣咽,恨江渚(江中沙洲。渚,zhǔ)难留恋。请观他春昼归来,画梁双燕。

宋江写毕,递与吴用、公孙胜看。词中之意,甚有悲哀忧戚之思。宋江心中,郁郁不乐。当夜,吴用等设酒备肴,尽醉方休。次日天明,俱各上马,望南而行。路上行程,正值暮冬,景物凄凉。宋江于路,此心终有所感。不则一日,回到京师,屯驻军马于陈桥驿,听候圣旨。

且说先是陈安抚并侯参谋中军人马入城,已将宋江等功劳,奏闻天子,报说宋先锋等诸将兵马,班师回京,已到关外。陈安抚前来启奏,说宋江等诸将征战劳苦之事,天子闻奏,大加称赞。陈瓘、侯蒙、罗戬各封升官爵,钦赏银两缎匹,传下圣旨,命黄门侍郎宣宋江等面君朝见,都教披挂入城。有诗为证:

> 去时三十六,回来十八双。
>
> 纵横千万里,谈笑却还乡。

且说宋江等众将一百八人,遵奉圣旨,本身披挂。戎装革带,顶盔挂甲,身穿锦袄,悬带金银牌面,从东华门而入,都至文德殿朝见天子,拜舞起居,山呼万岁。皇上看了宋江等众将英雄,尽是锦袍金带,惟有吴用、公孙胜、鲁智深、武松身着本身服色,天子圣意大喜,乃曰:"寡人多知卿等征进劳苦,剿寇用心,中伤者多,寡人甚为忧戚。"宋江再拜奏道:"托圣上洪福齐天,臣等众将虽有金伤,俱各无事。今元凶授首,淮西平定,实陛下威德所致,臣等何劳之有。"再拜称谢奏道:"臣等奉旨,将王庆献俘阙下,候旨定夺。"天子降旨:"着法司会官,将王庆凌迟处决。"宋江将萧嘉穗用奇计克复城池,保全生灵,有功不伐,超然高举。天子称奖道:"皆卿等忠诚感动!"命省院官访取萧嘉穗赴京擢用。宋江叩头称谢。那些省院官,那个肯替朝廷出力,访问贤良?此是后话。

是日,天子特命省院等官计议封爵。太师蔡京、枢密童贯商议奏道:"目今天下尚未静平,不可升迁。且加宋江为保义郎,带御器械,正受皇城使;副先锋卢俊义加为宣武郎,带御器械,行营团练使;吴用等三十四员,加封为正将军;朱武等七十二员,加封为偏将军;支给金银,赏赐三军人等。"天子准奏,仍敕与省院众官,加封爵禄,与宋江等支给赏赐。宋江等就于文德殿顿首谢恩。天子命光禄寺大设御宴,钦赏宋江锦袍一领,金甲一副,名马一匹;卢俊义以下,赏赐有差,尽于内府关支。宋江与众将谢恩已罢,尽出宫禁,都到西华门外,上马回营。一行众将,出的城来,直至行营安歇,听候朝廷委用。

当日法司奉旨会官,写了犯由牌,打开囚车,取出王庆,判了"剐"字,拥到市曹。看的人压肩迭背,也有唾骂的,也有嗟叹的。那王庆的父王砉及前妻丈人等诸亲眷属,已于王庆初反时收捕,诛夷殆尽。今日只有王庆一个,簇拥在刀剑林中。两声破鼓响,一棒碎锣鸣,枪刀排白雪,皂纛展乌云。刽子手叫起恶杀都来,恰好午时三刻,将王庆押到十字路头,读罢犯由,如法凌迟处死。看的人都道:此是恶人榜样,到底骈首戕身<small>(指一并被杀。戕,qiāng)</small>。若非犯着十恶,如何受此极刑?当下监斩官将王庆处决了当,枭首施行,不在话下。

再说宋江众人,受恩回营。次日,只见公孙胜直至行营中军帐内,与宋江等众人打了稽首,便禀宋江道:"向日<small>(从前)</small>本师罗真人嘱咐小道,令送兄长还京之后,便回山中。今日兄长功成名遂,贫道就今拜别仁兄,辞别众位,便归山中,从师学道,侍养老母,以终天年。"宋江见公孙胜说起前言,不敢翻悔,潸然泪下,便对公孙胜道:"我想昔日弟兄相聚,如花始开,今日弟兄分别,如花零落。吾虽不敢负汝前言,心中岂忍分别?"公孙胜道:"若是小道半途撇了仁兄,便是寡情薄意。今来仁兄功成名遂,只得曲允(敬辞。犹俯允。意为应允)。"宋江再四挽留不住,便乃设一筵宴,令众弟兄相别。筵上举杯,众皆叹息,人人洒泪,各以金帛相赆(临别时赠送给远行人的路费、礼物。赆,jìn)。公孙胜推却不受,众兄弟只顾打拴在包裹。次日,众皆相别。公孙胜穿上麻鞋,背上包裹,打个稽首,望北登程去了。宋江连日思忆,泪如雨下,郁郁不乐。

　　时下又值正旦节(元旦)相近,诸官准备朝贺。蔡太师恐宋江人等都来朝贺,天子见之,必当重用,随即奏闻天子,降下圣旨,使人当住,只教宋江、卢俊义两个有职人员随班朝贺,其余出征官员,俱系白身(指没有被正式授予官职),恐有惊御,尽皆免礼。是日正旦,百官朝贺。宋江、卢俊义俱各公服,都在待漏院伺候早朝,随班行礼。是日驾坐紫宸殿受朝,宋江、卢俊义随班拜罢,于两班侍下,不能上殿。仰观殿上,玉簪珠履,紫绶金章,往来称觞(举杯祝酒。觞,shāng)献寿,自天明直至午牌,方始得沾谢恩御酒。百官朝散,天子驾起。宋江、卢俊义出内,卸了公服幞头,上马回营,面有愁颜赧色(惭愧的神色。赧,nǎn)。吴用等接着。众将见宋江面带忧容,心闷不乐,都来贺节。百余人拜罢,立于两边,宋江低首不语。吴用问道:"兄长今日朝贺天子回来,何以愁闷?"宋江叹口气道:"想我生来八字浅薄,命运蹇滞(困窘不顺遂。蹇,jiǎn)。破辽平寇,东征西讨,受了许多劳苦,今日连累众兄弟无功,因此愁闷。"吴用答道:"兄长既知造化未通,何故不乐?万事分定,不必多忧。"黑旋风李逵道:"哥哥好没寻思!当初在梁山泊里,不受一个的气,却今日也要招安,明日也要招安,讨得招安了,却惹烦恼。放着兄弟们都在这里,再上梁山泊去,却不快活!"宋江大喝道："这黑禽兽又来无礼！如今做了国家臣子，都是朝廷良臣。你这厮不省得道理，反心尚兀自未除！"李逵又应道："哥哥不听我说，明朝有的气受哩！"众人都笑，且捧酒与宋江添寿。是日只饮到二更，各自散了。

次日引十数骑马入城，到宿太尉、赵枢密并省院各官处贺节，往来城中，观看者甚众。就里有人对蔡京说知此事。次日，奏过天子，传旨教省院出榜禁约，于各城门上张挂："但凡一应出征官员将军头目，许于城外下营屯扎，听候调遣。非奉上司明文呼唤，不许擅自入城。如违，定依军令拟罪施行。"差人赉榜，径来陈桥门外张挂榜文。有人看了，径来报知宋江。宋江转添愁闷，众将得知，亦皆焦躁，尽有反心，只碍宋江一个。

且说水军头领特地来请军师吴用商议事务。吴用去到船中，见了李俊、张横、张顺、阮家三昆仲(兄弟)，俱对军师说道："朝廷失信，奸臣弄权，闭塞贤路。俺哥哥破了大辽，剿灭田虎，如今又平了王庆，止得个皇城使做，又未曾升赏我等众人。如今倒出榜文，来禁约我等，不许入城。我想那伙奸臣，渐渐的待要拆散我们弟兄，各调开去。今请军师自做个主张，若和哥哥商量，断然不肯。就这里杀将起来，把东京劫掠一空，再回梁山泊去，只是落草倒好。"吴用道："宋公明兄长断然不肯。你众人枉费了力，箭头不发，努折箭杆。自古蛇无头而不行，我如何敢自主张？这话须是哥哥肯时，方才行得。他若不肯做主张，你们要反，也反不出去！"六个水军头领见吴用不敢主张，都做声不得。吴用回至中军寨中，来与宋江闲话，计较军情，便道："仁兄往常千自由，百自在，众多弟兄亦皆快活。自从受了招安，与国家出力，为国家臣子，不想倒受拘束，不能任用，兄弟们都有怨心。"宋江听罢，失惊道："莫不谁在你行(你那里)说甚来？"吴用道："此是人之常情，更待多说？古人云：'富与贵，人之所欲；贫与贱，人之所恶。'观形察色，见貌知情。"宋江道："军师，若是弟兄们但有异心，我当死于九泉，忠心不改！"

次日早起,会集诸将,商议军机,大小人等都到帐前,宋江开话道:"俺是郓城小吏出身,又犯大罪,托赖(倚仗)你众弟兄扶持,尊我为头,今日得为臣子。自古道:'成人不自在,自在不成人。'虽然朝廷出榜禁治,理合如此。汝诸将士,无故不得入城。我等山间林下,卤莽军汉极多。倘或因而惹事,必然以法治罪,却又坏了声名。如今不许我等入城去,倒是幸事。你们众人,若嫌拘束,但有异心,先当斩我首级,然后你们自去行事。不然,吾亦无颜居世,必当自刎(自杀)而死,一任你们自为!"众人听了宋江之言,俱各垂泪设誓而散。有诗为证:

谁向西周怀好音,公明忠义不移心。

当时羞杀秦长脚,身在南朝心在金。

宋江诸将,自此之后,无事也不入城。看看上元节(元宵节)至,东京年例,大张灯火,庆赏元宵,诸路尽做灯火,于各衙门点放。且说宋江营内浪子燕青,自与乐和商议:"如今东京点放花灯火戏,庆赏丰年,今上天子,与民同乐。我两个更换些衣服,潜地入城,看了便回。"只见有人说道:"你们看灯,也带挈我则个!"燕青看见,却是黑旋风李逵。李逵道:"你们瞒着我,商量看灯,我已听了多时。"燕青道:"和你去不打紧,只吃你性子不好,必要惹出事来。现今省院出榜,禁治我们,不许入城。倘若和你入城去看灯,惹出事端,正中了他省院之计。"李逵道:"我今番再不惹事便了,都依着你行!"燕青道:"明日换了衣巾,都打扮做客人相似,和你入城去。"李逵大喜。次日都打扮做客人,伺候燕青,同入城去。不期乐和惧怕李逵,潜与时迁先入城去了。燕青洒脱不开,只得和李逵入城看灯,不敢从陈桥门入去,大宽转(绕大弯)却从封丘门入城。两个手厮挽着,正投桑家瓦来。来到瓦子前,听的勾栏内锣响,李逵定要入去,燕青只得和他挨人丛里,听的上面说平话,正说三国志,说到关云长刮骨疗毒。当时有云长左臂中箭,箭毒入骨。医人华陀道:"若要此疾毒消,可立一铜柱,上置铁环,将臂膊穿将过去,用索拴牢,割开皮肉,去骨三分,除却箭毒,却用油线缝拢,外用敷药贴了,内用长托之剂,不过半月,可以平复如初。因此极难治疗。"关公大笑道:"大丈夫死生不惧,何况只手? 不用铜柱铁环,只此便割何妨!"随即叫取棋盘,与客弈棋,伸起左臂,命华陀刮骨取毒,面不改色,对客谈笑自若。止说到这里,李逵在人丛中高叫道:"这个正是好男子!"众人失惊,都看李逵。燕青慌忙拦道:"李大哥,你怎地好村! 勾栏瓦舍,如何使得大惊小怪这等叫!"李逵道:"说到这里,不由人喝采!"燕青拖了李逵便走。

两个离了桑家瓦,转过串道(小巷),只见一个汉子飞砖掷瓦,去打一户人家。那人家道:"清平世界,荡荡乾坤,散了二次,不肯还钱,颠倒打我屋里。"黑旋风听了,路见不平,便要去打。燕青务死(拼死)抱住,李逵睁着双眼,要和他厮打的意思。那汉子便道:"俺自和他有帐讨钱,干你甚事? 即日要跟张招讨下江南出征去,你休惹我。到那里去也是死,要打便和你厮打,死在这里,也得一口好棺材。"李逵道:"却是甚么下江南? 不曾听的点兵调将。"燕青且劝开了闹,两个厮挽着,转出串道,离了小巷,见一个小小茶肆,两个入去里面,寻副座头,坐了吃茶。对席有个老者,便请会茶(一起饮茶),闲口论闲话。燕青道:"请问丈丈,却才巷口一个军汉厮打,他说道要跟张招讨下江南,早晚要去出征,请问端的那里去出征?"那老人道:"客人原来不知。如今江南草寇方腊反了,占了八州二十五县,从睦州起,直至润州,自号为一国,早晚来打扬州。因此朝廷已差下张招讨、刘都督去剿捕。"

燕青、李逵听了这话,慌忙还了茶钱,离了小巷,径奔出城,回到营中,来见军师吴学究,报知此事。吴用见说,心中大喜,来对宋先锋说知江南方腊造反,朝廷已遣张招讨领兵。宋江听了道:"我等诸将军马,闲居在此,甚是不宜。不若使人去告知宿太尉,令其于天子前保奏,我等情愿起兵,前去征进。"当时会集诸将商议,尽皆欢喜。

次日,宋江换了些衣服,带领燕青,自来说此一事。径入城中,直至太尉府前下马。正值太尉在府,令人传报,太尉闻知,忙教请进。宋江来到堂上,再拜起居。宿太尉道:"将军何事,更衣而来？"宋江禀道:"近因省院出榜,但凡出征官军,非奉呼唤,不敢擅自入城。今日小将私步至此,上告恩相。听的江南方腊造反,占据州郡,擅改年号,侵至润州,早晚渡江,来打扬州。宋江等人马久闲,在此屯扎不宜。某等情愿部领兵马,前去征剿,尽忠报国,望恩相于天子前题奏则个！"宿太尉听了,大喜道:"将军之言,正合吾意。下官当以一力保奏。将军请回,来早宿某具本奏闻,天子必当重用。"宋江辞了太尉,自回营寨,与众兄弟说知。

却说宿太尉次日早朝入内,见天子在披香殿与百官文武计事,正说江南方腊作耗(作乱),占据八州二十五县,改年建号,如此作反,自霸称尊,目今早晚兵犯扬州。天子乃曰:"已命张招讨、刘都督征进,未见次第(分晓)。"宿太尉越班奏道:"想此草寇,既成大患,陛下已遣张总兵、刘都督,再差征西得胜宋先锋,这两支军马为前部,可去剿除,必干大功。"天子闻奏大喜,急令使臣宣省院官听圣旨。当下张招讨,从、耿二参谋,亦行保奏,要调宋江这一干人马为前部先锋。省院官到殿,领了圣旨,随即宣取宋先锋、卢先锋,直到披香殿下,朝见天子。拜舞已毕,天子降敕,封宋江为平南都总管,征讨方腊正先锋;封卢俊义为兵马副总管,平南副先锋。各赐金带一条,锦袍一领,金甲一副,名马一骑,彩缎二十五表里。其余正偏将佐,各赐缎匹银两,待有功次,照名升赏,加受官爵。三军头目,给赐银两。都就于内务府关支,定限目下出师起行。宋江、卢俊义领了圣旨,就辞了天子。皇上乃曰:"卿等数内,有个能镌玉石印信金大坚,又有个能识良马皇甫端,留此二人,驾前听用。"宋江、卢俊义承旨,再拜谢恩,出内上马回营。

宋江、卢俊义两个在马上欢喜,并马而行。出的城来,只见街市上一个汉子,手里拿着一件东西,两条巧棒,中穿小索,以手牵动,那物便响。宋江见了,却不识的,使军士唤那汉子问道:"此是何物？"那汉子答道:"此是胡敲(一种类似扯铃的物件)也。用手牵动,自然有声。"

宋江乃作诗一首：

　　　　一声低了一声高，嘹喨声音透碧霄。

　　　　空有许多雄气力，无人提挈谩徒劳。

　　宋江在马上与卢俊义笑道："这胡敲正比着我和你，空有冲天的本事，无人提挈，何能振响！"卢俊义道："兄长何故发此言？据我等胸中学识，不在古今名将之下。如无本事，枉自有人提挈，亦作何用？"宋江道："贤弟差矣！我等若非宿太尉一力保奏，如何能够天子重用，为人不可忘本！"卢俊义自觉失言，不敢回话。

　　两个回到营寨，升帐而坐。当时会集诸将，除女将琼英因怀孕染病，留下东京，着叶清夫妇伏侍，请医调治外，其余将佐，尽教收拾鞍马衣甲，准备起身，征讨方腊。后来琼英病痊，弥月，产下一个面方耳大的儿子，取名叫做张节。次后闻得丈夫被贼将厉天闰杀死于独松关，琼英哀恸昏绝，随即同叶清夫妇亲自到独松关，扶柩到张清故乡彰德府安葬。叶清又因病故，琼英同安氏老妪，苦守孤儿。张节长大，跟吴玠大败金兀术于和尚原，杀得兀术剃髭（tì, 古同"剃"）须髯（络腮胡子。髯, rán）而遁。因此张节得封官爵，归家养母，以终天年，奏请表扬其母贞节。此是琼英等贞节孝义的结果。

　　话休絮繁。再说宋江于奉招讨方腊的次日，于内府关到赏赐缎匹银两，分俵诸将，给散三军头目，便就起送金大坚、皇甫端去御前听用。宋江一面调拨战船先行，着令水军头领整顿篙橹风帆，撑驾望大江进发，传令与马军头领，整顿弓、箭、枪、刀、衣袍、铠甲。水陆并进，船骑同行，收拾起程。只见蔡太师差府干到营，索取圣手书生萧让，要他代笔。次日，王都尉自来问宋江求要铁叫子乐和，闻此人善能歌唱，要他府里使令。宋江只得依允，随即又起送了二人去讫。宋江自此去了五个弟兄，心中好生郁郁不乐。当与卢俊义计议定了，号令诸军，准备出师。

　　却说这江南方腊造反已久，积渐（逐渐）而成，不想弄到许大事业。此人原是歙（shè）州山中樵夫，因去溪边净手，水中照见自己头戴平

天冠,身穿衮龙袍(皇袍),以此向人说自家有天子福分。因朱勔(miǎn)
在吴中征取花石纲,百姓大怨,人人思乱,方腊乘机造反,就清溪县
内帮源洞中,起造宝殿、内苑、宫阙,睦州、歙州亦各有行宫,仍设文
武职台,省院官僚,内相外将,一应大臣。睦州即今时建德,宋改为
严州;歙州即今时婺(wù)源,宋改为徽州。这方腊直从这里占到润
州,今镇江是也。共该八州二十五县。那八州? 歙州、睦州、杭州、
苏州、常州、湖州、宣州、润州。那二十五县,都是这八州管下。此时
嘉兴、松江、崇德、海宁,皆是县治。方腊自为国王,独霸一方,非同
小可。原来方腊上应天书,推背图上道:"十千加一点,冬尽始称尊。
纵横过浙水,显迹在吴兴。"那十千,是万也;头加一点,乃方字也。
冬尽,乃腊也。称尊者,乃南面为君也。正应方腊二字。占据江南
八郡,隔着长江天堑,又比淮西差多少来去。

再说宋江选将出师,相辞了省院诸官,当有宿太尉、赵枢密亲
来送行,赏劳三军。水军头领已把战船从泗(sì)水入淮河,望淮安军
坝,俱到扬州取齐。宋江、卢俊义谢了宿太尉、赵枢密,将人马分作
五起,取旱路投扬州来。于路无话,前军已到淮安县屯扎。当有本
州官员,置筵设席,等接宋先锋到来,请进城中管待,诉说:"方腊贼
兵浩大,不可轻敌。前面便是扬子大江,此是江南第一个险隘去处。
隔江却是润州。如今是方腊手下枢密吕师囊并十二个统制官守把
住江岸。若不得润州为家,难以抵敌。"宋江听了,便请军师吴用计
较良策,即目前面大江拦截,须用水军船只向前。吴用道:"扬子江
中,有金、焦二山,靠着润州城郭。可叫几个弟兄前去探路,打听隔
江消息,用何船只,可以渡江?"宋江传令,教唤水军头领前来听令:
"你众弟兄,谁人与我先去探路,打听隔江消息?"只见帐下转过四
员战将,尽皆愿往。

不是这几个人来探路,有分教,横尸似北固山高,流血染扬子江
赤。直教大军飞渡乌龙阵,战舰平吞白雁滩。毕竟宋江军马怎地去
收方腊,且听下回分解。

第一百十一回

张顺夜伏金山寺　宋江智取润州城

　　话说这九千三百里扬子大江,远接三江,却是汉阳江、浔阳江、扬子江。从四川直至大海,中间通着多少去处,以此呼为万里长江。地分吴、楚,江心内有两座山:一座唤做金山,一座唤做焦山。金山上有一座寺,绕山起盖,谓之寺里山。焦山上一座寺,藏在山凹里,不见形势,谓之山里寺。这两座山,生在江中,正占着楚尾吴头,一边是淮东扬州,一边是浙西润州,今时镇江是也。

　　且说润州城郭,却是方腊手下东厅枢密使吕师囊守把江岸。此人原是歙州富户,因献钱粮与方腊,官封为东厅枢密使。幼年曾读兵书战策,惯使一条丈八蛇矛,武艺出众。部下管领着十二个统制官,名号江南十二神,协同守把润州江岸。那十二神是:

　　　　擎天神福州沈刚、游弈神歙州潘文得、遁甲神睦州应明、六丁神明州徐统、霹雳神越州张近仁、巨灵神杭州沈泽、太白神湖州赵毅、太岁神宣州高可立、吊客神常州范畴、黄幡神润州卓万里、豹尾神江州和潼、丧门神苏州沈抃。

　　话说枢密使吕师囊统领着五万南兵,据住江岸。甘露亭下,摆列着战船三千余只,江北岸却是瓜洲渡口,净荡荡(平坦广阔)地无甚险阻。

　　此时先锋使宋江兵马战船,水陆并进,已到淮安了,约至扬州取齐。当日宋先锋在帐中,与军师吴用等商议:"此去大江不远,江南岸便是贼兵守把,谁人与我先去探路一遭,打听隔江消息,可以进兵？"帐下转过四员战将，皆云愿往。那四个一个是小旋风柴进，一个是浪里白跳张顺，一个是拼命三郎石秀，一个是活阎罗阮小七。宋江道："你四人分作两路：张顺和柴进，阮小七和石秀。可直到金、焦二山上宿歇，打听润州贼巢虚实，前来扬州回话。"四人辞了宋江，各带了两个伴当，扮做客人，取路先投扬州来。此时一路百姓，听得大军来征剿方腊，都挈家(携带家眷。挈，qiè)搬在村里躲避了。四个人在扬州城里分别，各办了些干粮。石秀自和阮小七带了两个伴当，投焦山去了。

却说柴进和张顺也带了两个伴当，将干粮捎在身边，各带把锋芒快尖刀，提了朴刀，四个奔瓜洲来。此时正是初春天气，日暖花香，到得扬子江边，凭高一望，淘淘雪浪，滚滚烟波，是好江景也！有诗为证：

> 万里烟波万里天，红霞遥映海东边。
>
> 打鱼舟子浑无事，醉拥青蓑自在眠。

这柴进二人，望见北固山下，一代都是青白二色旌旗，岸边一字儿摆着许多船只，江北岸上，一根木头也无。柴进道："瓜洲路上虽有屋宇，并无人住，江上又无渡船，怎生得知隔江消息？"张顺道："须得一间屋儿歇下，看兄弟赴水过去对江金山脚下，打听虚实。"柴进道："也说得是。"当下四个人奔到江边，见一带数间草房，尽皆关闭，推门不开。张顺转过侧首，掇(duō，搬)开一堵壁子，钻将入去，见个白头婆婆，从灶边走起来。张顺道："婆婆，你家为甚不开门？"那婆婆答道："实不瞒客人说，如今听得朝廷起大军来与方腊厮杀。我这里正是风水门口，有些人家，都搬了别处去躲，只留下老身在这里看屋。"张顺道："你家男子汉那里去了？"婆婆道："村里去望老小去了。"张顺道："我有四个人，要渡江过去，那里有船觅一只？"婆婆道："船却那里去讨？近日吕枢密听得大军来和他厮杀，都把船只拘管过润州去了。"张顺道："我四人自有粮食，只借你家宿歇两日，与你些银子作房钱，并不搅扰你。"婆婆道："歇却不妨，只是没有床席。"张顺道:"我们自有措置。"婆婆道:"客人,只怕早晚有大军来!"张顺道:"我们自有回避。"当时开门,放柴进和伴当入来,都倚了朴刀,放了行李,取些干粮烧饼出来吃了。张顺再来江边,望那江景时,见金山寺正在江心里。但见:

> 江吞鳌背,山耸龙鳞。烂银盘(比喻月亮)涌出青螺(比喻山形如螺),软翠帷远拖素练。遥观金殿,受八面之天风;远望钟楼,倚千层之石壁。梵塔高侵沧海日,讲堂低映碧波云。无边阁,看万里征帆;飞步亭,纳一天爽气。郭璞(东晋人,曾作《江赋》。璞,pú)墓中龙吐浪,金山寺里鬼移灯。

张顺在江边看了一回,心中思忖道:"润州吕枢密,必然时常到这山上,我且今夜去走一遭,必知消息。"回来和柴进商量道:"如今来到这里,一只小船也没,怎知隔江之事? 我今夜把衣服打拴(包裹)了两个大银,顶在头上,直赴过金山寺去,把些财帛与那和尚,讨个虚实,回报先锋哥哥。你只在此间等候。"柴进道:"早干了事便回。"

是夜星月交辉,风恬浪静,水天一色。黄昏时分,张顺脱膊(赤膊)了,扁扎起一腰白绢水裈儿,把这头巾衣服,裹了两个大银,拴缚在头上,腰间带一把尖刀,从瓜洲下水,直赴开江心中来。那水淹不过他胸脯,在水中如走旱路,看看赴到金山脚下,见石峰边缆着一只小船,张顺爬到船边,除下头上衣包,解了湿衣,扎拭了身上,穿上衣服,坐在船中。听得润州更鼓,正打三更。张顺伏在船内望时,只见上溜头一只小船,摇将过来。张顺看了道:"这只船来得蹊跷,必有奸细!"便要放船开去,不想那只船一条大索锁了,又无橹篙(lǔgāo,撑船摇船的工具),张顺只得又脱了衣服,拔出尖刀,再跳下江里,直赴到那船边。船上两个人摇着橹,只望北岸,不提防南边,只顾摇。张顺却从水底下一钻,钻到船边,扳住船舷,把尖刀一削,两个摇橹的撒了橹,倒撞下江里去了。张顺早跳在船上。那船舱里钻出两个人来,张顺手起一刀,砍得一个下水去,那个吓得倒入舱里去。张顺喝道:"你是甚人? 那里来的船只? 实说,我便饶你!"那人道:"好汉听禀:小人是此间扬州城外定浦村陈将士家干人（办事的人），使小人过润州投拜吕枢密那里献粮，准了，使个虞候和小人同回，索要白粮五万石、船三百只，作进奉之礼。"张顺道："那个虞候姓甚名谁？现在那里？"干人道："虞候姓叶名贵，却才好汉砍下江里去的便是。"张顺道："你却姓甚？甚么名字？几时过去投拜？船里有甚物件？"干人道："小人姓吴名成，今年正月初七日渡江。吕枢密直教小人去苏州，见了御弟三大王方貌，关了号色旌旗三百面，并主人陈将士官诰，封做扬州府尹，正授中明大夫名爵，更有号衣一千领，及吕枢密札付一道。"张顺又问道："你的主人姓甚名字？有多少人马？"吴成道："人有数千，马有百十余匹。嫡亲有两个孩儿，好生了得，长子陈益，次子陈泰。主人将士，叫做陈观。"张顺都问了备细来情去意，一刀也把吴成剁下水里去了。船尾上装起橹来，径摇到瓜洲。

柴进听橹声响，急忙出来看时，见张顺摇只船来。柴进便问来由，张顺把前事一一说了。柴进大喜，去船舱里取出一包袱文书，并三百面红绢号旗，杂色号衣一千领，做两担打送了。张顺道："我却去取了衣裳来。"把船再摇到金山脚下，取了衣裳、巾帻、银子，再摇到瓜洲岸边，天色方晓，重雾罩地。张顺把船砍漏，推开江里去沉了。来到屋下，把三二两银子与了婆婆，两个伴当挑了担子，径回扬州来。此时宋先锋军马俱屯扎在扬州城外，本州官员迎接宋先锋入城馆驿内安下，连日筵宴，供给军士。

却说柴进、张顺伺候席散，在馆驿内见了宋江，备说陈观父子交结方腊，早晚诱引贼兵渡江，来打扬州。天幸江心里遇见，教主帅成这件功劳。宋江听了大喜，便请军师吴用商议用甚良策。吴用道："既有这个机会，觑润州城易如反掌！先拿了陈观，大事便定。只除如此如此。"即时唤浪子燕青扮做叶虞候，教解珍、解宝扮做南军。问了定浦村路头，解珍、解宝挑着担子，燕青都领了备细言语，三个出扬州城来，取路投定浦村。离城四十余里，早问到陈将士庄前。见门首二三十庄客，都整整齐齐，一般打扮。但见：

　　攒竹笠子，上铺着一把黑缨；细线衲袄，腰系着八尺红绢。牛膀鞋，登山似箭；獐皮袜，护脚如绵。人人都带雁翎刀，个个尽提鸦嘴撷。

　　当下燕青改作浙人乡谈，与庄客唱喏道："将士宅上，有么？"庄客道："客人那里来？"燕青道："从润州来。渡江错走了路，半日盘旋，问得到此。"庄客见说，便引入客房里去，教歇了担子，带燕青到后厅来见陈将士。燕青便下拜道："叶贵就此参见！"拜罢，陈将士问道："足下何处来？"燕青打浙音道："回避闲人，方敢对相公说。"陈将士道："这几个都是我心腹人，但说不妨。"燕青道："小人姓叶名贵，是吕枢密帐前虞候。正月初七日接得吴成密书，枢密甚喜，特差叶贵送吴成到苏州，见御弟三大王，备说相公之意。三大王使人启奏，降下官诰，就封相公为扬州府尹。两位直阁舍人，待吕枢密相见了时，再定官爵。今欲使令吴成回程，谁想感冒风寒病症，不能动止。枢密怕误了大事，特差叶贵送到相公官诰，并枢密文书、关防、牌面、号旗三百面、号衣一千领，克日定时，要相公粮食船只前赴润州江岸交割。"便取官诰文书递与陈将士，看了大喜，忙摆香案，望南谢恩已了，便唤陈益、陈泰出来相见。燕青叫解珍、解宝取出号衣号旗，入后厅交付。陈将士便邀燕青请坐。燕青道："小人是个走卒，相公处如何敢坐？"陈将士道："足下是那壁恩相差来的人，又与小官赍诰敕，怎敢轻慢？权坐无妨。"燕青再三谦让了，远远地坐下。陈将士叫取酒来，把盏劝燕青，燕青推却道："小人天戒(天生无某种喜好)不饮酒。"待他把过三两巡酒，两个儿子都来与父亲庆贺递酒。燕青把眼使叫解珍、解宝行事。解宝身边取出不按君臣(违背药性药效配制)的药头，张(看)人眼慢，放在酒壶里。燕青便起身说道："叶贵虽然不曾将酒过江，借相公酒果，权为上贺之意。"便斟一大钟酒，以劝陈将士，满饮此杯。随即便劝陈益、陈泰两个，各饮了一杯。当面有几个心腹庄客，都被燕青劝了一杯。燕青那嘴一努，解珍出来外面，寻了火种，身边取出号旗号炮，就庄前放起。左右两边，已有头领等候，只听号炮响,前来策应。燕青在堂里,见一个个都倒了,身边掣出短刀,和解宝一齐动手,早都割下头来。庄门外哄动十个好汉,从前面打将入来。那十员将佐? 花和尚鲁智深、行者武松、九纹龙史进、病关索杨雄、黑旋风李逵、八臂那吒项充、飞天大圣李衮、丧门神鲍旭、锦豹子杨林、病大虫薛永。门前众庄客那里迎敌得住? 里面燕青、解珍、解宝早提出陈将士父子首级来。庄门外又早一彪人马官军到来,为首六员将佐。那六员? 美髯公朱仝、急先锋索超、没羽箭张清、混世魔王樊瑞、打虎将李忠、小霸王周通。当下六员首将,引一千军马围住庄院,把陈将士一家老幼尽皆杀了。拿住庄客,引去浦里看时,傍庄傍港,泊着三四百只船,却满满装载粮米在内。众将得了数目,飞报主将宋江。

宋江听得杀了陈将士,便与吴用计议进兵。收拾行李,辞了总督张招讨,部领大队人马,亲到陈将士庄上,分拨前队将校,上船行计,一面使人催趱战船过去。吴用道:"选三百只快船,船上各插着方腊降来的旗号。着一千军汉,各穿了号衣,其余三四千人衣服不等。"三百只船内,埋伏二万余人,更差穆弘扮做陈益,李俊扮做陈泰,各坐一只大船,其余船分拨将佐。

第一拨船上,穆弘、李俊管领。穆弘身边,拨与十个偏将簇拥着。那十个?

项充、李衮、鲍旭、薛永、杨林、杜迁、宋万、邹渊、邹润、石勇。

李俊身边,也拨与十个偏将簇拥着。那十个?

童威、童猛、孔明、孔亮、郑天寿、李立、李云、施恩、白胜、陶宗旺。

第二拨船上,差张横、张顺管领。张横船上,拨与四个偏将簇拥着。那四个?

曹正、杜兴、龚旺、丁得孙。

张顺船上,拨与四个偏将簇拥着。那四个?

孟康、侯健、汤隆、焦挺。

　　第三拨船上便差十员正将管领,也分作两船进发。那十个?

　　　史进、雷横、杨雄、刘唐、蔡庆、张清、李逵、解珍、解宝、柴进。

　　这三百船上,分派大小正偏将佐,共计四十二员渡江。次后宋江等,却把战船装载马匹,游龙飞鲸等船一千只,打着宋朝先锋使宋江旗号,大小马步将佐,一发载船渡江。两个水军头领,一个是阮小二,一个是阮小五,总行催督。

　　且不说宋江中军渡江,却说润州北固山上,哨见对港三百来只战船一齐出浦,船上却插着护送衣粮先锋红旗号。南军连忙报入行省里来。吕枢密聚集十二个统制官,都全副披挂,弓弩上弦,刀剑出鞘,带领精兵,自来江边观看。见前面一百只船,先傍岸拢来。船上望着两个为头的,前后簇拥着的,都披着金锁子号衣,一个个都是那彪形大汉。吕枢密下马,坐在银交椅上,十二个统制官两行把住江岸。穆弘、李俊见吕枢密在江岸上坐地,起身声喏。左右虞候喝令住船,一百只船一字儿抛定了锚。背后那二百只船,乘着顺风,都到了。分开在两下拢来,一百只在左,一百只在右,做三下均匀摆定了。客帐司下船来问道:"船从那里来?"穆弘答道:"小人姓陈名益,兄弟陈泰,父亲陈观,特遣某等弟兄,献纳白米五万石、船三百只、精兵五千,来谢枢密恩相保奏之恩。"客帐司道:"前日枢密相公使叶虞候去来,现在何处?"穆弘道:"虞候和吴成各染伤寒时疫,现在庄上养病,不能前来。今将关防文书,在此呈上。"客帐司(官府中负责接待宾客的差役)接了文书,上江岸来禀复吕枢密道:"扬州定浦村陈府尹男陈益、陈泰,纳粮献兵,呈上原赍去关防文书在此。"吕枢密看,果是原领公文,传钧旨,教唤二人上岸。客帐司唤陈益、陈泰上来参见。

　　穆弘、李俊上得岸来,随后二十个偏将都跟上去。排军喝道:"卿相在此,闲杂人不得近前!"二十个偏将都立住了。穆弘、李俊躬身叉手,远远侍立。客帐司半晌方才引一人过去参拜了,跪在面前。吕枢密道:"你父亲陈观,如何不自来?"穆弘禀道:"父亲听知是

　　　　　　　　　　　　　— 1163 —

梁山泊宋江等领兵到来,诚恐贼人下乡扰搅,在家支吾(对付),未敢擅离。"吕枢密道:"你两个那个是兄?"穆弘道:"陈益是兄。"吕枢密道:"你弟兄两个曾习武么?"穆弘道:"托赖恩相福荫,颇曾训练。"吕枢密道:"你将来白粮(一种专供官廷和京师官员用的粮),怎地装载?"穆弘道:"大船装粮三百石,小船装粮二百石。"吕枢密道:"你两个来到,恐有他意!"穆弘道:"小人父子一片孝顺之心,怎敢怀半点外意?"吕枢密道:"虽然是你好心,吾观你船上军汉模样非常,不由人不疑。你两个只在这里,吾差四个统制官引一百军人下船搜看,但有分外之物,决不轻恕。"穆弘道:"小人此来,指望恩相重用,何必见疑!"

吕师囊正欲点四个统制下船搜看,只见探马报道:"有圣旨到南门外了,请枢相便上马迎接。"吕枢密急上了马,便分付道:"且与我把住江岸,这两个陈益、陈泰随将我来。"穆弘把眼看李俊一觉。等吕枢密先行去了,穆弘、李俊随后招呼二十个偏将,便入城门。守门将校喝道:"枢密相公只叫这两个为头的入来。其余人伴,休放进去!"穆弘、李俊过了,二十个偏将都被挡住在城边。

且说吕枢密到南门外接着天使,便问道:"缘何来得如此要急?"那天使是方腊面前引进使冯喜,悄悄地对吕师囊道:"近日司天太监浦文英奏道:'夜观天象,有无数罡星入吴地分野,中间杂有一半无光,就里为祸不小。'天子特降圣旨,教枢密紧守江岸。但有北边来的人,须要仔细盘诘,磨问实情。如是形影奇异者,随即诛杀,勿得停留。"吕枢密听了大惊:"却才这一班人,我十分疑忌,如今却得这话。且请到城中开读。"冯喜同吕枢密都到行省,开读圣旨已了,只见飞马又报:"苏州又有使命,赍擎御弟三大王令旨到来。"言说:"你前日扬州陈将士投降一节,未可准信,诚恐有诈。近奉圣旨,近来司天监内,照见罡星入于吴地分野,可以牢守江岸,我早晚自差人到来监督。"吕枢密道:"大王亦为此事挂心,下官已奉圣旨。"随即令人牢守江面,来的船上人,一个也休放上岸,一面设宴管待两个使命。

却说那三百只船上人,见半日没些动静。左边一百只船上张横、张顺带八个偏将,提军器上岸;右边一百只船上十员正将都拿了枪刀,钻上岸来;守江面南军,拦当不住。黑旋风李逵和解珍、解宝便抢入城;守门官军急出拦截,李逵轮起双斧,一砍一剁,早杀翻两个把门官军。城边发起喊来,解珍、解宝各挺钢叉入城,都一时发作,那里关得城门迭?李逵横身在门底下,寻人砍杀,先至城边二十个偏将,各夺了军器,就杀起来。吕枢密急使人传令来,教牢守江面时,城门边已自杀入城了。十二个统制官听得城边发喊,各提动军马时,史进、柴进早招起三百只船内军兵,脱了南军的号衣,为首先上岸,船舱里埋伏军兵,一齐都杀上岸来。为首统制官沈刚、潘文得两路军马来保城门时,沈刚被史进一刀剁下马去,潘文得被张横刺斜里一枪搠倒。众军混杀,那十个统制官,都望城子里退入去,保守家眷。穆弘、李俊在城中听得消息,就酒店里夺得火种,便放起火来。吕枢密急上马时,早得三个统制官到来救应。城里降天也似火起。瓜洲望见,先发一彪军马过来接应。城里四门,混战良久,城上早竖起宋先锋旗号。四面八方,混杀人马,难以尽说,下来便见。

且说江北岸,早有一百五十只战船傍岸,一齐牵上战马,为首十员战将登岸,都是全付披挂。那十员大将?关胜、呼延灼、花荣、秦明、郝思文、宣赞、单廷珪、韩滔、彭玘、魏定国。正偏战将一十员,部领二千军马,冲杀入城。此时吕枢密方才大败,引着中伤人马,径奔丹徒县去了。大军夺得润州,且教救灭了火,分拨把住四门,却来江边,迎接宋先锋船,正见江面上游龙飞鲸船只,乘着顺风,都到南岸。大小将佐迎接宋先锋入城,预先出榜,安抚百姓,点本部将佐,都到中军请功。史进献沈刚首级,张横献潘文得首级,刘唐献沈泽首级,孔明、孔亮生擒卓万里,项充、李衮生擒和潼,郝思文箭射死徐统。得了润州,杀了四个统制官,生擒两个统制官,杀死牙将官兵,不计其数。

宋江点本部将佐,折了三个偏将,都是乱军中被箭射死,马踏身亡,那三个?一个是云里金刚宋万,一个是没面目焦挺,一个是九尾龟陶宗旺。宋江见折了三将,心中烦恼,快快不乐。吴用劝道:“生死人之分定。虽折了三个兄弟,且喜得了江南第一个险隘州郡,何故烦恼,有伤玉体。要与国家干功,且请理论大事。"宋江道:"我等一百八人,天文所载,上应星曜。当初梁山泊发愿,五台山设誓,但愿同生同死。回京之后,谁想道先去了公孙胜,御前留了金大坚、皇甫端,蔡太师又用了萧让,王都尉又要了乐和。今日方渡江,又折了我三个弟兄。想起宋万这人,虽然不曾立得奇功,当初梁山泊开创之时,多亏此人。今日作泉下之客!"宋江传令,叫军士就宋万死处,搭起祭仪,列了银钱,排下乌猪白羊,宋江亲自祭祀奠酒。就押生擒到伪统制卓万里、和潼,就那里斩首沥血,享祭三位英魂。宋江回府治里,支给功赏,一面写了申状,使人报捷,亲请张招讨,不在话下。沿街杀的死尸,尽教收拾出城烧化,收拾三个偏将尸骸,葬于润州东门外。

且说吕枢密折了大半人马,引着六个统制官,退守丹徒县,那里敢再进兵。申将告急文书,去苏州报与三大王方貌求救。闻有探马报来,苏州差元帅邢政领军到了。吕枢密接见邢元帅,问慰了,来到县治,备说陈将士诈降缘由,以致透漏宋江军马渡江。"今得元帅到此,可同恢复润州。"邢政道:"三大王为知罡星犯吴地,特差下官领军到来,巡守江面。不想枢密失利,下官与你报仇,枢密当以助战。"次日,邢政引军来恢夺润州。

却说宋江在润州衙内与吴用商议,差童威、童猛引百余人去焦山寻取石秀、阮小七,一面调兵出城,来取丹徒县。点五千军马,为首差十员正将。那十员?关胜、林冲、秦明、呼延灼、董平、花荣、徐宁、朱仝、索超、杨志。当下十员正将,部领精兵五千,离了润州,望丹徒县来。关胜等正行之次,路上正迎着邢政军马。两军相对,各把弓箭射住阵脚,排成阵势。南军阵上,邢政挺枪出马,六个统制官,分在两下。宋军阵中关胜见了,纵马舞青龙偃月刀来战邢政。两员将斗到十四五合,一将翻身落马。正是瓦罐不离井上破,将军必在阵前亡。毕竟二将厮杀,输了的是谁,且听下回分解。

第一百十二回

卢俊义分兵宣州道　宋公明大战毗陵郡

话说元帅邢政和关胜交马,战不到十四五合,被关胜手起一刀,砍于马下。可怜南国英雄,化作南柯一梦(泛指梦。亦比喻一场空)。呼延灼见砍了邢政,大驱人马,卷杀将去。六个统制官望南而走。吕枢密见本部军兵大败亏输,弃了丹徒县,领了伤残军马,望常州府而走。宋兵十员大将,夺了县治,报捷与宋先锋知道,部领大队军兵,前进丹徒县驻扎。赏劳三军,飞报张招讨,移兵镇守润州。次日,中军从、耿二参谋赍送赏赐到丹徒县,宋江祗受(恭敬地领受。祗,zhī),给赐众将。

宋江请卢俊义计议调兵征进。宋江道:"目今宣、湖二州,亦是贼寇方腊占据。我今与你分兵拨将,作两路征剿,写下两个阄子(抓阄时用的纸团等。阄,jiū),对天拈取。若拈得所征地方,便引兵去。"当下宋江阄得常、苏二处,卢俊义阄得宣、湖二处,宋江便叫铁面孔目裴宣把众将均分。除杨志患病不能征进寄留丹徒外,其余将校拨开两路。宋先锋分领将佐攻打常、苏二处,正偏将共计四十二人,正将一十三员,偏将二十九员:

> 正将先锋使呼保义宋江、军师智多星吴用、扑天雕李应、大刀关胜、小李广花荣、霹雳火秦明、金枪手徐宁、美髯公朱仝、花和尚鲁智深、行者武松、九纹龙史进、黑旋风李逵、神行太保戴宗。

> 偏将镇三山黄信、病尉迟孙立、井木犴郝思文、丑郡马宣

赞、百胜将韩滔、天目将彭玘、混世魔王樊瑞、铁笛仙马麟、锦毛虎燕顺、八臂那吒项充、飞天大圣李衮、丧门神鲍旭、矮脚虎王英、一丈青扈三娘、锦豹子杨林、金眼彪施恩、鬼脸儿杜兴、毛头星孔明、独火星孔亮、轰天雷凌振、铁臂膊蔡福、一枝花蔡庆、金毛犬段景住、通臂猿侯健、神算子蒋敬、神医安道全、险道神郁保四、铁扇子宋清、铁面孔目裴宣。

大小正偏将佐四十二员，随行精兵三万人马，宋先锋总领。

副先锋卢俊义亦分将佐攻打宣、湖二处，正偏将佐共四十七员，正将一十五员，偏将三十二员，朱武偏将之首，受军师之职。

正将副先锋玉麒麟卢俊义、神机军师朱武、小旋风柴进、豹子头林冲、双枪将董平、双鞭呼延灼、急先锋索超、没遮拦穆弘、病关索杨雄、插翅虎雷横、两头蛇解珍、双尾蝎解宝、没羽箭张清、赤发鬼刘唐、浪子燕青。

偏将圣水将单廷珪、神火将魏定国、小温侯吕方、赛仁贵郭盛、摩云金翅欧鹏、火眼狻猊邓飞、打虎将李忠、小霸王周通、跳涧虎陈达、白花蛇杨春、病大虫薛永、摸着天杜迁、小遮拦穆春、出林龙邹渊、独角龙邹润、催命判官李立、青眼虎李云、石将军石勇、旱地忽律朱贵、笑面虎朱富、小尉迟孙新、母大虫顾大嫂、菜园子张青、母夜叉孙二娘、白面郎君郑天寿、金钱豹子汤隆、操刀鬼曹正、白日鼠白胜、花项虎龚旺、中箭虎丁得孙、活闪婆王定六、鼓上蚤时迁。

大小正偏将佐四十七员，随征精兵三万人马，卢俊义管领。

看官牢记话头，卢先锋攻打宣、湖二州，共是四十七人；宋公明攻打常、苏二处，共是四十二人。计有水军首领，自是一伙，为因童威、童猛差去焦山，寻见了石秀、阮小七，回报道："石秀、阮小七来到江边，杀了一家老小，夺得一只快船，前到焦山寺内。寺主知道是梁山泊好汉，留在寺中宿食。后知张顺干了功劳，打听得焦山下船，取茆(máo)港，好去攻伐江阴、太仓沿海州县，使人申将文书来，索请水军头领，并要战具船只。"宋江即差李俊等八员，拨与水军五千，跟随石秀、阮小七等，共取水路，计正偏将一十员。那十员？正将七员，偏将三员：

拼命三郎石秀、混江龙李俊、船火儿张横、浪里白跳张顺、立地太岁阮小二、短命二郎阮小五、活阎罗阮小七、出洞蛟童威、翻江蜃童猛、玉幡竿孟康。

大小正偏将佐一十员，水军精兵五千，战船一百只。

看官听说，宋江自丹徒分兵，共是九十九人，已自不满百数。大战船都拨与水军头领攻打江阴、太仓，小战船却俱入丹徒，都在里港，随军攻打常州。

话说吕师囊引了六个统制官，退保常州毗(pí)陵郡。这常州原有守城统制官钱振鹏，手下两员副将：一个是晋陵县上濠人氏，姓金名节；一个是钱振鹏心腹之人许定。钱振鹏原是清溪县都头出身，协助方腊，累得城池，升做常州制置使。听得吕枢密失利，折了润州，一路退回常州，随即引金节、许定，开门迎接，请入州治，管待已了，商议迎战之策。钱振鹏道："枢相放心。钱某不才，愿施犬马之劳，直杀的宋江那厮们大败过江，恢复润州，方遂吾愿！"吕枢密抚慰道："若得制置如此用心，何虑国家不安？成功之后，吕某当极力保奏，高迁重爵。"当日筵宴，不在话下。

且说宋先锋领起分定人马攻打常、苏二州，拨马军长驱大进，望毗陵郡来。为头正将一员关胜，部领十员将佐。那十人？秦明、徐宁、黄信、孙立、郝思文、宣赞、韩滔、彭玘、马麟、燕顺。正偏将佐共计十一员，引马军三千，直取常州城下，摇旗擂鼓搦战。吕枢密看了道："谁敢去退敌军？"钱振鹏备了战马道："钱某当以效力向前。"吕枢密随即拨六个统制官相助。六个是谁？应明、张近仁、赵毅、沈抃(biàn)、高可立、范畴。七员将带领五千人马，开了城门，放下吊桥。钱振鹏使口泼风刀，骑一匹卷毛赤兔马，当先出城。

关胜见了，把军马暂退一步，让钱振鹏列成阵势，六个统制官分在两下。对阵关胜当先立马横刀,厉声高叫:"反贼听着!汝等助一匹夫谋反,损害生灵,人神共怒!今日天兵临境,尚不知死,敢来与我拒敌!我等不把你这贼徒诛尽杀绝,誓不回兵!"钱振鹏听了大怒,骂道:"量你等一伙是梁山泊草寇,不知天时,却不思图王霸业,倒去降无道昏君,要来和俺大国相并。我今直杀的你片甲不回才罢!"关胜大怒,舞起青龙偃月刀,直冲将来。钱振鹏使动泼风刀,迎杀将去。两员将厮杀,斗了三十合之上,钱振鹏渐渐力怯,抵当不住。南军门旗下,两个统制官看见钱振鹏力怯,挺两条枪,一齐出马,前去夹攻关胜,上首赵毅,下首范畴。宋军门旗下,恼犯了二员偏将,一个舞动丧门剑,一个使起虎眼鞭,抢出马来,乃是镇三山黄信、病尉迟孙立。六员将,三对儿在阵前厮杀。吕枢密急使许定、金节出城助战。两将得令,各持兵器,都上马直到阵前,见赵毅战黄信,范畴战孙立,却也都是对手。斗到间深里（紧要关头）,赵毅、范畴渐折便宜。许定、金节各使一口大刀出阵,宋军阵中韩滔、彭玘二将双出来迎。金节战住韩滔,许定战住彭玘,四将又斗,五队儿在阵前厮杀。

原来金节素有归降大宋之心,故意要本队阵乱,略斗数合,拨回马望本阵先走,韩滔乘势追将去。南军阵上高可立,看见金节被韩滔追赶得紧急,取雕弓,搭上硬箭,满满地拽开,飕的一箭,把韩滔面颊上射着,倒撞下马来。这里秦明急把马一拍,轮起狼牙棍前来救时,早被那里张近仁抢出来,咽喉上复一枪,结果了性命。彭玘和韩滔是一正一副的兄弟,见他身死,急要报仇,撇了许定,直奔阵上,去寻高可立。许定赶来,却得秦明占住厮杀。高可立看见彭玘赶来,挺枪便迎。不提防张近仁从肋窝里撞将出来,把彭玘一枪搠下马去。关胜见损了二将,心中忿怒,恨不得杀进常州,使转神威,把钱振鹏一刀,也剁于马下。待要抢他那骑赤兔卷毛马,不提防自己坐下赤兔马一脚前失,倒把关胜掀下马来,南阵上高可立、张近仁两骑马便来抢关胜,却得徐宁引宣赞、郝思文二将齐出,救得关胜回归本阵。吕枢密大驱人马，卷杀出城，关胜众将失利，望北退走，南兵追赶二十余里。

此日关胜折了些人马，引军回见宋江，诉说折了韩滔、彭玘。宋江大哭道："谁想渡江已来，损折我五个兄弟。莫非皇天有怒，不容宋江收捕方腊，以致损兵折将？"吴用劝道："主帅差矣！输赢胜败，兵家常事，不足为怪。此是两个将军禄绝(死的讳辞)之日，以致如此。请先锋免忧，且理大事。"只见帐前转过李逵便说道："着几个认得杀俺兄弟的人，引我去杀那贼徒，替我两个哥哥报仇！"宋江传令，教来日打起一面白旗："我亲自引众将，直至城边，与贼交锋，决个胜负。"

次日，宋公明领起大队人马，水陆并进，船骑相迎，拔寨都起。黑旋风李逵引着鲍旭、项充、李衮，带领五百悍勇(勇猛)步军，先来出哨，直到常州城下。吕枢密见折了钱振鹏，心下甚忧，连发了三道飞报文书，去苏州三大王方貌处求救，一面写表申奏朝廷。又听得报道："城下有五百步军打城，认旗上写道为首的是黑旋风李逵。"吕枢密道："这厮是梁山泊第一个凶徒，惯杀人的好汉，谁敢与我先去拿他？"帐前转过两个得胜获功的统制官高可立、张近仁。吕枢密道："你两个若拿得这个贼人，我当一力保奏，加官重赏。"张、高二统制各绰了枪上马，带领一千马步兵，出城迎敌。黑旋风李逵见了，便把五百步军一字儿摆开，手搭两把板斧，立在阵前。丧门神鲍旭仗着一口大阔板刀，随于侧首。项充、李衮两个，各人手挽着蛮牌，右手拿着铁标。四个人各披前后掩心铁甲，列于阵前。高、张二统制正是得胜狸猫强似虎，及时鸦鹊便欺雕，统着一千军马，靠城排开。

宋军内有几个探子，却认得高可立、张近仁两个是杀韩滔、彭玘的，便指与黑旋风道："这两个领军的，便是杀俺韩、彭二将军的！"李逵听了这说，也不打话，拿起两把板斧直抢过对阵去。鲍旭见李逵杀过对阵，急呼项充、李衮舞起蛮牌(用南方产的粗藤做的盾牌)，便去策应。四个齐发一声喊，滚过对阵。高可立、张近仁吃了一惊，措手不及,急待回马,那两个蛮牌早滚到马颔(hàn,下巴颏)下,高可立、张近仁在马上把枪望下搠时,项充、李衮把牌迎住。李逵斧起,早砍翻高可立马脚,高可立撷下马来。项充叫道"留下活的"时,李逵是个好杀人的汉子,那里忍耐得住,早一斧砍下头来。鲍旭从马上揪下张近仁,一刀也割了头。四个在阵里乱杀。黑旋风把高可立的头缚在腰里,轮起两把板斧,不问天地,横身在里面砍杀,杀得一千马步军,退入城去,也杀了三四百人,直赶到吊桥边。李逵和鲍旭两个便要杀入城去,项充、李衮死当回来。城上擂木炮石,早打下来。四个回到阵前,五百军兵依原一字摆开,那里敢轻动?本是也要来混战,怕黑旋风不分皂白,见的便砍,因此不敢近前。

尘头起处,宋先锋军马已到,李逵、鲍旭各献首级,众将认的是高可立、张近仁的头,都吃了一惊道:"如何获得仇人首级?"两个说:"杀了许多人众,本待要捉活的来,一时手痒,忍耐不住,就便杀了。"宋江道:"既有仇人首级,可于白旗下望空祭祀韩、彭二将。"宋江又哭了一场,放倒白旗,赏了李逵、鲍旭、项充、李衮四人,便进兵到常州城下。

且说吕枢密在城中心慌,便与金节、许定并四个统制官商议退宋江之策。诸将见李逵等杀了这一阵,众人都胆颤心寒,不敢出战。问了数声,如箭穿雁嘴,钩搭鱼腮,默默无言,无人敢应。吕枢密心内纳闷,教人上城看时,宋江军马,三面围住常州,尽在城下擂鼓摇旗,呐喊搦战。吕枢密叫众将且各上城守护。众将退去,吕枢密自在后堂寻思,无计可施,唤集亲随左右心腹人商量,自欲弃城逃走,不在话下。

且说守将金节回到自己家中,与其妻秦玉兰说道:"如今宋先锋围住城池,三面攻击。我等城中粮食缺少,不经久困。倘或打破城池,我等那时,皆为刀下之鬼。"秦玉兰答道:"你素有忠孝之心,归降之意,更兼原是宋朝旧官,朝廷不曾有甚负汝,不若去邪归正,擒捉吕师囊,献与宋先锋,便是进身之计。"金节道:"他手下现有四个统制官,各有军马。许定这厮,又与我不睦,与吕师囊又是心腹之人。我恐事未必谐,反惹其祸。"其妻道:"你只密密地黄夜(深夜。黄,yín)修一封书缄(书信。缄,jiān),拴在箭上,射出城去,和宋先锋达知,里应外合取城。你来日出战,诈败佯输,引诱入城,便是你的功劳。"金节道:"贤妻此言极当,依汝行之。"史官诗曰:

> 弃暗投明免祸机,毗陵重见负羁妻。
>
> 妇人尚且存忠义,何事男儿识见迷。

次日,宋江领兵攻城得紧,吕枢密聚众商议,金节答道:"常州城池高广,只宜守,不可敌。众将且坚守,等待苏州救兵来到,方可会合出战。"吕枢密道:"此言极是。"分拨众将:应明、赵毅守把东门,沈抃(biàn)、范畴守把北门,金节守把西门,许定守把南门。调拨已定,各自领兵坚守。当晚金节写了私书,拴在箭上,待夜深人静,在城上望着西门外探路军人射将下去。那军校拾得箭矢,慌忙报入寨里来。守西寨正将花和尚鲁智深同行者武松两个见了,随即使偏将杜兴赍了,飞报东北门大寨里来。宋江、吴用点着明烛,在帐里议事。杜兴呈上金节的私书,宋江看了大喜,便传令教三寨中知会。

次日,三寨内头领三面攻城。吕枢密在战楼上,正观见宋江阵里轰天雷凌振扎起炮架,却放了一个风火炮,直飞起去,正打在敌楼角上,骨碌碌一声响,平塌了半边。吕枢密急走,救得性命下城来,催督四门守将,出城搦战。擂了三通战鼓,大开城门,放下吊桥,北门沈抃、范畴引军出战。宋军中大刀关胜,坐下钱振鹏的卷毛赤兔马,出于阵前,与范畴交战。两个正待相持,西门金节又引出一彪军来搦战。宋江阵上病尉迟孙立出马。两个交战,斗不到三合,金节诈败,拨转马头便走。孙立当先,燕顺、马麟为次,鲁智深、武松、孔明、孔亮、施恩、杜兴一发进兵。金节便退入城,孙立已赶入城门边,占住西门。城中闹起,知道大宋军马已从西门进城了。那时百姓都被方腊残害不过,怨气冲天,听得宋军入城,尽出来助战。城上早竖起宋先锋旗号。范畴、沈抃见了城中事变,急待奔入城去,保全老小时,左边冲出王矮虎、一丈青早把范畴捉了。右边冲出宣赞、郝思文两个,一齐向前,把沈抃一枪刺下马去,众军活捉了。宋江、吴用大驱人马入城,四下里搜捉南兵,尽行诛杀。吕枢密引了许定,自投南门而走,死命夺路,众军追赶不上,自回常州听令,论功升赏。赵毅躲在百姓人家,被百姓捉来献出。应明乱军中杀死,获得首级。宋江来到州治,便出榜安抚,百姓扶老携幼,诣州拜谢。宋江抚慰百姓,复为良民。众将各来请功。

金节赴州治拜见宋江,宋江亲自下阶迎接金节,上厅请坐。金节感激无限,复为宋朝良臣,此皆其妻赞成之功,不在话下。

宋江叫把范畴、沈抃、赵毅三个陷车盛了,写道申状,就叫金节亲自解赴润州张招讨中军帐前。金节领了公文,监押三将,前赴润州交割(办理移交时双方交代有关事项,结清手续)。比及去时,宋江已自先叫神行太保戴宗,赍飞报文书,保举金节到中军了。张招讨见宋江申复金节如此忠义,后金节到润州,张招讨大喜,赏赐金节金银、缎匹、鞍马、酒礼。有副都督刘光世,就留了金节,升做行军都统,留于军前听用。后来金节跟随刘光世大破金兀术四太子,多立功劳,直做到亲军指挥使,至中山阵亡,这是金节的结果。有诗为证:

> 从邪廓庙生堪愧,殉义沙场骨也香。
>
> 他日中山忠义鬼,何如方腊阵中亡。

当日张招讨、刘都督赏了金节,把三个贼人,碎尸万段枭首示众。随即使人来常州,犒劳宋先锋军马。

且说宋江在常州屯驻军马,使戴宗去宣州、湖州卢先锋处,飞报调兵消息;一面又有探马报来说,吕枢密逃回在无锡县,又会合苏州救兵,正欲前来迎敌。宋江闻知,便调马军步军、正偏将佐十员头领,拨与军兵一万,望南迎敌。那十员将佐?关胜、秦明、朱仝、李应、鲁智深、武松、李逵、鲍旭、项充、李衮。当下关胜等领起前部军兵人马,与同众将,辞了宋先锋,离城去了。

且说戴宗探听宣、湖二州进兵的消息,与同柴进回见宋江,报说副先锋卢俊义得了宣州,特使柴大官人到来报捷。宋江甚喜。柴进到州治,参拜已了,宋江把了接风酒,同入后堂坐下,动问卢先锋破宣州备细缘由。柴进将出申达文书,与宋江看了,备说打宣州一事:

　　方腊部下镇守宣州经略使家余庆,手下统制官六员,都是歙(shè)州、睦州人氏。那六人? 李韶、韩明、杜敬臣、鲁安、潘浚(jùn)、程胜祖。当日家余庆分调六个统制,做三路出城对阵,卢先锋也分三路军兵迎敌。中间是呼延灼和李韶交战,董平共韩明相持。战到十合,韩明被董平两枪刺死。李韶遁去。中路军马大败。左军是林冲和杜敬臣交战,索超与鲁安相持。林冲蛇矛刺死杜敬臣。索超斧劈死鲁安。右军是张清和潘浚交战,穆弘共程胜祖相持。张清一石子打下潘浚,打虎将李忠赶出去杀了。程胜祖弃马逃回。此日连胜四将,贼兵退入城去。卢先锋急驱众将夺城,赶到门边,不提防贼兵城上飞下一片磨扇来,打死俺一个偏将。城上箭如雨点一般射下来,那箭矢都有毒药,射中俺两个偏将,比及到寨,俱各身死。卢先锋因见折了三将,连夜攻城。守东门贼将不紧,因此得了宣州。乱军中杀死了李韶。家余庆领了些败残军兵,望湖州去了。智深困于阵上,不知去向。磨扇打死了白面郎君郑天寿。两个中药箭的,是操刀鬼曹正、活闪婆王定六。

　　宋江听得又折了三个兄弟,大哭一声,蓦然倒地,未知五脏如何,先见四肢不举。正是花开又被风吹落,月皎那堪云雾遮。毕竟宋江昏晕倒了,性命如何,且听下回分解。

第一百十三回

混江龙太湖小结义　宋公明苏州大会垓

话说当下众将救起宋江,半晌方才苏醒,对吴用等说道:"我们今番必然收伏不得方腊了! 自从渡江以来,如此不利,连连损折了我八个弟兄。"吴用劝道:"主帅休说此言,恐懈军心。当初破大辽之时,大小完全回京,皆是天数。今番折了兄弟们,此是各人寿数。眼见得渡江以来,连得了三个大郡:润州、常州、宣州。此乃皆是天子洪福齐天,主将之虎威,如何不利! 先锋何故自丧志气?"宋江道:"虽然天数将尽,我想一百八人,上应列宿,又合天文所载,兄弟们如手足之亲。今日听了这般凶信,不由我不伤心。"吴用再劝道:"主将请休烦恼,勿伤贵体。且请理会调兵接应,攻打无锡县。"宋江道:"留下柴大官人与我做伴。别写军帖,使戴院长与我送去,回复卢先锋,着令进兵攻打湖州,早至杭州聚会。"吴用教裴宣写了军帖回复,使戴宗往宣州去了,不在话下。

却说吕师囊引着许定,逃回至无锡县,正迎着苏州三大王发来救应军兵,为头是六军指挥使卫忠,带十数个牙将,引兵一万,来救常州,合兵一处,守住无锡县。吕枢密诉说金节献城一事,卫忠道:"枢密宽心,小将必然再要恢复常州。"只见探马报道:"宋军至近,早作准备。"卫忠便引兵上马,出北门外迎敌,早见宋兵军马势大,为头是黑旋风李逵,引着鲍旭、项充、李衮当先,直杀过来。卫忠力怯,军马不曾摆成行列,大败而走;急退入无锡县时,四个早随马后,赶入县治。吕枢密便奔南门而走。关胜引着兵马,已夺了无锡县。卫忠、许定亦望南门走了，都回苏州去了。关胜等得了县治，便差人飞报宋先锋。宋江与众头领都到无锡县，便出榜安抚了本处百姓，复为良民，引大队军马，都屯住在本县，却使人申请张、刘二总兵镇守常州。

且说吕枢密会同卫忠、许定三个，引了败残军马，奔苏州城来告三大王求救，诉说宋军势大，迎敌不住，兵马席卷而来，以致失陷城池。三大王大怒，喝令武士，推转吕枢密斩讫报来。卫忠等告说："宋江部下军将，皆是惯战兵马，多有勇烈好汉了得的人，更兼步卒都是梁山泊小喽罗，多曾惯斗，因此难敌。"方貌道："权且寄下你项上一刀，与你五千军马，首先出哨。我自分拨大将，随后便来策应。"吕师囊拜谢了，全身披挂，手执丈八蛇矛，上马引军，首先出城。

却说三大王聚集手下八员战将，名为八骠(piào)骑，一个个都是身长力壮，武艺精熟的人。那八员？

飞龙大将军刘赟(yūn,美好)、飞虎大将军张威、飞熊大将军徐方、飞豹大将军郭世广、飞天大将军邬福、飞云大将军苟正、飞山大将军甄(zhēn)诚、飞水大将军昌盛。

当下三大王方貌亲自披挂，手持方天画戟，上马出阵，监督中军人马，前来交战。马前摆列着那八员大将，背后整整齐齐有三二十个副将，引五万南兵人马，出阊阖门来迎敌宋军。前部吕师囊引着卫忠、许定，已过寒山寺了，望无锡县而来。宋江已使人探知，尽引许多正偏将佐，把军马调出无锡县，前进十里余路。两军相遇，旗鼓相望，各列成阵势。吕师囊忿那口气，跃坐下马，横手中矛，亲自出阵，要与宋江交战。宋江在门旗下见了，回头问道："谁人敢拿此贼？"说犹未了，金枪手徐宁挺起手中金枪，骤坐下马，出到阵前，便和吕枢密交战。二将交锋，左右助喊，约战了二十余合，吕师囊露出破绽来，被徐宁肋下刺着一枪，搠下马去。两军一齐呐喊。黑旋风李逵手挥双斧，丧门神鲍旭挺仗飞刀，项充、李衮各舞枪牌，杀过阵来，南兵大乱。

宋江驱兵赶杀,正迎着方貌大队人马,两边各把弓箭射住阵脚,各列成阵势。南军阵上,一字摆开八将。方貌在中军听得说杀了吕枢密,心中大怒,便横戟出马来,大骂宋江道:"量你等只是梁山泊一伙打家劫舍的草贼,宋朝合败,封你为先锋,领兵侵入吾地,我今直把你诛尽杀绝,方才罢兵!"宋江在马上指道:"你这厮只是睦州一伙村夫,量你有甚福禄,妄要图王霸业,不如及早投降,免汝一死!天兵到此,尚自巧言抗拒!我若不把你杀尽,誓不回军!"方貌喝道:"且休与你论口,我手下有八员猛将在此,你敢拨八个出来厮杀么?"宋江笑道:"若是我两个并你一个,也不算好汉。你使八个出来,我使八员首将,和你比试本事,便见输赢。但是杀下马的,各自抬回本阵,不许暗箭伤人,亦不许抢掳尸首。如若不见输赢,不得混战,明日再约厮杀。"方貌听了,便叫八将出来,各执兵器,骤马向前。宋江道:"诸将相让马军出战。"说言未绝,八将齐出。那八人?关胜、花荣、徐宁、秦明、朱仝、黄信、孙立、郝思文。宋江阵内,门旗开处,左右两边,分出八员首将,齐齐骤马,直临阵上。两军中花腔鼓擂,杂彩旗摇,各家放了一个号炮,两军助着喊声,十六骑马齐出,各自寻着敌手,捉对儿厮杀。那十六员将佐,如何见得寻着对手,配合交锋?关胜战刘赟,秦明战张威,花荣战徐方,徐宁战邬福,朱仝战苟正,黄信战郭世广,孙立战甄诚,郝思文战昌盛。真乃是难描难画,但见:

> 征尘乱起,杀气横生。人人欲作那吒,个个争为敬德。三十二条臂膊,如织锦穿梭;六十四只马蹄,似追风走电。队旗错杂,难分赤白青黄;兵器交加,莫辨枪刀剑戟。试看旋转烽烟里,真似元宵走马灯。

这一十六员猛将,都是英雄,用心相敌,斗到三十合之上,数中一将,翻身落马,赢的是谁?美髯公朱仝,一枪把苟正刺下马来。两阵上各自鸣金收军,七对将军分开。两下各回本阵。

三大王方貌见折了一员大将,寻思不利,引兵退回苏州城内。

宋江当日催趱军马,直近寒山寺下寨,升赏朱仝。裴宣写了军状,申复张招讨,不在话下。

且说三大王方貌退兵入城,坚守不出,分调诸将,守把各门,深栽鹿角(指比较尖利的防御屏障),城上列着踏弩硬弓,擂木炮石,窝铺(临时支搭以避风雨的营寨或棚子)内熔煎金汁,女墙边堆垛灰瓶,准备牢守城池。

次日,宋江见南兵不出,引了花荣、徐宁、黄信、孙立,带领三千余骑马军,前来看城。见苏州城郭,一周遭都是水港环绕,墙垣坚固,想道:"急不能勾打得城破。"回到寨中,和吴用计议攻城之策。有人报道:"水军头领正将李俊,从江阴来见主将。"宋江教请入帐中。见了李俊,宋江便问沿海消息。李俊答道:"自从拨领水军,一同石秀等杀至江阴、太仓沿海等处,守将严勇、副将李玉部领水军船只,出战交锋。严勇在船上被阮小二一枪搠下水去,李玉已被乱箭射死,因此得了江阴、太仓。即目石秀、张横、张顺去取嘉定,三阮去取常熟,小弟特来报捷。"宋江见说大喜,赏赐了李俊,着令自往常州去见张、刘二招讨,投下申状。

且说这李俊径投常州来,见了张招讨、刘都督,备说收复了江阴、太仓海岛去处,杀了贼将严勇、李玉。张招讨给与了赏赐,令回宋先锋处听调。李俊回到寒山寺寨中,来见宋先锋。宋江因见苏州城外水面空阔,必用水军船只厮杀,因此就留下李俊,教整点船只,准备行事。李俊说道:"容俊去看水面阔狭,如何用兵,却作道理。"宋江道:"是。"李俊去了两日,回来说道:"此城正南上相近太湖,兄弟欲得备舟一只,投宜兴小港,私入太湖里去,出吴江,探听南边消息,然后可以进兵,四面夹攻,方可得破。"宋江道:"贤弟此言极当!只是没有副手与你同去。"随即便拨李大官人带同孔明、孔亮、施恩、杜兴四个,去江阴、太仓、昆山、常熟、嘉定等处,协助水军,收复沿海县治,便可替回童威、童猛,来帮助李俊行事。李应领了军帖,辞别宋江,引四员偏将投江阴去了。不过两日,童威、童猛回来,参见宋先锋。宋江抚慰了,就叫随从李俊,乘驾小船,前去探听南边消息。

　　且说李俊带了童威、童猛,驾起一叶扁舟,两个水手摇橹,五个人径奔宜兴小港里去,盘旋直入太湖中来。看那太湖时,果然水天空阔,万顷一碧。但见:

　　　　天连远水,水接遥天。高低水影无尘,上下天光一色。双双野鹭飞来,点破碧琉璃;两两轻鸥惊起,冲开青翡翠。春光淡荡,溶溶波皱鱼鳞;夏雨滂沱,滚滚浪翻银屋。秋蟾皎洁,白蛇游走波澜;冬雪纷飞,玉蝶弥漫天地。混沌凿开元气窟,冯夷独占水晶宫。

有诗为证:

　　　　溶溶漾漾白鸥飞,绿净春深好染衣。

　　　　南去北来人自老,夕阳常送钓船归。

　　当下李俊和童威、童猛并两个水手,驾着一叶小船,径奔太湖,渐近吴江,远远望见一派渔船,约有四五十只。李俊道:"我等只做买鱼,去那里打听一遭。"五个人一径摇到那打鱼船边,李俊问道:"渔翁,有大鲤鱼吗?"渔人道:"你们要大鲤鱼,随我家里去卖与你。"李俊摇着船,跟那几只鱼船去。没多时,渐渐到一个处所。看时,团团一遭,都是驼腰柳树,篱落中有二十余家。那渔人先把船来缆了,随即引李俊、童威、童猛三人上岸,到一个庄院里。一脚入得庄门,那人嗽了一声,两边钻出七八条大汉,都拿着挠钩,把李俊三人一齐搭住,径捉入庄里去,不问事情,便把三人都绑在桩木上。

　　李俊把眼看时,只见草厅上坐着四个好汉。为头那个赤须黄发,穿着领青绸衲袄;第二个瘦长短髯,穿着一领黑绿盘领木绵衫;第三个黑面长须,第四个骨脸阔腮扇圈胡须,两个都一般穿着领青衲袄子,头上各带黑毡笠儿,身边都倚着军器。为头那个喝问李俊道:"你等这厮们,都是那里人氏?来我这湖泊里做甚么?"李俊应道:"俺是扬州人,来这里做客,特来买鱼。"那第四个骨脸的道:"哥哥休问他,眼见得是细作了。只顾与我取他心肝来吃酒。"李俊听得这话,寻思道:"我在浔阳江上,做了许多年私商(代指劫匪),梁山泊内又妆了几年的好汉,却不想今日结果性命在这里! 罢,罢,罢! ”叹了口气,看着童威、童猛道:“今日是我连累了兄弟两个,做鬼也只是一丬夫! ”童威、童猛道:“哥哥休说这话,我们便死也勾了。只是死在这里,埋没了兄长大名。”三面斯觑着,腆起胸脯受死。

那四个好汉却看了他们三个说了一回,互相斯觑道:“这个为头的人,必不是以下(地位卑下)之人。”那为头的好汉又问道:“你三个正是何等样人? 可通个姓名,教我们知道。”李俊又应道:“你们要杀便杀。我等姓名,至死也不说与你,枉惹的好汉们耻笑! ”那为头的见说了这话,便跳起来,把刀都割断了绳索,放起这三个人来。四个渔人,都扶他至屋内请坐。为头那个纳头便拜,说道:“我等做了一世强人,不曾见你这般好义气人物! 好汉,三位老兄正是何处人氏? 愿闻大名姓字。”李俊道:“眼见得你四位大哥,必是个好汉了。便说与你,随你们拿我三个那里去。我三个是梁山泊宋公明手下副将。我是混江龙李俊。这两个兄弟,一个是出洞蛟童威,一个是翻江蜃(shèn)童猛。今来受了朝廷招安,新破辽国,班师回京,又奉敕命,来收方腊。你若是方腊手下人员,便解我三人去请赏,休想我们挣扎! ”那四个听罢,纳头便拜,齐齐跪道:“有眼不识泰山,却才甚是冒渎(冒犯,亵渎),休怪! 休怪! 俺四个兄弟,非是方腊手下,原旧都在绿林丛中讨衣吃饭。今来寻得这个去处,地名唤做榆柳庄,四下里都是深港,非船莫能进。俺四个只着打鱼的做眼(做眼线),太湖里面寻些衣食。近来一冬,都学得些水势,因此无人敢来侵傍。俺们也久闻你梁山泊宋公明招集天下好汉,并兄长大名,亦闻有个浪里白跳张顺,不想今日得遇哥哥! ”李俊道:“张顺是我弟兄,亦做同班水军头领,现在江阴地面收捕贼人。改日同他来,却和你们相会。愿求你等四位大名。”为头那一个道:“小弟们因在绿林丛中走,都有异名(绰号),哥哥勿笑! 小弟是赤须龙费保,一个是卷毛虎倪云,一个是太湖蛟卜青,一个是瘦脸熊狄成。”李俊听说了四个姓名,大喜道:“列位从此不必相疑,喜得是一家人! 俺哥哥宋公明现做收方腊正先锋,即目要取苏州,不得次第,特差我三个人来探路。今既得遇你四位好汉,可随我去见俺先锋,都保你们做官,待收了方腊,朝廷升用。"费保道:"容复:若是我四个要做官时,方腊手下也得个统制做了多时。所以不愿为官,只求快活。若是哥哥要我四人帮助时,水里水里去,火里火里去。若说保我做官时,其实不要。"李俊道:"既是恁地,我等只就这里结义为兄弟如何?"四个好汉见说大喜,便叫宰了一口猪、一羫(qiāng,古同"腔")羊,致酒设席,结拜李俊为兄。李俊叫童威、童猛都结义了。

七个人在榆柳庄上商议,说宋公明要取苏州一事。"方貌又不肯出战,城池四面是水,无路可攻,舟船港狭,难以准敌,似此怎得城子破?"费保道:"哥哥且宽心住两日。杭州不时间有方腊手下人来苏州公干,可以乘势智取城郭。小弟使几个打鱼的去缉听(寻访打听。缉,jī),若还有人来时,便定计策。"李俊道:"此言极妙!"费保便唤几个渔人,先行去了,自同李俊每日在庄上饮酒。在那里住了两三日,只见打鱼的回来报道:"平望镇上有十数只递运船只,船尾上都插着黄旗,旗上写着'承造王府衣甲',眼见的是杭州解来的。每只船上,只有五七人。"李俊道:"既有这个机会,万望兄弟们助力。"费保道:"只今便往。"李俊道:"但若是那船上走了一个,其计不谐了。"费保道:"哥哥放心,都在兄弟身上。"随即聚集六七十只打鱼小船。七筹(个)好汉,各坐一只,其余都是渔人,各藏了暗器,尽从小港透入大江,四散接将去。

当夜星月满天,那十只官船都湾在江东龙王庙前。费保船先到,忽起一声号哨,六七十只渔船一齐拢来,各自帮住大船。那官船里人急钻出来,早被挠钩搭住,三个五个,做一串儿缚了。及至跳得下水的,都被挠钩搭上船来。尽把小船带住官船,都移入太湖深处。直到榆柳庄时,已是四更天气。闲杂之人,都缚做一串,把大石头坠定,抛在太湖里淹死。捉得两个为头的来问时,原来是守把杭州方腊大太子南安王方天定手下库官,特奉令旨,押送新造完铁甲三千副,解赴苏州三大王方貌处交割。李俊问了姓名,要了一应关防文书,也把两个库官杀了。李俊道:"须是我亲自去和哥哥商议,方可行此一件事。"费保道:"我着人把船渡哥哥,从小港里到军前觉近便。"就叫两个渔人,摇一只快船送出去。李俊分付童威、童猛并费保等,且教把衣甲船只悄悄藏在庄后港内,休得吃人知觉了。费保道:"无事。"自来打并船只。

　　却说李俊和两个渔人驾起一叶快船,径取小港,掉到军前寒山寺上岸。来至寨中,见了宋先锋,备说前事。吴用听了大喜道:"若是如此,苏州唾手可得(比喻极易得到或成功)!便请主将传令,就差李逵、鲍旭、项充、李衮带领冲阵牌手二百人,跟随李俊回太湖庄上,与费保等四位好汉,如此行计,约在第二日进发。"李俊领了军令,带同一行人,直到太湖边来。三个先过湖去,却把船只接取李逵等一干人,都到榆柳庄上。李俊引着李逵、鲍旭、项充、李衮四个,和费保等相见了。费保看见李逵这般相貌,都皆骇然。邀取二百余人,在庄上置备酒食相待。到第三日,众人商议定了。费保扮做解衣甲正库官,倪云扮做副使,都穿了南官的号衣,将带了一应关防文书。众渔人都装做官船上艄公(掌舵的人。泛指船夫。艄,shāo)水手。却藏黑旋风等二百余人将校在船舱里。卜青、狄成押着后船,都带了放火的器械。

　　却欲要行动,只见渔人又来报道:"湖面上有一只船,在那里摇来摇去。"李俊道:"又来作怪!"急急自去看时,船头上立着两个人,看来却是神行太保戴宗和轰天雷凌振。李俊嗯了一声号哨,那只船飞也似奔来庄上,到得岸边上岸来,都相见了。李俊问:"二位何来?甚事见报?"戴宗道:"哥哥急使李逵来了,正忘却一件大事,特地差我与凌振赍一百号炮在船里,湖面上寻赶不上,这里又不敢拢来傍岸,教兄弟明早卯时进城,到得里面,便放这一百个火炮为号。"李俊道:"最好!"便就船里,搬过炮笼炮架来,都藏埋衣甲船内。费保等闻知是戴宗,又置酒设席管待。凌振带来十个炮手,都埋伏摆在第三只船内。

　　当夜四更，离庄望苏州来，五更已后，到得城下。守门军士，在城上望见南国旗号，慌忙报知管门大将，却是飞豹大将军郭世广，亲自上城来问了小校备细，接取关防文书，吊上城来看了。郭世广使人赍至三大王府里，辨看了来文，又差人来监视，却才教放入城门。郭世广直在水门边坐地，再叫人下船看时，满满地堆着铁甲号衣，因此一只只都放入城去。放过十只船了，便关水门。三大王差来的监视官员，引着五百军在岸上跟定，便着湾住了船。李逵、鲍旭、项充、李衮从船舱里钻出来。监视官见了四个人，形容粗丑，急待问是甚人时，项充、李衮早舞起团牌，飞出一把刀来，把监视官剁下马去。那五百军欲待上船，被李逵掣起双斧，早跳在岸上，一连砍翻十数个，那五百军人都走了。船里众好汉并牌手二百余人一齐上岸，便放起火来。凌振就岸边撒开炮架，搬出号炮，连放了十数个。那炮震得城楼也动，四下里打将入去。

　　三大王方貌正在府中计议，听的火炮接连响，惊得魂不附体。各门守将听得城中炮响不绝，各引兵奔城中来。各门飞报，南军都被冷箭射死，宋军已上城了。苏州城内鼎沸起来，正不知多少宋军入城。黑旋风李逵和鲍旭引着两个牌手，在城里横冲直撞，追杀南兵。李俊、戴宗引着费保四人，护持凌振，只顾放炮。宋江已调三路军将取城。宋兵杀入城来，南军漫散，各自逃生。

　　且说三大王方貌急急披挂上马，引了五七百铁甲军，夺路待要杀出南门，不想正撞见黑旋风李逵这一伙，杀得铁甲军东西乱窜，四散奔走。小巷里又撞出鲁智深，轮起铁禅杖打将来。方貌抵当不住，独自跃马，再回府来。乌鹊桥下转出武松，赶上一刀，掠断了马脚，方貌倒撷将下来，被武松再复一刀砍了，提首级径来中军，参见先锋请功。此时宋江已进城中王府坐下，令诸将各自去城里搜杀南军，尽皆捉获。单只走了刘赟一个，领了些败残军兵，投秀州去了。有诗为证：

　　　　神器从来不可干，僭王称号讵能安？

武松立马诛方貌,留与凶顽做样看。

宋江到王府坐下,便传下号令,休教杀害良民百姓,一面教救灭了四下里火,便出安民文榜,晓谕军民。次后聚集诸将,到府请功。已知武松杀了方貌,朱仝生擒徐方,史进生擒了甄诚,孙立鞭打死张威,李俊枪刺死昌盛,樊瑞杀死邬福,宣赞和郭世广鏖战,你我相伤,都死于饮马桥下,其余都擒得牙将(军中的中下级军官),解来请功。宋江见折了丑郡马宣赞,伤悼(对死者的悲伤悼念。悼,dào)不已,便使人安排花棺彩椁,迎去虎丘山下殡葬。把方貌首级并徐方、甄诚解赴常州张招讨军前施行。张招讨就将徐方、甄诚碎剐于市,方貌首级,解赴京师;回将许多赏赐,来苏州给散众将。张招讨移文申状,请刘光世镇守苏州,却令宋先锋沿便进兵,收捕贼寇。只见探马报道:"刘都督、耿参谋来守苏州。"当日众将都跟着宋先锋迎接刘光世等官入城王府安下。参贺已了,宋江众将自来州治议事,使人去探沿海水军头领消息如何。却早报说,沿海诸处县治听得苏州已破,群贼各自逃散,海僻县道,尽皆平静了。宋江大喜,申达文书到中军报捷,请张招讨晓谕旧官复职,另拨中军统制前去各处守御安民,退回水军头领正偏将佐,来苏州调用。

数日之间,统制等官各自分投去了。水军头领都回苏州,诉说三阮打常熟,折了施恩;又去攻取昆山,折了孔亮;石秀、李应等尽皆回了;施恩、孔亮不识水性,一时落水,俱被淹死。宋江见又折了二将,心中大忧,嗟叹不已。武松念起旧日恩义,也大哭了一场。

且说费保等四人来辞宋先锋,要回去。宋江坚意相留,不肯,重赏了四人,再令李俊送费保等回榆柳庄去。李俊当时又和童威、童猛送费保等四人到榆柳庄上,费保等又治酒设席相款。饮酒中间,费保起身与李俊把盏,说出几句言语来,有分教,李俊离却中原之境,别立化外之基。正是了身达命蟾离壳,立业成名鱼化龙。毕竟费保与李俊说出甚言语来,且听下回分解。

第一百十四回

宁海军宋江吊孝　涌金门张顺归神

话说当下费保对李俊道:"小弟虽是个愚卤匹夫,曾闻聪明人道:'世事有成必有败,为人有兴必有衰。'哥哥在梁山泊,勋业(功业。勋,xūn)到今,已经数十余载,更兼百战百胜。去破辽国时,不曾损折了一个兄弟。今番收方腊,眼见挫动锐气,天数不久。为何小弟不愿为官?为因世情不好。有日太平之后,一个个必然来侵害你性命。自古道:'太平本是将军定,不许将军见太平(与"狡兔死,走狗烹"同义)。'此言极妙!今我四人,既已结义了,哥哥三人,何不趁此气数未尽之时,寻个了身达命之处,对付些钱财,打了一只大船,聚集几人水手,江海内寻个净办(平静安乐)处安身,以终天年,岂不美哉!"李俊听罢,倒地便拜,说道:"仁兄,重蒙教导,指引愚迷,十分全美。只是方腊未曾剿得,宋公明恩义难抛,行此一步未得。今日便随贤弟去了,全不见平生相聚的义气。若是众位肯姑待李俊,容待收伏方腊之后,李俊引两个兄弟,径来相投,万望带挈。是必贤弟们先准备下这条门路。若负今日之言,天实厌之(必遭天谴),非为男子也!"那四个道:"我等准备下船只,专望哥哥到来,切不可负约!"李俊、费保结义饮酒,都约定了,誓不负盟。

次日,李俊辞别了费保四人,自和童威、童猛回来参见宋先锋,俱说费保等四人不愿为官,只愿打鱼快活。宋江又嗟叹了一回,传令整点水陆军兵起程。吴江县已无贼寇,直取平望镇,长驱而进,前望秀州而来。本州守将段恺闻知苏州三大王方貌已死,只思量收拾走路。使人探知大军离城不远,遥望水陆路上,旌旗蔽日,船马相连,吓得魂消胆丧。前队大将关胜、秦明已到城下,便分调水军船只,围住西门。段恺(kǎi)在城上叫道:"不须攻击,准备纳降。"随即开放城门,段恺香花灯烛,牵羊担酒,迎接宋先锋入城,直到州治歇下。段恺为首参见了,宋江抚慰段恺,复为良臣。便出榜安民。段恺称说:"恺等原是睦州良民,累被方腊残害,不得已投顺部下。今得天兵到此,安敢不降?"宋江备问:"杭州宁海军城池,是甚人守据?有多少人马良将?"段恺禀道:"杭州城郭阔远,人烟稠密,东北旱路,南面大江,西面是湖,乃是方腊大太子南安王方天定守把,部下有七万余军马,二十四员战将,四个元帅,共是二十八员。为首两个最了得:一个是歙州僧人,名号宝光如来,俗姓邓,法名元觉,使一条禅杖,乃是浑铁打就的,可重五十余斤,人皆称为国师;又一个乃是福州人氏,姓石名宝,惯使一个流星锤,百发百中,又能使一口宝刀,名为劈风刀,可以裁铜截铁,遮莫三层铠甲,如劈风一般过去。外有二十六员,都是遴选(慎重地选拔、挑选。遴,lín)之将,亦皆悍勇。主帅切不可轻敌。"宋江听罢,赏了段恺,便教去张招讨军前说知备细。后来段恺就跟了张招讨行军,守把苏州,却委副都督刘光世来秀州守御,宋先锋却移兵在檇(zuì)李亭下寨。

当与诸将筵宴赏军,商议调兵攻取杭州之策。只见小旋风柴进起身道:"柴某自蒙兄长高唐州救命已来,一向累蒙仁兄顾爱,坐享荣华,不曾报得恩义。今愿深入方腊贼巢,去做细作。或得一阵功勋,报效朝廷,也与兄长有光。未知尊意肯容否?"宋江大喜道:"若得大官人肯去直入贼巢,知得里面溪山曲折,可以进兵,生擒贼首方腊,解上京师,方表微功,同享富贵。只恐贤弟路程劳苦,去不得。"柴进道:"情愿舍死一往,只是得燕青为伴同行最好。此人晓得诸路乡谈,更兼见机而作。"宋江道:"贤弟之言,无不依允。只是燕青拨在卢先锋部下,便可行文取来。"正商议未了,闻人报道:"卢先锋特使燕青到来报捷。"宋江见报,大喜说道:"贤弟此行,必成大功矣!

恰限燕青到来,也是吉兆。"柴进也喜。

　　燕青到寨中,上帐拜罢宋江,吃了酒食。问道:"贤弟水路来?旱路来?"燕青答道:"乘船到此。"宋江又问道:"戴宗回时,说道已进兵攻取湖州,其事如何?"燕青禀道:"自离宣州,卢先锋分兵两处:先锋自引一半军马攻打湖州,杀死伪留守弓温并手下副将五员,收伏了湖州,杀散了贼兵,安抚了百姓,一面行文申复张招讨,拨统制守御,特令燕青来报捷。主将所分这一半人马,叫林冲引领前去,攻取独松关,都到杭州聚会。小弟来时,听得说独松关路上每日厮杀,取不得关。先锋又同朱武去了,嘱付委呼延将军统领军兵,守住湖州。待中军招讨调拨得统制到来,护境安民,才一面进兵,攻取德清县,到杭州会合。"宋江又问道:"湖州守御取德清,并调去独松关厮杀,两处分的人将,你且说与我姓名,共是几人去,并几人跟呼延灼来。"

　　燕青道:"有单在此。分去独松关厮杀取关,现有正偏将佐二十三员:

　　　　先锋卢俊义、朱武、林冲、董平、张清、解珍、解宝、吕方、郭盛、欧鹏、邓飞、李忠、周通、邹渊、邹润、孙新、顾大嫂、李立、白胜、汤隆、朱贵、朱富、时迁。

现在湖州守御,即日进兵德清县,现有正偏将佐一十九员:

　　　　呼延灼、索超、穆弘、雷横、杨雄、刘唐、单廷珪、魏定国、陈达、杨春、薛永、杜迁、穆春、李云、石勇、龚旺、丁得孙、张青、孙二娘。

这两处将佐,通计四十二员。小弟来时,那里商议定了,目下进兵。"

　　宋江道:"既然如此,两路进兵攻取最好。却才柴大官人要和你去方腊贼巢里面去做细作,你敢去么?"燕青道:"主帅差遣,安敢不从?小弟愿陪侍柴大官人去。"柴进甚喜,便道:"我扮做个白衣秀才,你扮做个仆者。一主一仆,背着琴剑书箱上路去,无人疑忌。直去海边寻船,使过越州,却取小路去诸暨(jì)县。就那里穿过山路,取睦州不远了。"商议已定,择一日,柴进、燕青辞了宋先锋,收拾琴剑书籍,自投海边,寻船过去,不在话下。

且说军师吴用再与宋江道:"杭州南半边有钱塘大江,通达海岛。若得几个人驾小船从海边去进赭(zhě)山门,到南门外江边,放起号炮,竖立号旗,城中必慌。你水军中头领,谁人去走一遭?"说犹未了,张横、三阮道:"我们都去。"宋江道:"杭州西路又靠着湖泊,亦要水军用度,你等不可都去。"吴用道:"只可叫张横同阮小七,驾船将引侯健、段景住去。"当时拨了四个人,引着三十余个水手,将带了十数个火炮号旗,自来海边寻船,望钱塘江里进发。

看官听说,这回话都是散沙一般。先人书会留传,一个个都要说到,只是难做一时说;慢慢敷演(编排)关目,下来便见。看官只牢记关目头行,便知衷曲奥妙。

再说宋江分调兵将已了,回到秀州,计议进兵,攻取杭州,忽听得东京有使命赍捧御酒赏赐到州。宋江引大小将校,迎接入城,谢恩已罢,作御酒供宴,管待天使。饮酒中间,天使又将出太医院奏准,为上皇乍感小疾,索取神医安道全回京,驾前委用,降下圣旨,就令来取。宋江不敢阻当。次日,管待天使已了,就行起送安道全赴京。宋江等送出十里长亭饯行,安道全同天使回京。有诗赞曰:

安子青囊艺最精,山东行散有声名。

人夸脉得仓公妙,自负丹如蓟子成。

刮骨立看金镞出,解肌时见刃痕平。

梁山结义坚如石,此别难忘手足情。

再说宋江把颁降到赏赐,分俵众将,择日祭旗起军,辞别刘都督、耿参谋,上马进兵,水陆并行,船骑同发。路至崇德县,守将闻知,奔回杭州去了。

且说方腊太子方天定,聚集诸将在行宫议事。今时龙翔宫基址,乃是旧日行宫。方天定手下有四员大将。那四员?

宝光如来国师邓元觉、南离大将军元帅石宝、镇国大将军厉天闰、护国大将军司行方。

这四个皆称元帅大将军名号,是方腊加封。又有二十四员偏将。那二十四员?

> 厉天佑、吴值、赵毅、黄爱、晁中、汤逢士、王勣(jì,同"绩")、薛斗南、冷恭、张俭、元兴、姚义、温克让、茅迪、王仁、崔彧(yù,有文采)、廉明、徐白、张道原、凤仪、张韬、苏泾、米泉、贝应夔(kuí)。

这二十四个,皆封为将军。共是二十八员,在方天定行宫,聚集计议。方天定说道:"即目宋江水陆并进,过江南来,平折了与他三个大郡。止有杭州,是南国之屏障,若有亏失,睦州焉能保守? 前者司天太监浦文英,奏是'罡星侵入吴地,就里为祸不小',正是这伙人了。今来犯吾境界,汝等诸官各受重爵,务必赤心报国,休得怠慢。"众将启奏方天定道:"主上宽心! 放着许多精兵良将,未曾与宋江对敌。目今虽是折陷了数处州郡,皆是不得其人,以致如此。今闻宋江、卢俊义分兵三路,来取杭州,殿下与国师谨守宁海军城郭,作万年基业。臣等众将,各各分调迎敌。"太子方天定大喜,传下令旨,也分三路军马前去策应,只留国师邓元觉同保城池。分去那三员元帅? 乃是:

护国元帅司行方,引四员首将救应德清:

> 薛斗南、黄爱、徐白、米泉。

镇国元帅厉天闰,引四员首将救应独松关:

> 厉天佑、张俭、张韬、姚义。

南离元帅石宝,引八员首将总军出郭迎敌大队人马:

> 温克让、赵毅、冷恭、王仁、张道原、吴值、廉明、凤仪。

三员大将,分调三路,各引军三万。分拨人马已定,各赐金帛,催促起身。元帅司行方引了一枝军马,救应德清州,望奉口镇进发;元帅厉天闰引一枝军马,救应独松关,望余杭州进发。

且不说两路军马策应去了。却说这宋先锋大队军兵,迤逦前进,来至临平山,望见山顶一面红旗,在那里磨动。宋江当下差正将二员——花荣、秦明先来哨路，随即催趱战船车过长安坝来。花荣、秦明两个带领了一千军马，转过山嘴，早迎着南军石宝军马。手下两员首将当先，望见花荣、秦明，一齐出马，一个是王仁，一个是凤仪，各挺一条长枪，便奔将来。宋军中花荣、秦明便把军马摆开出战。秦明手舞狼牙大棍，直取凤仪；花荣挺枪来战王仁。四马相交，斗过十合，不分胜败。秦明、花荣观见南军后有接应，都喝一声："少歇！"各回马还阵。花荣道："且休恋战，快去报哥哥来，别作商议。"后军随即飞报去中军。

宋江引朱仝、徐宁、黄信、孙立四将，直到阵前。南军王仁、凤仪再出马交锋，大骂："败将敢再出来交战！"秦明大怒，舞起狼牙棍，纵马而出，和凤仪再战。王仁却搭花荣出战。只见徐宁一骑马，便挺枪杀去。花荣与徐宁是一副一正——金枪手、银枪手。花荣随即也纵马，便出在徐宁背后，拈弓取箭在手，不等徐宁、王仁交手，觑得较亲，只一箭，把王仁射下马去，南军尽皆失色。凤仪见王仁被箭射下马来，吃了一惊，措手不及，被秦明当头一棍打着，擗下马去，南兵漫散奔走。宋军冲杀过去，石宝抵当不住，退回皋(gāo)亭山来，直近东新桥下寨。当日天晚，策立不定，南兵且退入城去。

次日，宋先锋军马已过了皋亭山，直抵东新桥下寨，传令教分调本部军兵，作三路夹攻杭州。那三路军兵将佐是谁？

一路分拨步军头领正偏将，从汤镇路去取东门，是：

　　朱仝、史进、鲁智深、武松、王英、扈三娘。

一路分拨水军头领正偏将，从北新桥取古塘，截西路，打靠湖城门：

　　李俊、张顺、阮小二、阮小五、孟康。

中路马步水三军，分作三队进发，取北关门、艮山门。前队正偏将是：

　　关胜、花荣、秦明、徐宁、郝思文、凌振。

第二队总兵主将宋先锋、军师吴用，部领人马。正偏将是：

　　戴宗、李逵、石秀、黄信、孙立、樊瑞、鲍旭、项充、李衮、马麟、裴宣、蒋敬、燕顺、宋清、蔡福、蔡庆、郁保四。

第三队水路陆路助战策应。正偏将是：

李应、孔明、杜兴、杨林、童威、童猛。

当日宋江分拨大小三军已定，各自进发。

有话即长，无话即短。且说中路大队军兵前队关胜，直哨到东新桥，不见一个南军。关胜心疑，退回桥外，使人回复宋先锋。宋江听了，使戴宗传令，分付道："且未可轻进，每日轮两个头领出哨。"头一日，是花荣、秦明，第二日徐宁、郝思文，一连哨了数日，又不见出战。此日又该徐宁、郝思文，两个带了数十骑马，直哨到北关门来，见城门大开着，两个来到吊桥边看时，城上一声擂鼓响，城里早撞出一彪军马来。徐宁、郝思文急回马时，城西偏路喊声又起，一百余骑马军，冲在前面。徐宁并力死战，杀出马军队里，回头不见了郝思文。再回来看时，见数员将校，把郝思文活捉了入城去。徐宁急待回身，项上早中了一箭，带着箭飞马走时，六将背后赶来，路上正逢着关胜，救得回来，血晕倒了。六员南将，已被关胜杀退，自回城里去了。慌忙报与宋先锋知道。宋江急来看徐宁时，七窍流血。宋江垂泪，便唤随军医士治疗，拔去箭矢，用金枪药敷贴。宋江且教扶下战船内将息，自来看视。当夜三四次发昏，方知中了药箭。宋江仰天叹道："神医安道全已被取回京师，此间又无良医可救，必损吾股肱也！"伤感不已。吴用来请宋江回寨，主议军情，勿以兄弟之情，误了国家重事。宋江使人送徐宁到秀州去养病，不想箭中药毒，调治不痊。

且说宋江又差人去军中打听郝思文消息，次日，只见小军来报道："杭州北关门城上，把竹竿挑起郝思文头来示众。"方知道被方天定碎剐了。宋江见报，好生伤感。后半月徐宁已死，申文来报。宋江因折了二将，按兵不动，且守住大路。

却说李俊等引兵到北新桥住扎，分军直到古塘深山去处探路，听得飞报道："折了郝思文，徐宁中箭而死。"李俊与张顺商议道："寻思我等这条路道，第一要紧是去独松关、湖州、德清二处冲要路口。

抑且贼兵都在这里出没,我们若当住他咽喉道路,被他两面来夹攻,我等兵少,难以迎敌。不若一发杀入西山深处,却好屯扎。西湖水面好做我们战场。山西后面,通接西溪,却又好做退步。"便使小校,报知先锋,请取军令。次后引兵直过桃源岭西山深处,在今时灵隐寺屯驻。山北面西溪山口,亦扎小寨,在今时古塘深处。前军却来唐家瓦出哨。当日张顺对李俊说道:"南兵都已收入杭州城里去了。我们在此屯兵,今经半月之久,不见出战,只在山里,几时能够获功。小弟今欲从湖里没水过去,从水门中暗入城去。放火为号。哥哥便可进兵取他水门,就报与主将先锋,教三路一齐打城。"李俊道:"此计虽好,恐兄弟独力难成。"张顺道:"便把这命报答先锋哥哥许多年好情分,也不多了。"李俊道:"兄弟且慢去,待我先报与哥哥,整点人马策应。"张顺道:"我这里一面行事,哥哥一面使人去报。比及兄弟到得城里,先锋哥哥已自知了。"

当晚张顺身边藏了一把蓼叶尖刀,饱吃了一顿酒食,来到西湖岸边,看见那三面青山,一湖绿水,远望城郭,四座禁门,临着湖岸。那四座门?钱塘门、涌金门、清波门、钱湖门。看官听说,原来这杭州旧宋以前,唤做清河镇。钱王手里,改为杭州宁海军,设立十座城门:东有菜市门、荐桥门;南有候潮门、嘉会门;西有钱湖门、清波门、涌金门、钱塘门;北有北关门、艮山门。高宗车驾南渡之后,建都于此,唤做花花临安府,又添了三座城门。目今方腊占据时,还是钱王旧都,城子方圆八十里,虽不比南渡以后,安排得十分的富贵,从来江山秀丽,人物奢华,所以相传道:"上有天堂,下有苏杭。"怎见得?

　　江浙昔时都会,钱塘自古繁华。休言城内风光,且说西湖景物,有一万顷碧澄澄掩映琉璃,列三千面青娜娜参差翡翠。春风湖上,艳桃浓李如描;夏日池中,绿盖红莲似画。秋云涵如,看南国嫩菊堆金;冬雪纷飞,观北岭寒梅破玉。九里松青烟细细,六桥水碧响泠(líng)泠。晓霞连映三天竺,暮云深锁二高峰。风生在猿呼洞口,雨飞来龙井山头。三贤堂畔,一条鳌背侵天;四圣观前,百丈祥云缭绕。苏公堤东坡古迹,孤山路和靖旧居。访友客投灵隐去,簪花人逐净慈来。平昔只闻三岛远,岂知湖北胜蓬莱?

苏东坡学士有诗赞道:

> 湖光潋滟晴偏好,山色空蒙雨亦奇。
>
> 若把西湖比西子,淡妆浓抹也相宜。

又有古词名《浣溪沙》为证:

> 湖上朱桥响画轮,溶溶春水浸春云,碧琉璃滑净无尘。
>
> 当路游丝迎醉客,入花黄鸟唤行人,日斜归去奈何春!

这西湖,故宋时果是景致无比,说之不尽。张顺来到西陵桥上,看了半晌。时当春暖,西湖水色拖蓝,四面山光迭翠。张顺看了道:"我身生在浔阳江上,大风巨浪经了万千,何曾见这一湖好水,便死在这里,也做个快活鬼!"说罢,脱下布衫,放在桥下,头上挽着个穿心红的髻儿,下面着腰生绢水裙,系一条搭膊(长条口袋),挂一口尖刀,赤着脚,钻下湖里去,却从水底下摸将过湖来。此时已是初更天气,月色微明,张顺摸近涌金门边,探起头来,在水面上听时,城上更鼓,却打一更四点。城外静悄悄地,没一个人。城上女墙(城墙上呈凹凸形的小墙)边,有四五个人在那里探望。张顺再伏在水里去了,又等半回,再探起头来看时,女墙边悄不见一个人。张顺摸到水口边看时,一带都是铁窗棂隔着。摸里面时,都是水帘护定,帘子上有绳索,索上缚着一串铜铃。张顺见窗棂牢固,不能够入城,舒(伸)只手入去,扯那水帘时,牵得索子上铃响,城上人早发起喊来。张顺从水底下再钻入湖里伏了。听得城上人马下来,看那水帘时,又不见有人,都在城上说道:"铃子响得跷蹊,莫不是个大鱼,顺水游来,撞动了水帘。"众军汉看了一回,并不见一物,又各自去睡了。

张顺再听时,城楼上已打三更,打了好一回更点,想必军人各自去东倒西歪睡熟了。张顺再钻向城边去,料是水里人不得城。爬上岸来看时,那城上不见一个人在上面,便欲要爬上城去,且又寻思道:"倘或城上有人,却不干折了性命,我且试探一试探。"摸些土块,掷撒上城去。有不曾睡的军士,叫将起来,再下来看水门时,又没动静,再上城来敌楼上看湖面上时,又没一只船只。原来西湖上船只,已奉方天定令旨,都收入清波门外和净慈港内,别门俱不许泊船。众人道:"却是作怪?"口里说道:"定是个鬼!我们各自睡去,休要睬他!"口里虽说,却不去睡,尽伏在女墙边。张顺又听了一个更次(两个小时),不见些动静,却钻到城边来听,上面更鼓不响。张顺不敢便上去,又把些土石抛掷上城去,又没动静。张顺寻思道:"已是四更,将及天亮,不上城去,更待几时?"却才爬到半城,只听得上面一声梆子响,众军一齐起。张顺从半城上跳下水池里去,待要趁水没时,城上踏弩、硬弓、苦竹箭、鹅卵石,一齐都射打下来。可怜张顺英雄,就涌金门外水池中身死。诗曰:

> 曾闻善战死兵戎,善溺终然丧水中。
> 瓦罐不离井上破,劝君莫但逞英雄。

话分两头,却说宋江日间已接了李俊飞报,说张顺没水入城,放火为号,便转报与东门军士去了。当夜宋江在帐中和吴用议事,到四更,觉道神思困倦,退了左右,在帐中伏几而卧。猛然一阵冷风,宋江起身时,只见灯烛无光,寒气逼人。定睛看时,见一个似人非人,似鬼非鬼,立于冷气之中。看那人时,浑身血污着,低低道:"小弟跟随哥哥许多年,恩爱至厚。今以杀身报答,死于涌金门下枪箭之中,今特来辞别哥哥。"宋江道:"这个不是张顺兄弟?"回过脸来这边,又见三四个,都是鲜血满身,看不仔细。宋江大哭一声,蓦然觉来,乃是南柯一梦。

帐外左右,听得哭声,入来看时,宋江道:"怪哉!"叫请军师圆梦。吴用道:"兄长却才困倦暂时,有何异梦?"宋江道:"适间冷气过处,分明见张顺一身血污,立在此间,告道:'小弟跟着哥哥许多年,蒙恩至厚。今以杀身报答,死于涌金门下枪箭之中,特来辞别。'转过脸来,这面又立着三四个带血的人,看不分晓,就哭觉来。"吴用道:"早间李俊报说,张顺要过湖里去,越城放火为号,莫不只是兄长记心,却得这恶梦?"宋江道:"只想张顺是个精灵的人,必然死于无辜。"吴用道:"西湖到城边,必是险隘,想端的送了性命。张顺魂来,与兄长托梦。"宋江道:"若如此时,这三四个又是甚人?"和吴学究议论不定,坐而待旦,绝不见城中动静,心中越疑。

看看午后,只见李俊使人飞报将来说:"张顺去涌金门越城,被箭射死于水中,现今西湖城上把竹竿挑起头来,挂着号令。"宋江见报了,又哭的昏倒;吴用等众将亦皆伤感。原来张顺为人甚好,深得弟兄情分。宋江道:"我丧了父母,也不如此伤悼,不由我连心透骨苦痛!"吴用及众将劝道:"哥哥以国家大事为念,休为弟兄之情,自伤贵体。"宋江道:"我必须亲自到湖边,与他吊孝。"吴用谏道:"兄长不可亲临险地,若贼兵知得,必来攻击。"宋江道:"我自有计较。"随即点李逵、鲍旭、项充、李衮四个引五百步军去探路,宋江随后带了石秀、戴宗、樊瑞、马麟,引五百军士,暗暗地从西山小路里去李俊寨里。李俊等接着,请到灵隐寺中方丈内歇下。宋江又哭了一场,便请本寺僧人,就寺里诵经,追荐(超度)张顺。

次日天晚,宋江叫小军去湖边扬一首白幡(战败者表示投降的白旗。幡,fān),上写道:"亡弟正将张顺之魂",插于水边。西陵桥上,排下许多祭物,却分付李逵道:"如此如此。"埋伏在北山路口;樊瑞、马麟、石秀左右埋伏;戴宗随在身边。只等天色相近一更时分,宋江挂了白袍,金盔上盖着一层孝绢,同戴宗并五七个僧人,却从小行山转到西陵桥上。军校已都列下黑猪白羊,金银祭物,点起灯烛荧煌(辉煌。煌,huáng),焚起香来。宋江在当中证盟,朝着涌金门下哭奠。戴宗立在侧边。先是僧人摇铃诵咒,摄招呼名,祝赞张顺魂魄,降坠神幡。次后戴宗宣读祭文,宋江亲自把酒浇奠,仰天望东而哭。

正哭之间,只听得桥下两边,一声喊起,南北两山,一齐鼓响,两彪军马来拿宋江。正是只因恩义如天大,惹起兵戈卷地来。毕竟宋江、戴宗怎地迎敌,且听下回分解。

第一百十五回

张顺魂捉方天定　宋江智取宁海军

话说宋江和戴宗正在西陵桥上祭奠张顺,已有人报知方天定,差下十员首将,分作两路,来拿宋江,杀出城来。南山五将,是吴值、赵毅、晁中、元兴、苏泾;北山路也差五员首将,是温克让、崔彧、廉明、茅迪、汤逢士。南北两路,共十员首将,各引三千人马,半夜前后开门,两头军兵一齐杀出来。宋江正和戴宗奠酒化纸,只听得桥下喊声大举。左有樊瑞、马麟,右有石秀,各引五千人埋伏,听得前路火起,一齐也举起火来,两路分开,赶杀南北两山军马。南兵见有准备,急回旧路。两边宋兵追赶。温克让引着四将,急回过河去时,不提防保叔塔山背后,撞出阮小二、阮小五、孟康引五千军杀出来,正截断了归路,活捉了茅迪,乱枪戳死汤逢士。南山吴值也引着四将,迎着宋兵追赶,急退回来,不提防定香桥正撞着李逵、鲍旭、项充、李衮引五百步队军杀出来。那两个牌手,直抢入怀里来,手舞蛮牌,飞刀出鞘,早剁倒元兴,鲍旭刀砍死苏泾,李逵斧劈死赵毅,军兵大半杀下湖里去了,都被淹死。投到城里救军出来时,宋江军马已都入山里去了,都到灵隐寺取齐,各自请功受赏。两路夺得好马五百余匹。宋江分付留下石秀、樊瑞、马麟,相帮李俊等同管西湖山寨,准备攻城。宋江只带了戴宗、李逵等回皋亭山寨中。吴用等接入中军帐坐下。宋江对军师说道:"我如此行计,也得他四将之首,活捉了茅迪,将来解赴张招讨军前,斩首施行。"

宋江在寨中,惟不知独松关、德清二处消息,便差戴宗去探,急来回报。戴宗去了数日,回来寨中,参见先锋,说知卢先锋已过独松关了,早晚便到此间。宋江听了,忧喜相半,就问兵将如何。戴宗答道:"我都知那里厮杀的备细,更有公文在此。先锋请休烦恼。"宋江道:"莫非又损了我几个弟兄? 你休隐避我,与我实说情由。"戴宗道:"卢先锋自从去取独松关,那关两边,都是高山,只中间一条路。山上盖有关所,关边有一株大树,可高数十余丈,望得诸处皆见,下面尽是丛丛杂杂松树。关上守把三员贼将:为首的唤做吴升,第二个是蒋印,第三个是卫亨。初时连日下关,和林冲厮杀,被林冲蛇矛戳伤蒋印。吴升不敢下关,只在关上守护,次后厉天闰又引四将到关救应,乃是厉天佑、张俭、张韬、姚义四将。次日下关来厮杀,贼兵内厉天佑首先出马,和吕方相持,约斗五六十合,被吕方一戟刺死厉天佑,贼兵上关去了,并不下来。连日在关下等了数日,卢先锋为见山岭险峻,却差欧鹏、邓飞、李忠、周通四个上山探路,不提防厉天闰要替兄弟复仇,引贼兵冲下关来,首先一刀,斩了周通。李忠带伤走了。若是救应得迟时,都得休了的。救得三将回寨。次日,双枪将董平焦躁要去复仇,勒马在关下大骂贼将,不提防关上一火炮打下来,炮风正伤了董平左臂,回到寨里,就使枪不得,把夹板绑了臂膊。次日定要去报仇,卢先锋当住了不曾去。过了一夜,臂膊料好,不教卢先锋知道,自和张清商议了,两个不骑马,先行上关来。关上走下厉天闰、张韬来交战。董平要捉厉天闰,步行使枪,厉天闰也使长枪来迎,与董平斗了十合,董平心里只要厮杀,争奈左手使枪不应,只得退步。厉天闰赶下关来,张清便挺枪去搠厉天闰。厉天闰却闪去松树背后,张清手中那条枪,却搠在松树上,急要拔时,搠牢了,拽不脱,被厉天闰还一枪来,腹上正着,戳倒在地。董平见搠倒张清,急使双枪去战时,不提防张韬却在背后拦腰一刀,把董平剁做两段。卢先锋知得,急去救应,兵已上关去了,下面又无计可施。得了孙新、顾大嫂夫妻二人,扮了逃难百姓,去到深山里,寻得一条小路,引着李立、汤隆、时迁、白胜四个,从小路过到关上,半夜里却摸上关,放起火来。贼将见关上火起,知有宋兵已透过关,一齐弃了关隘便走。卢先锋上关点兵将时,孙新、顾大嫂活捉得原守关将吴升,李立、汤隆活捉得原守关将蒋印,时迁、白胜活捉得原守关将卫亨。将此三人,都解赴张招讨军前去了。收拾得董平、张清、周通三人尸骸,葬于关上。卢先锋追过关四十五里,赶上贼兵,与厉天闰交战,约斗了三十余合,被卢先锋杀死厉天闰,止存张俭、张韬、姚义引着败残军马,勉强迎敌,得便退回,只在早晚便到。主帅不信,可看公文。"宋江看了公文,心中添闷,眼泪如泉。

吴用道:"既是卢先锋得胜了,可调军将去夹攻,南兵必败,就行接应湖州呼延灼那路军马。"宋江应道:"言之极当!"便调李逵、鲍旭、项充、李衮引三千步军,从山路接将去。黑旋风引了军兵,欢天喜地去了。且说宋江军马攻打东门,正将朱仝等原拨五千马步军兵,从汤镇路上村中,奔到菜市门外,攻取东门。那时东路沿江,都是人家村居道店,赛过城中,茫茫荡荡,田园地段。当时来到城边,把军马排开,鲁智深首先出阵,步行搦战,提着铁禅杖,直来城下大骂:"蛮撮鸟们,出来和你厮杀!"那城上见是个和尚挑战,慌忙报入太子宫中来。当有宝光国师邓元觉,听的是个和尚勒战(挑战),便起身奏太子道:"小僧闻梁山泊有这个和尚,名为鲁智深,惯使一条铁禅杖,请殿下去东门城上,看小僧和他步斗几合。"方天定见说大喜,传令旨,遂引八员猛将,同元帅石宝,都来菜市门城上看国师迎敌。

当下方天定和石宝在敌楼上坐定,八员战将簇拥在两边,看宝光国师战时,那宝光和尚怎生结束? 但见:

穿一领烈火猩红直裰,系一条虎觔(jīn,同"筋")打就圆绦,挂一串七宝璎珞数珠,着一双九环鹿皮僧鞋。衬里是香线金兽掩心,双手使铮光(光芒四射,非常明亮。铮,zèng)浑铁禅杖。

当时开城门,放吊桥,那宝光国师邓元觉引五百刀手步军,飞奔出来。鲁智深见了道:"原来南军也有这秃厮出来。洒家教那厮吃俺一百禅杖!"也不打话,轮起禅杖,便奔将来,宝光国师也使禅杖

来迎,两个一齐都使禅杖相并。但见:

　　鲁智深忿怒,全无清净之心;邓元觉生嗔(chēn,怒),岂有慈悲之念? 这个何曾尊佛道,只于月黑杀人;那个不会看经文,惟要风高放火。这个向灵山会上,恼如来懒坐莲台;那个去善法堂前,勒揭谛使回金杵(chǔ)。一个尽世不修梁武忏,一个平生那识祖师禅。

　　这鲁智深和宝光国师斗过五十余合,不分胜败。方天定在敌楼上看了,与石宝道:"只说梁山泊有个花和尚鲁智深,不想原来如此了得,名不虚传! 斗了这许多时,不曾折半点儿便宜与宝光和尚。"石宝答道:"小将也看得呆了,不曾见这一对敌手。"正说之间,只听得飞马又报道:"北关门下,又有军到城下。"石宝慌忙起身去了。

　　且说城下宋军中,行者武松见鲁智深战宝光不下,恐有疏失,心中焦躁,便舞起双戒刀,飞出阵来,直取宝光。宝光见他两个并一个,拖了禅杖,望城里便走。武松奋勇直赶杀去。忽地城门里突出一员猛将,乃是方天定手下贝应夔(kuí),便挺枪跃马,接住武松厮杀。两个正在吊桥上撞着,被武松闪个过,撇了手中戒刀,抢住他枪杆。只一拽,连人和军器拖下马来,樀察的一刀,把贝应夔剁下头来。鲁智深随后接应了回来。方天定急叫拽起吊桥,收兵入城,这里朱全也叫引军退十里下寨,使人去报捷宋先锋知会。

　　当日宋江引军到北关门搭战,石宝带了流星锤上马,手里横着劈风刀,开了城门,出来迎敌。宋军阵上大刀关胜出马,与石宝交战。两个斗到二十余合,石宝拨回马便走,关胜急勒住马,也回本阵。宋江问道:"缘何不去追赶? "关胜道:"石宝刀法,不在关胜之下,虽然回马,必定有计。"吴用道:"段恺曾说,此人惯使流星锤,回马诈输,漏人深入重地。"宋江道:"若去追赶,定遭毒手。且收军回寨,一面差人去赏赐武松。"

　　却说李逵等引着步军去接应卢先锋,来到山路里,正撞着张俭等败军,并力冲杀入去,乱军中杀死姚义。有张俭、张韬二人,再奔回关上那条路去,正逢着卢先锋,大杀一阵,便望深山小路而走。背后追赶得紧急,只得弃了马,奔走山下逃命。不期竹篆(竹器。篆,xiǎo)中钻出两个人来,各拿一把钢叉,张俭、张韬措手不及,被两个拿叉戳翻,直捉下山来。原来戳翻张俭、张韬的,是解珍、解宝。卢先锋见拿二人到来大喜,与李逵等合兵一处,会同众将,同到皋亭山大寨中来,参见宋先锋等,诉说折了董平、张清、周通一事,彼各伤感,诸将尽来参拜了宋江,合兵一处下寨。次日,教把张俭解赴苏州张招讨军前,枭首示众。将张韬就寨前割腹剜(wān,挖取)心,遥空祭奠董平、张清、周通了当。

宋先锋与吴用计议道:"启请卢先锋领本部人马,去接应德清县路上呼延灼等这支军,同到此间,计合取城。"卢俊义得令,便点本部兵马起程,取路望奉口镇进兵。三军路上,到得奉口,正迎着司行方败残军兵回来。卢俊义接着,大杀一阵,司行方坠水而死,其余各自逃散去了。呼延灼参见卢先锋,合兵一处,回来皋亭山总寨,参见宋先锋等,诸将齐会合计议。宋江见两路军马都到了杭州,那宣州、湖州、独松关等处,皆是张招讨、从参谋自调统制前去各处护境安民,不在话下。

宋江看呼延灼部内,不见了雷横、龚旺二人。呼延灼诉说:"雷横在德清县南门外,和司行方交锋,斗到三十合,被司行方砍下马去。龚旺因和黄爱交战,赶过溪来,和人连马陷倒在溪里,被南军乱枪戳死。米泉却是索超一斧劈死。黄爱、徐白,众将向前活捉在此。司行方赶逐在水里淹死。薛斗南乱军中逃难,不知去向。"宋江听得又折了雷横、龚旺两个兄弟,泪如雨下,对众将道:"前日张顺与我托梦时,见右边立着三四个血污衣襟之人,在我面前现形,正是董平、张清、周通、雷横、龚旺这伙阴魂了。我若得了杭州宁海军时,重重地请僧人设斋,做好事,追荐超度众兄弟。"将黄爱、徐白解赴张招讨军前斩首,不在话下。

当日宋江叫杀牛宰马,宴劳众军。次日,与吴用计议定了,分拨正偏将佐,攻打杭州。

副先锋卢俊义,带领正偏将一十二员,攻打候潮门:

　　林冲、呼延灼、刘唐、解珍、解宝、单廷珪、魏定国、陈达、杨春、杜迁、李云、石勇。

花荣等正偏将一十四员,攻打艮(gèn)山门:

　　花荣、秦明、朱武、黄信、孙立、李忠、邹渊、邹润、李立、白胜、汤隆、穆春、朱贵、朱富。

穆弘等正偏将十一员,去西山寨内,帮助李俊等攻打靠湖门:

　　李俊、阮小二、阮小五、孟康、石秀、樊瑞、马麟、穆弘、杨雄、薛永、丁得孙。

孙新等正偏将八员,去东门寨帮助朱仝攻打菜市、荐桥等门:

　　朱仝、史进、鲁智深、武松、孙新、顾大嫂、张青、孙二娘。

东门寨内,取回偏将八员,兼同李应等,管领各寨探事,各处策应:

　　李应、孔明、杨林、杜兴、童威、童猛、王英、扈三娘。

正先锋使宋江带领正偏将二十一员,攻打北关门大路:

　　吴用、关胜、索超、戴宗、李逵、吕方、郭盛、欧鹏、邓飞、燕顺、凌振、鲍旭、项充、李衮、宋清、裴宣、蒋敬、蔡福、蔡庆、时迁、郁保四。

当下宋江调拨将佐,取四面城门。

宋江等部领大队人马,直近北关门城下勒战。城上鼓响锣鸣,大开城门,放下吊桥,石宝首先出马来战。宋军阵上,急先锋索超平生性急,挥起大斧,也不打话,飞奔出来,便斗石宝。两马相交,二将猛战,未及十合,石宝卖个破绽,回马便走。索超追赶,关胜急叫休去时,索超脸上着一锤,打下马去。邓飞急去救时,石宝马到,邓飞措手不及,又被石宝一刀,砍做两段。城中宝光国师,引了数员猛将,冲杀出来,宋兵大败,望北而走。却得花荣、秦明等刺斜里杀将来,冲退南军,救得宋江回寨。石宝得胜,欢天喜地,回城中去了。

　　宋江等回到皋亭山大寨歇下，升帐而坐，又见折了索超、邓飞二将，心中好生纳闷。吴用谏道："城中有此猛将，只宜智取，不可对敌。"宋江道："似此损兵折将，用何计可取？"吴用道："先锋计会各门了当，再引军攻打北关门。城里兵马，必然出来迎敌，我却佯输诈败，诱引贼兵，远离城郭，放炮为号，各门一齐打城。但得一门军马进城，便放起火来应号，贼兵必然各不相顾，可获大功。"宋江便唤戴宗传令知会。次日，令关胜引些少军马去北关门城下勒战。城上鼓响，石宝引军出城，和关胜交马。战不过十合，关胜急退。石宝军兵赶来，凌振便放起炮来。号炮起时，各门都发起喊来，一齐攻城。

　　且说副先锋卢俊义引着林冲等调兵攻打候潮门，军马来到城下，见城门不关，下着吊桥。刘唐要夺头功，一骑马，一把刀，直抢入城去。城上看见刘唐飞马奔来，一斧砍断绳索，坠下闸板，可怜悍勇刘唐，连马和人同死于门下。原来杭州城子，乃钱王建都，制立三重门：关外一重闸板，中间两扇铁叶大门，里面又是一层排栅门。刘唐抢到城门下，上面早放下闸板来。两边又有埋伏军兵，刘唐如何不死！林冲、呼延灼见折了刘唐，领兵回营，报复卢俊义。各门都入不去，只得且退，使人飞报宋先锋大寨知道。宋江听得又折了刘唐，被候潮门闸死，痛哭道："屈死了这个兄弟！自郓城县结义，跟着晁天王上梁山泊，受了许多年辛苦，不曾快乐。大小百十场出战交锋，出百死，得一生，未尝折了锐气。谁想今日却死于此处！"军师吴用道："此非良法。这计不成，倒送了一个兄弟。且教各门退军，别作道理。"

　　宋江心焦，急欲要报仇雪恨，嗟叹不已。部下黑旋风便道："哥哥放心，我明日和鲍旭、项充、李衮四个人，好歹要拿石宝那厮！"宋江道："那人英雄了得，你如何近傍得他？"李逵道："我不信，我明日不捉得他，不来见哥哥面。"宋江道："你只小心在意，休觑得等闲。"黑旋风李逵回到自己帐房里，筛下大碗酒，大盘肉，请鲍旭、项充、李衮来吃酒，说道："我四个从来做一路厮杀，今日我在先锋哥哥面前砍了大嘴（夸口，讲大话），明日要捉石宝那厮，你二个不要心懒。"鲍旭道："哥哥今日也教马军向前，明日也教马军向前，今晚我等约定了，来日务要齐心向前，捉石宝那厮。我们四个都争口气！"

次日早晨，李逵等四人吃得醉饱了，都拿军器出寨，请先锋哥哥看厮杀。宋江见四个都半醉，便道："你四个兄弟，休把性命作戏！"李逵道："哥哥，休小觑我们！"宋江道："只愿你们应得口便好！"宋江上马，带回关胜、欧鹏、吕方、郭盛四个马军将佐，来到北关门下，擂鼓摇旗搦战。李逵火杂杂地，搭着双斧，立在马前；鲍旭挺着板刀，睁着怪眼，只待厮杀；项充、李衮各挽一面团牌，插着飞刀二十四把，挺铁枪伏在两侧。

只见城上鼓响锣鸣，石宝骑着一匹瓜黄马，拿着劈风刀，引两员首将出城来迎敌。上首吴值，下首廉明。三员将却才出得城来，李逵是个不怕天地的人，大吼了一声，四个直奔到石宝马头前来。石宝便把劈风刀去迎时，早来到怀里。李逵一斧，砍断马脚，石宝便跳下来，望马军群里躲了。鲍旭早把廉明一刀，砍下马来。两个牌手，早飞出刀来。空中似玉鱼乱跃，银叶交加。宋江把马军冲到城边时，城上擂木炮石，乱打下来。宋江怕有疏失，急令退军，不想鲍旭早钻入城门里去了，宋江只叫得苦。石宝却伏在城门里面，看见鲍旭抢将入来，刺斜里只一刀，早把鲍旭砍做两断。项充、李衮急护得李逵回来。宋江军马，退还本寨。又见折了鲍旭，宋江越添愁闷，李逵也哭奔回寨里来。吴用道："此计亦非良策。虽是斩得他一将，却折了李逵的副手。"

正是众人烦恼间，只见解珍、解宝到寨来报事。宋江问其备细时，解珍禀道："小弟和解宝直哨到南门外二十余里，地名范村，见江边泊着一连有数十只船，下去问时，原来是富阳县袁评事解粮船。小弟欲要把他杀了，本人哭道：'我等皆是大宋良民，累被方腊不时科敛（搜刮钱财，科敛钱粮），但有不从者，全家杀害。我等今得天兵到来剪除，只指望再见太平之日，谁想又遭横亡。'小弟见他说的情切，不忍杀他，又问他道：'你缘何却来此处？'他说：'为近奉方天定令旨,行下各县,要刷洗(搜刮)村坊,着科敛白粮五万石。老汉为头,敛得五千石,先解来交纳。今到此间,为大军围城厮杀,不敢前去,屯泊在此。'小弟得了备细,特来报知主将。"吴用大喜道:"此乃天赐其便,这些粮船上,定要立功。便请先锋传令,就是你两个弟兄为头,带将炮手凌振并杜迁、李云、石勇、邹渊、邹润、李立、白胜、穆春、汤隆。王英、扈三娘、孙新、顾大嫂、张青、孙二娘三对夫妻,扮作艄公艄婆,都不要言语,混杂在艄后,一搅进得城去,便放连珠炮为号,我这里自调兵来策应。"解珍、解宝唤袁评事上岸来,传下宋先锋言语道:"你等既宋国良民,可依此行计。事成之后,必有重赏。"

　　此时不由袁评事不从,许多将校,已都下船。却把船上艄公人等,都只留在船上杂用,却把艄公衣服脱来,与王英、孙新、张青穿了,装扮做艄公。扈三娘、顾大嫂、孙二娘三人女将,扮做艄婆。小校人等都做摇船水手。军器众将都埋藏在船舱里。把那船一齐都放到江岸边。此时各门围哨的宋军,也都不远。袁评事上岸,解珍、解宝和那数个艄公跟着,直到城下叫门。城上得知,问了备细来情,报入太子宫中。方天定便差吴值开城门,直来江边,点了船只,回到城中,奏知方天定。方天定差下六员将,引一万军出城,拦住东北角上,着袁评事搬运粮米,入城交纳。此时众将人等,都杂在艄公水手人内,混同搬粮运米入城,三个女将也随入城里去了。五千粮食,须臾之间,都搬运已了。六员首将却统引军入城中。宋兵分投而来,复围住城郭,离城三二里列着阵势。当夜二更时分,凌振取出九箱子母等炮,直去吴山顶上放将起来。众将各取火把,到处点着。城中不一时,鼎沸起来,正不知多少宋军在城里。方天定在宫中听了大惊,急急披挂上马时,各门城上军士已都逃命去了。宋兵大振,各自争功夺城。

　　且说城西山内李俊等得了将令,引军杀到净慈港,夺得船只,便从湖里使将过来涌金门上岸。众将分投去抢各处水门,李云、石秀首先登城。就夜城中混战,止存南门不围,亡命败军都从那门下奔走。却说方天定上得马,四下里寻不着一员将校,止有几个步军跟着，出南门奔走，忙忙似丧家之狗，急急如漏网之鱼。走得到五云山下，只见江里走起一个人来，口里衔着一把刀，赤条条跳上岸来。方天定在马上见来得凶，便打马要走。可奈那匹马作怪，百般打也不动，却似有人笼住嚼环（横勒在牲口嘴里的小铁链，两端连在缰绳上，以便驾驭）的一般。那汉抢到马前，把方天定扯下马来，一刀便割了头，却骑了方天定的马，一手提了头，一手执刀，奔回杭州城来。林冲、呼延灼领兵赶到六和塔时，恰好正迎着那汉。二将认得是船火儿张横，吃了一惊。呼延灼便叫："贤弟那里来？"张横也不应，一骑马直跑入城里去。

此时宋先锋军马大队已都入城了，就在方天定宫中为帅府，众将校都守住行宫。望见张横一骑马跑将来，众人皆吃一惊。张横直到宋江面前，滚鞍下马，把头和刀撇在地下，纳头拜了两拜，便哭起来。宋江慌忙抱住张横道："兄弟，你从那里来？阮小七又在何处？"张横道："我不是张横。"宋江道："你不是张横，却是谁？"张横道："小弟是张顺。因在涌金门外，被枪箭攒死，一点幽魂，不离水里飘荡，感得西湖震泽龙君，收做金华太保，留于水府龙宫为神。今日哥哥打破了城池，兄弟一魂缠住方天定，半夜里随出城去，见哥哥张横在大江里，来借哥哥身壳，飞奔上岸，跟到五云山脚下，杀了这贼，径奔来见哥哥。"说了，蓦然倒地，宋江亲自扶起，张横睁开眼。看了宋江并众将，刀剑如林，军士丛满。张横道："我莫不在黄泉见哥哥么？"宋江哭道："却才你与兄弟张顺附体，杀了方天定这贼，你不曾死，我等都是阳人，你可精细着。"张横："怎地说时，我的兄弟已死了！"宋江道："张顺因要从西湖水底下去捽水门，入城放火，不想至涌金门外越城，被人知觉，枪箭攒死在彼。"张横听了，大哭一声："兄弟！"蓦然倒了。

众人看张横时，四肢不举，两眼朦胧，七魄（道家谓人有七魄，即尸狗、伏矢、雀阴、吞贼、非毒、除秽、臭肺）悠悠，三魂（道家谓人有三魂，即爽灵、胎元、幽精）杳杳，正是未从五道将军去，定是无常二鬼催。毕竟张横闷倒，性命如何，且听下回分解。

第一百十六回

卢俊义分兵歙州道　宋公明大战乌龙岭

话说当下张横听得道没了他兄弟张顺，烦恼得昏晕了半晌，却救得苏醒。宋江道："且扶在帐房里调治，却再问他海上事务。"宋江令裴宣，蒋敬写录众将功劳，辰巳时分，都在营前聚集，李俊、石秀生擒吴值，三员女将生擒张道原，林冲蛇矛戳死冷恭，解珍、解宝杀了崔彧，只走了石宝、邓元觉、王勣、晁中、温克让五人。宋江便出榜安抚百姓，赏劳三军，把吴值、张道原解赴张招讨军前，斩首施行。献粮袁评事申文保举作富阳县令，张招讨处关领空头官诰，不在话下。

众将都到城中歇下，左右报道："阮小七从江里上岸，入城来了。"宋江唤到帐前问时，说道："小弟和张横并侯健、段景住带领水手，海边觅得船只，行至海盐等处，指望便使入钱塘江来。不期风水不顺，打出大洋里去了。急使得回来，又被风打破了船，众人都落在水里。侯健、段景住不识水性，落下去淹死海中，众多水手各自逃生四散去了。小弟赴水（游泳）到海口，进得赭（zhě）山门，被潮直漾到半墦（fán，坟墓）山，赴水回来。却见张横哥哥在五云山江里，本待要上岸来，又不知他在那地里。昨夜望见城中火起，又听得连珠炮响，想必是哥哥在杭州城厮杀，以此从江里上岸来。不知张横曾到岸也不曾？"宋江说张横之事，与阮小七知道，令和他自己两个哥哥相见了，依前管领水军头领船只。

宋江传令，先调水军头领去江里收拾江船，伺候征进睦州。想起张顺如此通灵显圣，去涌金门外，靠西湖边建立庙宇，题名"金华太保"。宋江亲去祭奠。后来收伏方腊,有功于朝,宋江回京,奏知此事,特奉圣旨,救封为"金华将军",庙食杭州。

再说宋江在行宫内,因思渡江以来,损折许多将佐,心中十分悲怆。却去净慈寺修设水陆道场七昼夜,判施(分别施予)斛(hú)食,济拔(拯救)沉冥(死者),超度众将,各设灵位享祭。做了好事已毕,将方天定宫中一应禁物,尽皆毁坏,所有金银、宝贝、罗缎等项,分赏诸将军校。杭州城百姓俱宁,设宴庆赏。当与军师从长计议,调兵收复睦州。

此时已是四月尽间,忽闻报道:"副都督刘光世并东京天使,都到杭州。"宋江当下引众将出北关门迎接入城,就行宫开读圣旨:"救先锋使宋江等收剿方腊,累建大功,救赐皇封御酒三十五瓶,锦衣三十五领,赏赐正将。其余偏将,照名支给赏赐缎匹。"原来朝廷只知公孙胜不曾渡江,收剿方腊,却不知折了许多头领。宋江见了三十五员锦衣御酒,蓦然伤心,泪不能止。天使问时,宋江把折了众将的话,对天使说知。天使道:"如此折将,朝廷怎知?下官回京,必当奏闻。"那时设宴款待天使,刘光世主席,其余大小将佐,各依次序而坐。御赐酒宴,各各沾恩。现亡正偏将佐,留下锦衣御酒赏赐。次日设位,遥空享祭。宋江将一瓶御酒,一领锦衣,去张顺庙里呼名享祭。锦衣就穿泥神(指泥塑的神像)身上,其余的都只遥空焚化。天使住了几日,送回京师。

不觉迅速光阴,早过了数十日。张招讨差人赍文书来,催促先锋进兵。宋江与吴用请卢俊义商议:"此去睦州,沿江直抵贼巢。此去歙州,却从昱(yù,光明)岭关小路而去。今从此处分兵征剿,不知贤弟兵取何处?"卢俊义道:"主兵遣将,听从哥哥严令,安敢选择?"宋江道:"虽然如此,试看天命。"作两队分定人数,写成两处阄子,焚香祈祷,各阄一处。宋江拈阄得睦州,卢俊义拈阄得歙州。宋江道:"方腊贼巢,正是清溪县帮源洞中。贤弟取了歙州,可屯住军马,申文飞报知会,约日同攻清溪贼洞。"卢俊义便请宋公明酌量分调将佐军校。

先锋使宋江带领正偏将佐三十六员,攻取睦州并乌龙岭:

军师吴用、关胜、花荣、秦明、李应、戴宗、朱仝、李逵、鲁智深、武松、解珍、解宝、吕方、郭盛、樊瑞、马麟、燕顺、宋清、项充、李衮、王英、扈三娘、凌振、杜兴、蔡福、蔡庆、裴宣、蒋敬、郁保四。

水军头领正偏将佐七员,部领船只,随军征进睦州:

李俊、阮小二、阮小五、阮小七、童猛、童威、孟康。

副先锋卢俊义管领正偏将佐二十八员,收取歙州并昱岭关:

军师朱武、林冲、呼延灼、史进、杨雄、石秀、单廷珪、魏定国、孙立、黄信、欧鹏、杜迁、陈达、杨春、李忠、薛永、邹渊、李立、李云、邹润、汤隆、石勇、时迁、丁得孙、孙新、顾大嫂、张青、孙二娘。

当下卢先锋部领正偏将校,共计二十九员,随行军兵三万人马,择日辞了刘都督,别了宋江,引兵望杭州取山路,经过临安县,进发登程去了。

却说宋江等整顿船只军马,分拨正偏将校,选日祭旗出师,水陆并进,船骑相迎。此时杭州城内瘟疫盛行,已病倒六员将佐,是张横、穆弘、孔明、朱贵、杨林、白胜。患体未痊,不能征进。就拨穆春、朱富看视病人,共是八员,寄留杭州。其余众将,尽随宋江攻取睦州,共计三十七员,取路沿江望富阳县进发。

且不说两路军马起程,再说柴进同燕青自秀州槜李亭别了宋先锋,行至海盐县前,到海边趁船,使过越州,迤逦来到诸暨县,渡过渔浦,前到睦州界上。把关隘将校拦住,柴进告道:"某乃是中原一秀士,能知天文地理,善会阴阳,识得六甲风云,辨别三光气色,九流三教,无所不通,遥望江南有天子气而来,何故闭塞贤路?"把关将校听得柴进言语不俗,便问姓名。柴进道:"某乃姓柯名引,一主一仆,投上国而来,别无他故。"守将见说,留住柴进,差人径来睦州报知,右丞相祖士远、参政沈寿、佥(qiān，古同"签")书桓逸、元帅谭高四个跟前禀了。便使人接取柴进至睦州相见，各叙礼罢。柴进一段话，耸动那四个。更兼柴进一表非俗，那里坦然不疑。右丞相祖士远大喜，便叫佥书桓逸，引柴进去清溪大内朝觐。原来睦州，歙州，方腊都有行宫大殿，内却有五府六部总制在清溪县帮源洞中。

且说柴进、燕青跟随桓逸来到清溪帝都，先来参见左丞相娄敏中。柴进高谈阔论，一片言语，娄敏中大喜，就留柴进在相府管待。看了柴进、燕青出言不俗，知书通礼，先自有八分欢喜。这娄敏中原是清溪县教学的先生，虽有些文章，苦不甚高，被柴进这一段话，说得他大喜。

过了一夜，次日早朝，等候方腊王子升殿，内列着侍御、嫔妃、彩女，外列九卿四相，文武两班，殿前武士，金瓜长随侍从。当有左丞相娄敏中出班启奏："中原是孔夫子之乡。今有一贤士姓柯名引，文武兼资，智勇足备，普识天文地理，能辨六甲风云，贯通天地气色，三教九流，诸子百家，无不通达。望天子气而来，现在朝门外，伺候我主传宣。"方腊道："既有贤士到来，便令白衣朝见。"各门大使传宣，引柴进到于殿下。拜舞起居，山呼万岁已毕，宣入帘前。方腊看见柴进一表非俗，有龙子龙孙气象，先有八分喜色。方腊问道："贤士所言，望天子气而来，在于何处？"柴进奏道："臣柯引贱居中原，父母双亡，只身学业，传先贤之秘诀，授祖师之玄文。近日夜观乾象，见帝星明朗，正照东吴。因此不辞千里之劳，望气而来。特至江南，又见一缕五色天子之气，起自睦州。今得瞻天子圣颜，抱龙凤之姿，挺天日之表，正应此气。臣不胜欣幸之至！"言讫再拜。方腊道："寡人虽有东南地土之分，近被宋江等侵夺城池，将近吾地，如之奈何？"柴进奏道："臣闻古人有言：'得之易，失之易。得之难，失之难。'今陛下东南之境，开基以来，席卷长驱，得了许多州郡。今虽被宋江侵了数处，不久气运复归于圣上。陛下非止江南之境，他日中原社稷(江山。稷，jì)，亦属陛下。"方腊见此等言语，心中大喜。敕赐锦墩命坐,管待御宴,加封为中书侍郎。自此柴进每日得近方腊,无非用些阿谀美言谄佞(chǎnnìng),以取其事。未经半月,方腊及内外官僚,无一人不喜柴进。

次后,方腊见柴进署事(处理公事或代理职事)公平,尽心喜爱,却令左丞相娄敏中做媒,把金芝公主招赘柴进为驸马,封官主爵都尉。燕青改名云璧,人都称为云奉尉。柴进自从与公主成亲之后,出入宫殿,都知内外备细。方腊但有军情重事,便宣柴进至内宫计议。柴进时常奏说:"陛下气色真正,只被罡星冲犯,尚有半年不安。直待并得宋江手下无了一员战将,罡星退度,陛下复兴基业,席卷长驱,直占中原之地。"方腊道:"寡人手下爱将数员,尽被宋江杀死,似此奈何?"柴进又奏道:"臣夜观天象,陛下气数,将星虽多数十位,不为正气,未久必亡。却有二十八宿星象,正来辅助陛下,复兴基业。宋江伙内,亦有十数员来降。此也是数中星宿,尽是陛下开疆展土之臣也!"方腊听了大喜。有诗为证:

　　蚕室当时惩太史,何人不罪李陵降?
　　谁知贵宠柯驸马,一念原来为宋江。

且不说柴进做了驸马,却说宋江部领大队人马军兵,离了杭州,望富阳县进发。时有宝光国师邓元觉并元帅石宝、王勣(jì)、晁中、温克让五个,引了败残军马,守住富阳县关隘,却使人来睦州求救。右丞相祖士远当差两员亲军指挥使,引一万军马前来策应。正指挥白钦、副指挥景德,两个都有万夫不当之勇,来到富阳县,和宝光国师等合兵一处,占住山头。宋江等大队军马,已到七里湾,水军引着马军,一发前进。石宝见了,上马带流星锤,拿劈风刀,离了富阳县山头,来迎宋江。关胜正欲出马,吕方叫道:"兄长少停,看吕方和这厮斗几合。"宋江在门旗影里看时,吕方一骑马,一枝戟,直取石宝,那石宝使劈风刀相迎。两个斗到五十合,吕方力怯,郭盛见了,便持戟纵马,前来夹攻,那石宝一口刀,战两枝戟,没半分漏泄。正斗到至处,南边宝光国师急鸣锣收军。原来见大江里战船乘着顺风,都上滩来,却来傍岸。怕他两处夹攻,因此鸣锣收军。吕方、郭盛缠住厮杀,那里肯放。石宝又斗了三五合,宋兵阵上朱仝一骑马、一条枪,又去夹攻。石宝战不过三将,分开兵器便走。宋江鞭梢一指,直杀过富阳山岭。石宝军马于路屯扎不住,直到桐庐县界内。宋江连夜进兵,过白峰岭下寨。当夜差遣解珍、解宝、燕顺、王矮虎、一丈青取东路,李逵、项充、李衮、樊瑞、马麟取西路,各带一千步军,去桐庐县劫寨,江里却教李俊、三阮、二童、孟康七人取水路进兵。

且说解珍等引着军兵杀到桐庐县时,已是三更天气。宝光国师正和石宝计议军务,猛听的一声炮响,众人上马不迭。急看时,三路火起,诸将跟着石宝,只顾逃命,那里敢来迎敌。三路军马,横冲直撞杀将来。温克让上得马迟,便望小路而走,正撞着王矮虎、一丈青。他夫妻二人一发上,把温克让横拖倒拽,活捉去了。李逵和项充、李衮、樊瑞、马麟只顾在县里杀人放火。宋江见报,催趱军兵,拔寨都起,直到桐庐县驻屯军马。王矮虎、一丈青献温克让请功。宋江教把温克让解赴杭州张招讨前斩首,不在话下。

次日,宋江调兵,水陆并进,直到乌龙岭下。过岭便是睦州。此时宝光国师引着众将,都上岭去把关隘,屯驻军马。那乌龙关隘,正靠长江,山峻水急,上立关防,下排战舰。宋江军马近岭下屯驻,扎了寨栅。步军中差李逵、项充、李衮,引五百牌手出哨探路。到得乌龙岭下,上面擂木炮石打将下来,不能前进,无计可施,回报宋先锋。宋江又差阮小二、孟康、童猛、童威四个,先棹一半战船上滩。当下阮小二带了两个副将,引一千水军,分作一百只船上,摇旗擂鼓,唱着山歌,渐近乌龙岭边来。原来乌龙岭下那面靠山,却是方腊的水寨。那寨里也屯着五百只战船,船上有五千来水军。为头的四个水军总管,名号浙江四龙。那四龙?

玉爪龙都总管成贵、锦鳞龙副总管翟源、冲波龙左副管乔正、戏珠龙右副管谢福。

这四个总管原是钱塘江里艄公,投奔方腊,却受三品职事。当日阮小二等乘驾船只，从急流下水，摇上滩去。南军水寨里四个总管已自知了，准备下五十连火排。原来这火排，只是大松杉木穿成，排上都堆草把，草把内暗藏着硫黄焰硝引火之物，把竹索编住，排在滩头。这里阮小二和孟康、童威、童猛四个，只顾摇上滩去。那四个水军总管在上面看见了，各打一面乾红号旗，驾四只快船，顺水摇将下来。阮小二看见，喝令水手放箭，那四只快船便回。阮小二便叫乘势赶上滩去，四只快船，傍滩住了。四个总管却跳上岸，许多水手们也都走了。阮小二望见滩上水寨里船广，不敢上去。正在迟疑间，只见乌龙岭上把旗一招，金鼓齐鸣，火排一齐点着，望下滩顺风冲将下来。背后大船一齐喊起，都是长枪挠钩，尽随火排下来。童威、童猛见势大难近，便把船傍岸，弃了船只，爬过山边，上了山，寻路回寨。阮小二和孟康兀自在船上迎敌。火排连烧将来。阮小二急下水时，后船赶上，一挠钩搭住。阮小二心慌，怕吃他拿去受辱，扯了腰刀，自刎而亡。孟康见不是头(情势不对)，急要下水时，火排上火炮齐发，一炮正打中孟康头盔，透顶打做肉泥。四个水军总管，却上火船，杀将下来。李俊和阮小五、阮小七都在后船，见前船失利，沿江岸杀来，只得急忙转船，便随顺水放下桐庐岸来。

再说乌龙岭上宝光国师并元帅石宝，见水军总管得胜，乘势引军杀下岭来。水深不能相赶，路远不能相追，宋兵复退在桐庐驻扎，南兵也收军上乌龙岭去了。

宋江在桐庐扎驻寨栅，又见折了阮小二、孟康，在帐中烦恼，寝食俱废，梦寐(睡眠。寐，mèi)不安。吴用与众将苦劝不得。阮小七、阮小五挂孝已了，自来谏劝宋江道："我哥哥今日为国家大事，折了性命，也强似死在梁山泊，埋没了名目，先锋主兵不须烦恼，且请理国家大事。我弟兄两个，自去复仇。"宋江听了，稍稍回颜。

次日，仍复整点军马，再要进兵。吴用谏道："兄长未可急性，且再寻思计策，度岭未迟。"只见解珍、解宝便道："我弟兄两个，原是猎户出身，巴山度岭得惯，我两个装做此间猎户，爬上山去，放起一把火来,教那贼兵大惊,必然弃了关去。"吴用道:"此计虽好,只恐这山险峻,难以进步,倘或失脚,性命难保。"解珍、解宝便道:"我弟兄两个,自登州越狱上梁山泊,托哥哥福荫,做了许多年好汉。又受了国家诰命(朝廷颁布的命令),穿了锦袄子。今日为朝廷,便粉骨碎身,报答仁兄,也不为多。"宋江道:"贤弟休说这凶话,只愿早早干了大功回京,朝廷不肯亏负我们。你只顾尽心竭力,与国家出力。"解珍、解宝便去拴束,穿了虎皮套袄,腰里各跨一口快刀,提了钢叉。两个来辞了宋江,便取小路望乌龙岭上来。

此时才有一更天气,路上撞着两个伏路小军。二人结果了两个,到得岭下时,已有二更,听得岭上寨内,更鼓分明,两个不敢从大路走,攀藤揽葛,一步步爬上岭来。是夜月光明朗,如同白日,两个三停爬了二停之上,望见岭上灯光闪闪。两个伏在岭门边听时,上面更鼓已打四更。解珍暗暗地叫兄弟道:"夜又短,天色无多时了。我两个上去罢。"两个又攀援上去。正爬到岩壁崎岖之处,悬崖险峻之中,两个只顾爬上去,手脚都不闲,却把搭膊拴住钢叉,拖在背后,刮得竹藤乱响,山岭上早吃人看见了。解珍正爬在山凹处,只听得上面叫道:"着!"一挠钩正搭住解珍头髻。解珍急去腰里拔得刀出来时,上面已把他提得脚悬了。解珍心慌,连忙一刀,砍断挠钩,却从空里坠下来。可怜解珍做了半世好汉,从这百十丈高岩上倒撞下来,死于非命。下面都是狼牙乱石,粉碎了身躯。解宝见哥哥颠将下去,急退步下岭时,上头早滚下大小石块并短弩弓箭,从竹藤里射来。可怜解宝为了一世猎户,做一块儿射死在乌龙岭边竹藤丛里,两个身死。

天明,岭上差人下来,将解珍、解宝尸首就风化在岭上。探子听得备细,报与宋先锋知道,解珍、解宝已死在乌龙岭。宋江听得又折了解珍、解宝,哭得几番昏晕,便唤关胜、花荣点兵取乌龙岭关隘,与四个兄弟报仇。吴用谏道:"仁兄不可性急,已死者皆是天命。若要取关,不可造次。须用神机妙策,智取其关,方可调兵遣将。"宋江怒道："谁想把我们弟兄手足,三停损了一停。不忍那贼们把我兄弟风化在岭上,今夜必须提兵先去,夺尸首回来,具棺椁埋葬。"吴用阻道："贼兵将尸风化,诚恐有计,兄长未可造次。"宋江那里肯听军师谏劝,随即点起三千精兵,带领关胜、花荣、吕方、郭盛四将,连夜进兵。到乌龙岭时,已是二更时分。小校报道："前面风化起两个人在那里,敢是解珍、解宝的尸首。"宋江纵马亲自来看时,见两株树上把竹竿挑起两个尸首。树上削去了一片皮,写两行大字在上,月黑不见分晓。宋江令讨放炮火种,吹起灯来看时,上面写道："宋江早晚也号令在此处。"宋江看了大怒,却传令人上树去取尸首,只见四下里火把齐起,金鼓乱鸣,团团军马围住。当前岭上,早乱箭射来。江里船内水军,都纷纷上岸来。

宋江见了,叫声苦,不知高低。急退军时,石宝当先截住去路,转过侧首(侧面),又是邓元觉杀将下来。直使规模有似马陵道(战国时孙膑大败庞涓,使其丧生之地),光景浑如落凤坡。毕竟宋江军马怎地脱身,且听下回分解。

第一百十七回

睦州城箭射邓元觉　乌龙岭神助宋公明

　　话说宋江因要救取解珍、解宝的尸，到于乌龙岭下，正中了石宝计策。四下里伏兵齐起，前有石宝军马，后有邓元觉截住回路。石宝厉声高叫："宋江不下马受降，更待何时？"关胜大怒，拍马轮刀战石宝。两路交锋未定，后面喊声又起。脑背后却是四个水军总管，一齐登岸，会同王勣、晁中从岭上杀将下来。花荣急出，当住后队，便和王勣交战。斗无数合，花荣便走。王勣、晁中乘势赶来，被花荣手起，急放连珠二箭，射中二将，翻身落马。众军呐声喊，不敢向前，退后便走。四个水军总管，见一连射死王勣、晁中，不敢向前，因此花荣抵敌得住。刺斜里又撞出两阵军来，一队是指挥白钦，一队是指挥景德。这里宋江阵中二将齐出，吕方便迎住白钦交战，郭盛便与景德相持，四下里分头厮杀，敌对死战。宋江正慌促间，只听得南军后面，喊杀连天，众军奔走。原来却是李逵引两个牌手项充、李衮，一千步军，从石宝马军后面杀来。邓元觉引军却待来救应时，背后撞过鲁智深、武松，两口戒刀，横剁直砍，浑铁禅杖，一冲一戳，两个引一千步军，直杀入来。随后又是秦明、李应、朱仝、燕顺、马麟、樊瑞、一丈青、王矮虎，各带马军步军，舍死撞杀入来。四面宋兵，杀散石宝、邓元觉军马，救得宋江等回桐庐县去，石宝也自收兵上岭去了。宋江在寨中称谢众将："若非我兄弟相救，宋江已与解珍、解宝同为泉下之鬼。"吴用道："为是兄长此去，不合愚意，惟恐有失，便遣众将相援。"宋江称谢不已。

　　且说乌龙岭上石宝、邓元觉两个元帅,在寨中商议道:"即目宋江兵马,退在桐庐县驻扎,倘或被他私越小路,度过岭后,睦州咫尺危矣。不若国师亲往清溪大内,面见天子,奏请添调军马,守护这条岭隘,可保长久。"邓元觉道:"元帅之言极当,小僧便往。"邓元觉随即上马,先来到睦州,见了右丞相祖士远说:"宋江兵强人猛,势不可当,军马席卷而来,诚恐有失。小僧特来奏请添兵遣将,保守关隘。"祖士远听了,便同邓元觉上马,离了睦州,一同到清溪县帮源洞中,先见了左丞相娄敏中说过了,奏请添调军马。

　　次日早朝,方腊升殿,左右二丞相一同邓元觉朝见,拜舞已毕。邓元觉向前起居万岁,便奏道:"臣僧元觉领着圣旨,与太子同守杭州,不想宋江军马,兵强将勇,席卷而来,势难迎敌,致被袁评事引诱入城,以致失陷杭州,太子贪战,出奔(逃走、出走)而亡。今来元觉与元帅石宝,退守乌龙岭关隘,近日连斩宋江四将,声势颇振。即目宋江已进兵到桐庐驻扎,诚恐早晚贼人私越小路,透过关来,岭隘难保。请陛下早选良将,添调精锐军马,同保乌龙岭关隘,以图退贼,克复城池。"方腊道:"各处军兵,已都调尽。近日又为歙州昱岭上关隘甚紧,又分去了数万军兵。止有御林军马,寡人要护御大内,如何四散调得开去?"邓元觉又奏道:"陛下不发救兵,臣僧无奈。若是宋兵度岭之后,睦州焉能保守?"左丞相娄敏中出班奏曰:"这乌龙岭关隘,亦是要紧去处。臣知御林军兵,总有三万,可分一万跟国师去保守关隘。乞我王圣鉴。"方腊不听娄敏中之言,坚执不肯调拨御林军马去救乌龙岭。

　　当日朝罢,众人出内。娄丞相与众官商议,只教祖丞相睦州分一员将,拨五千军,与国师去保乌龙岭。因此,邓元觉同祖士远回睦州来,选了五千精锐军马,首将一员夏侯成,回到乌龙岭寨内,与石宝说知此事。石宝道:"既是朝廷不拨御林军马,我等且守住关隘,不可出战。着四个水军总管,牢守滩头江岸边,但有船来,便去杀退,不可进兵。"

且不说宝光国师同石宝、白钦、景德、夏侯成五个守住乌龙岭关隘。却说宋江自折了将佐,只在桐庐县驻扎,按兵不动。一住二十余日,不出交战。忽有探马报道:"朝廷又差童枢密赍赏赐,已到杭州。听知分兵两路,童枢密转差大将王禀,分赍赏赐,投昱岭关卢先锋军前去了。童枢密即目便到,亲赍赏赐。"宋江见报,便与吴用众将都离县二十里迎接。来到县治里开读圣旨,便将赏赐分给众将。宋江等参拜童枢密,随即设宴管待。童枢密问道:"征进之间,多听得损折将佐。"宋江垂泪禀道:"往年跟随赵枢相,北征辽虏,兵将全胜,端的不曾折了一个将校。自从奉敕来征方腊,未离京师,首先去了公孙胜,驾前又留下了数人,进兵渡得江来,但到一处,必折损数人。近又有八九个将佐,病倒在杭州,存亡未保。前面乌龙岭厮杀二次,又折了几将。盖因山险水急,难以对阵,急切不能打透关隘。正在忧惶之际,幸得恩相到此。"童枢密道:"今上天子,多知先锋建立大功,后闻损折将佐,特差下官引大将王禀、赵谭,前来助阵。已使王禀赍赏往卢先锋处,分俵给散众将去了。"随唤赵谭与宋江等相见,俱于桐庐县驻扎。饮宴管待已了。

次日,童枢密整点军马,欲要去打乌龙岭关隘。吴用谏道:"恩相未可轻动。且差燕顺、马麟去溪僻小径去处,寻觅当村土居百姓,问其向道,别求小路,度得关那边去。两面夹攻,彼此不能相顾,此关唾手可得。"宋江道:"此言极妙。"随即差遣马麟、燕顺引数十个军健,去村落中寻访百姓问路。去了一日,至晚引将一个老儿来见宋江。宋江问道:"这老者是甚人?"马麟道:"这老的是本处土居人户,都知这里路径溪山。"宋江道:"老者,你可指引我一条路径过乌龙岭去,我自重重赏你。"老儿告道:"老汉祖居是此间百姓,累被方腊残害,无处逃躲。幸得天兵到此,万民有福,再见太平。老汉指引一条小路过乌龙岭去,便是东管,取睦州不远。便到北门,却转过西门,便是乌龙岭。"宋江听了大喜,随即叫取银物,赏了引路老儿,留在寨中;又着人与酒饭管待。

次日,宋江请启童枢密守把桐庐县,自领正偏将一十二员,取小路进发。那十二员是花荣、秦明、鲁智深、武松、戴宗、李逵、樊瑞、王英、扈三娘、项充、李衮、凌振。随行马步军兵一万人数,跟着引路老儿便行。马摘銮铃,军士衔枚疾走。至小牛岭,已有一伙军兵拦路。宋江便叫李逵、项充、李衮冲杀入去,约有三五百守路贼兵,都被李逵等杀尽。四更前后,已到东管。本处守把将伍应星,听得宋兵已透过东管,思量部下只有二千人马,如何迎敌得,当时一哄都走了。径回睦州,报与祖丞相等知道:"今被宋江军兵私越小路,已透过乌龙岭这边,尽到东管来了。"祖士远听了大惊,急聚众将商议。宋江已令炮手凌振放起连珠炮。乌龙岭上寨中石宝等听得大惊,急使指挥白钦引军探时,见宋江旗号,遍天遍地,摆满山林。急退回岭上寨中,报与石宝等。石宝便道:"既然朝廷不发救兵,我等只坚守关隘,不要去救。"邓元觉便道:"元帅差矣。如今若不调兵救应睦州,也自由可。倘或内苑有失,我等亦不能保。你不去时,我自去救应睦州。"石宝苦劝不住。邓元觉点了五千人马,绰了禅杖,带领夏侯成下岭去了。

且说宋江引兵到了东管,且不去打睦州,先来取乌龙岭关隘,却好正撞着邓元觉。军马渐近,两军相迎,邓元觉当先出马挑战。花荣看见,便向宋江耳边低低道:"此人则除如此如此可获。"宋江点头道是。就嘱付了秦明,两将都会意了。秦明首先出马,便和邓元觉交战。斗到五六合,秦明回马便走,众军各自东西四散。邓元觉看见秦明输了,倒撇了秦明,径奔来捉宋江。原来花荣已准备了,护持着宋江,只待邓元觉来得较近,花荣满满地攀着弓,觑得亲切,照面门上飕地一箭。弓开满月,箭发流星,正中邓元觉面门,坠下马去,被众军杀死。一齐卷杀拢来,南兵大败。夏侯成抵敌不住,便奔睦州去了。宋兵直杀到乌龙岭边,擂木炮石,打将下来,不能上去。宋兵却杀转来,先打睦州。

且说祖丞相见首将夏侯成逃来报道:"宋兵已度过东管,杀了邓国师,即日来打睦州。"祖士远听了,便差人同夏侯成去清溪大内,请娄丞相入朝启奏:"现今宋兵已从小路透到东管,前来攻打睦州甚急,乞我王早发军兵救应,迟延必至失陷。"方腊听了大惊,急宣殿前太尉郑彪,点与一万五千御林军马,星夜去救睦州。郑彪奏道:"臣领圣旨,乞请天师同行策应,可敌宋江。"方腊准奏,便宣灵应天师包道乙。当时宣诏天师,直至殿下面君。包道乙打了稽首。方腊传旨道:"今被宋江兵马,看看侵犯寡人地面,累次陷了城池兵将。即目宋兵俱到睦州,可望天师阐扬道法,护国救民,以保江山社稷。"包天师奏道:"主上宽心,贫道不才,凭胸中之学识,仗陛下之洪福,一扫宋江兵马。"方腊大喜赐坐,设宴管待。包道乙饮筵罢,辞帝出朝。包天师便和郑彪、夏侯成商议起军。

原来这包道乙祖是金华山中人,幼年出家,学左道(神异法术)之法。向后跟了方腊,谋叛造反,但遇交锋,必使妖法害人。有一口宝剑,号为玄元混天剑,能飞百步取人,协助方腊,行不仁之事,因此尊为灵应天师。那郑彪原是婺(wù)州兰溪县都头出身,自幼使得枪棒惯熟,遭际(遭遇时机,指受到达官贵人的提拔、赏识)方腊,做到殿帅太尉。酷爱道法,礼拜包道乙为师,学得他许多法术在身。但遇厮杀之处,必有云气相随,因此,人呼为郑魔君。这夏侯成,亦是婺州山中人,原是猎户出身,惯使钢叉,自来随着祖丞相管领睦州。当日三个在殿帅府中,商议起军。门吏报道:"有司天太监浦文英来见。"天师问其来故,浦文英说道:"闻知天师与太尉将军三位,提兵去和宋兵战,文英夜观乾象,南方将星,皆是无光,宋江等将星,尚有一半明朗者。天师此行虽好,只恐不利。何不回奏主上,商量投拜为上,且解一国之厄。"包天师听了大怒,掣出玄元混天剑,把这浦文英一剑挥为两段。急动文书,申奏方腊去讫,不在话下。史官有诗曰:

天王东南已渐消,犹凭左道用人妖。

文英既识真天命,何事捐生在伪朝?

当下便遣郑彪为先锋,调前部军马出城前进。包天师为中军,夏侯成为合后,军马进发,来救睦州。

　　且说宋江兵将,攻打睦州,未见次第。忽闻探马报来,清溪救军到了。宋江听罢,便差王矮虎、一丈青两个出哨迎敌。夫妻二人,带领三千马军,投清溪路上来。止迎着郑彪,首先出马,便与王矮虎交战。两个更不打话,排开阵势,交马便斗。才到八九合,只见郑彪口里念念有词,喝声道:“疾!”就头盔顶上流出一道黑气来。黑气之中,立着一个金甲天神,手持降魔宝杵(chǔ,棒形兵器),从半空里打将下来。王矮虎看见,吃了一惊,手忙脚乱,失了枪法,被郑魔君一枪,戳下马去。一丈青看见戳了他丈夫落马,急舞双刀去救时,郑彪便来交战。略战一合,郑彪回马便走。一丈青要报丈夫之仇,急赶将来。郑魔君歇住铁枪,舒手去身边锦袋内摸出一块镀金铜砖,扭回身,看着一丈青面门上只一砖,打落下马而死。可怜能战佳人,到此一场春梦。那郑魔君招转军马,却赶宋兵。

　　宋兵大败,回见宋江,诉说王矮虎、一丈青都被郑魔君戳打伤死,带去军兵,折其大半。宋江听得又折了王矮虎、一丈青,心中大怒。急点起军马,引了李逵、项充、李衮,带了五千人马,前去迎敌。早见郑魔君军马已到。宋江怒气填胸,当先出马,大喝郑彪道:“逆贼怎敢杀吾二将!”郑彪便提枪出马,要战宋江。李逵见了大怒,掣起两把板斧,便飞奔出去。项充、李衮急舞蛮牌遮护,三个直冲杀入郑彪怀里去。那郑魔君回马便走,三个直赶入南兵阵里去。宋江恐折了李逵,急招起五千人马,一齐掩杀,南兵四散奔走。宋江且叫鸣金收兵。两个牌手当得李逵回来,只见四下里乌云罩合,黑气漫天,不分南北东西,白昼如夜。宋江军马,前无去路。但见:

　　阴云四合,黑雾漫天。下一阵风雨滂沱(pāngtuó,形容雨下得很大),起数声怒雷猛烈。山川震动,高低浑似天崩;溪涧颠狂,左右却如地陷。悲悲鬼哭,衮衮神号。定睛不见半分形,满耳惟闻千树响。

　　宋江军兵当被郑魔君使妖法,黑暗了天地,迷踪失路。撞到一个去处,黑漫漫不见一物,本部军兵,自乱起来。宋江仰天叹曰:"莫非吾当死于此地矣!"从已时直至未牌,方才黑雾消散,微有些光亮。看见一周遭都是金甲大汉,团团围住。宋江见了,惊倒在地,口中只称:"乞赐早死!"不敢仰面,耳边只听得风雨之声。手下众军将士,一个个都伏地受死,只等刀来砍杀。须臾,风雨过处,宋江却见刀不砍来。有一人来搀宋江,口称:"请起!"宋江抬头仰脸看时,只见面前一个秀才来扶。看那人时,怎生打扮?但见:

> 头裹乌纱软角唐巾,身穿白罗圆领凉衫,腰系乌犀金䪎束带,足穿四缝干皂朝靴。面如傅粉,唇若涂朱。堂堂七尺之躯,楚楚三旬之上。若非上界灵宫,定是九天进士。

宋江见了失惊,起身叙礼,便问秀才高姓大名。那秀才答道:"小生姓邵名俊,土居于此。今特来报知义士,方十三气数将尽,只在旬日可破。小生多曾与义士出力,今虽受困,救兵已至,义士知否?"宋江再问道:"先生,方十三气数,何时可获?"邵秀才把手一推,宋江忽然惊觉,乃是南柯一梦(喻一场空欢喜)。醒来看时,面前一周遭大汉,却原来都是松树。宋江大叫军将起来,寻路出去。

此时云收雾敛,天朗气清,只听得松树外面发喊将来。宋江便领起军兵从里面杀出去时,早望见鲁智深、武松一路杀来,正与郑彪交手。那包天师在马上见武松使两口戒刀,步行直取郑彪,包道乙便向鞘中掣出那口玄元混天剑来,从空飞下,正砍中武松左臂,血晕倒了。却得鲁智深一条禅杖忿力(振作努力,竭尽全力。忿,fèn,同"奋")打入去,救得武松时,已自左臂砍得伶仃(língdīng,形容摇摆晃动的样子)将断,却夺得他那口混天剑。武松醒来,看见左臂已折,伶仃将断,一发自把戒刀割断了。宋江先叫军校扶送回寨将息。鲁智深却杀入后阵去,正遇着夏侯成交战。两个斗了数合,夏侯成败走,鲁智深一条禅杖直打入去,南军四散。夏侯成便望山林中奔走。鲁智深不舍,赶入深山里去了。

且说郑魔君那厮,又引兵赶将来,宋军阵内,李逵、项充、李衮三个见了，便舞起蛮牌、飞刀、标枪、板斧，一齐冲杀入去。那郑魔君迎敌不过，越岭渡溪而走。三个不识路径，只要立功，死命赶过溪去，紧追郑彪。溪西岸边，抢出三千军来，截断宋兵。项充急回时，早被岸边两将拦住，便叫李逵、李衮时，已过溪赶郑彪去了。不想前面溪涧又深，李衮先一交跌翻在溪里，被南军乱箭射死。项充急钻下岸来，又被绳索绊翻，却待要挣扎，众军乱上，剁做肉泥。可怜李衮、项充到此，英雄怎使？只有李逵独自一个，赶入深山里去了。溪边军马随后袭将去，未经半里，背后喊声振起，却是花荣、秦明、樊瑞三将引军来救，杀散南军，赶入深山，救得李逵回来。只不见了鲁智深。众将齐来参见宋江，诉说追赶郑魔君，过溪厮杀，折了项充、李衮，止救了李逵回来。宋江听罢，痛哭不止。整点军兵，折其一停，又不见了鲁智深，武松已折了左臂。

宋江正哭之间，探马报道："军师吴用和关胜、李应、朱仝、燕顺、马麟，提一万军兵，从水路到来。"宋江迎见吴用等，便问来情。吴用答道："童枢密自有随行军马，并大将王禀、赵谭，都督刘光世又有军马，已到乌龙岭下。只留下吕方、郭盛、裴宣、蒋敬、蔡福、蔡庆、杜兴、郁保四并水军头领李俊、阮小五、阮小七、童威、童猛等十三人，其余都跟吴用到此策应。"宋江诉说："折了将佐，武松已成了废人，鲁智深又不知去向，不由我不伤感。"吴用劝道："兄长且宜开怀，即目正是擒捉方腊之时，只以国家大事为重，不可忧损贵体。"宋江指着许多松树，说梦中之事与军师知道。吴用道："既然有此灵验之梦，莫非此处坊隅(街头巷曲。隅，yú)庙宇，有灵显之神，故来护佑兄长。"宋江道："军师所见极当，就与足下进山寻访。"吴用当与宋江信步行入山林。未及半箭之地，松树林中早见一所庙宇，金书牌额上写"乌龙神庙"。宋江、吴用入庙上殿看时，吃了一惊，殿上塑的龙君圣像，正和梦中见者无异。宋江再拜恳谢道："多蒙龙君神圣救护之恩，未能报谢，望乞灵神助威。若平复了方腊，敬当一力申奏朝廷，重建庙宇，加封圣号。"宋江、吴用拜罢下阶，看那石碑时，神乃唐朝一进士，姓邵名俊,应举不第,坠江而死。天帝怜其忠直,赐作龙神。本处人民祈风得风,祈雨得雨,以此建立庙宇,四时享祭。宋江看了,随即叫取乌猪白羊,祭祀已毕。出庙来再看备细,见周遭松树显化(显灵),可谓异事。直至如今,严州北门外有乌龙大王庙,亦名万松林。古迹尚存,有诗为证:

忠心一点鬼神知,暗里维持信有之。

欲识龙君真姓字,万松林下读残碑。

且说宋江谢了龙君庇佑(庇护)之恩,出庙上马,回到中军寨内,便与吴用商议打睦州之策。坐至半夜,宋江觉道神思困倦,伏几而卧,只闻一人报曰:"有邵秀才相访。"宋江急忙起身,出帐迎接时,只见邵龙君长揖宋江道:"昨日若非小生救护,义士已被包道乙作起邪法,松树化人,擒获足下矣。适间深感祭奠之礼,特来致谢。就行报知睦州来日可破,方十三旬日可擒。"宋江正待邀请入帐再问间,忽被风声一搅,撒然(惊醒的样子)觉来,又是一梦。

宋江急请军师圆梦,说知其事。吴用道:"既是龙君如此显灵,来日便可进兵,攻打睦州。"宋江道:"言之极当。"至天明,传下军令,点起大队人马,攻取睦州。便差燕顺、马麟守住乌龙岭这条大路;却调关胜、花荣、秦明、朱全四员正将,当先进兵,来取睦州,便望北门攻打;却令凌振施放九厢子母等火炮,直打入城去。那火炮飞将起去,震的天崩地动,岳撼山摇,城中军马惊得魂消魄丧,不杀自乱。

且说包天师、郑魔君后军,已被鲁智深杀散,追赶夏侯成,不知下落。那时已将军马退入城中屯驻,却和右丞相祖士远、参政沈寿、金书桓逸、元帅谭高、守将伍应星等商议:"宋兵已至,何以解救?"祖士远道:"自古兵临城下,将至濠边,若不死战,何以解之!打破城池,必被擒获,事在危急,尽须向前!"当下郑魔君引着谭高、伍应星并牙将十数员,领精兵一万,开放城门,与宋江对敌。宋江教把军马略退半箭之地,让他军马出城摆列。那包天师拿着把交椅,坐在城头上。祖丞相、沈参政并桓金书皆坐在敌楼上看。郑魔君便挺枪跃马出阵。宋江阵上大刀关胜，出马舞刀，来战郑彪。二将交马，斗不数合，那郑彪如何敌得关胜，只办得架隔遮拦，左右躲闪。这包道乙正在城头上看了，便作妖法，口中念念有词，喝声道："疾！"念着那助咒法，吹口气去，郑魔君头上滚出一道黑气，黑气中间显出一尊金甲神人，手提降魔宝杵，望空打将下来。南军队里，荡起昏邓邓黑云来。宋江见了，便唤混世魔王樊瑞来看，急令作法，并自念天书上回风破暗的密咒秘诀。只见关胜头盔上早卷起一道白云，白云之中，也显出一尊神将，红发青脸，碧眼撩牙，骑一条乌龙，手执铁锤，去战郑魔君头上那尊金甲神人。下面两军呐喊，二将交锋，战无数合，只见上面那骑乌龙的天将，战退了金甲神人。下面关胜一刀，砍了郑魔君于马下。包道乙见宋军中风起雷响，急待起身时，被凌振放起一个轰天炮，一个火弹子正打中包天师，头和身躯击得粉碎。南兵大败，乘势杀入睦州。朱仝把元帅谭高一枪，戳在马下。李应飞刀杀死守将伍应星。睦州城下，见一火炮打中了包天师身躯，南军都滚下城去了。宋江军马已杀入城，众将一发向前，生擒了祖丞相、沈参政、桓金书，其余牙将，不问姓名，俱被宋兵杀死。

　　宋江等入城，先把火烧了方腊行宫，所有金帛，就赏与了三军众将，便出榜文安抚了百姓。尚兀自点军未了，探马飞报将来："西门乌龙岭上，马麟被白钦一标枪标下去，石宝赶上，复了一刀，把马麟剁做两段。燕顺见了，便向前来战时，又被石宝那厮一流星锤打死。石宝得胜，即目引军乘势杀来。"宋江听得又折了燕顺、马麟，扼腕(用一只手握住另一只手腕，表示振奋、惋惜、愤慨等情绪)痛哭不尽。急差关胜、花荣、秦明、朱仝四员正将，迎敌石宝、白钦，就要取乌龙岭关隘。

　　不是这四员将来乌龙岭厮杀，有分教，清溪县里，削平啸聚贼兵；帮源洞中，活捉草头天子。直教宋江等名标青史千年在，功播清时万古传。毕竟宋江等怎地迎敌，且听下回分解。

第一百十八回

卢俊义大战昱岭关　宋公明智取清溪洞

话说当下关胜等四将飞马引军,杀到乌龙岭上,正接着石宝军马。关胜在马上大喝:"贼将安敢杀吾弟兄!"石宝见是关胜,无心恋战,便退上岭去,指挥白钦,却来战关胜。两马相交,军器并举,两个斗不到十合,乌龙岭上急又鸣锣收军。关胜不赶,岭上军兵自乱起来。原来石宝只顾在岭东厮杀,却不提防岭西已被童枢密大驱人马,杀上岭来。宋军中大将王禀,便和南兵指挥景德厮杀。两个斗了十合之上,王禀将景德斩于马下。自此吕方、郭盛首先奔上山来夺岭,未及到岭边,山头上早飞下一块大石头,将郭盛和人连马打死在岭边。这面岭东关胜望见岭上大乱,情知岭西有宋兵上岭了,急招众将,一齐都杀上去。两面夹攻,岭上混战。吕方却好迎着白钦,两个交手厮杀。斗不到三合,白钦一枪搠来,吕方闪个过,白钦那条枪从吕方肋下戳个空,吕方这枝戟却被白钦拨个倒横。两将在马上,各施展不得,都弃了手中军器,在马上你我厮相揪住。原来正遇着山岭险峻处,那马如何立得脚牢,二将使得力猛,不想连人和马都滚下岭去。这两将做一处撷死在那岭下。这边关胜等众将步行,都杀上岭来,两面尽是宋兵,已杀到岭上。石宝看见两边全无去路,恐吃捉了受辱,便用劈风刀自刎而死。宋江众将夺了乌龙岭关隘,关胜急令人报知宋先锋。

江里水寨中四个水军总管见乌龙岭已失,睦州俱陷,都弃了船只,逃过对江。被隔岸百姓,生擒得成贵、谢福,解送献入睦州。走了翟源、乔正,不知去向。宋兵大队回到睦州。宋江得知,出城迎接。童枢密、刘都督入城屯驻,安营已了。出榜招抚军民复业,南兵投降者勿知其数。宋江尽将仓廒(储藏粮食的处所。廒,áo)粮米给散百姓,各归本乡,复为良民。将水军总管成贵、谢福割腹取心,致祭兄弟阮小二、孟康并在乌龙岭亡过一应将佐,前后死魂,俱皆受享。再叫李俊等水军将佐管领了许多船只,把获到贼首伪官,解送张招讨军前去了。宋江又见折了吕方、郭盛,惆怅不已,按兵不动,等候卢先锋兵马,同取清溪。

且不说宋江在睦州屯驻,却说副先锋卢俊义自从杭州分兵之后,统领三万人马,本部下正偏将佐二十八员,引兵取山路,望杭州进发,经过临安镇钱王故都,道近昱岭关前。守关把隘,却是方腊手下一员大将、绰号小养由基(春秋时楚国将领,神射手。"百发百中""百步穿杨"等成语,均出于养由基事)庞万春,乃是江南方腊国中第一个会射弓箭的。带领着两员副将:一个唤做雷炯(jiǒng),一个唤做计稷(jì)。这两个副将,都蹬的七八百斤劲弩,各会使一枝蒺藜骨朵,手下有五千人马。三个守把住昱岭关隘,听知宋兵分拨副先锋卢俊义引军到来,已都准备下了对敌器械,只待来军相近。

且说卢先锋军马将次近昱岭关前,当日先差史进、石秀、陈达、杨春、李忠、薛永六员将校,带领三千步军,前去出哨。当下史进等六将,都骑战马,其余都是步军,迤逦哨到关下,并不曾撞见一个军马。史进在马上心疑,和众将商议。说言未了,早已来到关前。看时,见关上竖着一面彩绣白旗,旗下立着那小养由基庞万春,看了史进等大笑,骂道:"你这伙草贼,只好在梁山泊里住,揞勒(勒索,刁难。揞,kèn)宋朝招安诰命,如何敢来我这国土里装好汉! 你也曾闻俺小养由基的名字么? 我听得你这厮伙里,有个甚么小李广花荣,着他出来,和我比箭。先教你看我神箭。"说言未了,飕的一箭,正中史进,撷下马去。五将一齐急急向前,救得上马便回。又见山顶上一声锣响,左右两边松树林里,一齐放箭。五员将顾不得史进,各人逃命而走。转得过山嘴,对面两边山坡上,一边是雷炯,一边是计稷,那弩箭如雨一般射将来,总是有十分英雄,也躲不得这般的箭矢。可怜水浒六员将佐,都作南柯一梦。史进、石秀等六人,不曾透得一个出来,做一堆儿都被射死在关下。

三千步卒,止剩得百余个小军,逃得回来,见卢先锋说知此事。卢先锋听了大惊,如痴似醉,呆了半晌。神机军师朱武为陈达、杨春垂泪已毕,谏道:"先锋且勿烦恼,有误大事,可以别商量一个计策,去夺关斩将,报此仇恨。"卢俊义道:"宋公明兄长特分许多将校与我,今番不曾赢得一阵,首先倒折了六将。更兼三千军卒,止有得百余人回来,似此怎生到歙州相见?"朱武答道:"古人有云:'天时不如地利,地利不如人和。'我等皆是中原、山东、河北人氏,不曾惯演水战,因此失了地利。须获得本处乡民,指引路径,方才知得他此间山路曲折。"卢先锋道:"军师言之极当,差谁去缉探路径好?"朱武道:"论我愚意,可差鼓上蚤时迁。他是个飞檐走壁的人,好去山中寻路。"卢俊义随即教唤时迁,领了言语,捎带了干粮,跨口腰刀,离寨去了。

且说时迁便望深山去处,只顾走寻路,去了半日,天色已晚,来到一个去处,远远地望见一点灯光明朗。时迁道:"灯光处必有人家。"趁黑地里摸到灯明之处看时,却是个小小庵堂,里面透出灯光来。时迁来到庵前,便钻入去看时,见里面一个老和尚,在那里坐地诵经。时迁便乃敲他房门,那老和尚唤一个小行者来开门。时迁进到里面,便拜老和尚。那老僧便道:"客官休拜。现今万马千军厮杀之地,你如何走得到这里?"时迁应道:"实不敢瞒师父说,小人是梁山泊宋江的部下一个偏将时迁的便是。今来奉圣旨剿收方腊,谁想夜来被昱岭关上守把贼将,乱箭射死了我六员首将。无计度关,特差时迁前来寻路,探听有何小路过关。今从深山旷野,寻到此间。万望师父指迷,有何小径,私越过关,当以厚报。"那老僧道:"此间百姓,俱被方腊残害,无一个不怨恨他。老僧亦靠此间当方百姓施主,赍粮养口。如今村里的人民都逃散了，老僧没有去处，只得在此守死。今日幸得天兵到此，万民有福。将军来收此贼，与民除害，老僧只是不敢多口，恐防贼人知得。今既是天兵处差来的头目，便多口也不妨。我这里却无路过得关去，直到西山岭边，却有一条小路，可过关上。只怕近日也被贼人筑断了，过去不得。"时迁道："师父，既然有这条小路通得关上，只不知可到得贼寨里么？"老和尚道："这条私路，一径直到得庞万春寨背后，下岭去，便是过关的路了。只恐贼人已把大石块筑断了，难得过去。"时迁道："不防！既有路径，不怕他筑断了。我自有措置(办法)。既然如此，小人回去报知主将，却来酬谢。"老和尚道："将军见外人时，休说贫僧多口。"时迁道："小人是个精细的人，不敢说出老师父来。"

　　当日辞了老和尚，径回到寨中，参见卢先锋，说知此事。卢俊义听了大喜，便请军师计议取关之策。朱武道："若是有此路径，觑此昱岭关唾手而得。再差一个人和时迁同去，干此大事。"时迁道："军师要干甚大事？"朱武道："最要紧的是放火放炮。你等身边，将带火炮、火刀、火石，直要去那寨背后，放起号炮火来，便是你干大事了。"时迁道："既然只是要放火放炮，别无他事，不须再用别人同去，只兄弟自往便是。再差一个同去，也跟我做不得飞檐走壁的事，倒误了时候。假如我去那里行事，你这里如何到得关边？"朱武道："这却容易，他那贼人的埋伏，也只好使一遍。我如今不管他埋伏不埋伏，但是于路遇着树木稠密去处，便放火烧将去。任他埋伏不妨。"时迁道："军师高见极明。"当下收拾了火刀、火石并引火煤筒，脊梁上用包袱背着大炮，来辞卢先锋便行。卢俊义叫时迁赍钱二十两，粮米一石，送与老和尚，就着一个军校挑去。

　　当日午后，时迁引了这个军校挑米，再寻旧路来到庵里，见了老和尚，说道："主将先锋，多多拜复，些小薄礼相送。"便把银两米粮，都与了和尚。老僧收受了。时迁分付小军自回寨去，却再来告复老和尚："望烦指引路径，可着行者引小人去。"那老和尚道："将军少待,夜深可去,日间恐关上知觉。"当备晚饭待时迁。至夜,却令行者引路,"送将军到于那边"。便教行者即回,休教人知觉。当时小行者领着时迁,离了草庵,便望深山径里寻路,穿林透岭,揽葛攀藤,行过数里山径野坡,月色微明,到一处,山岭险峻,石壁嵯峨(cuó é,山势险峻),远远地望见开了个小路口,巅岩上尽把大石堆迭砌断了,高高筑成墙壁。小行者道:"将军,关已望见,石迭墙壁那边便是。过得那石壁,亦有大路。"时迁道:"小行者,你自回去,我已知路途了。"小行者自回,时迁却把飞檐走壁、跳篱骗马(谓偷窃和拐骗)的本事出来,这些石壁,拈指(片刻)爬过去了。望东去时,只见林木之间,半天价都红满了。却是卢先锋和朱武等拔寨都起,一路上放火烧着,望关上来。先使三五百军人,于路上打并(收拾)尸首,沿山巴岭,放火开路,使其埋伏军兵,无处藏躲。昱岭关上小养由基庞万春闻知宋兵放火烧林开路,庞万春道:"这是他进兵之法,使吾伏兵不能施展。我等只牢守此关,任汝何能得过?"望见宋兵渐近关下,带了雷炯、计稷,都来关前守护。

却说时迁一步步摸到关上,爬在一株大树顶头,伏在枝叶稠密处,看那庞万春、雷炯、计稷都将弓箭踏弩,伏在关前伺候。看见宋兵时,一派价把火烧将来。中间林冲、呼延灼立马在关下,大骂:"贼将安敢抗拒天兵?"南兵庞万春等却待要放箭射时,不提防时迁已在关上。那时迁悄悄地溜下树来,转到关后,见两堆柴草,时迁便摸在里面,取出火刀、火石,发出火种,把火炮搁在柴堆上,先把些硫黄焰硝去烧那边草堆,又来点着这边柴堆。却才方点着火炮,拿那火种带了,直爬上关屋脊上去点着。那两边柴草堆里一齐火起,火炮震天价响。关上众将,不杀自乱,发起喊来,众军都只顾走,那里有心来迎敌。庞万春和两个副将急来关后救火时,时迁就在屋脊上又放起火炮来。那火炮震得关屋也动,吓得南兵都弃了刀枪弓箭,衣袍铠甲,尽望关后奔走。时迁在屋上大叫道:"已有一万宋兵先过关了,汝等急早投降,免汝一死!"庞万春听了,惊得魂不附体,只管跌脚。雷炯、计稷惊得麻木了,动弹不得。林冲、呼延灼首先上山,早赶到关顶,众将都要争先,一齐赶过关去三十余里,追着南兵。孙立生擒得雷炯,魏定国活拿了计稷,单单只走了庞万春。手下军兵,擒捉了大半。宋兵已到关上,屯驻人马。

卢先锋得了昱岭关,厚赏了时迁。将雷炯、计稷,就关上割腹取心,享祭史进、石秀等六人。收拾尸骸,葬于关上。其余尸首,尽皆烧化。次日,与同诸将,披挂上马。一面行文申复张招讨,飞报得了昱岭关,一面引军前进,迤逦追赶过关,直到歙州城边下寨。

原来歙州守御,乃是皇叔大王方垕(hòu,古同"厚"),是方腊的亲叔叔,与同两员大将,官封文职,共守歙州。一个是尚书王寅,一个是侍郎高玉,统领十数员战将,屯军二万之众,守住歙州城郭。原来王尚书是本州山里石匠出身,惯使一条钢枪,坐下有一骑好马,名唤转山飞。那匹战马,登山渡水,如行平地。那高侍郎也是本州土人,故家子孙,会使一条鞭枪。因这两个颇通文墨,方腊加封做文职官爵,管领兵权之事。当有小养由基庞万春败回到歙州,直至行宫,面奏皇叔,告道:"被土居人民透漏诱引宋兵,私越小路过关。因此众军漫散,难以抵敌。"皇叔方垕听了大怒,喝骂庞万春道:"这昱岭关是歙州第一处要紧的墙壁,今被宋兵已度关隘,早晚便到歙州,怎与他迎敌?"王尚书奏道:"主上且息雷霆之怒。自古道:'胜负兵家之常,非战之罪。'今殿下权免庞将军本罪,取了军令必胜文状,着他引军,首先出战迎敌,杀退宋兵。如或不胜,二罪俱并。"方垕然其言,拨与军五千,跟庞万春出城迎敌,得胜回奏。

且说卢俊义度过昱岭关之后,催兵直赶到歙州城下,当日与诸将上前攻打歙州。城门开处,庞万春引军出来交战。两军各列成阵势,庞万春出到阵前勒战。宋军队里欧鹏出马,使根铁枪,便和庞万春交战。两个斗不过五合,庞万春败走,欧鹏要显头功,纵马赶去。庞万春扭过身躯,背射一箭。欧鹏手段高强,绰箭在手。原来欧鹏却不提防庞万春能放连珠箭,欧鹏绰了一箭,只顾放心去赶。弓弦响处，庞万春又射第二只箭来，欧鹏早着，坠下马去。城上王尚书、高侍郎见射中了欧鹏落马，庞万春得胜，引领城中军马，一发赶杀出来。宋军大败，退回三十里下寨，扎驻军马安营。整点兵将时，乱军中又折了菜园子张青。孙二娘见丈夫死了，着令手下军人，寻得尸首烧化，痛哭一场。卢先锋看了，心中纳闷，思量不是良法，便和朱武计议道："今日进兵，又折了二将，似此如之奈何？"朱武道："输赢胜负，兵家常事。今日贼兵见我等退回军马，自逞其能，众贼计议，今晚乘势，必来劫寨。我等可把军马众将分调开去，四下埋伏。中军缚几只羊在彼，如此如此整顿。叫呼延灼引一支军在左边埋伏，林冲引一支军在右边埋伏，单廷珪、魏定国引一支军在背后埋伏。其余偏将，各于四散小路里埋伏。夜间贼兵来时，只看中军火起为号，四下里各自捉人。"卢先锋都发放已了，各各自去守备。

且说南国王尚书、高侍郎两个颇有些谋略，便与庞万春等商议，上启皇叔方垕道："今日宋兵败回，退去三十余里屯驻，营寨空虚，军马必然疲倦，何不乘势去劫寨栅，必获全胜。"方垕道："你众官从长计议，可行便行。"高侍郎道："我便和庞将军引兵去劫寨，尚书与殿下，紧守城池。"当夜二将披挂上马，引领军兵前进，马摘銮铃，军士衔枚疾走，前到宋军寨栅。看见营门不开，南兵不敢擅进。初时听得更点分明，向后更鼓便打得乱了。高侍郎勒住马道："不可进去！"庞万春道："相公如何不进兵？"高侍郎答道："听他营里更点不明，必然有计。"庞万春道："相公误矣！今日兵败胆寒，必然困倦。睡里打更，有甚分晓，因此不明。相公何必见疑，只顾杀去！"高侍郎道："也见得是。"当下催军劫寨，大刀阔斧，杀将进去。二将入得寨门，直到中军，并不见一个军将，却是柳树上缚着数只羊，羊蹄上拴着鼓槌打鼓，因此更点不明。两将劫着空寨，心中自慌，急叫："中计！"回身便走。中军内却早火起。只见山头上炮响，又放起火来，四下里伏兵乱起，齐杀将拢来。两将冲开寨门奔走，正迎着呼延灼，大喝："贼将快下马受降，免汝一死！"高侍郎心慌，只要脱身，无心恋战,被呼延灼赶进去,手起双鞭齐下,脑袋骨打碎了半个天灵。庞万春死命撞透重围,得脱性命。正走之间,不提防汤隆伏在路边,被他一钩镰枪搠倒马脚,活捉了解来。众将已都在山路里赶杀南兵,至天明,都赴寨里来。卢先锋已先到中军坐下,随即下令,点本部将佐时,丁得孙在山路草中被毒蛇咬了脚,毒气入腹而死。将庞万春割腹剜心,祭献欧鹏并史进等,把首级解赴张招讨军前去了。

次日,卢先锋与同诸将再进兵到歙州城下,见城门不关,城上并无旌旗。城楼上亦无军士。单廷珪、魏定国两个要夺头功,引军便杀入城去。后面中军卢先锋赶到时,只叫得苦,那二将已到城门里了。原来王尚书见折了劫寨人马,只诈做弃城而走,城门里却掘下陷坑,二将是一夫之勇,却不提防,首先入来,不想连人和马,都陷在坑里。那陷坑两边,却埋伏着长枪手,弓箭军士,一齐向前戳杀,两将死于坑中,可怜圣水并神火,今日呜呼葬土坑。卢先锋又见折了二将,心中忿怒,急令差遣前部军兵,各人兜土块入城,一面填塞陷坑,一面鏖战厮杀,杀倒南兵人马,俱填于坑中。当下卢先锋当前,跃马杀入城中,正迎着皇叔方垕。交马只一合,卢俊义却忿心头之火,展平生之威,只一朴刀,剁方垕于马下。城中军马开城西门,冲突而走。宋兵众将,各各并力向前,剿捕南兵。

却说王尚书正走之间,撞着李云,截住厮杀。王尚书便挺枪向前,李云却是步斗。那王尚书枪起马到,早把李云踏倒。石勇见冲翻了李云,便冲突向前,急来救时,王尚书把条枪神出鬼没,石勇如何抵当得住?王尚书战了数合,得便处把石勇一枪,结果了性命,当下身死。城里却早赶出孙立、黄信、邹渊、邹润四将,截住王尚书厮杀。那王寅奋勇力敌四将,并无惧怯。不想又撞出林冲赶到,这个又是个会厮杀的,那王寅便有三头六臂,也敌不过五将。众人齐上,乱戳杀王寅,可怜南国尚书将,今日方知志莫伸。当下五将取了首级,飞马献与卢先锋。卢俊义已在歙州城内行宫歇下,平复了百姓,出榜安民,将军马屯驻在城里,一面差人赍文报捷张招讨,驰书转达宋先锋,知会进兵。

却说宋江等兵将在睦州屯驻,等候军齐,同攻贼洞。收得卢俊义书,报平复了歙州,军将已到城中屯驻,专候进兵,同取贼巢。又见折了史进、石秀、陈达、杨春、李忠、薛永、欧鹏、张青、丁得孙、单廷珪、魏定国、李云、石勇一十三人,许多将佐,烦恼不已,痛哭哀伤。军师吴用劝道:"生死人皆分定,主将何必自伤玉体?且请料理国家大事。"宋江道:"虽然如此,不由人不伤感。我想当初石碣(圆顶的石碑。碣,jié)天文所载一百八人,谁知到此,渐渐凋零,损吾手足(兄弟)。"吴用劝了宋江烦恼,然后回书与卢先锋,交约日期,起兵攻城清溪县。

且不说宋江回书与卢俊义,约日进兵,却说方腊在清溪帮源洞中大内设朝,与文武百官计议宋江用兵之事。只听见西州败残军马回来,报说歙州已陷,皇叔、尚书、侍郎俱已阵亡了。今宋兵作两路而来,攻取清溪。方腊见报大惊,当下聚集两班大臣商议,方腊道:"汝等众卿,各受官爵,同占州郡城池,共享富贵。岂期今被宋江军马席卷而来,州城俱陷,止有清溪大内。今闻宋兵两路而来,如何迎敌?"当有左丞相娄敏中出班启奏道:"今次宋兵人马,已近神州,内苑宫廷,亦难保守。奈缘兵微将寡,陛下若不御驾亲征,诚恐兵将不肯尽心向前。"方腊道:"卿言极当!"随即传下圣旨:"命三省六部、御史台官、枢密院、都督府护驾,二营金吾、龙虎,大小官僚,都跟随寡人御驾亲征,决此一战。"娄丞相又奏:"差何将帅,可做前部先锋?"方腊道:"着殿前金吾上将军内外诸军都招讨皇侄方杰为正先锋,马步亲军都大尉骠骑上将军杜微为副先锋,部领帮源洞大内护驾御林军一万三千,战将三千余员前进。"原来这方杰是方腊的亲侄儿,是歙州皇叔方垕长孙,闻知宋兵卢先锋杀了他公公,要来报仇,他愿为前部先锋。这方杰平生习学,惯使一枝方天画戟,有万夫不当之勇。那杜微原是歙州市中铁匠,会打军器,亦是方腊心腹之人,会使六口飞刀,只是步斗。方腊另行圣旨一道,差御林护驾都教师贺从龙,拨与御林军一万,总督兵马,去敌歙州卢俊义军马。

　　不说方腊分调人马，两处迎敌，先说宋江大队军马起程，水陆并进，离了睦州，望清溪县而来。水军头领李俊等引领水军船只，撑驾从溪滩里上去。且说吴用与宋江在马上同行，并马商议道："此行去取清溪帮源，诚恐贼首方腊知觉逃窜，深山旷野，难以得获。若要生擒方腊，解赴京师，面见天子，必须里应外合，认得本人，可以擒获。亦要知方腊去向下落，不致被其走失。"宋江道："是若如此，须用诈降，将计就计，方可得里应外合。前者柴进与燕青去做细作，至今不见些消耗（消息），今次着谁去好？须是会诈投降的。"吴用道："若论愚意，只除非教水军头领李俊等，就将船内粮米，去诈献投降，教他那里不疑。方腊那厮，是山僻小人，见了许多粮米船只，如何不收留了。"宋江道："军师高见极明。"便唤戴宗，随即传令，从水路直至李俊处说知："如此如此，教你等众将行计。"李俊等领了计策。戴宗自回中军。

　　李俊却叫阮小五、阮小七扮做艄公，童威、童猛扮做随行水手，乘驾六十只粮船，船上都插着新换的献粮旗号，却从大溪里使将上去。将近清溪县，只见上水头早有南国战船迎将来，敌军一齐放箭。李俊在船上叫道："休要放箭，我有话说。俺等都是投拜的人，特将粮米献纳大国，接济军士，万望收录。"对船上头目，看见李俊等船上并无军器，因此就不放箭。使人过船来，问了备细，看了船内粮米，便去报知娄丞相，禀说李俊献粮投降。娄敏中听了，叫唤投拜人上岸来。李俊登岸，见娄丞相，拜罢，娄敏中问道："汝是宋江手下甚人？有何职役？今番为甚来献粮投拜？"李俊答道："小人姓李名俊，原是浔阳江上好汉。就江州劫法场，救了宋江性命。他如今受了朝廷招安，得做了先锋，便忘了我等前恩，累次窘辱（为难侮辱）小人。现今宋江虽然占得大国州郡，手下弟兄渐次折得没了。他犹自不知进退，威逼小人等水军向前。因此受辱不过，特将他粮米船只径自私来献纳，投拜大国。"娄丞相见李俊说了这一席话，就便准信。便引李俊来大内朝见方腊，具说献粮投拜一事。李俊见方腊再拜起居,奏说前事。方腊坦然不疑,且教李俊、阮小五、阮小七、童威、童猛只在清溪管领水寨守船:"待寡人退了宋江军马还朝之时,别有赏赐。"李俊拜谢了。出内自去搬运粮米上岸,进仓交收,不在话下。

再说宋江与吴用分调军马,差关胜、花荣、秦明、朱仝四员正将为前队,引军直进清溪县界,正迎着南国皇侄方杰。两下军兵,各列阵势。南军阵上,方杰横戟出马,杜微步行在后。那杜微横身挂甲,背藏飞刀五把,手中仗口七星宝剑,跟在后面,两将出到阵前。宋江阵上秦明,首先出马,手舞狼牙大棍,直取方杰。那方杰年纪后生,精神一撮(振奋),那枝戟使得精熟,和秦明连斗了三十余合,不分胜败。方杰见秦明手段高强,也放出自己平生学识,不容半点空闲。两个正斗到分际,秦明也把出本事来,不放方杰些空处。却不提防杜微那厮,在马后见方杰战秦明不下,从马后闪将出来,掣起飞刀望秦明脸上早飞将来。秦明急躲飞刀时,却被方杰一方天画戟搠下马去,死于非命。可怜霹雳火,灭地竟无声。方杰一戟戳死了秦明,却不敢追过对阵。宋兵小将急把挠钩搭得尸首过来。宋军见说折了秦明,尽皆失色。宋江一面叫备棺椁盛贮,一面再调军将出战。

且说这方杰得胜夸能,却在阵前高叫:"宋兵再有好汉,快出来厮杀!"宋江在中军听得报来,急出到阵前,看见对阵方杰背后便是方腊御驾,直来到军前摆开。但见:

金瓜(卫士所执的一种兵仗。棒端呈瓜形,铜制,金色)密布,铁斧齐排。方天画戟成行,龙凤绣旗作队。旗旄(máo)旌节,一攒攒绿舞红飞;玉镫雕鞍,一簇簇珠围翠绕。飞龙伞散青云紫雾,飞虎旗盘瑞霭祥烟。左侍下一代文官,右侍下满排武将。虽是妄称天子位,也须伪列宰臣班。

南国阵中,只见九曲黄罗伞下,玉辔(pèi)逍遥马上,坐着那个草头王子方腊,怎生打扮?但见:

头戴一顶冲天转角明金幞头,身穿一领日月云肩九龙绣袍,腰系一条金镶宝嵌玲珑玉带,足穿一对双金显缝云根朝靴。

那方腊骑着一匹银鬃白马,出到阵前,亲自监战。看见宋江亲在马上,便遣方杰出战,要拿宋江。这边宋兵等众将亦准备迎敌,要擒方腊。南军方杰正要出阵,只听得飞马报道:"御林都教师贺从龙总督军马,去救歙州,被宋兵卢先锋活捉过阵去了。军马俱已漫散,宋兵已杀到山后。"方腊听了大惊,急传圣旨,便教收军,且保大内。当下方杰且委杜微押住阵脚,却待方腊御驾先行,方杰、杜微随后而退。方腊御驾回至清溪州界,只听得大内城中喊起连天,火光遍满,兵马交加,却是李俊、阮小五、阮小七、童威、童猛在清溪城里放起火来。方腊见了,大驱御林军马来救城中,入城混战。宋江军马,见南兵退去,随后追杀。赶到清溪,见城中火起,知有李俊等在彼行事,急令众将招起军马,分头杀将入去。此时卢先锋军马也过山了,两下接应,却好凑着。四面宋兵,夹攻清溪大内。宋江等诸将,四面八方杀将入去,各各自去搜捉南军,打破了清溪城郭。方腊却得方杰引军保驾,防护送投帮源洞中去了。

宋江等大队军马都入清溪县来。众将杀入方腊宫中,收拾违禁器仗,金银宝物,搜检内里库藏。就殿上放起火来,把方腊内外宫殿,尽皆烧毁,府库钱粮,搜索一空。宋江会合卢俊义军马,屯驻在清溪县内。聚集众将,都来请功受赏。整点两处将佐时,长汉郁保四、女将孙二娘,都被杜微飞刀伤死;邹渊、杜迁,马军中踏杀。李立、汤隆、蔡福,各带重伤,医治不痊,身死。阮小五先在清溪县,已被娄丞相杀死。众将擒捉得南国伪官九十二员请功,赏赐已了,只不见娄丞相、杜微下落。一面且出榜文,安抚了百姓。把那活捉伪官解赴张招讨军前,斩首示众。后有百姓报说,娄丞相因杀了阮小五,见大兵打破清溪县,自缢松林而死。杜微那厮,躲在他原养的倡妓王娇娇家,被他社老献将出来。宋江赏了社老;却令人先取了娄丞相首级,叫蔡庆将杜微剖腹剜心,滴血享祭秦明、阮小五、郁保四、孙二娘,并打清溪亡过众将。宋江亲自拈香祭赛已了,次日与同卢俊义起军,直抵帮源洞口围住。

且说方腊只得方杰保驾,走到帮源洞口大内屯驻人马,坚守洞口,不出迎敌。宋江、卢俊义把军马周回围住了帮源洞,却无计可入。却说方腊在帮源洞,如坐针毡(形容心神不宁,不得安生。毡,zhān)。两军困住已经数日。方腊正忧闷间,忽见殿下锦衣绣袄一大臣,俯伏在金阶殿下启奏:"我王,臣虽不才,深蒙主上圣恩宽大,无可补报。凭夙昔(从前。夙,sù)所学之兵法,仗平日所韫(yùn,积累)之武功,六韬三略曾闻,七纵七擒曾习。愿借主上一枝军马,立退宋兵,中兴国祚(国运。祚,zuò)。未知圣意若何?"方腊见了大喜,便传敕令,尽点山洞内府兵马,教此将引兵出洞去,与宋江相持。未知胜败如何,先见威风出众。

不是方腊国中又出这个人来引兵,有分教,金阶殿下人头滚,玉砌朝门热血喷。直使扫清巢穴擒方腊,竖立功勋显宋江。毕竟方腊国中出来引兵的是甚人,且听下回分解。

第一百十九回

鲁智深浙江坐化　宋公明衣锦还乡

　　话说当下方腊殿前启奏,愿领兵出洞征战的,正是东床(女婿。有东床选婿佳话)驸马主爵都尉柯引。方腊见奏,不胜之喜。柯驸马当下同领南兵,带了云璧奉尉,披挂上马出师。方腊将自己金甲锦袍,赐于驸马,又选一骑好马,叫他出战。那柯驸马与同皇侄方杰,引领洞中护御军兵一万人马,驾前上将二十余员,出到帮源洞口,列成阵势。

　　却说宋江军马困住洞口,已教将佐分调守护。宋江在阵中,因见手下弟兄三停内折了二停,方腊又未曾拿得,南兵又不出战,眉头不展,面带忧容。只听得前军报来说:"洞中有军马出来交战。"宋江、卢俊义见报,急令诸将上马,引军出战,摆开阵势,看南军阵里,当先是柯驸马出战。宋江军中,谁不认得是柴进? 宋江便令花荣出马迎敌。花荣得令,便横枪跃马,出到阵前,高声喝问:"你那厮是甚人,敢助反贼,与吾大兵敌对? 我若拿住你时,碎尸万段,骨肉为泥! 好好下马受降,免汝一命!"柯驸马答道:"我乃山东柯引,谁不闻我大名? 量你这厮们是梁山泊一伙强徒草寇,何足道哉! 偏俺不如你们手段? 我直把你们杀尽,克复城池,是吾之愿!"宋江与卢俊义在马上听了,寻思柴进口里说的话,知他心里的事。他把"柴"字改作"柯"字,"柴"即是"柯"也;"进"字改作"引"字,"引"即是"进"也。吴用道:"且看花荣与他迎敌。"当下花荣挺枪跃马,来战柯引。两马相交,二般军器并举。两将斗到间深里(激烈处),绞做一团,扭做一块。柴进低低道:"兄长可且诈败,来日议事。"花荣听了,略战三合,拨回马便走。柯引喝道:"败将,吾不赶你!别有了得的,叫他出来,和俺交战!"花荣跑马回阵,对宋江、卢俊义说知就里。吴用道:"再叫关胜出战交锋。"当时关胜舞起青龙偃月刀,飞马出战,大喝道:"山东小将,敢与吾敌?"那柯驸马挺枪,便来迎敌。两个交锋,全无惧怯。二将斗不到五合,关胜也诈败佯(yǎng)输,走(逃跑)回本阵。柯驸马不赶,只在阵前大喝:"宋兵敢有强将出来,与吾对敌?"宋江再叫朱仝出阵,与柴进交锋。往来厮杀,只瞒众军。两个斗不过五七合,朱仝诈败而走。柴进赶来虚搠一枪,朱仝弃马跑归本阵,南军先抢得这匹好马。柯驸马招动南军,抢杀(急速冲杀)过来,宋江急令诸将引军退去十里下寨。柯驸马引军追赶了一程,收兵退回洞中。

　　已自有人先去报知方腊,说道:"柯驸马如此英雄(英勇),战退宋兵,连胜三将。宋江等又折一阵,杀退十里。"方腊大喜,叫排下御宴,等待驸马卸了戎装披挂,请入后宫赐坐。亲捧金杯,满劝柯驸马道:"不想驸马有此文武双全!寡人只道贤婿只是文才秀士,若早知有此等英雄豪杰,不致折许多州郡。烦望驸马大展奇才,立诛贼将,重兴基业,与寡人共享太平无穷之富贵。"柯引奏道:"主上放心!为臣子当以尽心报效,同兴国祚。明日谨请圣上登山,看柯引厮杀,立斩宋江等辈。"方腊见奏,心中大喜。当夜宴至更深,各还宫中去了。次早,方腊设朝,叫洞中敲牛宰马,令三军都饱食已了,各自披挂上马,出到帮源洞口,摇旗发喊,擂鼓搦战。方腊却领引内侍近臣,登帮源洞山顶,看柯驸马厮杀。

　　且说宋江当日传令,分付诸将:"今日厮杀,非比他时,正在要紧之际,汝等军将,各各用心,擒获贼首方腊,休得杀害。你众军士,只看南军阵上柴进回马引领,就便杀入洞中,并力追捉方腊,不可违误!"三军诸将得令,各自摩拳擦掌,掣剑拔枪,都要掳掠洞中金帛,尽要活捉方腊,建功请赏。当时宋江诸将,都到洞前,把军马摆开,列成阵势。只见南兵阵上,柯驸马立在门旗之下,正待要出战,只见皇侄方杰立马横戟道："都尉且押手停骑,看方某先斩宋兵一将,然后都尉出马,用兵对敌。"宋兵望见燕青跟在柴进后头,众将皆喜道:"今日计必成矣!"各人自行准备。

且说皇侄方杰,争先纵马搦战。宋江阵上,关胜出马,舞起青龙刀,来与方杰对敌。两将交马,一往一来,一翻一复,战不过十数合,宋江又遣花荣出阵,共战方杰。方杰见二将来夹攻,全无惧怯,力敌二将。又战数合,虽然难见输赢,也只办得遮拦躲避。宋江队里,再差李应、朱仝骤马出阵,并力追杀。方杰见四将来夹攻,方才拨回马头,望本阵中便走。柯驸马却在门旗下截住,把手一招,宋将关胜、花荣、朱仝、李应四将赶过来。柯驸马便挺起手中铁枪奔来,直取方杰。方杰见头势不好,急下马逃命时,措手不及,早被柴进一枪戳着。背后云奉尉燕青赶上一刀,杀了方杰。南军众将惊得呆了,各自逃生,柯驸马大叫:"我非柯引,吾乃柴进,宋先锋部下正将小旋风的便是。随行云奉尉,即是浪子燕青。今者已知得洞中内外备细,若有人活捉得方腊的,高官任做、细马(骏马)拣骑。三军投降者,俱免血刃,抗拒者全家斩首!"回身引领四将,招起大军,杀入洞中。方腊领着内侍近臣,在帮源洞顶上,看见杀了方杰,三军溃乱,情知事急,一脚踢翻了金交椅,便望深山中奔走。宋江领起大队军马,分开五路,杀入洞来,争捉方腊,不想已被方腊逃去,止拿得侍从人员。燕青抢入洞中,叫了数个心腹伴当去那库里,掳了两担金珠细软出来,就内宫禁苑,放起火来。柴进杀入东宫时,那金芝公主自缢身死。柴进见了,就连宫苑烧化,以下细人(年轻的侍女),放其各自逃生。众军将都入正宫,杀尽嫔妃彩女、亲军侍御、皇亲国戚,都掳掠了方腊内宫金帛。宋江大纵军将,入宫搜寻方腊。

却说阮小七杀入内苑深宫里面,搜出一箱,却是方腊伪造的平天冠、衮龙袍、碧玉带、白玉珪(guī)、无忧履(皇帝穿的鞋称"无忧履")。阮小七看见上面都是珍珠异宝,龙凤锦文,心里想道:"这是方腊穿的,我便着一着,也不打紧。"便把衮龙袍穿上,系上碧玉带,着了无忧履,戴起平天冠,却把白玉珪插放怀里,跳上马,手执鞭,跑出宫前。三军众将,只道是方腊,一齐闹动,抢将拢来看时,却是阮小七,众皆大笑。这阮小七也只把做好嬉(只当作好玩),骑着马东走西走,看那众将多军抢掳。正在那里闹动,早有童枢密带来的大将王禀、赵谭入洞助战。听得三军闹嚷,只说拿得方腊,径来争功。却见是阮小七穿了御衣服,戴着平天冠,在那里嬉笑。王禀、赵谭骂道:"你这厮莫非要学方腊,做这等样子!"阮小七大怒,指着王禀、赵谭道:"你这两个直得甚鸟! 若不是俺哥哥宋公明时,你这两个驴马头,早被方腊已都砍下了! 今日我等众将弟兄成了功劳,你们颠倒来欺负! 朝廷不知备细,只道是两员大将来协助成功。"王禀、赵谭大怒,便要和阮小七火并。当时阮小七夺了小校枪,便奔上来戳王禀。呼延灼看见,急飞马来隔开,已自有军校报知宋江,飞马到来。见阮小七穿着御衣服,宋江、吴用喝下马来,剥下违禁衣服,丢去一边。宋江陪话解劝。王禀、赵谭二人虽被宋江并将劝和了,只是记恨于心。

当日帮源洞中,杀的尸横遍野,流血成渠,按《宋鉴》所载,斩杀方腊蛮兵二万余级(首级)。当下宋江传令,教四下举火,监临烧毁宫殿。龙楼凤阁,内苑深宫,珠轩翠屋,尽皆焚化。有诗为证:

> 黄屋朱轩半入云,涂膏衅血自诉诉。
> 若还天意容奢侈,琼室阿房可不焚。

当时宋江等众将监看烧毁已了,引军都来洞口屯驻,下了寨栅,计点生擒人数,只有贼首方腊未曾获得。传下将令,教军将沿山搜捉。告示乡民:但有人拿得方腊者,奏闻朝廷,高官任做;知而首者,随即给赏。

却说方腊从帮源洞山顶落路而走,便望深山旷野,透岭穿林,脱了赭(zhě)黄袍,丢去金花幞头,脱下朝靴,穿上草履麻鞋,爬山奔走,要逃性命。连夜退过五座山头,走到一处山凹边,见一个草庵,嵌在山凹里。方腊肚中饥饿,却待正要去茅庵内寻讨些饭吃,只见松树背后转出一个胖大和尚来,一禅杖打翻,便取条绳索绑了。那和尚不是别人,是花和尚鲁智深。拿了方腊,带到草庵中,取了些饭吃,正解出山来,却好迎着搜山的军健,一同绑住捉来见宋先锋。宋江见拿得方腊,大喜,便问道:"吾师,你却如何正等得这贼首着?"鲁智深道:"洒家自从在乌龙岭上万松林里厮杀,追赶夏侯成入深山里去,被洒家杀了贪战贼兵,直赶入乱山深处。迷踪失径,逶迤随路寻去,正到旷野琳琅(línláng)山内,忽遇一个老僧,引领洒家到此处茅庵中,嘱付道:'柴米菜蔬都有,只在此间等候。但见个长大汉从松林深处来,你便捉住。'夜来望见山前火起,小僧看了一夜,又不知此间山径路数是何处。今早正见这贼爬过山来,因此,俺一禅杖打翻,就捉来绑,不想正是方腊!"宋江又问道:"那一个老僧,今在何处?"鲁智深道:"那个老僧,自引小僧到茅庵里,分付了柴米出来,竟不知投何处去了。"宋江道:"那和尚眼见得是圣僧罗汉,如此显灵,令吾师成此大功,回京奏闻朝廷,可以还俗为官。在京师图个荫子封妻(妻子得到封号,子孙获得世袭官爵。指建立功业,光耀门庭),光耀祖宗,报答父母劬劳(劳累,劳苦。劬,qú)之恩。"鲁智深答道:"洒家心已成灰,不愿为官,只图寻个净了去处,安身立命(谓生活有着落,精神亦有所寄托)足矣!"宋江道:"吾师既不肯还俗,便到京师去住持一个名山大刹,为一僧首,也光显宗风,亦报答得父母。"智深听了,摇首叫道:"都不要,要多也无用。只得个囫囵(húlún,完整,整个儿)尸首,便是强了。"宋江听罢,默上心来,各不喜欢。点本部下将佐,俱已数足。教将方腊陷车(囚车)盛了,解上东京,面见天子。催起三军,带领诸将,离了帮源洞清溪县,都回睦州。

却说张招讨会集刘都督、童枢密、从、耿二参谋,都在睦州聚齐,合兵一处,屯驻军马。见说宋江获了大功,拿住方腊,解来睦州,众官都来庆贺。宋江等诸将参拜已了,张招讨道:"已知将军边塞劳苦,损折弟兄。今已全功,实为万幸。"宋江再拜泣涕道:"当初小将等一百八人,破辽还京,都不曾损了一个。谁想首先去了公孙胜,京师已留下数人。克复扬州,渡大江,怎知十停去七!今日宋江虽存,有何面目再见山东父老、故乡亲戚?"张招讨道:"先锋休如此说。自古道:'贫富贵贱,宿生所载;寿夭短长,人生分定。'常言道:'有福人送无福人。'何以损折将佐为耻! 今日功成名显,朝廷知道,必当重用。封官赐爵,光显门闾(家庭,门庭。闾,lǘ),衣锦还乡,谁不称羡! 闲事不须挂意,只顾收拾回军。"宋江拜谢了总兵等官,自来号令诸将。张招讨已传下军令,教把生擒到贼徒伪官等众,除留方腊另行解赴东京,其余从贼,都就睦州市曹,斩首施行。所有未收去处,衢、婺等县贼役赃官,得知方腊已被擒获,一半逃散,一半自行投首。张招讨尽皆准首,复为良民。就行出榜,去各处招抚,以安百姓。其余随从贼徒,不伤人者,亦准其自首投降,复为乡民,拨还产业田园。克复州县已了,各调守御官军,护境安民,不在话下。

再说张招讨众官,都在睦州设太平宴,庆贺众将官僚,赏劳三军将校,传令教先锋头目,收拾朝京。军令传下,各各准备行装,陆续登程。

且说先锋使宋江思念亡过众将,洒然泪下。不想患病在杭州张横、穆弘等六人,朱富、穆春看视,共是八人在彼。后亦各患病身死,止留得杨林、穆春到来,随军征进。想起诸将劳苦,今日太平,当以超度,便就睦州宫观净处,扬起长幡,修设超度九幽拔罪好事,做三百六十分罗天大醮,追荐前亡后化列位偏正将佐已了。次日,椎(chuí,击杀)牛宰马,致备牲醴(指祭祀用的牺牲和甜酒。醴,lǐ),与同军师吴用等众将,俱到乌龙神庙里,焚帛享祭乌龙大王,谢祈龙君护佑之恩。回至寨中,所有部下正偏将佐阵亡之人,收得尸骸者,俱令各自安葬已了。宋江与卢俊义收拾军马将校人员,随张招讨回杭州,听候圣旨,班师回京。众多将佐功劳,俱各造册,上了文簿,进呈御前。先写表章,申奏天子。三军齐备,陆续起程。宋江看了部下正偏将佐,止剩得三十六员回军。那三十六人是:

呼保义宋江、玉麒麟卢俊义、智多星吴用、大刀关胜、豹子头林冲、双鞭呼延灼、小李广花荣、小旋风柴进、扑天雕李应、美髯公朱仝、花和尚鲁智深、行者武松、神行太保戴宗、黑旋风李逵、病关索杨雄、混江龙李俊、活阎罗阮小七、浪子燕青、神机军师朱武、镇三山黄信、病尉迟孙立、混世魔王樊瑞、轰天雷凌振、铁面孔目裴宣、神算子蒋敬、鬼脸儿杜兴、铁扇子宋清、独角龙邹润、一枝花蔡庆、锦豹子杨林、小遮拦穆春、出洞蛟童威、翻江蜃童猛、鼓上蚤时迁、小尉迟孙新、母大虫顾大嫂。

当下宋江与同诸将，引兵马离了睦州，前往杭州进发。正是收军锣响千山震，得胜旗开十里红。于路无话，已回到杭州。因张招讨军马在城，宋先锋且屯兵在六和塔驻扎，诸将都在六和寺安歇。先锋使宋江、卢俊义早晚入城听令。

且说鲁智深自与武松在寺中一处歇马听候，看见城外江山秀丽，景物非常，心中欢喜。是夜月白风清，水天共碧，二人正在僧房里睡至半夜，忽听得江上潮声雷响。鲁智深是关西汉子，不曾省得浙江潮信（潮水），只道是战鼓响，贼人生发，跳将起来，摸了禅杖，大喝着便抢出来。众僧吃了一惊，都来问道："师父何为如此？赶出何处去？"鲁智深道："洒家听得战鼓响，待要出去厮杀。"众僧都笑将起来道："师父错听了！不是战鼓响，乃是钱塘江潮信响。"鲁智深见说，吃了一惊，问道："师父，怎地唤做潮信响？"寺内众僧推开窗，指着那潮头叫鲁智深看，说道："这潮信日夜两番来，并不违时刻（很准时）。今朝是八月十五日，合当三更子时潮来。因不失信，谓之潮信。"鲁智深看了，从此心中忽然大悟，拍掌笑道："俺师父智真长老曾嘱付与洒家四句偈言，道是'逢夏而擒'，俺在万松林里厮杀，活捉了个夏侯成；'遇腊而执'，俺生擒方腊；今日正应了'听潮而圆，见信而寂'，俺想既逢潮信，合当圆寂。众和尚，俺家问你，如何唤做圆寂？"寺内众僧答道："你是出家人，还不省得佛门中圆寂便是死？"鲁智深笑道："既然死乃唤做圆寂，洒家今已必当圆寂。烦与俺烧桶汤来，洒家沐浴。"寺内众僧，都只道他说要。又见他这般性格，不敢不依他。只得唤道人烧汤来与鲁智深洗浴。换了一身御赐的僧衣，便叫部下军校:"去报宋公明先锋哥哥,来看洒家。"又问寺内众僧处讨纸笔,写了一篇颂子(颂词),去法堂上捉把禅椅,当中坐了。焚起一炉好香,放了那张纸在禅床上,自迭起两只脚,左脚搭在右脚,自然天性腾空。比及宋公明见报,急引众头领来看时,鲁智深已自坐在禅椅上不动了。颂曰:

平生不修善果,只爱杀人放火。忽地顿开金绳,这是扯断玉锁。咦!钱塘江上潮信来,今日方知我是我。

宋江与卢俊义看了偈(jì)语,嗟叹不已。众多头领都来看视鲁智深,焚香拜礼。城内张招讨并童枢密等众官,亦来拈香拜礼。宋江自取出金帛,俵散众僧,做个三昼夜功果,合个朱红龛子盛了,直去请径山住持大惠禅师来与鲁智深下火;五山十刹禅师,都来诵经。迎出龛子,去六和塔后烧化。那径山大惠禅师手执火把,直来龛子前,指着鲁智深,道几句法语是:

鲁智深,鲁智深,起身自绿林。两只放火眼,一片杀人心。忽地随潮归去,果然无处跟寻。咄!解使(即使)满空飞白玉,能令大地作黄金。

大惠禅师下了火已了,众僧诵经忏悔,焚化龛子,在六和塔山后,收取骨殖(骨灰),葬入塔院。所有鲁智深随身多余衣钵及朝廷赏赐金银,并各官布施,尽都纳入六和寺里,常住公用。浑铁禅杖,并皂布直裰,亦留于寺中供养。

当下宋江看视武松,虽然不死,已成废人。武松对宋江说道:"小弟今已残疾,不愿赴京朝觐。尽将身边金银赏赐,都纳此六和寺中,陪堂公用,已作清闲道人,十分好了。哥哥造册,休写小弟进京。"宋江见说:"任从你心!"武松自此只在六和寺中出家,后至八十善终,这是后话。

再说先锋宋江,每日去城中听令,待张招讨中军人马前进,已将军兵入城屯扎。半月中间,朝廷天使到来,奉圣旨令先锋宋江等班师回京。张招讨,童枢密,都督刘光世,从、耿二参谋,大将王禀、赵

谭,中军人马,陆续先回京师去了。宋江等随即收拾军马回京。比
及起程,不想林冲染患风病瘫了,杨雄发背疮而死,时迁又感搅肠痧
而死。宋江见了,感伤不已。丹徒县又申将文书来,报说杨志已死,
葬于本县山园。林冲风瘫,又不能痊,就留在六和寺中,教武松看
视,后半载而亡。

　　再说宋江与同诸将离了杭州,望京师进发,只见浪子燕青,私自
来劝主人卢俊义道:"小乙自幼随侍主人,蒙恩感德,一言难尽。今
既大事已毕,欲同主人纳还原受官诰,私去隐迹埋名,寻个僻净去
处,以终天年。未知主人意下若何?"卢俊义道:"自从梁山泊归顺
宋朝已来,俺弟兄们身经百战,勤劳不易,边塞苦楚,弟兄损折,幸存
我一家二人性命。正要衣锦还乡,图个封妻荫子,你如何却寻这等
没结果?"燕青笑道:"主人差矣!小乙此去,正有结果,只恐主人此
去无结果耳。"若燕青,可谓知进退存亡之机矣。有诗为证:

　　　略地攻城志已酬,陈辞欲伴赤松游。
　　　时人苦把功名恋,只怕功名不到头。

　　卢俊义道:"燕青,我不曾存半点异心,朝廷如何负我?"燕青
道:"主人岂不闻韩信立下十大功劳,只落得未央宫里斩首;彭越醢
(hǎi,一种古代酷刑)为肉酱;英布弓弦药酒?主公你可寻思,祸到临头难
走!"卢俊义道:"我闻韩信三齐擅自称王,教陈豨(xī)造反;彭越杀身
亡家,大梁不朝高祖;英布九江受任,要谋汉帝江山。以此汉高帝诈
游云梦,令吕后斩之。我虽不曾受这般重爵,亦不曾有此等罪过。"
燕青道:"既然主公不听小乙之言,只怕悔之晚矣!小乙本待去辞宋
先锋,他是个义重的人,必不肯放,只此辞别主公。"卢俊义道:"你辞
我,待要那里去?"燕青道:"也只在主公前后。"卢俊义笑道:"原来
也只恁地。看你到那里?"燕青纳头拜了八拜,当夜收拾了一担金
珠宝贝挑着,竟不知投何处去了。次日早晨,军人收拾字纸一张,来
报复宋先锋。宋江看那一张字纸时,上面写道是:

　　　辱弟燕青百拜恩告先锋主将麾下:自蒙收录,多感厚恩。

效死干功,补报难尽。今自思命薄身微,不堪国家任用,情愿退居山野,为一闲人。本待拜辞,恐主将义气深重,不肯轻放,连夜潜去。今留口号四句拜辞,望乞主帅恕罪:

> 雁序分飞自可惊,纳还官诰不求荣。
>
> 身边自有君王赦,洒脱风尘过此生。

宋江看了燕青的书并四句口号,心中郁悒(yì)不乐。当时尽收拾损折将佐的官诰牌面,送回京师,缴纳还官。

宋兵人马,迤逦前进,比及行至苏州城外,只见混江龙李俊诈中风疾,倒在床上。手下军人来报宋先锋。宋江见报,亲自领医人来看治,李俊道:"哥哥休误了回军的程限,朝廷见责,亦恐张招讨先回日久。哥哥怜悯李俊时,可以丢下童威、童猛,看视兄弟。待病体痊可,随后赶来朝觐,哥哥军马,请自赴京。"宋江见说,心虽不然,倒不疑虑,只得引军前进。又被张招讨行文催趱,宋江只得留下李俊、童威、童猛三人,自同诸将上马赴京去了。

且说李俊三人竟来寻见费保四个,不负前约,七人都在榆柳庄上商议定了,尽将家私打造船只,从太仓港乘驾出海,自投化外国去了,后来为暹罗国(泰国的旧称。暹,xiān)之主。童威、费保等都作了化外官职,自取其乐,另霸海滨,这是李俊的后话。诗曰:

> 知几君子事,明哲迈夷伦。
>
> 重结义中义,更全身外身。
>
> 浮水舟无系,榆庄柳又新。
>
> 谁知天海阔,别有一家人。

再说宋江等诸将一行军马,在路无话,复过常州、润州相战去处,宋江无不伤感。军马渡江,十存二三。过扬州,进淮安,望京师不远了。宋江传令,叫众将各各准备朝觐。三军人马,九月二十后,回到东京。张招讨中军人马,先进城去。宋江等军马,只就城外屯住,扎营于旧时陈桥驿,听候圣旨。此时有先前留下伏侍李俊等小校,从苏州来,报说李俊原非患病,只是不愿朝京为官,今与童威、童猛不知何处去了。宋江又复嗟叹;叫裴宣写录现在朝京大小正偏将佐数目,共计二十七员。并殁于王事者,俱录其名数,写成谢恩表章。仍令正偏将佐,俱各准备幞头公服,伺候朝见天了。三日之后,上皇设朝,近臣奏闻天子,教宣宋江等面君朝见。

此日东方渐明,宋江、卢俊义等二十七员将佐,奉旨即忙上马入城。东京百姓看了时,此是第三番朝见。想这宋江等初受招安时,却奉圣旨,都穿御赐的红绿锦袄子,悬挂金银牌面,入城朝见。破辽兵之后回京师时,天子宣命,都是披袍挂甲戎装入朝朝见。今番太平回朝,天子特命文扮,却是幞头公服,入城朝觐。东京百姓看了,只剩得这几个回来,众皆嗟叹不已。宋江等二十七人来到正阳门下,齐齐下马入朝。侍御史引至丹墀(指官殿的赤色台阶或赤色地面。墀,chí)玉阶之下。宋江、卢俊义为首,上前八拜,退后八拜,进中八拜,三八二十四拜,扬尘舞蹈,山呼万岁,君臣礼足。徽宗天子看见宋江等只剩得这些人员,心中嗟念。上皇命都宣上殿。宋江、卢俊义引领众将,都上金阶,齐跪在珠帘之下。上皇命赐众将平身,左右近臣,早把珠帘卷起。天子乃曰:"朕知卿等众将,收剿江南,多负劳苦。卿等弟兄,损折大半,朕闻不胜伤悼。"宋江垂泪不止,仍自再拜奏曰:"以臣卤钝薄才,肝脑涂地,亦不能报国家大恩。昔日念臣共聚义兵一百八人,登五台发愿,谁想今日十损其八。谨录人数,未敢擅便具奏,伏望天慈,俯赐圣鉴。"上皇曰:"卿等部下,殁(mò,死)于王事者,朕命各坟加封,不没其功。"宋江再拜,进上表文一通。表曰:

　　平南都总管正先锋使臣宋江等谨上表:伏念臣江等愚拙庸才,孤陋俗吏,往犯无涯之罪(弥天大罪),幸蒙莫大之恩。高天厚地岂能酬,粉骨碎身何足报! 股肱竭力,离水泊以除邪;兄弟同心,登五台而发愿。全忠秉义,护国保民。幽州城鏖战辽兵,清溪洞力擒方腊。虽则微功上达,奈缘(无奈)良将下沉(指丧命)。臣江日夕忧怀,旦暮悲怆。伏望天恩,俯赐圣鉴,使已殁者皆蒙恩泽,在生者得庇洪休。臣江乞归田野,愿作农民,实陛下仁育之赐。臣江等不胜战悚之至！谨录存殁人数，随表上进以闻。

阵亡正偏将佐五十九员：

正将一十四员：秦明、徐宁、董平、张清、刘唐、史进、索超、张顺、阮小二、阮小五、雷横、石秀、解珍、解宝。

偏将四十五员：宋万、焦挺、陶宗旺、韩滔、彭玘、郑天寿、曹正、王定六、宣赞、孔亮、施恩、郝思文、邓飞、周通、龚旺、鲍旭、段景住、侯健、孟康、王英、扈三娘、项充、李衮、燕顺、马麟、单廷珪、魏定国、吕方、郭盛、欧鹏、陈达、杨春、郁保四、李忠、薛永、李云、石勇、杜迁、丁得孙、邹渊、李立、汤隆、蔡福、张青、孙二娘。

于路病故正偏将佐一十员：

正将五员：林冲、杨志、张横、穆弘、杨雄。

偏将五员：孔明、朱贵、朱富、白胜、时迁。

杭州六和寺坐化正将一员：鲁智深。

折臂不愿恩赐，六和寺出家正将一员：武松。

旧在京回还蓟州出家正将一员：公孙胜。

不愿恩赐，于路上去正偏将四员：

正将二员：燕青、李俊。

偏将二员：童威、童猛。

旧留在京师，并取回医士，现在京偏将五员：安道全、皇甫端、金大坚、萧让、乐和。

现在朝觐正偏将佐二十七员：

正将一十二员：宋江、卢俊义、吴用、关胜、呼延灼、花荣、柴进、李应、朱仝、戴宗、李逵、阮小七。

偏将一十五员：朱武、黄信、孙立、樊瑞、凌振、裴宣、蒋敬、杜兴、宋清、邹润、蔡庆、杨林、穆春、孙新、顾大嫂。

宣和五年九月　日，先锋使臣宋江、副先锋臣卢俊义等谨上表。

上皇览表,嗟叹不已。乃曰:"卿等一百八人,上应星曜,今止有二十七人见存,只辞去了四个,真乃十去其八矣!"随降圣旨,将这已殁于王事者,正将偏将,各授名爵。正将封为忠武郎,偏将封为义节郎。如有子孙者,就令赴京,照名承袭官爵。如无子孙者,敕赐立庙,所在享祭。惟有张顺显灵有功,敕封金华将军。僧人鲁智深擒获贼寇有功,善终坐化于大刹,加赠义烈照暨(jì)禅师;武松对敌有功,伤残折臂,现于六和寺出家,封清忠祖师,赐钱十万贯,以终天年。已故女将二人,扈三娘加赠花阳郡夫人,孙二娘加赠旌德郡君。现在朝觐,除先锋使另封外,正将十员,各授武节将军,诸州统制(官名。北宋于出师作战时选拔一人为都统制,总辖诸将)。偏将十五员,各授武奕郎,诸路都统领。管军管民,省院听调。女将一员顾大嫂,封授东源县君。

先锋使宋江加授武德大夫,楚州安抚使兼兵马都总管。副先锋卢俊义加授武功大夫,庐州安抚使兼兵马副总管。军师吴用授武胜军承宣使。关胜授大名府正兵马总管。呼延灼授御营兵马指挥使。花荣授应天府兵马都统制。柴进授横海军沧州都统制。李应授中山府郓州都统制。朱仝授保定府都统制。戴宗授兖州府都统制。李逵授镇江润州都统制。阮小七授盖天军都统制。

上皇敕命,各各正偏将佐,封官授职,谢恩听命,给付赏赐。偏将一十五员,各赐金银三百两,彩缎五表里。正将一十员,各赐金银五百两,彩缎八表里。先锋使宋江、卢俊义,各赐金银一千两,锦缎十表里,御花袍一套,名马一匹。宋江等谢恩毕,又奏睦州乌龙大王二次显灵,护国保民,救护军将,以致全胜。上皇准奏,圣敕加封忠靖灵德普佑孚惠龙王。御笔改睦州为严州,歙州为徽州,因是方腊造反之地,各带反文字体。清溪县改为淳安县,帮源洞凿开为山岛。敕委本州官库内支钱,起建乌龙大王庙,御赐牌额,至今古迹尚存。江南但是方腊残破去处,被害人民,普免差徭三年。

当日宋江等各各谢恩已了,天子命设太平筵宴,庆贺功臣。文武百官,九卿四相,同登御宴。是日,贺宴已毕,众将谢恩。宋江又奏:"臣部下自梁山泊受招安,军卒亡过大半,尚有愿还家者,乞陛下圣恩优恤。"天子准奏,降敕:"如愿为军者,赐钱一百贯,绢十匹,于龙猛、虎威二营收操,月支俸粮养赡。如不愿者,赐钱二百贯,绢十匹,各令回乡,为民当差。"宋江又奏:"臣生居郓城县,获罪以来,自不敢还乡,乞圣上宽恩给假,回乡拜扫,省视亲族,却还楚州之任。未敢擅便,乞请圣旨。"上皇闻奏大喜,再赐钱十万贯,作还乡之资。宋江谢恩已罢,辞驾出朝。次日,中书省作太平筵宴,管待众将。第三日,枢密院又设宴庆贺太平。其张招讨、刘都督、童枢密,从、耿二参谋,王、赵二大将,朝廷自升重爵,不在此本话内。太乙院题本,奏请圣旨,将方腊于东京市曹上凌迟处死,剐了三日示众。有诗为证:

宋江重赏升官日,方腊当刑受剐时。
善恶到头终有报,只争来早与来迟!

再说宋江奏请了圣旨,给假回乡省亲。部下军将,愿为军者报名,送发龙猛、虎威二营收操,关给赏赐马军守备。愿为民者,关请银两,各各还乡,为民当差。部下偏将,亦各请受恩赐,听除管军管民,护境为官,关领诰命,各人赴任,与国安民。

宋江分派已了,与众暂别,自引兄弟宋清,带领随行军健一二百人,挑担御物、行李、衣装、赏赐,离了东京,望山东进发。宋江、宋清在马上衣锦还乡,离了京师,回归故里。于路无话,自来到山东郓城县宋家村。乡中故旧父老亲戚,都来迎接宋江,回到庄上。不期宋太公已死,灵柩尚存。宋江、宋清痛哭伤感,不胜哀戚。家眷庄客,都来拜见宋江。庄院田产,家私什物,宋太公存日,整置得齐备,亦如旧时。宋江在庄上修设好事,请僧命道,修建功果(功德),荐拔亡过父母宗亲。州县官僚,探望不绝。择日选时,亲扶太公灵柩,高原安葬。是日,本州官员,亲邻父老,宾朋眷属,尽来送葬已了,不在话下。

宋江思念玄女娘娘愿心未酬,将钱五万贯,命工匠人等重建九天玄女娘娘庙宇,两廊山门,装饰圣像,彩画两廊,俱已完备。不觉在乡日久,诚恐上皇见责,选日除了孝服,又做了几日道场,次后设一大会,请当村乡尊父老,饮宴酌杯,以叙阔别之情。次日,亲戚亦皆置筵庆贺,不在话下。宋江将庄院交割与次弟宋清,虽受官爵,只在乡中务农,奉祀宗亲香火。将多余钱帛,散惠下民。

宋江在乡中住了数月,辞别了乡老故旧,再回东京,与众弟兄相见。众人有搬取老小家眷回京住的,有往任所去的,亦有夫主兄弟殁于王事的,朝廷已自颁降恩赐金帛,令归乡里,优恤其家。宋江自到东京,发遣回乡,都已完足。朝前听命,辞别省院诸官,收拾赴任。

只见神行太保戴宗来探宋江,坐间说出一席话来,有分教,宋公明生为郓城县英雄,死作蓼儿洼土地。正是凛凛清风生庙宇,堂堂遗像在凌烟。毕竟戴宗对宋江说出甚话来,且听下回分解。

第一百二十回

宋公明神聚蓼①儿洼 徽宗帝梦游梁山泊

话说宋江衣锦还乡,还至东京,与众弟兄相会,令其各人收拾行装,前往任所。当有神行太保戴宗来探宋江,二人坐间闲话。只见戴宗起身道:"小弟已蒙圣恩,除授兖州(地名,在山东省。兖,yǎn)都统制。今情愿纳下(交出)官诰(朝廷封官诏令),要去泰安州岳庙里,陪堂求闲,过了此生,实为万幸。"宋江道:"贤弟何故行此念头?"戴宗道:"是弟夜梦崔府君勾唤,因此发了这片善心。"宋江道:"贤弟生身,既为神行太保,他日必作岳府灵聪。"自此相别之后,戴宗纳还了官诰(皇帝赐爵或授官的诏令),去到泰安州岳庙里,陪堂出家,每日殷勤奉祀圣帝香火,虔诚无忽(疏忽)。后数月,一夕无恙,请众道伴相辞作别,大笑而终。后来在岳庙里累次显灵,州人庙祝,随塑戴宗神像于庙里,胎骨是他真身。

又有阮小七受了诰命,辞别宋江,已往盖天军做都统制职事。未及数月,被大将王禀、赵谭怀挟帮源洞辱骂旧恨,累累于童枢密前诉说阮小七的过失,曾穿着方腊的赭黄袍、龙衣玉带,虽是一时戏耍,终久怀心不良,亦且盖天军地僻人蛮,必致造反。童贯把此事达知蔡京,奏过天子,请降了圣旨,行移公文到彼处,追夺阮小七本身的官诰,复为庶民(平民。庶,shù)。阮小七见了,心中也自欢喜,带了老母,回还梁山泊石碣村,依旧打鱼为生,奉养老母,以终天年,后来寿至六十而亡。

①蓼:liǎo。

　　且说小旋风柴进在京师,见戴宗纳还官诰,求闲去了;又见说朝廷追夺了阮小七官诰,不合戴了方腊的平天冠、龙衣玉带,意在学他造反,罚为庶民,寻思:"我亦曾在方腊处做驸马,倘或日后奸臣们知得,于天子前谗佞,见责起来,追了诰命,岂不受辱? 不如自识时务,免受玷辱。"推称风疾病患,不时举发(发作),难以任用,情愿纳还官诰,求闲为农。辞别众官,再回沧州横海郡为民,自在过活。忽然一日,无疾而终。

　　李应受中山府都统制,赴任半年,闻知柴进求闲去了,自思也推称风瘫,不能为官,申达省院,缴纳官诰,复还故乡独龙冈村中过活。后与杜兴一处作富豪,俱得善终。

　　关胜在北京大名府总管兵马,甚得军心,众皆钦伏(佩服)。一日,操练军马回来,因大醉,失脚落马,得病身亡。

　　呼延灼受御营指挥使。每日随驾操备。后领大军,破大金兀术四太子,出军杀至淮西阵亡。只有朱仝在保定府管军有功,后随刘光世(南宋著名将领,与岳飞、张俊、韩世忠合称"中兴四将")破了大金,直做到太平军节度使。

　　花荣带同妻小妹子,前赴应天府到任。吴用自来单身,只带了随行安童(童仆),去武胜军到任。李逵亦是独自带了两个仆从,自来润州到任。话说为何只说这三个到任,别的都说了绝后结果? 为这七员正将,都不厮见着,先说了结果。后这五员正将宋江、卢俊义、花荣、吴用、李逵还有厮会处,以此未说绝了,结果下来便见。

　　再说宋江、卢俊义在京师,都分派了诸将赏赐,各各令其赴任去讫(qì,完毕)。殁于王事者,止将家眷人口,关给与恩赏钱帛金银,仍各送回故乡,听从其便。再有现在朝京偏将一十五员,除兄弟宋清还乡为农外,杜兴已自跟随李应还乡去了。黄信仍任青州。孙立带同兄弟孙新、顾大嫂并妻小,自依旧登州任用。邹润不愿为官,回登云山去了。蔡庆跟随关胜,仍回北京为民。裴宣自与杨林商议了,自回饮马川,受职求闲去了。蒋敬思念故乡,愿回潭州为民。朱武自来投授樊瑞道法,两个做了全真先生,云游江湖,去投公孙胜出家,以终天年。穆春自回揭阳镇乡中,复为良民。凌振炮手非凡,仍受火药局御营任用。旧在京师偏将五员:安道全钦取回京,就于太医院做了金紫医官;皇甫端原受御马监大使;金大坚已在内府御宝监为官;萧让在蔡太师府中受职,作门馆先生;乐和在驸马王都尉府中尽老清闲,终身快乐。不在话下。

且说宋江自与卢俊义分别之后,各自前去赴任。卢俊义亦无家眷,带了数个随行伴当,自望庐州去了。宋江谢恩辞朝,别了省院诸官,带同几个家人仆从,前往楚州赴任。自此相别,都各分散去了。亦不在话下。

且说宋朝原来自太宗传太祖帝位之时,说了誓愿,以致朝代奸佞不清。至今徽宗天子至圣至明,不期致被奸臣当道,谗佞专权,屈害忠良,深可悯念(怜悯)。当此之时,却是蔡京、童贯、高俅、杨戬(jiǎn)四个贼臣,变乱天下,坏国,坏家,坏民。当有殿帅府太尉高俅、杨戬因见天子重礼厚赐宋江等这伙将校,心内好生不然。两个自来商议道:"这宋江、卢俊义皆是我等仇人,今日倒吃他做了有功之臣,受朝廷这等恩赐,却教他上马管军,下马管民。我等省院官僚,如何不惹人耻笑? 自古道:'恨小非君子,无毒不丈夫!'"杨戬道:"我有一计,先对付了卢俊义,便是绝了宋江一只臂膊。这人十分英勇,若先对付了宋江,他若得知,必变了事,倒惹出一场不好。"高俅道:"愿闻你的妙计如何。"杨戬道:"排出(安排)几个庐州军汉,来省院首告卢安抚,招军买马,积草屯粮,意在造反。便与他申呈去太师府启奏,和这蔡太师都瞒了。等太师奏过天子,请旨定夺,却令人赚他来京师。待上皇赐御食与他,于内下了些水银,却坠了那人腰肾,做用不得,便成不得大事。再差天使却赐御酒与宋江吃,酒里也与他下了慢药,只消半月之间,一定没救。"高俅道:"此计大妙!"有诗堪笑:

　　自古权奸害善良,不容忠义立家邦。

　　皇天若肯明昭报,男作俳优女作倡。

　　两个贼臣计议定了，着心腹人出来寻觅两个庐州土人，写与他状子，叫他去枢密院首告卢安抚在庐州即日招军买马，积草屯粮，意欲造反；使人常往楚州，结连安抚宋江，通情起义。枢密院却是童贯，亦与宋江等有仇，当即收了原告状子，径呈来太师府启奏。蔡京见了申文，便会官计议。此时高俅、杨戬俱各在彼，四个奸臣，定了计策，引领原告人入内启奏天子。上皇曰："朕想宋江、卢俊义征讨四方虏寇，掌握十万兵权，尚且不生歹心。今已去邪归正，焉肯背反？寡人不曾亏负他，如何敢叛逆朝廷？其中有诈，未审虚的，难以准信。"当有高俅、杨戬在旁奏道："圣上道理虽然，人心难忖（cǔn，思量）。想必是卢俊义嫌官卑职小，不满其心，复怀反意，不幸被人知觉。"上皇曰："可唤来寡人亲问，自取实招。"蔡京、童贯又奏道："卢俊义是一猛兽，未保其心。倘若惊动了他，必致走透，深为未便，今后难以收捕。只可赚来京师，陛下亲赐御膳御酒，将圣言抚谕之，窥其虚实动静。若无，不必究问，亦显陛下不负功臣之念。"上皇准奏，随即降下圣旨，差一使命径往庐州，宣取卢俊义还朝，有委用的事。天使奉命来到庐州，大小官员出郭迎接，直至州衙，开读已罢。

　　话休絮烦。卢俊义听了圣旨，宣取回朝，便回使命离了庐州，一齐上了铺马（驿马）来京。于路无话，早至东京皇城司前歇了。次日，早到东华门外，伺候早朝。时有太师蔡京，枢密院童贯，太尉高俅、杨戬，引卢俊义于偏殿朝见上皇。拜舞已罢，天子道："寡人欲见卿一面。"又问："庐州可容身否？"卢俊义再拜奏道："托赖圣上洪福齐天，彼处军民，亦皆安泰。"上皇又问了些闲话，俄延（拖延）至午，尚膳厨官奏道："进呈御膳在此，未敢擅便，乞取圣旨。"此时高俅、杨戬已把水银暗地着放在里面，供呈在御案上。天子当面将膳赐与卢俊义。卢俊义拜受而食。上皇抚谕道："卿去庐州，务要尽心，安养军士，勿生非意。"卢俊义顿首谢恩，出朝回还庐州，全然不知四个贼臣设计相害。高俅、杨戬相谓曰："此后大事定矣！"

　　再说卢俊义是夜便回庐州来，觉道腰肾疼痛，动举不得，不能乘马,坐船回来。行至泗州淮河,天数将尽,自然生出事来。其夜因醉,要立在船头上消遣,不想水银坠下腰胯并骨髓里去,册立(勉强站立)不牢,亦且酒后失脚,落于淮河深处而死。可怜河北玉麒麟,屈作水中冤抑(冤屈)鬼。从人打捞起尸首,具(准备好)棺椁殡于泗州高原深处。本州官员动文书申复省院,不在话下。

且说蔡京、童贯、高俅、杨戬四个贼臣计较定了,将赍泗州申达文书,早朝奏闻天子说:"泗州申复卢安抚行至淮河,因酒醉堕水而死。臣等省院,不敢不奏。今卢俊义已死,只恐宋江心内设疑,别生他事。乞陛下圣鉴,可差天使赍御酒往楚州赏赐,以安其心。"上皇沉吟良久,欲道不准,未知其心。意欲准行,诚恐有弊。上皇无奈,终被奸臣谗佞所惑,片口张舌,花言巧语,缓里取事,无不纳受。遂降御酒二樽,差天使一人赍往楚州,限目下便行。眼见得这使臣亦是高俅、杨戬二贼手下心腹之辈。天数只注宋公明合当命尽,不期被这奸臣们将御酒内放了慢药在里面,却教天使赍擎(qíng,举着)了,径往楚州来。

且说宋公明自从到楚州为安抚,兼管总领兵马,到任之后,惜军爱民,百姓敬之如父母,军校仰之若神明,讼庭肃然,六事俱备,人心既服,军民钦敬。宋江公事之暇,时常出郭游玩。原来楚州南门外,有个去处,地名唤做蓼儿洼。其山四面都是水港,中有高山一座。其山秀丽,松柏森然,甚有风水。虽然是个小去处,其内山峰环绕,龙虎踞盘,曲折峰峦,陂阶台砌。四围港汊,前后湖荡,俨然是梁山泊水浒寨一般。宋江看了,心中甚喜。自己想道:"我若死于此处,堪为阴宅(坟墓)。"但若身闲,常去游玩,乐情消遣。

话休絮烦。自此宋江到任以来,将及半载,时是宣和六年首夏初旬,忽听得朝廷降赐御酒到来,与众出郭迎接。入到公廨(官署。廨,xiè),开读圣旨已罢。天使捧过御酒,教宋安抚饮毕。宋江亦将御酒回劝天使,天使推称自来不会饮酒。御酒宴罢,天使回京。宋江备礼馈送天使,天使不受而去。

　　宋江自饮御酒之后，觉道肚腹疼痛，心中疑虑，想被下药在酒里。却自急令从人打听那来使时，于路馆驿，却又饮酒。宋江已知中了奸计，必是贼臣们下了药酒，乃叹曰："我自幼学儒，长而通史，不幸失身于罪人，并不曾行半点异心之事。今日天子轻听谗佞，赐我药酒，得罪何辜！我死不争，只有李逵现在润州都统制，他若闻知朝廷行此奸弊，必然再去啸聚山林，把我等一世清名忠义之事坏了。只除是如此行方可。"连夜使人往润州唤取李逵星夜到楚州，别有商议。

　　且说李逵自到润州为都统制，只是心中闷倦，与众终日饮酒，只爱贪杯。听得宋江差人到来有请，李逵道："哥哥取我，必有话说。"便同干人下了船，直到楚州，径入州治，拜见宋江罢。宋江道："兄弟，自从分散之后，日夜只是想念众人。吴用军师武胜军又远；花知寨在应天府，又不知消耗。只有兄弟在润州镇江较近，特请你来商量一件大事。"李逵道："哥哥，甚么大事？"宋江道："你且饮酒！"宋江请进后厅，现成杯盘，随即管待李逵，吃了半晌酒食。将至半酣，宋江便道："贤弟不知，我听得朝廷差人赍药酒来，赐与我吃。如死，却是怎的好？"李逵大叫一声："哥哥，反了罢！"宋江道："兄弟，军马尽都没了，兄弟们又各分散，如何反得成？"李逵道："我镇江有三千军马，哥哥这里楚州军马，尽点起来，并这百姓，都尽数起去，并气力招军买马，杀将去！只是再上梁山泊倒快活！强似在这奸臣们手下受气！"宋江道："兄弟且慢着，再有计较。"原来那接风酒内，已下了慢药。当夜李逵饮酒了，次日具舟相送。李逵道："哥哥几时起义兵，我那里也起军来接应。"宋江道："兄弟，你休怪我！前日朝廷差天使赐药酒与我服了，死在旦夕。我为人一世，只主张'忠义'二字，不肯半点欺心。今日朝廷赐死无辜，宁可朝廷负我，我忠心不负朝廷。我死之后，恐怕你造反，坏了我梁山泊替天行道忠义之名。因此，请将你来，相见一面。昨日酒中，已与了你慢药服了，回至润州必死。你死之后，可来此处楚州南门外有个蓼儿洼，风景尽与梁山泊无异,和你阴魂相聚。我死之后,尸首定葬于此处,我已看定了也!"言讫,堕泪如雨。李逵见说,亦垂泪道:"罢,罢,罢!生时伏侍哥哥,死了也只是哥哥部下一个小鬼!"言讫泪下,便觉道身体有些沉重。当时洒泪,拜别了宋江下船。回到润州,果然药发身死。李逵临死之时,嘱咐从人:"我死了,可千万将我灵柩去楚州南门外蓼儿洼和哥哥一处埋葬。"嘱罢而死。从人置备棺椁盛贮,不负其言,扶柩而往。

再说宋江自从与李逵别后,心中伤感,思念吴用、花荣,不得会面。是夜药发临危,嘱咐从人亲随之辈:"可依我言,将我灵柩安葬此间南门外蓼儿洼高原深处,必报你众人之德。乞依我嘱!"言讫而逝。宋江从人置备棺椁,依礼殡葬。楚州官吏听从其言,不负遗嘱,当与亲随人从、本州吏胥老幼,扶宋公明灵柩葬于蓼儿洼。数日之后,李逵灵柩,亦从润州到来,葬于宋江墓侧,不在话下。

且说宋清在家患病,闻知家人回来报说,哥哥宋江已故在楚州。病在郓城不能前来津送。后又闻说葬于本州南门外蓼儿洼,只令得家人到来祭祀,看视坟茔(坟墓,坟地。茔,yíng),修筑完备,回复宋清,不在话下。

却说武胜军承宣使军师吴用,自到任之后,常常心中不乐,每每思念宋公明相爱之心。忽一日,心情恍惚,寝寐不安。至夜,梦见宋江、李逵二人扯住衣服,说道:"军师,我等以忠义为主,替天行道,于心不曾负了天子。今朝廷赐饮药酒,我死无辜。身亡之后,现已葬于楚州南门外蓼儿洼深处。军师若想旧日之交情,可到坟茔,亲来看视一遭。"吴用要问备细,撒然(猛然,忽地)觉来,乃是南柯一梦。吴用泪如雨下,坐而待旦。得了此梦,寝食不安。

次日,便收拾行李径往楚州来。不带从人,独自奔来。前至楚州,果然宋江已死,只闻彼处人民无不嗟叹。吴用安排祭仪,直至南门外蓼儿洼,寻到坟茔,置祭宋公明、李逵。就于墓前,以手搯(guāi,用巴掌打)其坟冢(zhǒng),哭道:"仁兄英灵不昧,乞为昭鉴。吴用是一村中学究,始随晁盖,后遇仁兄,救护一命,坐享荣华。到今数十余载,皆赖兄之德。今日既为国家而死,托梦显灵与我,兄弟无以报答,愿得将此良梦,与仁兄同会于九泉之下。"言罢痛哭。

正欲自缢,只见花荣从船上飞奔到于墓前,见了吴用,各吃一惊。吴学究便问道:"贤弟在应天府为官,缘何得知宋兄已丧?"花荣道:"兄弟自从分散到任之后,无日身心得安,常想念众兄之情。因夜得一异梦,梦见宋公明哥哥和李逵前来,扯住小弟,诉说朝廷赐饮药酒鸩(zhèn,毒酒。此处是指用毒酒毒死)死,现葬于楚州南门外蓼儿洼高原之上。兄弟如不弃旧,可到坟前,看望一遭。因此,小弟掷了家间(家小),不避驱驰(驱马疾行),星夜到此。"吴用道:"我得异梦,亦是如此,与贤弟无异,因此而来。今得贤弟到此最好,吴某心中想念宋公明恩义难舍,交情难报,正欲就此处自缢而死,魂魄与仁兄同聚一处。身后之事,托与贤弟。"花荣道:"军师既有此心,小弟便当随从,亦与仁兄同归一处。"似此真乃死生契合者也。有诗为证:

> 红蓼洼中托梦长,花荣吴用各悲伤。
> 一腔义血元同有,岂忍田横独丧亡?

吴用道:"我指望贤弟看见我死之后,葬我于此,你如何也行此事?"花荣道:"小弟寻思宋兄长仁义难舍,恩念难忘。我等在梁山泊时,已是大罪之人,幸然不死。累累相战,亦为好汉。感得天子赦罪招安,北讨南征,建立功勋。今已姓扬名显,天下皆闻。朝廷既已生疑,必然来寻风流罪过(指轻微的过错)。倘若被他奸谋所施,误受刑戮,那时悔之无及。如今随仁兄同死于黄泉,也留得个清名于世,尸必归坟矣!"吴用道:"贤弟,你听我说,我已单身,又无家眷,死却何妨?你今现有幼子娇妻,使其何依?"花荣道:"此事不妨,自有囊箧(袋子与箱子。箧,qiè)足以饷口(勉强维持生活)。妻室之家,亦自有人料理。"两个大哭一场,双双悬于树上,自缢而死。

船上从人久等,不见本官出来,都到坟前看时,只见吴用、花荣自缢身死。慌忙报与本州官僚,置备棺椁,葬于蓼儿洼宋江墓侧,宛然东西四丘。楚州百姓，感念宋江仁德，忠义两全，建立祠堂，四时享祭，里人祈祷，无不感应。

且不说宋江在蓼儿洼累累显灵，所求立应。却说道君皇帝在东京内院，自从赐御酒与宋江之后，圣意累累设疑，又不知宋江消息，常只挂念于怀，每日被高俅、杨戬议论奢华受用所惑，只要闭塞贤路，谋害忠良。忽然一日，上皇在内宫闲玩，猛然思想起李师师，就从地道中和两个小黄门径来到他后园中，拽动铃索。李师师慌忙迎接圣驾，到于卧房内坐定，上皇便叫前后关闭了门户。李师师盛妆向前起居已罢，天子道："寡人近感微疾，现令神医安道全看治，有数十日不曾来与爱卿相会，思慕之甚！今一见卿，朕怀不胜悦乐！"李师师奏道："深蒙陛下眷爱之心，贱人愧感莫尽！"房内铺设酒肴，与上皇饮酌取乐。才饮过数杯，只见上皇神思困倦，点的灯烛荧煌(明亮)，忽然就房里起一阵冷风。上皇见个穿黄衫的立在面前。上皇惊起问道："你是甚人，直来到这里？"那穿黄衫的人奏道："臣乃是梁山泊宋江部下神行太保戴宗。"上皇道："你缘何到此？"戴宗奏道："臣兄宋江只在左右，启请陛下车驾同行。"上皇曰："轻屈寡人车驾何往？"戴宗道："自有清秀好去处，请陛下游玩。"上皇听罢此语，便起身随戴宗出得后院来。见马车足备，戴宗请上皇乘马而行。但见如云似雾，耳闻风雨之声，到一个去处。但见：

> 漫漫烟水，隐隐云山。不观日月光明，只见水天一色。红瑟瑟满目蓼花(叶披针形，花小，白色或浅红色。亦称"水蓼")，绿依依(形容枝叶随风摇摆的样子)一洲芦叶。双双鸿雁，哀鸣在沙渚(小沙洲。渚，zhǔ)矶头(突出江边的岩石或小石山的前头一部分。矶，jī)；对对鹧鸪，倦宿在败荷汀畔。霜枫簇簇，似离人点染泪波；风柳疏疏，如怨妇蹙颦(cùpín，皱眉)眉黛。淡月寒星长夜景，凉风冷露九秋天。

当下上皇在马上观之不足，问戴宗道："此是何处，要寡人到此？"戴宗指着山上关路道："请陛下行去，到彼便知。"上皇纵马登山，行过三重关道。至第三座关前，见有上百人俯伏在地，尽是披袍挂铠,戎装革带,金盔金甲之将。上皇大惊,连问道:"卿等皆是何人?"只见为头一人,凤翅金盔,锦袍金甲,向前奏道:"臣乃梁山泊宋江是也。"上皇道:"寡人已教卿在楚州为安抚使,却缘何在此?"宋江奏道:"臣等谨请陛下到忠义堂上,容臣细诉衷曲枉死之冤。"上皇到忠义堂前下马,上堂坐定,看堂下时,烟雾中拜伏着许多人。上皇犹豫不定,只见为首的宋江上阶,跪膝向前,垂泪启奏。上皇道:"卿何故泪下?"宋江奏道:"臣等虽曾抗拒天兵,素(一向)秉忠义,并无分毫异心。自从奉陛下敕命招安之后,先退辽兵,次平三寇,弟兄手足,十损其八。臣蒙陛下命守楚州,到任已来,与军民水米无交,天地共知。今陛下赐臣药酒,与臣服吃,臣死无憾,但恐李逵怀恨,辄(zhé,就)起异心。臣特令人去润州唤李逵到来,亲与药酒鸩死。吴用、花荣亦为忠义而来,在臣冢上,俱皆自缢而亡。臣等四人,同葬于楚州南门外蓼儿洼。里人怜悯,建立祠堂于墓前。今臣等阴魂不散,俱聚于此,伸告陛下,诉平生衷曲,始终无异。乞陛下圣鉴。"上皇听了大惊曰:"寡人亲差天使,亲赐黄封御酒,不知是何人换了药酒赐卿?"宋江奏道:"陛下可问来使,便知奸弊所出。"上皇看见三关寨栅雄壮,惨然问曰:"此是何所,卿等聚会于此?"宋江奏曰:"此是臣等旧日聚义梁山泊也。"上皇又曰:"卿等已死,当往受生,何故相聚于此?"宋江奏道:"天帝哀怜臣等忠义,蒙玉帝符牒(符移关牒等公文的统称。牒,dié)敕命,封为梁山泊都土地(土地神)。众将已会于此,有屈难伸,特令戴宗屈万乘之主,亲临水泊,恳告平日衷曲。"上皇曰:"卿等何不诣九重深院,显告寡人?"宋江奏道:"臣乃幽阴魂魄,怎得到凤阙龙楼?今者陛下出离宫禁,屈邀至此。"上皇曰:"寡人可以观玩否?"宋江等再拜谢恩。上皇下堂,回首观看堂上牌额,大书"忠义堂"三字,上皇点头下阶。忽见宋江背后转过李逵,手搭双斧,厉声高叫道:"皇帝,皇帝!你怎地听信四个贼臣挑拨,屈坏(冤杀)了我们性命?今日既见,正好报仇!"黑旋风说罢,轮起双斧,径奔上皇。

天子吃这一惊，撒然觉来，乃是南柯一梦，浑身冷汗。闪开双眼，见灯烛荧煌，李师师犹然未寝。上皇问曰："寡人恰在何处去来？"李师师奏道："陛下适间伏枕而卧。"上皇却把梦中神异之事，对李师师一一说知。李师师又奏曰："凡人正直者，必然为神。莫非宋江端的已死，是他故显神灵，托梦与陛下？"上皇曰："寡人来日，必当举问此事。若是如果死了，必须与他建立宙宇，敕封烈侯。"李师师奏道："若圣上果然加封，显陛下不负功臣之德。"上皇当夜嗟叹不已。

次日临朝，传圣旨，会群臣于偏殿。当有蔡京、童贯、高俅、杨戬等，只虑恐圣上问宋江之事，已出宫去了。只有宿太尉等几位大臣在彼侍侧。上皇便问宿元景曰："卿知楚州安抚宋江消息否？"宿太尉奏道："臣虽一向不知宋安抚消息，臣昨夜得一异梦，甚是奇怪。"上皇曰："卿得异梦，可奏与寡人知道。"宿太尉奏曰："臣梦见宋江亲到私宅，戎装幔带，顶盔明甲，见臣诉说，陛下以药酒见赐而亡。楚人怜其忠义，葬在楚州南门外蓼儿洼内，建立祠堂，四时享祭。"上皇听罢，便颠头道："此诚异事。与朕梦一般。"又分付宿元景道："卿可差心腹之人，往楚州体察此事，有无急来回报。"宿太尉道："是。"便领了圣旨，自出宫禁。归到私宅，便差心腹之人，前去楚州探听宋江消息，不在话下。

次日，上皇驾坐文德殿，见高俅、杨戬在侧，圣旨问道："汝等省院，近日知楚州宋江消息否？"二人不敢启奏，各言不知。上皇辗转心疑，龙体不乐。

且说宿太尉干人，已到楚州打探回来，备说宋江蒙御赐饮药酒而死。已丧之后，楚人感其忠义，今葬于楚州蓼儿洼高山之上。更有吴用、花荣、李逵三人，一处埋葬。百姓哀怜，盖造祠堂于墓前，春秋祭赛，虔诚奉祀，士庶祈祷，极有灵验。宿太尉听了，慌忙引领干人入内，备将此事，回奏天子。上皇见说，不胜伤感。

次日早朝，天子大怒，当百官前，责骂高俅、杨戬："败国奸臣，坏

寡人天下！"二人俯伏在地，叩头谢罪。蔡京、童贯亦向前奏道："人
之生死，皆由注定。省院未有来文，不敢妄奏。昨夜楚州才有申文
到院，臣等正欲启奏。"上皇终被四贼曲为掩饰，不加其罪，当即喝退
高俅、杨戬，便教追要原赍御酒使臣。不期天使自离楚州回还，已死
于路。

　　宿太尉次日见上皇于偏殿，再以宋江忠义显灵之事，奏闻天子。
上皇准宣宋江亲弟宋清，承袭宋江名爵。不期宋清已感风疾在身，
不能为官，上表辞谢，只愿郓城为农。上皇怜其孝道，赐钱十万贯，
田三千亩，以赡其家。待有子嗣，朝廷录用。后来宋清生一子宋安
平，应过科举，官至秘书学士。这是后话。

　　再说上皇具宿太尉所奏，亲书圣旨，敕封宋江为忠烈义济灵应
侯，仍敕赐钱于梁山泊，起盖庙宇，大建祠堂，妆塑宋江等殁于王事
诸多将佐神像。敕赐殿宇牌额，御笔亲书"靖忠之庙"。济州奉敕，
于梁山泊起造庙宇。但见：

　　　　金钉朱户，玉柱银门。画栋雕梁，朱檐碧瓦。绿栏干低绕
　　轩窗，绣帘幕高悬宝槛。五间大殿，中悬敕额金书；两庑长廊，
　　彩画出朝入相。绿槐影里，棂星门高接青云；翠柳阴中，靖忠庙
　　直侵霄汉。黄金殿上，塑宋公明等三十六员天罡正将；两廊之
　　内，列朱武为头七十二座地煞将军。门前侍从狰狞，部下神兵
　　勇猛。纸炉巧匠砌楼台，四季焚烧楮帛。桅竿高竖挂长幡，二
　　社乡人祭赛。庶民恭礼正神祇，祀典朝参忠烈帝。万年春火享
　　无穷，千载功勋表史记。

又有绝句一首，诗曰：

　　　　天罡尽已归天界，地煞还应入地中。
　　　　千古为神皆庙食，万年青史播英雄。

　　后来宋公明累累显灵，百姓四时享祭不绝。梁山泊内祈风得
风，祷雨得雨。楚州蓼儿洼亦显灵验。彼处人民，重建大殿，添设两
廊，奏请赐额。妆塑神像三十六员于正殿，两廊仍塑七十二将。年

年享祭,万民顶礼,至今古迹尚存。史官有唐律二首哀挽,诗曰:

莫把行藏怨老天,韩彭赤族已堪怜。

一心报国摧锋日,百战擒辽破腊年。

煞曜罡星今已矣,谗臣贼子尚依然!

早知鸩毒埋黄壤,学取鸱夷范蠡船。

又诗:

生当鼎食死封侯,男子生平志已酬。

铁马夜嘶山月晓,玄猿秋啸暮云稠。

不须出处求真迹,却喜忠良作话头。

千古蓼洼埋玉地,落花啼鸟总关愁。

历年中考真题

一、选择题

1.（2019 年山东省青岛市）下面所列名著与信息,对应正确的一项是（　　）

A.《朝花夕拾》　散文集　《阿长与〈山海经〉》闰土

B.《简·爱》　英国文学　罗切斯特　第一人称

C.《水浒传》　章回体　鲁智深醉打蒋门神　农民起义

D.《海底两万里》　凡尔纳　基地三部曲　诺第留斯号

2.（2019 年福建省）下列与宋江相关的两个情节是（　　）

A. 三顾茅庐　　B. 三进大观园　C. 三打祝家庄　D. 三碗不过冈

E. 三败高太尉　F. 三英战吕布　　G. 三入死囚牢　H. 桃园三结义

3.（2019 年福建省）下列相关内容搭配不全对的一组是（　　）

A. 时迁—鼓上蚤—轻功上乘,善于偷盗

B. 戴宗—神行太保—擅神行之术

C. 花荣—小李广—善使飞刀

D. 张顺—浪里白跳—水底下可伏得七日七夜

4.（2018 年浙江省金华市、丽水市）阅读《水浒传》部分目录,完成题目。

目　录

第三回　史大郎夜走华阴县　鲁提辖拳打镇关西

第四回　赵员外重修文殊院　鲁智深大闹 _____

第五回　小霸王醉入销金帐　花和尚大闹 _____
第六回　九纹龙剪径赤松林　鲁智深火烧 _____
第七回　花和尚倒拔垂杨柳　豹子头误入白虎堂
第八回　林教头刺配沧州道　鲁智深大闹 _____

目录中画横线处依次填入的地名,正确的一项是(　　)

A. 五台山　桃花村　瓦罐寺　野猪林

B. 瓦罐寺　五台山　桃花村　野猪林

C. 桃花村　五台山　野猪林　瓦罐寺

D. 五台山　野猪林　桃花村　瓦罐寺

5. (2018 年贵州省毕节市)下列课外名著的解说不正确的一项是(　　)

A. 《伊索寓言》大部分是以神或人为主的寓言,少部分是以动物为主的寓言,书中不少内容是赞美当时社会现实的,更多的篇章表现劳动人民的经验和智慧。

B. 林冲是《水浒传》中的人物,绰号"豹子头"。他武艺高强,安分守己,但懦弱隐忍,逆来顺受,因为遭到高太尉陷害,被一步步逼上梁山。

C. 《骆驼祥子》中的祥子最终也没能拥有一辆自己的洋车:第一次买的车被大兵抢走,第二次买车的钱被侦探敲诈去了,第三次买的车安葬虎妞时卖掉了。

D. 孙悟空封为齐天大圣,猪八戒做过天蓬元帅,沙僧是卷帘大将,但后来他们都做了唐僧的徒弟,随唐僧西天取经。

6. (2018 年四川省宜宾市)下列有关名著的表述不正确的一项是(　　)

A. 《水浒传》中鲁智深,绰号"花和尚",性格上疾恶如仇,豪爽直率而又粗中有细。"倒拔垂杨柳""醉打蒋门神""大闹野猪林"等都是和他有关的故事。

B. 《朝花夕拾》是鲁迅回忆童年、少年和青年时期不同生活经历的一部散文集,《从百草园到三味书屋》《五猖会》《藤野先生》等都是其中的作品。

C.《骆驼祥子》中既有人物肖像描写,又有人物心理刻画,从不同角度对人物性格和命运展开叙述,具有强烈的艺术感染力。

D.凡尔纳没有到过海底,却通过非凡的想象力,在《海底两万里》一书中,描绘了人们在大海里的种种惊险奇遇。

7.(2018年江苏省无锡市)下列对名著有关内容的表述不正确的一项是(　　)

A.《汤姆·索亚历险记》"铁钳甲虫戏弄小狗"的故事中,汤姆觉得去教堂做礼拜若能碰到点儿新鲜事还是挺有趣的。

B.《范爱农》一文中的范爱农和鲁迅是同乡,都在日本留过学,但他们对徐锡麟等人被杀,要不要打电报到北京痛斥清政府的无人道持不同意见。

C.《西游记》中唐僧师徒受阻于火焰山,土地交代了此山的来历,说是当年大圣"蹬倒丹炉,落了几个砖来,内有余火,到此处化为火焰山"。

D.《水浒传》塑造的被逼上梁山的众多好汉中,林冲的经历最为典型,他曾因误入白虎堂而被发配沧州,途中大闹野猪林,最终一步步被逼上梁山。

8.(2017年广西壮族自治区柳州市)下列有关文学名著的表述,有错误的一项是(　　)

A.《西游记》中的唐僧师徒一路走过了女儿国、大人国、飞岛国、慧骃国等多个国家,历经九九八十一难,最终去到西天,取得了真经。

B.《水浒传》最伟大的贡献是塑造了大批鲜明生动的人物形象,如足智多谋的吴用、谦逊深沉的宋江、粗鲁豪放的李逵、粗中有细的鲁达。

C.从《朝花夕拾》的《阿长与〈山海经〉》一文中,鲁迅先生明明赞扬长妈妈,却从她的缺点说起,这是欲扬先抑的手法。

D. 美国作家马克·吐温的小说《汤姆·索亚历险记》,以充满率真童趣的笔调,向读者展示了人类最美好的心灵图画。

9. (2017年湖北省鄂州市)下列有关文学常识和名著阅读的表述,正确的一项是( )

A. 《社戏》一文记叙了鲁迅和他儿时的伙伴阿发、双喜等一起钓虾、看戏、偷罗汉豆等有趣的故事。

B. 《骆驼祥子》刻画了各色人物形象,如老实健壮的祥子,残忍霸道的车主刘四,大胆泼辣而有些心理扭曲的小福子,一步步走向毁灭的虎妞,等等。

C. 《水浒传》是我国第一部长篇章回体小说,生动地描写了梁山好汉们从起义到兴盛再到最终失败的全过程,鲜明地表现了"官逼民反"的主题。

D. "自既望以至十八日为最盛。"此句中的"既望"指农历十六日。"燕地寒,花朝节后,余寒犹厉。"此句中的"花朝节"指农历二月十二日。

10. (2017年湖北省黄冈市)下列关于名著知识及文学文化常识的表述,有误的一项是( )

A. 《繁星》《春水》是现代女作家冰心创作的诗集。作品仿用印度诗人泰戈尔《飞鸟集》的形式,书写了作者的感想和回忆。

B. 《水浒传》中宋江因怒杀阎婆惜而被官府判了死罪,在江州刑场上被以晁盖为首的梁山好汉搭救,最终上了梁山。

C. 一篇新闻,主要包括标题、导语和主体三部分。新闻的基本特征是用事实说话,但有时也可以在叙事过程中插入简要的议论。

D. 《诗经》是我国第一部诗歌总集,也是我国诗歌最早、最重要的一个源头,汉代以后被尊为儒家经典。其作品分为"风""雅""颂"三部分,常用赋、比、兴手法。

二,填空题

1. (2019 年江苏省扬州市)请在括号内填入恰当的词语。

在火焰山,面对一心复仇的罗刹女,孙悟空"三调芭蕉扇",表现了其( )的性格特点;火烧瓦罐寺,怒杀肆意妄为的恶人,体现了鲁智深( )的性格特点;经过战火的洗礼,保尔·柯察金成长为时代英雄,我们要学习他( )的意志品质。

2. (2019 年福建省)《水浒传》中,梁山泊先后有三任寨主,晁盖之前是( ),晁盖之后是( )。

3. (2019 年福建省)《水浒传》中,有两位打虎英雄,在沂岭杀四虎的是( );在景阳冈打虎的是( )。

4. (2019 年天津市)根据阅读积累,在下面文段的空缺处填写相应的内容。

经典名著是一个时代留给我们的精神食粮。读《水浒传》,我们结识了景阳冈打虎的 (1) ,在他身上我们看到了草莽英雄的血性与气慨;《西游记》,我们认识了火眼金睛,会七十二变的 (2) ,被他桀骜不驯、爱憎分明的性格所吸引;读《 (3) 》,我们和尼摩船长一起航行,领略了海底的奇妙与美丽;读《昆虫记》,我们了解了昆虫生活的奥秘,也被 (4) (作者)积极探索、求真务实的精神所感动……徜徉书海,我们的心灵得到滋养,我们的思想变得深刻。

5. (2018 年山东省德州市)《水浒传》(一百回本)第六十六回:时迁火烧翠云楼,吴用智取 A (地名)。

梁中书见不是头势,带领随行伴当,飞奔南门。南门传说道:"一个胖大和尚 B (人名)抢动铁禅杖;一个虎面行者,掣出双戒刀,发喊杀入城来。"…… C (人名)浑身脱剥,睁圆怪眼,咬定牙根,手搦双斧,从城濠里飞杀过来……只见左手下杀声震响,火把丛中军马无数,却是大刀 D (人名),拍动赤兔马,手舞青龙刀,径抢梁中书。

A. _____ B. _____
C. _____ D. _____

6.(2018年山东省威海市)名著阅读。

"洒家今日不曾多带得些出来,你有银子,借些与俺,洒家明日便送还你。"

"直甚么,要哥哥还。"去包裹里取出一锭十两银子,放在桌上。

句中的"洒家"指的是 _____,"你"指的是

_____。

7.(2018年甘肃省天水市)阅读名著片段,填空。

万卷经书曾读过,平生机巧心灵,六韬三略究来精。胸中藏战将,腹内隐雄兵。　谋略敢欺诸葛亮,陈平岂敌才能,略施小计鬼神惊……

——《水浒传》

这首《临江仙》赞美的是梁山好汉 _____,他的足智多谋不仅体现在智取生辰纲,还体现在 _____、智取文安县等。

8.(2017年上海市)《水浒传》中最终排名的前四位人物是:
( )( )( )( )

9.(2017年湖北省黄冈市)《水浒传》中宋江怒杀阎婆惜,被发配江州,与( )等相识,却又因在( )题反诗而被判死罪,幸得梁山好汉搭救,在刑场把宋江救上梁山。

10.(2017年甘肃省兰州市)请根据《水浒传》的内容,仿照画线部分,将下列句子补充完整。

《水浒传》塑造了一大批栩栩如生的人物。如武松,他斗杀西门庆,醉打蒋门神,大闹云飞浦,除恶蜈蚣岭,表现其武艺高强,有勇有谋;如鲁智深,他( )( )( )( )( )。表现其疾恶如仇,侠肝义胆。

三、问答题

1. (2019 年江苏省连云港市) 金圣叹评点《水浒传》中林冲这个人物时说他是个"狠角色",也有人认为林冲"忍"字当头,性格懦弱。请结合两处故事情节说说林冲性格中懦弱和忍让的表现。

2. (2019 年河北省) 请简述"李逵背母"的故事情节。

3. (2019 年福建省) 阅读《水浒传》选段,回答问题。

卢俊义道:"可以回避否?"吴用再把铁算子搭了一回,便回员外道:"只除非去东南方巽地上,一千里之外,方可免此大难。虽有些惊恐,却不伤大体。"卢俊义道:"若是免的此难,当以厚报。"吴用道:"命中有四句卦歌,小生说与员外,写于壁上,日后应验,方知小生灵处。"卢俊义叫取笔砚来,便去白粉壁上写。吴用口歌四句:

芦花丛里一扁舟,俊杰俄从此地游。义士若能知此理,反躬逃难可无忧。

文中"去东南方巽地上,一千里之外"必须经过什么地方? 吴用让卢俊义去那里避难的用意是什么?

4. (2018 年浙江省金华市、丽水市) 清代文学评论家金圣叹说:"《水浒传》写一百八个人性格,真是一百八样。"请结合第三回至第八回的内容,简要评述鲁达与其他梁山好汉的不同之处。

5. (2018 年浙江省绍兴市) 文学作品中人物的姓名往往体现作家的匠心。它们或体现了人物性格,或暗示了人物命运,或寄寓了作者态度,或暗示了文章主旨。请参考示例(不要求仿照),结合小说有关内容写出你对《水浒传》中鲁达的理解。

【示例】香菱(《红楼梦》):"香"昭示了她的美丽温柔,诗心才情;"菱"是一种浮水水生植物,随波逐流,无所归依,暗示了她的命运——从小被拐,后来被卖,最后被弃,一生悲惨。她的本名"甄英莲"谐音"真应怜",寄寓了这位女子悲惨的人生际遇,表明了作者对她的怜惜。

6. (2018年重庆市)(1)下面这段文字出自《水浒传》中的哪一个情节?

李逵虽是个杀人不眨眼的魔君,听的说了这话,自肚里寻思道:"我特地归家来取娘,却倒杀了一个养娘的人,天地也不佑我。罢,罢!我饶了你这厮性命。"放将起来。

(2)《水浒传》中,"李逵打死殷天锡"这一情节表现了李逵怎样的性格?

7. (2018年江苏省无锡市)阅读下面的文字,回答问题。

当下宋江看视A,虽然不死,已成废人。A对宋江说道:"小弟今已残疾,不愿赴京朝觐。尽将身边金银赏赐,都纳此六和寺中,陪堂公用,已作清闲道人,十分好了。哥哥造册,休写小弟进京。"宋江见说:"任从你心!"A自此只在六和寺中出家……

选文中A是《水浒传》中哪位人物?选文表现了该人物哪些思想性格?

四、名著阅读题

1. (2019年湖南省长沙市)《水浒传》里的梁山好汉们大都有好"打抱不平"的特点,例如鲁智深号称"禅杖打开危险路,戒刀杀尽不平人",武松也宣称"我从来只要打天下这等不明道德的人,我若路见不平,真乃拔刀相助,我便死也不怕"。作为当代少年,我们应该怎样正确看待这一类"打抱不平"的行为呢?

2. (2018年广东省)阅读下列名著选段,完成(1)—(3)题

宋江听罢,吃了一惊,肚里寻思道:"晁盖是我心腹弟兄。他如今犯了迷天大罪,我不救他时,捕获将去,性命便休了!"心内自慌,却答应道:"晁盖这厮,奸顽役户,本县内上下人,没一个不怪他。今番做出来了,好教他受!"何涛道:"相烦押司便行此事。"宋江道:"不妨,这事容易,'瓮中捉鳖,手到拿来'。只是一件,这实封公文,须是观察自己当厅投下,本官看了,便好施行发落,差人去捉,小吏如

何敢私下擅开？这件公事，非是小可，不当轻泄于人。"何涛道："押司高见极明，相烦引进。"宋江道："本官发放一早晨事务，倦怠了少歇。观察略待一时，少刻坐厅时，小吏来请。"何涛道："望押司千万作成。"宋江道："理之当然，休这等说话。小吏略到寒舍，分拨了些家务便到，观察少坐一坐。"何涛道："押司尊便，小弟只在此专等。"

宋江起身，出得阁儿，分付茶博士道："那官人要再用茶，一发我还茶钱。"离了茶坊，飞也似跑到下处。先分付伴当去叫直司在茶坊门前伺候："若知县坐衙时，便可去茶坊里安抚那公人道：'押司稳便'，叫他略待一待。"却自槽上鞁了马，牵出后门外去；拿了鞭子，慌忙地跳上马，慢慢地离了县治。出得东门，打上两鞭，那马拨喇喇的望东溪村撺将去，没半个时辰，早到晁盖庄上。

（节选自《水浒传》）

(1)结合原著，选文中晁盖犯的"迷天大罪"是指？

(2)宋江为救晁盖，具体是怎样做的？请结合选文加以分析。

(3)《水浒传》一百零八将聚义梁山的原因有很多种，请结合原著，写出其中的四种及每种对应的一个人物。

3.(2018年江苏省苏州市)下面的小诗，涉及《水浒传》中哪三个情节？请分别概述。

闲来乘兴入江楼，渺渺烟波接素秋。

呼酒谩浇千古恨，吟诗欲泻百重愁。

赝书不遂英雄志，失脚翻成狴犴囚。

搅动梁山诸义士，一齐云拥闹江州。

4.(2018 江苏省无锡市)阅读下面的文字，回答问题。

话说当时薛霸双手举起棍来，望林冲脑袋上便劈下来。说时迟，那时快，薛霸的棍恰举起来，只见松树背后雷鸣也似一声，那条铁禅杖飞将来，把这水火棍一隔，丢去九霄云外。跳出一个胖大和尚来，喝道："洒家在林子里听你多时！"两个公人看那和尚时，穿一领皂布直裰，跨一口戒刀，提起禅杖，轮起来打两个公人。林冲方才闪开眼看时,认得是鲁智深。林冲连忙叫道:"师兄,不可下手!我有话说。"智深听得,收住禅杖。<u>两个公差呆了半晌,动弹不得。</u>

(1)简要说说选段中画线句的表达效果。

(2)鲁智深在大闹野猪林之前做的哪几件事,体现他惩恶扬善、锄强扶弱的特点?

5.(2018 年天津市)"鲁提辖拳打镇关西"是《水浒传》中一段非常精彩的故事,请结合相关情节,回答下面的问题:(1)概括鲁提辖拳打镇关西的原因。(2)梁山好汉中,鲁提辖是个粗中有细的人,在这个故事中,他的哪些做法体现了这个特点?

6.(2017 年湖北省随州市)阅读《水浒传》选段,完成(1) — (2)题。

当下和史进吃得饱了,各拿了器械,同回瓦罐寺来。到寺前,看到崔道成、丘小乙两个,兀自在桥上坐地。A 大喝一声道:"你这厮们,来,来!今番和你斗个你死我活。"那和尚笑道:"你是我手里败将,如何再来敢厮并?"A 大怒,抢起铁禅杖,奔过桥来。那生铁佛生嗔,仗着朴刀,杀下桥去。A 一者得了史进,肚里胆壮;二乃吃得饱了,那精神气力,越使得出来。两个斗到八九合,崔道成渐渐力怯,只办得走路。

(1)人物 A 是指。

(2)写出两个与 A 有关的故事情节。

参 考 答 案

一、选择题

1.B 2.C 和 E 3.C 4.A 5.A 6.A 7.D 8.A 9.D 10.B

二、填空题

1. 机智勇敢　疾恶如仇　顽强拼搏

2. 王伦　宋江

3. 李逵　武松

4. 武松　孙悟空　海底两万里　法布尔

5. A. 大名府　B. 鲁智深(鲁提辖)　C. 李逵　D. 关胜

6. 鲁智深(鲁达、鲁提辖、花和尚)　史进(九纹龙)

7. 吴用　使时迁盗甲　巧用双掌连环计　赚金铃吊挂　智赚玉麒麟　智取大名府　布四斗五方旗(任选其中一个故事情节即可)

8. 天魁星呼保义宋江　天罡星玉麒麟卢俊义　天机星智多星吴用　天闲星入云龙公孙胜

9. 李逵　浔阳楼

10. 拳打镇关西　大闹桃花村　火烧瓦罐寺　大闹野猪林

三、问答题

1. ①妻子遭到调戏,林冲本要惩治恶人,但一看是高太尉养子高衙内,虽然怒火中烧,还是强忍了下来。②林冲被高俅设计陷害,误闯白虎节堂,惹上官司,发配沧州,也没有反抗,有忍让和懦弱的一面。③发配前休妻,也表现出性格中的懦弱和忍让。④发配途中,董超、薛霸受高俅指使,对林冲各种折磨(炎热天气中,不顾林冲棒疮发作,逼迫林冲快走。村中客店,灌醉林冲,烧开水烫伤林冲双脚。四更早起,让被烫伤双脚的林冲穿新草鞋,使林冲鲜血淋漓,走不动),林冲一再忍受,也是一种懦弱。

2. 在梁山已经安身下来的李逵想起在家中受苦的母亲,决定下山探母,带母亲回梁山享福。当李逵背母回转山寨路过沂岭时,老母口渴,李逵便为老母去寻水,此时突生变故,猛虎现身,吞食了老母。李逵悲愤异常,杀死四虎,哭祭母亲一番,回山而去。

3. 必须经过梁山泊。用意是等卢俊义路过梁山泊时,擒他上山入伙。

4. 与其他梁山好汉不同,鲁达几番与人争斗,皆因打抱不平。为救金氏父女,打死镇关西因而上五台山出家;为救刘太公女儿,痛打"小霸王"周通;为保护林冲,一路暗中相随,于野猪林出手相救。他虽然性急,但心思缜密;虽然粗鲁,但心地善良;他疾恶如仇,是一个义薄云天的真汉子。

5. 鲁达:"鲁",鲁莽,他生性粗豪爽快,如会为素不相识的金翠莲三拳打死镇关西;"达",通达,他生性豁达不拘,如提辖的官位,一声不响就扔下了。他的法号"智深",智慧深沉之意,如野猪林救林冲,理智冷静。

6. (1)真假李逵。(2)富有反抗精神,疾恶如仇、有勇无谋、做事不计后果。

7. 武松,不爱钱财、不恋权贵、看破红尘。

四、名著阅读题

1. 我们应该用一分为二的观点来看待这类行为。既看到这类英雄疾恶如仇、侠肝义胆的"义"的一面,值得褒扬;同时也要看到他们冲动、鲁莽造成不良后果的一面,是不足取的。

2. (1)劫取生辰纲(2)宋江先告诉何涛等人知县时文彬刚处理完公务正在歇息,自己要回家处理点儿家事,让何涛等人在茶坊稍等一会儿,自己处理完来请他们见知县。在此期间宋江骑了匹快马直奔东溪村,将此事告知晁盖,从而使晁盖有了准备,得以脱身。(3)第一种:被自己人陷害——以卢俊义为代表。第二种:被官府(或者与官府有勾结的人)陷害,被迫上梁山——以林冲为代表。第三种:被俘上山,由于个人意志、信仰不坚定,甘愿为梁山效力——以关胜为代表。第四种:因杀人越货触犯了法律,为逃避法律制裁不得已而上山——以晁盖、吴用等人为代表。

3. 宋江醉酒后在浔阳楼题反诗。戴宗送假信被识破,沦为阶下囚。众好汉为救宋江和戴宗,在江州劫法场。

4. (1)画线句运用了神态描写,形象、生动地描绘出两个公人又惊又怕的神情,侧面衬托出鲁智深声势猛、动作快、力气大。(2)拳打镇关西、大闹桃花村、火烧瓦罐寺。

5. (1)郑屠欺负金氏父女,鲁提辖决定打抱不平。(2)阻止店小二通风报信,为金氏父女离开争取时间;鲁提辖来到郑屠肉铺,故意刁难,激怒郑屠;拳打郑屠后,假称郑屠诈死,顺利脱身逃离。

6. (1)鲁智深(鲁达、鲁提辖、花和尚)(2)火烧(大闹)瓦罐寺、倒拔垂杨柳、拳打镇关西、大闹五台山(野猪林)。

模拟训练题

一、阅读选段,回答下面问题

鲁提辖假意道:"你这厮诈死,洒家再打!"只见面皮渐渐的变了。鲁达寻思道:"俺只指望痛打这厮一顿,不想三拳真个打死了他,洒家须吃官司,又没人送饭,不如及早撒开。"拔步便走,回头指着郑屠尸道:"你诈死!洒家和你慢慢理会。"一头骂,一头大踏步去了。

1. 鲁提辖为什么看到郑屠面皮渐渐变了,还说他诈死?
2. 从本段选文中,可以看出鲁提辖什么样的性格特征?
3. 请举出一个能体现鲁提辖性格特征的故事情节。
4. 简要分析李逵和鲁提辖性格的不同。

二、阅读选文,回答下列问题

那个大虫又饥又渴,把两只爪在地下略按一按,和身望上一扑,从半空里撺将下来。武松被那一惊,酒都做冷汗出了。说时迟,那时快,武松见大虫扑来,只一闪,闪在大虫背后。那大虫背后看人最难,便把前爪搭在地下,把腰胯一掀,掀将起来。武松只一躲,躲在一边。大虫见掀他不着,吼一声,却似半天里起个霹雳,振得那山冈也动,把这铁棒也似虎尾,倒竖起来只一剪。武松却又闪在一边。原来那大虫拿人,只是一扑,一掀,一剪;三般提不着时,气性先自没了一半。那大虫又剪不着,再吼了一声,一兜兜将回来。武松见那大虫复翻身回来,双手轮起哨棒,尽平生气力只一棒,从半空劈将下来。只听得一声响,簌簌地将那树连枝带叶劈脸打将下来。定睛看时,一棒劈不着大虫,原来打急了,正打在枯树上,把那条哨棒折做两截,只拿得一半在手里。那大虫咆哮,性发起来,翻身又只一扑,扑将来。武松又只一跳,却退了十步远。那大虫恰好把两只前爪搭在武松面前。武松将半截棒丢在一边,两只手就势把大虫顶花皮胳膊地揪住,一按按将下来。那只大虫急要挣扎,被武松尽气力纳定,那里肯放半点儿松宽。武松把只脚望大虫面门上、眼睛里,只顾乱踢。那大虫咆哮起来,把身底下爬起两堆黄泥,做了一个土坑。武松把那大虫嘴直按下黄泥坑里去。那大虫吃武松奈何得没了些气力。武松把左手紧紧地揪住顶花皮,偷出右手来,提起铁锤般大小拳头,尽平生之力,只顾打。打到五七十拳,那大虫眼里、口里、鼻子里、耳朵里,都迸出鲜血来。那武松尽平昔神威,仗胸中武艺,半歇儿把大虫打做一堆,却似挡着一个锦皮袋。

1. 请指出本段选文所属故事情节。

2. 在《水浒传》中,共出现两位打虎英雄,请写出"沂岭杀四虎"的主人公。

3. 请根据选文,分析武松的人物形象。

参 考 答 案

一、1. 鲁提辖在明知郑屠已死的情况下,还说他是诈死,是想敷衍众人,为自己逃跑赢得时间。

2. 从选文中可以看出鲁提辖粗中有细、有勇有谋的性格特点。

3. 鲁智深倒拔垂杨柳。鲁智深在东京大相国寺看守菜园,园中绿杨树上有一个老鸦巢,老鸦每日哇哇地叫。众人说老鸦叫会引起口舌,便要拿梯子去把巢拆了。鲁智深看后,走到树前,用右手向下,便将那株绿杨树带根拔起。体现了鲁智深性格中粗鲁豪放的一面。

4.李逵和鲁提辖性格中都有豪放爽直、疾恶如仇的一面,但鲁智深人如其名,粗中有细,有勇有谋,而李逵则行为鲁莽,有勇无谋。

二、1.武松景阳冈打虎。

2.李逵。

3.武松醉后打虎,体现出武松临危不惧、勇敢机智的特点。